本套书为

河南省民间文化遗产抢救工程系列成果

河南省民间文化遗产
抢救工程系列成果

嵩山文化大系

主编　梅耀元

嵩山古诗

梅淑贞　主编

河南人民出版社

图书在版编目（CIP）数据

嵩山古诗 / 梅淑贞主编．—郑州：河南人民出版社，2019．8
（嵩山文化大系 / 梅耀元主编）
ISBN 978-7-215-10604-8

Ⅰ．①嵩… Ⅱ．①梅… Ⅲ．①古典诗歌-诗集-中国
Ⅳ．①I222.72

中国版本图书馆 CIP 数据核字（2017）第 330650 号

河南人民出版社 出版发行
（地址：郑州市郑东新区祥盛街 27 号 邮政编码：450016 电话：65788098）
新华书店经销　　河南瑞之光印刷股份有限公司印刷
开本　889 毫米×1194 毫米　1/16　印张　54
字数　1 405 千字
2019 年 8 月第 1 版　　2019 年 8 月第 1 次印刷

定价：350.00 元

“嵩山文化大系”编撰单位与工作人员名单

领导机构	河南省民间文化遗产抢救工作委员会　河南省民间文艺家协会	
参与单位	登封市科普作家协会　嵩山文化研究会　国际少林武术家协会	
工作策划	程健君　刘爱芳　李松坤　吴聚财　段玉山	
学术指导	张振犁	民间文艺学家、河南大学教授
	夏挽群	民间文艺学家、中国民间文艺家协会顾问、河南省民间文艺家协会名誉主席
	张国臣	嵩山文化学者
	周昆叔	环境考古学家、国家文物局专家组成员
	谢均祥	族史研究专家、河南中原姓氏文化研究所所长、研究员
	程健君	民间文艺学家、中国民间文艺家协会副主席、河南省文联副主席
	陈江风	民间文艺学家、河南省民间文化遗产抢救工程专家组组长
	高有鹏	民间文艺学家、上海交通大学教授
	耿相新	历史学家、民间文艺学家、中原出版传媒集团公司总编辑
	马世之	考古学家、河南省社会科学院考古研究所研究员
	徐金星	嵩洛文化专家,《洛阳市志·文物志》(主编)、《洛阳市志·白马寺志》(主编)
	魏　敏	民间文艺学家、河南省文联编审
总 编 审	梅淑贞	
总　　编	梅耀元	
副 总 编	秦慧君　李振亮	
美　　编	梅淑贞　宋瑞敏　梅耀元　李振亮	
统　　筹	姜献永　赵镇威　张松波　靳银东	

参与工作 李春敏 焦红波 王向民 邢希芬 吕宏军 韩有治

赵爱娟 王雪宝 弋梅荣 耿　直 阎锦木 陈　明

宋瑞敏 刘振海 王丽霞 唐仁福 景新源 郝焕斌

王占敏 李振敏 王昭渠 常松木 杨朝玲 孙宏欣

贾艾莉 郜明朝 吴卫永 陈俊杰 黄天弘 郝晓科

付秋红 尚自昌 孙淑霞 曹书敏

“嵩山文化大系”（全十册）

《嵩山通志》	梅淑贞	主编
《嵩山三教志》	梅淑贞　秦慧君　梅耀元	编著
《嵩山艺文志》	梅耀元	编著
《嵩山神话传说》	梅淑贞	主编
《嵩山古遗存》	梅耀元	编著
《嵩山民俗》	梅淑贞	编著
《嵩山古诗》	梅淑贞	主编
《少林武术发展史》	李振亮　焦红波	编著
《嵩山碑刻》	梅淑贞	编著
《嵩山名人传》	梅耀元	编著

作 者 简 介

梅淑贞，女，1956 年生，登封市大金店镇人，河南大学中文系毕业。曾任登封县政协第五届委员会常委，市政协第一届、二届委员。先后任《少林文艺报》主编、登封市文化局副局长、登封市文学艺术联合会主席、登封市政协文史资料委员会主任、《登封时报》总编、登封市旅游局党组书记。1982 年开始发表文学作品，主要作品有纪实性文学集《闪光的功勋》《情系嵩山》；有《漩涡里的人家》《幸福的黄手帕》《野樱桃》《我们的六爷》《盲嫂》《莲子河边的笑声》《复活之后》《素心腊梅》等中短篇小说几十篇，报告文学《嵩山的女儿》《校园卫士》《金戈铁马少林风》《人们心中的乌金碑》《〈穆桂英挂帅〉幕后的悲剧》等，另有散文、纪实、随笔等文学作品 100 余万字。

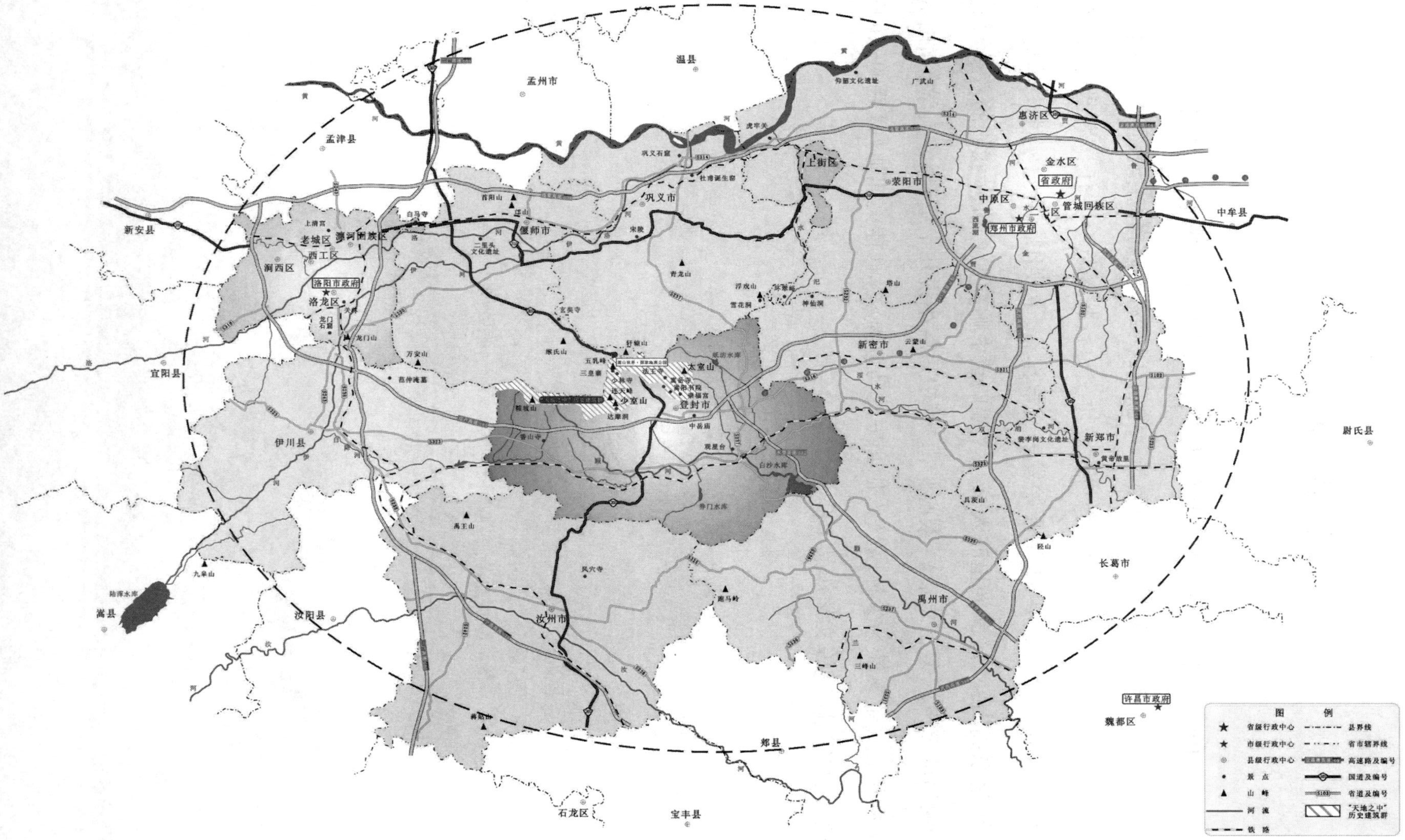
孟州市
温县
孟津县
新安县
宜阳县
伊川县
嵩县
汝阳县
汝州市
郏县
宝丰县
石龙区
禹州市
长葛市
许昌市政府
魏都区
尉氏县
新郑市
新密市
中牟县
惠济区
金水区
省政府
中原区
管城回族区
郑州市政府
上街区
荥阳市
巩义市
偃师市
老城区
瀍河回族区
西工区
涧西区
洛阳市政府
洛龙区
登封市
太室山
少室山
图例
省级行政中心
市级行政中心
县级行政中心
景点
山峰
河流
铁路
县界线
省市辖界线
高速路及编号
国道及编号
省道及编号
"天地之中"历史建筑群

嵩山历史文化核心区

中国文化的神圣大山

——“嵩山文化大系”序

高有鹏(上海交通大学人文学院教授,中央电视台百家讲坛主讲人)

嵩山文明是中国文化的核心内容,被誉为天地之中。司马迁在《史记·封禅书》中说,昔三代之居皆在河洛之间,就是这个意思。《孟子·万章上》《古本竹书纪年》《世本·居篇》《史记·夏本记》《今本竹书纪年》都提到“禹都阳城”,也是这个意思。如今,嵩山洛口伏羲台、八卦台、力牧台、夏朝的古钧台及汉石阙、周公测影台等古老的文化遗迹,都有力证明了这些历史的真实。

嵩山是一个文化整体,包括以嵩山主要山脉的太室山与少室山,和周围地区以嵩山为地望的登封、伊川、偃师、巩义、荥阳、新郑、禹州、新密、汝州等广大地区。黄河、颍河、伊河、洛河、溱河、洧河、汝河等河流在大山中分布,融入黄淮大平原,成为中华民族的心脏。历史上,从夏王朝开始,商、西周、东周、东汉、曹魏、西晋、北魏、隋、唐、后梁、后唐、后晋等朝代相继在嵩山地域建立政治文化中心,西周、西汉、新莽和十六国后赵、五代后梁、后唐、后晋、后汉、后周以及北宋、金等朝代,也都以嵩山为文化中心,设立中央政权。《诗经》《周礼》《史记》等浩瀚的典籍,包括清代景日昣的《说嵩》,都详细记录了这些历史。近年来的考古发现,更进一步以实物的形制,证明了嵩山与嵩山文明的谱系特征及其特殊价值。

嵩山以五岳中的中岳而闻名,是集结中华民族信仰的大山,是天然的中国文化博物馆。嵩山是中国文化的神山、圣山,被称为崇山、崇高、天室山,见证着中华民族的重要形成与发展壮大。考古发现,100万年前,嵩山地域就有旧石器时代早期的张湾猿人。这里分布着9000~7000年的裴李岗文化、磁山文化,分布着7000~5000年的仰韶文化,分布着5000~4000年的龙山文化,分布着4000~3700年的二里头文化。从遗存的动物化石、火迹灰坑与石器、骨器、陶器等原始文化遗址中,可以看到,这里很早就有我们的祖先在这里生活,是我国原始文明密集分布区。

笔者曾经考察嵩山文明的历史。轩辕黄帝是较早的嵩山神,他在这里留下许多神话遗迹和众多的神话传说故事,诸如具茨山、风后岭、大隗山、演兵洞等神话风景。后人建立中岳庙,把黄帝称作天中黄帝,就是对轩辕黄帝统一天下丰功伟绩的纪念。传说中的尧、舜、帝喾也都在这里活动。禹都阳城不仅是一则传说,而且是一种文化谱系的表达。大禹的父亲鲧,是中国上古时期的重要历史人物,是黄帝的后裔,是颛顼的儿子,曾经被尧封于崇地,即嵩山为伯爵,所以历史上称为崇伯鲧,或崇伯。神话传说中的大禹视嵩山为他治理天下洪水的大本营,他在嵩高山开辟大山通道,让河水浚流,平息水患,化作大熊,被妻子涂山氏误解,“石破北方而生启”,形成启母石和启母庙的传说故事。当年,大禹与涂山氏在此相会,涂山氏高歌“候人猗兮”,形成一场轰轰烈烈的爱情,这应该是中国文化最早的神话史诗。

嵩山是诗歌的大山,这里有传说中的《击壤歌》《箕山歌》《涂山女歌》《嵩高八章》《顺伊洛河吹箫》和《诗经》中的《大雅》《小雅》《桧风》《郑风》等诗篇,保存许多关于嵩山的歌唱。如《诗经·大雅·崧高》歌唱道:“崧高维岳,峻极于天。维岳降神,生甫及申。维申及甫,维周之翰。”东汉张衡在这里留下《轩辕道》;三国曹植在这里留下《黄帝赞》《帝喾赞》;北朝庾信在这里留下《黄帝见广成子于崆峒山》;唐朝卢照邻在这里留下《中和乐九章:歌登封》,刘希夷在这里留下《嵩岳闻笙》,宋之问在这里留下《登嵩山岭应制》《嵩山天门歌》《幸少林寺应制》,李白在这里留下《送别嵩山七首》《送裴十八图南归嵩山》《送于十八应四子举落第还嵩山》《嵩山采菖蒲者》《赠嵩山焦炼师》《题嵩山逸人元丹丘山居》,杜甫在这里留下《寄张十二山人彪》《凭孟仓曹将书觅土娄旧庄》《奉寄河南韦尹丈人》,白居易在这里留下《嵩阳观夜奏霓裳》《从龙潭寺至少林寺题赠同游者》《梦上嵩山时足病未平》《观嵩洛有叹》《早春题少室东崖》;宋朝欧阳修在这里留下《嵩山杂咏》《赠嵩山许道人》《箕山》,苏轼在这里留下《少林寺》《将军柏》《启母石》等,如琳琅满目。这里山山水水,一草一木,都有诗篇与歌声相伴,成为中国诗歌文化的宝库。

在人文教化发展中,嵩山以博大的胸怀拥抱世界,有佛教禅宗祖庭少林寺,有道家洞天中岳庙,还有儒学圣地嵩阳书院。嵩山不是中国道教文化的发源地,但是有众多道教领袖在这里传经布道。如唐代《三洞珠囊》卷五引《道学传》卷二《张天师传》称:“张天师弃家学道,负经而行,入嵩高山石室,隐斋九年,周流五岳,精思积感,真降道成,号曰天师。”张道陵的五斗米道,起源于嵩山。北魏太平真君年间,嵩山道士寇谦之改革道教,“清整道教,除去三张(张陵、张衡、张鲁)伪法”,“专以礼度为首”,佐国扶命,使道教由民间宗教转化为国家宗教。不用说,毗邻白马寺,嵩山汇聚了早期的佛教与佛教文化,达摩在这里面壁十年,留下了美好的传说。

少林寺钟楼前开元碑阴刻“混元三教九流图赞”,释迦牟尼、孔子、老子三圣合体图像;少室山安阳宫主殿洞有三皇洞,供奉释迦牟尼、孔子、老子;宗教与武术相融,与音乐和舞蹈相融,与社会风俗相融,与医术和中药相融,与各种人文艺术相融。嵩山既有体现原始文明生殖崇拜的摸摸会,又有佛教文化与道教文化共为一体的中岳庙会,在大山的怀抱中,历史与时代一同见证文化多元共存。

嵩山是屹立天地间的一部大书,是中国文化神圣的碑石,是刻写在大地上的天书。这里发现了中原地区珍贵的岩画。这里诞生了河图洛书的神话传说,成为中华民族重要的文化图腾。而且,嵩山现存的太室山庙阙、启母庙阙、少室山庙阙的铭记,都是我国最早的刻石,已纳入《世界文化遗产名录》。这里出土了《东汉侍廷里父老僤买田约束石券》,见证汉代社会的土地制度;这里保存了《熹平石经》《袁安碑》《汉故安乡侯张公碑》《东汉袁敞碑》《甘陵相尚府君(博)之碑》《仙人王子乔碑》和《夷齐庙碑》,见证汉代文化的灿烂辉煌;这里保存了校正五经文字、统一诸家经本的《洛阳太学石经》,保存了记录管理水利的《王诲碑》、堂溪典请雨嵩高山的《汉堂溪典嵩高山石阙铭》,这里保存了《韩仁铭碑》《河南梁东安乐肥君(致)之碑》,见证汉代社会的风风雨雨。这里的《正始石经》,以古、篆、隶三种不同的字体对照刊刻,展现出我国书法从篆书到隶书发展变化的历史轨迹。这里的《大晋龙兴皇帝三临辟雍皇太子又再莅之盛德隆熙之颂碑》,记录了晋武帝司马炎在太学中举行乡射礼的教育历史;《西晋韩寿墓表》《东武侯王基墓碑》《晋故处士成君(晃)之碑》《晋武帝贵人左棻墓碑》《荀岳墓志》《中岳嵩高灵庙之碑》《中岳嵩阳寺伦统碑》《北齐姜纂造像题记》和《韩寿墓表》《元怀墓志》《元怿墓志》《高猛墓志》《元肥墓志》以及《巩义石窟》《北齐刘碑造像碑》《在孙寺造象记》《库庄造像记》《北齐造佛像碑》《东魏造佛像碑》《北齐姜纂造像碑记》《齐造神碑记》《齐宋买造像记》《孟阿妃造像记》等，都是书法的精品、经典。大唐一代，李世民、李治、武则天、李隆基、李豫、颜真卿、王行满、李邕、徐峤、徐浩、徐珙、颜师古、褚遂良、刘禹锡、薛稷、薛曜、王知敬、钟绍京、狄仁杰、欧阳通、柳公权、张旭、孙过庭等；大宋一代，欧阳修、司马光、程颢、程颐、邵雍、鲜于侁、文彦博、苏轼、苏辙、王曾、孙崇望，等等；元明时期的赵孟頫、董其昌、朱载堉，都在这里留下珍贵的墨宝。嵩山是中国书法艺术与书法文化的宝库。

嵩山是中国文化的大山，是中华民族神圣的大山。它不仅属于中原，也不仅属于中国，而是人类文明的一部分，是中华民族对人类文明的重要贡献。

了解嵩山与嵩山文化，是打开中国文化的一条重要通道。

文化是民族的灵魂和血脉，是中华民族的精神家园。中国优秀传统文化蕴藏着中华民族千百年来的聪明才智、情感、意志和信念，对于实现中华民族伟大复兴事业中的文化自信、理论自信，具有重要的价值意义。中国文化走向世界，与世界进行平等对话、交流、沟通，需要弄清自己的文化家底，懂得自己的价值意义。深入挖掘中国优秀传统文化的价值，成为中华民族伟大复兴的重要基础。因此，面对这座中国文化的神圣大山，深入挖掘嵩山文化的底蕴和内涵，盘点整理博大精深的嵩山文化，是时代赋予我们的一项艰巨的工作。尤其值得赞扬的是"嵩山文化大系"的编撰者们，完全是出自于对嵩山文明的热爱，自发地组成一个团队，近十年时间，有的是利用工作的业余时间，有的是在退休以后，以坚韧不拔的精神，遍查历史文化典籍，通过对嵩山文化景观和自然风光的深入考查，不断挖掘、整理、研究嵩山文明，编撰出这套卷帙浩繁的"嵩山文化大系"，给中国文化，给人类文明，在文化遗产的保存与传承上增添了不可或缺的内容与光彩。

"嵩山文化大系"主要从山水与文明、神话传说故事、名人史迹、古代诗选、综艺文释、碑刻文释、民俗风情、古文化遗存、宗教发展、少林武术等多个方面梳理嵩山文化的历史脉络，勾陈历史文献，辨析其中的历史文化疑案，全方位描绘出嵩山文化的历史地理与文明现状。因为这套书中的内容有世界文化遗产、世界非物质文化遗产，有国家民间文化遗产，有国家文化遗产和非物质文化遗产项目，还有全国、河南省重点文物保护单位，具有丰富深厚文化底蕴。既有历史的挖掘，又有现实的记录。将古老的历史文化不断激活，这是展示、介绍、宣传、保存中国优秀传统文化的一部力作。

中华传统文化源远流长，其遗留与积存，为数极多，但系统展示区域文化的史料不多。"嵩山文化大系"的问世，使人们通过阅读，能够世代相传地吸取、传承、弘扬嵩山文化，这对促进嵩山文化进一步的挖掘和研究，开展国内区域间和世界各国间的文化交流等方面，都有着极为重要的作用，具有不容忽视的历史价值。

2017 年 1 月

总　　序

文化是人类在社会历史发展过程中所创造的物质财富和精神财富的总和。文化是不断向前发展的，是社会生活的物质要素和精神要素的统一，是人的生命活动发展的特殊方式。有了人类社会才有文化，文化是人们社会实践的产物。一定文化（指观念形态的文化）是一定社会的政治和经济的反映，又给予伟大影响和作用于一定社会的政治和经济。

这里所说的文化，是关于嵩山的文化。现在学术界有很多争论，有人认为嵩山地域的范围很大，河洛地区就在嵩山地域之内，所以嵩山文化包括了河洛文化；也有人认为，河洛文化是嵩山文化的中心；还有人认为，嵩山地处洛阳盆地盆沿之上，距洛阳60公里，是处在河洛文化的地盘上，应该从属于河洛文化……编者认为，嵩山文化与河洛文化有很多相同之处，如地域上的重叠性、形式上的多样性、文化上的侧重性、内容的多元化等。但嵩山文化与河洛文化各有自己的体系，说嵩山地域在河洛地域也好，还是说河洛地域在嵩山地域也好，这两种说法的地域概念似乎并不矛盾。但与河洛文化稍有不同的是，嵩山文化则是以嵩山为中心而辐射在嵩山地域的一种有着其独特渊源的社会历史因素所形成的文化，与河洛文化相比，更加强调突出了嵩山在这一地域文化中的源头和先导作用，她应当属于区域文化范畴。

在中华民族的文明发展史上，从黄帝统一中原部落开始，嵩山地域逐渐成为我国古代政治、经济和文化的活动中心，嵩山地域都占有不可取代的的源头与核心地位。在此地域产生的嵩山文化，是指孕育、诞生、发展、繁荣、传承于以嵩山为中心及其周围的黄河、伊河、洛河、颍河上游流域的嵩山地域文化，经历了距今100万～1万年之间的旧石器时代，经历了距今1万～3600年之间的新石器时代中的距今9000～7000年的裴李岗文化、距今7000～5000年的仰韶文化、距今5000～4000年左右的龙山文化、距今4000～3600年二里头文化的发展序列，以华夏先祖尊奉信仰的嵩山"山"文化和"中"文化为渊源，以闻名天下的嵩山称号"神山""祖山"和"天地之中"为根本，以轩辕黄帝、华夏部族以及后来商、周部族的文化系统为先导，涵盖了古代各历史时期的山水文化、神祇信仰、礼乐制度、三教源流、军事战争、文学艺术、文献典籍、民俗风情、少林武术以及姓氏、名人、建筑、教育、科技、考古、天文等多种传统文化元素的根基文化。著名民俗学家丁慰南说："嵩山文化的本体决不是某单一的文化现象的遗迹，而是我国几千年来历史上多种文化'元素'积淀融合而成的产物。"正因为嵩山地域在历史上占据着这么多文化元素的源头，故被当今考古、历史、政治、文化界称之为天地之中、文明之源、华夏之根。

一、嵩山与嵩山区域文化

中岳嵩山的名称,历来变化甚多。黄帝时期称太室;尧舜时称外方、嵩高、中岳嵩高,夏朝时称为外方、崇山、崇高,商称嵩高中岳,夏、商、周三代尊称嵩山为太室、天室、大室。西周时称黄室、嵩高中岳、中岳嵩高,称嵩山地域为地中、天地之中、中国。周平王由镐京东迁洛阳以后,定嵩高太室山为"中岳",称中岳嵩高,以后历代均沿称嵩高为中岳。嵩山位于天地之中,泰、华、衡、恒四山拱卫四方,故嵩山也称"天中之山",自古即为华夏民族所奉祀的名山。

嵩山东西绵亘200公里,主体面积约450平方公里,地域面积约11110平方公里。嵩山地跨河南省的巩义、偃师、伊川、登封、新密、新郑、荥阳、禹州、汝州等县市,与郑州、洛阳相连,嵩山主体部分太室山和少室山位于登封市境内。嵩山北瞰黄河、洛水,南临颍水、箕山,东通郑汴,西连十三朝古都洛阳,素为京畿之地,是古都洛阳重要的东方屏障,具有深厚的文化底蕴,是宋代程朱理学的发祥地之一,也是中国佛教禅宗的发源地和道教圣地。

嵩山属秦岭山脉伏牛山系东延的系列山脉,向东北、东、东南方向扇形展开,地势自西向东逐渐降低。区内地势起伏较大,地貌类型复杂多样。《山海经·中次山经》中说:嵩岳西起昆仑,过秦岭,进入河南后,经熊耳山、伏牛山、大苦山,自龙门以东有香山、万安山、八风山、马鞍山、五佛山、青龙山、挡阳山、少室山、轩辕山、君子山、太室山、讲山、牛山、东龙门山、浮戏山等,北至巩义、偃师的北邙山、敖仓山。山体到登封分为三支,往东有新密青屏山、新郑的风后岭,东北有新密的浮戏山,往南有马岭山、密岵山、荟萃山,东延为具茨山、大隗山,西延隔颍水为箕山、大小鸿山、风穴山,诸多支系山脉构成矗立中原大地的庞大的嵩山山系。嵩山各大山脉的高度一般为700米~1500米之间。其中最高的少室山最高峰连天峰海拔1512.4米,太室山主峰峻极峰海拔1492米,而黄帝居住的具茨山峰海拔793米,上古名人许由所在的箕山峰海拔仅723米。嵩山山脉呈东西向横贯全区,各大山脉绵延起伏,如一条巨龙盘踞在中原腹地。

嵩山不仅有连绵起伏的山峰和丘岭,还有庞大密集的水系。其中,挡阳山与少室山相连,称少室通阜,为颍水发源地;鸿山贯宝山南麓是洗耳河的发源地;八风山是洭水的发源地,洭水西流入伊河;阳城山是洧水的发源地,洧水入新密后,纳溱水,称双洎河;轩辕山北麓的休水河、五指岭北麓的石子河、东西泗河,均北流入洛河;伊河、洛河在巩义神堤村汇流,叫伊洛河;黄河、洛河在巩义神都山下汇流的地方,叫洛汭。在嵩山主要的分支山脉之间,都有独立的水系分布,蜿蜒着黄河、洛河、伊河、颍河、汝河、溱水、洧水等河流。山脉与水系相间,水流河谷与盆地相互串连,形成了地势低凹的开阔地带和较为平坦的盆地,这里有充足的水源,有繁茂的林木,地理位置优越,生态环境良好,是中华文明的天然"摇篮",为华夏的原始先民聚居、生产与生活提供了极为有利的条件,也为嵩山区域文化的形成和发展,奠定了由自然要素与人文因素作用而形成的一个综合性的基础。

嵩山远古时期人们崇信的"天室",是祭祀华夏民族先祖的"祖山",也是历代帝王进行"祭天法祖"的神圣之山。古人认为,嵩山是大地距离上天最近的地方,圣地灵境,天地相通,得天独厚。嵩山地域不但处于"天地之中"优越的地理位置,融四方文化于一体的中心地带,又率先跨入"文明的门槛",而且在以后的数千年里,长期是我国政治、经济、文化、交通的中心,这不但使嵩山文化在"野蛮"进入"文明"的大变革时期,抢占了先机,充分展示了她的先导性,并为她最终成为中华民族的主体文化,为她的正统地位打下了宽厚坚实的基础。

嵩山文化是产生于嵩山地域的一种区域性文化,关于嵩山文化区域的界定,从大的范围说,我国著名民俗专家张振犁教授称:“嵩山文化,狭义指包括北至黄河,南至河南襄城一带,东至虎牢关,西至华山,方圆数千里的(包括河洛文化)的地域。广义就是中原文化的泛称。简单地说,嵩山文化区基本上涵盖了中原腹地的沿黄河、颍河、洛河、伊河、汝河、溱水、洧水两岸的广大河谷、盆地、平原的肥沃地带。嵩山地域之所以被称为中原文化及后来华夏文明的摇篮,是因为炎黄先民在这块土地上开发、经营了近万年。就像埃及原始先民开发尼罗河流域,巴比伦先民开发美索不达米亚(希腊语:底格里斯河和幼发拉底河中间的地方,意为两河之间)和印度先民开发洹河、印度河流域,而创造世界文明古国一样,中国中原地区的‘嵩山区’先民开创华夏文明,首先是由独特的地理环境和自然条件所造就。”

从小的范围说,嵩山地域就是当今我国考古界、地质界、历史界的一些专家将以嵩山主要山脉的太室山与少室山所在的登封以及嵩山余脉的所在地伊川、偃师、巩义、荥阳、新郑、禹州、新密、汝州的九个县级市,以及为邻的古都郑州和洛阳的这个地域,称之为“嵩山历史文化核心区”或“嵩山文化圈”。这与考古中发现的以嵩山为中心及其周围的黄河、颍河、洛河、伊河、溱水、洧水一带的中原腹地的范围完全一致,实际上也是秦汉以前以“中国”一词称名的小“中国”。嵩山地域从上古以后各历史时期的古代文明不断代,原始文化序列清晰,历史遗迹随处可见,她不但是一部完整的嵩山区域文化史,还是中华文明史的一个完整的缩影。完全可以说,这是一个在中华民族发展史上占据着重要位置的地域。因此,我国著名环境考古学家、国家文物局专家组成员、中华文明探源工程专家组组长周昆叔称“嵩山文化是中华文化的发动机、孵化器”。

孕育、诞生、发展、繁荣、传承于嵩山区域的嵩山文化,就是嵩山区域在一定的历史、经济条件下产生的古代文明,这一文明的产生、发展,奠定了华夏民族文化的基本模式,同时也包容了几乎整个奴隶社会、封建社会主体文化的发展和演变历史。嵩山文化不同于其他区域文化,如山东齐鲁文化、河北燕赵文化、山西晋文化、陕西秦文化、两湖荆楚文化、江浙吴越文化、川渝巴蜀文化等,嵩山文化不是一般性的区域文化,她对中华民族文化的形成和发展起着巨大的奠基作用。因此有人说,嵩山文化以黄帝统一古华夏部落,与炎帝成为我国远古时代华夏民族的共主,具有中华传统文化的根源性;以夏文化和商周文化为主干,具有中华传统文化的厚重性;以秦汉三国两晋南北朝隋唐的分裂融合为兼容并蓄的全面繁荣,具有中华传统文化的博大性。从黄帝竖起中国大一统的旗帜,到大禹开国建立夏朝,再到嵩山区域的民族融合的与时俱进,外来佛教的中国化,及“河洛”南迁等一系列重大的事件说明,嵩山文化既有强大的吸收、包容、凝聚的力量,把周围的文化吸纳进来,同时也有很强大的辐射作用,把自己的文化传播、渗透出去,影响周围地区,乃至海内外,具有中华传统文化的辐射性。

嵩山文化不仅是名山文化、中央文化、国都文化,在历史上长期处于主导和核心地位,它还是中华文明的摇篮,是中华民族的根亲文化、母体文化、主流文化,是中国传统文化的源头与核心,是构成中国传统文化最主要的组成部分,是华夏五千年文明的源泉与主脉,在中国古代文化史上占有十分重要的地位。中国民俗学会名誉会长、中国民间文化遗产抢救工程专家委员会副主任、文化部中国民族民间文化遗产保护工程专家委员会委员乌丙安说:“嵩山的中岳之中,占据了五行方位中央的最佳位置,理应在发扬和开拓中华名山文化的跨世纪文化建设中发挥领头羊的导引作用。在积极倡导中华名山文化的大潮中,建设并发展嵩山文化。”

二、三十六亿年的嵩山地质

地球的年龄约为46亿年,远古时的地球全是被水包围着,后来地壳不断运动后才形成陆地、海洋。据地质学家研究,嵩山是世界上最早出露大海的古陆地。35亿年左右,当地球尚处在天地茫茫、混沌未开、一片汪洋之时,嵩山在大海中已经形成了小块的陆核,之后在漫长的造陆和造山运动中碰撞、裂变、聚集,山体开始在海水中沉浮慢慢地发育成长。

嵩山地域清晰地保存着发生在距今25亿年的"嵩阳运动"、距今18亿年的"中岳运动"、距今5.6亿年的"少林运动"等三次前寒武纪造陆和造山运动所形成的角度不整合接触面及典型的构造形态遗迹。嵩山一次又一次地浮出水面,又一次又一次地沉入海底,历经千万次激烈的起伏、颠簸、沉积、褶皱,历经无数回剧烈的碰撞,终于横空出世,成为世上山龄最长的山脉之一。嵩山经历了这三次大的造山运动,其独特的地质地貌景观,成为世上绝无仅有的地质经典之作。

据中外地质学家考察,嵩山经过这三次大的造山运动,才结束了地质史上的元古代,进入了古生代的寒武纪和奥陶纪。又经过约两亿年,此处地壳上升至海平面以上,因其受风化和剥蚀作用,形成了嵩山地区的含煤地层。

大约在6亿年前后,当时的陆地还没有完全浮出地表,但是北边的中国已开始浮出地表,这里面也包括了嵩山。也就在这一时期,嵩山最后一次升出海面矗立于世间时,以高著称于世的喜马拉雅山和整个秦岭都还在海底沉睡。

大约在2.3亿年前后,中国的版土上,又发生了一次延续很长时间的地壳运动,即南北广大地区的"燕山运动",嵩山受到南北方向的推挤,在这里已经形成了1500多米的高度,成就了今天瑰丽多姿的山势及地质地貌,确定了嵩山地质的基本格局。

嵩山地域内连续完整地显露着太古代、元古代、古生代、中生代和新生代五个历史时期的变质岩、沉积地层,加之伴随历次构造运动,形成了地球上独一无二的嵩山"五代同堂"的地质奇观。嵩山地质构造以其岩龄古老、类型齐全、构造复杂、形迹各异、发育完整、出露良好而闻名中外,被国际地学界誉为"地学百科全书"和"天然地质博物馆"。嵩山地域位于天地之中心,上下数十亿年,大自然所造就的嵩山各地质时期千变万化的地质遗存和类型多样的地势地貌,使嵩山成为世界地质史上的一枝奇葩。

嵩山复杂的地质地理条件,经过漫长的地质作用,形成了独特的气候条件,造就了种类繁多的地质遗迹。内外力的地质作用形成了宏伟壮阔的构造形迹、典型的地层层型剖面、灭绝的动植物化石、重岩叠峰的断块山体、千尺飞泻的悬流瀑布、清流晶莹的素湍绿潭、幽静宜人的湖光山色。嵩山地质不仅给地质科学的研究留下了各历史时期千姿百态的地质变化遗迹,而且为人类提供了适宜居住的生活环境。

鉴于嵩山地质在世界地质的独特性,世界上许多国家著名的地质科研部门和地质大学都将嵩山列为科研、考察、教学的基地。2004年2月13日被联合国教科文组织列为世界地质遗产,命名为"嵩山世界地质公园"。

三、嵩山文化一万年

以嵩山为中心的嵩山地域是东方文明的重要发祥地,这里不但最早进入文明时代,而且在以后的漫长时期里,成为我国政治、经济、文化、交通的中心。在史前考古学文化方面,从旧石器时代文化遗址说起,大约在100万年以前,嵩山地域就有了人类生活的史迹。在嵩山地域汝州张湾村发现的旧石器时代早期的简单石器劳动工具,是人类早期的活动遗物。洛阳北窑旧石器文化遗址除了出土有动物化石及人类用火痕迹,还有近800件石制品连续分布在黄土地层内,在国内外十分罕见,这就把旧石器考古与黄土研究紧密联系起来,对研究全球气候变化和探索黄土时期的人类生活环境有着重大的意义。荥阳织机洞遗址展示了旧石器时代与新石器时代的过渡和交替,对于追溯嵩山古文化的渊源和研究嵩山古代环境面貌及其与人类的关系提供了珍贵的史料。

大约距今一万年左右,嵩山地域进入新石器时代。新石器时代与旧石器时代相比,人类社会有质的飞跃,首先是陶器的出现、石器的精致化;其次是原始农业的产生,我们的先民已进入了农业定居阶段,早期的聚落已经形成。到了新石器时代中晚期,出现阶级分化,王权开始形成,文明在嵩山地域最先产生。人类在进入新石器时代后,嵩山作为中国史前文化最发达的地区之一,孕育了原始社会最著名的裴李岗文化、仰韶文化、龙山文化和二里头文化等,使嵩山区域最早成为原始文化的核心部分,在中国文化发展史上,占有相当重要的地位。嵩山文化核心区内,嵩岳高山纵横,河(黄河)、颍、洛、伊、溱、洧诸水纵横其间,这就形成了原始先民们居住、生产、生育、繁衍的最理想的地区。嵩山地域现在保存的大量的古文化遗存就足以证明,嵩山地域经历了距今100万~1万年之间的旧石器时代,经历了距今1万年~3600年之间的新石器时代中距今9000~7000年的裴李岗文化、距今7000~5000年的仰韶文化、距今5000~4000年的龙山文化、距今4000~3600年二里头文化等,从1万年至今,一直延续不断,前后相接,形成了一个完整的文化发展系列。其遗址数量之多、分布之密,居全国之冠,它们充分反映了嵩山地域原始社会时期的繁荣景象。

从考古学上看,嵩山地区的新石器早期文化是裴李岗文化,在此基础上形成仰韶文化、龙山文化、二里头文化。从考古成果看,嵩山地域的新石器时代文化遗址有1000余处,每处遗址一般包含着几个文化层的堆积。各文化层的叠压层次清晰,具有明显的时代连续性,如郑州的林山寨遗址、吴湾遗址,洛阳的矬李遗址,登封的袁村遗址,汝州的中山寨遗址等,其中每个遗址上都堆积有新石器时代的多种文化遗存,其类型有裴李岗文化、仰韶文化遗存;有仰韶文化、龙山文化遗存;有裴李岗文化、仰韶文化、龙山文化遗存;有仰韶文化、龙山文化、二里头文化和商代文化遗存等等,对研究嵩山地域中的各文化之间的发展过渡和承袭关系具有重要价值。

中华民族史前时期的“英雄人物”——“三皇”“五帝”生活在这里,“河图洛书”的传说也发生在这里。大量的考古发掘和田野调查资料证明,人类生活环境早在8千至1万年以前,这里已经是农业文化的稳定时期,物质文明和精神文明已达到了相当高的水平。从传说中的燧人氏、伏羲氏、神农氏的“三皇”,到中华民族始祖黄帝、颛顼、帝喾、尧、舜的“五帝”,他们是远古人类始祖和人文始祖,他们在嵩山的活动情况,皆是嵩山文化的源头和组成部分。相传上古之世,有龙马负图出于河,伏羲据此画八卦。上古时代的主要生产之事,都萌生于伏羲手中。如神农氏在嵩山地域尝百草、制造耒、耜等农具、始种五谷。如生于嵩山地域的炎、黄二帝,《国语·晋语四》载:“昔少典娶于有蟜氏,生黄帝、炎帝。""黄帝都新郑"。如尧帝巡狩,崩于阳城。如舜帝迁居负黍城,《世说》载:舜迁于负黍(今登封大金店一带)。如帝喾都西亳(今偃师)。在中国文明早期阶段的历史上,远古人类以不屈不挠的顽强意志、勇于探索的精神和卓越的聪明才智,绘就了人类文明史上光辉绚丽的画卷。

炎黄文化是华夏文明的前身,而炎黄帝族系的形成和发展,却经历了漫长的复杂演变过程。在中原聚居的众多部族之间,由于利益的冲突,经历了长期的斗争。黄帝部落的大发展,为中华民族的物质文明奠定了牢固的基础。以后历经颛顼、帝喾、尧、舜、禹、文王、武王的对以嵩山为中心及其周围的河洛、伊洛平原以及整个中原文化的开发,便成就了古代华夏文明繁荣昌盛的壮丽景象。

远古时代各部落的融合与分化过程,打破了部落的地方隔绝,完成了地区性部落联盟向国家与民族的过渡。公元前21世纪,中国历史上的第一个王朝——夏王朝在嵩山地域诞生,夏为中国历史上第一个奴隶制国家。夏王朝的建立,标志着人类社会由"野蛮"跨入"文明"。从考古发现来看,此时的生产力有了一次突飞猛进的发展,出现了青铜礼器、文字和城市,率先进入了文明时代,并从此在相当长的时期内,成为中国古代文明的核心。著名历史学家刘庆柱说:"学术上严格意义的古代文明起源、形成,实质上就是国家的起源、形成,因此说古代文明起源与形成是个政治范畴的问题。"嵩山之所以称为华夏文明的摇篮,就因为嵩山地域的华夏先辈不断繁衍生息,逐渐发展进步,形成疆域,出现"国家"。史料记载,夏王朝的统治区域西至华山之东,东到豫东平原,北达济水之南,南抵淮河沿岸,方圆千里,展示了人类社会的文明和进步。

嵩山地域作为中华民族的发源地,从一开始就具有非同寻常的生命力。通过继承发展的凝聚性和相互交流的多样性,终于形成了以商周文明为核心的主体部分,并导致多民族的统一国家的形成和壮大。因此,我国文物考古界的有关专家称黄河为中华民族的母亲河,称嵩山为中华民族的父亲山,称"天地之中"的嵩山地域为中华民族形成的中心!

由夏以降,商、西周、春秋、战国、东汉、曹魏、西晋、北魏、隋、唐、武周、后梁、后唐、后晋均曾建都于嵩山地域,许多影响中国历史的重大政治、军事事件发生在这里,许多彪炳史册的民族英才生活在这里,许多光耀千秋、泽被万世的科学文化成果诞生在这里。嵩山地域号称是"举手摸到秦文化,抬脚踢到汉砖瓦"的"文物之乡",古代文化遗存数量之多,分布之密,为全国之冠。从夏王朝到春秋战国,从汉魏两晋到南北朝,从隋唐五代到宋金元明清,都清晰地记录了华夏民族的先祖们在这里繁衍生息、生产活动和后来炎黄子孙自强不息、发展壮大的历史足迹。从一定意义上讲,一部嵩山地域史,就是一部中国发展史;嵩山文明5000年,就是中华文明5000年。

以中岳嵩山为中心的黄河、颍河、伊河、洛河、溱水、洧水、汝河流域孕育、产生、繁衍的"嵩山文化",正是在这一土地上孕育、产生、繁衍的一种中国最古老、最权威的文化。嵩山文化从古到今,一脉相承,延绵不断,流传至今。有学者认为,广义的嵩山文化产生于史前原始社会时期的旧石器时代,距今至少有170万年的历史,是目前所知世界上产生和形成最早的文化之一。即使从新石器时代的裴李岗文化算起,迄今也已延续了大约一万年之久,这是世界文明、文化史上仅有的现象。

四、天室、祖庙、地中、华夏、中国

嵩山地域是人文始祖黄帝的主要活动区域,为嵩山成为政治中心及"天地之中"奠定了基础。距今5000年前后,轩辕黄帝在嵩山地域修德振兵、抚万民、度四方、融炎帝、一统天下,建都有熊(今新郑)，带领先民们创文字、织丝帛、分州土、立朝市、定历律、制舟车、撰《内经》等等，创造了最为先进的氏族文化，奠定了中华民族的根基。

黄帝建都于嵩山地域之后，即把太室当做祭天的神山。《史记·封禅书》说"天下名山八，而三在蛮夷，五在中国。中国华山、首山、太室、泰山、东莱，此五山，黄帝之所常游，与神会。"可以说，从黄帝时期开始，就开创了祭祀嵩山的先例。正由于此，嵩山成为了中华民族的文化圣山。

《五帝本纪》载，黄帝打败了炎帝(族)、蚩尤，统一了华夏，天下万国的诸侯都尊黄帝为天子。据历史记载和文物佐证，黄帝统一天下，奠定中华，肇造文明，缔造了最早华夏族的核心。从黄帝开始有了民族融合，有了国家雏形，有了制度草创，有了农业大发展，有了物质和文化建设。相传尧、舜、禹、皋陶、伯益、汤等均是他的后裔，因此黄帝被奉为中华民族的共同始祖。《礼记·郊特牲》载："万物本乎于天，人本乎于祖。"由于黄帝开创华夏文明的功绩，夏、商、周、秦、汉时都把黄帝作为共同的祖先进行祭祀。

嵩山古时称嵩高、宻(古写的"崇")山，据《唐汉字解字·汉字与日月天地》解释，"嵩"字原本指对男性生殖器的崇拜，故音"耸"。而"崇"字是一个会意字兼形声字，从古写的"宻"字可以看出，宻本身就是以宗在上，山在下，顾名思义，有山之宗的意思。崇的称名起源很早，《国语·鲁语》载："在昔有虞，有崇伯鲧。"相传，"鲧作城郭"，其地因山为名，故址就是现在登封的王城岗夏代遗址。崇，古音从宗声。宗，《说文》载：尊祖庙也。从字源学的角度看，祭祀祖先的所在叫宗，祭祀天帝的所在也应该叫宗。因此，后人理解的嵩山是天人合一，具有"天室"与"宗庙"双重的尊贵地位。一方面，嵩山古称"天室"，是天帝居住的地方，是神宗所在，也是上天与人间沟通的地方；另一方面，嵩山又称崇高山，是华夏民族的宗庙，宗庙祭祀的主神为华夏始祖轩辕黄帝。在华夏文明起源与形成过程中，存在着两条主线：一是神祇信仰，二是祖先崇拜。而嵩山恰恰是集这两条主线的条件于一身。换句话说，嵩山祖庙所祭祀的始祖主神和古人祭祀的嵩山天神是一个天人合一的人物——即轩辕黄帝。因此，在敬仰天神、崇拜祖先的远古时期，"嵩高山""崇高山"即为华夏民族所祭天法祖的神山和祖山，是我们华夏民族的族根和精神归属。

"天有心，地有胆，天心地胆在告县"，这是登封广为流传的一首民谣，民谣中所说的天心地胆即位于登封市东南12公里处的告成周公测影台。即3000年前的西周初年，周公因营建洛邑选址时，曾在此建测影台，据地表、测日影、求地中。《周礼·地官·大司徒》："以土圭之法测土深，正日景(影)，以求地中。"郑众注："土圭之长，尺有五寸。以夏至之日，立八尺之表，其景(影)适与土圭等，谓之'地中'。""地中"即国家的中央地区。在古代人们还没有认识到地球是圆的之前，我们中国人传统的宇宙观就一直认为，地球直观上看是一个平面，进而认为平面为方形，而方形必然有一个中心点，这个中心点则与圆形天的中心相对应。《周礼》中说："谓之地中，天地之所合也，四时之所交也，风雨之所会也，阴阳之所和也。"所谓的"地中"，与天相对应，就是"天地之中"，是天地相合之地、四时交汇之地、风雨相会之地、阴阳相和之地，是圣山灵境，而阴阳相和之地意义更为深远，古代以为万物乃阴阳相和而生，因而"地中"作为阴阳相和之地，也就是天地万物发生发展的根源之地。

华夏、中国的名称据考证源于嵩山地域。

"华夏"之名，源于夏代。其"夏"的得名，显然与夏王朝的建立有关，古人解释"夏"为"大国"，乃自称美名；周人往往自称为"夏"，历史上有"周人尊夏"的记载。

至于"华夏"之"华"名，似由一望可辨的服饰而来，夏人冠冕衣大带采饰，《周礼》解"冕服采章曰华"，亦当为自称美名。《左传》定国十年："中国有礼仪之大，故称夏，有服章之美，故称华。"故"华"为美好之意。《左传》载："冕服采章曰华，大国曰夏。"《疏》："华夏为中国也"。系释"华夏"，乃文物典章制度最盛的炎黄中国而言。

有专家考证"华"与"夏"二字之初源，应为地名、国名，亦民族部落名之转化，民族愈发展，地理范围愈广大，滋"大国曰夏"之意，后逐浒称"中国"。

说华，非今陕西之华山，陕西之"华"，古称"太华"，似乎东周始而显名；华夏之"华"，是另一地，当在嵩山一带。《国语·郑语》云："前华后河，右洛左济。"说的是公元前773年，郑桓公姬友见西周衰败，西周将乱，诸侯多叛，为预避国难，求教于太史伯。太史伯救之曰：只有出居"前华后河，右洛左济"之地，"主芣騩而食溱洧"才能逢凶化吉，兴旺发达。即《史记》中所说之"独雒之东土，河济之南可居"之地。芣騩，山名，溱、洧，水名，皆在嵩山地域的密、郑一带。然而，此地当时已先有东虢、郐国两个国家居住，因其国君皆贪心好利，有失民心。这为后来郑桓公灭两国创造了有利条件。此地西陲与东周王室为邻。考东虢、郐两国具体位置，《国语·郑语》说"其济洛、河颍之间，是其子男之国，虢、郐为大"；《史记·郑世家》裴骃解，"虢在成皋，郐在密县"，"右洛左济"其左陲，在黄河与济水交汇处，与"夏桀之居"之"左河济"，两左陲东疆正相一致。因此，可证虢、郐两国国土，正处在夏桀时的国土之内，不言而语，"前华后河"的"华"地，也必然在嵩山地域的范围之内。

嵩山地域古有华国。同样是《国语·郑语》记载，公元前773年，郑桓公见西周衰败，诸侯多叛，问太史伯：郑国何处可以立国。太史伯对桓公曰："虢、郐十邑，华其一也"。华，即指华国。太史伯谓郑桓公曰："华，君之土也。"华，西周时期封国，都城为华阳。简称"华"或"莘"。考其地望，"华"应在嵩山之南，在今新郑、新密一带。《潜夫论·志氏姓》云："华氏……子姓也。"《水经注·洧水》对华城的记述颇详：洧水又东与黄水合，《经》所谓湣水（溱水），非也。黄水出太山南黄泉，东南流迳华城西。

华阳故城位于新郑市区北20公里的郭店镇华阳寨村周围一带，平面呈南北长方形，各面城墙中部均有折曲，周长2300余米，面积约36万平方米。华阳故城城南、城东是一条古河道，宽20米~70米，深4米~8米，古名华水，现今潮河的源头。华阳故城就座落在古华水北面较高的岗地，距其源头郭店村南仅1.5公里。据《水经注》《新郑县志（乾隆版）》记载"为七虎溪，亦谓之为华水也"。西晋史学家司马彪曰："河南密县有华阳山"。国在山水间，故而名华。

华阳故城春秋属郑，战国归韩。秦灭六国后堕城毁门，华阳故城遭到严重破坏。隋代伊斯兰教徒入住城内。唐以后对城墙整修，局部增高并增加马面设施。清咸丰年间华阳寨村建清真寺，整修南门，门上刻青石门额"古华邑"。华阳城自古就是很重要的城邑。2013年5月被国务院核定为第七批全国重点文物保护单位。

华夏之"夏"，是指夏民族所分布的地区。从禹的族源上说，禹也是始祖黄帝的后裔。《史记·夏本纪》云："禹之父鲧，鲧之父曰帝颛顼，颛顼之父曰昌意，昌意之父曰黄帝。禹者，黄帝之玄孙而帝颛顼之孙也。"由此可知，同在嵩山地域的夏族和黄帝族一脉相承。其"夏"得名，显然与夏王朝的建立有关。《史记·夏本纪》之《索隐》引《连山易》载："鲧封于崇"，史书称夏部族的祖先鲧和禹为"崇伯鲧"和"崇禹"，说明他们曾是崇山即嵩山地域的部落酋长。《太平御览·地部四》嵩山条引韦昭注云："崇、嵩古通用。夏都阳城，嵩山在焉"。史料记载，夏代第一个帝王大禹在嵩山地域治理洪水，辟山筑道，开拓了夏朝统治的基地，而且夏启、太康、胤甲、孔甲、帝皋、夏桀6个帝王先后都居于此，同时连后羿、寒浞、少康都攻占过这里。

"华"在西周时期有文献记载。周穆王时的命簋铭云："唯十又一月初吉甲辰，王在华，王锡命鹿，用作宝彝，命其以多友餇飤。"著名考古学家唐兰也在他的《西周青铜器铭文分代史徵》中说："华，地名……在河南省密县，西为嵩山，是夏族旧居，所以华即夏，中华民族起源于此。”

而“中国”一词，最早见于《尚书·梓材》和1965年在陕西宝鸡县贾村塬出土的西周青铜器《何尊》，其底部铸有一篇122字的铭文，其中有“宅兹中国”四个字，就是指嵩山周围及伊洛河一带。“中国”的本意为“天地之中”“中央之国”，与“四方”相对，故文献又称之为“土中”。在嵩山地域文化中，有两个概念特别突出，一是自然的“嵩山”，二是西周都城“洛邑”。著名河洛文化学者徐金星在谈到嵩山与洛阳的关系时，曾经有过一个形象的比喻。他说洛阳是一个天然的盆地，而嵩山则是在这个天然盆地的盆沿之上，它们之间是无法分割的。在古人以天为命的理念中，嵩山就是古都洛阳所依附的一座神山和祖山。夏、商、周三代之所以要在嵩山地域建都，首先是以“天室”“祖庙”“天地之中”的嵩山为根本，必须是在“毋远于天室”的前提下，依靠嵩山来建立国家，以取得天神和祖先的庇护。如司马迁《史记》所载：“昔三代之居，皆在河洛之间，故嵩高为中岳，而四岳各如其方。”于是作为“天地之中”的嵩山地域，很自然地就成为实际意义上的“中国”，成为夏、商、周三代的中心。

由于夏、商、周的疆域面积小，《孟子·商公孙丑(上)》曰：“夏后，殷、周之盛，地未有过千里者也。”《诗经·商颂》曰：“邦畿千里，维民所止。”据史料记载，夏代的疆域面积为210万平方公里；商代的疆域面积为300万平方公里；周代的疆域面积为320万平方公里，三代的疆域面积均未超过400万平方公里。所以，秦汉以前，以“中国”一词称名的嵩山地域，实际上是一个小中国；秦汉以后，经过华夏民族的发展，随着国家的统一，疆域和版图的扩大，过去的“中国”已经成为了一个大中国。而原来以“中国”称名的嵩山地域，在统一帝国后，连同整个河南，已经成为属于大中国的“中原”或“中州”。

故“中国”一词的初义来自“天地之中”。“惠此中国，以绥四方”是《诗经》中的古训。“宅此土中”，是包举宇内、一统山河的象征；“迁宅土中”，更是寄托了一代代贤圣“囊括四海、并吞八荒”的伟大抱负。正是在大自然恩赐的这块小“中国”的丰土吉壤上，产生了华夏民族的先祖。

历史发展与文献证明，以嵩山为中心的嵩山地域是华夏祖先最早生活的地方，是中华民族的摇篮。经过夏、商、周三代文明的发展，嵩山文化成为了中华民族的文化之根。

夏、商、周以降，对嵩山的祭天法祖已成定习。太室祠(中岳庙)成了古代帝王祭祀远古始祖、中岳主神—轩辕黄帝而设的官方庙宇。从周时的太室祠到公元前110年，汉武帝刘彻祭祀嵩山，起神官斋戒七日，“闻嵩山呼万岁者三，登礼罔不答。其令祠官加增太室祠(周时旧祠)，赐山下三百户为之奉邑，祠衔合一，专奉祭祀”，至今香火已绵延3000余年。从北魏孝文帝迁都洛阳，亲撰祭文，认定“轩辕曜哲，伊祁载形。逮于有周，实光洛征”，到武则天封禅中岳，尊中岳主神为“天中黄帝”；从宋太祖赵匡胤向中岳主神黄帝敬献衣冠剑履、冕服，令祀官按宗庙谥册之制、详定中岳仪注及冕服制度，到元世祖忽必烈为中岳神加封号“中岳中天大宁崇圣帝”；从明代历任皇帝即位及有关国家大事对中岳主神黄帝的祭告，到创造“康乾盛世”的乾隆皇帝亲祭中岳，这一系列漫长的嵩山朝圣活动，都说明了华夏始祖和中岳嵩山主神轩辕黄帝在后世帝王心目中的崇高地位。尤其是在那种“天人合一、君权神授”的大一统封建社会中，他们之所以要到嵩山祭天法祖，主要是为了向世人宣布，他们统治的权力和正义性来自于上天和先祖的赐予和庇护，他们正统至尊的地位不可动摇。

五、河图·洛书·太极·八卦与洛汭

在古人心目中，嵩山是神秘的“天室”，嵩山地域也是神秘的历代统治者封禅祭拜天地山川的中心。闻名古今的洛汭就是嵩山北麓神都山下黄河与洛水的交汇处，这也是中国文明起源中太极图、伏羲八卦和上古时期帝王们修坛沉璧，出现“龙马负图”“神龟献书”的河出图、洛出书之处，反映了嵩山地域的史前文化在中华文明史上具有独特的地位。

河图洛书的出现及历代皇帝祭祀河流山川的地点就在巩义市南河渡村、北至神堤村、黄河以南的洛河湾的“洛汭”，周围称为洛汭地区。这一地区早在远古时代便是人烟稠密、物产丰富的地方，从考古发现的裴李岗文化遗址、仰韶文化遗址、龙山文化遗址，以及夏、商、周的众多遗址便是最好的证明。据先秦典籍记载，洛汭是中华文明发源的集中地，又是向四面八方辐射华夏文化的核心地区。河图、洛书、太极图、八卦，在科学家心目中，有着博大精深的文化内涵。

相传伏羲氏时，神都山下的黄河与洛河交汇处的洛汭中，有一匹龙马从黄河浮出，背负“河图”；还有一只神龟从洛河中浮出，背负“洛书”，伏羲依此“图”和“书”画“太极”与“八卦”，这就是后来《周易》一书的来源。《易经·系辞上》曰：“河出图，洛出书，圣人则之。”孔安国认为：“河图则八卦是也，洛书则九畴是也。”

有人发表文章说太极图起源于洛汭，认为太极图虽然含有深奥的哲理，但它的图像是来自于自然、受自然的启发而形成的。具体一点说，在洛汭黄河水暴涨时，堵截洛水倒流，如洛水同时暴涨，黄、洛两水在洛汭交汇撞击，形成旋涡，清浊分明。通过这个自然现象触发灵感，启迪了伏羲创造出“太极”和“八卦”。太极是中国古代的哲学术语，意为派生万物的本源。太极图形象化地表达了阴阳轮转、相反相成是万物生成变化根源的哲理。而八卦是表示事物自身变化的阴阳系统，用“—”代表阳，用“– –”代表阴，用这两种符号，按照大自然的阴阳变化平行组合，组成八种不同形式，叫做八卦。八卦其实是最早的文字表述符号。它在中国文化中是与“阴阳五行”一样用来推演世界空间时间各类事物关系的工具。每一卦形代表一定的事物。乾代表天，坤代表地，巽代表风，震代表雷，坎代表水，离代表火，艮代表山，兑代表泽。八卦互相搭配又变成六十四卦，用来象征各种自然现象和人事变动。《易经·系辞上》曰：“易有太极，是生两仪，两仪生四象，四象生八卦。”伏羲依河洛而画八卦，文王依八卦而演《周易》，遂使河洛八卦成为华夏文明的源头活水。

河图洛书神话中所包含的哲理，是我国上古游牧时代（伏羲时代）广大牧民在生活实践中创造的文化结晶。它是我国自然科学的萌芽，也是人文科学发展的基础和起点。

除伏羲氏外，洛汭还跟远古时代帝王祭天、决策国家重大事件有关，因而成为上古帝王祭天的圣地，是“君权神授”传统文化现象之源。史料记载，黄帝、尧、舜、大禹、商汤、周武王都曾在洛汭祭天，修坛沉璧，受命、禅位，均得到了自然界赐予的龙马负图、神龟负书的奇观圣景，达到了君权天授的目的。尽管上述记载传说性、神话性很强，但是这些帝王们利用古人对天神的信仰，来达到自己的政治目的，则是完全可信的。可见，这里是中华文明的发祥地之一，又是向外辐射的文化核心地区。至今这里尚有神都山、伏羲台、羲皇池、羲圣祠、图门、龙峰、图录文、洛璧书、河渎庙等遗址。

河图洛书是以天地之数的奇妙组合来涵盖天人合一思想的宇宙图式。图中数字的结构和方位，是按照阴阳五行相生相克的原理配置的。河图洛书的基本内容是代表“天命”“神意”，应帝王圣君出世而出现。《三国志·魏志·文帝纪》：“君其祗其大礼，飨兹万国，以承天命。”裴松之注引《献帝传》：“河图洛书，天命瑞应。”后世人将其内容总结为：一是天文占验，二是地理情况，三是受命帝王的祥瑞、符命之类的神话。河图洛书的文化性质是古代神话传说与古代历史传说的结合体，在神话外衣里，包含古代各方面的文化知识。后经过东汉《七纬》对其内容加以充实，使其内容更加丰富，涉及古代哲学、史学、文学、地理、天文、历法、气象、几何、数字、预测、礼制、宗教、歌谣、民俗等，是极有价值的文献资料。这是河图洛书长期存在、流传的根本原因。

河图洛书之说，文字部分距今已有2000余年，图样部分距今已经1000多年，是嵩山文化中的重要组成部分，有着重要的文化价值。2000多年来，它不仅对我国古代多种学科起到了极为重要的奠基作用，而且对现代的哲学、预测学、数学、物理、化学、生物学等也有很大影响。因此，以“河图”“洛书”和太极、八卦起步的《易经》，历来被尊为中华文明之始、中国文化的百科全书，甚至被人誉为“中国先民心灵的最高成就。”河图洛书所反映的天人合一思想是东方哲学的精髓，因而对我国古代的政治、经济、军事、科技、文化等，都产生了深刻的影响。尤其是在当今，河图、洛书、太极、八卦，在海内外已成为中华文化独特的文化标志。

六、神话传说故事

神话、传说、故事是一个民族古老的记忆。远古时代，在进入有文字记载的历史之前，实质上是一个“传说的时代”。虽然文字还没有产生，但有关史实靠口耳相授而流传下来。

嵩山地域是中华先祖最早的集聚地，我国古代黄帝、帝喾、唐尧、虞舜、夏禹等神话，多传于此。从原始社会到奴隶社会，这里产生了大量的神话。盘古、女娲的《盘古开天地》《盘古初分》《女娲补天》《滚磨成亲》，有巢氏的《落地而居》，燧人氏的《钻木取火》，伏羲氏的《伏羲八卦》《神农播五谷》，黄帝的《指南车》，嫘祖的《养蚕造丝》，仓颉的《仓颉造字》以及夏朝时的《大禹治水》《启母石》等神话在这里广泛传播。

古老的嵩山地域是产生神话的沃土，许多有关盘古、女娲、伏羲、夸父、黄帝、尧、舜、许由、大禹、商汤、周公、老子等的远古神话和丰富多彩的民间传说、民间故事、寓言、笑话是嵩山文化的精华。它们不但具有源头文化的价值，而且曲折、生动地展现了中华民族的先民们为生存而进行斗争的古代文化风貌，这些具有原始文化特色的民间口头创作，无不闪耀着中华民族文明智慧的光辉。从夏、商、周起，历经秦汉、三国、魏晋六朝、隋唐五代、宋、金、元、明、清各代，在嵩山地域中发生的重要事件、出现的伟大人物、学术思想、文献典籍、文学作品、碑碣石刻以及风景名胜等，在当地的民间都流传有与之相应的神话、传说、故事。它们伴随着历史的脚步，一直保留至今，成为嵩山文化的重要组成部分。

嵩山地域流传的远古神话，反映了这一地区漫长的远古中原人类居住、活动的社会生活的实际，表现了中华民族不断与自然、灾难、环境作抗争的英雄气概，歌颂了“劳动创造生活，人民创造世界”的光辉历史，展示了我们的祖先不惧恶魔，不怕困难，战天斗地的大无畏精神，从而探寻了人的生命和命运这一永恒的主题，表达了先民的心理愿望和生活渴求，折射出中华民族的信仰与追求。

七、主要学术成就与宗教信仰

在中国文化史上，儒学长期以来居于正统地位。嵩山地域在儒学发展过程中，有着非常重要的意义。嵩山地域既是儒学的发源地，又是其传播、发展、演变的重要地区。追根溯源，周公是儒家文化的先驱，孔子在继承殷、周文化的基础上而创立了儒家理论学说。

依据传统说法，儒家学派的创立者是春秋战国末期的重要思想家和教育家孔子。然而，在孔子以前已经出现了诸多儒学思想的要素。礼乐是儒家思想的核心内容,而追寻礼乐产生就成为追寻儒学发展脉络的一个关键。在华夏文明的起源与形成过程中,存在着两条主线。一是以神祇信仰为内核的非礼乐系统文化由盛而衰,二是以祖先崇拜为内核的礼乐系统文化从无到有、由弱到强,二者形成鲜明对比。而夏商两代的礼乐文化的勃兴与扩展,成为礼乐文化的集大成者,使礼乐文化成为华夏文化的主流。这在儒学乃至整个华夏文明的发展过程中,均具有里程碑式的作用。

在礼乐制度发展过程中,周朝是最早对“礼”和“乐”作出规定的时代。周公制礼作乐,奠定了儒家学说的基础,对巩固周王朝发挥了重大作用。成王、康王之时,天下安宁,40 年不用刑罚,史称“成康之治”。正是因为周公封于鲁、周公后人治理于鲁,故鲁国成为保存西周典籍及文物制度最多、最丰富的国家,成为周公思想、儒家思想的根基深厚之国,所谓“周礼尽在鲁也”。后鲁国诞生孔子,孔子向往周,故又有了“孔子入周问礼乐”之事。就是说,孔子不但长期受周文化熏陶,还不远千里到周王室学习。孔子向老子请教诸如“先王之制”“礼乐之源”“道德之归”等许多事情。在此基础上,孔子倾毕生精力,丰富、发展、弘扬周公开创的礼乐学说,整理编订《诗》《书》《礼》《易》《乐》《春秋》等古代典籍,兴办教育,诲人不倦,成为一位伟大的思想家和教育家。鉴于周公在儒家学说中的创始作用,历代儒家尊周公为“元圣”。因此说,嵩山地域实为儒学渊源之乡。

经学本系阐释儒家经典之学,在汉、魏、晋以后的相当长的一个时期内,一直是中国文化的正统,对我国传统文化的哲学、史学、文学、艺术等产生过重大的影响。东汉时,今文经学派和古文经学派在洛阳展开了空前热烈的大讨论。当时古文经学大师辈出,最有名的如桓谭、班固、王充、贾逵、张衡、许慎、马融、服虔、郑玄等。许慎的《说文解字》是文字学、古文经训诂的一大总结;郑玄则是古文经学的集大成者,“郑学”成为魏晋以后经学的主流;而东汉洛阳太学则是当时讲授儒经、抒发己见、著书立说、相互诘难最重要的学术场所,立于洛阳太学的《熹平石经》,更是经学的范本。

魏晋时期,以国都洛阳为中心,玄学大为流行。这种哲学思潮用唯心主义解释天道自然,以老庄思想糅合儒学经义,以虚无玄远的“清淡”相标榜,引领当时的社会风尚。早期的代表人物是何晏和王弼。何晏撰有《论语解释》《道德论》等;王弼撰有《周易注》《老子注》《老子指略》等。他们认为“无”是宇宙万物的本体,“凡有皆始于无”,名教出于自然。接下来的代表人物有嵇康、阮籍,他们反对司马氏为夺权而标榜的名教,“非汤武而薄周孔”,主张“越名教而自然”。再后来,经西晋重臣曾任中书令、尚书令等诸多要职的王衍的大力提倡,玄学更为盛行,其势力甚至已超过原来的经学,从而取得了思想上的支配地位。西晋玄学的另一派代表人物是向秀、郭象。向秀认为万物自生自化,主张合儒道为一,撰有《庄子注》等;洛阳人郭象,将向秀的《庄子注》述而广之,阐发老庄思想。

理学是佛学和道家学说渗透到儒家学说后而形成的一种新儒家学派。它不但是两宋300 多年的支配思想,而且对宋以后的中国社会、中国文化都产生过重大影响。宋代理学的创立者邵雍和程颢、程颐兄弟祖籍都在嵩山地域,他们长期在嵩山地域聚徒讲学,著书立说,进行理学研究、讲学传播。嵩山的伊川书院和嵩阳书院是他们传播理学的重要场所。

程颢、程颐兄弟创立了一套系统的客观唯心主义体系。程颢著有《明道文集》《明道先生语录》等;程颐著有《伊川文集》《易传》《经说》等。后人收集整理,编为《二程全书》。他们把儒学提高到了“本体论”的层面,把“理”或“天理”作为哲学的最高范畴,“理”是宇宙天地万物的本源,是人类社会的最高准则。理是第一性的,它产生出天地万物,又存在于天地万物之中,“一草一木皆有理”,“理”是永恒的。他们又把理作为封建伦理道德的最高准则,认为“为君尽君道,为臣尽臣道,过此则无理”,“父子君臣,天下之定理”;还把“三纲”“五常”纳入“理”的范畴,进行“饿死事小,失节事大”的说教。

理学中有价值的内容,是它包含有朴素辩证法的因素,认为事物的矛盾具有普遍性,对立面相互作用是事物发展变化的原因,“万物莫不有对”“天地间无一物无阴阳”,还提出了“动静相因”“物极必反”的辩证观点。同时理学重视气节,把气节置于生命之上,有它积极的一面。宋代理学对中国影响很大,对塑造中国文化,对塑造中国民族性格起了重要作用。

老子是公认的道家学说和道教的鼻祖。姓李,名耳,字伯阳,亦称老聃,曾作过京都洛阳周王室守藏室之吏。他生活的时代,社会动荡。他纵观社会的治乱祸福、历史兴衰成败,并融合多种思想观点,创立自己的学说。他认为:“道”是世界万物的根本。“道生一,一生二,二生三,三生万物”,而“道”则是“先天地生”“惚兮恍兮”“寂兮寥兮”“不可名状”“视之不见、听之不闻、博之不得”的精神实体。“道”创生万物,在万物创生后,还要守着“道”的精神,依“道”而行。“万物道既是万物之母,又是万物之宗,道是天地万物的根源,又是天地万物的依据。”《道德经》五千言,又名《老子》,被称作道家学说或道家学派的最高经典。道家构筑了中国历史上第一个严格意义上的形而上学体系,是中国哲学、科技、政治、宗教、文学艺术及风俗习惯得以创生及发展的活水源头。不仅对中国文化产生了重大而深刻的影响,而且对世界文明的发展也具有积极影响。

道教在嵩山的形成与发展,主要与古代人们对山神的崇拜有关。道教是在汉代及以后特定的历史条件下,在中国原始宗教信仰的基础上,以“道”为最高信仰,综合古老的巫史文化、鬼神信仰、民俗传统、各类方技术数,以道家黄老之学为旗帜和理论支柱,囊括儒、道、墨、医、阴阳、神仙诸家学说中的修炼思想、功夫境界、信仰成分和伦理观念,构成度世救人、长生成仙,进而追求体道合真的总目标下的神学化、方术化的宗教体系。

史料记载:道学创始人张道陵先是在嵩山古洞里修炼九年,后在四川鹤鸣山继续修炼,创立了天师道(即五斗米道)。张道陵创立的天师道,常被农民用作组织和发动起义的号召,统治阶级对它怀有戒心,也深为当时士大夫所不满。北魏时寇谦之居嵩山修道,声名渐著。神瑞二年(415 年),他宣称太上老君亲临嵩山授予他“天师之位”,赐《云中音诵新科之戒》20 卷,传授导引服气口诀诸法,并令他整顿道教,除去伪法,专以礼度为首,而加之以服食闭炼。寇谦之亦依之对道教进行整顿;泰常八年(423 年),他又称老子玄孙李谱文降临嵩山,亲授《录图真经》60 余卷,赐以劾召鬼神与金丹等秘法,并嘱其辅佐北方太平真君(北魏太武帝)。始光中(424 ~428 年),寇谦之亲赴魏都平城(今山西大同),献道书于太武帝拓跋焘,倡议改革天师道、五斗米道,制订乐章,建立诵戒新法。帝赐于平城东南建立新天师道场,重坛五层,遵其新经之制,后人称为“新天师道”;太延年间(435 ~444 年),太武帝听从寇谦之的进言,改年号为“太平真君”,并亲至道坛受箓,成为道士皇帝,封寇谦之为国师。至此,天师道大盛。终北魏之世,崇信不衰。后周承魏,崇奉道法,每帝受箓,如魏之旧。由此,寇谦之的改革使民间道教走向官方道教。中岳庙内被称为道教立碑之始的《中岳嵩高灵庙碑》记述的就是寇谦之改革道教的事迹。而后金代王重阳的全真教在嵩山地域兴起后,王重阳所传七弟子,其四在嵩山地域为开教祖庭:丘长春在嵩阳崇福宫传全真龙门派;谭长真在宜阳韩城传全真南无派;孙不二在洛阳三井洞传全真静修派;刘处玄在洛阳云溪观传全真随山派。《云笈七签》载:“北邙为天下七十二福地之第七十,中岳嵩山为道教三十六小洞天之第六小洞天。”嵩山中岳庙是我国最大的道教建筑群,嵩山崇福宫是我国北宋时期最大的道宫,邙山上的上清宫是我国的四大道观之一。修真胜地,分列南北,堪称钟灵毓秀。今天,我们仍然可以看到当年的胜迹。

在我国历史上,发生于东汉时期的古代印度佛教的传入,是一次大规模的外来文化输入。佛教的教义,包括苦集灭道“四圣谛”、灵魂不灭、生死轮回、因果报应、慈悲为本等。佛教初传于东汉的国都洛阳，最先在当时的政治、经济、文化中心区——嵩山地域生根、开花，经过魏晋南北朝数百年的吸收消化，逐步与中国传统文化融合为一体后开始枝繁叶茂，至隋唐之际，佛教便蓬蓬勃勃地发展起来。在佛教初传时期，一些著名的外来译经大师聚集在嵩山地域，译出了大量的佛教经典，形成了以嵩山地域为中心的大规模的译经和传经活动。正是这些大量的汉译佛经，为佛教推向全国提供了基础。

在中国佛教史上，嵩山地域有许多寺院闻名遐迩。白马寺是中国早期佛经翻译、佛教传播和进行各种佛事活动的中心，法王寺是东汉时期全国广建寺院的首唱，永宁寺是一座接待安置外国僧人译经的重要场所，嵩阳寺是北魏孝文帝的离宫，永泰寺是全国第一所皇家尼僧寺院，会善寺在唐代则以佛教戒坛而著称于世。著名的禅宗祖庭少林寺早期则是以译经而闻名于佛教丛林，后则以禅宗与武术结合而名扬天下。从嵩山地域历史遗存的白马寺、法王寺、慈云寺、少林寺、刘碑寺、石窟寺、风穴寺、卢崖寺、清凉寺、灵岩寺、香山寺、唐僧寺等众多的名家寺院看，就知道嵩山地域曾经有过的高僧云集，寺院密布，佛教辉煌。无论是在不同文化的协调中和佛教经典的最初翻译中，还是在佛教寺院的广建中，嵩山地域为中国佛教的传播与发展，都做出了巨大的贡献。

佛教在中国传播与发展的过程中，外来佛教对中国文化的影响是多方面的，虽然也一直存在着与中国传统文化的冲突，但最终与中国传统文化融合，密不可分。尤其在一般民众心中，佛教观念已成为日常生活的价值观念。时至当代，佛教文化已成为传统文化的一部分，在中国这块土地上扎下了根。嵩山地域和嵩山文化在推动佛教民族化、中国化过程中起到了不可忽视的重要作用。

自中国原始社会解体，进入文明时代后，中国思想学术史上先后出现了儒学、经学、玄学、道学、佛学、理学等学派。嵩山文化在历史上，出现了五次大的文化演变：一是中国传统文化的官学化，二是吸收和改造佛学并使儒、道、佛融为一体，三是寇谦之在嵩山将原来民间的五斗米改革为官方的新天师道，四是宋儒理学对中国文化彻底全面地加以改造，五是金末元初的儒释融会。这些学术思想和文化演变，对形成中华民族、中国人民的思想观念和“品格”，对中国人民的社会生活、文化生活都产生了关键性的影响。古代的嵩山三教荟萃，多种学说和学派共存与发展。

八、民俗风情

以嵩山为中心的嵩山地域，是中国古代文明的发祥地。进入文明时代之后，逐步成为中国政治、经济、文化、交通的中心，因此不管是在姓氏开始形成的时期，即三皇五帝时期，还是在姓氏发展的夏商二代、在姓氏普及时期的周代，以及北魏孝文帝实行汉化政策等时期，嵩山地域均是姓氏形成、起源的一片沃土，给形成姓氏的种种方式(如：以图腾取姓，以氏族、部落取姓，以封国、邑、亭、乡名取姓，以先人名或字、先人谥号、爵位、官职、技艺取姓，赐姓，改姓等)提供了最理想的条件。伏羲氏、有河氏、有洛氏生活于此，黄帝族生活于此，帝喾居于此(偃师)，夏后氏生活于此，涂山氏也生活于此。《史记·五帝本纪》载：“自黄帝至舜、禹，皆同姓而异其国号”“帝禹为夏后而别氏，姓姒氏；契为商，姓子氏；弃为周，姓姬氏”，以上姓氏均与嵩山地域有渊源关系。夏、商、周三代，嵩山地域为王畿之地，封国甚多，不少姓氏渊源于此。北魏太和二十年(496 年)，孝文帝在国都洛阳下诏，将鲜卑族 117 个(或说 118 个)复姓改为汉族单姓，共改得 114 个姓。著名学者袁义达先生说：“姓氏是中国人一直使用的代表血缘关系的一种符号，代表中国几千年来父系相传的一种文化。”众多姓氏，根在嵩山地域，充分证明了嵩山地域在“中华民族形成和进化”过程中的重大作用。

由于嵩山地域奴隶制最早取代原始公社制，在以后的长时期里，又是我国境内各地区、各民族以至境外不少地区、国家、民族交往的中心，这就决定了嵩山地域的民风民俗，必然会具有表率及示范作用，从而对周边及其他地区甚至境外产生深远的影响。同时，各地的民俗时尚也流传到嵩山地域，而被有选择地、程度不同地吸纳和接受。

嵩山地域的民风民俗是在漫长的时期内逐渐形成、演变，反映在广大人民群众一年四季日常生活的方方面面，内容极为丰富多彩。如农业、手工业、餐饮业、商业等经济活动，日常生活中的衣、食、住、行，节日庆典，集会结社，人生礼仪，婚丧嫁娶，信仰崇拜，邻里乡亲，游戏娱乐，民间艺术等无处不在，无时不有，和广大民众的生活水乳交融。嵩山民俗文化既受不同时期政治、经济、文化、宗教等发展变化的影响，又具有相对的独立性，能够多侧面、多角度地反映各个时期的社会现实。嵩山民俗特有的先导性、正统性、开放性，是和嵩山地域独特的历史地位、嵩山文化独有的特征和优势相吻合的，但它同时也在更多方面体现了我们民族共同的风俗时尚。

九、名人文化

以嵩山为中心的嵩山地域，作为中国古代文明的发祥地，长时期是中国政治、经济、文化的中心，历史上有许许多多对中国历史产生过重大影响，或对中国文化做出重大贡献的政治家、军事家、哲学家、史学家、文学家、艺术家、科学发明家等长期生活或活动在这里。翻开嵩山历史名人谱，我们可以看到，从三皇五帝到大禹商汤，从周武王到汉武帝，从曹操到孝文帝，从隋炀帝到武则天，从后周柴荣到宋徽宗，从忽必烈到清乾隆……这些历史上的王者，既是一个国家的统治者，又是一个历史的创造者，他们以自己的心血与睿智，与天下人民一起，塑造了中华民族不朽的精神内涵，推动着历史的车轮滚滚向前。

在彪炳史册、享誉时代的名人行列中，和嵩山地域相关的名人有炎黄二帝、唐尧、虞舜、帝喾、大禹、夏启、后羿、杜康、商汤、伊尹、贾谊、华佗、韩非子、子产、弦高、郑国、庄子、周文王、周平王、周武王、周公、老子、孔子、吕不韦、刘邦、项羽、张良、田横、陈胜、刘秀、刘彻、桑弘羊、司马懿、鬼谷子、苏秦、孙膑、庞涓、郑国、韩擒虎、宇文凯、蔡伦、马钧、李冲、班固、张衡、马援、司马迁、陈寿、蔡邕、张道陵、曹操、曹植、曹丕、袁绍、董卓、吕布、司马师、刘禅、拓跋宏、裴秀、左思、钟繇、达摩、寇谦之、李世民、李治、武则天、柳宗元、张旭、褚遂良、李龟年、杜甫、李白、吴道子、白居易、李商隐、元稹、韩愈、刘希夷、宋之问、孟浩然、玄奘、神秀、僧一行、潘师正、赵匡胤、赵炅、赵恒、李诚、文彦博、范仲淹、欧阳修、苏洵、苏轼、苏辙、蔡京、颜真卿、赵普、王安石、司马光、吕蒙正、邵雍、程颢、程颐、朱熹、李纲、杨时、李诫、丘处机、元好问、耶律楚材、赵秉文、李纯甫、王重阳、忽必烈、完颜彝、赵孟頫、姚枢、郭守敬、董其昌、王应鹏、俞大猷、唐顺之、高拱、王铎、冯时可、程宗猷、汤斌、耿介、景冬暘等，他们有的是雄才大略的开国君臣，有的是潜心治学的文化圣人，有的是叱咤风云的英雄豪杰，有的是胸怀大义的仁人志士……这些历朝历代的名人堪称中华文明的火炬，千百年来，指引着一代又一代的中国人自强不息、百折不挠、奋勇前进。

十、碑刻文化

碑刻是一种特殊的历史文化的传播载体，以其独特的方式记录着当时社会政治、经济、文化，乃至军事、宗教、民俗等方方面面的信息，它在补史证史、记载各时代书法艺术方面，在我国传统文化史上有着重要的、不可替代的作用。嵩山的碑刻漫山遍野，这些碑刻文字所反映的社会经济和历史文化领域的内容十分广泛，是嵩山地域文化研究中的第一手原始资料，具有较高的历史、科学和艺术价值。嵩山碑刻主要分布在嵩山的太室、少室、邙岭之中，由此向四周放射，由密集到疏散，逐渐分布在嵩山系列山脉及其所在县市区的寺庙宫观、园林建筑、城镇村庄、丧葬墓地及古文化遗址上。嵩山碑刻作为嵩山文化的重要组成部分，在数量、质量、品类、内容、规模、年代诸方面占天下之先。嵩山碑刻不仅是我国石刻档案的大宗，也是我国书法演变发展的真实记录。嵩山碑刻向来以数量庞大、内容丰富、书法精湛、史料性强而著称于世，是我国重要的文化遗产和旅游资源。

嵩山地域的现存碑刻上自东汉、三国、西晋、北魏，下至唐、宋、金、元、明、清，时代绵延不断，碑刻发展变化明显，碑刻形式多种多样，书法遗迹充分。碑文内容十分丰富，涉及面很广。既有人物传记、改朝换代经过、军事战争纪实、重大历史事件纪实、自然灾害实录、建筑物兴废史记、官方诏令和牒文、典章制度、道家经箓、佛教经典、民间守则，又有民间生产组织机构及分配形式、诗赋名作等。涉及哲学、宗教、历史、地理、经济、政治、军事、文化、艺术、教育、科学、技术、民族等许多方面，它们以石刻的形式记录了古代文明。这些重要的石刻不但有其重要的政治意义，也有着珍贵的历史价值、文学价值和书法价值，能代表各个历史时期的史实和时代精神。它们不仅对纂志征事、正经补史、考字习书、研究嵩山古代社会发展史和中国书法演变发展史有着重要的实证作用，还给社会发展提供极为详实的历史依据。

嵩山地域中有众多的石窟及摩崖、造像、石碑、刻石、碑刻、石阙、石经、墓志、画像石等，还有满布纹饰的陛石、碑额、石柱、额枋等，这些珍贵碑刻文物，反映了2000多年来历代石刻艺术创作的伟大成就。据不完全统计，嵩山历史文化核心区的碑刻现有2600余通，有龙门石窟、巩义石窟及分散于嵩山各市县的造像题记3500余品，还有出土的古代墓志5000余方。石刻文献，林林总总，堪称是一部绵延2000余年的中华石刻通史。

十一、史料典籍与科学艺术

历数中国五千年文明史，文化艺术瑰宝如繁星盈天，举世瞩目。寻根溯源，博大精深的中国文化——哲学、历史、伦理、政治、医学、农桑、文学、美术、书法、音乐、舞蹈等，大都发端于嵩山地域。

嵩山地域诞生了中国最古老的文化经典，孕育了中国最原始、最具生命力的艺术萌芽。素有美术起源之称的仰韶文化中的陶绘代表作《鹳鱼石斧图》，就是出土于嵩山汝州。在洪荒时代，人类就已经知道利用声音的高低、强弱等来表达自己的意思和感情。随着人类劳动的发展，逐渐产生了统一劳动的节奏号子和相互间传递信息的呼喊，这便是最原始的音乐雏形。音乐与诗歌、舞蹈同源。产生于黄帝时期的二言诗《弹歌》，是我国最早的诗歌。我国最古老、最具代表性的舞蹈，用于国家大典和宫廷祭祀活动的《六代乐舞》（包括黄帝时期的《云门大卷》、唐尧时期的《大咸》（也称《大章》）、虞舜时期的《韶》、夏禹时期的《大夏》、商汤时期的《大濩》以及周武王时期的《大武》），是远古时期华夏族乐舞，也是周公制礼作乐时所继承和依据的经典之乐。《易经》与哲学，《尚书》与史学，《诗经》与文学，《道德经》与伦理学，《山海经》与地理、民俗学，《周礼》与政治学，蔡邕的《笔论》与书学等，这些占据着源头地位的经典之作，其根大都在嵩山历史文化核心区内。

同样,嵩山地域也是中国典章文化的策源地。历史上,许多著名的史学典籍都是出自于嵩山地域,而后流播于全国。西周时,周公姬旦营建洛邑后,在主持东都政务时,制定《礼乐》,成为西周奴隶制国家的统治纲领;东周时,孔子入周问礼于老聃(老子),访乐于苌弘;道祖老子在这里写出了千古名篇《道德经》,成为道家哲学思想的重要来源;西汉司马迁在洛阳受命写《史记》;大学者蔡邕鉴于"经典去古久远,文字多谬,俗儒穿凿频误后学"的情况,于熹平四年(175年)奏定《七经》文字,刻《熹平石经》立于东汉太学,作为法度森严的官定标准范本。东汉班固撰《汉书》,许慎撰《说文解字》,三国陈寿撰《三国志》,北宋司马光撰《资治通鉴》,欧阳修撰《新五代史》与《新唐书》等,这些历史上的皇皇巨著,都与嵩山地域有着不解之缘。

嵩山地域的古代科学技术成果作为嵩山文化的一个重要组成部分,同样有着惊人的辉煌历史,并处于当时那个时代的最前列。从早期的仰韶文化历经龙山文化到二里头文化,反映了从黄帝的农耕、陶绘,尧、舜的农业开发,到夏王朝文化巨大成就的取得,无一不是在以嵩山为中心的广大中原地区发展起来的。从上古时期起,聪明智慧的嵩山人就有了许多发明创造。如旧石器时代的石器,新石器时代的陶器、骨器、青铜器,夏代杜康(少康)酿造的美酒等,都是人类历史上最早的智慧结晶。

嵩山以其沟通天地的神奇和奥妙,使其一批又一批纵横八方、威名远播的名人志士和英雄豪杰,在嵩山开始了科学与艺术的创造,百舸争流,绵延不绝。春秋时期的老子在嵩山写出了千古名篇《道德经》,标志诸子散文的出现;战国时期水利专家郑国奉命在秦国设计修筑了我国第一条长300多里的大运河——"郑国渠";西周初期,周公姬旦通过古阳城测景(影)台的测影,确定了嵩山地域为"天地之中";西汉小说家虞初在这里根据《周书》写成了小说集《周说》,被推为中国古代小说家鼻祖;东汉太史令张衡因探索天文奥秘而创制天文测具浑天仪、候风地动仪,撰写天文著作《灵宪》,绘制我国第一张完备的星图《灵宪图》等,被称为"地动仪的鼻祖";东汉蔡伦在这里发明了造纸术,创制成"蔡侯纸",成为世界发明的先驱;东汉水利家王景主持治理的黄河,后世评价:"王景治河,千年无患";蔡邕在嵩山古洞里学书三年,写出了流传千古的论著《笔论》《九势》与《篆书势》《隶书势》,为后世书法发展奠定了基石;文学家曹植在这里撰写的《洛神赋》,成为我国文学史上不朽的名篇;魏晋时期的机械制造家马均在这里发明、改进、制作的指南车、织绫机、龙骨水车、水转百戏、翻车、转轮式发石机等,创下了我国科技制造业的奇迹;魏晋数学家刘徽注《九章算术》,太医令王叔和著《脉经》,西晋司空裴秀创制《制图六体》,当时在国家引起了巨大轰动;著名的"建安七子""竹林七贤""金谷二十四友"等文学名流在这里谱写了最华彩的篇章;左思一篇《三都赋》,曾一度导致"洛阳纸贵";散文家杨衒之以京城洛阳佛寺的兴废而撰写的《洛阳伽蓝记》,用优美的文笔描绘出一幅京都洛阳的巨幅图画,成为后世研究北朝城市经济地理的珍贵资料;唐代天文学家和佛学家僧一行在这里观天测雨,计算子午线,编制《大衍历》,成为天文学史上的一大创举;"诗仙"李白在这里寻仙访道,赏景咏诗,为嵩山留下了千古不朽的诗篇;杜甫从这里走出,沾着嵩山泥土的芬芳,带着乡亲的眷顾和牵挂,最终成为"诗圣";诗人白居易以所作大量感叹时世、反映人民疾苦的诗篇,成为唐朝现实主义诗歌的巅峰人物;画圣吴道子用嵩山自然的水墨和色彩,使其"吴带当风"成为画作艺术的永恒;出自于嵩山地域的"唐三彩""汝瓷""钧瓷"是唐宋时期朝廷专用的贡品,他们的光彩和美丽至今还是中国陶瓷业的骄傲;北宋王安石、欧阳修、司马光、苏洵、苏轼、苏辙、范仲淹、梅尧臣等一批思想和文学大家相继在这里著书作诗,他们的诗文与嵩岳同高、与日月同辉;北宋建筑大师李诫所写的建筑巨著《营造法式》,成为当时建筑科学技术的一部百科全书;金元时期被称为"北方文雄"的元好问,正逢国家危难、山河破碎之时,和其文友们一起在嵩山腹地创作了大量的忧患诗,用诗记录了当时国破家亡的现实,成为嵩山文化特有的一道风景；天文学家郭守敬在这里建造观星台，主持编订的《授时历》，比西方发明的、当今世界上通用的公历《格里高利历》要早300多年；旅行家、地理学家徐霞客在这里旅行考察，所写的嵩山游记，给嵩山留下了永久的纪念……他们每个人都在中华民族的历史上留下了浓墨重彩的一笔。嵩山地域的古代科技成就与艺术成果，不但对于中华民族几千年来屹立于世界民族之林做出了巨大贡献，而且对东方各国乃至西方世界都产生了重要影响。这些千古不朽的壮举，这些人类智慧的结晶，在华夏民族漫长的历史长河中，世代传唱，历久弥新。

十二、少林武术

少林武术是指在嵩山少林寺这一特定佛教文化环境中形成的以佛教信仰为基础、以佛教禅宗智慧为文化内涵、以少林武术完整的技术和理论体系、以少林寺武术技艺和套路为主要表现形式，是中国武术界各大派系中历史最悠久、种类最繁多、体系最庞大的门派。

佛教作为异国宗教，自汉时传入中国，它与中国传统文化产生了互动互融的影响，并最终形成了中国化的佛学宗派——禅宗。禅宗简单易行的修行方法，使传统佛教摆脱了繁琐高深的理论和严酷的修行戒律，迅速融于中国社会，这为僧人习武现象的出现营造了理论依据，从而为少林武术的诞生奠定了基础。佛教以普度众生、大慈大悲为主旨。禅宗以宽容开放的精神接纳了武术，并集寺院武术、民间武术、军事武术于一体，在汇集百家武术的基础上创造了少林武术。

少林武术源于北魏，然而嵩山作为华夏文明的发源地，早已是中国政治、经济、文化的中心。从黄帝起，到大禹在此建立第一个华夏王朝，在漫长的人类历史中，人与天斗，人与兽斗，人与自然环境斗，嵩山人民的生活与原始武术的萌生相辅相成。早在少林寺建寺之前，少林寺北侧的轩辕关自周至秦汉都是军事重镇。在冷兵器时代，武术与军事的关系十分密切，少林寺地区频繁发生战争，两军对垒力者胜，这对居住在这里的人们习武风俗的形成和少林武术的孕育产生起到了巨大的影响与促进作用。少林武术的产生由跋陀落迹嵩山、达摩面壁少林、寺僧的生存生活及禅宗的世俗化缘起，到习武维护寺产经济的需要，体现了少林武术健身与护教的价值；从唐初少林僧人助唐平定王世充，到明代少林僧人御敌抗倭，体现了少林武术在军事实践中的价值。少林武术不但使少林武僧超越与世隔绝的修行生活，英勇报国，更使少林武术同搏斗格杀的武术融为一体，在众多的武术流派中独树一帜，成为中国武术的杰出代表。可以说，少林武术的发展过程是传统的中国文化与异国宗教文化的融合与张扬的过程。

翻阅少林武术发展史，少林僧人正义、爱国的精神，始终贯穿于少林武术发展提高的过程中。少林武术得以名扬天下，除了武技高超之外，还因为少林武僧在民族危难的时刻能挺身而出，为民族、为人民而赴沙场、洒热血。少林寺僧人从唐初帮助李世民战王世充至明代镇守边关、平叛抗倭、抵御外敌，保家卫国，使少林武林一直受到社会的广泛尊重和重视。清廷禁武，使少林武术从历代政治的重心中游离出来，但在复杂的社会民族矛盾中，依托民间强烈的爱国热情，少林武术产生了新的发展动力，促进了少林武术更快地传播发展。

回顾少林武术发展史，少林武僧在历次大的争战中，都充分体现了佛教禅宗教义中慈悲为怀、普渡众生、扶正祛邪、弃恶扬善等思想。这与中国传统文化中儒家思想的核心“仁”是一致或相通的。“仁”与“禅”相融合，形成了少林武术“武德”的主要精神。

武以禅魂，禅以武传，禅武相融，相得益彰。这就是少林武术的特点“禅武合一”。

所谓“拳者小拳，禅者大拳”，一代代禅宗祖师将禅宗智慧赋予少林功夫，使之从优化人体运动技能和攻防格斗的武艺，到两军对垒时排兵布阵的武学，在持戒修行的武德约束下，提升为放下我执的武道，最终追求的至高境界是无我、空性的“禅武合一”。所以，少林功夫的最终主体是禅者，禅心运武，透彻人生，内心无碍无畏，表现出大智大勇的气概。禅武合一不仅将少林功夫提高到民间武术难以企及的精神品格的高度，更重要的是，它为相当大的一类人群提供了一条有着完整方法的内在超越之路。“天下功夫出少林”作为民间流传的说法，透露出传统社会对“禅武合一”理念与方法的广泛认可。少林武术以禅入武、以武扬禅、禅武不二的文化内涵，已得到世界武术界的赞同，当今，少林武术作为中国传统文化的杰出代表和人类文明的生动展示，已经成为中华民族的精神财富和全人类共同享有的文化遗产。

结束语

嵩山，有许多思想信仰从这里发端，有许多文化种类从这里起源，有许多帝王将相、英雄豪杰在嵩山活动，有许多名人志士为嵩山提笔赋诗，呕歌吟唱……正因为有了那么多，人们才称它为文化之源、华夏之根！

一万年岁月的烟雨风尘在嵩山文化的山野上留下了深刻的痕迹，这些痕迹的文化内涵则为中华民族精神的源泉。从《盘古开天辟地》《伏羲降龙》《二郎神担山赶太阳》《后羿射日》《明火的发明》，到《黄帝治国》《大禹治水》《子产执法》等远古神话与传说中，就隐藏着一个民族精神起源的密码，体现出了一种“战天斗地”“自强不息”与“厚德载物”的精神。在漫长的历史长河中，嵩山的文化精神是伴随着环境的变化而变化，特别是随着文化的发展而发展，嵩山文化精神是在“邈彼嵩华，维岳之峻。岩岩高大，配天作镇”的嵩山文化背景下，通过众多标志性人物的具体行为体现出来的：大禹治水三过家门而不入的奋争精神，许由拒绝荣禄、谦让隐退的高风亮节，伯夷叔齐互让王位、信崇仁义、忠孝节烈的圣贤道德，田横和500壮士“富贵不能淫，威武不能屈”的崇高情操，达摩在山洞面壁九年的坚强意志，玄奘西天取经历经磨难、百折不挠的高贵品质，杜甫“三别”“三吏”中的忧国忧民的忧患意识，李白“黄河之水天上来，奔流到海不复回”的豪迈气慨，南宋英雄岳飞抗金凛然无畏的民族气节，女真族英雄完颜彝为在抗击蒙古军入侵的战争中，勇敢杀敌，慷慨赴死不低头的钢铁意志，以及嵩山文化所体现的系列精神和品质，诸如仁爱豁达，笃行纲纪；自力更生，自强不息；天下兴亡，匹夫有责；抗击强暴，英勇不屈；同甘共苦，团结互助；勤俭节约，艰苦奋斗；尊祖睦亲，爱国爱乡；不怕吃苦，勇于开拓；辉煌大气，厚重深沉；崇尚自然，天人合一等等，都是我们中华民族面向未来、面向世界厚重而宝贵的精神动力。

我们通过对嵩山历史文化和自然风光等方方面面的考查和研究，主要从自然山水、文化遗存、神话传说、名人史迹、宗教发展、民俗风情、碑文石刻、少林武术及古代散文和诗词等十个方面突出地相互印证而又有所侧重地表现中国传统文化渊源的嵩山文化，编撰《嵩山通志》《嵩山神话传说故事》《嵩山三教志》《嵩山名人传》《嵩山古诗》《嵩山艺文志》《嵩山碑刻》《嵩山民俗》《嵩山少林武术发展史》《嵩山古遗存》，结集为一套“嵩山文化大系”丛书。

历史上有关嵩山文化的资料浩如烟海，一套书的内容和篇幅毕竟有限；嵩山有太多的自然风景、神话传说、宗教学术、英雄伟人、民俗风情、碑碣石刻、少林武术、典籍诗文、文化遗存等，更难以把博大精深的嵩山文化全部都选入书中，有很多东西我们只能忍痛割爱。在撰写“嵩山文化大系”过程中，我们尽可能从多方面吸纳历史、文物、考古学界多年来的史学研究和考古发掘的最新成果，参阅和征引了不少古人和今人的著作。对资料显示的不同之处，我们反复地查找了多种不同的资料，并进行反复的对照和论证后，都在这本书中进行了编校。行文中一般不做过多考证，寓观点精神于叙述之中。力争做到雅俗共赏，科学性、知识性、可读性兼备。尽管我们作了很大的努力，但对于全套书仍难免存在疏漏之处，敬请有关专家学者、同仁朋友以及广大读者不吝赐正。

文化的自觉与繁荣不仅是中华民族复兴的重要标志，更是民族安顿心灵、寻求意义的精神归属。因此，我们有必要重新审视嵩山文化的意义和价值，不遗余力地捍卫中华民族自己的文化根脉和特性，努力使大家对嵩山文化有全面的认识并充满敬意。

写于 2012 年 8 月

修改于 2017 年 12 月

目　　录

两　汉

魏　晋　南北朝

隋　唐　五代

宋　金

元

明

清

诗歌多样化

一、对答式

六、同题同韵式

前　言

在中国文学史上，诗歌以其独特的情感寄托，丰富的描写内容，奇妙的韵律节奏，让多少人顷心于它们的创作，让多少百姓醉心于它们的品读。无数的价值寄托，无尚的理想追求，无边的民族气节，无尽的情感宣泄，都凝结其中，直接表现了中国传统文化和文人精神。

诗歌与音乐同源，《吕览·古乐》所记帝喾时的《九韶》《六列》《六英》等古乐，并称为“声歌”，其实都是上古的歌曲。《吕览·音初》论音乐的起源时，把帝喾次妃有娀氏所作《燕燕往飞》称之为北音，禹之妃涂山氏所作《候人兮猗》称之为南音，夏后氏孔甲所作《破斧之音》，称之为东音，殷整甲（即夏后氏胤甲）徙西河，犹思故处，乃作西音。由于帝喾、大禹、孔甲，均立都于嵩山地域，因此四音实为上古时期嵩山地区的诗歌。商周之际，四音化为十五国之风，西周没有采诗之官，采入庙堂，与庙堂之歌小雅、大雅、颂一起并称为“诗”，经孔子删定后，称为《诗经》或《诗三百》，计305篇。

中国文学的首唱是诗，而《诗经》是我国第一部诗歌总集，代表了自西周初年至春秋时期大约500年的诗歌创作。《诗经》从内容分《风》《雅》《颂》三大类，《风》是以嵩山为中心的各地民歌，其中大部分是周代民歌，是《诗经》的精华；《雅》是周王朝庆典、宴会、朝会的朝廷正声；《颂》是周王朝祭祀宗庙歌辞。《诗经》中的许多篇什，充分展示了2500年前漫长历史时期嵩山地域的社会风貌。其中，有反映战争和徭役的，有反映阶级压迫、剥削和社会不平的，有反映爱情和婚姻的，有反映生产劳动的，有讽喻时政和忧国伤时的，有尊天敬祖的宗教性祭歌的。《诗经》中的民歌都直面社会现实，从现实生活中概括生活画面与艺术形象，真实而深刻地反映当时的社会现实及人们真实的思想感情，从而揭示了现实生活的本质，这种鲜明的现实主义创作精神成为我国几千年来文学创作中最优秀的传统。

《嵩山古诗》所选录的诗，就是继承了这种优秀的传统，体现了鲜明的现实主义创作精神。在全书选录的诗歌中，嵩山在历史上所出现的重要神话、传说、灵异；在历史发展进程中出现的有重要影响的著名人物、故居、墓葬、事件、地点；嵩山各地的自然风光、地理形势、历史人文及宗教名胜等等，在诗人的笔下都给予了不同程度的抒怀和表现。诗人们以饱满的热情，漫步嵩山，触景生情，思绪万千，引发出源源不断的创作灵感。而诗人在创作的诗中，总是借景抒怀，驰骋想象，施展才华，写出了大量情景交融并深刻体现民族文化传统和现实主义精神的佳作。其中作者将个人的感受与群体的文化成果既融汇一体，又生发升华，具有突出的厚重感。这些诗词所表现的大都是借景抒情、人间世态、风花雪月、悲欢离合、忧患意识及人生的愿望、理想，因与嵩山景物相结合而彰显民族风格鲜明，思想内涵深刻丰富，不但洋溢着浓郁的生活气息，还有着情景交融的艺术境界和中华民族特有的忧患意识。细细读来，像饮陈年老酒一样，越品越有味道，越读越醇香醉人。

古人崇信嵩山位居“天地之中”，是天神居住的“天室”（神山），万民景仰的“崇山”（祖山），是先祖神灵和天地神灵的所在地，能庇佑华夏子孙绵延万代。因此，嵩山在华夏民族的发展史上有着至高无上的崇高地位。从本书所选的古诗词中可以看出，在嵩山历史文化核心区内，嵩山在这个区域内的中心地位非常明显。翻阅全书中的古代诗词，可以清楚地看到，这些对嵩山充满了崇敬的诗人，有的是祭祀神灵，有的是公差顺道，有的是慕名而至，有的是结伴游览，有的是追思凭吊，有的是隐居修炼，有的是书院讲学，有的是聚会交流，有的是在此当差……等等，他们来瞻礼嵩山，游览嵩山，品味嵩山，所到之处，必有诗吟。在那种浓郁的历史文化氛围中，来嵩山的人流中，有单人的，有双人的，也有多人一起的，他们出口成章，有诗有歌，有唱有和。甚至有许多诗人路过之时，处在嵩山的边沿上，哪怕能远远地望一下梦里的嵩山模样，也要一往情深地写下《望嵩》《渡伊洛望岳》《登望嵩楼》《过少林》等诗，尽情地抒发对嵩山的倾慕与向往。古诗中的那种纵情浪漫，那种超然洒脱，那种文采飞扬，即便是在千百年之后，依然满溢于诗歌的字里行间，无不感染和激动着后来的读者，使我们越发感觉到嵩山自然的神奇奥妙和人文的博大精深。

历史上的嵩山有着非常浓郁的文化氛围，为表现出这种有别于其它地区的文化特点，我们在本书中还特意选编了诗人们常用的几种群体创作诗歌的形式，如诗歌的对句、联句、集句、同题、同题同韵等，也都是在特定的环境中，如庆典、讲学、集会、共游、送别、聚餐等场面中，要求诗人们当场赋诗，同唱共吟，表现出一种诗人们在同一诗题中，尽情地彰显个性，宣泻情感，竞比文采华章，以一种特有的激情和浪漫，营造出一种充满了诗情画意的文化氛围。这在当时物质生活贫乏落后的社会中，其高雅富有的精神世界与穷僻萧条的现实，有着多么鲜明的对比啊！即使是在科学非常发达的今天，那种个性的自由彰显，那种对理想的执着追求，那种对现实的超凡脱俗，仍然有着超乎于寻常的境界和魅力，有着强烈的历史意义和现实意义。

从上古时期的东、西、南、北的音初之诗，到辉煌灿烂的唐代诗歌；从著名诗人结伴游嵩吟诗的西东两汉到群体儒生在嵩阳同唱共吟的明清，嵩山总是作为文学诗人创作的主体，频频出现在诗人的创作视野中。回顾嵩山地域的诗歌发展史，从诗歌的源头开始，历朝历代，诗人与嵩山相伴，诗歌与嵩山共吟，其诗连绵不绝，千古传唱，历久弥新。纵观我国古诗的历史，《嵩山古诗》完全是我国古诗发展史的一个缩影。

世界上没有哪一座山再像嵩山这么幸运了，幸运得在漫长的历史过程中，有这么多熠熠生辉的名人都相继来到这里，在瞻仰嵩山美丽容颜的同时，为她而歌，为她而唱，为她折服，为她疯狂，为她思如泉涌，为她慷慨激昂，为她留下了大量的千古绝唱。阅读和品味这些古人的诗作，实际上就是跨越了时空，如同进入了超越历史的空间，感触了肃穆与旷远，体会了现实与理想。能和这些名垂千古的诗人们共处一个地域，共享一方美景，同感受，同抒怀，实在是倍感荣幸。诗人们以宽阔的情怀，丰厚的文蕴，深邃的意境，形象的语言，证明着嵩山古诗的悠远与卓绝、现实与升华，古朴与浪漫。尽管这些古诗已成为遥远的历史，但诗人的灵魂像参天古树一样顽强地扎根于历史之中，其智慧的枝蔓不断地蓬勃延伸，使他们的文采更加枝繁叶茂，勃发常青。从千姿百态的古诗中传达出来的时代气息，折射出来的人文个性，以及透露出来的民族情怀，无不体现出他们卓绝的精神追求和高远的人生境界。

读者朋友可以通过《嵩山古诗》从一个侧面看到嵩山不仅是自然的嵩山、深奥的嵩山、历史的嵩山、人文的嵩山，同时，她还是一座文学的嵩山、诗歌的嵩山、多情的嵩山、浪漫的嵩山。我们希望，读者能从这座神奇奥秘的圣山中，挖取到独特的宝藏，在得到精神愉悦之后，能发现和听到有一种来自历史深处的声音能跨越千年，在当今世界里，依然铺天盖地，余味无穷。等你再次深情地回眸瞻仰嵩山的芳容时,或许在奇异浩渺的自然界中,这座并不算特别雄奇,也不算特别伟岸的山脉,会给人一种全新的感觉:还是这座具有35亿年山龄的自然系列山脉,还是这座被人们尊奉为位居“天地之中”的“神山”和“祖山”,还是这座与华夏民族从远古中一同走来的、曾经给了人类巨大庇护和帮助的嵩山,会显得更加沧桑厚重,更加深奥莫测,更加博大精深,更加令人尊崇敬畏。

作　者

2013年5月21日

凡　　例

一、“嵩山文化大系”是在河南省民间文化遗产抢救工作委员会的领导和关怀下立项编写的。目的是帮助读者了解、研究嵩山的历史状况，以促进嵩山地域政治、经济和文化的发展。

二、本书涉及范围为“嵩山历史文化核心区”，其地域划分是以嵩山为中心，所涉及的面积主要涵盖嵩山主要位置区的登封和嵩山余脉地区伊川、偃师、巩义、荥阳、新郑、禹州、新密、汝州 9 个县级市，以及为邻的古都郑州市和古都洛阳市，也就是被史学界、考古界、地学界所说的“嵩山文化圈”，书中简称“嵩山地域”或“嵩山地区”。

三、本书中所说的古代洛阳，为洛阳京畿辖域，而非今日的洛阳。其大致范围是：南始中岳嵩山，北至太行王屋，东及虎牢，西迄函谷。按现在的区划是南达临汝、登封，北至济源，东及荥阳、巩义，西迄三门峡陕县、灵宝。

四、收录诗歌的范围上起先秦下至清代。

五、诗词的来源以嵩山地域的史籍、方志为主，旁及艺文录、古诗集和其他古代各历史时期的诗集与文献资料。

六、所录人物的诗歌，按人物朝代排列，具体分为：先秦、两汉、魏晋南北朝、隋唐五代、宋金、元、明、清几个大的历史时期。

七、历史上，著名诗人写嵩山的诗很多，像李白、白居易、王维、韩愈、宋之问、欧阳修、苏轼、苏辙、梅尧臣、韩维、李廌、元好问、傅梅、王铎、耿介、景冬旸、许勉燉等等，很多诗词大家所写嵩山的诗歌，大都能结集成册。由于本书中的篇幅有限，我们只能从中选取有代表性或有特色的诗词选录。

八、本书中的诗词排名不分先后，所收诗词，均按作者所在的朝代排列。同一朝代的按人物生年的先后排列；同年生的按卒年先后排列；只有卒年而生年不详的，按照卒年排列；生卒年都不详者，按其主要活动年代（如作者中进士时间或作者在世时间）插入适当位置；跨朝代的，按其主要活动时间排列；作者虽有所在朝代时间，但确实查不到其它信息的，都排在同一朝代的有时间信息的作者之后。

九、本书中收录的诗词，如诗词所属作者在不同版本的史料中有误的，均以正史中的诗词属名为准；同一诗词中个别词句在不同史料中记载中有不同之处的，在进行对比分析后，以最为合适的记载为准。

十、本书编辑古诗词一律使用规范化的汉字，除姓名中为避免混淆者外，不使用繁体字、异体字。姓名或诗词中的冷僻或疑难字，在现代汉字中查不到的，经电脑专业人员组字，尽可能地恢复原字形态。

十一、因本书收录的诗词量大,考虑到篇幅问题,对收录诗词中的特殊事件、地名、人名概不作注释。

先　　秦

弹　　歌

《吴越春秋》

断竹，续竹，飞土，逐肉。

击　壤　歌

《帝王世纪》

帝尧之世，天下大和，百姓无事。有八九十老人，击壤而歌。

日出而作，日落而息。凿井而饮，耕田而食。
帝力于我何有哉！

懿　氏　繇

《左传》

陈大夫懿氏卜妻敬仲，其妻占之曰吉，词曰：

凤凰于飞，和鸣锵锵。有妫之后，将育于姜。
五世其昌，并于正卿。八世之后，莫之与京。

箕山歌

许由

登彼箕山兮,瞻望天下。
山川丽崎,万物还普。日月运照,靡不记睹。
游放其间,何所却虑。叹彼唐尧,独自愁苦。
劳心九州,忧勤后土。谓予钦明,传禅易祖。
我乐何如,盖不盼顾。
河水流兮缘高山,甘瓜施兮叶绵蛮。
高林肃兮相错连,居此之处傲尧君。

南风歌

民歌

南风之薰兮,可以解吾民之愠兮。南风之时兮,可以阜吾民之财兮。

尧戒

《淮南子·人间训》

唐尧作戒自警曰:

战战栗栗,日谨一日。人莫踬于山,而踬于垤。

伊耆氏蜡辞

《礼记·郊特牲》

伊耆氏始为蜡。蜡者,索也。岁十二月,合聚万物而索飨之也。祝辞曰:

土反其宅,水归其壑。昆虫毋作,草木归其泽。

帝载歌

民歌

相传,帝舜禅位给大禹时举行了一场盛大的仪典,帝舜与在场的百工群臣集体创作了《帝载歌》。

日月有常，星辰有行。四时从经，万姓允诚。于予论乐，配天之灵。
迁于贤善，莫不咸听。鼚乎鼓之，轩乎舞之。菁华已竭，褰裳去之。

涂　山　歌

《乐府诗集》

《吕氏春秋》曰：禹年三十未娶。行涂山，恐时墓失嗣。辞曰："吾之娶，必有应也。"乃有白狐九尾而造於禹。禹曰："白者，吾服也；九尾者，其证也。"於是涂山人歌曰云云。於是娶涂山女。

绥绥白狐，九尾庞庞。我家嘉夷，来宾为王。
成家成室，我造彼昌。天人之际，於兹则行。

涂山女歌

《吕氏春秋》

《吕氏春秋·音初篇》曰：禹行功，见涂山氏之女。禹未之遇，而巡省南土。涂山氏之女，乃令其妾候禹于涂山之阳。女乃作歌，实始作为南音。歌曰：

候人猗兮！

麦　秀　歌

箕　子

《史记》载："箕子朝周，过故殷墟，感宫室毁壤出禾黍，箕子伤之欲哭则不可，欲泣为其近妇人，乃作麦秀之诗以歌之。"

麦秀渐渐兮，禾黍油油。彼狡童兮，不与我好兮。

夏后铸鼎繇

《困学记闻》

太卜三兆，其颂皆千有二百，夏后铸鼎繇云云。

逢逢白云，一南一北，一西一东，九鼎既成，迁于三国。

五子之歌

《尚书·虞夏书》

太康失邦，昆弟五人须于洛汭，作《五子之歌》。

太康失位，以逸豫灭，厥德，黎民感贰。乃盘游无度，畋于有洛之表，十旬弗反。有穷后羿因民弗忍，距于河。厥弟五人，御其母以从，徯于洛之汭。五子咸怨，述大禹之戒以作歌。

其一曰："皇祖有训，民可近，不可下。民惟邦本，本固邦宁。予视天下，愚夫愚妇。一子能胜予。怨岂在明，不见是图。予临兆民，懔乎若朽索之驭六马。为人上者，奈何不敬？"

其二曰："训有之：内作色荒，外作禽荒，甘酒嗜音，峻宇雕墙。有一于此，未或不亡！"

其三曰："惟彼陶唐，有此冀方。今失厥道（《左传》作行），乱其纪纲，乃底灭亡。"

其四曰："明明我祖，万邦之君。有典有则，贻厥子孙，关石和钧，王府则有。荒坠厥绪，覆宗绝祀！"

其五曰："呜呼曷归？予怀之悲。万姓仇予，予将畴依？郁陶乎予心，颜厚有忸怩。弗慎厥德，虽悔可追？"

夏人歌（二首）

《尚书·大传》

夏人饮酒，醉者持不醉者，不醉者持醉者，而歌曰："盍归乎，薄亦大矣。"伊伊退而更曰："觉兮较兮，吾大命格兮。去不善而就善，何不乐兮。薄，汤之都也。"《韩诗外传》曰："桀为酒池糟堤，纵靡靡之乐，一鼓而牛饮者三千。群臣皆相持而歌。"

其　一

江水沛兮，舟楫败兮。我王废兮，趣归于亳，亳亦大兮。

其　二

乐兮乐兮，四牡跷兮。六辔沃兮，去不善而从善，何不乐兮？

虞　箴

《左传》

魏庄子谓晋侯曰："昔辛甲之为太史，命百官箴王之阙。"于虞人之箴曰：

芒芒禹迹，画为九州。经启九道，民有寝庙。
兽有茂草，各有攸处。德用不扰，在帝夷羿。
冒于原兽，忘其国恤。而思其麀牡，武不可重。

兽臣司原，敢告仆夫。

商　　铭

《国语》

嗛嗛之德，不足就也。不可以矜，而祗取忧也。
嗛嗛之食，不足狃也。不能为膏，而祗离咎也。

桑林祷雨辞

《荀子·大略》

汤因大旱而祷曰：

政不节欤？使民疾欤？何以不雨至斯极也！
宫室崇欤？妇谒盛欤？何以不雨至斯极也！
苞苴行欤？谗夫兴欤？何以不雨至斯极也！

嵩 高 八 章

《诗经·雅·大雅》

崧高维岳，峻极于天。维岳降神，生甫及申。维申及甫，维周之翰。四国于蕃，四方于宣。

亹亹申伯，王缵之事。于邑于谢，南国是式。王命召伯，定申伯之宅。登是南邦，世执其功。

王命申伯，式是南邦。因是谢人，以作尔庸。王命召伯，彻申伯土田。王命傅御，迁其私人。

申伯之功，召伯是营。有俶其城，寝庙既成。既成藐藐，王锡申伯。四牡蹻蹻，钩膺濯濯。

王遣申伯，路车乘马。我图尔居，莫如南山。锡尔介圭，以作尔宝。往近王舅，南土是保。

申伯信迈，王饯于郿。申伯还南，谢于诚归。王命召伯，彻申伯土疆。以峙其粻，式遄其行。

申伯番番，既入于谢，徒御啴啴，周邦咸喜，戎有良翰，不显申伯。王之元舅，文武是宪。

申伯之德，柔惠且直。揉此万邦，闻于四国。吉甫作诵，其诗孔硕。其风肆好，以赠申伯。

王子晋升天

浮丘公

王子面东南，九曲歌三遍。峻极会仙鹤，乘它赴瑶台。

顺伊洛河吹箫

王子晋

伊洛之水清兮，可以涤我缨。
伊洛之水窈兮，不可涤我箫。

康　衢　谣

《列子》

尧治天下五十年，不知天下之治与不治之，忆兆之愿戴己与不愿戴己，顾问左右外朝及在野，皆不知也。尧乃微服游于康衢，闻童儿谣云：

立我蒸民，莫匪尔极。不识不知，顺帝之则。

白　云　谣

《穆天子传》

周穆王西游至昆仑山见西王母。西王母在瑶池宴请了他。临别时，西王母做《白云谣》为之祝福。

白云在天，丘陵自出。道里悠远，山川间之。将子无死，尚复能来。

祈　　招

《左传》

楚子革云："周穆王欲肆其心，周行天下，将皆必有车辙马迹焉，祭公谋父作祈招之诗，以止王心。"

祈招之愔愔，式昭德音。思我王度，式如玉，式如金。形民之力，而无醉饱之心。

采薇歌

《史记·夷齐列传》

武王已平殷乱，天下宗周，伯夷叔齐耻之，义不食周粟。采薇首阳山，饿且死，作歌。

登彼西山兮，采其薇矣。以暴易暴兮，不知其非矣。

神农虞夏，忽焉没兮，吾适安归矣？吁嗟徂兮，命之衰矣。

盥盘铭

《大戴礼》

与其溺于人也，宁溺于渊。溺于渊犹可游也，溺于人不可救也。

书车

《太平御览》

《太平御览》引《太公金匮》："武王曰，吾随师尚父之言，因为书铭。"

自致者急，载人者缓。取欲无度，自致而反。

卿云歌

《尚书·大传》

舜将禅禹。于时俊百工，相和而歌卿云。帝乃倡之曰云云。八伯咸进，稽首曰云云。帝乃载歌旋持衡曰云云。

卿云烂兮，纠缦缦兮。日月光华，旦复旦兮。

明明上天，烂然星陈。日月光华，弘于一人。

日月有常，星辰有行。四时从经，万姓允诚。

於予论乐，配天之灵。迁于贤圣，莫不咸听。

鼚乎鼓之，轩乎舞之。精华已竭，褰裳去之。

宋城者讴

郑公子受命于楚,伐宋。宋师败绩,囚华元。宋人以兵车百乘,文马四驷,赎华元于郑。半入,华元逃归。后宋城,华元为植,巡功。城者讴以讥之,华元使骖乘者答之,役人又复歌之。

睅其目,皤其腹,弃甲而复。
于思于思,弃甲复来!
从其有皮,丹漆若何。

般

《诗经·周颂》

於皇时周,陟其高山。嶞山乔岳,允犹翕河。
敷天之下,裒时之对。时周之命。

载　芟

《诗经·周颂》

载芟载柞,其耕泽泽。千耦其耘,徂隰徂畛。侯主侯伯,侯亚侯旅,侯彊侯以,有嗿其馌,思媚其妇,有依其士。有略其耜,俶载南亩,播厥百谷。实函斯活,驿驿其达。有厌其杰,厌厌其苗,绵绵其麃。载获济济,有实其积,万亿及秭。为酒为醴,烝畀祖妣,以洽百礼。有飶其香,邦家之光。有椒其馨,胡考之宁。匪且有且,匪今斯今,振古如兹。

丰　年

《诗经·周颂》

丰年多黍多稌,亦有高廪,万亿及秭。
为酒为醴,烝畀祖妣。以洽百礼,降福孔皆。

长　发

《诗经·颂·商颂》

濬哲维商!长发其祥。洪水芒芒,禹敷下土方。

外大国是疆，幅陨既长。有女娀方将，帝立子生商。

玄王桓拨，受小国是达，受大国是达。
率履不越，遂视既发。相土烈烈，海外有截。

帝命不违，至于汤齐。汤降不迟，圣敬日跻。
昭假迟迟，上帝是祗，帝命式于九围。

受小球大球，为下国缀旒，何天之休。
不竞不絿，不刚不柔。敷政优优，百禄是遒。

受小共大共，为下国骏厖。何天之龙，敷奏其勇。
不震不动，不戁不竦，百禄是总。

武王载旆，有虔秉钺。如火烈烈，则莫我敢曷。
苞有三蘖，莫遂莫达。九有九截，韦顾既伐，昆吾夏桀。

昔在中叶，有震且业。允也天子，降予卿士。
实维阿衡，实左右商王。

仪凤歌

周成王

《仪凤歌》者，周成王之所作也。成王即位，用周、召、毕、荣之属，天下大治，殊方绝域，莫不蒙化，是以越裳献雉，重译来贡，太平之瑞，同时而言，麒麟游苑囿，凤凰来舞于庭，颂声并作，佥然大同。于是成王乃援琴而鼓之，曰：

凤凰翔兮於紫庭。余何德兮以感灵。
赖先人兮恩泽臻。于胥乐兮民以宁。
凤凰来兮百兽晨。

下武

《诗经·雅·大雅》

下武维周，世有哲王。三后在天，王配于京。
王配于京，世德作求。永言配命，成王之孚。
成王之孚，下土之式。永言孝思，孝思维则。

媚兹一人，应侯顺德。永言孝思，昭哉嗣服！
昭兹来许，绳其祖武。于万斯年，受天之祜。
受天之祜，四方来贺。于万斯年，不遐有佐。

灵　台

《诗经·雅·大雅》

经史灵台，经之营之。庶民攻之，不日成之。经始勿亟，庶民子来。

王在灵囿，麀鹿攸伏。麀鹿濯濯，白鸟翯翯。王在灵沼，于牣鱼跃。

虡业维枞，贲鼓维镛。于论鼓钟，于乐辟雍。

于论鼓钟，于乐辟雍。鼍鼓逢逢，矇瞍奏公。

鹿　鸣

《诗经·雅·小雅》

呦呦鹿鸣，食野之苹。我有嘉宾，鼓瑟吹笙。吹笙鼓簧，承筐是将。人之好我，示我周行。

呦呦鹿鸣，食野之蒿。我有嘉宾，德音孔昭。视民不恌，君子是则是效。我有旨酒，嘉宾式燕以敖。

呦呦鹿鸣，食野之芩。我有嘉宾，鼓瑟鼓琴。鼓瑟鼓琴，和乐且湛。我有旨酒，以燕乐嘉宾之心。

鹤　鸣

《诗经·雅·小雅》

鹤鸣于九皋，声闻于野。
鱼潜在渊，或在于渚。
乐彼之园，爰有树檀，其下维萚。
他山之石，可以为错。

鹤鸣于九皋，声闻于天。
鱼在于渚，或潜在渊。
乐彼之园，爰有树檀，其下维谷。

他山之石,可以攻玉。

溱　洧

《诗经·风·郑风》

溱与洧,方涣涣兮。
士与女,方秉蕳兮。
女曰:"观乎?"士曰:"既且。"
"且往观乎?"
洧之外,洵訏且乐。
维士与女,伊其相谑,赠之以勺药。

溱与洧,浏其清矣。
士与女,殷其盈矣。
女曰:"观乎?"士曰:"既且。"
"且往观乎?"
洧之外,洵訏且乐。
维士与女,伊其将谑,赠之以勺药。

将 仲 子

《诗经·风·郑风》

将仲子兮,无逾我里,无折我树杞。
岂敢爱之?畏我父母。
仲可怀也,父母之言,亦可畏也。

将仲子兮,无逾我墙,无折我树桑。
岂敢爱之?畏我诸兄。
仲可怀也,诸兄之言,亦可畏也。

将仲子兮,无逾我园,无折我树檀。
岂敢爱之?畏人之多言。
仲可怀也,人之多言,亦可畏也。

出其东门

《诗经·风·郑风》

出其东门,有女如云。虽则如云,匪我思存。缟衣綦巾,聊乐我员。

出其闉闍,有女如荼。虽则如荼,匪我思且。缟衣茹藘,聊可与娱。

羔裘

《诗经·风·桧风》

羔裘逍遥,狐裘以朝。岂不尔思?劳心忉忉。

羔裘翱翔,狐裘在堂。岂不尔思?我心忧伤。

羔裘如膏,日出有曜。岂不尔思?中心是悼。

隰有苌楚

《诗经·风·桧风》

隰有苌楚,猗傩其枝。夭之沃沃,乐子之无知!

隰有苌楚,猗傩其华。夭之沃沃,乐子之无家!

隰有苌楚,猗傩其实。夭之沃沃,乐子之无室。

匪风

《诗经·风·桧风》

匪风发兮,匪车偈兮。顾瞻周道,中心怛兮!

匪风飘兮,匪车嘌兮。顾瞻周道,中心吊兮!

谁能亨鱼?溉之釜鬵。谁将西归?怀之好音。

关　雎

《诗经·风·周南》

关关雎鸠，在河之洲。窈窕淑女，君子好逑。
参差荇菜，左右流之。窈窕淑女，寤寐求之。
求之不得，寤寐思服。悠哉悠哉，辗转反侧。
参差荇菜，左右采之。窈窕淑女，琴瑟友之。
参差荇菜，左右芼之。窈窕淑女，钟鼓乐之。

汝　坟

《诗经·风·周南》

遵彼汝坟，伐其条枚。未见君子，惄如调饥。

遵彼汝坟，伐其条肄。既见君子，不我遐弃。

鲂鱼赪尾，王室如毁。虽则如毁，父母孔迩。

采　葛

《诗经·国风·王风》

彼采葛兮，一日不见，如三月兮！
彼采萧兮，一日不见，如三秋兮！
彼采艾兮，一日不见，如三岁兮！

名　语

申不害

一言正，天下定；一言倚，天下靡。

子产诵(二章)

《左传》

(一)

子产从政一年,舆人诵之曰:

取我衣冠而褚之,取我田畴而伍之。孰杀子产,吾其与之。

(二)

及三年,又诵之曰:

我有子弟,子产诲之。我有田畴,子产殖之。子产而死,谁其嗣之。

名　　语

邓析子

虑不先定,不可以应卒。兵不预整,不可以当敌。
庙算千里,帷幄之奇。百战百胜,黄帝之师。

自见则明,借人见则暗。自闻则聪,借人闻则聋。
一言而非,驷马不能追。一言而急,驷马不能及。

祀洛水歌

秦始皇嬴政

《古今乐录》曰:"秦始皇祠洛水,有黑头公从河中出,呼始皇曰:'来受天宝。'乃与群臣作歌。"

洛阳之水,其色苍苍。祀祭大泽,倏忽南临。
洛滨醊祷,色连三光。

大　唐　歌

《尚书·大传》

《尚书·大传》曰:惟五祀,定钟石。论人声,鸟兽咸变。于是勃然兴韶于大麓之野,执事还归。二年谚然,乃作大唐之歌。以声帝美,声成而彩凤至,故其乐曰:

舟张辟雍,鸧鸧相从。八风回回,凤皇喈喈。

渔 父 歌

《吴越春秋》曰:伍子胥逃楚,与楚太子建奔郑。晋顷公欲因太子谋郑,郑知之,杀太子建。伍员奔吴,追者在后,至江。江中有渔父,子胥呼之。渔父欲渡,因歌曰云云。子胥止芦之漪,渔父又歌曰云云。既渡,渔父视之有饥色,曰:为子取饷。渔父去,子胥疑之。乃潜深苇之中,父来持麦饭鲍鱼羹盎浆,求之不见,因歌而呼之曰云云。子胥出饮食毕,解百金之剑以赠渔父,不受。问其姓名,不答。子胥诫渔父曰:掩子之盎浆,无令其露,渔父诺。胥行数步,渔者覆船自沉于江。

日月昭昭乎寖已驰,与子期乎芦之漪。
日已夕兮予心忧悲,月已驰兮何不渡为,

事寖急兮将奈何?
芦中人,芦中人,岂非穷士乎。

两　　汉

郑白渠歌

《杂歌谣辞》

《史记》曰:“而韩闻秦之好兴事,欲罢之,毋令东伐。乃使水工郑国间说秦,令凿泾水自中山西抵瓠口为渠,并北山东注洛三百余里,溉泽卤之地四万余顷,皆亩一钟。于是关中沃野,无凶年。秦以卒并诸侯,因命曰郑国渠。”

《汉书》曰:“太始二年,赵中大夫白公复奏穿渠。引泾水,首起谷口,尾入栎阳,注渭中,袤二百里,溉田四千五百余顷,名曰白渠。民得其饶,于是歌之。”

田于何所,池阳谷口。郑国在前,白渠起后。
举锸如云,决渠为雨。水流灶下,鱼跃入釜。
泾水一石,其泥数斗。且溉且粪,长我禾黍。
衣食京师,亿万之口。

邛　　疏

刘　向

汉刘向《列仙传·邛疏》:“邛疏者,周封史也。能行气炼形,煮石髓而服之,谓之石钟乳。”

八珍促寿,五石延生。邛疏得之,炼髓饵精。
人以百年,我享千龄。寝息中岳,游步仙庭。

王子乔赞

刘　向

妙哉王子，神游气爽。笙歌伊洛，拟音凤响。
浮丘感应，接手俱上。挥策青崖，假翰独往。

偃师祝鸡翁

刘　向

人禽虽殊，道固相关。祝翁傍通，牧鸡寄欢。
育鳞道洽，栖鸡树端。物之致化，旋而不刊。

老子化胡经（节选）

我往化胡时，头载通天威。金紫照虚空，焰焰有光晖。
胡王心憃戾，不尊我为师。吾作变通力，要之出神威。
麾日使东走，须弥而西颓。足蹋干神桥，日月左右回。
天地昼闇昏，星辰牙差驰。众灾竞地起，良医绝不知。
胡王心怖怕，叉手向吾啼。作大慈悲教，化之渐微微。
落簪去一食，右肩不着衣。男曰优婆塞，女曰优婆夷。
化胡今宾服，游神于紫微。

我昔离周时，西化向罽宾。路由函关去，会见尹喜身。
尹喜通窈冥，候天见紫云。知吾当西过，沐浴斋戒身。
日夜立香火，约敕守门人。执简迎谒请，延我入皇庭。
叩搏亦无数，求欲从我身。道取人诚信，三日口不言。
吾知喜心至，遗喜五千文。欲得求长生，读之易精神。
将喜入西域，迁喜为真人。

我昔化胡时，涉天靡不遥。牵天覆六合，艰难身尽婴。
胡人不识法，放火烧我身。身亦不缺损，乃复沉深渊。
龙王折水脉，复不复流行。愚人皆哀叹，枉此贤人身。
吾作腾波气，起立上着天。日月头上瞰，光照亿万千。
胡王心方悟，知我是圣人。叩头求悔过，今欲奉侍君。

伏愿降灵气，怒活国土人。吾视怨家如赤子，不顾仇以嫌。
化命一世士，坐卧诵经文。身无荣华饰，后毕得升天。
吾告时世人，三界里中贤。欲求长生道，莫爱千金身。
出身着死地，返更得生缘。火中生莲花，尔乃是至真。
莫有生杀想，得道升清天。未负即真信，丧子千金身。
我昔学道时，登崖历长松。盘屈幽谷里，求觅仙圣公。
食服泥洹散，渐得不死踪。九重室中□，得见不死童。
身体绝华丽，二仪中无双。遗我元气药，忽然天圣聪。

尹喜哀叹（五首）

《仙道》

尹喜告世人，欲求长生道。莫求时世荣，我昔得道时。
身为关府君，一日三赏赐。杂彩以金银，不以为己有。
施与贫穷人，白日沾王事。夜便习灵仙，餐松食苦柏。
微命乃得存，精诚神明佑。守真仰苍天，感得天地道。
遇见老君身，难我以父母。却遗五千文，秘室熟读之。
三年易精神，授我仙圣方，都体解自然。

我昔上九天，下向视玄冥。但见飞仙士，列翼影清天。
朝宗九天主，太上皇老君。涤荡六府中，受读仙圣文。
王乔得圣道，游行五岳间。服气食玉英，受命与天并。
昔往学道时，登岳历高罡。动见百丈谷，赫赤道里长。
有无极神气，何以到西方。元以度赤谷，垂泪数千行。
自念宿罪重，五内心摧伤。

我昔求道时，径历数千崖。浮游八荒外，徒跣身无衣。
东过日出界，西寻清山累。足底重尔生，手中抱少微。
道见西王母，问我子何归。耻身不学道，意欲觅仙师。
感我精诚至，乞我鞋以衣。尔乃得学道，仙气渐微微。
父母怪我晚，昼夜悲嗥啼。大道与俗返，一往不复归。
高志日日远，不觉心肝摧。虽得不死道，日月垂微微。
心精不退转，今作天人师。

昔往学道时，踪迹亦难寻。东到日出界，树木郁郁深。
南到阎浮提，大火烧我身。西到俱地尼，但见金城门。
青龙尧城腹，白虎守城前。冲天金楼殿，太上居湛然。

光影耀虚空，仙人绝端严。齐执黄卷书，口诵长生文。
北向入玄冥，大水湛湛深。绕天数百匝，足底重蹦生。
尔乃得仙道，把揽天地神。子能述吾道，白日得升天。

古　　诗

《焦氏易林》

嵩高岱宗，峻直且神。触石肤寸，千里蒙恩。
阳城太室，神明所依。兵革不侵，下有畏国。

驱车上东门

《洛阳汉古诗》

驱车上东门，遥望郭北墓。白杨何萧萧，松柏夹广路。
下有陈死人，杳杳即长暮。潜寐黄泉下，千载永不寤。
浩浩阴阳移，年命如朝露。人生忽如寄，寿无金石固。
万岁更相送，贤圣莫能度。服食求神仙，多为药所误。
不如饮美酒，被服纨与素。

去者日以疏

《洛阳汉古诗》

去者日以疏，来者日以亲。出郭门直视，但见丘与坟。
古墓犁为田，松柏摧为薪。白杨多悲风，萧萧愁杀人。
思还故里闾，欲归道无因。

五 噫 之 歌

梁　鸿

陟彼北邙兮，噫！顾瞻帝京兮，噫！
宫阙崔嵬兮，噫！民之劬劳兮，噫！
辽辽未央兮，噫！

明堂诗

班 固

於昭明堂，明堂孔阳。圣皇宗祀，穆穆煌煌。
上帝宴飨，五位时序。谁其配之？世祖光武。
普天率土，各以其职。猗欤缉熙，允怀多福。

辟雍诗

班 固

乃流辟雍，辟雍汤汤。圣皇莅止，造舟为梁。
皤皤国老，乃父乃兄。抑抑威仪，孝友光明。
於赫太上，示我汉行。洪化惟神，永观厥成。

灵台诗

班 固

乃经灵台，灵台既崇。帝勤时登，爰考休征。
三光宣精，五行布序。习习祥风，祁祁甘雨。
百谷蓁蓁，庶草蕃庑。屡惟丰年，於皇乐胥。

贻李膺书

荀 爽

久废过庭，不闻善诱。陟岵瞻望，惟日为岁。
知以直道，不容于时。悦山乐水，家于阳城。
道近路夷，当即聘问。无状婴疾，阙于所仰。
顷闻上帝震怒，贬黜鼎臣。人鬼同谋，以为天子。
当贞观二五，利见大人。不谓夷之初旦，明而未融。
虹蜺杨辉，弃和取同。方今天地气闭，大人休否。
智者见险，投以远古。虽匮人屈服于内合私愿，想甚欣然不为恨也。
愿怡神无事，偃息衡门，任其飞沉，与时抑扬。

青青陵上柏

《洛阳汉古诗》

青青陵上柏，磊磊涧中石。人生天地间，忽如远行客。
斗酒相娱乐，聊厚不为薄。驱车策驽马，游戏宛与洛。
洛中何郁郁，冠带自相索。长衢罗夹巷，王侯多第宅。
两宫遥相望，双阙百馀尺。极宴娱心意，戚戚何所迫？

生年不满百

《古诗十九首》

生年不满百，常怀千岁忧。昼短苦夜长，何不秉烛游！
为乐当及时，何能待来兹？愚者爱惜费，但为后世嗤。
仙人王子乔，难可与等期。

陬　操

蔡　邕

《史记》孔子世家曰：孔子闻窦鸣犊、舜华之死也，临河而叹。乃还息乎陬乡，作为陬操以哀之。《孔丛子》曰：赵简子使聘，夫子将至焉。及河，闻鸣犊与窦犨之见杀也。回舆而旋之卫。使鄹，遂为操曰：

周道衰微，礼乐陵迟。文武既坠，吾将焉归。
周游天下，靡邦可依。凤鸟不识，珍宝枭鸱。
眷然顾之，惨然心悲。巾车命驾，将适唐都。
黄河洋洋，攸攸之鱼。临津不济，还辕息陬。
伤予道穷，哀彼无辜。翱翔于卫，复我旧庐。
从我所好，其乐只且。

轘　辕　道

张　衡

回行道乎伊阙，斜径捷于轩轘，太室作镇，揭以熊耳底柱辍流，镡以大丕。

驾出北郭门行

阮　瑀

驾出北郭门，马樊不肯驰。下车步踟蹰，仰折枯杨枝。
顾闻丘林中，嗷嗷有悲啼。借问啼者出，何为乃如斯？
亲母舍我殁，后母憎孤儿。饥寒无衣食，举动鞭捶施。
骨消肌肉尽，体若枯树皮。藏我空室中，父还不能知。
上冢察故处，存亡永别离。亲母何可见，泪下声正嘶。
弃我于此间，穷厄岂有赀。传告后代人，以此为明规。

王子乔

《乐府古辞》

王子乔，参驾白鹿云中遨。参驾白鹿云中遨，下游来。王子乔，参驾白鹿上至云，戏游遨。上建逋阴广里践近高，结仙宫，过谒三台。东游四海五岳上，过蓬莱紫云台。三王五帝不足令，令我圣明应太平。养民若子事父明，当究天禄永康宁。玉女罗坐吹笛箫，嗟行圣人游八极。鸣吐衔福翔殿侧。圣主享万年，悲今皇帝延寿命。

十五从军征

《汉乐府诗》

十五从军征，八十始得归。道逢乡里人：家中有阿谁？
遥看是君家，松柏冢累累。兔从狗窦入，雉从梁上飞。
中庭生旅谷，井上生旅葵。舂谷持作饭，采葵持作羹。
羹饭一时熟，不知贻阿谁！出门东向看，泪落沾我衣。

颍川儿歌

《汉书》曰：灌夫不好文学，喜任侠。已然诺，诸所与交通。无非豪桀大猾，有累数千万，食客日数十百人，陂池田园，宗族宾客为权利，横颍川。颍川儿歌之曰：

颍水清，灌氏宁。颍水浊，灌氏族。

远夷怀德歌

白狼王唐

荒服之外，土地硗埆。食肉衣皮，不见盐谷。
吏译传风，大汉安乐。携负归仁，触冒险狭。
高山岐峻，缘崖磻石。木薄发家，百宿到洛。
父子同赐，怀抱匹帛。传告种人，长愿臣仆。

董 娇 娆

宋子侯

洛阳城东路，桃李生路旁。花花自相对，叶叶自相当。
春风东北起，花叶正低昂。不知谁家子，提笼行采桑。
纤手折其枝，花落何飘飏。请谢彼姝子，何为见损伤？
高秋八九月，白露变为霜。终年会飘堕，安得久馨香？
秋时自零落，春月复芬芳。何时盛年去，欢爱永相忘。
吾欲竟此曲，此曲愁人肠。归来酌美酒，挟瑟上高堂。

仙 人 桥

费长房

翠微深处有神仙，跨鹤来参风雪禅。打破悬关归去日，过桥抛却悟真篇。

崿 岭

无名氏

崿岭似火口，滴水难以瞅。过此喉冒烟，此道不可走。

汉顺帝时京都童谣

《后汉书·五行志》

李固争清河王当立，梁冀立蠡吾侯。固幽毙于狱，而胡广、赵戒、袁汤等一时封侯。京都童谣云：

直如弦，死道边。曲如钩，又封侯。

汉灵帝末京都童谣

《乐府古题》

《后汉书·五行志》曰：灵帝之末，京都童谣。献帝初立，未有爵号，为中常侍段等所执，公卿百官，皆随其后，到河上乃得还，此为"非侯非王上北邙"者也。

侯非侯，王非王，千乘万骑上北邙。

汉桓帝和灵帝时京都童谣

《汉古诗》

举秀才，不知书。举孝廉，父别居。寒素清白浊如泥，高第良将法如鸡。

京洛城中谣

《乐府古题》

城中好高髻，四方高一尺。城中好广眉，四方且半额。城中好大袖，四方全匹帛。

小 麦 童 谣

《乐府诗集》

小麦青青大麦枯，谁当获者与为姑。
丈夫何在西击胡，吏买马，君具车。
请为诸君鼓咙胡。

洛阳人为祝良歌

无名氏

《长沙耆旧传》曰：祝良，字召卿，为洛阳令。岁时亢旱，天子祈雨不得。良乃暴身阶庭，告诚引罪。自晨至申，紫云沓起，甘雨登降，人为之歌。

天久不雨，烝民失所。天王自出，祝令特苦。精符感应，滂沱而下。

魏晋南北朝

短　歌　行

曹　操

对酒当歌，人生几何？譬如朝露，去日苦多。
慨当以慷，忧思难忘。何以解忧？唯有杜康。
青青子衿，悠悠我心。但为君故，沉吟至今。
呦呦鹿鸣，食野之苹。我有嘉宾，鼓瑟吹笙。
明明如月，何时可掇？忧从中来，不可断绝。
越陌度阡，枉用相存。契阔谈讌，心念旧恩。
月明星稀，乌鸦南飞。绕树三匝，何枝可依？
山不厌高，水不厌深。周公吐哺，天下归心。

薤　露　行

曹　操

惟汉廿二世，所任诚不良。沐猴而冠带，知小而谋强。
犹豫不敢断，因狩执君王。白虹为贯日，己亦先受殃。
贼臣持国柄，杀主灭宇京。荡覆帝基业，宗庙以燔丧。
播越西迁移，号泣而且行。瞻彼洛城郭，微子为哀伤。

十　五

曹　丕

登山而远望,溪谷多所有。楩枬千余尺,众草之盛茂。
华叶耀人目,五色难可纪。雉雊山鸡鸣,虎啸谷风起。
号罴当我道,狂顾动牙齿。

燕　歌　行

曹　丕

秋风萧瑟天气凉,草木摇落露为霜,群燕辞归鹄南翔。
念君客游思断肠,慊慊思归恋故乡,君何淹留寄他方?
贱妾茕茕守空房,忧来思君不敢忘,不觉泪下沾衣裳。
援琴鸣弦发清商,短歌微吟不能长,明月皎皎照我床。
星汉西流夜未央,牵牛织女遥相望,尔独何辜限河梁?

煌煌京洛行

曹　丕

夭夭园桃,无子空长。虚美难假,偏轮不行。
淮阴五刑,鸟尽弓藏。保身全名,独有子房。
大愤不收,褒衣无带。多言寡诚,抵令事败。
苏秦之说,六国以亡。倾侧卖主,车裂固当。
贤矣陈轸,忠而有谋。楚怀不从,祸卒不救。
祸夫吴起,智小谋大。西河何健,伏尸何劣。
嗟彼郭生,古之雅人。知矣燕昭,可谓得臣。
峨峨仲连,齐之高士。北辞千金,东蹈沧海。

黄　帝　赞

曹　植

少典之子,神明圣咨。土德承火,赤帝是灭。
服牛乘马,衣裳是制。云氏名官,功冠五列。

帝 喾 赞

曹 植

祖自轩辕，玄嚣之裔。生言其名，木德帝世。
抚宁天地，神圣灵察。教弥四海，明并日月。

殷 汤 赞

曹 植

殷汤伐夏，诸侯振仰。放桀鸣条，南面以王。
桑林之祷，炎灾克偿。伊尹佐治，可谓贤相。

送应氏（二首）

曹 植

步登北邙阪，遥望洛阳山。洛阳何寂寞，宫室尽烧焚。
垣墙皆顿擗，荆棘上参天。不见旧耆老，但睹新少年。
侧足无行径，荒畴不复田。游子久不归，不识陌与阡。
中野何萧条，千里无人烟。念我平常居，气结不能言。

清时难屡得，嘉会不可常。天地无终极，人命若朝霜。
愿得展嬿婉，我友之朔方。亲昵并集送，置酒此河阳。
中馈岂独薄，宾饮不尽觞。爱至望苦深，岂不愧中肠。
山川阻且远，别促会日长。愿为比翼鸟，施翮起高翔。

名 都 篇

曹 植

名都多妖女，京洛出少年。宝剑值千金，被服丽且鲜。
斗鸡东郭道，走马长楸间。驰骋未能半，双兔过我前。
揽弓捷鸣镝，长驱上南山。左挽因右发，一纵两禽连。
余巧未及展，仰手接飞鸢。观者咸称善，众工归我妍。
我归宴平乐，美酒斗十千。脍鲤臇胎虾，炮鳖炙熊蹯。

鸣俦啸匹侣，列坐竞长筵。连翩击鞠壤，巧捷惟万端。
白日西南驰，光景不可攀。云散还城邑，清晨复来还。

赠白马王彪

曹　植

序曰：黄初四年五月，白马王、任城王与余俱朝师，会节气。到洛阳，任城王薨。至七月与白马王还国。后有司以二王归藩，道路宜异宿止。意毒恨之。盖以大别在数日，是用自剖，与王辞焉。愤而成篇。

谒帝承明庐，逝将归旧疆。清晨发皇邑，日夕过首阳。伊洛广且深，欲济川无梁。泛舟越洪涛，怨彼东路长。顾瞻恋城阙，引领情内伤。

太谷何寥廓，山树郁苍苍。霖雨泥我涂，流潦浩纵横。中逵绝无轨，改辙登高冈。修坂造云日，我马玄以黄。

玄黄犹能进，我思郁以纡。郁纡将何念？亲爱在离居。本图相与偕，中更不克俱。鸱枭鸣衡轭，豺狼当路衢。苍蝇间白黑，谗巧反亲疏。欲还绝无蹊，揽辔止踟蹰。

踟蹰亦何留？相思无终极。秋风发微凉，寒蝉鸣我侧。原野何萧条，白日忽西匿。归鸟赴乔林，翩翩厉羽翼。孤兽走索群，衔草不遑食。感物伤我怀，抚心长太息。

太息将何为？天命与我违。奈何念同生，一往形不归。孤魂翔故域，灵柩寄京师。存者忽复过，亡没身自衰。人生处一世，去若朝露晞。年在桑榆间，影响不能追。自顾非金石，咄唶令心悲。

心悲动我神，弃置莫复陈。丈夫志四海，万里犹比邻。恩爱苟不亏，在远分日亲。何必同衾帱，然后展殷勤。忧思成疾疢，无乃儿女仁。仓卒骨肉情，能不怀苦辛？

苦辛何虑思？天命信可疑。虚无求列仙，松子久吾欺。变故在斯须，百年谁能持？离别永无会，执手将何时？王其爱玉体，俱享黄发期。收泪即长路，援笔从此辞。

步出夏门行

曹　叡

步出夏门，东登首阳山。嗟哉夷叔，仲尼称贤。
君子退让，小人争先。惟斯二子，于今称传。
林钟受谢，节改时迁。日月不居，谁得久存。
善哉殊复善，弦歌乐情。商风夕起，悲彼秋蝉。
变形易色，随风东西。乃眷西顾，云雾相连。
丹霞蔽日，彩虹带天。弱水潺潺，叶落翩翩。
孤禽失群，悲鸣其间。善哉殊复善，悲鸣在其间。
朝游清泠，日暮嗟归。蹙迫日暮，乌鹊南飞。
绕树三匝，何枝可依。卒逢风雨，树折枝摧。

雄来惊雌，雌独愁栖。夜失群侣，悲鸣徘徊。
芃芃荆棘，葛生绵绵，感彼风人，惆怅自怜。
月盈则冲，华不再繁。古来之说，嗟哉一言。

苦 寒 行

曹 叡

悠悠发洛都，茾我征东行。征行弥二旬，屯吹龙陂城。
顾观故垒处，皇祖之所营。屋室若平昔，栋宇无邪倾。
奈何我皇祖，潜德隐圣形。虽没而不朽，书贵垂伐名。
光光我皇祖，轩耀同其荣。遗化布四海，八表以肃清。
虽有吴蜀寇，春秋足耀兵。徒悲我皇祖，不永享百龄。
赋诗以写怀，伏轼泪沾缨。

战 荥 阳

缪 袭

《晋书·乐志》曰："改汉《思悲翁》为《战荥阳》，言曹公也。"

战荥阳，汴水陂。戎士愤怒，贯甲驰。
阵未成，退徐荣。二万骑，堑垒平。
戎马伤，六军惊，势不集，众几倾。
白日没，时晦冥，顾中牟，心屏营。
同盟疑，计无成，赖我武皇，万国宁。

魏鼓吹曲

缪 袭

《晋书·乐志》曰：魏武帝使缪袭造鼓吹十二曲以代汉曲：

一曰《楚之平》，二曰《战荥阳》，三曰《获吕布》，四曰《克官渡》，五曰《旧邦》，六曰《定武功》，七曰《屠柳城》，八曰《平南荆》，九曰《平关中》，十曰《应帝期》，十一曰《邕熙》，十二曰《太和》。

答杜挚诗

毋丘俭

凤鸟翔京邑，哀鸣有所思。才为圣世出，德音何不怡。
八子未际遇，今者遭明时。胡康出垅亩，杨伟无根基。
飞腾冲云天，奋迅协光熙。骏骥骨法异，伯乐观知之。
但当养羽翮，鸿举必有期。体无纤微疾，安用问良医。
联翩轻栖集，还为燕雀嗤。韩众药虽良，恐便不能治。
悠悠千里情，薄言答嘉诗。信心感诸中，中实不在辞。

田饮引

朱　异

卜田宇兮京之阳，面清洛兮背修邙。属风林之萧瑟，值寒野之苍茫。
鹏纷纷而聚散，鸿冥冥而远翔。酒沉兮俱发，云沸兮波扬。
岂味薄於东鲁，鄙蜜甜于南湘。於是客有不速，朋自兮远方。
临清池而涤器，辟山牖而飞觞。促膝兮道故，久要兮不忘。
间谈希夷之理，或赋连翩之章。

还东田宅赠朋离诗

朱　异

应生背芒说，石子河阳文。虽有遨游美，终非沮溺群。
曰余今卜筑，兼以隔嚣纷。池入东陂水，窗引北岩云。
槿篱集田鹭，茅檐带野芬。原隰何逦迤，山泽共氛氲。
苍苍松树合，耿耿樵路分。朝兴候崖晚，暮坐极林曛。
凭高眺虹霓，临下瞰耕耘。岂直娱衰暮，兼得慰殷勤。
怀劳犹未弭，独有望夫君。

咏怀（其九）

阮　籍

步出上东门，北望首阳岑。下有采薇士，上有嘉树林。

良辰在河中，凝霜沾衣襟。寒风振山岗，玄云起重阴。
鸣雁飞南征，鶗鴂发哀音。素质游商声，凄怆伤我心。

咏怀（其二十二）

阮　籍

夏后乘灵舆，夸父为邓林。存亡从变化，日月有浮沉。
凤凰鸣参差，伶伦发其音。王子好箫管，世世相追寻。
谁言不可见，青鸟明我心。

咏怀（其二十七）

阮　籍

周郑天下交，街术当三河。妖冶闲都子，焕耀何芬葩。
玄发发朱颜，睇眄有光华。倾城思一顾，遗视来相夸。
愿为三春游，朝阳忽蹉跎。盛衰在须臾，离别将如何。

咏怀（其六十六）

阮　籍

王子十五年，游衍伊洛滨。朱颜茂春华，辩慧怀清真。
焉见浮丘公，举手谢时人。轻荡易恍惚，飘飖弃其身。
飞飞鸣且翔，挥翼且酸辛。

荥 阳 令 歌

阮　籍

殷氏世传曰：殷褒为荥阳令。广筑学馆，会集朋徒。民知礼让，乃歌之。
荥阳令，有异政。修立学校人易性，令我子弟耻斗讼。

游 仙 诗

稽 康

遥望山上松，隆谷郁青葱。自遇一何高，独立迥无双。
愿想游其下，蹊路绝不通。王乔弃我去，乘云驾六龙。
飘飖戏玄圃，黄老路相逢。授我自然道，旷若发童蒙。
采药钟山隅，服食改姿容。蝉蜕弃秽累，结友家板桐。
临觞奏九韶，雅歌何邕邕。长与俗人别，谁能睹其踪。

许 由 赞

稽 康

许由养神，宅于箕阿。德贞体全，择日登遐。

青青河边草篇

傅 玄

青青河边草，悠悠万里道。草生在春时，远道还有期。
春至草不生，期尽叹无声。感物怀思心，梦想发中情。
梦君如鸳鸯，比翼云间翔。既觉寂无见，旷如参与商。
梦君结同心，比翼游北林。既觉寂无见，旷如商与参。
河洛自有涸，不如中岳安。回流不及返，浮云往自还。
悲风动思心，悠悠谁知者。悬景无停居，忽如驰驷马。
倾耳怀音响，转目泪双堕。生存无会期，要君黄泉下。

北 邙 客 舍

刘 伶

泱漭望野隐，黤黮玄夜阴。寒鸡思天曙，振翅吹长音。
蚊蚋归丰草，枯叶散萧林。陈醴发悴颜，巴歈畅真心。
缊被终不晓，斯叹信难任。何以除斯叹，付之与瑟琴。
长笛鸣中夕，闻此消胸襟。

柳　赋

成公绥

宅京宇之西偏，滨犊鼻之清渠。启横门于大路，临九达之通衢。
愍行旅之靡休，树双柳于道隅。弥年载而成阴，纷惮援而扶疏。

行　诗

成公绥

洋洋熊耳流，巍巍伊阙山。高冈碣崔嵬，双阜夹长川。
素石何磷磷，水禽何翩翩。远涉许颍路，顾思邈绵绵。
郁陶怀所亲，引领怀缅然。

王子乔

何　劭

羡昔无子晋，得道发伊洛。迢递凌峻岳，连翻御飞鹤。

洛水祖王公应诏诗

何　劭

穆穆圣王，体此慈仁。友于之至，通于明神。
游宴绸缪，情恋所亲，薄云饯之。
于洛之滨，嵩崖岩岩。洪流汤汤，春风动衿。
归雁和鸣，我后飨客，鼓瑟吹笙。
举爵惟别，闻乐伤情。嘉宴既终，白日西归。
群司告旋，鸾舆整绥。我皇重离，顿辔骖骓。
临川永叹，酸涕沾颐。崇恩感物，左右同悲。

游 仙 诗

何 劭

青青陵上松，亭亭高山柏。光色冬夏茂，根柢无雕落。
吉士怀真心，悟物思远托。
扬志玄云际，流目瞩岩石。羡昔王子乔，友道发伊洛。
迢递陵峻岳，连翩御飞鹤。抗迹遗万里，岂恋生民乐。
长怀慕仙类，眇然心绵邈。

山 路 吟

夏侯湛

夙驾兮待明，陟山路兮遐征。冒晨朝兮入大谷，道逶迤兮岚气清。揽辔兮抑马，踟躇兮旷野。旷野驱兮辽落，崇岳兮嵬崿。丘陵兮连离，卉木兮交错。渌水兮长流，惊涛兮拂石。

许 由 颂

潘 岳

邈哉许公，执真履贞。辞尧天下，抱朴隐形。
川停岳峙，澹泊无营。栖迟高山，与世靡争。
虚薄忝任，来宰斯城。愧无惠化，豹产之政。
峨峨治所，乐慕景名。登箕逍遥，来过墓廷。
通于时宪，倾筐不盈。恨无旨酒，奠公之灵。
死而不朽，公其有荣。聊述雅羡，扬公馨声。

怀县思巩作

潘 岳

春秋代迁逝，四运纷可喜。宠辱易不惊，恋本难为思。
我来冰未泮，时暑忽隆炽。感此还期淹，叹彼年往驶。
登城望郊甸，游目历朝寺。小国寡民务，终日寂无事。
白水过庭激，绿槐夹门植。信美非吾土，只搅怀归志。
眷然顾巩洛，山川邈离异。愿言旋旧乡，畏此简书忌。

只奉社稷守，恪居处职司。

巩道迎驾

潘　岳

南山郁岑崟，洛川迅且急。青松荫修岭，绿蘩披广隰。
朝日顺长途，夕暮无所集。归云乘幰浮，凄风寻帷入。
道逢深识士，举手对吾揖。世故尚未夷，崤函方险涩。
狐狸夹两辕，豺狼当路立。翔凤婴笼槛，骐骥见维挚。
俎豆昔尝闻，军旅素未习。且少停君驾，徐待干戈戢。

北邙送别王世胄

潘　岳

朱镳既扬，四辔既整。嘉言饯行，告别邙岭。
情有迁延，日无余影。回辕南翔，心焉北骋。

金谷集作诗

潘　岳

王生和鼎实，石子镇海沂。亲友各言迈，中心怅有违。
何以叙离思，携手游郊畿。朝发晋京阳，夕次金谷湄。
回溪萦曲阻，峻阪路威夷。绿池泛淡淡，青柳何依依。
滥泉龙鳞澜，激波连珠挥。前庭树沙棠，后园植乌椑。
灵囿繁石榴，茂林列芳梨。饮至临华沼，迁坐登隆坻。
玄醴染朱颜，便觞杯行迟。扬桴抚灵鼓，箫管清且悲。
春荣谁不慕，岁寒良独希。投分寄石友，白首同所归。

悼亡诗之一

潘　岳

荏苒冬春谢，寒暑忽流易。之子归穷泉，重壤永幽隔。
私怀谁克从，淹留亦何益。僶俛恭朝命，回心反初役。
望庐思其人，入室想所历。帏屏无仿佛，翰墨有余迹。

流芳未及歇，遗挂犹在壁。怅恍如或存，回惶忡惊惕。
如彼翰林鸟，双栖一朝只。如彼游川鱼，比目中路析。
春风缘隙来，晨溜承檐滴。寝息何时忘，沉忧日盈积。
庶几有时衰，庄缶犹可击。

大 雅 吟

石 崇

堂堂太祖，渊弘其量。仁格宇宙，义风遐畅。
启土万里，志在翼亮。三分有二，周文是尚。
于穆武王，奕世载聪。钦明冲默，文思允恭。
武则不猛，化则时雍。庭有仪凤，郊有游龙。
启路千里，万国率从。荡清吴会，六合乃同。
百姓仰德，良史书功。超越三代，唐虞比踪。

咏史(其五)

左 思

皓天舒白日，灵景耀神州。列宅紫宫里，飞宇若云浮。
峨峨高门内，蔼蔼皆王侯。自非攀龙客，何为欻来游。
被褐出阊阖，高步追许由。振衣千仞冈，濯足万里流。

招隐诗(二首)

左 思

杖策招隐士，荒涂横古今。岩穴无结构，丘中有鸣琴。
白云停阴冈，丹葩曜阳林。石泉漱琼瑶，纤鳞或浮沉。
非必丝与竹，山水有清音。何事待啸歌，灌木自悲吟。
秋菊兼糇粮，幽兰间重襟。踌躇足力烦，聊欲投吾簪。

经始东山庐，果下自成榛。前有寒泉井，聊可莹心神。
峭茜青葱间，竹柏得其真。弱叶栖霜雪，飞荣流余津。
爵服无常玩，好恶有屈伸。结绶生缠牵，弹冠去埃尘。
惠连非吾屈，首阳非吾仁。相与观所尚，逍遥撰良辰。

娇女诗

左　思

吾家有娇女，皎皎颇白皙。小字为纨素，口齿自清历。
鬓发覆广额，双耳似连璧。明朝弄梳台，黛眉类扫迹。
浓朱衍丹唇，黄吻烂漫赤。娇语若连琐，忿速乃明集。
握笔利彤管，篆刻未期益。执书爱绨素，诵习矜所获。
其姊字惠芳，面目粲如画。轻妆喜楼边，临镜忘纺绩。
举觯拟京兆，立的成复易。玩弄眉颊间，剧兼机杼役。
从容好赵舞，延袖像飞翮。上下弦柱际，文史辄卷襞。
顾眄屏风书，如见已指摘。丹青日尘暗，明义为隐赜。
驰骛翔园林，果下皆生摘。红葩缀紫蒂，萍实骤柢掷。
贪华风雨中，眒忽数百适。务蹑霜雪戏，重綦常累积。
并心注肴馔，端坐理盘鬲。翰墨戢闲案，相与数离逖。
动为垆钲屈，屐履任之适。止为荼菽据，吹嘘对鼎立。
脂腻漫白袖，烟熏染阿锡。衣被皆重地，难与沉水碧。
任其孺子意，羞受长者责。瞥闻当与杖，掩泪俱向壁。

黄帝赞

挚　虞

黄帝在位，实号轩辕。车以行陆，舟已济川。
孤矢之利，弥难消患。垂衣而治，万国乂安。

从幸洛水饯王公归国诗

王　浚

圣主应期运，至德敷彝伦。神道垂大教，玄化被无垠。
钦若崇古制，建侯屏四邻。皇舆回羽盖，高会洛水滨。
临川讲妙艺，纵酒钓潜鳞。八音以迭奏，兰羞备时珍。
古人亦有言，为国不患贫。与蒙庙庭施，幸得厕太钧。
群僚荷恩泽，朱颜感献春。赋诗尽下情，至感畅人神。
长流无舍逝，白日入西津。奉辞慕华辇，侍卫路无因。
驰情系帷幄，乃心恋轨尘。

啄木诗

左　棻

南山有鸟，自名啄木。饥则啄树，暮则巢宿。
无干于人，惟志所欲。性清者荣，性浊者辱。

感离思

左　棻

自我去膝下，倏忽逾再期。邈邈浸弥远，拜奉将何时。
披省所赐告，寻玩悼离词。仿佛想容仪，唏嘘不自持。
何时当奉面，娱目于书诗。何以诉辛苦，告情于文辞。

行思赋

陆　机

背洛浦之遥遥，浮黄川之裔裔。遵河曲以悠远，观通流之所会。
启石门而东萦，沿汴渠其如带。托飘风之习习，冒沉云之蔼蔼。
商秋肃其发节，玄云霈而垂阴。凉气凄其薄体，零雨郁而下淫。
睹川禽之遵渚，看山鸟之归林。挥清波以濯羽，翳绿叶而弄音。
行弥久而情劳，涂愈近而思深。羡品物以独感，悲绸缪而在心。
嗟逝宦之永久，年荏苒而历兹。越河山而托景，眇四载而远期。
孰归宁之弗乐，独抱感而弗怡。

为顾彦先赠妇诗（二首）

陆　机

辞家远行游，悠悠三行里。京洛多风尘，素衣化为缁。
循身悼忧苦，感念同怀子。隆思乱心曲，沉欢滞不起。
欢沉难克兴，心乱谁为理。愿假归鸿翼，翻飞浙江汜。

东南有思妇，长叹充幽闼。借问叹何为，佳人渺天末。
游宦久不归，山川修且阔。形影参商乖，音息旷不达。

离合非有常，譬彼弦与筈。愿保金石躯，慰妾长饥渴。

巩洛道中作（二首）

陆　机

总辔登长路，呜咽辞密亲。借问子何之，世网缨我身。
永叹遵北渚，遗思结南津。行行遂已远，野途旷无人。
山泽纷纡余，林薄杳阡眠。虎啸深谷底，鸡鸣高树巅。
哀风中夜流，孤兽更我前。悲情触物感，沉思郁缠绵。
伫立望故乡，顾影凄自怜。

远游越山川，山川修且广。振策陟崇丘，按辔遵平莽。
夕息抱影寐，朝徂衔思往。顿辔倚嵩岩，侧听悲风响。
清露坠素辉，明月一何朗。抚枕不能寐，振衣独长想。

偃师尸乡亭

陆　机

东游观巩洛，逍遥丘墓间。
秋草蔓长柯，寒木入云烟。
发轸有夙晏，息驾无愚贤。

留　侯　颂

陆　机

文成作师，通幽洞冥。永言配命，因心则灵。
穷神观化，望影揣情。鬼无隐谋，物无遁形。
武关是辟，鸿门是宁。随难荥阳，即谋下邑。
销印惎废，推齐劝立。运筹固陵，定策东袭。
三王从风，五侯云集。霸楚实丧，皇汉凯入。
怡颜高览，弥翼凤戢。托迹黄老，辞世却粒。

伉　俪

稽　含

余执百两辔,之子咏采蘩。我怜圣善色,尔悦慈姑颜。
裁彼双丝绢,著于同功绵。夏摇比翼扇,冬坐蛩蛩毡。
饥食并根粒,渴饮一流泉。朝蒸同心羹,暮庖比目鲜。
挹用合卺酳,受以连理盘。朝采同本芝,夕掇骈穗兰。
临轩种萱草,中庭植合欢。

悦　晴

嵇　含

劲风归巽林,玄云起重基。朝霞炙琼树,夕影映玉芝。
翔凤晞轻翮,应龙曝纤鬐。百谷偃而立,大木颠复持。

鬼谷子颂

陆　云

悠悠鬼谷,永言潜止。要终有集,资生无始。
绸缪方平,在彼二子。芬响兰辉,有来盈耳。

刘根颂

陆　云

刘根登嵩,遗世盘桓。形委服容,口厌琼兰。
挹彼呼翕,为尔朝餐。景绝岩穴,光茂云端。

王子晋颂

陆　云

王乔渊默,遂忘潜辉。遗形灵岳,顾果仁归。
娈披有傅,与尔翻飞。承云倏忽,飘飘紫薇。

黄伯严颂

陆　云

伯严志道，翻飞自南。北入中岳，炼形嵩岑。
奔星凌颜，朱光垂阴。云精九陔，握耀盈襟。

建　武　颂

庾　阐

邈彼嵩华，维岳之峻。岩岩高大，配天作镇。

答嵇康诗（四首）

嵇　喜

华堂临浚沼，灵芝茂清泉。仰瞻春禽翔，俯察绿水滨。
逍遥步兰渚，感物怀古人。李叟寄周朝，庄生游漆园。
时至忽蝉蜕，变化无常端。

君子体变通，否泰非常理。当流则蚁行，时逝则鹊起。
达者鉴通机，盛衰为表里。列仙徇生命，松乔安足齿。
纵躯任世度，至人不私已。

达人与物化，无俗不可安。都邑可优游，保必栖山原。
孔父策良驷，不云世路难。出处因时资，潜跃无常端。
保心守道居，睹变安能迁。

饰车驻驷，驾言出游。南厉伊渚，北登邙丘。

扶　风　歌

刘　琨

南山石嵬嵬，松柏何离离。上枝拂青云，中心十数围。
洛阳发中梁，松树窃自悲。斧锯截是松，松树东西摧。

特作四轮车，载至洛阳宫。观者莫不欢，问是何山材。
谁能刻镂此，公输与鲁班。被之用丹漆，薰用苏合香。
本自南山松，今为宫殿梁。

嵩山太室赞

郭　璞

嵩维岳宗，华岱恒衡。气通元漠，神祠幽明。巍然中立，众山之英。

游仙诗(二首)

郭　璞

一

京华游侠窟，山林隐遁栖。朱门何足荣，未若托蓬莱。
临源挹清波，陵冈掇丹荑。灵溪可潜盘，安事登云梯。
漆园有傲吏，莱氏有逸妻。进则保龙见，退为触蕃羝。
高蹈风尘外，长揖谢夷齐。

二

青溪千余仞，中有一道士。云生梁栋间，风出窗户里。
借问此何谁？云是鬼谷子。翘迹企颍阳，临河思洗耳。
阊阖西南来，涣彼潜鳞起。灵妃顾我笑，粲然启玉齿。
蹇修时不存，要之将谁使。

遥　草　赞

郭　璞

遥草黄华，实如菟丝。君子是佩，人服媚之。
帝女所化，其理难思。

帝　　休

郭　璞

帝休之树，厥枝交对。竦本少室，曾阴云蔚。

君子服之，匪怒伊爱。

时　　兴

卢　湛

亹亹圆象运，悠悠方仪廓。忽忽岁云暮，游原采萧藿。
北逾芒与河，南临伊与洛。凝霜沾蔓草，悲风振林薄。
摵摵芳叶零，蕊蕊芬华落。下泉激冽清，旷野增辽索。
登高眺遐荒，极望无崖崿。形变随时化，神感因物作。
澹乎至人心，恬然存玄漠。

答赵景猷诗

曹　摅

泛舟洛川，济彼黄河。乘流浮荡，倏忽经过。
孤柏亭亭，回山峨峨。水卉发藻，陵木扬葩。
白芷舒华，绿英垂柯。游鳞交跃，翔鸟相和。
俯玩璇濑，仰看琼华。顾想风人，伐檀山阿。
存彼鱼人，沧浪之歌。邈邈沦漪，滔滔洪波。
大道孔长，人生几何。俟渎之清，徒婴百罗。
今我不乐，时将蹉跎。荡心肆志，与物无瑕。
欢以卒岁，孰知其他。

赠　石　崇

曹　摅

昂昂我牧，德惟人豪。作镇方岳，有徽其高。
英风远扇，峻迹遐招。攻璞荆嵎，滋兰江皋。
朝采芝蕙，夕玩琼瑶。岂乏□石，乃收艾萧。
髦俊在位，多士盈朝。虽欣嘉愿，惧忝班僚。

酒　　语

江　统

酒之所兴，肇自上皇。或云仪狄，一曰杜康。
有饭不尽，委之空桑。郁积成味，久蓄气芳。
本出于此，不由奇方。

献长安君安仁诗（十章）

潘　尼

峨峨嵩岳，有岩其峻。奕弈茂宗，载挺英俊。
仍代垂芳，金声玉润。固天纵之，应期翼晋。

翼晋伊何，惟国之桢。明理内照，流风外馨。
出敷五教，入赞典刑。黎人既乂，庶狱既清。

邦人宗德，朝野归真。乃铨国议，乃综彝伦。
优劣罔差，褒贬齐均。九流顺序，百郡望尘。

出不辞难，处不闷滞。望色斯听，温言则厉。
志在恤人，损己济代。复宰旧都，三命而逝。

赫矣旧都，实惟西京。人不安业，盗贼公行。
帝用西顾，朝简英清。佥曰我君，勋绩维明。

西京伊何，实崄实遐。右带汧陇，东接二华。
我政既平，我化惟嘉。肃之斯威，绥之斯和。

卓公化密，国侨相郑。名垂载籍，勋加百姓。
今在潘后，实有惠政。岂羡在昔，於兹亦盛。

仆夫授策，发轫皇都。亲戚鳞集，祖饯盈涂。
嘉肴纷错，清酒百壶。饮者未醒，宴不及娱。

曜灵速迈，王制难违。投觞即路，忧公忘私。

衮职有阙，思君之归。将升皇极，入侍紫微。

否泰靡常，变通有时。煌煌帝载，俟君而熙。
愿崇大业，克俊良期。屏营怀慕，舒愤献诗。

赠荥阳太守吴子仲诗

潘　尼

大晋盛得人，储宫畜髦士。吴侯降高质，剖符授千里。
垂覆岂他乡，回光临桑梓。寮类感歧路，黎庶思知耻。
老氏喻小鳞，曹参寄狱市。无谓敝邑陋，覆篑由兹起。

三月三日洛水诗

潘　尼

晷连无穷已，时逝焉可追。斗酒足为欢，临川胡独悲。
暮春春服成，百草敷英蕤。聊为三日游，方驾结龙旗。
廊庙多豪俊，都邑有艳姿。朱轩荫兰皋，翠幙映洛湄。
临崖濯素手，涉水褰轻衣。沉钓出比目，举弋落双飞。
羽觞乘波进，素卵随流归。

咏利城山居

支　遁

五岳盘神基，四渎涌荡津。动求目方智，默守标静仁。
苟不宴出处，托好有常因。寻元存终古，洞往想逸民。
玉洁箕岩下，金声濑沂滨。卷华藏纷雾，振褐拂埃尘。
迹从尺蠖曲，道与腾龙伸。峻无单豹伐，分非首阳真。
长啸归林岭，潇洒任陶钧。

黄　帝　赞

曹　毗

轩辕应元期，功能总百神。体炼百灵妙，气含云露津。

掺石曾城岫，铸鼎荆山滨。豁然荆扉开，飘然跨腾鳞。
仪辔洒长风，褰裳蹑紫宸。

四时祠祀歌

曹 毗

肃肃清庙，巍巍圣功。万国来宾，礼仪有容。
钟鼓振，金石熙。宣兆祚，武开基，神斯乐兮。
理管弦，有来斯和。说功德，吐清歌，神斯乐兮。
洋洋玄化，润被九壤。民无不悦，道无不往。
礼有仪，乐有式，咏九功，永无极。神斯乐兮。

高 风 赞

范 泰

遐哉玄古，邈矣皇羲。自兹已降，显默参差。
智为世骇，才为物奇。迹出无泯，潜跃俱驰。
暖暖若人，孰测其为。耽曜幽壑，采真重崖。
冲情莫亮，污迹示疵。轻俗无际，肆志莫羁。

读《山海经》诗

陶渊明

丹木生何许，乃在密山阳。黄花复朱实，食之寿命长。
白玉凝素液，瑾瑜发奇光。岂伊君子宝，见重我轩皇。

韩 非

陶渊明

君子失时，白首抱关。丰狐隐穴，以文自残。
巧行居灾，忮辩召患。哀矣韩生，竟死说难。

夷齐赞

陶渊明

二子让国，相随海隅。天人革命，绝景穷居。
采薇高歌，慨想黄虞。贞风凌俗，爰感懦夫。

登半石山

宗炳

清晨陟阴崖，气志洞潇洒。嶰谷崩地幽，穷石凌天委。
长松列竦肃，万树巉岩诡。上施神农萝，下凝尧时髓。

拟嵇中散咏松

谢道韫

遥望山上松，隆冬不能凋。愿想游下憩，瞻彼万仞条。
腾跃未能升，顿足俟王乔。时哉不我与，大运所飘摇。

张子房（张良）诗

谢瞻

王风哀以思，周道荡无章。卜洛易隆替，兴乱罔不亡。
力政吞九鼎，苛慝暴三殇。息肩缠民思，灵鉴集朱光。
伊人感代工，聿来扶兴王。婉婉幕中画，辉辉天业昌。
鸿门消薄蚀，垓下殒搀枪。爵仇建萧宰，定都护储皇。
肇允契幽叟，翻飞指帝乡。惠心奋千祀，清埃播无疆。
神武睦三正，裁成被八荒。明两烛河阴，庆霄薄汾阳。
銮旂历颓寝，饰像荐嘉尝。圣心岂徒甄，惟德在无忘。
逝者如可作，揆子慕周行。济济属车士，粲粲翰墨场。
瞽夫违盛观，竦踊企一方。四达虽平直，蹇步愧无良。
餐和忘微远，延首咏太康。

北使洛诗

颜延之

改服饬徒旅，首路局险艰。振楫发吴洲，秣马陵楚山。
途出梁宋郊，道由周郑间。前登阳城路，日夕望三川。
在昔辍期运，经始阔圣贤。伊谷绝津济，台馆无尺椽。
宫陛多巢穴，城阙生云烟。王猷升八表，嗟行方暮年。
阴气振凉野，飞云瞀穷天。临途未及引，置酒惨无言。
隐悯徒御悲，威迟良马烦。游役去芳时，归来屡徂愆。
蓬心既已矣，飞薄殊亦然。

王子晋赞

谢灵运

淑质非不丽，难之以万年。储宫非不贵，岂若登云天。
王子复清旷，区中实哗嚣。冀见浮丘公，与尔共纷翻。

九日从宋公戏马台集送孔令诗

谢灵运

季秋边朔苦，旅雁违霜雪。凄凄阳卉腓，皎皎寒潭絜。
良辰感圣心，云旗兴暮节。鸣葭戾朱宫，兰巵献时哲。
饯宴光有孚，和乐隆所缺。在宥天下理，吹万群方悦。
归客遂海隅，脱冠谢朝列。弭棹薄枉渚，指景待乐阕。
河流有急澜，浮骖无缓辙。岂伊川途念，宿心愧将别。
彼美丘园道，喟焉伤薄劣。

从游京口北固应诏诗

谢灵运

玉玺戒诚信，黄屋示崇高。事为名教用，道以神理超。
昔闻汾水游，今见尘外镳。鸣笳发春渚，税銮登山椒。
张组眺倒景，列筵瞩归潮。远岩映兰薄，白日丽江皋。

原隰荑绿柳,墟囿散红桃。皇心美阳泽,万象咸光昭。
顾己枉维絷,抚志惭场苗。工拙各所宜,终所反林巢。
曾是萦旧想,览物奏长谣。

罗敷行

高 允

邑中有好女,姓秦字罗敷。巧笑美回盼,鬒发复凝肤。
脚著花文履,耳穿明月珠。头作堕马髻,倒枕象牙梳。
姌姌善趋步,袒袒曳长裾。王侯为之顾,驷马自踟蹰。

王子乔曲

高 允

王少卿,王少卿,超升飞龙翔天庭。
遗仪景,云汉酬,光骛电逝忽若浮。
骑日月,从列星,跨腾入太廓逾冥。
寻元气,出天门,穷览有无穷道根。

拟 古

鲍 照

凿井北陵限,百丈不及泉。生事本澜漫,何用独精坚。
幼壮重寸阴,衰暮反轻年。放驾息朝歌,提爵止中山。
日夕登城隅,周回视洛川。街衢积冻草,城郭宿寒烟。
繁华悉何在?宫阙久崩填。空谤齐景非,徒称夷叔贤。

缑 山 引

鲍 照

王子吹笙去不还,当时旧物惟缑山。山深老树藏遗庙,秋月春风空自闲。
轘辕左界连伊洛,碧瓦朱栏露华薄。经时掩户庭草深,永昼无人对花落。
徘徊未下日将夕,遥望嵩阳烟景微。鹤驭飘飘向何许,林间空见白云飞。

代北风凉行

鲍　照

北风凉，雨雪雱，京洛儿女多严妆。遥艳帷中自悲伤，沉吟不语若为忘。问君何行何当归，苦使妾坐自伤悲。虑年至，虑颜衰。情易复，恨难追。

放　歌　行

鲍　照

蓼虫避葵堇，习苦不言非。小人自龌龊，安知旷士怀。
鸡鸣洛城里，禁门平旦开。冠盖纵横至，车骑四方来。
素带曳长飙，华缨结远埃。日中安能止，钟鸣犹未归。
夷世不可逢，贤君信爱才。明虑自天断，不受外嫌猜。
一言分圭爵，片善辞草莱。岂伊白璧赐，将起黄金台。
今君有何疾，临路独迟回。

行经张子房庙诗

郑鲜之

七雄裂周纽，道尽鼎亦沦。长风晦昆溟，潜龙动泗滨。
紫烟翼丹虬，灵媪悲素鳞。

侍宴乐游苑饯吕僧珍应诏诗

沈　约

丹浦非乐战，负重切君临。我皇秉至德，忘己用尧心。
愍兹区宇内，鱼鸟失飞沉。推毂二崤道，扬旆九河阴。
超乘尽三属，选士皆百金。戎车出细柳，饯席遵上林。
命师诛后服，授律缓前禽。函轘方解带，峣武稍披襟。
伐罪邙山曲，吊民伊水浔。将陪告成礼，待此未抽簪。

游钟山诗应西阳王教(五章)

沈　约

灵山纪地德,地险资岳灵。终南表秦观,少室迩王城。
翠凤翔淮海,衿带绕神垧。北阜何其峻,林薄杳葱青。

发地多奇岭,干云非一状。合沓共隐天,参差互相望。
郁律构丹巘,崚嶒起青嶂。势随九疑高,气与三山壮。

即事既多美,临眺殊复奇。南瞻储胥观,西望昆明池。
山中咸可悦,赏逐四时移。春光发陇首,秋风生桂枝。

多值息心侣,结架山之足。八解鸣涧流,四禅隐严曲。
窈冥终不见,萧条无可欲。所愿从之游,寸心于此足。

君王挺逸趣,羽旆临崇基。白云随玉趾,青霞杂桂旗。
淹留访五药,顾步伫三芝。于焉仰镳驾,岁暮以为期。

临　高　台

沈　约

高台不可望,望远使人愁。连山无断绝,河水复悠悠。
所思竟何在?洛阳南陌头。可望不可至,何用解人忧。

王子乔曲

江　淹

子乔好轻举,不待炼银丹。控鹤去窈窕,学凤对巑岏。
山无一春草,谷有千年兰。云衣不踯躅,龙驾何时还?

效阮公诗

江　淹

昔余登大梁，西南望洪河。时寒原野旷，风急霜露多。
仲冬正惨切，日月少精华。落叶纵横起，飞鸟时相过。
搔首广川阴，怀归思如何。常愿反初服，闲步颍水阿。

王子乔行

高允生

仙化非常道，其义出自然。王乔诞神气，白日忽升天。
晻暧御云气，飘飘乘长烟。寄想崆峒外，翱翔宇宙间。
七月有佳期，控鹤崇崖巅。永与时人别，一去不复旋。

别　诗

范　云

洛阳城东西，长作经时别。昔去雪如花，今来花似雪。

咏飞仙室诗

郑道昭

岩堂隐星霄，遥檐驾云飞。郑公乘日至，道士投霞归。

酬王晋安德元诗

谢　朓

稍稍枝早劲，涂涂露晚晞。南中荣橘柚，宁知鸿雁飞。
拂雾朝青阁，日旰坐彤闱。怅望一途阻，参差百虑依。
春草秋更绿，鸽子未西归。谁能久京洛，缁尘染素衣。

休沐重还丹阳道中诗

谢　朓

薄游第从告，思闲愿罢归。还印歌赋似，休汝车骑非。
灞池不可别，伊川难重违。汀葭稍靡靡，江菼复依依。
田鹄远相叫，沙鸨忽争飞。云端楚山见，林表吴岫微。
试与征徒望，乡泪尽沾衣。赖此盈樽酌，含景望芳菲。
同我劳何事，沾沐仰青徽。志狭轻轩冕，恩甚恋闺闱。
岁华春有酒，初服偃郊扉。

答徐侍中为人赠妇诗

丘　迟

丈夫吐然诺，受命本遗家。糟糠且弃置，蓬首乱如麻。
侧闻洛阳客，金盖翼高车。谒帝时来下，光景不可奢。
幽房一洞启，二八尽芳华。罗裙有长短，翠鬓无低斜。
长眉横玉脸，皓腕卷轻纱。俱看依井蝶，共取落檐花。
何言征戍苦，抱膝空咨嗟。

河中之水歌

梁武帝　萧　衍

河中之水向东流，洛阳女儿名莫愁。莫愁十三能织绮，十四采桑南陌头。
十五嫁为卢家妇，十六生儿字阿侯。卢家兰室桂为梁，中有郁金苏合香。
头上金钗十二行，足下丝履五文章。珊瑚挂镜烂生光，平头奴子擎履箱。
人生富贵何所望，恨不嫁与东家王。

达摩大师碑颂

梁武帝　萧　衍

楞伽山顶生宝月，中有金人被缕褐。行同大地体如空，心如琉璃色如雪。

戏 作 诗

梁武帝　萧　衍

宓妃生洛浦，游女出汉阳。妖闲逾下蔡，神妙绝高唐。
绵驹且变俗，王豹复移乡。况兹集灵异，岂得无方将。
长袂必留客，清畦咸绕梁。燕赵羞容止，西姮惭芬芳。
徒闻殊可弄，定自乏明珰。

捣 衣 诗

梁武帝　萧　衍

驾言易水北，送别河之阳。沈思惨行镳，如梦在空床。
既寤丹绿谬，始知纨素伤。中州木叶下，边城应早霜。
阴虫日惨烈，庭草复芸黄。金风徂清夜，明月悬洞房。
袅袅同宫女，助我理衣裳。参差夕杵引，哀怨秋砧扬。
轻罗飞玉腕，弱翠低红妆。朱颜日已兴，眄睇色增光。
捣以一匪石，文成双鸳鸯。制握断金刀，薰用如兰芳。
佳期久不归，持此寄寒乡。妾身谁为容，思君苦入肠。

赠吴均诗(三首)

柳　恽

寒云晦沧州，奔潮溢南浦。相思白露亭，永望秋风渚。
心知别路长，谁谓若燕楚。关候日辽绝，如何附行旅。
愿作野飞鸟，飘然自轻举。

远游济伊洛，秣马度清漳。邯郸饶美女，艳色含春芳。
鼓瑟未成曲，踏屣复翱翔。我本游客子，情爱在淮阳。
新知谁不乐，念旧苦人肠。

夕宿飞狐关，晨登碛砾坂。形为戎马倦，思逐征旗远。
边城秋霰来，寒乡春风晚。始信陇雪轻，渐觉寒云卷。
徭役命所当，念子加餐饭。

赠顾仓曹诗

王僧孺

洛阳十二门，楼阙似西昆。暧暧罘罳下，相望隔画垣。
画垣向阿阁，栖凤复栖鸳。五曹均趋奏，六尚等便烦。
朝炉何馥馥，夜锦有余温。日中驱上驷，骧首遍京苑。
晨趋魏公子，夕宿韩王孙。夙昔今何在，生平弃不论。
譬如卷葹草，心谢叶空存。谁复三承睫，独念九飞魂。

登　高　台

王僧儒

试出金华殿，聊登铜雀台。九路平如掌，千门洞已开。
轩车映日过，箫管逐风来。若非邯郸美，便是洛阳才。

巩洛上东门

何　逊

巩洛上东门，薄暮川流侧。浑浑车马道，行人不相识。
日夕栖鸟远，浮云起新色。寸心空延伫，对面何由即。
飞轮倘易去，易去因风力。

日夕望江山赠鱼司马诗

何　逊

湓城带湓水，湓水萦如带。日夕望高城，耿耿青云外。
城中多宴赏，丝竹常繁会。管声已流悦，玄声复凄切。
歌黛惨如愁，舞腰凝欲绝。仲秋黄叶下，长风正骚屑。
早雁出云归，故燕辞檐别。昼悲在异县，夜梦还洛汭。
洛汭何悠悠，起望登西楼。的的帆向浦，团团月映洲。
谁能一羽化，轻举逐飞浮。

七 夕 诗

何 逊

仙车驻七襄，凤驾出天潢。月映九微火，风吹百合香。
来欢暂巧笑，还泪已沾裳。依稀如洛汭，倏忽似高唐。
别离未得语，河汉渐汤汤。

陵峰采药触兴为诗

帛道猷

连峰数千里，修林带平津。云过远山翳，风至梗荒榛。
茅茨隐不见，鸡鸣知有人。闲步践其径，处处见遗薪。
始知百代下，故有上皇民。

阳 翟 新 声

王 融

怀春发下蔡，含笑向阳城。耻为飞雉曲，好作鹍鸡鸣。

悬瓠方丈竹堂飨侍臣联句诗

元 宏

北史曰：兼中书侍郎郑道昭从征沔北，孝文飨臣于县瓠方丈竹堂，道昭与兄懿俱侍坐。乐作酒酣，孝文乃作歌：

白日光天兮无不曜，江左一隅独未照。愿从圣明兮登衡会，万国驰诚混内外。
云雷大振兮天门辟，率土来宾一正历。舜舞干戚兮天下归，文德远被莫不思。
皇风一鼓兮九地匝，戴日依天清六合。遵彼汝坟兮昔化贞，未若今日道风明。
文王政教兮晖江沼，宁如大化光四表。

携手曲

吴均

艳裔阳之春，携手清洛滨。鸡鸣上林苑，薄暮小平津。
长裾藻白日，广袖带芳尘。故交一如此，新知讵忆人。

答张贞成皋

裴子野

匈奴时未灭，连年被甲兵。明君思将帅，方听鼓鼙声。
吾生恣逸翮，抚剑起徂征。非徒慕辛季，聊欲逞良平。
出车既方轨，绝幕且横行。岂伊长缨系，行见黄河清。
虽令懦夫勇，念别犹有情。感子盈编赠，握玩以为荣。
跂子振旅凯，含毫备勒铭。

九日侍宴乐游苑诗

王暕

帝德峻韶夏，王功书颂平。共贯沿五胜，浊道迈三英。
我皇抚归运，时乘信告成。一唱华钟石，再抚被丝笙。
黄草归雒木，梯山荐玉荣。时来浊河变，瑞起温洛清。
物色动宸眷，民豫降皇情。

听钟鸣

萧综

历历听钟鸣，当知在帝城。西树隐落月，东窗见晓星。
雾露朏朏未分明，乌啼哑哑已流声。惊客思，动客情，客思郁纵横。
翩翩孤雁何所栖，依依别鹤半夜啼。今岁行已暮，雨雪向凄凄。
飞蓬旦夕起，杨柳尚翻低。气郁结，涕滂沱，愁思无所托，强作听钟歌。

侍宴离亭应令诗

刘孝绰

轩辕东北望，江汉西南永。羽旗映日移，铙吹临风警。
令王慜追送，纚舟宴俄顷。掩袂眺征云，衔杯惜余景。
首燕徒有心，局步何由骋。

奉和昭明太子钟山解讲诗

刘孝绰

御鹤翔伊水，策马出王田。我后游祇鹫，比事实光前。
翠盖承朝景，朱旗曳晓烟。楼帐萦严谷，缇组曜林阡。
况在登临地，复及秋风年。乔柯变夏叶，幽涧洁凉泉。
停銮对宝座，辩论悦人天。淹尘资海滴，昭暗仰灯燃。
法朋一已散，笳剑俨将旋。邂逅逢优渥，托乘侣才贤。
擒辞虽并命，遗恨独终篇。

上虞乡亭观涛津渚学潘安仁河阳县诗

刘孝绰

昔余筮宾始，衣冠仕洛阳。无赀徒有任，一命忝为郎。
再践神仙侧，三入崇贤旁。东朝礼髦俊，虚薄厕才良。
游谈侍名理，搦管创文章。引籍陪下膳，横经参上庠。
谁谓服事浅，契阔变炎凉。一朝谬为吏，结绶去承光。
烹鲜徒可习，治民终未长。化鸡仰季智，驯雉推仲康。
此城邻夏穴，樠矗茂�篁。孝碑黄绢语，神涛白鹭翔。
遨游佳可望，释事上川梁。秋江冻雨绝，反景照移塘。
纤罗殊未动，骇水忽如汤。乍出连山合，时如高盖张。
漂沙黄沫聚，礐石素波扬。榜人不敢唱，舟子讵能航。
离家复临水，眷然思故乡。中来不可绝，奕奕苦人肠。
溯洄若无阻，谢病反清漳。

杂曲(二首)

王 筠

乌带夜已逼,虫飞晓尚赊。桂月徒留影,兰灯空结花。

可怜洛城东,芳树摇春风。丹霞映白日,细雨带轻虹。

咏轻利舟应临汝侯教诗

王 筠

君侯饰轻利,摇荡迈飞云。凌波漾鹢彩,泛水涣蛟文。
电流已光绝,鸟逝复超群。倏忽方千里,恋兹歧路分。

东郊望春酬王建安隽晚游

萧子云

金塘绿泉满,上园梨蕊落。蛱蝶恋残花,黄莺对妖萼。
芳菲满郊甸,惠风生兰薄。子家冠盖里,我馆幽栖郭。
绿杨垂长溪,便桥限清洛。相去能几许,一水终疏索。

乱后行经吴御亭

庾肩吾

邮亭一回望,风尘千里昏。青袍异春草,白马即吴门。
獯戎鲠伊洛,杂种乱轘辕。辇道同关塞,王城似太原。
休明鼎尚重,秉礼国犹存。殷牖爻虽赜,尧城吏转尊。
泣血悲东走,横戈念北奔。方凭七庙略,誓雪五陵冤。
人事今如此,天道共谁论。

南苑看人还

庾肩吾

春花竞玉颜,俱折复俱攀。细腰宜窄衣,长钗巧挟鬟。
洛桥初度烛,青门欲上关。中人应有望,上客莫前远。

石崇金谷妓诗

庾肩吾

兰堂上客至,绮席清弦抚。自作明君辞,还教绿珠舞。

燕　歌　行

萧子显

风光迟舞出青苹,兰条翠鸟鸣发春。洛阳梨花落如雪,河边细草细如茵。
桐生井底叶交枝,今看无端双燕离。五重飞楼入河汉,九华阁道暗清池。
遥看白马津上吏,传道黄龙征戍儿。明月金光徒照妾,浮云玉叶君不知。
思君昔去柳依依,至今八月避暑归。明珠蚕茧勉登机,郁金香花特香衣。
洛阳城头鸡欲曙,丞相府中乌未飞。夜梦征人缝狐貉,私怜织妇裁锦绯。
吴刀郑绵络,寒闺夜被薄。芳年海上水中凫,日暮寒夜空城雀。

奉和昭明太子钟山讲解诗

萧子显

嵩岳基旧宇,盘岭跨南京。睿心重禅室,游驾陟层城。
金辂徐既动,龙骖跃且鸣。途方后尘合,地迥前笳清。
逦迤因台榭,参差憩羽旌。高随阆风极,势与元天并。
气歇连松远,云升秋野平。徘徊临井邑,表里见淮瀛。
祈果尊常住,渴慧在无生。暂留石山轨,欲知芳杜情。
鞠躬荷嘉庆,瞻道闻颂声。

诗

元　恭

朱门久可患，紫极非情玩。颠覆立可待，一年三易换。
时运正如此，惟有修真观。

留赠山中隐士

周弘让

行行访名岳，处处必留连。遂至一岩里，灌木上参天。
忽见茅茨屋，暧暧有人烟。一士开门出，一士呼我前。
相看不道姓，焉知隐与仙。

敬赠萧谘议诗

虞　羲

璇源派水，玉树分柯。投殷于宋，佐汉而鄼。
九畴攸叙，一画载謌。象贤弈叶，衮服逶迤。
自兹以降，朝端国右。鸣玉在腰，纳言加首。
有钟有石，无凋无朽。令问令望，如琼如玖。
相门出相，德门有德。弱冠登朝，淑问玄塞。
弱冠伊何，有典有则。淑问伊何，自南自北。
五芝秀草，八桂嘉树。五马骋涂，八龙游雾。
彼令兄弟，方之有裕。并列大夫，登高而赋。
受言载笔，遂典群流。天禄不校，白兽未仇。
申辕风雅，邹郏春秋。彝文不斁，职此之同。
帝念师旅，诏参帷幕。对曰戎车，未之先学。
归陈俎豆，拂衣行乐。容止可观，卷舒可度。
千乘之后，好道轼闾。开府之日，有弓有舆。
久勤引领，独下辟书。鸣笳启路，托乘后车。
枚叟上书，吴王弗纳。夫君正谏，直道难合。
有伐问仁，阳狂不答。乃蒙矢刃，永离尊沓。
退食自公，多历年所。思归养素，豫闻斯语。
终日下帷，情非待举。如蘧如惠，此出此处。

吾人下走，国士见知。同游宛洛，并泛涟漪。
轻萝易动，遂别芳枝。蹈之不足，托此差池。

升　仙　篇

梁简文帝　萧　纲

少室堪求道，明光可学仙。丹缯碧林宇，绿玉黄金篇。
云车了无辙，风马讵须鞭。灵桃恒可饵，几回三千年。

采　菊　篇

梁简文帝　萧　纲

月精丽草散秋株，洛阳少妇绝妍姝。相唤提筐采菊珠，朝起露湿沾罗襦。
东方千骑从骊驹，岂不下山逢故夫。

伤离新体诗

梁简文帝　萧　纲

伤离复伤离，别后情郁纡。凄凄隐去棹，悯悯怆还途。
戚戚意不申，转顾独沾襟。前驱经御宿，后骑历河漘。
胡香翼还幰，清笳送后尘。落日斜飞盖，馀晖承画轮。
柳影长横路，槐枝深隐人。桂宫夕掩铜龙扉，甲馆宵垂云母帏。
胧胧月色上，的的夜萤飞。草香袭馀袂，露洒沾人衣。
带堞凌城云乱聚，排枝度叶鸟争归。碗中浮蚁不能酌，琴间玉徽调别鹤。
别鹤千里别离声，弦调轸急心自惊。试起登南楼，还向华池游。
前时筱生今欲合，近日栽荷尚不抽。犹是衔杯共赏处，今兹对此独生愁。
登楼望暧暧，山中自分态。偃师虽北连，轘辕已南背。
远听寂无闻，遥瞻目有阂。含诧意不迷，长叹情无赖。

车　马　行

戴　暠

巩洛风尘处，冠盖相填咽。多称魏其冷，竞随田蚡热。
轮趣白虎第，珂聚黄金穴。献酒悉葡萄，州言尽飞铁。

东都也已铸，西山绶应结。朝集类蒸烟，晚至如吹雪。
子云尔何事，门巷无车辙。

雁门太守行

褚　翔

三月杨花合，四月麦秋初。幽州寒食罢，郑国采桑疏。
便闻雁门戍，结束事戎车。去岁无霜雪，今年有闰馀。
月如弦上弩，星类水中鱼。戎车攻日逐，燕骑荡康居。
大宛归善马，小月送降书。寄语闺中妾，勿怨寒床虚。

临　终　诗

元子攸

伽蓝记曰：庄帝既诛尔朱荣，右仆射尔朱世隆至高都，立长广王晔为主，遣颍川王尔朱兆举兵向京师，大军失利，遂执帝还晋阳，缢於三级寺，帝临崩作《诗》。

权去生道促，忧来死路长。怀恨出国门，含悲入鬼乡。
隧门一时闭，幽庭岂复光。思鸟吟青松，哀风吹白杨。
昔来闻死苦，何言身自当。

赠　亲　友

李　骞

幽栖多暇日，总驾萃荒埛。南瞻带宫雉，北睇拒畦瀛。
流火时将末，悬炭渐云轻。寒风率已厉，秋水寂无声。
层阴蔽长野，冻雨暗穷汀。侣浴浮还没，孤飞息且惊。
三褫俄终岁，一丸曾未营。闲居同洛涘，归身欵武城。
稍旅原思藋，坐梦尹勤荆。监河爱斗水，苏子惜余明。
益州达友趣，延尉辩交情。岂若忻蓬荜，收志偶沉冥。

刻吴阊门诗

陆山才

《南史》：张彪为东阳州刺史，征剡，遣沈泰等助谢岐居守。泰反与岐迎陈文帝入城，彪因其未定，逾城而入，陈文帝遂走。彪复城守，沈泰复说陈文帝遣章昭达领兵购之。彪被劫杀，彪友吴中陆山才嗟泰等翻背，刻吴阊门为诗一绝云。

田横感义士，韩王报主臣。若为留意气，持寄禹川人。

和萧记室春旦有所思诗

费　昶

芳树发春辉，蔡子望青衣。水逐桃花去，春随杨柳归。
杨柳何时归，袅袅复依依。已荫章台陌，复扫长门扉。
独知离心者，坐惜春光违。洛阳远如日，何由见宓妃。

游　侠　篇

王　褒

京洛出名讴，豪侠竞交游。河南朝四姓，关西谒五侯。
斗鸡横大道，走马出长楸。桑阴徙交夕，槐路转淹留。

古　　曲

王　褒

青楼临大道，游侠尽淹留。陈王金被马，秦女桂为钩。
驰轮洛城巷，斗鸡南陌头。薄暮风尘起，聊为清夜游。

送观宁侯葬诗

王　褒

蒙羽高峻极，淮泗导清源。刑茅广裂地，跗萼盛开蕃。
纷纶彤朦彩，从容琼玉温。冲飙摇柏干，烈火壮曾昆。
畴昔同羁旅，辛苦涉凉暄。观风方听乐，垂泪遽伤魂。
造舟虚客礼，高闬掩宾垣。桂树思公子，芳草惜王孙。
今晨向郊郭，犹似背轩辕。丹旐书空位，素帐设虚樽。
楚琴南操绝，韩书旧说存。西靡伤新树，东陵惜故园。
自怜悲谷影，弥怆玉关门。余辉尽天末，夕雾拥山根。
平原看独树，皋亭望列村。寂寥还盖静，荒茫归路昏。

挽铎已流唱，歌童行自喧。眷言千载后，谁将游九原。

送刘中书葬诗

王　褒

昔别伤南浦，今归去北邙。书生空托梦，久客每思乡。
塞近边云黑，尘昏野日黄。陵谷俄迁变，松柏易荒凉。
题铭无得迹，何处验龟长。

黄帝见广成子于崆峒山

庾　信

治身紫府，问政青丘。龙湖鼎没，丹皂珠流。
兴云即雨，落木先秋。至道须极，长生可求。

黄帝云门舞

庾　信

三光仪表正，四气风云同。戊己行初历，黄钟始变宫。
平琮礼内镇，阴管奏司中。斋坛芝晔晔，清野桂冯冯。
夕牢芬六鼎，安歌韵八风。神光乃超忽，嘉气恒葱葱。

道士步虚词

庾　信

浑成空教立，元始正图开。赤玉灵文下，朱陵真气来。
中天九龙馆，倒景八风台。云度弦歌响，星移空殿回。
青衣上少室，童子向蓬莱。逍遥闻四会，倏忽度三灾。

奉和赵王隐士

庾　信

洛阳征五隐，东都别二贤。云气浮函谷，星光集颍川。

霸陵采樵路，成都卖卜钱。鹿裘披稍裂，藜床尘欲穿。
阮籍唯长啸，嵇康讶一弦。涧险无平石，山深足细泉。
短松犹百尺，少鹤已千年。野鸟繁弦啭，山花焰火燃。
洞风吹户里，石乳滴窗前。虽无亭长识，终见野人传。

对　酒

庾　信

春水望桃花，春洲藉芳杜。琴从绿珠借，酒就文君取。
牵马向渭桥，日曝山头脯。山简接䍦道，王戎如意舞。
筝鸣金谷园，笛韵平阳坞。人生一百年，欢笑唯三五。
何处觅钱刀，求为洛阳贾。

赋得名都一何绮诗

孔　奂

京洛信名都，佳丽拟蓬壶。九华凋玳瑁，百福上椒涂。
黄金络騕褭，莲花装鹿卢。咸言仪服盛，无胜执金吾。

陪驾幸终南山诗

李　昶

尧盖临河颍，汉跸践华嵩。日旗回北风，星旆转南鸿。
青云过宣曲，先驱背射熊。金桴拂泉底，玉琯吹云中。
古辙称难极，新途或易穷。烟生山欲尽，潭净水恒空。
交松上连雾，修竹下来风。仙才道无别，灵气法能同。
东枣羞朝座，西桃献夜宫。诏令王子晋，出对浮丘公。

南还寻草市宅

江　总

红颜辞巩洛，白首入轘辕。乘春行故里，徐步采芳荪。
径毁悲求仲，林残忆巨源。见桐犹识井，看柳尚知门。
花落空难遍，莺啼静易喧。无人访语默，何处叙寒温。

百年独如此，伤心岂复论。

岁暮还宅诗

江　总

悒然想泉石，驱驾出城台。玩竹春前笋，惊花雪后梅。
青山殊可对，黄卷复时开。长绳岂系日，浊酒倾一杯。

洛阳童谣

《诗纪》

南史曰：大通初，武帝遣飙勇将军陈庆之送魏北海王元颢还北主魏。转战而前，连破魏军。颢入洛阳宫御前殿，改元大赦。于时上党王元天穆来攻，庆之又大破之。庆之麾下悉著白袍，所向披靡。先是洛阳人歌云云，至是果验。

名军大将莫自牢，千兵万马避白袍。

杨　白　花

胡充华

阳春二三月，杨柳齐作花。春风一夜入闺闼，杨花飘荡落南家。含情出户脚无力，拾得杨花泪沾臆。秋去春还双燕子，愿衔杨花入窠里。

万山见采桑人

刘　邈

倡女不胜愁，结束下青楼。逐伴西蚕路，相携南陌头。
叶尽时移树，枝高乍易钩。丝绳挂且脱，金笼写复收。
蚕饥日已暝，讵为使君留。

美　女　篇

卢思道

京洛多妖艳，余香爱物华。俱临邓渠水，共采邺园花。

时摇五明扇，聊驻七香车。情疏看笑浅，娇深眄欲斜。
微津染长黛，新溜湿轻纱。莫言人未解，随君独问家。

木　兰　诗

北朝民歌

唧唧复唧唧，木兰当户织。不闻机杼声，惟闻女叹息。问女何所思，问女何所忆。女亦无所思，女亦无所忆。昨夜见军帖，可汗大点兵。军书十二卷，卷卷有爷名。阿爷无大儿，木兰无长兄。愿为市鞍马，从此替爷征。

东市买骏马，西市买鞍鞯，南市买辔头，北市买长鞭。旦辞爷娘去，暮宿黄河边。不闻爷娘唤女声，但闻黄河流水鸣溅溅。旦辞黄河去，暮至黑山头。不闻爷娘唤女声，但闻燕山胡骑鸣啾啾。

万里赴戎机，关山度若飞。朔气传金柝，寒光照铁衣。将军百战死，壮士十年归。归来见天子，天子坐明堂。策勋十二转，赏赐百千强。可汗问所欲，木兰不用尚书郎。愿驰千里足，送儿还故乡。

爷娘闻女来，出郭相扶将；阿姊闻妹来，当户理红妆；小弟闻姊来，磨刀霍霍向猪羊。开我东阁门，坐我西阁床。脱我战时袍，著我旧时裳。当窗理云鬓，对镜贴花黄。出门看伙伴，伙伴皆惊惶：同行十二年，不知木兰是女郎。

雄兔脚扑朔，雌兔眼迷离；双兔傍地走，安能辨我是雄雌？

轻　薄　篇

张正见

洛阳美年少，朝日正开霞。细蹀连钱马，傍趋苜蓿花。
扬鞭还却望，春色满东家。井桃映水落，门柳杂风斜。
绵蛮弄青绮，蛱蝶绕承华。欲往飞廉馆，遥驻季伦车。
石榴传玛瑙，兰肴奠象牙。聊持自娱乐，未是斗豪奢。
莫嫌龙驭晚，扶桑复浴鸦。

玄圃观春雪

张正见

同云遥映岭，瑞雪近浮空。拂鹤伊川上，飘花桂苑中。
影丽重轮月，飞随团扇风。还取长歌处，带曲舞春风。

豫章行

薛道衡

江南地远接闽瓯，山东英妙屡经游。前瞻叠障千重阻，却带惊湍万里流。
枫叶朝飞向京洛，文鱼夜过历吴洲。君行远度茱萸岭，妾住长依明月楼。
楼中愁思不开嚬，始复临窗望早春。鸳鸯水上萍初合，鸣鹤园中花并新。
空忆常时角枕处，无复前日画眉人。照骨金环谁用许，见胆明镜自生尘。
荡子从来好留滞，况复关山远迢递。当学织女嫁牵牛，莫作姮娥叛夫婿。
偏讶思君无限极，欲罢欲忘还复忆。愿作王母三青鸟，飞去飞来传消息。
丰城双剑昔曾离，经年累月复相随。不畏将军成久别，只恐封侯心更移。

和许给事善心戏场转韵诗

薛道衡

京洛重新年，复属月轮圆。云间璧独转，空里镜孤悬。
万方皆集会，百戏尽来前。临衢车不绝，夹道阁相连。
惊鸿出洛水，翔鹤下伊川。艳质回风雪，笙歌韵管弦。
佳丽俨成行，相携入戏场。衣类何平叔，人同张子房。
高高城里髻，峨峨楼上妆。罗裙飞孔雀，绮带垂鸳鸯。
月映班姬扇，风飘韩寿香。竟夕鱼负灯，彻夜龙衔烛。
欢笑无穷已，歌咏还相续。羌笛陇头吟，胡舞龟兹曲。
假面饰金银，盛服摇珠玉。宵深戏未阑，兢为人所难。
卧驱飞玉勒，立骑转银鞍。纵横既跃剑，挥霍复跳丸。
抑扬百兽舞，盘跚五禽戏。狻猊弄斑足，巨象垂长鼻。
青羊跪复跳，白马回旋骑。忽睹罗浮起，俄看郁昌至。
峰岭既崔嵬，林丛亦青翠。麋鹿下腾倚，猴猿或蹲跂。
金徒列旧刻，玉律动新灰。甲荑垂陌柳，残花散苑梅。
繁星渐寥落，斜月尚徘徊。王孙犹劳戏，公子未归来。
共酌琼酥酒，同倾鹦鹉杯。普天逢圣日，兆庶喜康哉。

赠韦居士

宇文毓

六爻贞遁世，三辰少光微。颍阳去犹远，沧州遂不归。

风动秋兰佩,香飘莲叶衣。坐石窥仙洞,乘槎下钓矶。
岭松千仞直,岩泉百丈飞。
聊登平乐观,远望首阳薇。讵能同四隐,来参余万机。

隋 唐 五 代

赠薛内史诗

杨　素

耿耿不能寐，京洛久离群。横琴还独坐，停杯遂待君。
待君春草歇，独坐秋风发。朝朝唯落花，夜夜空明月。
明月徒流光，落花空自芳。别离望南浦，相思在汉阳。
汉阳隔陇岑，南浦达桂林。山川虽未远，无由得寄音。

应教使君春游诗

萧子晖

上林看草色，河桥望日晖。洛阳城闭晚，金鞍横路归。

和皇太子春林晚雨诗

刘孝威

云树交为密，雨日共成虹。雷舒长男气，枝摇少女风。
叶珠随滴水，檐绳下溜空。蝶濡飞不飏，花沾色更红。
明离信养德，能事毕春宫。谁堪偶凤吹，唯有浮丘公。

冬　晓

刘孝威

妾家边洛城，惯识晓钟声。钟声犹未尽，汉使报应行。
天寒砚冰冻，心悲书不成。

敬酬刘长史咏名士悦倾城诗

刘　缓

不信巫山女，不信洛川神。何关别有物，还是倾城人。
经共陈王戏，曾与宋家邻。未嫁先名玉，来时本姓秦。
粉光犹似面，朱色不胜唇。遥见疑花发，闻香知异春。
钗长逐鬟发，袜小称腰身。夜夜言娇尽，日日态还新。
工倾荀奉倩，能迷石季伦。上客徒留目，不见正横陈。

游　仙　诗

刘　缓

税驾倚扶桑，逍遥望九州。二老佐轩辕，移戈戮蚩尤。
功成弃之去，乘龙上天游。天上见玉皇，寿与天地休。
俯视昆仑宫，五城十二楼。王母何窈眇，玉质清且柔。
扬袂折琼枝，寄我天东头。相思千万岁，大运浩悠悠。
安用知吾道，日月不能周。寄音青鸟翼，谢尔碧海流。

同萧长史看妓

萧　纪

燕姬奏妙舞，郑女发清歌。回羞出曼脸，送态入嚬蛾。
宁殊值行雨，讵减见凌波。想君愁日暮，应羡鲁阳戈。

玄　冥

乐府歌辞

玄冥凌阴,蛰虫盖藏。草木零落,抵冬降霜。
易乱除邪,革正异俗。兆民反本,抱素怀朴。
条理信义,望礼五岳。籍敛之时,掩收嘉谷。

公馆谯酬南使徐陵诗

裴让之

嵩山表京邑,钟岭对江津。方域殊风壤,分野各星辰。
出境君图事,寻盟我恤邻。有才称竹箭,无用忝丝纶。
列乐歌钟响,张旃玉帛陈。皇华徒受命,延誉本无因。
韩宣将聘楚,申胥欲去秦。方期饮河朔,翻属卧漳滨。
礼酒盈三献,宾筵盛八珍。岁稔鸣铜雀,兵戢坐金人。
云来朝起盖,日落晚摧轮。异国犹兄弟,相知无旧新。

答杨世子诗

孙万寿

太华五千仞,长河九万里。山川每蕴玉,人物多君子。
丞相朝所宗,太尉国之纪。若人惟杰出,济世承余祉。
趋庭遵教义,博物兼文史。奇声振宛洛,雅论穷名理。
伊余苦疲病,寂寞罕宾游。不言驱驷马,于焉访一丘。
缟纻始云赠,胶漆乃相投。优枕空长想,骖蹇遂无由。
忽此承来翰,华藻殊辉焕。虽则滥吹嘘,可以蠲忧叹。
怀袖终不灭,掌握方留玩。和风初应律,山莺已复新。
芳菲徒自好,节物不关人。劳歌虽有曲,无以报阳春。

奉和赐酺

王　胄

河洛称朝市,崤函实奥区。周营曲阜作,汉建奉春谟。

大君苞二代，皇居盛两都。招摇正东指，天驷乃西驱。
展軨齐玉软，式道耀金吾。千门驻罕毕，四达俨车徒。
是节春之暮，神皋华实敷。皇情感时物，睿思属枌榆。
诏问百年老，恩隆五日酺。小人荷熔铸，何由答大炉。

奉和还京师诗

许善心

重光阐帝图，肆觐荷来苏。卜洛连新邑，因秦还旧都。
雷警三辰卫，星陈七萃驱。从风折凤羽，曜日拖鱼须。
宪章殚礼乐，容服备车徒。回銮入丰镐，从跸度枌榆。
冉冉年和变，迟迟节物徂。馀花照玉李，细叶翦圭梧。
朝夕万国凑，海会百川输。微生逢大造，倏忽改荣枯。

东　宫　春

隋炀帝　杨　广

洛阳城边朝日晖，天渊池前春燕归。含露桃花开未飞，临风杨柳自依依。
小苑花红洛水绿，清歌宛转繁弦促。长袖逶迤动珠玉，千年万岁阳春曲。

冬至乾阳殿受朝诗

隋炀帝　杨　广

北陆玄冬盛，南至晷漏长。端拱朝万国，守文继百王。
至德惭日用，治道愧时康。新邑建嵩岳，双阙临洛阳。
圭景正八表，道路均四方。碧空霜华净，朱庭皎日光。
缨珮既济济，钟鼓何锽锽。文戟翊高殿，采眊分修廊。
元首乏明哲，股肱贵惟良。舟楫行有寄，庶此王化昌。

晚　春　诗

隋炀帝　杨　广

洛阳春稍晚，四望满春晖。杨叶行将暗，桃花落未稀。
窥檐燕争入，穿林鸟乱飞。唯当关塞者，溽露方沾衣。

还京师诗

隋炀帝　杨　广

东都礼仪举，西京冠盖归。是月春之季，花柳相依依。
云跸清驰道，雕辇御晨晖。嘹亮铙笳奏，葳蕤旌旆飞。
后乘趋文雅，前驱厉武威。

初发东都应诏诗

庾自直

二龙承玉轴，万骑翊林塘。纵观此何事，巡驾幸淮扬。
伊雒山川转，江河道路长。照日秋原净，分花曲水香。
稻粱叨岁月，羽翮仰恩光。后尘归旧里，还如仙鹤翔。

芙　蓉　花

辛德源

洛神挺凝素，文君拂艳红。丽质徒相比，鲜彩两难同。
光临照波日，香随出岸风。涉江良自远，托意在无穷。

同郭侍郎采桑

姚　翻

雁还高林北，春归洛水南。日照茱萸领，风摇翡翠簪。
桑间视欲暮，闺里遽饥蚕。相思君助取，相望妾那堪。

咏安仁得果诗

谈士云

月上河阳县，来看洛阳花。掷果人相堕，非是故停车。

丁督护歌

王金珠

黄河流无极，洛阳数千里。憾轲戎旅间，何由见欢子。

京洛篇

李巨仁

京洛类神仙，蔼蔼却云烟。渐台临太液，玉树并甘泉。
车喧平乐外，骑拥濯龙前。竞结萧朱绶，争攀李郭船。
独悲韩长孺，死灰犹未燃。

和入京诗

吕　让

俘囚经万里，憔悴度三春。发改河阳鬓，衣余京洛尘。
钟仪悲去楚，随会泣留秦。既谢平吴利，终成失路人。

京洛行

杨　侗

青春上阳月，结伴戏京华。龙媒玉珂马，凤轸绣香车。
水映临桥树，风吹夹路花。日暮欢宴罢，相将归狭斜。

寄阮郎诗

张碧兰

郎如洛阳花，妾似武昌柳。两地惜春风，何时一携手。

送　别　诗

无名氏

崔琼东虚记云：此诗作于大业末年，实指炀帝巡游无度，缙绅痹□已甚，下逮闾阎，而佞人曲士，播弄威福，欺君上以取荣贵。上二句尽之，又谓民财穷窘，至是方有五子之歌之忧，而望其返国也。

杨柳青青著地垂，杨花漫漫搅天飞。柳条折尽花飞尽，借问行人归不归。

忆情人诗

秦玉鸾

兰幕虫声切，椒庭月影斜。可怜秦馆女，不及洛阳花。

奉和初春出游应令

李百药

鸣笳出望苑，飞盖下芝田。水光浮落照，霞彩淡轻烟。
柳色迎三月，梅花隔二年。日斜归骑动，馀兴满山川。

田　　家

王　绩

家住箕山下，门枕颍川滨。不知今有汉，唯言昔避秦。
琴伴前庭月，酒劝后园春。自得中林士，何忝上皇人。

野　　望

王　绩

东皋薄暮望，徙倚欲何依。树树皆秋色，山山惟落晖。
牧人驱犊返，猎马带禽归。相顾无相识，长歌怀采薇。

过故汉城

王　绩

奥位匪虚校，贪天竟速亡。魂神吁社稷，豹虎斗岩廊。
金狄移灞岸，铜盘向洛阳。君王无处所，年代几荒凉。

古　意

王　绩

宝龟尺二寸，由来宅深水。浮游五湖内，宛转三江里。
何不深复深，轻然至溱洧。溱洧源流狭，春秋不濡轨。
渔人递往还，网罟相萦藟。一朝失运会，刳肠血流死。
丰骨输庙堂，鲜腴藉笾簋。弃置谁怨尤，自我招此否。
馀灵寄明卜，复来钦所履。

游清都观寻沈道士得清字

许敬宗

幽人蹈箕颍，方士访蓬瀛。岂若逢真气，齐契体无名。
既诠众妙理，聊畅远游情。纵心驰贝阙，怡神想玉京。
或命余杭酒，时听洛滨笙。风衢通阆苑，星使下层城。
蕙帐晨飙动，芝房夕露清。方叶栖迟趣，于此听钟声。

白马寺焚经台

唐太宗　李世民

门径萧萧长绿苔，一回登此一徘徊。青牛漫说函关去，白马亲从印土来。
确定是非凭烈焰，要分真伪筑高台。春风也解嫌狼藉，吹尽当年道教灰。

临　洛　水

唐太宗　李世民

春蒐驰骏骨，总辔俯长河。霞处流萦锦，风前漾卷罗。
水花翻照树，堤兰倒插波。岂必汾阴曲，秋云发棹歌。

赋 得 樱 桃

唐太宗　李世民

华林满芳景，洛京遍阳春。朱颜含远日，翠色影长津。
乔柯啭娇鸟，低枝映美人。昔作园中实，今来席上珍。

春　游　曲

长孙皇后

上苑桃花朝日明，兰闺艳妾动春情。井上新桃偷面色，檐边嫩柳学身轻。
花中来去看舞蝶，树上长短听啼莺。林下何须远借问，出众风流旧有名。

卧痾喜霁，开扉望月，简宫内知友

庾　抱

秋雨移弦望，疲痾倦苦辛。忽对荆山璧，委照越吟人。
高高侵地镜，皎皎彻天津。色丽班姬箧，光润洛川神。
轮辉池上动，桂影隙中新。怀贤虽不见，忽似暂参辰。

读《阴符经》寄鹿门子

陆龟蒙

清晨整冠坐，朗咏三百言。备识天地意，献词犯乾坤。
何事不隐德，降灵生轩辕。口衔造化斧，凿破机关门。
五贼忽迸逸，万物争崩奔。虚施神仙要，莫救华池源。
但学战胜术，相高甲兵屯。龙蛇竞起陆，斗血浮中原。

成汤与周武，反覆更为尊。下及秦汉得，黩弄兵亦烦。
奸强自林据，仁弱无枝蹲。狂喉恣吞噬，逆翼争飞翻。
家家伺天发，不肯匡淫昏。生民坠涂炭，比屋为冤魂。
只为读此书，大朴难久存。微臣与轩辕，亦是万世孙。
未能穷意义，岂敢求瑕痕。曾亦爱两句，可与贤达论。
生者死之根，死者生之根。方寸了十字，万化皆胚腪。
身外更何事，眼前徒自喧。黄河但东注，不见归昆仑。
昼短苦夜永，劝君倾一尊。

纪梦游甘露寺

陆龟蒙

昔卧嵩高云，云窗正寒夕。披裘忽生梦，似到空王宅。
峨天一峰立，栏楯横半壁。级倚绿巅差，关临赤霄辟。
扪虚陟孤峭，不翅千余尺。叠掌望罘罳，分明袒肩释。
凌香稽首罢，嘹哓□□□。高户乘北风，声号大波白。
光中目难送，定验方可觌。树细鸿蒙烟，岛疏零落碧。
须臾群籁入，空水相喷激。积浪亚寒堆，呀如斗危石。
跳音簇鞞鼓，溅沫交矛戟。鸟疾帆亦奔，纷纷助劲敌。
思非水灵怒，即是饥龙擘。怯慑不敢前，荷襟汗沾霡。
回经定僧处，泉木光相射。岩磴云族栖，柖柯露华适。
逍遥得真趣，逦迤寻常迹。山腹贮孤亭，岚根四垂帟。
谁题雪月句，乃是曹刘格。阒阙一枝琼，边楼数声笛。
吟高矍然起，若自苍旻掷。短烛堕馀花，圆蟾挂斜魄。
自从神锡境，无处不登陟。忽上南徐山，心期豁而获。
岂伊烦恼骨，合到清凉域。暗得胡蝶身，幽期尽相识。
奈何有名氏，未列金闺籍。翻惭卯顶童，得奉真如策。
云涛触风望，毫管和烟搦。聊记梦中游，留之问禅客。

江南冬至和人怀洛下

陆龟蒙

昔居清洛涯，长恨苦寒迟。自作江南客，稀迟下雪时。
有烟栖菊梗，无冻落杉枝。背日能寻径，临风尚覆棋。
鸟声浑欲转，草邑固应知。与看平湖上，东流或片澌。

奉和颍川公秋夜

上官仪

泬寥空色远，芸黄凄序变。涸浦落遵鸿，长飙送巢燕。
千秋流夕景，万籁含宵唤。峻雉聆金柝，层台切银箭。

入朝洛堤步月

上官仪

脉脉广川流，驱马历长洲。鹊飞山月曙，蝉噪野风秋。

八咏应制(二首)

上官仪

启重帷，重帷照文杏。翡翠藻轻花，流苏媚浮影。瑶笙燕始归，金堂露初晞。风随少女至，虹共美人归。罗荐已擘鸳鸯被，绮衣复有蒲萄带。残红艳粉映帘中，戏蝶流莺聚窗外。洛滨春雪回，巫峡暮云来。雪花飘玉辇，云光上璧台。共待新妆出，清歌送落梅。

入丛台，丛台裛春露。滴沥间深红，参差散轻素。妆蝶惊复聚，黄鹂飞且顾。攀折殊未已，复值惊飞起。送影舞衫前，飘香歌扇里。望望惜春晖，行行犹未归。暂得佳游趣，更愁花鸟稀。且学鸟声调风管，方移花影入鸳机。

从驾幸少林寺睹先妃营建之所

武则天

从驾幸少林寺，睹先妃营建之所，倍切营矜，逾凄远慕，聊题即事，用述悲怀。

陪鸾游禁苑，侍赏出兰闱。云偃攒峰盖，霞低插浪旂。
日宫疏涧户，月殿启岩扉。金轮转金地，香阁曳香衣。
铎吟轻吹发，幡摇薄雾霏。昔遇焚芝火，山红连野飞。
花台无半影，莲塔有全辉。实赖能仁力，攸资善世威。
慈缘兴福绪，于此罄归衣。风枝不可静，泣血竟何追。

同太平公主游九龙潭

武则天

山窗游玉女，涧户对琼峰。岩顶翔双凤，潭心倒九龙。
酒中浮竹叶，杯上写芙蓉。故验家山赏，唯有风入松。

游　仙　篇

武则天

绛宫珠阙敞仙家，霓裳羽旆自凌霞。碧落晨飘紫芝盖，黄庭夕转彩云车。
周旋宇宙殊非远，寫望蓬壶停翠憾。千龄一日未言赊，亿岁婴孩谁谓晚？
逶迤凤舞时相向，变啭鸾歌引清唱。金浆既取玉杯斟，玉酒还用金膏酿。
驻迥游天域，排空聊憩息。宿志慕三元，翘心祈五色。
仙储本性谅难求，圣迹奇术秘玄猷。愿允丹诚赐灵药，方期久视御隆周。

缑山（宿永庆寺）

武则天

秋风寂寞秋云轻，缑氏山头月正明。帝子西飞仙驭远，不知何处夜吹笙。

出　　塞

张柬之

侠客重恩光，骢马饰金装。瞥闻传羽檄，驰突救边荒。
歙野山川动，嚣天旌旆扬。吴钩明似月，楚剑利如霜。
电断冲胡塞，风飞出洛阳。转战磨笄俗，横行戴斗乡。
手擒郅支长，面缚谷蠡王。将军占太白，小妇怨流黄。
騕褭青丝骑，娉婷红粉妆。三春莺度曲，八月雁成行。
谁堪坐愁思，罗袖拂空床。

出登封交崖山石门

骆宾王

层岩远接天，绝岭上栖烟。松低轻盖偃，藤细弱丝悬。
石明如挂镜，苔分似列钱。暂策为龙杖，何处得神仙。

咏美人在天津桥

骆宾王

美女出东邻，容与上天津。整衣香满路，移步袜生尘。
水下看妆影，眉头画月新。寄言曹子建，个是洛川神。

过　温　汤

唐高宗　李　治

温渚停仙跸，丰郊驻晓旌。路曲回轮影，岩虚传漏声。
暖溜惊湍驶，寒空碧雾轻。林黄疏叶下，野白曙霜明。
眺听良无已，烟霞断续生。

孝敬皇帝挽歌

刘祎之

戒奢虚蜃辂，锡号纪鸿名。地叶苍梧野，途经紫聚城。
重照掩寒色，晨飙断曙声。一随仙骥远，霜雪愁阴生。

早发成皋望河

刘孝孙

清晨发岩邑，驱马走轘辕。回瞰黄河上，惝恍屡飞魂。
鸿流遵积石，惊浪下龙门。仙槎不辨处，沉璧想犹存。
远近洲渚出，飒沓凫雁喧。怀古空延伫，叹逝将何言。

登封大酺歌(四首)

卢照邻

一

明君封禅日重光,天子垂衣历数长。九州四海常无事,万岁千秋乐未央。

二

日观仙云随风辇,天门瑞雪照龙衣。繁弦绮席方终夜,妙舞清歌欢未归。

三

翠凤逶迤登介丘,仙鹤裴回天上游。借问乾封何所乐,人皆寿命得千秋。

四

千年圣主应昌期,万国淳风王化基。请比上古无为代,何如今日太平时。

中和乐九章:歌登封第一

卢照邻

炎图丧宝,黄历开璿。祖武类帝,宗文配天。
玉銮垂日,翠华陵烟。东云干吕,南风入弦。
山称万岁,河庆千年。金绳永结,璧丽长悬。

中和乐九章:歌明堂第二

卢照邻

穆穆圣皇,雍雍明堂。左平右墄,上圆下方。
调均风雨,制度阴阳。四窗八达,五室九房。
南通夏火,西瞰秋霜。天子临御,万玉锵锵。

哭明堂裴主簿

卢照邻

缔欢三十载,通家数百年。潘杨称代穆,秦晋忝姻连。

风云洛阳道，花月茂陵田。相悲共相乐，交骑复交筵。
始谓调金鼎，如何掩玉泉。黄公酒炉处，青眼竹林前。
故琴无复雪，新树但生烟。遽痛兰襟断，徒令宝剑悬。
客散同秋叶，人亡似夜川。送君一长恸，松台路几千。

送光禄刘主簿之洛

李　峤

函谷双崤右，伊川二陕东。仙舟窅将隔，芳罩暂云同。
朋席余欢尽，文房旧侣空。他乡千里月，岐路九秋风。
背枥嘶班马，分洲叫断鸿。别后青山外，相望白云中。

道

李　峤

铜驼分巩洛，剑阁低临邛。紫微三千里，青楼十二重。
玉关尘似雪，金穴马如龙。今日中衢上，尧尊更可逢。

凤

李　峤

有鸟居丹穴，其名曰凤凰。九苞应灵瑞，五色成文章。
屡向秦楼侧，频过洛水阳。鸣岐今日见，阿阁伫来翔。

清明日龙门游泛

李　峤

晴晓国门通，都门蔼将发。纷纷洛阳道，南望伊川阙。
衍漾乘和风，清明送芬月。林窥二山动，水见千龛越。
罗袂罥杨丝，香桡犯苔发。群心行乐未，唯恐流芳歇。

扈从还洛呈侍从群官

李　峤

四海帝王家，两都周汉室。观风昔来幸，御气今旋跸。雷奋六合开，天行万乘出。玄冥奉时驾，白拒参戎律。后队咽笳箫，前驱严罕毕。辉光射东井，禁令横西秩。帐殿别阳秋，旌门临甲乙。将交洛城雨，稍远长安日。邙巩云外来，咸秦雾中失。孟冬霜霰下，是月农功毕。天道向归馀，皇情美阴骘。行存名岳礼，递问高年疾。祝鸟既开罗，调人更张瑟。登原采讴诵，俯谷求才术。邑罕悬磬贫，山无挂瓢逸。施恩浃寰宇，展义该文质。德泽盛轩游，哀矜深禹恤。申歌地庐骇，献寿衢尊溢。瑞色抱氤氲，寒光变萧飋。宗枝旦奭辅，侍从王刘匹。并辑蛟龙书，同簪凤凰笔。陶甄荷吹万，颂汉归明一。欢与道路长，顾随谈笑密。叨承廊庙选，谬齿夔龙弼。喜构大厦成，惭非栋隆吉。

春日怀归

杜审言

心是伤归望，春归异往年。河山鉴魏阙，桑梓忆秦川。
花杂芳园鸟，风和绿野烟。更怀欢赏地，车马洛桥边。

春日京中有怀

杜审言

今年游寓独游秦，愁思看春不当春。上林苑里花徒发，细柳营前叶漫新。
公子南桥应尽兴，将军西第几留宾。寄语洛城风日道，明年春色倍还人。

和刘侍郎入隆唐观

杨　炯

福地阴阳合，仙都日月开。山川临四险，城树隐三台。
伏槛排云出，飞轩绕涧回。参差凌倒景，潇洒轶浮埃。
百果珠为实，群峰锦作苔。悬萝暗疑雾，瀑布成响雷。
方士烧丹液，真人泛玉杯。还如问桃水，更似得蓬莱。
汉帝求仙日，相如作赋才。自然金石奏，何必上天台。

送郑州周司空

杨　炯

汉国临清渭，京城枕浊河。居人下珠泪，宾御促骊歌。
望极关山远，秋深烟雾多。唯余三五夕，明月暂经过。

和刘长史答十九兄

杨　炯

帝尧平百姓，高祖宅三秦。子弟分河岳，衣冠动缙绅。
盛名恒不陨，历代几相因。街巷涂山曲，门閭洛水滨。
五龙金作友，一子玉为人。宝剑丰城气，明珠魏国珍。
风标自落落，文质且彬彬。共许刁元亮，同推周伯仁。
石城俯天阙，钟阜对江津。骥足方遐骋，狼心独未驯。
鼓鼙鸣九域，风火集重闉。城势馀三板，兵威乏四邻。
居然混玉石，直置保松筠。耿介酬天子，危言数贼臣。
钟仪琴未奏，苏武节犹新。受禄宁辞死，扬名不顾身。
精诚动天地，忠义感明神。怪鸟俄垂翼，修蛇竟暴鳞。
来朝拜休命，述职下梁岷。善政驰金马，嘉声绕玉轮。
三荆忽有赠，四海更相亲。宫徵谐鸣石，光辉掩烛银。
山川遥满目，零露坐沾巾。友爱光天下，恩波浃后尘。
懦夫仰高节，下里继阳春。

归　山

刘希夷

归去嵩山道，烟花覆青草。草绿山无尘，山青杨柳春。
日暮松声合，空歌思杀人。

嵩岳闻笙

刘希夷

月出嵩山东，月明山益空。山人爱清景，散发卧秋风。

风止夜河清，独夜草虫鸣。仙人不可见，乘月近吹笙。
绛唇吸灵气，玉指调真声。真声是何曲，三山鸾鹤情。
昔日落尘俗，愿言闻此曲。今来卧嵩岑，何幸承幽音。
神仙乐吾事，笙歌铭夙心。

代悲白头翁

刘希夷

洛阳城东桃李花，飞来飞去落谁家？洛阳女儿惜颜色，坐见落花长叹息。
今年花落颜色改，明年花开谁复在？已见松柏摧为薪，更闻桑田变为海。
古人无复洛阳东，今人还对落花风。年年岁岁花相似，岁岁年年人不同。
寄言全盛红颜子，应怜半死白头翁。此翁白头真可怜，伊昔红颜美少年。
公子王孙芳树下，清歌妙舞落花前。光禄池台文锦绣，将军楼阁画神仙。
一朝卧病无人识，三春行乐在谁边？宛转娥眉能几时，须臾鹤发乱如丝。
但看古来歌舞地，唯有黄昏鸟雀悲。

洛中晴月送殷四入关

刘希夷

清洛浮桥南渡头，天晶万里散华洲。晴看石濑光无数，晓入寒潭浸不流。微云一点曙烟起，南陌憧憧遍行子。欲将此意与君论，复道秦关尚千里。

登嵩山岭应制

宋之问

翼翼高旌转，锵锵凤辇飞。法销金跸路，云湿从臣衣。
白羽摇丹壑，天营逼翠微。芳声耀千古，四海警宸威。

嵩 山 夜 还

宋之问

家住嵩山下，好采旧山薇。自省游泉石，何曾不夜归。

嵩山天门歌

宋之问

登天门兮，坐盘石之嶙峋。前漎漎兮未平，下漠漠兮无垠。
纷窈窕兮，岩倚披以鹏翅。洞胶葛兮，峰棱层以龙鳞。
松移岫转，左变而右易。风生云起，出鬼而入神。
吾亦不知其灵怪如此，愿游杳冥兮见羽人。重日天门兮穹崇，回合兮攒丛。
松万接兮柱日，石千寻兮倚空。晚阴兮足风，夕阳兮赭红。
试一望兮夺魄，况众妙之无穷。

雨从箕山来

宋之问

雨从箕山来，倏与飘风度。晴明西峰日，绿缛南溪树。
此时客精庐，幸蒙真僧顾。深入清净理，妙断往来趣。
意得两契如，言尽共忘喻。观花寂不动，闻鸟悬可悟。
向夕闻天香，淹留不能去。

陪群公登箕山赋得群字

宋之问

许由去已远，冥莫见幽坟。世薄人不贵，兹山唯白云。
宁知三千岁，复有尧为君。时佐激颓俗，登箕挹清芬。
高节虽旦暮，邈与洪崖群。

奉使嵩山经缑山

宋之问

侵晨发洛阳，城中歌吹声。毕景至缑岭，岭上烟霞生。
草树饶野意，山川多古情。在隐德所薄，归来可退耕。

幸少林寺应制

宋之问

绀宇横天室，回銮指帝休。曙阴迎日尽，春气抱岩流。
空乐繁行漏，香烟薄彩斿。玉膏从此泛，仙驭接浮丘。

扈从登封告成颂应制

宋之问

御路回中岳，天营接下都。百灵无后至，万国竞前驱。
文卫严清跸，幽仙读宝符。贝花明汉果，芝草入尧厨。
济济衣冠会，喧喧夷夏俱。宗禋仰神理，刊木望川途。
抚己贫非病，时来本不愚。愿陪丹凤辇，率舞白云衢。

因以题壁赠杜侯杜四

宋之问

洛桥瞻太室，期子在云烟。归来不相见，孤赏弄寒泉。
与君阔松石，于兹二十年。田公谢昭世，韩子秘幽埏。
忆昔同携手，山栖接二贤。笙歌入玄地，诗酒坐寥天。
旧友悉零落，罢琴私自怜。逝者非药误，餐霞意可全。
为余理还策，相与事灵仙。

温泉庄卧病寄杨士炯

宋之问

移疾卧兹岭，寥寥倦独幽。赖有嵩丘山，高枕长在目。
兹山洒灵异，朝夜翳云族。是日濛雨晴，返景入岩谷。
幂幂涧畔草，青青山下木。此意方无穷，环顾怅林麓。
伊洛何悠漫，川原信重复。夏余鸟兽蕃，秋末禾黍熟。
秉愿守樊圃，归闲欣艺牧。惜无载酒人，徒把凉泉掬。

岳　馆

沈佺期

洞壑仙人馆，孤峰玉女台。空濛朝气合，窈窕夕阳开。
流涧含轻雨，虚岩应薄雷。正逢鸾与鹤，歌舞出天来。

凤　笙　曲

沈佺期

忆昔王子晋，凤笙游云空。挥手弄白日，安能恋青宫。
岂无婵娟子，结念罗帏中。怜寿不贵色，身世两无穷。

北　邙　山

沈佺期

北邙山上列坟茔，万古千秋对洛城。城中日夕歌钟起，山上惟闻松柏声。

奉和洛阳玩雪应制

沈佺期

周王甲子旦，汉后德阳宫。洒瑞天庭里，惊春御苑中。
氛氲生浩气，飒沓舞回风。宸藻光盈尺，赓歌乐岁丰。

洛　阳　道

沈佺期

九门开洛邑，双阙对河桥。白日青春道，轩裳半下朝。
乘羊稚子看，拾翠美人娇。行乐归恒晚，香尘扑地遥。

送考功武员外学士使嵩山置舍利塔歌

徐　坚

伊川别骑，灞岸分筵。对三春之花月，览千里之风烟。
望青山兮分地，见白云兮在天。寄愁心于樽酒，怆离绪于清弦。
共握手而相顾，各衔凄而黯然。

同宋参军之问梦赵六赠卢陈二子之作

陈子昂

晓霁望嵩丘，白云半岩足。氛氲涵翠微，宛如瀛台曲。
故人昔所尚，幽琴歌断续。变化竟无常，人琴遂两亡。
白云失处所，梦想暧容光。畴昔疑缘业，儒道两相妨。
前期许幽报，迨此尚茫茫。晤言既已失，感叹情何一。
始忆携手期，云台与峨眉。达兼济天下，穷独善其时。
诸君推管乐，之子慕巢夷。奈何苍生望，卒为黄绶欺。
铭鼎功未立，山林事亦微。抚孤一流恸，怀旧日暌违。
卢子尚高节，终南卧松雪。宋侯逢圣君，骖驭游青云。
而我独蹭蹬，语默道犹屯。征戍在辽阳，蹉跎岁再黄。
丹丘恨不及，白露已苍苍。远闻山阳赋，感涕下沾裳。

洛城观酺应制

陈子昂

圣人信恭己，天命允昭回。苍极神功被，青云秘箓开。
垂衣受金册，张乐宴瑶台。云凤休征满，鱼龙杂戏来。
崇恩逾五日，惠泽畅三才。玉帛群臣醉，徽章缛礼该。
方睹升中禅，言观拜洛回。微臣固多幸，敢上万年杯。

酬田逸人游岩见寻不遇题隐居里壁

陈子昂

游人献书去，薄暮返灵台。传道寻仙友，青囊卖卜来。

闻莺忽相访，题凤久裴回。石髓空盈握，金经秘不开。
还疑缝掖子，复似洛阳才。

感　遇

陈子昂

吾爱鬼谷子，青溪无垢氛。囊括经世道，遗身在白云。
七雄方龙斗，天下久无君。浮荣不足贵，遵养晦时文。
舒可弥宇宙，卷之不盈分。岂徒山木寿，空与麋鹿群。

古　意

吴少微

洛阳芳树向春开，洛阳女儿平旦来。流车走马纷相催，折芳瑶华向曲台。
曲台自有千万行，重花累叶间垂杨。
北林朝日镜明光，南国微风苏合香。可怜窈窕女，不作邯郸娼。
妙舞轻回拂长袖，高歌浩唱发清商。
歌终舞罢欢无极，乐往悲来长叹息。阳春白日不少留，红荣碧树无颜色。
碧树风花先春度，珠帘粉泽无人顾。
如何年少忽迟暮，坐见明月与白露。明月白露夜已寒，香衣锦带空珊珊。
今日阳春一妙曲，凤凰楼上与君弹。

宋主簿鸣皋梦赵六予未及报而陈子云亡，今追

卢藏用

暮川罕停波，朝云无留色。故人琴与诗，可存不可识。
识心尚可亲，琴诗非故人。鸣皋初梦赵，蜀国已悲陈。
感化伤沦灭，魂交惜未申。冥期失幽报，兹理复今晨。
前嗟成后泣，已矣将何及。旧感与新悲，虚怀酬昔时。
赵侯鸿宝气，独负青云姿。群有含妙识，众象悬清机。
雄谈尽物变，精义解人颐。在阴既独善，幽跃自为疑。
踠彼千里足，伤哉一尉欺。陈生富清理，卓荦兼文史。
思缛巫山云，调逸岷江水。铿锵哀忠义，感激怀知己。
负剑登蓟门，孤游入燕市。浩歌去京国，归守西山趾。
幽居探元化，立言见千祀。埋没经济情，良园竟云已。

坐忆平生游，十载怀嵩丘。题书满古壁，采药遍岩幽。
子微化金鼎，仙笙不可求。荣哉宋与陆，名宦美中州。
存亡一暌阻，岐路方悠悠。自予事山海，及兹人世改。
传闻当世荣，皆入古人名。无复平原赋，空余邻笛声。
泣对西州使，悲访北邙茔。新坟蔓宿草，旧阙毁残铭。
为君成此曲，因言寄友生。默语无穷事，凋伤共此情。

九日进茱萸山诗

张　说

家居洛阳下，举目见嵩山。刻作茱萸节，情生造化间。
黄花宜泛酒，青岳好登高。稽首明廷内，心为天下劳。
菊酒携山客，萸囊系牧童。路疑随大隗，心似问鸿蒙。
九日重阳数，三秋万实成。时来谒轩后，罢去坐蓬瀛。
晚节欢重九，高山上五千。醉中知遇圣，梦里见寻仙。

嵩山蘘荷亭侍宴

张　说

回銮青岳观，帐殿紫烟峰。仙路迎三鸟，云衢驻两龙。
园林看故塔，坛埠识馀封。山外闻箫管，还如天上逢。

送考功武员外学士使嵩山署舍利塔

张　说

怀玉泉，恋仁者，寂灭真心不可见，空留影塔嵩岩下。
宝王四海转千轮，金昙百粒送分身。
山中二月娑罗会，虚呗遥遥愁思人。
我念过去微尘劫，与子禅门同正法。
虽在神仙兰省间，常持清净莲花叶。
来亦好，去亦好，了观车行马不移，当见菩提离烦恼。

寄天台司马先生

崔　湜

闻有三元客，祈山九转成。人间白云返，天上赤龙迎。
尚惜金芝晚，仍攀琪树荣。何年缑岭上，一谢洛阳城。

奉和圣制登封礼毕洛城酺宴

张九龄

大君毕能事，端扆乐成功。运与千龄合，欢将万国同。
汉酺歌圣酒，韶乐舞薰风。河洛荣光遍，云烟喜气通。
春华顿觉早，天泽倍知崇。草木皆沾被，犹言不在躬。

送苏主簿赴偃师

张九龄

我与文雄别，胡然邑吏归。贤人安下位，鸷鸟欲卑飞。
激节轻华冕，移宫徇彩衣。羡君行乐处，从此拜庭帏。

上元夜效小庾体同用春字

长孙正隐

薄晚啸游人，车马乱驱尘。月光三五夜，灯焰一重春。
烟云迷北阙，箫管识南邻。洛城终不闭，更出小平津。

晦日宴高氏林亭

长孙正隐

晦晚属烟霞，遨游重岁华。歌钟虽戚里，林薮是山家。
细雨犹开日，深池不涨沙。淹留迷处所，岩岫几重花。

铜雀妓

李邕

西陵望何及，弦管徒在兹。谁言死者乐，但令生者悲。
丈夫有馀志，儿女焉足私。扰扰多俗情，投迹互相师。
直节岂感激，荒淫乃凄其。颍水有许由，西山有伯夷。
颂声何寥寥，唯闻铜雀诗。君举良未易，永为后代嗤。

轩游宫十五夜

唐玄宗　李隆基

行迈离秦国，巡方赴洛师。路逢三五夜，春色暗中期。
关外长河转，宫中淑气迟。歌钟对明月，不减旧游时。

行次成皋途经先圣擒建德之所缅思功业感而赋诗

唐玄宗　李隆基

有隋政昏虐，群雄已交争。先圣按剑起，叱咤风云生。
饮马河洛竭，作气嵩华惊。克敌睿图就，擒俘帝道亨。
顾惭嗣宝历，恭承天下平。幸过翦鲸地，感慕神且英。

逸人歌赠李山人

张楚金

上有尧兮下有由，眠松阳兮漱颍流。
其貌古，其心幽，浩歌一曲兮林壑秋。
道险可惊兮人莫用，乐天知命兮守岩洞。
时击磬兮嗟鸣凤，吾欲知往古之不可追，自悠悠于凡梦。

咏　琴

刘允济

昔在龙门侧，谁想凤鸣时。雕琢今为器，宫商不自持。
巴人缓疏节，楚客弄繁丝。欲作高张引，翻成下调悲。

经庐岳回望江州想洛川有作

刘允济

龟山帝始营，龙门禹初凿。出入经变化，俯仰凭寥廓。
未若兹山功，连延并巫霍。东北疏艮象，西南距坤络。
宏阜自郁盘，高标复回薄。势入柴桑渚，阴开彭蠡壑。
九江杳无际，七泽纷相错。云雨散吴会，风波腾鄢鄀。
迹随造化久，利与乾坤博。肸蚃精气通，纷纶潜怪作。
石渠忽见践，金房安可托。地入天子都，岩有仙人药。
二门几迢递，三宫何倏爚。咫尺穷杳冥，跬步皆恬漠。
仙才惊羽翰，幽居静龙蠖。明牧振雄词，棣华殊灼灼。
盛叶匡西夏，深谋赞禹亳。黄云覆鼎飞，绛气横川跃。
佐历符贤运，人期茂天爵。礼乐富垂髫，诗书成舞勺。
清辉靖岩电，利器腾霜锷。游圣挹衢尊，邻畿恭木铎。
岩仞包武侯，波澜控文若。旋闻刈薪楚，遽睹升葵藿。
稷契序揆图，良平公辅略。重地资出守，英藩谅求瘼。
豫章观伟材，江州访灵崿。阳岫晓氛氲，阴崖暮萧索。
潜伏屡鲸奔，雄飞更鸷搏。惊玃透烟霞，腾猿乱枝格。
故园有归梦，他山飞赏乐。帝乡徒可游，湟涧终旅泊。
景物观淮海，云霄望河洛。城阙紫微星，图书玄扈阁。
神功多粉缋，元气犹斟酌。丞相下南宫，将军趋北落。
横簪并附蝉，列鼎俱调鹤。四郊时迷路，五月先投籥。
池榭宣琼管，风花乱珠箔。旧游劳梦寐，新知无悦乐。
天寒欲赠言，岁暮期交约。夜琴清玉柱，秋灰变缇幕。
风云动翰林，宫徵调文籥。言泉激为浪，思绪飞成缴。
千里辉珠玑，五采含丹雘。钟鼓旋惊鹦，瑾瑜俄抵鹊。
窃价惭庸怠，叨声逾寂寞。长望限南溟，居然翳东郭。

过平泉庄

江　遵

平原风景好高眠，水色岚光满目前。刚欲平他不平事，至今惆怅满南边。

陪张丞相登嵩阳楼

孟浩然

独步人何在，嵩阳有故楼。岁寒问耆旧，行县拥诸侯。
林莽北弥望，沮漳东会流。客中遇知已，无复越乡忧。

汝坟寄卢征君

孟浩然

行乏憩予驾，依然见汝坟。洛川方罢雪，嵩嶂有残云。
曳曳半空里，溶溶五色分。聊题一时兴，因寄卢征君。

游精思观主山房

孟浩然

误入桃源里，初怜竹径深。方知仙子宅，未有世人寻。
舞鹤过闲砌，飞猿啸密林。渐通玄妙理，深得坐忘心。

游精思观回望白云在后

孟浩然

出谷未停午，到家日已曛。回瞻下山路，但见牛羊群。
樵子暗相失，草虫寒不闻。衡门犹未掩，伫立望夫君。

永泰公主挽歌(二首)

吴　兢

秾华从妇道，釐降适诸侯。河汉天孙合，潇湘帝子游。
关雎方作训，鸣凤自相求。可叹凌波迹，东川遂不流。

舜华徂北渚，宸思结南阳。鳌绶哀荣备，游轩宠悼彰。
三川谋远日，八水宅连冈。无复秦楼上，吹箫下凤凰。

次北固山下

王　湾

客路青山外，行舟绿水前。潮平两岸阔，风正一帆悬。
海日生残夜，江春入旧年。乡书何处达？归雁洛阳边。

少室雪晴送王宁

李　颀

少室众峰几峰别，一峰晴见一峰雪。隔城半山连青松，素色峨峨千万重。
过景斜临不可道，白云欲尽难为容。行人与我玩幽境，北风切切吹衣冷。
惜别浮桥驻马时，举头试望南山岭。

送王道士还山

李　颀

嵩阳道士餐柏实，居处三花对石室。心穷伏火阳精丹，口诵淮王万毕术。
自言神诀不可求，我师闻之玄圃游。出入彤庭佩金印，承恩赫赫如王侯。
双峰树下曾受业，应传肘后长生法。吾闻仙地多后身，安知不是具茨人。
玉膏清泠瀑泉水，白云溪中日方此。后今不见数十年，鬓发容颜只如是。
先生舍我欲何归，竹杖黄裳登翠微。当有岩前白蝙蝠，迎君日暮双来飞。

寄嵩山焦炼师

李　颀

得道凡百岁，烧丹唯一身。悠悠孤峰顶，日见三花春。
白鹤翠微里，黄精幽涧滨。始知世上客，不及山中人。
仙境若在梦，朝云如可亲。何由睹颜色，挥手谢风尘。

登首阳山谒夷齐庙

李　颀

古人已不见，乔木竟谁过。寂寞首阳山，白云空复多。
苍苔归地骨，皓首采薇歌。毕命无怨色，成仁其若何。
我来入遗庙，时候微清和。落日吊山鬼，回风吹女萝。
石崖向西豁，引领望黄河。千里一飞鸟，孤光东逝波。
驱车层城路，惆怅此岩阿。

宿香山寺石楼

李　颀

夜宿翠微半，高楼闻暗泉。渔舟带远火，山磬发孤烟。
衣拂云松外，门清河汉边。峰峦低枕席，世界接人天。
霭霭花出雾，辉辉星映川。东林曙莺满，惆怅欲言旋。

送卢逸人

李　颀

洛阳为此别，携手更何时？不复人间见，只应海上期。
清溪入云木，白首卧茅茨。共惜卢敖去，天边望所思。

缑氏尉沈兴宋置酒南溪留赠

王昌龄

林色与溪古，深篁引幽翠。山樽在渔舟，棹月情已醉。
始穷清源口，壑绝人境异。春泉滴空崖，萌草拆阴地。
久之风榛寂，远闻樵声至。海雁时独飞，永然沧州意。
古时青冥客，灭迹沦一尉。吾子踌躇心，岂其纷埃事。
缑峰信所克，济北余乃遂。齐物意已会，息肩理犹未。
卷舒形性表，脱略贤哲议。仲月期角巾，饭僧嵩阳寺。

谒嵩山焦炼师

王昌龄

中峰青苔壁，一点云生时。岂意石堂里，得逢焦炼师。
炉香净琴案，松影闲瑶墀。拜受长年药，翩翩西海期。

放　歌　行

王昌龄

南渡洛阳津，西望十二楼。明堂坐天子，月朔朝诸侯。
清乐动千门，皇风被九州。庆云从东来，泱漭抱日流。
升平贵论道，文墨将何求。有诏征草泽，微诚将献谋。
冠冕如星罗，拜揖曹与周。望尘非吾事，入赋且迟留。
幸蒙国士识，因脱负薪裘。今者放歌行，北慰梁甫愁。
但营数斗禄，奉养每丰羞。若得金膏逐，飞云亦何俦。

过方尊师院

綦毋潜

羽客北山寻，草堂松径深。养神宗示法，得道不知心。
洞户逢双履，寥天有一琴。更登玄圃上，仍种杏成林。

送集贤学士伊阙史少府放归江东觐省

綦毋潜

墨客钟张侣，材高吴越珍。千门来谒帝，驷马去荣亲。
吏邑沿清洛，乡山指白苹。归期应不远，当及未央春。

汴　堤　柳

王泠然

隋家天子忆扬州，厌坐深宫傍海游。穿地凿山开御路，鸣笳叠鼓泛清流。流从巩北分河口，直到淮南种官柳。功成力尽人旋亡，代谢年移树空有。当时彩女侍君王，绣帐旌门对柳行。青叶交垂连幔色，白花飞度染衣香。

今日摧残何用道，数里曾无一枝好。驿骑征帆损更多，山精野魅藏应老。凉风八月露为霜，日夜孤舟入帝乡。河畔时时闻木落，客中无不泪沾裳。

中峰居喜见苗发

祖　咏

自得中峰住，深林亦闭关。经秋无客到，入夜有僧还。
暗涧泉声小，荒冈树影闲。高窗不可望，星月满空山。

过　郑　曲

祖　咏

路向荥川谷，晴来望尽通。细烟生水上，圆月在舟中。
岸势迷行客，秋声乱草虫。旅怀劳自慰，淅淅有凉风。

夕次圃田店

祖　咏

前路入郑郊，尚经百余里。马烦时欲歇，客归程未已。
落日桑柘阴，遥村烟火起。西还不遑宿，中夜渡泾水。

汝坟别业

祖　咏

失路农为业，移家到汝坟。独愁常废卷，多病久离群。
鸟雀垂窗柳，虹霓出涧云。山中无外事，樵唱有时闻。

寄王长史

祖　咏

汝颍俱宿好，往来托层峦。终日何寂寞，绕篱生蕙兰。

自淇涉黄河途中作(选)

高　适

乱流自兹远，倚楫时一望。遥见楚汉城，崔嵬高山上。
天道昔未测，人心无所向。屠钓称侯王，龙蛇争霸王。
缅怀多杀戮，顾此生惨怆。圣代休甲兵，吾其得闲放。
我行倦风湍，辍棹将问津。空传歌瓠子，感慨独愁人。
孟夏桑叶肥，秾阴夹长津。蚕农有时节，田野无闲人。
临水狎渔樵，望山怀隐沦。谁能去京洛，憔悴对风尘。
朝景入平川，川长复垂柳。遥看魏公墓，突兀前山后。
忆昔大业时，群雄角奔走。伊人何电迈，独立风尘首。
传檄举敖仓，拥兵屯洛口。连营一百万，六合如可有。
方项终比肩，乱隋将假手。力争固难恃，骄战曷能久。
若使学萧曹，功名当不朽。
皤皤河滨叟，相遇似有耻。辍榜聊问之，答言尽终始。
一生虽贫贱，九十年未死。且喜对儿孙，弥惭远城市。
结庐黄河曲，垂钓长河里。漫漫望云沙，萧条听风水。
所思强饭食，永愿在乡里。万事吾不知，其心只如此。

酬河南节度使贺兰大夫见赠之作

高　适

高阁凭栏槛，中军倚旆旌。感时常激切，于己即忘情。
河华屯妖气，伊瀍有战声。愧无戡难策，多谢出师名。
秉钺知恩重，临戎觉命轻。股肱瞻列岳，唇齿赖长城。
隐隐摧锋势，光光弄印荣。鲁连真义士，陆逊岂书生。
直道宁殊智，先鞭忽抗行。楚云随去马，淮月尚连营。
抚剑堪投分，悲歌益不平。从来重然诺，况值欲横行。

同河南李少尹毕员外宅夜饮，时洛阳告捷，遂作

高　适

故人美酒胜浊醪，故人清词合风骚。长歌满酌惟吾曹，
高谈正可挥麈毛。半醉忽然持蟹螯，洛阳告捷倾前后。
武侯腰间印如斗，郎官无事时饮酒。杯中绿蚁吹转来，
瓮上飞花拂还有。前年持节将楚兵，去年留司在东京，
今年复拜二千石，盛夏五月西南行。彭门剑门蜀山里，
昨逢军人劫夺我，到家但见妻与子。赖得饮君春酒数十杯，
不然令我愁欲死。

归嵩山作

王　维

清川带长薄，车马去闲闲。流水如有意，暮禽相与还。
荒城临古渡，落日满秋山。迢递嵩高下，归来且闭关。

送方尊师归嵩山

王　维

仙宫欲往九龙潭，旄节朱幡倚石龛。山压天中半天上，洞穿江底出江南。
瀑布杉松常带雨，夕阳苍翠忽成岚。借问迎来双白鹤，已曾衡岳送苏耽。

赠中岳焦炼师

王　维

先生千岁馀，五岳遍曾居。遥识齐侯鼎，新过王母庐。
不能师孔墨，何事问长沮。玉管时来凤，铜盘即钓鱼。
竦身空里语，明目夜中书。自有还丹术，时论太素初。
频蒙露版诏，时降软轮车。山静泉逾响，松高枝转疏。
支颐问樵客，世上复何如。

宿　郑　州

王　维

朝与周人辞，暮投郑人宿。他乡绝俦侣，孤客亲僮仆。
宛洛望不见，秋霖晦平陆。田父草际归，村童雨中牧。
主人东皋上，时稼绕茅屋。虫鸣机杼休，雀喧禾黍熟。
明当渡京水，昨夜犹金谷。此去欲何言，穷边徇微禄。

早入荥阳界

王　维

泛舟入荥泽，兹邑乃雄藩。河曲闾阎隘，川中烟火繁。
因人见风俗，入境闻方言。秋野田畴盛，朝光市井喧。
渔商波上客，鸡犬岸旁村。前路白云外，孤帆安可论。

过乘如禅师萧居士嵩丘兰若

王　维

无著天亲弟与兄，嵩丘兰若一峰晴。食随鸣磬巢乌下，行踏空林落叶声。
迸水定侵香案湿，雨花应共石床平。深洞长松何所有，俨然天竺古先生。

广 武 城

王 维

广武城边逢暮春，汶阳归客泪沾巾。落花寂寂啼山鸟，杨柳青青渡水人。

洛阳女儿行

王 维

洛阳女儿对门居，才可颜容十五余。良人玉勒乘骢马，侍女金盘鲙鲤鱼。
画阁朱楼尽相望，红桃绿柳垂檐向。罗帏送上七香车，宝扇迎归九华帐。
狂夫富贵在青春，意气骄奢剧季伦。自怜碧玉亲教舞，不惜珊瑚持与人。
春窗曙灭九微火，九微片片飞花琐。戏罢曾无理曲时，妆成只是熏香坐。
城中相识尽繁华，日夜经过赵李家。谁怜越女颜如玉，贫贱江头自浣纱。

过香积寺（今风穴寺）

王 维

不知香积寺，数里入云峰。古木无人径，深山何处钟？
泉声咽危石，日色冷青松。薄暮空潭曲，安禅制毒龙。

送别嵩山（七首）

李 白

一、送裴十八图南归嵩山

何处可为别，长安青绮门。胡姬招素手，延客醉金樽。
临当上马时，我独与君言。风吹芳兰折，日没鸟雀喧。
举手指飞鸿，此情难具论。同归无早晚，颍水有清源。
君思颍水绿，忽复归嵩岑。归时莫洗耳，为我洗其心。
洗心得真情，洗耳徒买名。谢公终一起，相与济苍生。

二、送于十八应四子举落第还嵩山

吾祖吹橐籥，天人信森罗。归根复太素，群动熙元和。
炎炎四真人，摛辩若涛波。交流无时寂，杨墨日成科。

夫子闻洛诵，夸才才固多。为金好踊跃，久客方蹉跎。
道可束卖之，五宝溢山河。劝君还嵩丘，开酌盼庭柯。
三花如未落，乘兴一来过。

三、鸣皋歌奉饯从翁清归五崖山居

忆昨鸣皋梦里还，手弄素月清潭间。觉时枕席非碧山，侧身西望阻秦关。
麒麟阁上春还早，著书却忆伊阳好。青松来风吹古道，绿萝飞花覆烟草。
我家仙翁爱清真，才雄草圣凌古人，欲卧鸣皋绝世尘。
鸣皋微茫在何处，五崖峡水横樵路。身披翠云裘，袖拂紫烟去。
去时应过嵩少间，相思为折三花树。

四、鲁城北郭曲腰桑下送张子还嵩阳

送别枯桑下，凋叶落半空。我行懵道远，尔独知天风。
谁念张仲蔚，还依蒿与蓬。何时一杯酒，更与李膺同。

五、送岑徵君归鸣皋山

岑公相门子，雅望归安石。奕世皆夔龙，中台竟三拆。
至人达机兆，高揖九州伯。奈何天地间，而作隐沦客。
贵道能全真，潜辉卧幽邻。探元入窅默，观化游无垠。
光武有天下，严陵为故人。虽登洛阳殿，不屈巢由身。
余亦谢明主，今称偃蹇臣。登高览万古，思与广成邻。
蹈海宁受赏，还山非问津。西来一摇扇，共拂元规尘。

六、颍阳别元丹丘之淮阳

吾将元夫子，异姓为天伦。本无轩裳契，素以烟霞亲。
尝恨迫世网，铭意俱未伸。松柏虽寒苦，羞逐桃李春。
悠悠市朝间，玉颜日缁磷。所失重山岳，所得轻埃尘。
精魄渐芜秽，衰老相凭因。我有锦囊诀，可以持君身。
当餐黄金药，去为紫阳宾。万事难并立，百年犹崇晨。
别尔东南去，悠悠多悲辛。前志庶不易，远途期所遵。
已矣归去来，白云飞天津。

七、嵩山采菖蒲者

神人多古貌，双耳下垂肩。嵩岳逢汉武，疑是九嶷仙。
我来采菖蒲，服食可延年。言终忽不见，灭影入云烟。
喻帝竟莫悟，终归茂陵田。

赠嵩山焦炼师

李　白

二室凌青天，三花含紫烟。中有蓬海客，宛疑麻姑仙。
道在喧莫染，迹高想已绵。时餐金鹅蕊，屡读青苔篇。
八极恣游憩，九垓长周旋。下瓢酌颍水，舞鹤来伊川。
还归空山上，独拂秋霞眠。萝月挂朝镜，松风鸣夜弦。
潜光隐嵩岳，炼魄栖云幄。霓裳何飘飖，凤吹转绵邈。
愿同西王母，下顾东方朔。紫书倘可传，铭骨誓相学。

题嵩山逸人元丹丘山居

李　白

白久在庐霍，元公近游嵩山，故交深情。出处无间，岩信频及，许为主人，欣然适会本意，当冀长往不返，欲便举家就之。兼收共游，因有此赠。

家本紫云山，道风未沦落。沉怀丹丘志，冲赏归寂寞。
朅来游闽荒，扪涉穷禹凿。夤缘泛潮海，偃蹇陟庐霍。
凭雷蹑天窗，弄影憩霞阁。且欣登眺美，颇惬隐沦诺。
三山旷幽期，四岳聊所托。故人契嵩颍，高义炳丹雘。
灭迹遗纷嚣，终言本峰壑。自矜林湍好，不羡朝市乐。
偶与真意并，顿觉世情薄。尔能折芳桂，吾亦采兰若。
拙妻好乘鸾，娇女爱飞鹤。提携访神仙，从此炼金药。

奔亡道中

李　白

函谷如玉关，几时可生还？洛阳为易水，嵩岳是燕山。
俗变羌胡语，人多沙塞颜。申包惟恸哭，七日鬓毛斑。

离彭婆值雨投临汝

李　白

投馆野花边，羸骖晚不前。山桥断行路，溪雨涨春田。

树冷无栖鸟，村深起暮烟。洛阳山已尽，休更望伊川。

冬夜醉宿龙门觉起言志

李　白

醉来脱宝剑，旅憩高堂眠。中夜忽惊觉，起立明灯前。
开轩聊直望，晓雪河冰壮。哀哀歌苦寒，郁郁独惆怅。
傅说版筑臣，李斯鹰犬人。欻起匡社稷，宁复长艰辛。
而我胡为者，叹息龙门下。富贵未可期，殷忧向谁写。
去去泪满襟，举声梁甫吟。青云当自致，何必求知音。

登广武古战场怀古

李　白

秦鹿奔野草，逐之若飞蓬。项王气盖世，紫电明双瞳。
呼吸八千人，横行起江东。赤精斩白帝，叱咤入关中。
两龙不并跃，五纬与天同。楚灭无英图，汉兴有成功。
按剑清八极，归酣歌大风。伊昔临广武，连兵决雌雄。
分我一杯羹，太皇乃汝翁。战争有古迹，壁垒颓层穹。
猛虎啸洞壑，饥鹰鸣秋空。翔云列晓阵，杀气赫长虹。
拨乱属豪圣，俗儒安可通。沉湎呼竖子，狂言非至公。
抚掌黄河曲，嗤嗤阮嗣宗。

将　进　酒

李　白

君不见黄河之水天上来，奔流到海不复回！君不见高堂明镜悲白发，朝如青丝暮成雪！
人生得意须尽欢，莫使金樽空对月。天生我材必有用，千金散尽还复来。
烹羊宰牛且为乐，会须一饮三百杯。岑夫子，丹丘生，将进酒，杯莫停。
与君歌一曲，请君为我倾耳听。钟鼓馔玉不足贵，但愿长醉不复醒。
古来圣贤皆寂寞，惟有饮者留其名。陈王昔时宴平乐，斗酒十千恣欢谑。
主人何为言少钱，径须沽取对君酌。五花马，千金裘，呼儿将出换美酒，与尔同销万古愁。

洛 出 书

萧 昕

海内昔凋瘵，天网斯泞滈。龟灵启圣图，龙马负书出。
大哉明德盛，远矣彝伦秩。地敷作乂功，人免为鱼恤。
既彰千国理，岂止百川溢。永赖至于今，畴庸未云毕。

早发交崖山还太室作

崔 曙

东林气微白，寒鸟忽高翔。吾亦自兹去，北山归草堂。
仲冬正三五，日月遥相望。萧萧过颍上，昽昽辨少阳。
川冰生积雪，野火出枯桑。独往路难尽，穷阴人易伤。
伤此无衣客，如何蒙雪霜。

嵩山寻冯炼师不遇

崔 曙

青溪访道凌烟曙，王子仙成已飞去。更值空山雷雨时，云林薄暮归何处。

颍阳东溪怀古

崔 曙

灵溪氛雾歇，皎镜清心颜。空色不映水，秋声多在山。
世人久疏旷，万物皆自闲。白鹭寒更浴，孤云晴未还。
昔时让王者，此地闭玄关。无以蹑高步，凄凉岑壑间。

同诸公谒启母祠

崔 曙

闷宫凌紫微，芳草闭闲扉。帝子复何在，王孙游不归。
春风鸣玉佩，暮雨拂灵衣。岂但湘江口，能令怀二妃。

至嵩阳观，观即天皇故宅

储光羲

真人上清室，乃在中峰前。花露生玉井，霓裳画列仙。
念兹宫故宇，多此地新泉。松柏有清阴，薜萝亦自妍。
一闻步虚子，又话逍遥篇。忽若在云汉，风中意泠然。

巩城东庄道中作

储光羲

北陵散寒鸟，西山照初日。婉娈晋阳京，踟蹰野人室。
南轩草间去，后乘林中出。霭霭长路暖，迟迟狭路归。
蜉蝣时蔽月，枳棘复伤衣。城上东风起，河边早雁飞。
夏王纪冬令，殷人乃正月。涯口度新云，山阴留故雪。
辛逢耄耋话，余待亲邻别。总辔出丛薄，歇鞍登峻隅。
春源既荡漭，伏战亦睢盱。未获遵平道，徒言信薄夫。

巩城南河作寄徐三景晖

储光羲

初年雨候迟，巩洛河流小。摇摇芳草岸，屡见春山晓。
清露洗云林，轻波戏鱼鸟。唯言故人远，不念乡川眇。
舟楫去潆洄，湍濑行奔峭。寄书千里路，莫道南鸿少。

夜到洛口入黄河

储光羲

河洲多青草，朝暮增客愁。客愁惜朝暮，枉渚暂停舟。
中宵大川静，解缆逐归流。浦溆既清旷，沿洄非阻修。
登舻望落月，击汰悲新秋。倘遇乘槎客，永言星汉游。

至闲居精舍呈正上人

储光羲

太室三招提，其趣皆不同。不同非一趣，况是天游宫。
双岭前夹门，阁道复横空。宝坊若花积，宛转不可穷。
流泉自成池，清松信饶风。秋晏景气迴，皛明丹素功。
将近隐者邻，远与西山通。大师假惠照，念以息微躬。

寻徐山人遇马舍人

储光羲

泊舟伊川右，正见野人归。日暮暮山绿，我心清且微。
岩声风雨度，水气云霞飞。复有金门客，来参萝薜衣。

荥阳马氏二子

储光羲

圣君封太岳，十月建行旃。辇路开千里，寒云霁九天。
故人多侍从，二子留伊川。河兖冰初合，关城月屡圆。
暝过荥水上，闻说郑卿贤。材蔽行人右，名居东里先。
制岩开别业，桑柘亦依然。待至金园侧，相将居一廛。

洛中送人还江东

储光羲

洛城春雨霁，相送下江乡。树绿天津道，山明伊水阳。
孤舟从此去，客思一何长。直望清波里，唯余落日光。

仙　鹤　篇

武三思

白鹤乘空何处飞，青田紫盖本相依。缑山七月虽长去，辽水千年会忆归。

缑山杳杳翔寥廓，辽水累累叹城郭。经随羽客步丹丘，曾逐仙人游碧落。
迢迢碧落断氛埃，霞堂云阁几重开。欲寻东海黄金灶，仍向西山白玉台。
九皋独唳方清切，五里惊群俄断绝。月下分行似度云，风前飏影疑回雪。
风前月下路漫漫，水宿云翔去几般。宛转能倾吴国市，裴回巧拂汉皇坛。
琴中作曲从来易，鼓里传声有甚难。夜夜恒飞银汉曲，朝朝常饮玉池澜。
别有闻箫出紫烟，还如化履上青天。霜毛忽控三神下，玉羽俄看二客旋。
燕雀终迷横海志，蜉蝣岂识在阴年。莫言一举轻千里，为与三山送九仙。

奉和春日游龙门应制

武三思

凤驾临香地，龙舆上翠微。星宫含雨气，月殿抱春辉。
碧涧长虹下，雕梁早燕归。云疑浮宝盖，石似拂天衣。
露草侵阶长，风花绕席飞。日斜宸赏洽，清吹入重闱。

邙山古意

薛　曜

昔掩佳城路，曾惊壑易迁。今接宜都里，翻疑海作田。
镂鼎名应大，生金字不传。风飙吹白日，罗绮拭黄泉。
象凤笙留国，成龙剑上天。长乐移新垄，咸阳失旧阡。
川流徒漫漫，神理竟绵绵。伫见飞来鹤，沈嗟不学仙。

送道士入天台

薛　曜

洛阳陌上多离别，蓬莱山下足波潮。碧海桑田何处在，笙歌一听一遥遥。

宿五度溪仙人得道处

常　建

五度溪上花，生根依两崖。二月寻片云，愿宿秦人家。
上见悬崖崩，下见白水湍。仙人弹棋处，石上青萝盘。
无处求玉童，翳翳唯林峦。前溪遇新月，聊取玉琴弹。

仙谷遇毛女意知是秦宫人

常　建

溪口水石浅，泠泠明药丛。入溪双峰峻，松栝疏幽风。
垂岭枝袅袅，翳泉花蒙蒙。夤缘斋人目，路尽心弥通。
盘石横阳崖，前临殊未穷。回潭清云影，弥漫长天空。
水边一神女，千岁为玉童。羽毛经汉代，珠翠逃秦宫。
日觌神已寓，鹤飞言未终。祈君青云秘，愿谒黄仙翁。
尝以耕玉田，龙鸣西顶中。金梯与天接，几日来相逢。

送常十九归嵩山故林

刘长卿

迢迢此恨杳无涯，楚泽嵩丘万里赊。歧路别时惊一叶，云林归处忆三花。
秋天苍翠寒飞雁，古堞萧条晚噪鸦。他日山中逢胜事，桃源洞里几人家。

送灵澈上人归嵩阳兰若

刘长卿

南地随缘久，东林几岁空。暮山门独掩，春草路难通。
作梵连松韵，焚香入桂丛。唯将旧瓶钵，却寄白云中。

早春赠别赵居士还江左，时长卿下第归嵩阳旧居

刘长卿

见君风尘里，意出风尘外。自有沧州期，含情十余载。
深居凤城曲，日预龙华会。果得僧家缘，能遗俗人态。
一身今已适，万物知何爱。悟法电已空，看心水无碍。
且将穷妙理，兼欲寻胜概。何独谢客游，当为远公辈。
放舟驰楚郭，负杖辞秦塞。目送南飞云，令人想吴会。
遥思旧游处，仿佛疑相对。夜火金陵城，春烟石头濑。
沧波极天末，万里明如带。一片孤客帆，飘然向青霭。
楚天合江气，云色常霮雨。隐见湖中山，相连数州内。

君行意可得，全与时人背。归路随枫林，还乡念莼菜。
顾予尚羁束，何幸承眄睐。素愿徒自勤，清机本难逮。
累幸忝宾荐，末路逢沙汰。濩落名不成，裴回意空大。
逢时虽贵达，守道甘易退。逆旅乡梦频，春风客心碎。
别君日已远，离念无明晦。予亦返柴荆，山田事耕耒。

送灵澈

刘长卿

苍苍竹林寺，杳杳钟声晚。荷笠带斜阳，青山独归远。

水西渡

刘长卿

伊水摇镜光，纤鳞如不隔。千龛道旁古，一鸟沙上白。
何事闲山云，能留向城客。

贬降至汝州广城驿

郑　愔

近郊凭汝海，遐服指江干。尚忆趋朝贵，方知失路难。
曙宫平乐远，秋泽广城寒。岸苇新花白，山梨晚叶丹。
乡关千里暮，岁序四时阑。函塞云间别，旋门雾里看。
夙年追騄骥，暮节仰鹓鸾。疲驽劳垂耳，骞腾讵矫翰。
将调梅铉实，不正李园冠。荆玉终无玷，随珠忽已弹。
晓装违巩洛，夕梦在长安。北上频伤阮，西征未学潘。
倾车无共辙，同派有殊澜。去去怀知己，何由报一餐。

寄张十二山人彪

杜　甫

独卧嵩阳客，三违颍水春。艰难随老母，惨淡向时人。
谢氏寻山屐，陶公漉酒巾。群凶弥宇宙，此物在风尘。
历下辞姜被，关西得孟邻。早通交契密，晚接道流新。

静者心多妙，先生艺绝伦。草书何太古，诗兴不无神。
曹植休前辈，张芝更后身。数篇吟可老，一字买堪贫。
将恐曾防寇，深潜托所亲。宁闻倚门夕，尽力洁飧晨。
疏懒为名误，驱驰丧我真。索居犹寂寞，相遇益愁辛。
流转依边徼，逢迎念席珍。时来故旧少，乱后别离频。
世祖修高庙，文公赏从臣。商山犹入楚，渭水不离秦。
存想青龙秘，骑行白鹿驯。耕岩非谷口，结草即河滨。
肘后符应验，囊中药未陈。旅怀殊不惬，良觌渺无因。
自古皆悲恨，浮生有屈伸。此邦今尚武，何处且依仁。
敲角凌天籁，关山信月轮。官场罗镇碛，贼火近洮岷。
萧瑟论兵地，苍茫斗将辰。大军多处所，余孽尚纷纶。
高兴知笼鸟，斯文起获麟。穷秋正遥落，回首望松筠。

送孟十二仓曹赴东京选

杜　甫

君行别老亲，此去苦家贫。藻镜留连客，江山憔悴人。
秋风楚竹冷，夜雪巩梅春。朝夕高堂念，应宜彩服新。

龙　门　山

杜　甫

龙门横野断，驿树出城来。气色皇居近，金银佛寺开。
往还时屡改，川陆日悠哉。相问征途士，生涯尽几回。

冬日洛城北谒玄元皇帝庙

杜　甫

配极玄都閟，凭虚禁御长。守祧严具礼，掌节镇非常。
碧瓦初寒外，金茎一气旁。山河扶绣户，日月近雕梁。
仙李盘根大，猗兰奕叶光。世家遗旧史，道德付今王。
画手看前辈，吴生远擅场。森罗移地轴，妙绝动宫墙。
五圣联龙衮，千官列雁行。冕旒俱秀发，旌旆尽飞扬。
翠柏深留景，红梨迥得霜。风筝吹玉柱，露井冻银床。
身退卑周室，经传拱汉皇。谷神如不死，养拙更何乡。

送贾阁老出汝州

杜　甫

西掖梧桐树，空留一院阴。艰难归故里，去住损春心。
宫殿青门隔，云山紫陌深。人生五马贵，莫受二毛侵。

凭孟仓曹将书觅土娄旧庄

杜　甫

平居丧乱后，不到洛阳岑。为历云山问，无辞荆棘深。
北风黄叶下，南浦白头吟。十载江湖客，茫茫迟暮心。

奉寄河南韦尹丈人

杜　甫

有客传河尹，逢人问孔融。青囊仍隐逸，章甫尚西东。
鼎食分门户，词场继国风。尊荣瞻地绝，疏放忆途穷。
浊酒寻陶令，丹砂访葛洪。江湖漂短褐，霜雪满飞蓬。
牢落乾坤大，周流道术空。谬惭知蓟子，真怯笑扬雄。
盘错神明惧，讴歌德义丰。尸乡余土室，谁话祝鸡翁。

得　家　书

杜　甫

去凭游客寄，来为附家书。今日知消息，他乡且旧居。
熊儿幸无恙，骥子最怜渠。临老羁孤极，伤时会合疏。
二毛趋帐殿，一命侍鸾舆。北阙妖氛满，西郊白露初。
凉风新过雁，秋雨欲生鱼。农事空山里，眷言终荷锄。

酬李十六岐

王季友

炼丹文武火未成，卖药贩履俱逃名。出谷迷行洛阳道，乘流醉卧滑台城。
城下故人久离怨，一欢适我两家愿。朝饮杖悬沽酒钱，暮餐囊有松花饭。
于何车马日憧憧，李膺门馆日登龙。千宾揖对若流水，五经发难如叩钟。
下笔新诗行满壁，立谈古人坐在席。问我草堂有卧云，知我山储无儋石。
自耕自刈食为天，如鹿如麋饭野泉。亦知世上公卿贵，且养丘中草木年。

汝坟示弟妹

沈千运

今日春气暖，东风杏花拆。筋力久不如，却羡涧中石。
神仙杳难准，中寿稀满百。近世多夭伤，喜见鬓发白。
杖藜竹树间，宛宛旧行迹。岂知林园主，却是林园客。
兄弟可存半，空为亡者惜。冥冥无再期，哀哀望松柏。
骨肉能几人，年大自疏隔。性情谁免此，与我不相易。
唯念得尔辈，时看慰朝夕。平生兹已矣，此外尽非适。

山　中　作

沈千运

栖隐非别事，所愿离风尘。不辞城邑游，礼乐拘束人。
迩来归山林，庶事皆吾身。何者为形骸，谁是智与仁。
寂寞了闲事，而后知天真。咳唾矜崇华，迂俯相屈伸。
如何巢与由，天子不知臣。

古　歌

沈千运

北邙不种田，但种松与柏。松柏未生处，留待市朝客。

和尹懋秋夜游灉湖(二首)

张　均

远水沉西日,寒沙聚夜鸥。平湖乘月满,飞棹接星流。
黄叶鸣凄吹,苍葭扫暗洲。愿移沧浦赏,归待颍川游。

湾潭幽意深,杳霭涌寒岑。石痕秋水落,岚气夕阳沉。
澄彻天为底,渊玄月作心。青溪非大隐,归弄白云浔。

和尹懋登南楼

张　均

客来已两春,更瞻韶光早。花鸟既环合,江山复骈抱。
楼形写北潭,堞势凌青岛。白云谢归雁,驰怀洛阳道。

广武怀古

杨　浚

河水城下流,登城望弥惬。海云飞不断,岸草绿相接。
龙门无旧场,武牢有遗堞。扼喉兵易守,扪指计何捷。
天夺项氏谋,卒成汉家业。乡山遥可见,西顾泪盈睫。

古意赠孙翃

徐仁友

南望缑氏岭,山居共涧阴。东西十数里,缅邈方寸心。
云日落广厦,莺花对孤琴。琴中多苦调,凄切谁复寻。

嵩山望幸

王　邕

峻极位何崇,方知造化功。降灵逢圣主,望幸表维嵩。

隐映连青壁，嵯峨向碧空。象车因叶瑞，龙驾愿升中。
万岁声长在，千岩气转雄。东都歌盛事，西笑伫皇风。

咏　史

李　华

巢许在嵩颍，陶唐不得臣。九州尚洗耳，一命能安亲。
绵远数千祀，丘中谁隐沦。朝游公卿府，夕是山林人。
蒲帛扬侧陋，薜萝为缙绅。九重念入梦，三事思降神。
且设庭中燎，宁窥泉下鳞。

春行即兴

李　华

宜阳城下草萋萋，涧水东流复向西。芳树无人花自落，春山一路鸟空啼。

宿白马寺

张　继

白马驮经事已空，断碑残刹见遗踪。萧萧茅屋秋风起，一夜雨声羁思浓。

金　谷　园

张　继

彩楼歌馆正融融，一骑星飞锦帐空。老尽名花春不管，年年啼鸟怨东风。

自潘陵尖还少室居止，秋夕凭眺

岑　参

草堂近少室，夜静闻风松。月出潘陵尖，照见十六峰。
九月山叶赤，谿云淡秋容。火点伊阳村，烟深嵩角钟。
尚子不可见，蒋生难再逢。胜惬只自知，佳趣为谁浓。
昨诣山僧期，上到天坛东。向下望雷雨，云间见回龙。

久与人群疏，转爱丘壑中。心淡水木会，兴幽鱼鸟通。
稀微了自释，出处乃不同。况本无宦情，誓将依道风。

浐水东店送唐子归嵩阳

岑 参

野店临官路，重城压御堤。山开灞水北，雨过杜陵西。
归梦秋能作，乡书醉懒题。桥回忽不见，征马尚闻嘶。

寻少室张山人，闻与偃师周明府同入都

岑 参

中峰炼金客，昨日游人间。叶县凫共去，葛陂龙暂还。
春云凑深水，秋雨悬空山。寂寂清溪上，空余丹灶闲。

缑山西峰草堂作

岑 参

结庐对中岳，青翠常在门。遂耽水木兴，尽作渔樵言。
顷来阙章句，但欲闲心魂。日色隐空谷，蝉声喧暮村。
曩闻道士语，偶见清净源。隐几阅吹叶，乘秋眺归根。
独游念求仲，开径招王孙。片雨下南涧，孤峰出东原。
栖迟虑益澹，脱略道弥敦。野霭晴拂枕，客帆遥入轩。
尚平今何在，此意谁与论。伫立云去尽，苍苍月开园。

过缑山王处士黑石谷隐居

岑 参

旧居缑山下，偏识缑山云。处士久不还，见云如见君。
别来逾十秋，兵马日纷纷。青谿开战场，黑谷屯行军。
遂令巢由辈，远逐麋鹿群。独有南涧水，潺湲如昔闻。

巩北秋兴,寄崔明允

岑　参

白露披梧桐,玄蝉昼夜号。秋风万里动,日暮黄云高。
君子佐休明,小人事蓬蒿。所适在鱼鸟,焉能徇锥刀。
孤舟向广武,一鸟归成皋。胜概日相与,思君心郁陶。

寻巩县南李处士别业

岑　参

先生近南郭,茅屋临东川。桑叶隐村户,芦花映钓船。
有时著书暇,尽日窗中眠。且喜闾井近,灌田同一泉。

偃师东与韩樽同诣景云晖上人即事

岑　参

山阴老僧解楞伽,颍阳归客远相过。烟深草湿昨夜雨,雨后秋风渡漕河。
空山终日尘事少,平郊远见行人小。尚书碛上黄昏钟,别驾渡头一归鸟。

送郑堪归东京汜水别业

岑　参

客舍见春草,忽闻思旧山。看君灞陵去,匹马成皋还。
对酒风与雪,向家河复关。因悲宦游子,终岁无时闲。

少室山韦炼师升仙歌

皇甫冉

红霞紫气昼氤氲,绛节青幢迎少君。忽从林下升天去,空使时人礼白云。

寄刘方平

皇甫冉

坐忆山中人，穷栖事南亩。烟霞相亲外，墟落今何有。
潘郎作赋年，陶令醉官后。达生贵自适，良愿固无负。
田取颍水流，树入阳城口。岁暮思忧盈，离居不堪久。

和郑少尹祭中岳寺北访萧居士越上方

皇甫冉

肃寺祠灵境，寻真到隐居。寅缘幽谷远，萧散白云余。
晚节持僧律，他年著道书。海边曾狎鸟，濠上正观鱼。
寂静求无相，淳和睹太初。一峰绵岁月，万姓任盈虚。
篱隔溪钟度，窗临涧水疏。谢公怀旧壑，回驾复何如。

赴李少府庄失路

皇甫冉

君家南郭白云连，正待情人弄石泉。日照烟花迷客路，苍苍何处是伊川。

渡汝水向太和山

皇甫冉

落日事搴陟，西南投一峰。诚知秋水浅，但怯无人踪。

归渡洛水

皇甫冉

暝色赴春愁，归人南渡头。渚烟空翠合，滩月碎光流。
澧浦饶芳草，沧浪有钓舟。谁知放歌客，此意正悠悠。

虎牢铭(节选)

贾　至

邈矣维嵩,峻极于天。磅礴崔嵬,北临洪川。
岳渎会险,蹙圻封泉。实开虎牢,作固伊瀍。
维兹虎牢,天设巨防。攻在坤下,拒在离旁。
昏恃以灭,圣凭而王。峥嵘豁呀,孟门相向。
伊昔汉祖,戡秦统周。勍敌相及,此焉淹留。
终夷海表,遂割鸿沟。乘衅而东,奄有九州。
隋氏败绩,黎人艰阻。帝命太宗,陈师鞠旅。
铁骑撙撙,云旗容与。擒夏克郑,在此一举。

闲居秋怀,寄阳翟陆赞府、封丘高少府

贾　至

今日霖雨霁,飒然高馆凉。秋风吹二毛,烈士加慨慷。
忆昔皇运初,众宾俱龙骧。解巾佐幕府,脱剑升明堂。
郁郁被庆云,昭昭翼太阳。鲸鱼纵大壑,鸑鷟鸣高冈。
信矣草创时,泰阶速贤良。一言顿遭逢,片善蒙恩光。
我生属圣明,感激窃自强。崎岖郡邑权,连骞翰墨场。
天朝富英髦,多士如珪璋。盛才溢下位,蹇步徒猖狂。
闭门对群书,几案在我旁。枕席相远游,聊欲浮沧浪。
八月白露降,玄蝉号枯桑。舣舟临清川,迢递愁思长。
我有同怀友,各在天一方。离披不相见,浩荡隔两乡。
平生霞外期,宿昔共行藏。岂无蓬莱树,岁晏空苍苍。

大濩(二章)

元　结

《大濩》,有殷氏之乐歌也,其义盖称汤救天下,濩然所得。凡二章,章四句。

一　章

万姓苦兮,怨且哭,不有圣人兮,谁护育。

二　章

圣人生兮，天下和。万姓熙熙兮，舞且歌。

六英（二章）

元　结

六英，高辛氏之乐歌也。其义盖称帝喾能总六合之英华。

一　章

我有金石兮，击考崇崇。与汝歌舞兮，上帝之风。由六合兮，英华沨沨。

二　章

我有丝竹兮，韵和泠泠。与汝歌舞兮，上帝之声。由六全兮，根底嬴嬴。

登白云亭（汝州风穴寺之亭）

元　结

出门见南山，喜逐松径行。穷高欲极远，始到白云亭。
长山绕井邑，登望宜新晴。州渚曲湘水，萦回随郡城。
九疑千万峰，嵺嵺天外青。烟云无远近，皆傍林岭生。
俯视松竹间，石水何幽清。涵映满轩户，娟娟如镜明。
何人病惛浓，积醉且未醒。与我一登临，为君安性情。

题嵩阳焦道士石壁

钱　起

三峰花畔碧堂悬，锦里真人此得仙。玉体才飞西蜀雨，霓裳欲向大罗天。
彩云不散烧丹灶，白鹿时藏种玉田。幸人桃源因去世，方期丹诀一延年。

送马使君赴郑州

钱　起

东土忽无事，专城复任贤。喜观班瑞礼，还在偃兵年。
膏雨带荥水，归人耕圃田。遥知下车日，万井起新烟。

谒许由庙

钱 起

故向箕山访许由，林泉物外自清幽。松上挂瓢枝几变，石间洗耳水空流。
绿苔唯见遮三径，青史空传谢九州。缅想古人增叹惜，飒然云树满岩秋。

季冬自嵩山赴洛阳道中作

独孤及

皇运偶中变，长蛇食中土。天盖西北倾，众星陨如雨。
胡尘动地起，千里闻战鼓。流血涂草莽，死人成为阜。
策马何纷纷，捐躯抗豺虎。甘心赴国难，谁谓荼叶苦。
天子初受命，省方造区宇。斩鲸安溟波，截鳌作天柱。
三微复正统，五玉归文祖。不图汉官仪，今日再忽睹。
升高望京邑，佳气连海浦。宝鼎歊景云，明堂舞干羽。
虎臣颇激昂，奔走急御侮。腐儒著缝掖，何处议邹鲁。
西上轘辕山，丘陵横今古。和风蒸万物，腊月春霭吐。
得为太平人，穷达不足数。他日遇封禅，著书继三五。

送马郑州

独孤及

使君朱两轓，春日整东辕。芳草成皋路，青山凉水源。
勉修循吏迹，以谢主人恩。当使仁风动，遥听舆颂喧。

丙戌岁正月出洛阳书怀

独孤及

往岁衣褐见，受服金马门。拟将忠与贞，来酬主人恩。
天地暂雷雨，洪波生平原。穷鳞遂蹭蹬，夙昔事罕存。
幸逢帝出震，授钺清东藩。白日忽再中，万方咸骏奔。
王风从西来，春光满乾坤。蛰虫竞飞动，余亦辞笼樊。
遭遇思自强，宠辱安足言。唯将四方志，回首谢故园。

夏禹述赞

司马贞

尧遭洪水，黎人阻饥。禹勤沟洫，手足胼胝。
言乘四载，动履四时。娶妻有日，过门不私。
九上既理，玄圭锡兹。帝启嗣立，有扈违命。
五子作歌，太康失政。羿浞斯侮，夏室不竞。
降于孔甲，扰龙乖性。嗟彼鸣条，不终不令。

嵩山十志(十首)

卢 鸿

草 堂

草堂者，盖因自然之溪阜，前当墉洫，资人力之缔构。后加茅茨，将以避燥湿，成栋宇之用。昭简易，叶乾坤之德，道可容膝休闲。谷神同道，此其所贵也。及靡者居之，则妄为剪饰，失天理矣。词曰：

山为宅兮草为堂，芝兰兮药房。罗蘼芜兮拍薜荔，荃壁兮兰砌。蘼芜薜荔兮成草堂，阴阴邃兮馥馥香，中有人兮信宜常。读金书兮饮玉浆，童颜幽操兮不易长。

倒 景 台

倒景台者，盖太室南麓，天门右崖。杰峰如台，气凌倒景。登路有三处可憩，或曰三休台。可以邀驭风之客，会绝尘之子。超逸真，荡遐襟，此其所绝也。及世人登焉，则魂散神越，目极心伤矣。词曰：

天门豁兮仙台耸，杰屹崒兮云倾涌。穷三休兮旷一观，忽若登昆仑兮中期汗漫仙。耸天关兮倒景台，鲨颢气兮轶嚣埃。皎皎之子兮自独立，云可朋兮霞可吸，曾何荣辱之所及。

樾 馆

樾馆者，盖即林取材，基巅柘架，以加茅茨。居不期逸，为不至劳。清谈娱宾，斯为尚矣。及荡者鄙其隘阒，苟事宏涵，乖其实矣。词曰：

紫岩限兮青谿侧，云松烟茑兮千古色。芳靃蘼兮荫朦胧，幽人构馆兮在其中。靃蘼朦胧兮开樾馆，卧风霄兮坐霞旦。粤有宾兮时戾止，樵苏不爨兮清谈已，永岁终朝兮常若此。

枕 烟 庭

枕烟庭者，盖特峰秀起，意若枕烟。秘庭凝虚，窅若仙会。即扬雄所谓“爰静神游之庭”是也。可以超绝纷世，永洁精神矣。及机士登焉，则寥阒恍惚，愁怀情累矣。词曰：

临泱漭兮背青荧，吐云烟兮合窅冥。恍歘翕兮沓幽霭，意缥缈兮群仙会。窅冥仙会兮枕烟庭，竦魂形兮凝视听。闻夫至诚必感兮巅,舒颢气兮养丹田,终仿像兮觏灵仙。

云锦淙

云锦淙者,盖激流横冲,倾石丛倚。鸣湍叠浪,喷若风雷。诡辉分丽,焕若云锦。可以莹发灵瞩,幽玩忘归。及匪士观之,则反曰寒泉伤玉趾矣。词曰:

水攒冲兮石丛耸,焕云锦兮喷汹涌。苔驳荦兮草夤缘,芳幂幂兮濑溅溅。石攒丛兮云锦淙,波连珠兮文沓绛。有洁冥者媚此幽,漱灵液兮乐天休,实获我心兮夫何求。

期仙磴

期仙磴者,盖危磴穹窿,迥接云路。灵仙仿佛想若可期及。儒者毁所不见则黜之,盖疑水之谈信矣。词曰:

霏微阴壑兮气腾虹,迤逦危磴兮上凌空。青霞杪兮紫烟垂,鸾歌凤舞兮吹参差。鸾歌凤舞兮期仙磴,鸿驾迎兮瑶华赠。山中人兮好神仙,想像闻此兮欲升烟,铸丹炼液兮伫还年。

涤烦矶

涤烦矶者,盖穹谷峻崖,发地盘石。飞流攒激,积漱成渠。澡性涤烦,迥有幽致。可为智者说,难为俗人言。词曰:

灵矶盘礴兮溜奔错漱,泠风兮镇冥壑。研苔滋兮泉珠洁,一饮一憩兮气想灭。磷涟清淬兮涤烦矶,灵仙境兮仁智归。中有琴兮徽以玉,峨峨汤汤兮弹此曲,寄声知音兮同所欲。

幂翠庭

幂翠庭者,盖崖巘积阴,林萝沓翠,其上邑幂,其下深湛。可以王神,可以冥道矣。及喧者游之,则酣谑永日,汩清薄厚。词曰:

青崖阴兮月涧曲,重幽叠邃兮隐沦躅。草树绵幂兮翠蒙茏,当其无兮庭在中。当其有兮幂翠庭,神可王兮道可冥。有幽人兮张素琴,白徽兮绿水阴,德之愔兮澹多心。

洞元室

洞元室者,盖因岩作室,即理谈玄,室返自然,元斯洞矣。及邪者居之,则假容窃次,妄作虚诞,竟以盗言。词曰:

岚气肃兮岩翠冥,空阴虚兮户芳迎。披蕙帐兮促萝筵,谈空空兮核元元。蕙帐萝筵兮洞元室,秘而幽兮真可吉。返自然兮道可冥,泽妙思兮草玄经,结幽门兮在黄庭。

金碧潭

金碧潭者,盖水洁石鲜,光涵金碧,岩葩林茑,有助芳阴。鉴空洞虚,道斯胜矣。而世生缠乎利害,则未暇游之。词曰:

水碧色兮石金光,滟熠熠兮濙湟湟。泉葩映兮烟茑临,红灼灼兮翠阴阴。翠相鲜兮金碧潭,霜天洞兮烟景涵。有幽人兮好冥绝,炳其焕兮凝其结,悠悠千古兮长不灭。

古　挽

孟云卿

草草闾巷喧，涂车俨成位。冥冥何所须，尽我生人意。
北邙路非远，此别终天地。临穴频抚棺，至哀反无泪。
尔形未衰老，尔息才童稚。骨肉安可离，皇天若容易。
房帷即灵帐，庭宇为哀次。薤露歌若斯，人生尽如寄。

会善寺戒坛敕

唐代宗　李　豫

戒分律仪，释门弘范。用申奖导，俾广胜因。
允在严持，烦于申谢。

送李秀才游嵩山

顾　况

嵩山石壁挂飞流，无限神仙在上头。采得新诗题石壁，老人惆怅不同游。

洛阳早春

顾　况

何地避春愁，终年忆旧游。一家千里外，百舌五更头。
客路偏逢雨，乡山不入楼。故园桃李月，伊水向东流。

妙　乐　观

释灵一

王乔所居空山观，白云至今凝不散。坛场月路几千年，往往吹笙下天半。
瀑布西行过石桥，黄精采根还采苗。忽见一人擎茶碗，篸花昨夜风吹满。
自言家处在东坡，白犬相随邀我过。松间石上有棋局，能使樵人烂斧柯。

投 龙 记

李广道

故人情话悦无阑，遥夜挑灯语笑间。不意得经缑氏岭，天教有分看仙山。
严鼓咚咚更已阑，炷香危坐静吟间。因思子晋飞仙后，更有何人复此山。
风马铿铿清夜阑，似闻笙韵遏云间。当年仙驭知何在？不住蓬山即浪山。

早发上东门

薛　据

十五能文西入秦，三十无家作路人。时命不将明主合，布衣空惹洛阳尘。

古意赠孙翊

徐仁友

南望缑氏岭，山居共涧阴。东西十数里，缅邈方寸心。
云日落广厦，莺花对孤琴。琴中多苦调，凄切谁复寻。

游少林寺

戴叔伦

步入招提路，因之访道林。石龛苍藓积，香径白云深。
双树含秋色，孤峰起夕阴。堞廊行欲遍，回首一长吟。

宿灵岩寺

戴叔伦

马疲盘道峻，投宿入招提。雨急山溪涨，云迷岭树低。
凉风来殿角，赤日下天西。偃腹虚檐外，林空恣鸟啼。

杂言送黎六郎(寿阳公之子)

韦应物

冰壶见底未为清，少年如玉有诗名。闻话嵩峰多野寺，不嫌黄绶向阳城。
朱门严训朝辞去，骑出东郊满飞絮。河南庭下拜府君，阳城归路山氛氲。
山氛氲，长不见。台水渌荷已生，少姨庙寒花始遍。
县闲吏傲与尘隔，移竹疏泉常岸帻。莫言去作折腰官，岂似长安折腰客。

经少林精舍寄都邑诸亲友

韦应物

息驾依嵩岭，高阁一攀缘。前瞻路已穷，既诣喜更延。
出巘听万籁，入林濯幽泉。鸣钟生道心，暮鹤空云烟。
独往虽暂适，多累终见牵。方思结茅地，归息期暮年。

自巩洛舟行入黄河即事寄府县僚友

韦应物

夹水苍山路向东，东南山豁大河通。寒树依微远天外，夕阳明灭乱流中。
孤村几岁临伊岸，一雁初晴下朔风。为报洛桥游宦侣，扁舟不系与心同。

任洛阳丞请告

韦应物

方凿不受圆，直木不为轮。揆材各有用，反性生苦辛。
折腰非吾事，饮水非吾贫。休告卧空馆，养病绝嚣尘。
游鱼自成族，野鸟亦有群。家园杜陵下，千岁心氛氲。
天晴嵩山高，雪后河洛春。乔木犹未芳，百草日已新。
著书复何为，当去东皋耘。

洛　　口

韦应物

二水夹山东向流，肃肃残叶起人愁。月因山耸偏能小，云为天凉不少留。鸟下缘荒间里涧，蝉鸣黄叶晚末楸。登高极目邙山上，摇摇西风万古秋。

饯唐永昌赴任东都

唐德宗　李　适

闻道飞凫向洛阳，翩翩矫翮度文昌。因声寄意三花树，少室岩前几过香。

洛　阳　道

冯　著

洛阳宫中花柳春，洛阳道上无行人。皮裘毡帐不相识，万户千门闭春色。春色深，春色深，君王一去何时寻。春雨洒，春雨洒，周南一望堪泪下。蓬莱殿中寝胡人，鳷鹊楼前放胡马。闻君欲行西入秦，君行不用过天津。天津桥上多胡尘，洛阳道上愁杀人。

鲁中送从事归荥阳

韩　翃

故园衰草带荥波，岁晚知如君思何。轻橐归时鲁缟薄，寒衣缝处郑绵多。万人都督鸣骝送，百里邦君枉骑过。累路尽逢知己在，曾无对酒不高歌。

别汜水县尉

韩　翃

未央宫殿金开钥，诏引贤良卷珠箔。花间赐食近丹墀，烟里挥毫对青阁。万年枝影转斜光，三道先成君激昂。谷永直言身不顾，郤诜高第转名香。绿槐阴阴出关道，上有蝉声下秋草。奴子平头骏马肥，少年白皙登王畿。五侯客舍偏留宿，一县人家争看归。南向千峰北临水，佳期赏地应穷此。

赋诗或送郑行人，举酒常陪魏公子。自怜寂寞会君稀，犹著前时博士衣。
我欲低眉问知己，若将无用废东归。

苦哉行(五首)

戎　昱

彼鼠侵我厨，纵狸授粱肉。鼠虽为君却，狸食自须足。
冀雪大国耻，翻是大国辱。膻腥逼绮罗，砖瓦杂珠玉。
登楼非骋望，目笑是心哭。何意天乐中，至今奏胡曲。

官军收洛阳，家住洛阳里。夫婿与兄弟，目前见伤死。
吞声不许哭，还遣衣罗绮。上马随匈奴，数秋黄尘里。
生为名家女，死作塞垣鬼。乡国无还期，天津哭流水。

登楼望天衢，目极泪盈睫。强笑无笑容，须妆旧花靥。
昔年买奴仆，奴仆来碎叶。岂意未死间，自为匈奴妾。
一生忽至此，万事痛苦业。得出塞垣飞，不如彼蜂蝶。

妾家清河边，七叶承貂蝉。身为最小女，偏得浑家怜。
亲戚不相识，幽闺十五年。有时最远出，只到中门前。
前年狂胡来，惧死翻生全。今秋官军至，岂意遭戈鋋。
匈奴为先锋，长鼻黄发拳。弯弓猎生人，百步牛羊膻。
脱身落虎口，不及归黄泉。苦哉难重陈，暗哭苍苍天。

可汗奉亲诏，今月归燕山。忽如乱刀剑，搅妾心肠间。
出户望北荒，迢迢玉门关。生人为死别，有去无时还。
汉月割妾心，胡风凋妾颜。去去断绝魂，叫天天不闻。

同萧炼师宿太乙庙

李　益

微月空山曙，春祠谒少君。落花坛上拂，流水洞中闻。
酒引芝童奠，香馀桂子焚。鹤飞将羽节，遥向赤城分。

上汝州城楼

李　益

黄昏鼓角似边州，三十年前上此楼。今日山城对垂泪，伤心不独为悲秋。

洛阳河亭奉酬留守群公追送

李　益

离亭饯落晖，腊酒减春衣。岁晚烟霞重，川寒云树微。
戎装千里至，旧路十年归。还似汀洲雁，相逢又背飞。

东溪待苏户曹不至

张万顷

洛阳城东伊水西，千花万竹使人迷。台上柳枝临岸低，门前荷叶与桥齐。
日暮待君君不见，长风吹雨过青溪。

和太常王卿秋日即事

卢　纶

嵩高云日明，潘岳赋初成。篱槿花无色，阶桐叶有声。
绛纱垂簟净，白羽拂衣轻。鸿雁悲天远，龟鱼觉水清。
别弦添楚思，牧马动边情。田雨农官问，林风苑吏惊。
松篁终茂盛，蓬艾自衰荣。遥仰凭轩夕，惟应喜宋生。

酬畅当嵩山寻麻道士见寄

卢　纶

闻逐樵夫闲看棋，忽逢人世是秦时。开云种玉嫌山浅，渡海传书怪鹤迟。
阴洞石幢微有字，古坛松树半无枝。烦君远示青囊录，愿得相从一问师。

送黎燧尉阳翟

卢　纶

玉貌承严训，金声称上才。列筵芳草偃，骤马绿杨开。
潘县花添发，梅家鹤暂来。谁知望思者，空逐路人回。

因题十四韵寄冯先生并赠乔尊师

卢　纶

气假依山宅，蹉跎属岁周。弱荑轻采拾，钝质称归休。
潘岳襄将至，刘桢病未瘳。步迟乘羽客，起厌滞书邮。
幸以偏方验，终贻骨肉忧。灼龟炉气冷，曝药树阴稠。
语命心堪醉，伤离梦亦愁。荤膻居已绝，鸾鹤见无由。
世累如尘积，年光剧水流。蹑云知有路，济海岂无舟。
倚玉翻成难，投砖敢望酬。卑栖君就禄，羸惫我逢秋。
腐叶填荒辙，阴萤出古沟。依然在遐想，愿子历风猷。

缑氏拜陵回道中呈李舍人少尹

窦　牟

忽忝诸卿位，仍陪长者车。礼容皆若旧，名籍自凭虚。
上路花偏早，空山云甚余。却愁新咏发，酬和不相如。

洛下闲居夜晴观雪寄四远诸兄弟

窦　牟

雪月相辉云四开，终风助冻不扬埃。万重琼树宫中接，一直银河天上来。
荆楚岁时知染翰，湘吴醇酎忆衔杯。强题缣素无颜色，鸿雁南飞早晚回。

晚出伊阙寄河南裴中丞

陶　翰

退无偃息资，进无当代策。冉冉时将暮，坐为周南客。
前登阙塞门，永眺伊城陌。长川黯已空，千里寒气白。
家本渭水西，异日同所适。乘志师禽尚，微言祖庄易。
一辞林壑间，共系风尘役。交朋忽先进，天道何纷剧。
岂念嘉遁时，依依偶沮溺。

嵩　少

孟　郊

沙弥舞袈裟，走向踯躅飞。闲步亦惺惺，芳援相依依。
噎塞春咽喉，蜂蝶事光辉。群嬉且已晚，孤引将何归。
流艳去不息，朝英亦疏微。

至孝义渡寄郑军事唐二十五

孟　郊

咫尺不得见，心中空嗟嗟。官街泥水深，下脚道路斜。
嵩少玉峻峻，伊雒碧华华。岸亭当四迥，诗老独一家。
洧叟何所如，郑石唯有些。何当来说事，为君开流霞。

访嵩阳道士不遇

孟　郊

先生五岳游，文焰灭金鼎。日下鹤过时，人间空落影。
常言一粒药，不堕生死境。何当列御寇，去问仙人请。

送谏议十六叔至孝义渡后奉寄

孟　郊

晓渡明镜中，霞衣相飘飖。浪凫惊亦双，蓬客将谁僚。
别饮孤易醒，离忧壮难销。文清虽无敌，儒贵不敢骄。
江吏捧紫泥，海旗剪红蕉。分明太守礼，跨蹑毗陵桥。
伊洛去未回，遐瞩空寂寥。

夜集汝州郡斋听陆僧辩弹琴

孟　郊

康乐宠词客，清宵意无穷。征文北山外，借月南楼中。
千里愁并尽，一樽欢暂同。胡为戛楚琴，淅沥起寒风。

哀孟云卿嵩阳荒居

孟　郊

戚戚抱幽独，宴宴沉荒居。不闻新欢笑，但睹旧诗书。
艺檗意弥苦，耕山食无余。定交昔何在，至戚今或疏。
薄俗易销歇，淳风难久舒。秋芜上空堂，寒槿落枯渠。
薙草恐伤蕙，摄衣自理锄。残芳亦可饵，遗秀谁忍除。
徘徊未能去，为尔涕涟如。

洛阳陌行

孟　郊

天津桥下冰初结，洛阳陌上人行绝。榆树萧疏楼阁闲，月明直见嵩山雪。

石淙(十首)

孟　郊

一

岩谷不自胜,水木幽奇多。朔风入空曲,泾流无大波。
迢递径难尽,参差势相罗。雪霜有时洗,尘土无由和。
洁冷诚未厌,晚步将如何。

二

出曲水未断,入山深更重。泠泠若仙语,皎皎多异容。
万响不相杂,四时皆自浓。日月互分照,云霞各生峰。
久迷向方理,逮兹耸前踪。

三

荒策每恣远,戆步难自回。已抱苔藓疾,尚凌潺湲隈。
驿骥苦衔勒,笼禽恨摧颓。实力苟未足,浮夸信悠哉。
顾惟非时用,静言还自咍。

四

朔水刀剑利,秋石琼瑶鲜。鱼龙气不腥,潭洞伏更妍。
磴雪入崖谷,掬星洒遥天。声忙不及韵,势疾多断涟。
输去虽有恨,躁气一何颠。蜿蜒相缠掣,荦确亦回旋。
黑草濯铁发,白苔浮冰钱。具生此云遥,非德不可甄。
何况被犀士,制之空以权。始知静刚猛,文教从来先。

五

空谷耸视听,幽湍泽心灵。疾流脱鳞甲,叠岸冲风霆。
丹巘堕瑰景,霁波灼虚形。淙淙豗厚轴,棱棱攒高冥。
弱栈跨旋碧,危梯倚凝青。飘飘鹤骨仙,飞动鳌背庭。
常闻夸大言,下顾皆细萍。

六

百尺明镜流,千曲寒星飞。为君洗故物,有色如新衣。
不饮泥土污,但饮雪霜饥。石棱玉纤纤,草色琼霏霏。
谷硙有余力,溪舂亦多机。从来一智萌,能使众利归。

因之山水中，喧然论是非。

七

入深得奇趣，升险为良跻。搜胜有闻见，逃俗无踪蹊。
穴流恣回转，窍景忘东西。戆兽鲜猜惧，罗人巧罝罦。
幽驰异处所，忍虑多端倪。虚获我何饱，实归彼非迷。
斯文浪云洁，此旨谁得齐。

八

屑珠泻潺湲，裂玉何威瑰。若调千瑟弦，未果一曲堦。
古骇毛发栗，险惊视听乖。二老皆劲骨，风趋缘欹崖。
地远有馀美，我游采弃怀。乘时幸勤鉴，前恨多幽霾。
弱力谢刚健，蹇策贵安排。始知随事静，何必当夕斋。

九

昔浮南渡飙，今攀朔山景。物色多瘦削，吟笑还孤永。
日月冻有棱，雪霜空无影。玉喷不生冰，瑶涡旋成井。
潜角时耸光，隐鳞乍漂冏。再吟获新胜，返步失前省。
惬怀虽已多，惕虑未能整。颓阳落何处，升魄衔疏岭。

十

圣朝搜岩谷，此地多遗玩。怠惰成远游，顽疏恣灵观。
劲飙刷幽视，怒水慑余湍。曾是结芳诚，远兹勉流倦。
冰条耸危虑，霜华莹遐眄。物诱信多端，荒寻谅难遍。
去矣朔之隅，悠然楚之甸。

汝州陆中丞席喜张从事至同赋十韵

孟　郊

汝水无浊波，汝山饶奇石。大贤为此郡，佳士来如积。
有客乘白驹，奉义惬所适。清风荡华馆，雅瑟泛瑶席。
芳醑静无喧，金尊光有涤。纵情孰虑损，听论自招益。
愿折若木枝，却彼曜灵夕。贵贱一相接，忧悰忽转易。
会合勿言轻，别离古来惜。请君驻征车，良遇难再觌。

送友人游嵩山

陈　羽

嵩山归路绕天坛，云影松声满谷寒。君见九龙潭上月，莫辞清夜访袁安。

洛下赠彻公

陈　羽

天竺沙门洛下逢，请为同社笑相容。支颐忽望碧云里，心爱嵩山第几重。

家叔征君东溪草堂

卢　象

开山十馀里，青壁森相倚。欲识尧时天，东溪白云是。
雷声转幽壑，云气香流水。涧影生龙蛇，岩端翳柽梓。
大道终不易，君恩曷能已。鹤羡无老时，龟言摄生理。
浮年笑六甲，元化潜一指。未暇扫云梯，空惭阮家子。
今朝共游者，得性闲未归。已到仙人家，莫惊鸥鸟飞。
水深严子钓，松挂巢父衣。云气转幽寂，溪流无是非。
名理未足羡，腥臊讵所希。自惟负真意，何岁当食薇。

乡试后自巩还田家，因谢邻友见过之作

卢　象

鸡鸣出东邑，马倦登南峦。落日见桑柘，翳然丘中寒。
邻家多旧识，投暝来相看。且问春税苦，兼陈行路难。
园场近阴壑，草木易凋残。峰晴雪犹积，涧深冰已团。
浮名知何用，岁晏不成欢。置酒共君饮，当歌聊自宽。

和刘梦得岁夜怀友

卢　贞

文翰走天下，琴尊卧洛阳。贞元朝士尽，新岁一悲凉。
名早缘才大，官迟为寿长。时来知病已，莫叹步趋妨。

题石窟寺

宋　昱

梵宇开金地，香龛凿铁围。影中群象动，空里众灵飞。
檐牖笼朱旭，房廊挹翠微。瑞莲生佛步，瑶树挂天衣。
邀福功虽在，兴王代久非。谁知云朔外，更睹化胡归。

登少室山寺

褚朝阳

飞阁青霞里，先秋独早凉。天花映窗近，月挂拂檐香。
华岳三峰小，黄河一带长。空间指归路，烟处有垂杨。

送澹公归嵩山龙潭寺葬本师

杨巨源

野烟秋水苍茫远，禅境真机去住闲。双树为家思旧壑，千花成塔礼寒山。
洞宫曾向龙边宿，云径应从鸟外还。莫恋本师金骨地，空门无处复无关。

题清凉寺

杨巨源

凭槛霏微松树烟，陶潜曾用道林钱。一声寒磬空心晓，花雨知从第几天。

春日题龙门香山寺

杨巨源

众香天上梵王宫，钟磬寥寥半碧空。清景乍开松岭月，乱流长响石楼风。
山河杳映春云外，城阙参差晓树中。欲尽出寻那可得，三千世界本无穷。

送李虞仲秀才归东都，因寄元李二友

杨巨源

高翼闲未倦，孤云旷无期。晴霞海西畔，秋草燕南时。
邺中多上才，耿耿丹霄姿。顾我于逆旅，与君发光仪。
同将儒者方，获忝携人知。幽兰与芳佩，寒玉锵美词。
旧友在伊洛，鸣蝉思山陂。到来再春风，梦尽双琼枝。
素业且无负，青冥殊未迟。南桥天气好，脉脉一相思。

和户部杨员外伯成寓直

李　憕

落日弥纶地，公才画省郎。词惊起草笔，坐引护衣香。
双阙天河近，千门夕漏长。遥知台上宿，不独有文强。

同望幸新亭赐钱公宴

李　憕

感梦通玄化，覃恩降紫宸。赐钱开汉府，分帛醉尧人。
地隔朝宗庆，亭临卜洛新。行看广云雨，二月次东巡。

送闻上人游嵩山

欧阳詹

二室峰峰昔愿游，从云从鹤思悠悠。丹梯石路君先去，为上青冥最上头。

汝川行

欧阳詹

汝坟春女蚕忙月，朝起采桑日西没。轻绡裙露红罗袜，半蹋金梯倚枝歇。
垂空玉腕若无骨，映叶朱唇似花发。相欢谁是游冶郎，蚕休不得岐路旁。

赠送崔子向

严　维

旅食来江上，求名赴洛阳。新诗踪谢守，内学似支郎。
行怯秦为客，心依越是乡。何人作知己，送尔泪浪浪。

同王徵君湘中有怀

张　谓

八月洞庭秋，潇湘水北流。还家万里梦，为客五更愁。
不用看书帙，偏宜上酒楼。故人京洛满，何日复同游。

萼岭四望

皇甫曾

汉家仙仗在咸阳，洛水东流出建章。野老至今犹望幸，离宫秋树独苍苍。

晚渡伊水

韦　述

悠悠涉伊水，伊水清见石。是时春向深，两岸草如积。
迢递望洲屿，逶迤亘津陌。新树落疏红，遥原上深碧。
回瞻洛阳苑，遽有长山隔。烟雾犹辨家，风尘已为客。
登陟多异趣，往来见行役。云起早已昏，鸟飞日将夕。
光阴逝不借，超然慕畴昔。远游亦何为，归来存竹帛。

广陵送别宋员外佐越郑舍人还京

韦　述

朱绂临秦望，皇华赴洛桥。文章南渡越，书奏北归朝。
树入江云尽，城衔海月遥。秋风将客思，川上晚萧萧。

怀伊川赋

李吉甫

龙门南岳尽伊原，草树人烟目所存。正是北州梨枣熟，梦魂秋日到郊园。

春题龙门香山寺

武元衡

众香天上梵仙宫，钟磬寥寥半碧空。清景乍开松岭月，乱流长响石楼风。
山河杳映春云外，城阙参差茂树中。欲尽出寻那可得，三千世界本无穷。

缑山道中口号

武元衡

秋水寂寂秋水清，寒郊木叶飞无声。王子白云仙去久，洛滨行路夜吹笙。

春　兴

武元衡

杨柳阴阴细雨晴，残花落尽见流莺。春风一夜吹乡梦，又逐春风到洛城。

秋夜泛舟

刘方平

林塘夜发舟，虫响荻飕飕。万影皆因月，千声各为秋。

岁华空复晚，乡思不堪愁。西北浮云外，伊川何处流。

月　　夜

刘方平

更深月色半人家，北斗阑干南斗斜。今夜偏知春气暖，虫声新透绿窗纱。

送韦起居归嵩阳旧居

权德舆

威凤翔紫气，孤云出寥天。奇彩与幽姿，缥缈皆自然。
尝闻陶唐氏，亦有巢由全。以兹笃风俗，岂必效羁牵。
大君遂群方，左史蹈前贤。振衣去朝市，赐告归林泉。
滑和固难久，循性得所便。有名皆畏途，无事乃真诠。
旧壑穷杳窕，新潭漾沦涟。岩花落又开，山月缺复圆。
轻策逗萝径，幅巾凌翠烟。机闲鱼鸟狎，体和芝术鲜。
四皓本违难，二疏犹待年。况今寰宇清，复此鬓发玄。
顾惭缨上尘，未绝区中缘。齐竽终自退，心寄嵩峰巅。

送张詹事致政归嵩山旧隐

权德舆

解龟辞汉庭，却忆少微星。直指常持宪，平反更恤刑。
闲思紫芝侣，归卧白云扃。明诏优筋力，安车适性灵。
群公来蔼蔼，独鹤去冥冥。想到挥金处，嵩吟枕上青。

送李城门罢官归嵩阳

权德舆

与君相识处，吏隐在墙东。启闭千门静，逢迎两掖通。
罢官多暇日，肄业有儒风。归去尘寰外，春山桂树丛。

颍　亭

王　涯

五载湖滨阻胜游，歌亭聊喜散羁愁。九山西路烟霞去，一水南吞涧壑流。
宾主唱酬空翠琰，干戈横绝自沧州。匆匆匹马从军去，惭愧烟波万里鸥。

思君恩

王　涯

鸡鸣天汉晓，莺语禁林春。谁入巫山梦，唯应洛水神。

嵩山望幸

薛存诚

峻极位何崇，方知造化功。降灵逢圣主，望幸表维嵩。
隐映连青壁，嵯峨向碧空。象车因叶瑞，龙驾愿升中。
万岁声长在，千岩气转雄。东都歌盛事，西笑伫皇风。

东都父老望幸

薛存诚

銮舆秦地久，羽卫洛阳空。彼土虽凭固，兹川乃得中。
龙颜觐白日，鹤发仰清风。望幸诚逾邈，怀来意不穷。
昔因封泰岳，今伫蹑维嵩。天地心无异，神祇理亦同。
翠华翔渭北，玉检候关东。众愿其难阻，明君早勒功。

太学创置石经

薛存诚

圣唐复古制，德义功无替。奥旨悦诗书，遗文分篆隶。
银钩互交映，石壁靡尘翳。永与乾坤期，不逐日月逝。
儒林道益广，学者心弥锐。从此理化成，恩光遍遐裔。

中书即事

裴　度

有意效承平，无功答圣明。灰心缘忍事，霜鬓为论兵。
道直身还在，恩深命转轻。盐梅非拟议，葵藿是平生。
白日长悬照，苍蝇漫发声。嵩阳旧田里，终使谢归耕。

白二十二侍郎有双鹤留在洛下予西园多野水长松请之

裴　度

闻君有双鹤，羁旅洛城东。未放归仙去，何如乞老翁。
且将临野水，莫闭在樊笼。好是长鸣处，西园白露中。

送赞律师归嵩山

清　江

禅客归心急，山深定易安。清贫修道苦，孝友别家难。
雪路侵溪转，花宫映岳看。到时瞻塔暮，松月向人寒。

北　邙　行

王　建

北邙山头少闲土，尽是洛阳人旧墓。旧墓人家归葬多，堆著黄金无买处。
天涯悠悠葬日促，冈坂崎岖不停毂。高张素幕绕铭旌，夜唱挽歌山下宿。
洛阳城北复城东，魂车祖马长相逢。车辙广若长安路，蒿草少于松柏树。
涧底盘陀石渐稀，尽向坟前作羊虎。谁家石碑文字灭，后人重取书年月。
朝朝车马送葬回，还起大宅与高台。

江陵使至汝州

王　建

回看巴路在云间，寒食离家麦熟还。日暮数峰青似染，商人说是汝州山。

寄李渤

张籍

五度溪头踯躅红，嵩阳寺里讲时钟。春山处处行应好，一月看花到几峰。

永嘉行

张籍

黄头鲜卑入洛阳，胡儿执戟升明堂。晋家天子作降虏，公卿奔走如牛羊。紫陌旌幡暗相触，家家鸡犬惊上屋。妇人出门随乱兵，夫死眼前不敢哭。九州诸侯自顾土，无人领兵来护主。北人避胡多在南，南人至今能晋语。

北邙行

张籍

洛阳北门北邙道，丧车辚辚入秋草。车前齐唱薤露歌，高坟新起白峨峨。朝朝暮暮人送葬，洛阳城中人更多。千金立碑高百尺，终作谁家柱下石。山头松柏半无主，地下白骨多于土。寒食家家送纸钱，乌鸢作窠衔上树。人居朝市未解愁，请君暂向北邙游。

奉酬侍御家兄东洛闲居夜晴观雪之什

窦庠

洛阳宫观与天齐，雪净云消月未西。清浅乍分银汉近，辉光渐觉玉绳低。绿醽乍熟堪聊酌，黄竹篇成好命题。应念武关山断处，空愁簿领候晨鸡。

过襄城

韩愈

郾城辞罢过襄城，颍水嵩山刮眼明。已去蔡州二百里，家人不用远来迎。

过鸿沟

韩愈

龙疲虎困割川原，亿万苍生性命存。谁劝君王回马首，真成一掷赌乾坤。

寄卢仝

韩愈

玉川先生洛城里，破屋数间而已矣。一奴长须不裹头，一婢赤脚老无齿。
辛勤奉养十余人，上有慈亲下妻子。先生结发憎俗徒，闭门不出动一纪。
至今邻僧乞米送，仆忝县尹能不耻。俸钱供给公私余，时致薄少助祭祀。
劝参留守谒大尹，言语才及辄掩耳。水北山人得名声，去年去作幕下士。
水南山人又继往，鞍马仆从塞闾里。少室山人索价高，两以谏官征不起。
彼皆刺口论世事，有力未免遭驱使。先生事业不可量，惟用法律自绳己。
春秋三传束高阁，独抱遗经穷终始。往年弄笔嘲同异，怪辞惊众谤不已。
近来自说寻坦途，犹上虚空跨绿駬。去年生儿名添丁，意令与国充耘耔。
国家丁口连四海，岂无农夫亲耒耜。先生抱才终大用，宰相未许终不仕。
假如不在陈力列，立言垂范亦足恃。苗裔当蒙十世宥，岂谓贻厥无基阯。
故知忠孝生天性，洁身乱伦定足拟。昨晚长须来下状，隔墙恶少恶难似。
每骑屋山下窥阚，浑舍惊怕走折趾。凭依婚媾欺官吏，不信令行能禁止。
先生受屈未曾语，忽此来告良有以。嗟我身为赤县令，操权不用欲何俟。
立召贼曹呼伍伯，尽取鼠辈尸诸市。先生又遣长须来，如此处置非所喜。
况又时当长养节，都邑未可猛政理。先生固是余所畏，度量不敢窥涯涘。
放纵是谁之过欤，效尤戮仆愧前史。买羊沽酒谢不敏，偶逢明月曜桃李。
先生有意许降临，更遣长须致双鲤。

缑山鹤

张仲素

羽客骖仙鹤，将飞驻碧山。映松残雪在，度岭片云还。
清唳因风远，高姿对水闲。笙歌忆天上，城郭叹人间。
几变霜毛洁，方殊藻质斑。迢迢烟路逸，奋翮讵能攀。

燕子楼诗(三首)

张仲素

楼上残灯伴晓霜,独眠人起合欢床。相思一夜情多少,地角天涯未是长。

北邙松柏锁愁烟,燕子楼中思悄然。自埋剑履歌尘散,红袖香消已十年。

适看鸿雁洛阳回,又睹玄禽逼社来。瑶瑟玉箫无意绪,任从蛛网任从灰。

观嵩洛有叹

白居易

今日阅嵩洛,回头叹世间。荣华急如水,忧患大于山。
见苦方知乐,经忙始爱闲。未闻笼里鸟,飞出肯飞还。

早春题少室东崖

白居易

三十六峰晴,雪销岚翠生。月留三夜宿,春引四山行。
远草初含色,寒禽未变声。东岩最高石,唯我有题名。

夜从法王寺下归岳寺

白居易

双刹夹虚空,绿云一径通。似从忉利下,如过剑门中。
灯火光初合,笙歌曲未终。可怜狮子坐,早出净名翁。

山中五绝句

白居易

游嵩阳见五物,各有所感,感兴不同,随兴而吟,因成五绝。

岭 上 云

岭上白云朝未散，田中青麦旱将枯。自生自灭成何事，能逐东风作雨无？

石 上 苔

漠漠斑斑石上苔，幽芳静绿绝纤埃。路傍凡草荣遭遇，曾得七香车辗来。

林 下 樗

香檀文桂苦雕镌，生理何曾得自全。知我无材老樗否，一枝不损尽天年。

涧 中 鱼

海水桑田欲变时，风涛翻覆沸天池。鲸吞蛟斗波成血，深涧游鱼乐不知。

洞 中 蝙 蝠

千年鼠化白蝙蝠，黑洞深藏避网罗。远害全身诚得计，一生幽暗又如何？

嵩阳观夜奏《霓裳》

白居易

开元遗曲自凄凉，况近秋天调是商。爱者谁人唯白尹，奏时何处在嵩阳。
回临山月声弥怨，散入松风韵更长。子晋少姨闻定怪，人间亦便有霓裳。

从龙潭寺至少林寺，题赠同游者

白居易

山屐田衣六七贤，搴芳踏翠弄潺湲。九龙潭月落杯酒，三品松风飘管弦。
强健且宜游胜地，清凉不觉过炎天。始知驾鹤乘云外，别有逍遥地上仙。

八月十五日夜同诸客玩月

白居易

月好共传唯此夜，境闲皆道是东都。嵩山表里千重雪，洛水高低两颗珠。
清景难逢宜爱惜，白头相劝强欢娱。诚知亦有来年会，保得晴明强健无？

香　　山

白居易

六月滩声如猛雨，香山楼北畅师房。夜深起凭栏杆立，满耳潺潺满面凉。
纱巾草履竹蓑衣，晚下香山踏翠微。一路凉风十八里，卧乘篮舆睡中归。

梦上嵩山时足病未平

白居易

夜梦上嵩山，独携藜杖出。千岩与万壑，游览皆周毕。
梦中足不病，健似少年日。既悟神返初，依然旧形质。
始知形神内，形病神无疾。形神两是幻，梦寐俱非实。
昼行虽蹇涩，夜步颇安逸。昼夜既平分，其间何得失。

宿　荥　阳

白居易

生长在荥阳，少小辞乡曲。迢迢四十载，复到荥阳宿。
去时十一二，今年五十六。追思儿戏时，宛然犹在目。
旧居失处所，故里无宗族。岂唯变市朝，兼亦迁陵谷。
独有溱洧水，无情依旧绿。

经　溱　洧

白居易

落日驻行骑，沉吟怀古情。郑风变已尽，溱洧至今清。
不见士与女，亦无芍药名。

送张山人归嵩阳

白居易

黄昏惨惨天微雪，修行坊西鼓声绝。张生马瘦衣且单，夜叩柴门与我别。

愧君冒寒来别我，为君酤酒张灯火。酒酣火暖与君言，何事入关又出关。
答云前年偶下山，四十馀月客长安。长安古来名利地，空手无金行路难。
朝游九城陌，肥马轻车欺杀客。暮宿五侯门，残茶冷酒愁杀人。
春明门，门前便是嵩山路。幸有云泉容此身，明日辞君且归去。

送卢处士归嵩山别业

刘禹锡

世业嵩山隐，云深无四邻。药炉烧姹女，酒瓮贮贤人。
晚日华阴雾，秋风函谷尘。送君从此去，铃阁少谈宾。

为郎分司寄上都同舍

刘禹锡

籍通金马门，家在铜驼陌。省闼昼无尘，宫树朝凝碧。
荒街浅深辙，古渡潺湲石。唯有嵩岳云，堪夸早朝客。

送廖参谋东游二绝

刘禹锡

九陌逢君又别离，行云别鹤本无期。望嵩楼上忽相见，看过花开花落时。

繁花落尽君辞去，绿草垂杨隐征路。东道诸侯皆故人，留连必是多情处。

酬李相公喜归乡国自巩县夜泛洛水见寄

刘禹锡

巩树烟月上，清光含碧流。且无三已色，犹泛五湖舟。
鹏息风还起，凤归林正秋。虽攀小山桂，此地不淹留。

自左冯归洛下酬乐天兼呈裴令公

刘禹锡

新恩通籍在龙楼，分务神都近旧丘。自有园公紫芝侣，仍追少傅赤松游。
华林霜叶红霞晚，伊水晴光碧玉秋。更接东山文酒会，始知江左未风流。

和乐天春词，依《忆江南》曲拍为句（二首）

刘禹锡

春去也，多谢洛城人。弱柳从风疑举袂，丛兰浥露似沾巾，独坐亦含颦。

春过也，共惜艳阳年。犹有桃花流水上，无辞竹叶醉樽前，惟待见青天。

分司东都蒙襄阳李司徒相公书问因以奉寄

刘禹锡

早忝金马客，晚为商洛翁。知名四海内，多病一生中。
举世往还尽，何人心事同。几时登岘首，恃旧揖三公。

秘书崔少监见示坠马长句，因而和之

刘禹锡

麟台少监旧仙郎，洛水桥边坠马伤。尘污腰间青褭绶，风飘掌下紫游缰。
上车著作应来问，折臂三公定送方。犹赖德全如醉者，不妨吟咏入篇章。

月夜忆乐天兼寄微之

刘禹锡

今宵帝城月，一望雪相似。遥想洛阳城，清光正如此。
知君当此夕，亦望镜湖水。展转相忆心，月明千万里。

忆至巩县河宿待家累追怀

李　绅

巩树翻红秋日斜，水分伊洛照余霞。弓开后骑低初月，鹗驻前旌拂暮鸦。
闺信坐迟青玉案，弄儿闲望白羊车。今来忆事凉风晚，烟浦空悲黄菊花。

重入洛阳东门

李　绅

商颜重命伊川叟，时事知非入洛人。连野碧流通御苑，满阶秋草过天津。
每惭清秩容衰齿，犹有华簪寄病身。驱马独归寻里巷，日斜行处旧红尘。

灵蛇见少林寺

李　绅

琐文结绶灵蛇降，蠖屈螭盘顾视闲。鳞蹙翠光抽璀璨，腹连金彩动弯环。
已应蜕骨风雷后，岂效衔珠草莽间。知尔全身护昆阆，不矜挥尾在常山。

拜三川守

李　绅

恭承宠诏临伊洛，静守朝章化比闾。风变市儿惊偃草，雨晴郊薮谬随车。
改张琴瑟移胶柱，止息笙篁辨鲁鱼。唯有从容期一德，使齐文教奉皇居。

成皋铭

吕　温

茫茫大野，万邦错峙。惟王守国，设险于此。
呀谷成堑，崇颠若垒。势铁赤霄，气若千里。
洪河在下，太室旁倚。岗盘岭蹙，虎伏龙起。
锁天中区，空地四鄙。出必由户，入皆同轨。
拒昏纳明，闭乱开理。昔在秦亡，雷雨晦冥。

刘项分险，扼喉而争。汉飞镐京，羽斩东城。
德有厚薄，此山垂情。惟唐初兴，时未大同。
王子东征，烈火顺风。乘高建瓴，擒建系充。
奄有天下，期焉功定。二百年间，太朴既还。
四道如砥，成皋不关。顺至则平，逆者惟艰。
敢迹成败，勒铭孱颜。

道州途中即事

吕　温

零桂佳山水，荥阳旧自同。经途看不暇，遇境说难穷。
叠嶂青时合，澄湘漫处空。舟移明镜里，路入画屏中。
岩壑千家接，松萝一径通。渔烟生缥缈，犬吠隔笼葱。
戏鸟留馀翠，幽花吝晚红。光翻沙濑日，香散橘园风。
信美非吾土，分忧属贱躬。守愚资地僻，恤隐望年丰。
且保心能静，那求政必工。课终如免戾，归养洛城东。

巩路感怀

吕　温

马嘶白日暮，剑鸣秋气来。我心浩无际，河上空徘徊。

伊尹赞（节选）

柳宗元

圣有伊尹，思德于民。往归汤之仁，曰："仁则仁矣，非久不亲。"
退思其速之道，宜夏是因。就焉不可，复反亳殷。
犹不忍其迟，亟往以观。庶狂作圣，一日胜残。
至千万冀一，卒无其端。五往不疲，其心乃安。
遂升自陑，黜桀尊汤，遗民以完。
大人无形，与道为偶。道之为大，为人父母。
大矣伊尹，惟圣之首。既得其仁，犹病其久。
恒人所疑，我之所大。呜呼远哉！志以为诲。

铙歌鼓吹曲·战虎牢

柳宗元

战虎牢,动河朔。逆之助,图掎角。
怒𪍑䴥,抗乔岳。翘萌芽,傲霜雹。
王谋内定,申掌握。铺施芟夷,二主缚。
惮华戎,廓封略;命之瞢,毕以斫。
归有德,唯先觉。

听　筝

柳中庸

抽弦促柱听秦筝,无限秦人悲怨声。似逐春风知柳态,如随啼鸟识花情。
谁家独夜愁灯影,何处空楼思月明?更入几重离别恨,江南歧路洛阳城。

题龚山人草堂

吴　筠

世人负一美,未肯甘陆沉。独抱匡济器,能怀真隐心。
结庐迩城郭,及到云木深。灭迹慕颍阳,忘机同汉阴。
启户面白水,凭轩对苍岑。但歌考槃诗,不学梁父吟。
兹道我所适,感君齐素襟。勖哉龚夫子,勿使嚣尘侵。

郑商人弦高

吴　筠

卓哉弦高子,商隐独摽奇。效谋全郑国,矫命犒秦师。
赏神义不受,存公灭其私。虚心贵无名,远迹居九夷。

伯夷叔齐

吴　筠

夷齐互崇让，弃国从所钦。聿来及宗周，乃复非其心。
世浊不可处，冰清首阳岑。采薇咏羲农，高义越古今。

广成子

吴　筠

广成卧云岫，缅邈逾千龄。轩辕来顺风，问道修神形。
至言发元理，告以从杳冥。三光入无穷，寂默返太宁。

樊先生

吴　筠

巢父志何远，潜精人莫知。耻闻让王事，饮犊方见移。
不欲散大朴，焉能为尧师。炼真自轻举，浮世何足遗。

欲游嵩岳留别李少尹益

贾　岛

孤策迟回洛水湄，孤禽嘹唳幸人知。嵩岳望中常待我，河梁欲上未题诗。
新秋爱月愁多雨，古观逢仙看尽棋。微眇此来将敢问，凤凰何日定归池。

永福湖和杨郑州

贾　岛

积水还平岸，春来引郑溪。旧渠通郭下，新堰绝湖西。
嵩少分明对，潇湘阔狭齐。客游随庶子，孤屿草萋萋。

寄无可上人

贾　岛

僻寺多高树，凉天忆重游。磬过沟水尽，月入草堂秋。
穴蚁苔痕静，藏蝉柏叶稠。名山思遍往，早晚到嵩丘。

送李登少府

贾　岛

伊阳耽酒尉，朗咏醉醒新。应见嵩山里，明年踯躅春。
一千寻树直，三十六峰邻。流水潺潺处，坚贞玉涧珉。

经 苏 秦 墓

贾　岛

沙埋古篆折碑文，六国兴亡事系君。今日凄凉无处说，乱山秋尽有寒云。

送崔中丞赴郑州

姚　合

仆射陂前郡，清高越四邻。丹霄风诏下，太守虎符新。
雾湿关城月，花香驿路尘。连枝相庭树，岁岁一家春。

送　　僧

姚　合

人间扰扰惟闲事，自见高人只有诗。旧住嵩峰云外寺，常多梦里过斋时。
城中听得新经论，却过关东说向人。旧国门徒终日望，见时应是见真身。

嵩山松花

姚　合

拟服松花无处学，嵩阳道士急相救。今朝试上高枝采，不觉倾翻仙鹤巢。

和李十二舍人、裴四二舍人两阁老酬白少傅见寄

姚　合

罢草王言星岁久，嵩高山色日相亲。萧条雨夜吟连晓，撩乱花时看尽春。
此世逍遥应独得，古来闲散有谁邻。林中长老呼居士，天下书生仰达人。
酒挈数瓶杯亦阔，诗成千首语皆新。纶闱并命诚宜贺，不念衰年寄上频。

嵩山志坚师

元　稹

嵩山老僧披破衲，七十八年三十腊。灵武朝天辽海征，宇宙曾行三四匝。
初因怏怏剃却头，便绕嵩山寂师塔。淮西未返半年前，已见淮西阵云合。

荥阳郑公以稹寓居严茅有池塘之胜，寄诗

元　稹

激射分流阔，湾环此地多。暂停随梗浪，犹阅败霜荷。
恨阻还江势，思深到海波。自伤才畎浍，其奈赠珠何。

送赞律师归嵩山

清　江

禅意归心急，山深定易安。清贫修道苦，孝友别家难。
雪路侵溪转，花宫映岳看。到时瞻塔暮，松月向人寒。

观郑州崔郎中诸妓(艺女)绣样

胡令能

日暮堂前花蕊娇,争拈小笔上床描。绣成安向春园里,引得黄莺下柳条。

江北春望赠皇甫补阙

张南史

闲园柳绿井桃红,野径荒墟左右通。清迥独连江水北,芳菲更似洛城东。
时看雨歇人归岫,每觉潮来树起风。闻道金门堪避世,何须身与海鸥同。

伊川晚眺

李德裕

桑叶初黄梨叶红,伊川落日尽无风。汉储何假终南客,角里先生在谷中。

望伊川

李德裕

远村寒食后,细雨渡川来。芳草连溪合,梨花映墅开。
槿篱悬落照,松径长新苔。向夕亭皋望,游禽几处回。

西岭望鸣皋山

李德裕

高秋对凉野,四望何萧瑟。远见鸣皋山,青峰原上出。
晨兴采薇蕨,向暮归蓬荜。讵假数挥金,餐和养馀日。

春暮思平泉杂咏(二首)

李德裕

野竹自成径,绕溪三里余。檀栾被层阜,萧瑟荫清渠。
日落见林静,风行知谷虚。田家故人少,谁肯共樊鱼。

五岳径虽深,遍游心已荡。苟能知止足,所遇皆清旷。
七十难可期,一丘乃微尚。遥怀少室山,常恐非吾望。

赠嵩山萧炼师

许　浑

曾试昭阳曲,瑶斋帝自临。红珠络绣帽,翠钿束罗襟。
双阙胡尘起,千门宿雾阴。出宫迷国步,回驾轸皇心。
桂殿春空晚,椒房夜自深。急宣求故剑,冥契得遗簪。
暗记《神仙传》,潜封《女史笺》。壶中知日永,掌上畏年侵。
莫比班家扇,宁同卓氏琴。云车辞凤辇,羽帔别鸳衾。
网断鱼游藻,笼开鹤戏林。洛烟浮碧汉,嵩月上丹岑。
露草争三秀,风篁共八音。吹笙延鹤舞,敲磬引龙吟。
旄节纤腰举,霞杯皓腕斟。还磨照宝镜,犹插辟寒金。
东海人情变,南山圣寿沉。朱颜常似渥,绿发已如寻。
养气齐生死,留形尽古今。更求应不见,鸡犬日骎骎。

题卫将军庙

许　浑

虎牢关下护龙旗,挟槊弯孤马上飞。汉业未兴王霸在,秦兵才散鲁连归。
坟穿大泽埋金剑,庙枕长溪挂铁衣。欲奠忠魂何处问,苇花枫叶雨霏霏。

送萧处士归缑山

许　浑

醉歌乌帽发如丝,曾看仙人一局棋。宾馆有鱼为客久,乡书无雁到家迟。

缑山住近吹笙庙，湘水行逢鼓瑟祠。今夜月明何处宿，九疑云尽碧参差。

鸿　沟

许　浑

相持未定各为君，秦政山河此地分。力尽乌江千载后，古沟芳草起寒云。

留赠偃师主人

许　浑

孤城漏未残，徒侣拂征鞍。洛北去游玩，淮南归梦阑。
晓灯回壁暗，晴雪卷帘寒。强尽主人酒，出门行路难。

酬钱汝州

许　浑

白雪多随汉水流，谩劳旌旆晚悠悠。笙歌暗写终年恨，台榭潜消尽日忧。
鸟散落花人自醉，马嘶芳草客先愁。怪来雅韵清无敌，三十六峰当庾楼。

故洛城

许　浑

禾黍离离半野蒿，昔人城此岂知劳？水声东去市朝变，山势北来宫殿高。
鸦噪暮云归古堞，雁迷寒雨下空壕。可怜缑岭登仙子，犹自吹笙醉碧桃。

送李虞仲秀才归东都，因寄元李二友

杨巨源

高翼闲未倦，孤云旷无期。晴霞海西畔，秋草燕南时。
邺中多上才，耿耿丹霄姿。顾我于逆旅，与君发光仪。
同将儒者方，获忝携人知。幽兰与芳佩，寒玉锵美词。
旧友在伊洛，鸣蝉思山陂。到来再春风，梦尽双琼枝。
素业且无负，青冥殊未迟。南桥天气好，脉脉一相思。

洛阳城外别皇甫湜

李　贺

洛阳吹别风，龙门起断烟。冬树束生涩，晚紫凝华天。
单身野霜上，疲马飞蓬间。凭轩一双泪，奉坠绿衣前。

东洛梁家谣

李　贺

鸢肩公子二十余，齿编贝，唇激朱。气如虹霓，饮如建瓴，走马夜归叫严更。
径穿复道游椒房，龙裘金玦杂花光。玉堂调笑金楼子，台下戏学邯郸倡。
口吟舌话称女郎，锦祛绣面汉帝旁。得明珠十斛，白璧一双，
新诏垂金曳紫光煌煌。马如飞，人如水，九卿六官皆望履。
将回日月先反掌，欲作江河惟画地。峨峨虎冠上切云，竦剑晨趋凌紫氛。
绣缎千寻贻皂隶，黄金百镒贶家臣。十二门前张大宅，晴春烟起连天碧。
金铺缀日杂红光，铜龙啮环似争力。瑶姬凝醉卧芳席，海素笼窗空下隔。
丹穴取凤充行庖，貜貜如拳那足食？金蟾呀呀兰烛香，军装武妓声琅珰。
谁知花雨夜来过？但见池台春草长。嘈嘈弦吹匝天开，洪崖箫声绕天来。
天长一矢贯双虎，云弝绝骋聒旱雷。乱袖交竿管儿舞，吴音绿鸟学言语。
能教刻石平紫金，解送刻毛寄新兔。三皇皇后七贵人，五十校尉二将军。
当时飞去逐彩云，化作今日京华春。

杂曲歌辞·大酺乐

张　祜

车驾东来值太平，大酺三日洛阳城。小儿一伎竿头绝，天下传呼万岁声。
紫陌酺归日欲斜，红尘开路薛王家。双鬟前说楼前鼓，两伎争轮好结花。

宿虎牢关

张　祜

行人候晓久徘徊，不待鸡鸣未得开。堪羡寒溪自无事，潺潺一夜宿关来。

洛阳感寓

张　祜

扰扰都城晓四开，不关名利也尘埃。千门甲第身遥入，万里铭旌死后来。
洛水暮烟横莽苍，邙山秋日露崔嵬。须知此事堪为镜，莫遣黄金漫作堆。

鸿　沟

张　祜

龙蛇百战争天下，各制雄心指此沟。宁似九州分国土，地图初割海中流。

萧宅二三子赠答诗

卢　仝

马兰请客

兰兰是小草，不怕郎君骂。愿得随君行，暂到嵩山下。

客请马兰

嵩山未必怜兰兰，兰兰已受郎君恩。不须刷帚跳踪走，只拟兰浪出其门。

石请客

启母是诸母，三十六峰是诸父。知君家近父母家，小人安得不怀土。
怜君与我金石交，君归可得共载否。小人无以报君恩，使君池亭风月古。

客谢石

我有水竹庄，甚近嵩之巅。是君归休处，可以终天年。
虽有提携劳，不忧粮食钱。但恐主人心，疑我相钓竿。

赠柳喜自号嵩山老

释皎然

一见嵩山老，吾生恨太迟。问君年几许，曾出上皇时。

送杨校书还济源

释皎然

妖烽昨日静，故里近嵩丘。楚月摇归梦，江枫见早秋。
乡心无远道，北信减离忧。禅子还无事，辞君买沃州。

咏数探得七

释皎然

邹子谭天岁，黄童对日年。求真初作传，炼魄已成仙。
鹤驾迎缑岭，星桥下蜀川。逢君竹林客，相对弄清弦。

鸿　　沟

张　碧

毒龙衔日天地昏，八纮叆叇生愁云。秦园走鹿无藏处，纷纷争处蜂成群。
四溟波立鲸相吞，荡摇五岳崩山根。鱼虾舞浪狂鳅鲲，龙蛇胆战登鸿门。
星旗羽镞强者尊，黑风白雨东西屯。山河欲拆人烟分，壮士鼓勇君王存。
项庄愤气吐不得，亚父斗声天上闻。玉光堕地惊昆仑，留侯气魄吞太华。
舌头一寸生阳春，神农女娲愁不言。蛇枯老媪啼泪痕，星曹定秤秤王孙。
项籍骨轻迷精魂，沛公仰面争乾坤。须臾垓下贼星起，歌声缭绕凄入耳。
吴娃捧酒横秋波，霜天月照空城垒。力拔山兮忽到此，骓嘶懒渡乌江水。
新丰瑞色生楼台，西楚寒蒿哭愁鬼。三尺霜鸣金匣里，神光一掉八千里。
汉皇骤马意气生，西南扫地迎天子。

嵩高灵胜寄呈三十韵

尉迟汾

雄雄天之中，峻极闻维嵩。作镇盛标格，出云为雨风。
瑞时物不疠，顺泽年多丰。加高冠四方，视秩居三公。
明朝虔昭报，颁祀岁严恭。署祝纡御札，诏贤导宸衷。
皇皇三川守，馨德清明躬。肃徒奉兰沐，竟夕玉华东。
星汉耿斋户，松泉寒寿宫。具修谅蠲吉，曙色犹葱曚。

端仪大圭立，兴俛声玲珑。挹瓒椒桂馥，奏金岩壑空。
灵歆若有答，仿佛传祝工。卒事不遑偃，胜奇分四丛。
朝霞破林嶂，错落间苍红。动息形似蚁，玄黄气如笼。
奔倾千万状，群岳安比崇。日月襟袖捧，人天道路通。
冥搜必殚竭，跻览忘崎穹。踏翠遍诸刹，趣绵步难终。
浮丘仙袂接，谢公屐齿穷。龙潭应下瞰，九曲当骇容。
龙门计东豁，三台有何踪。金像语奚应，玉人光想融。
瑶浆与石髓，清骨宜遭逢。况是降神处，迹惟申甫同。
周翰已洽论，伊衡亦期功。诚富东山兴，须陟中台庸。
勉促旋骓轸，未可恋云松。散材事即异，期为卜一峰。

清　凉　寺

温庭筠

黄花红树谢芳蹊，宫殿参差黛巘西。诗阁晓窗藏雪岭，画堂秋水接蓝溪。
松飘晚吹摐金铎，竹荫寒苔上石梯。妙迹奇名竟何在，下方烟暝草萋萋。

达摩支曲(杂言)

温庭筠

捣麝成尘香不灭，拗莲作寸丝难绝。红泪文姬洛水春，白头苏武天山雪。
君不见无愁高纬花漫漫，漳浦宴馀清露寒。一旦臣僚共囚虏，欲吹羌管先汍澜。
旧臣头鬓霜华早，可惜雄心醉中老。万古春归梦不归，邺城风雨连天草。

洛　　阳

温庭筠

巩树先春雪满枝，上阳宫柳啭黄鹂。桓谭未便忘西笑，岂为长安有凤池。

和赵嘏题岳寺

温庭筠

疏钟细响乱鸣泉，客省高临似水天。岚翠暗来空觉润，涧茶馀爽不成眠。
越僧寒立孤灯外，岳月秋当万木前。张邴宦情何太薄，远公窗外有池莲。

故洛阳城有感

杜　牧

一片宫墙当道危，行人为汝去迟迟。筚圭苑里秋风后，平乐馆前斜日时。
锢党岂能留汉鼎，清谈空解识胡儿。千烧万战坤灵死，惨惨终年鸟雀悲。

寄　杜　子

杜　牧

虎牢关吏应相笑，个里年年往复来。若问使君何处去，为言相忆首长回。

洛阳长句（二首）

杜　牧

草色人心相与闲，是非名利有无间。桥横落照虹堪画，树锁千门鸟自还。
芝盖不来云杳杳，仙舟何处水潺潺？君王谦让泥金事，苍翠空高万岁山。

天汉东穿白玉京，日华浮动翠光生。桥边游女佩环委，波底上阳金碧明。
月锁名园孤鹤唳，川酣秋梦凿龙声。连昌绣岭行宫在，玉辇何时父老迎？

洛中送冀处士东游

杜　牧

处士有儒术，走可挟车辀。坛宇宽帖帖，符彩高酋酋。
不爱事耕稼，不乐干王侯。四十余年中，超超为浪游。
元和五六岁，客于幽魏州。幽魏多壮士，意气相淹留。
刘济愿跪履，田兴请建筹。处士拱两手，笑之但掉头。
自此南走越，寻山入罗浮。愿学不死药，粗知其来由。
却于童顶上，萧萧玄发抽。我作八品吏，洛中如系囚。
忽遭冀处士，豁若登高楼。拂榻与之坐，十日语不休。
论今星灿灿，考古寒飕飕。治乱掘根本，蔓延相牵钩。
武事何骏壮，文理何优柔。颜回捧俎豆，项羽横戈矛。
祥云绕毛发，高浪开咽喉。但可感鬼神，安能为献酬。

好入天子梦，刻像来尔求。胡为去吴会，欲浮沧海舟。
赠以蜀马棰，副之胡罽裘。饯酒载三斗，东郊黄叶稠。
我感有泪下，君唱高歌酬。嵩山高万尺，洛水流千秋。
往事不可问，天地空悠悠。四百年炎汉，三十代宗周。
二三里遗堵，八九所高丘。人生一世内，何必多悲愁。
歌阕解携去，信非吾辈流。

河阴新城

雍　陶

高城新筑压长川，虎踞龙盘气色全。五里似云根不动，一重如月晕长圆。
河流暗与沟池合，山色遥将睥睨连。自有此来当汴口，武牢何用锁风烟。

洛中感事

雍　陶

洛城今古足繁华，最恨乔家似石家。行到窈娘身没处，水边愁见亚枝花。

天津桥望春

雍　陶

津桥春水浸红霞，烟柳风丝拂岸斜。翠辇不来金殿闭，宫莺衔出上阳花。

汝州北楼晚望少室

胡　证

峭拔烟云外，雄居造化工。三山渐海上，五岳让天中。
翠积当华甸，腾标占太空。周临万里暮，犹挂夕阳红。

题清溪鬼谷先生旧居

李　涉

翠壁开天池，青崖列云树。水容不可状，杳若清河露。

常闻先生教，指示秦与仪。二子才不同，逞词过尺度。
偶因从吏役，远到冥栖处。松月想旧山，烟霞了知故。
未遑炼金鼎，日觉容光暮。万虑随境生，何由返真素。
寂寞天籁息，清迥鸟声曙。回首望重重，无期挹风驭。

寄河阳从事杨潜

李　涉

忆昨天台寻石梁，赤城枕下看扶桑。金乌欲上海如血，翠色一点蓬莱光。
安期先生不可见，蓬莱目极沧海长。回舟偶得风水便，烟帆数夕归潇湘。
潇湘水清岩嶂曲，夜宿朝游常不足。一自无名身事闲，五湖云月偏相属。
进者恐不荣，退者恐不深。鱼游鸟逝两虽异，彼此各有遂生心。
身解耕耘妾能织，岁晏饥寒免相逼。稚子才年七岁馀，渔樵一半分渠力。
吾友从军在河上，腰佩吴钩佐飞将。偶与嵩山道士期，西寻汴水来相访。
见君颜色犹憔悴，知君未展心中事。落日驱车出孟津，高歌共叹伤心地。
洛邑秦城少年别，两都陈事空闻说。汉家天子不东游，古木行宫闭烟月。
洛滨老翁年八十，西望残阳临水泣。自言生长开元中，武皇恩化亲沾及。
当时天下无甲兵，虽闻赋敛毫毛轻。红车翠盖满衢路，洛中欢笑争逢迎。
一从戎马来幽蓟，山谷虎狼无捍制。九重宫殿闭豺狼，万国生人自相噬。
蹭蹬疮痍今不平，干戈南北常纵横。中原膏血焦欲尽，四郊贪将犹凭陵。
秦中豪宠争出群，巧将言智宽明君。南山四皓不敢语，渭上钓人何足云。
君不见昔时槐柳八百里，路傍五月清阴起。只今零落几株残，枯根半死黄河水。

代　牛　言

刘　叉

渴饮颍水流，饿喘吴门月。黄金如可种，我力终不竭。

勿执古寄韩潮州

刘　叉

古人皆执古，不辞冻饿悲。今人亦执古，自取行坐危。
老菊凌霜葩，狞松抱雪姿。武王亦至明，宁哀首阳饥。
仲尼岂非圣，但为互乡嗤。寸心生万路，今古棼若丝。
逐逐行不尽，茫茫休者谁。来恨不可遏，去悔何足追。

玉石共笑唾，驽骥相奔驰。请君勿执古，执古徒自隳。

送友人郑州归觐

赵　嘏

为有趋庭恋，应忘道路赊。风消荥泽冻，雨静圃田沙。
古陌人来远，遥天雁势斜。园林新到日，春酒酌梨花。

洛中逢卢郢石归觐

赵　嘏

不堪俱失意，相送出东周。缘切倚门恋，倍添为客愁。
春山和雪静，寒水带冰流。别后期君处，灵源紫阁秋。

洛阳清明日雨霁

李正封

晓日清明天，夜来嵩少雨。千门尚烟火，九陌无尘土。
酒绿河桥春，漏闲宫殿午。游人恋芳草，半犯严城鼓。

禅门寺暮钟

刘　复

簨簴高悬于阗钟，黄昏发地殷龙宫。游人忆到嵩山夜，叠阁连楼倚太空。

洛阳春望

鲍　溶

五凤楼南望洛阳，龙门回合抱苍苍。受朝前殿云霞暖，封岳行宫草木香。
四海为家知德盛，二京有宅卜年长。东人犹忆时巡礼，愿觐元和日月光。

怀　　仙

鲍　溶

阆峰绮阁几千丈，瑶水西流十二城。曾见周灵王太子，碧桃花下自吹笙。

悼豆卢策先辈

鲍　溶

丧车出东门，生时马无力。何处入黄泉，嵩高山西北。
室人万里外，久望君官职。今与牵衣儿，翻号死消息。
平生江海上，我不空相识。远客迷畏途，孤鸿伤一翼。
行将鸡黍祭，已是乌鸢食。劝酒执御郎，行人有哀色。
先悲三尺土，经岁哭不得。眼前双双流，故袂安可拭。
一拜隔千里，生人意何极。唯有阳春曲，永播清玉德。

经　隐　叟

鲍　溶

行踽门外泉，坐披床上云。谁将许由事，万古留与君。
虚洞闭金锁，蠹简藏鸟文。萝景深的的，蕙风闲薰薰。
余有世上心，此来未及群。殷勤讳名姓，莫遣樵客闻。

吊 白 居 易

唐宣宗　李忱

缀玉联珠六十年，谁教冥路作诗仙？浮云不系名居易，造化无为字乐天。
童子解吟长恨曲，胡儿能唱琵琶篇。文章已满行人耳，一度思卿一怆然。

看贺自真飞升

陈　陶

子晋鸾飞古洛川，金桃再熟贺郎仙。三清乐奏嵩丘下，五色云屯御苑前。

朱顶舞低迎绛节，青鬟歌对驻香軿。谁能白昼相悲泣，太极光阴亿万年。

闲居杂兴（五首）

陈　陶

虞韶九奏音犹在，只是巴童自弃遗。闲卧清秋忆师旷，好风摇动古松枝。

一顾成周力有馀，白云闲钓五溪鱼。中原莫道无麟凤，自是皇家结网疏。

长爱真人王子乔，五松山月伴吹箫。从他浮世悲生死，独驾苍鳞入九霄。

越里娃童锦作襦，艳歌声压郢中姝。无人说向张京兆，一曲江南十斛珠。

云堆西望贼连营，分阃何当举义兵。莫道羔裘无壮节，古来成事尽书生。

见　少　室

徐　凝

适我一箪孤客性，问人三十六峰名。青云无忘白云在，便可嵩阳老此生。

和嵩阳客月夜忆上清人

徐　凝

独夜嵩阳忆上仙，明月三十六峰前。瑶池月胜嵩阳月，人在玉清眠不眠。

和川守侍郎缑山题仙庙

徐　凝

王子缑山石殿明，白家诗句咏吹笙。安知散席人间曲，不是寥天鹤上声。

牡　丹

徐　凝

何人不爱牡丹花，占断城中好物华。疑是洛川神女作，千娇万态破朝霞。

嵩阳寻师

李商隐

自有仙才自不知，十年长梦采华芝。秋风动地黄云暮，归去嵩阳寻旧师。

寄令狐郎中

李商隐

嵩云秦树久离居，双鲤迢迢一纸书。休问梁园旧宾客，茂陵秋雨病相如。

及第东归次灞上，却寄同年

李商隐

芳桂当年各一枝，行期未分压春期。江鱼朔雁长相忆，秦树嵩云自不知。
下苑经过劳想像，东门送饯又差池。灞陵柳色无离恨，莫枉长条赠所思。

登郑州夕阳楼

李商隐

花明柳暗绕天愁，上尽重城更上楼。欲问孤鸿向何处，不知身世自悠悠。

十字水期韦潘侍御同年不至，时韦寓居水次故

李商隐

伊水溅溅相背流，朱栏画阁几人游。漆灯夜照真无数，蜡炬晨炊竟未休。
顾我有怀同大梦，期君不至更沉忧。西园碧树今谁主，与近高窗卧听秋。

东　阿　王

李商隐

国事分明属灌均，西陵魂断夜来人。君王不得为天子，半为当时赋洛神。

同乐天中秋夜洛河玩月（二首）

裴夷直

清洛半秋悬璧月，彩船当夕泛银河。苍龙颔底珠皆没，白帝心边镜乍磨。
海上几时霜雪积，人间此夜管弦多。须知天地为炉意，尽取黄金铸作波。

不热不寒三五夕，晴川明月正相临。千珠竞没苍龙颔，一镜高悬白帝心。
几处凄凉缘地远，有时惆怅值云阴。如何清洛如清昼，共见初升又见沈。

寄嵩阳道人

曹　邺

三山浮海倚蓬瀛，路入真元险尽平。华表千年孤鹤语，人闻一梦晚蝉鸣。
将龙逐虎神初王，积火焚心气渐清。见说嵩阳有仙客，欲持金简问长生。

代罗敷诮使君

曹　邺

常言爱嵩山，别妾向东京。朝来见人说，却知在石城。
未必菖蒲花，只向石城生。自是使君眼，见物皆有情。
麋鹿同上山，莲藕同在泥。莫学天上日，朝东暮还西。

送郑谷归宜春

曹　邺

无成归故国，上马亦高歌。况是飞鸣后，殊为喜庆多。
暑消嵩岳雨，凉吹洞庭波。莫便闲吟去，须期接盛科。

塞上蒙汝州任中丞寄书

薛　能

三省推贤两掖才，关东深许稍迟回。舟浮汝水通淮去，雨出嵩峰到郡来。
投札转京忧不远，枉缄经虏喜初开。西楼一望知无极，更与何人把酒杯。

嵩 山 夜 还

李　频

家住东皋去，好采旧山薇。自省游泉石，何曾不夜归。

过嵩阴隐者

李　频

当门看少室，倚杖复披衣。每日醒还醉，无人是与非。
架书抽读乱，庭果摘尝稀。独有江南客，思家未得归。

送姚郜先辈赴汝州辟

李　频

行李事寒天，东来聘礼全。州当定鼎处，人去偃戈年。
雷雨依嵩岭，桑麻接楚田。遥知清夜作，不是借戎篇。

对月忆嵩阳故人

施肩吾

团团月光照西壁，嵩阳故人千里隔。不知三十六峰前，定为何处峰前客。

同徐处士秋怀少室旧居

周 贺

曾居少室黄河畔，秋梦长悬未得回。扶病半年离水石，思归一夜隔风雷。
荒斋几遇僧眠后，晚菊频经鹿踏来。灯下此心谁共说，傍松幽径已多栽。

缑氏韦明府厅

周 贺

贵邑清风满，谁同上宰心。杉松出郊外，雨电下嵩阴。
度雁方离垒，来僧始别岑。西池月才迥，会接一宵吟。

汝州郡楼望嵩山

许 棠

不共众山同，岧峣出迥空。几层高鸟外，万仞一楼中。
水落难归地，云篱便逐风。唯应霄汉客，绝顶路方通。

早发洛中

许 棠

半夜发清洛，不知过石桥。云增中岳大，树隐上阳遥。
堑黑初沉月，河明欲认潮。孤村人尚梦，无处暂停桡。

送从弟筹任告成尉

许 棠

海上从戎罢，嵩阳佐县初。故人皆羡去，吾祖旧曾居。
地古多生药，溪灵不聚鱼。唯应寻隐者，闲寺讲仙书。

送李垣先辈归嵩少旧居

刘　驾

高秋灞浐路，游子多惨戚。君于此地行，独以寻春色。
文章满人口，高第非苟得。要路在长安，归山却为客。
□□□□□，狂歌罢叹息。我岂无故山，千里同外国。

题缑山王子晋庙

郑　畋

有昔灵王子，吹笙溯泬寥。六宫攀不住，三岛去相招。
亡国原陵古，宾天岁月遥。无蹊窥海曲，有庙访山椒。
石帐龙蛇拱，云栊彩翠销。露坛装琬琰，真像写松乔。
珠馆青童宴，琳宫阿母朝。气舆仙女侍，天马吏兵调。
湘妓红丝瑟，秦郎白管箫。西城要绰约，南岳命娇娆。
句曲觞金洞，天台啸石桥。晚花珠弄蕊，春茹玉生苗。
二景神光秘，三元宝箓饶。雾垂鸦翅发，冰束虎章腰。
鹤驭争衔箭，龙妃合献绡。衣从星渚浣，丹就日宫烧。
物外花尝满，人间叶自凋。望台悲汉戾，阅水笑梁昭。
古殿香残炧，荒阶柳长条。几曾期七日，无复降重霄。
嵩岭连天汉，伊澜入海潮。何由得真诀，使我佩环飘。

洛阳春望

罗　邺

洛阳春霁绝尘埃，嵩少烟岚画障开。草色花光惹襟袖，箫声歌响隔楼台。
人心但觉闲多少，马足方知倦往来。愁上中桥桥上望，碧波东去夕阳催。

夏晚望嵩亭有怀

罗　邺

正怜云水与心违，湖上亭高对翠微。尽日不妨凭槛望，终年未必有家归。
青蝉渐傍幽丛噪，白鸟时穿返照飞。此地又愁无计住，一竿何处是因依。

题　笙

罗　邺

�管参差排风翅，月堂凄切胜龙吟。最宜轻动纤纤玉，醉送当观滟滟金。
缑岭独能征妙曲，嬴台相共吹清音。好将宫徵陪歌扇，莫遣新声郑卫侵。

洛　水

罗　邺

一道潺湲溅暖莎，年年惆怅是春过。莫言行路听如此，流入深宫怅更多。
桥畔月来清见底，柳边风紧绿生波。纵然满眼添归思，未把渔竿奈尔何。

秋夜怀嵩少因寄洛中旧知

贯　休

炉热旃檀不称贫，霏霏玉露湿禅巾。紫金地上三更月，红藕香中一病身。
少室少年偏入梦，多时多事去无因。如今憔悴头成雪，空想嵯峨羡故人。

怀洛下卢缙云

贯　休

一减三张价，幽居少室前。岂应贫似我，不得信经年。
木落多诗藁，山枯见墨烟。何时深夜坐，共话草堂禅。

送僧之东都

贯　休

之子之东洛，囊中有偈新。红尘谁不入，独鹤自难亲。
定鼎门连岳，黄河冻过春。凭师将远意，说似社中人。

北邙山

罗隐

一种山前路入秦，嵩山堪爱此伤神。魏明未死虚留意，庄叟虽生酌满巾。何必更寻无主骨，也知曾有弄权人。羡他缑岭吹箫客，闲访云头看俗尘。

送郑州严员外

罗隐

欲将刀笔润王猷，东去先分圣主忧。满扇好风吹郑圃，一车甘雨别皇州。尚书碛冷鸿声远。仆射陂寒树影秋。从此文星在何处，武牢关外庾公楼。

武牢关

罗隐

楚人曾此限封疆，不见清阴六里长。一壑暮声何怨望，数峰秋势自颠狂。由来四皓须神伏，大抵秦皇谩气强。欲学鸡鸣试关吏，太平时节懒思量。

大梁从事居汜水

罗隐

前年帝里望行尘，记得仙家第四人。泉暖旧谙龙偃息，露寒初见鹤精神。歌声上榻梁园晚，梦绕残钟汜水春。知有箧中编集在，只应从此是经纶。

许由庙

罗隐

高挂风瓢濯汉滨，土阶三尺愧清尘。可怜比屋堪封日，若到人间是众人。

雒　城　作

罗　隐

大卤旌旗出洛滨,此中烟月已埃尘。更无楼阁寻行处,只有山川识野人。
早得铸金夸范蠡,旋闻垂钓哭平津。旧游难得时难遇,回首空城百草春。

卢　征　君

皮日休

吾爱卢征君,高卧嵩山里。百辟未一顾,三征方暂起。
坦腹对宰相,岸帻揖天子。建礼门前吟,金銮殿里醉。
天下皆餔糟,征君独洁己。天下皆乐闻,征君独洗耳。
天下皆怀羞,征君独多耻。银黄不妨悬,赤绂不妨被。
而于心抱中,独作羲皇地。兰舆一云返,泥诏褒不已。
再看缑山云,重酌嵩阳水。放旷书里终,逍遥醉中死。
吾谓伊与周,不若征君贵。吾谓巢与许,不若征君义。
高名无阶级,遗迹绝涯涘。万事唐书中,逸名不可比。
粤吾慕真隐,强以骨肉累。如教不为名,敢有征君志。

洛中寒食(二首)

皮日休

千门万户掩斜晖,绣幰金衔晚未归。击鞠王孙如锦地,斗鸡公子似花衣。
嵩云静对行台起,洛鸟闲穿上苑飞。唯有路傍无意者,献书未纳问淮肥。

远近垂杨映钿车,天津桥影压神霞。弄春公子正回首,趁节行人不到家。
洛水万年云母竹,汉陵千载野棠花。欲知豪贵堪愁处,请看邙山晚照斜。

颍　阳　县

韦　庄

琴堂连少室,故事即仙踪。树老风声壮,山高腊候浓。
雪多庭有鹿,县僻寺无钟。何处留诗客,茅檐倚后峰。

题颍源庙

韦　庄

曾是巢由栖隐地，百川唯说颍源清。微波乍向云根吐，去浪遥冲雪嶂横。
万木倚檐疏干直，群峰当户晓岚晴。临川试问尧年事，犹被封人劝濯缨。

新正日商南道中作寄李明府

韦　庄

相看又见岁华新，依旧杨朱拭泪巾。踏雪偶因寻戴客，论文还比聚星人。
嵩山不改千年色，洛邑长生一路尘。今日与君同避世，却怜无事是家贫。

东都望幸

章　碣

懒修珠翠上高台，眉月连娟恨不开。纵使东巡也无益，君王自领美人来。

下　方

司空图

三十年来往，中间京洛尘。倦行今白首，归卧已清神。
坡暖冬抽笋，松凉夏健人。更惭征诏起，避世迹非真。

二十四诗品

司空图

落落欲往，矫矫不群。缑山之鹤，华顶之云。
高人惠中，令色细缊。御风蓬叶，泛彼无垠。
如不可执，如将有闻。识者已领，期之愈分。

访嵩阳道士不遇

聂夷中

先生五岳游，文焰灭金鼎。日下鹤过时，人间空落影。
常言一粒药，不随死生境。何当列御寇，去问仙人请。

宿石窟寺

喻　凫

一刹古冈南，孤钟撼夕岚。客闲明月阁，僧闭白云庵。
野鹤立枯枿，天龙吟净潭。因知不生理，合自此中探。

送石贲归吴兴

喻　凫

同志幸同年，高堂君独还。齐荣恩未报，共隐事皆闲。
访寺临河岸，开楼见海山。洛中推二陆，莫久恋乡关。

咏史诗（十二首）

胡　曾

金谷园

一自佳人坠玉楼，繁华东逐洛河流。唯馀金谷园中树，残日蝉声送客愁。

函谷关

寂寂函关锁未开，田文车马出秦来。朱门不养三千客，谁为鸡鸣得放回。

田横墓

古墓崔巍约路岐，歌传薤露到今时。也知不去朝黄屋，只为曾烹郦食其。

首阳山

孤竹夷齐耻战争，望尘遮道请休兵。首阳山倒为平地，应始无人说姓名。

广 武 山

数罪楚师应夺气，底须多论破深艰。仓皇斗智成何语？遗笑当时广武山。

箕 山

寂寂箕山春复秋，更无人到此溪头。弃瓢岩畔中宵月，千古空闻属许由。

荥 阳

汉祖东征屈未伸，荥阳失律纪生焚。当时天下方龙战，谁为将军作诔文。

马 陵

坠叶萧萧九月天，驱兵独过马陵前。路傍古木虫书处，记得将军破敌年。

鸿 沟

虎倦龙疲白刃秋，两分天下指鸿沟。项王不觉英雄挫，欲向彭城醉玉楼。

颍 川

古贤高尚不争名，行止由来动杳冥。今日浪为千里客，看花惭上德星亭。

洛 阳

石勒童年有战机，洛阳长啸倚门时。晋朝不是王夷甫，大智何由得预知。

黄 河

博望沉埋不复旋，黄河依旧水茫然。沿流欲共牛郎语，只得灵槎送上天。

行次荥阳却寄诸弟

杜荀鹤

难把归书说远情，奉亲多阙拙为兄。早知寸禄荣家晚，悔不深山共汝耕。
枕上算程关月落，帽前搜景岳云生。如今已作长安计，只得辛勤取一名。

送孔恂入洛

司马扎

洛阳古城秋色多，送君此去心如何。青山欲暮惜别酒，碧草未尽伤离歌。
前朝冠带掩金谷，旧游花月经铜驼。行人正苦奈分手，日落远水生微波。

晓过伊水寄龙门僧

司马扎

龙门树色暗苍苍，伊水东流客恨长。病马独嘶残夜月，行人欲渡满船霜。
几家烟火依村步，何处渔歌似故乡。山下禅庵老僧在，愿将行役问空王。

赞中岳八景

郑　谷

月满嵩门正仲秋，镮辕早行雾中游。颍水春耕田歌起，夏避箕阴溽暑收。
石淙河边堪会饮，玉溪台上垂钓钩。余雨少室观晴雪，瀑布崖前墨浪流。

题嵩高隐者居

郑　谷

岂易访仙踪，云萝千万重。他年来卜隐，此景愿相容。
乱木林中路，深山雪里钟。见君琴酒乐，回首兴何慵。

旅寓洛南村舍

郑　谷

村落清明近，秋千稚女夸。春阴妨柳絮，月黑见梨花。
白鸟窥鱼网，青帘认酒家。幽栖虽自适，交友在京华。

题汝州从事厅

郑　谷

诗人公署如山舍，只向阶前便采薇。惊燕拂帘闲睡觉，落花沾砚会餐归。
壁看旧记官多达，榜挂明文吏莫违。自说小池栽苇后，雨凉频见鹭鹚飞。

游上方石窟寺

刘　沧

苔经索回景渐分，倏然空界静埃氛。一声疏磬过寒水，半壁危楼隐白云。
雪下石龛僧在定，日西山木鸟成群。几来吟啸立朱槛，风起天香处处闻。

题龙门僧房

刘　沧

静室遥临伊水东，寂寥谁与此身同。禹门山色度寒磬，萧寺竹声来晚风。
僧宿石龛残雪在，雁归沙渚夕阳空。偶将心地问高士，坐指浮生一梦中。

洛　神　怨

刘　沧

子建东归恨思长，飘遥神女步池塘。云鬟高动水宫影，珠翠乍摇沙露光。
心寄碧沉空婉恋，梦残春色自悠扬。停车绮陌傍杨柳，片月青楼落未央。

登龙门敬善寺阁

刘　沧

独步危梯入杳冥，天风潇洒拂檐楹。禹门烟树正春色，少室云屏向晚晴。花落院深清禁闭，水分川阔绿芜平。琐窗朱槛同仙界，半夜缑山有鹤声。

过 北 邙 山

刘　沧

散漫黄埃满北原，折碑横路碾苔痕。空山夜月来松影，荒冢春风变木根。漠漠兔丝罗古庙，翩翩丹旐过孤村。白杨落日悲风起，萧索寒巢鸟独奔。

颍　亭

韩　琮

颍上新亭瞰一川，几重旧址敞幽关。寒声北下当轩水，翠影西来扑槛山。
远目静随孤鹤去，高情常共白云闲。知君久负巢由志，早晚相望寂寞间。

小　游　仙

曹　唐

太子真娥相领行，当天合曲玉箫清。梨行新折东风软，犹在缑山乐笑声。

洛东兰若归

曹　唐

一衲老禅床，吾生半异乡。管弦愁里老，书剑梦中忙。
鸟急山初暝，蝉稀树正凉。又归何处去，尘路月苍苍。

萧史携弄玉上升

曹　唐

岂是丹台归路遥，紫鸾烟驾不同飘。一声洛水传幽咽，万片宫花共寂寥。
红粉美人愁未散，清华公子笑相邀。缑山碧树青楼月，肠断春风为玉箫。

金谷园怀古

邵　谒

在富莫骄奢，骄奢多自亡。为女莫骋容，骋容多自伤。
如何金谷园，郁郁椒兰房。昨夜绮罗列，今日池馆荒。
竹死不变节，花落有馀香。美人抱义死，千载名犹彰。
娇歌无遗音，明月留清光。浮云易改色，衰草难重芳。
不学韩侯妇，衔冤报宋王。

寄中岳颛顼先生

张 乔

先生颛顼后，得道自何人。松柏卑于寿，儿孙老却身。
夜窗峰顶曙，寒涧洞中春。恋此逍遥境，云间不可亲。

送韩处士归少室山

张 乔

江外历千岑，还归少室吟。地闲緱岭月，窗迥洛城砧。
石窦垂寒乳，松枝长别琴。他年瀑泉下，亦拟置家林。

送何道士归山

张 乔

身非绝粒本清羸，束挂仙经杖一枝。落叶独寻流水去，深山长与白云期。
树临丹灶寒花疾，坛近清岚夜月迟。樵客若能随洞里，回归人世始应悲。

将游嵩华行次荆渚

齐 己

莲峰映敷水，嵩岳压伊河。两处思归久，前贤隐去多。
闲身应绝迹，在世幸无他。会向红霞峤，僧龛对薜萝。

渚宫谢杨秀才自嵩山相访

齐 己

嵩峰有客远相寻，尘满麻衣袖苦吟。花尽草长方闭户，道孤身老正伤心。
红堆落日云千仞，碧撼凉风竹一林。惆怅雅声消歇去，喜君聊此暂披襟。

酬答退上人

齐　己

须鬓三分白二分,一生踪迹出人群。嵩丘梦忆诸峰雪,衡岳禅依五寺云。
青衲几临高瀑濯,苦吟曾许断猿闻。荒村残腊相逢夜,月满鸿多楚水濆。

绿　珠　咏

李昌符

洛阳佳丽与芳华,金谷园中见百花。谁遣当年坠楼死,无人巧笑破孙家。

寄　友　人

于　邺

长安清渭东,游子迹重重。此去红尘路,难寻车马踪。
昔时轻一别,渐老贵相逢。应恋嵩阳住,嵩阳饶古松。

洛 中 有 怀

于　邺

潺潺伊洛河,寂寞少恩波。銮驾久不幸,洛阳春草多。

赠 王 道 士

于　邺

日日市朝路,何时无苦辛。不随丹灶客,终作白头人。
浮世度千载,桃源方一春。归来华表上,应笑北邙尘。

寄嵩阳隐者

李咸用

昔年江上别，初入乱离中。我住匡山北，君之少室东。
信来经险道，诗半忆皇风。何事犹高卧，岩边梦未通。

煌煌京洛行

李咸用

长安近甸巡游遍，洛阳寻有黄龙见。千乘万骑如雷转，差差清跸祥云卷。
百司旧分当玉殿，太平官属无遗彦。歌钟沸激香尘散，晨旗隐隐罗轩冕。
周公旧迹生红藓，瀍涧波光春照晚。但听嵩山万岁声，将军旗鼓何时偃。

赠 张 全 义

杨凝式

洛阳风景实堪哀，昔日曾为瓦子堆。不是我公重葺理，至今犹是一堆灰。

题李太尉平泉庄

汪 遵

水泉花木好高眠，嵩少纵横满目前。惆怅人间不平事，今朝身在海南边。

密 县

汪 遵

百里能将济猛宽，飞蝗不到邑人安。至今闾里逢灾沴，犹祝当时卓长官。

箕　山

汪　遵

薄世临流洗耳尘，便归云洞任天真。一瓢风入犹嫌闹，何况人间万种人。

寄中岳颛顼先生

张　乔

先生颛顼后，得道自何人。松柏卑于寿，儿孙老却身。
夜窗峰顶曙，寒涧洞中春。恋此逍遥境，云间不可亲。

送郑谷先辈赴汝州辟命

张　乔

看花兴未休，已散曲江游。载笔离秦甸，从军过洛州。
嵩云将雨去，汝水背城流。应念依门客，蒿莱满径秋。

题慈云寺僧院

李山甫

帝城深处寺，楼殿压秋江。红叶去寒树，碧峰来晓窗。
烟霞生净土，苔藓上高幢。欲问吾师语，心猿不肯降。

游竹林寺

方　干

得路到深寺，幽虚曾识名。藓浓阴砌古，烟起暮香生。
曙月落松翠，石泉流梵声。闻僧说真理，烦恼自然轻。

赠中岳僧

方　干

坐来丛木大，谁见入岩年。多病长留药，无忧亦是禅。
支床移片石，舂粟引高泉。尽愿求心法，逢谁即拟传。

龙泉寺绝顶

方　干

未明先见海底日，良久远鸡方报晨。古树含风常带雨，寒岩四月始知春。
中天气爽星河近，下界时丰雷雨均。前后登临思无尽，年年改换往来人。

题嵩阳隐者

崔　涂

四十年高梦，生涯指一丘。无人同久住，有鹤对冥修。
草杂芝田出，泉和石髓流。更嫌庭树老，疑是世间秋。

夕次洛阳道中

崔　涂

秋风吹故城，城下独吟行。高树鸟已息，古原人尚耕。
流年川暗度，往事月空明。不复叹岐路，马前尘夜生。

送卢少府之任巩洛

李　洞

从知东甸尉，铨注似恩除。带土移嵩术，和泉送尹鱼。
印床寒鹭宿，壁记醉僧书。堂下诸昆在，无妨候起居。

越公上人洛中归寄南孟家兄弟

李　洞

洛下因归去，关西忆二龙。笠漫河岸雪，衣着虢城钟。
睡鸭浮寒水，樵人出远峰。何当化闾俗，护取草堂松。

太　　康

周　昙

师保何人为琢磨，安知父祖苦辛多。酒酣禽色方为乐，讵肯闲听五子歌。

三代门夏禹

周　昙

尧违天孽赖询谟，顿免洪波浸碧虚。海内生灵微伯禹，尽应随浪化为鱼。

夷　　齐

周　昙

让国由衷义亦乖，不知天命匹夫才。将除暴虐诚能阻，何异崎岖助纣来。

秦门·陈涉

周　昙

秦法繁苛霸业隳，一夫攘臂万夫随。王侯无种英雄志，燕雀喧喧安得知。

望　嵩　山

吴　融

三十六峰危似冠，晴楼百尺独登看。高凌鸟外青冥窄，翠落人间白昼寒。
不觉衡阳遮雁过，如何钟阜斗龙盘。始知万岁声长在，只待东巡动玉銮。

虎牢关遇雨

吴　融

深春关路迥，暮雨细霏霏。带雾昏河浪，和尘重客衣。
望中速去骑，愁思乱斜晖。惆怅家山远，溟蒙湿翠微。

首　阳　山

吴　融

首阳山枕黄河水，上有两人曾饿死。不同天下人为非，兄弟相看自为是。
遂令万古识君心，为臣贵义不贵身。精灵长在白云里，应笑随时饱死人。

寒食洛阳道

吴　融

路岐无乐处，时节倍思家。彩索飏轻吹，黄鹂啼落花。
连乾驰宝马，历禄斗香车。行客胜回首，看看春日斜。

北　邙　行

张　碧

风昏昼色飞斜雨，冤骨千堆髑髅语。八纮牢落人物悲，是个田园荒废主。
悲嗟自古争天下，几度乾坤复如此。秦皇矻矻筑长城，汉祖区区白蛇死。
野田之骨兮又成尘，楼阁风烟兮还复新。愿得华山之下长归马，野田无复堆冤者。

秋日圃田送人随计

谭用之

仆射陂前是传邮，去程雕鹗弄高秋。吟抛芍药裁诗圃，醉下茱萸饮酒楼。
向日迥飞驹皎皎，临风谁和鹿呦呦。明年二月仙山下，莫遣桃花逐水流。

东都父老望幸

郑　馥

鸾舆秦地久，羽卫洛阳空。彼土虽凭固，兹川乃得中。
龙颜覲白日，鹤发仰清风。望幸诚逾邈，怀来意不穷。
昔因封泰岳，今伫蹑维嵩。天地心无异，神祇理亦同。
翠华翔渭北，玉检候关东。众愿其难阻，明君早勒功。

轘辕道

周　繇

轘辕道路绕崇冈，百折崎岖似太行。微雨遥添千嶂碧，好云时度百花香。
林边鸟色分朝景，树杪蝉声送夕阳。欲挽云萝登二室，层岩无路重彷徨。

宿缑氏

周　繇

北邙斜日正沉沉，使节东归晚乍临。月旁驿楼澄夜景，云连宫柳散春阴。
中原风俗多凋弊，西洛山川自古今。赤地连旬成九旱，殷忧谁为祷桑林。

游嵩山

熊　皎

独背焦桐访洞天，暂攀灵迹弃尘缘。深逢野草皆疑药，静见樵人恐是仙。
翠木入云空自老，古碑横水莫知年，可怜幽景堪长往，一任人间岁月迁。

道傍松

熊　皎

偃盖当衢莫记年，独含苍翠鹤应怜。垂阴独向笙歌地，有韵自成风雨天。
尘□路岐分夜月，烧侵根脚起残烟。论功只合行人赏，销得烦蒸古道边。

龙潭张道者

伍　乔

碧洞幽岩独息心，时人何路得相寻。养生不说凭诸药，适意惟闻在一琴。
石径扫稀山藓合，竹轩开晚野云深。他年功就期飞去，应笑吾徒多苦吟。

书任生案

嵩山女

我本籍上清，谪居游五岳。以君无俗累，来劝神仙学。
葛洪还有妇，王母亦有夫。神仙尽灵匹，君意合何如。

临去书赠

嵩山女

君子既执迷，无由达情素。明月海山上，秋风独归去。

洛出书

郭　邕

德合天贶呈，龙飞圣人作。光宅被寰区，图书荐河洛。
象登四气顺，文辟九畴错。氤氲瑞彩浮，左右灵仪廓。
微造功不宰，神行利攸博。一见皇家庆，方知禹功薄。

赠王道士

周　贺

药力资苍鬓，应非旧日身。一为嵩岳客，几葬洛阳人。
石缝飘探水，云根斧斫薪。关西往来路，谁得水银银。

陉山晚照

姜分司

侨茔大尽地，特泄井千尺。万古一寸心，犹共残阳赤。

梳洗台

姜分司

郑姬渺何许，危台今尚存。地委像梳缺，土蚀菱镜昏。
秋风悲白鹤，夜月号清猿。我时访遗迹，感慨伤心魂。

大隗晴岚

姜分司

清风闷珠宫，春峰随莲朵。鹤驾不归来，洞门为谁锁。

洛出书

张钦敬

浮空九洛水，瑞圣千年质。奇象八卦分，图书九畴出。
含微卜筮远，抱数阴阳密。中得天地心，傍探鬼神吉。
昔闻夏禹代，今献唐尧日。谬此叙彝伦，寰宇贺清谧。

洛出书

叔孙玄观

清洛含温溜，玄龟荐宝书。波开绿字出，瑞应紫宸居。
物著群灵首，文成列卦初。美珍翔阁凤，庆迈跃舟鱼。
俾姒惟何远，休皇复在诸。东都主人意，歌颂望乘舆。

子　产

周　昙

为政何门是化源，宽仁高下保安全。如嫌水德人多狎，拯溺宜将猛济宽。

宋　金

第 四 举

孟宾于

失意从他桃李春，嵩阳经过歇行尘。云僧不见城中事，问是今年第几人。

公 子 行

孟宾于

锦衣红夺彩霞明，侵晓春游向野庭。不识农夫辛苦力，骄骢踏烂麦青青。

秋日闲居

杨　朴

忽闻高柳噪新蝉，伏暑情怀顿豁然。庭槛夜凉风撼竹，池塘香散水摇莲。
鲈鱼脍忆奔江浦，焦尾琴思换蜀弦。莫遣金樽空对月，满斟高唱混流年。

蓑　衣

杨　朴

软绿柔蓝著胜衣，倚船吟钓正相宜。蒹葭影里和烟卧，菡萏香中带雨披。
狂脱酒家春醉后，乱堆渔舍晚晴时。直饶紫绶金章贵，未肯轻轻博换伊。

无　　题

杨　朴

更休落魄耽杯酒，且莫猖狂爱吟诗。今日捉将官里去，这回断送老头皮。

永昌陵挽词

李　昉

丹青史笔敢虚张，功德巍然轶汉唐。奠玉五回朝上帝，御楼三度纳降王。

寄孟宾于

李　昉

初携书剑别湘潭，金榜标名第十三。昔日声名喧洛下，近来诗价满江南。
长为邑令情终屈，纵处曹郎志未甘。莫学冯唐便休去，明君晚事未为惭。

答西京留守惠花酒

张齐贤

有花无酒头慵举，有酒无花眼倦开。好是西园无事日，洛阳花酒一齐来。

赠贺兰栖真

张齐贤

日耕云耨杂芝田，洞府游多隐奉仙。耸秀万寻连翠峤，澄明一派接灵泉。
凤书昔降幽居侧，鹤驾曾朝瑞日边。四海高名谁可并，赤松黄石好齐眉。

豫章胡氏华林书堂

张齐贤

一百年来烟爨同，衣冠江左慕家风。儿孙歌舞诗书内，乡党优游礼让中。

孝弟筠编争纪录，门闾天语赐褒崇。莫交六阙方朱氏，叶叶蒸尝奉始终。

读书龙门山土室作

吕蒙正

八滩风急浪花飞，手把渔竿傍钓矶。自是钓头香饵别，此心终待得鱼归。

祭　灶　诗

吕蒙正

一碗清汤诗一篇，灶君今日上青天；玉皇若问人间事，乱世文章不值钱。

尹 洛 日 作

吕蒙正

昔作儒生谒贡闱，今提相印出黄扉。九重鹓鹭醉中别，万里烟霄达了归。
邻叟尽垂新鹤发，故人犹著旧麻衣。洛阳谩道多才子，自叹遭逢似我稀。

请人画嵩山图

张　咏

嵩阳三十六峰寒，向为明时隐遁难。却顾事繁思不及，如何与作画图看。

归 隐 嵩 阳

张　咏

浮世事无限，何须要到头。壮心为客尽，孤迹卧云休。
匣剑已全弃，林僧亦少酬。从来愁恨意，乞待外人愁。

洛中寓居

张　咏

风尘籍籍伴穷迷，旋赁高斋洛水西。绿树不知游子恨，夕阳闲引杜鹃啼。
苔侵旧径来人绝，花满南轩翠竹低。自笑诗书冷无味，抱琴阶下草萋萋。

嵩山缑氏升仙

郑仲贤

秋风寂寞秋云轻，缑氏山头月正明。帝子西飞仙驭远，不知何处夜吹笙。

过鸿沟怀楚

王禹偁

侯公缓颊太公归，项籍何曾会战机！只见鸿沟分两处，不知垓下有重围。
危桥带雨无人过，败叶随风傍马飞。半日垂鞭念前事，露莎霜树映斜晖。

残句：唐虞得良弼

王禹偁

唐虞得良弼，姬孔是前身。尼丘钟骨骼，嵩岳与精神。

送仆射相公赴西京

王禹偁

五十升端揆，西郊任保厘。偶抛三事重，未失百僚师。
府县威仪引，宫城管钥随。粗官嫌出将，剧位是留司。
樱笋供筵馔，蜩蝉响路岐。碧纱题壁处，昼锦下车时。
请雨摩腾塔，寻芳白傅祠。维嵩过旧隐，禊洛赋新诗。
礼绝应悬榻，公余尚读碑。留台咨拜表，内殿列须知。
易退甘龙卧，难虚是凤池。两京全咫尺，三人不参差。
康济荒年谷，风标钉座梨。弼谐终在我，睠注更同谁。

温树阴犹在，甘棠影暂垂。常濡玉堂笔，愿草白麻词。

荥阳怀古

王禹偁

纪信生降为沛公，草荒孤垒想英风。汉家青史缘何事，却道萧何第一功。

故殿中侍御史荥阳郑公

王禹偁

柱史有名迹，清才自天纵。构思庆云合，落笔醴泉涌。
歌诗与文赋，铮铮人口讽。扬袂入泽宫，鹄心一箭中。
恃才善戏谑，负气好侮弄。大志有谁知，细行乖自讼。
小谏事世宗，惕惕佩光宠。太祖方历试，握兵权已重。
上书范鲁公，先见不能用。历数不在周，讴谣卒归宋。
汗漫失屠龙，接舆遂歌凤。行荷伯伦锸，高卧毕卓瓮。
神德不为嫌，优待台谏俸。晚求万泉令，吏隐官资冗。
一旦随朝露，识者弥哀痛。无子嗣家声，身世若一梦。
文编多散失，人口时传诵。空持一器酒，何处浇孤冢。

郑州与张秉监察联句

王禹偁

函关秋霁雁初回，六里商於晓色开。四皓有灵应笑我，谪官方始入山来。

嵩岳十四韵

魏　野

东西南北岳，峻极尽难群。有感生贤相，无偏像圣君。
四方观玉像，万壑绝妖氛。影入周公侧，声曾后汉闻。
民居依巨荫，敕祭答殊勋。洞府高低接，都城左右分。
烟浮巢父水，岚湿许由坟。顶阔星难移，岩高日易曛。
薜萝藏隐逸，瀑布溅耕耘。帝籍颁新读，天香降庙焚。
石危名启母，柏大号将军。献寿临双阙，呈祥出五云。

将仙存旧迹，封禅验遗文。终待移家住，闲眠乐放勋。

寄赠洛下达三藏

魏　野

曾携钵锡到灵山，古寺归来洛水边。新译经文传北阙，旧游诗句在西天。
炉中香想诸方施，笼里灯应数世传。别有空门难继处，宋尚书序本师编。

送王衢赴举

魏　野

独荐因公道，孤寒去若何，遥装行李少，近事祖筵多。
小雪飘嵩岳，微冰结汴河。归来乘驷马，林下愿重过。

经嵩阳废观因有戏题

魏　野

嵩阳多废观，欲验少碑文。地属村夫子，苔漫石老君。
草生泉更浸，松死烧犹焚。欲问神仙事，悠悠空白云。

寄唐异山人

魏　野

不见琴书友，相思二十秋。能消几席别，便是一生休。
未得云迎步，还应雪满头。何时各携杖，竟去会嵩丘？

送鲍大监赴阙

魏　野

紫诏徵黄下碧虚，棠郊人送去何如。深宜我后尊三老，未许伊川学二疏。
到想烟霞侵几仗，行愁花雨湿图书。归期野客难陪从，空有吟魂逐后车。

忆 洛 阳

寇 准

金谷春来柳自黄，晓烟晴日映宫墙。不堪花下听歌处，却向长安忆洛阳。

郑州浮波亭

陈尧佐

碧玉波光四面寒，虚空檐宇出林端。尘埃不到交游处，绕座扁舟与钓竿。

归 阙 感 怀

陈尧佐

望阙二年余，中宵梦玉除。忽闻天上诏，乍厌海边居。
归路寻芳草，空囊载旧书。君恩何以报，零泪落尘裾。

题建宁县洛阳村寺

张士逊

金谷花时醉几场，旧游无日不思量。谁知万水千山里，枉被人言过洛阳。

天安殿册封乐章

宋真宗 赵恒

名岳奠方，帝仪克举。吉日惟良，九宾咸旅。
温玉缕文，纁裳正宁。礼备乐成，荐神之祜。

加中岳尊号祭告乐章

宋真宗 赵 恒

钟石既作，俎豆在前。云旗飞扬，神光肃然。

当驾飙欻，来乎清圆。言备缛礼，享兹吉蠲。
节彼嵩岳，神明之府。秩秩威仪，肃肃灵宇。
懿号克崇，庶物咸睹。帝籍升名，式绥九土。
岩岩神岳，作镇中央。肃奉徽册，尊名孔章。
聿降飙驾，载献兰觞。熙事允洽，宝祚弥昌。
祗荐鸿名，寅威明祀。有楚之仪，如在之祭。
奠献既终，礼容克备。神鉴孔昭，福禧来暨。

驻跸郑州

宋真宗　赵恒

款谒已伸祈福意，巡方因慰徯徕心。都畿仰望和銮至，关辅欢迎警跸临。
地志周爰风俗美，郡民遍洽渥恩深。国侨遗爱常如在，百执宜思继德音。

郑州浮波亭

吕夷简

清波环绕地无尘，榜署嘉名得意新。若问经纶康济术，亭中兼有钓璜人。

题面壁

张　沦

西衲趺坐处，灵照逗有迹。颓然者何情，能传空相魄。
将无石之理，明昧眩相射。者来幻复真，空色总不隔。
寝虎云没镞，徙山亦辟易。能言与点头，往往留遗策。
有情化无情，兹理诞翕赫。咄咄僧菩提，法力大如昨。
北渡芦可航，西归履可支。宁此九年余，精力不汤溢。
缔想坐如尸，亦有介于石。

题巩县西门周襄王庙

晏　殊

人来人去市朝变，山后山前烟雾凝。萦带二川河洛水，寂寥千古帝王陵。

棋 盘 石

晏 殊

洞仙遗下石棋盘,人到壶天静处看。十九路谁弹黑界,几千年自带云寒。
面平可步流星势,尘净元无旧藓瘢。干雹声中闻子响,不知还许采樵观。

巢 父 井

晏 殊

禀生值尧年,率性在庞厚。安巢一枝上,岂曰鹑居陋。颍波人洗耳,曾不污牛口。
谅兹耕耒暇,凿饮隈林薮。含饴鼓其腹,帝力予何有。遂令千载外,此地存遗甃。
泓然逼乔木,宛若栖旓旧。乡人揭题榜,行旅谐瞻觏。我来观古迹,愕立徘徊久。
凄其望清风,不获见师友。愿言挹一勺,拭面洗心垢。翘勤慕高躅,感慨陈卮酒。
思齐胡可望,庶以宽容眚。夙驾恨长途,凭高重回首。

华 严 经

张 升

无名无利,无荣无辱,无烦无恼。夜灯前独歌独酌,独吟独笑。
况值群山初雪满,又兼明月交光好。便假饶百岁拟如何,从他老。
知富贵,谁能保;知功业,何时了。算箪瓢金玉,所争多少。
一瞬光阴何足道,但思行乐常不早。待春来携酒殢东风,眠芳草。

出都赴郑作

宋 庠

初免鸿枢任,无庸白发身。衰年虽去国,荥路尚妨人。
官借荀池旧,恩加汉节新。鸣铙先绣幰,彀骑挟朱轮。
梁雪初收腊,荥波渐溢春。且持宽大诏,行及劝耕民。

次 巩 县

宋 庠

昔走成周道，春风尚落花。今驰河内传，秋日正临霞。
山色依前绿，颠毛只是华。见迎多故史，衰壮两惊嗟。

题巢父井亭

宋 庠

箕岭逃尧去不回，沉沉遗甃碧烟开。廉泉让水犹堪贵，何况曾经天下来。

过列子观

宋 庠

两作朱幡守，重登羽客宫。故墟墙舍坏，尘案酎杯空。
款户殊无屦，乘衣尚有风。轩游曾驻跸，高意掩崆峒。

郡楼望嵩少作

宋 庠

旷荡三河阔，东西二室连。埋云峰树短，抱日岭霞鲜。
黛压周南野，岚薰巩右天。峥嵘元气外，磅礴太虚前。
斜麓横包壑，倾崖碧逗烟。巢荒尧客隐，笙断洛储仙。
夙尚临风结，幽怀傃里县。功名青史后，才器散樗边。
整顿登山屐，签题炼药篇。采芝应有路，种玉得无田。
喻指存真契，如灰息世缘。寄声鸾鹤侣，千载共来旋。

周公测景台

王 洙

周公祠宇尚中天，一瓣香烧岂素缘。景正嵩阳分晓暮，山宗黄盖列曾玄。
千年台照寒空月，万井春馀碧树烟。制作至今犹想见，当时谁赋《黍离》篇。

卢崖观瀑布柬登封令

王　洙

怪得高人胜地潜，怀归客子也须淹。三生石上闻仙乐，百尺崖前看瀑帘。
过眼浮云从漠漠，映阶瑶草自纤纤。问君解组前来否，尘世真能吏隐兼。

风　穴　寺

王　洙

若论风穴寺，应在少林前。叠嶂云千树，平桥月半川。
亭新开紫烟，洞古接青天。几度登临后，栖迟白昼眠。

太祖永昌陵

宋　祁

石马开陵道，阴虬结庙阿。飞云似不去，疑误《大风歌》。

太宗永熙陵

宋　祁

白虎晨端迴，青龙夕雾和。汉陵人易识，流水记帔陀。
故老今多丧，严祠日愈新。青青陵上杏，神护五株春。

真宗永定陵

宋　祁

金石凝虚荀，旌旗落暗尘。唐尧遂不见，空有进羹人。
洛水萦祠外，嵩山泊栋端。桥山何必问，只是葬衣冠。

谒四陵下宫

宋　祁

四陵烟柏蔽团晖，晓束朝绅拜庙闱。台下俗无西向射，寝中人护月游衣。
垂髯上汉龙难见，耘野连天鸟自飞。酹毕驱车循故道，经时回望怅依依。

废　郑　河

宋　祁

当年食溱洧，此地控长津。却见为陵日，难寻病涉人。
落霞遥送骛，荐草暗留麏。代往诗风变，田渠数报春。

郑子产庙

宋　祁

不知东里叟，遗迹但堪寻。语爱东家泪，论交季子心。
故坟犹有石，遗鼎遂无金。谬政为邦久，千秋谢所钦。

阳翟怀古眺望

宋　祁

城阓卿属眺，千古恨悠悠。夏亭空台毁，韩亡故址留。
庙祠旌颍风，溪水识巢牛。春色依林动，晨烟傍城浮。
庌驺Y闲自集，田鹤叫相求。町条汇绿密，川葭霍靡柔。
栎墟迷郑鄙，隗路隔轩游。感昔如吾辈，曾经几解愁。

游嵩山（八首）

梅尧臣

忆游嵩山

四字丹书万仞崖，神清之洞锁楼台。烟霞极目无人到，鸾鹤今应待我来。

河阳秋夕，梦永叔游嵩

夕寝北窗下，青山梦与寻。相欢不异昔，胜事却疑今。
风雨幽林静，云烟古寺深。揽衣方有感，还喜问来音。

凝　嵩　亭

西北望嵩邑，忆上太室时。陟彼已不浅，坐此安能知。
今谁绝壁下，但见前峰危。正与曩未异，目存迹焉追。

十月晦梦游嵩山明日访宋中道见次道寄宿岳寺

忽梦嵩峰下，同游失姓名。山腰荒荦道，岩窦落泉声。
黑石文难辨，苍苔迹易成。他时传洛咏，知是陆云兄。

汝州等慈寺阁望嵩岳

峥嵘古寺阁，苍山插晴檐。少室出天外，巍巍何尊严。
王都在其下，风露国所沾。日暮飞云归，已失中顶尖。

张仲通追赋洛中杂题和尝历览者六章其四石楼

山腰古石楼，杳蔼石梯上。低窥岩际树，对见龛中像。
檐中嵩云飞，槛逼伊湍响。同游已零落，岁月成俯仰。

寄西京通判宋次道学士

当时交友都无几，欲问欢娱亦异今。花接上林新木变，水分清洛旧池深。
嵯峨嵩色云常在，窈窕宫墙草又侵。修竹千竿白家寺，昔年题处可能寻。

希深惠书言与师鲁永叔子聪几道游嵩因诵而韵

闻君奉宸诏，瑞祝疑灵岫。山水聊得游，志愿庶可就。
岂无朋从俱，况此一二秀。方薪建春陌，十刻残昼漏。
初经缑氏岭，古柏尚郁茂。却过轘辕关，巨石相撑斗。
夕斋礼神祠，法衮被藻绣。毕事登山椒，常服更短后。
从者十数人，轻赍不为陋。是时天清阴，力气勇奔骤。
云岩杳亏蔽，花草藏涧窦。旁林有珍禽，惊聒若避彀。
盘石暂憩休，泓泉助吞漱。上窥玉女窗，崭绝非可构。
下玩捣衣砧，焜耀金纹透。尹子体雄佼，攀缘愈刁狃。
欧阳称壮龄，疲软屡颠踣。竞欢相扶持，芒屩恣践蹂。
八仙存故坛，三醉孰云谬。鄙哉封禅碑，数字昔镌镂。
偶志一时事，曷虞来者诟。绝顶瞰诸峰，隘然轻宇宙。
遥思谢尘烦，欲知群鸟兽。韩公传石室，闻之固已旧。

当时兴稍衰，不暇苦寻究。东崖暗壑中，释子持经咒。
于今二十年，饮食同猿狖。君子聆法音，充尔溢肤腠。
尝期蹑屐过，吾侪色先愀。遂乖真谛言，兹亦甘自咎。
中顶会几望，凉蟾皓如昼。纷纷坐谈谑，草草具觞豆。
清露湿巾裳，谁人苦羸瘦。便即忘形骸，胡为恋缨绶。
或疑桂宫近，斯语岂狂瞀。归来游少室，峭崒殊引脰。
石室迢递过，探访仍邂逅。扪萝上岑邃，仙屋何广袤。
乳水出其间，涓涓自成溜。凡骨此熏蒸，灵真安可觏。
霞壁几千寻，四字侔篆籀。咸意苔藓文，诚为造化授。
标之神清洞，民俗未尝遘。忽觉风雨冥，无能久瞻扣。
匆匆遂宵征，胜事皆可复。俚歌纵喧讲，怪说多鲛糅。
凌晨关塞阳，追赏颜匪厚。穷极四百里，宁惮疲左右。
昨朝书报予，闻甚醉醇酎。所嗟游远方，心焉倍如疚。

缑山子晋祠以下陪太尉钱相公游嵩山（七章）

梅尧臣

嵩　山

王子居玉京，故山空寂寞。犹闻朔月笙，尚想宾天鹤。
翠柏深古坛，丹霞留迥壑。芝庭谁款扉，旌旗穿林薄。

少　林　寺

红旌过翠岑，林际瞻莲宇。门对几千岩，花开第一祖。
禅庭松色寒，石室苔痕古。寂寂不逢人，空檐燕方乳。

少　姨　庙

灵祠古殿深，少室群峰碧。行雨欲随车，望岩非化石。
常闻兰气蒸，谁奠椒香液。寄谢洛川妃，淩波定何益。

天　封　观

车马云外来，衣霞半山雨。弭节扣真居，扪萝笑尘炬。
回溪响石丛，灵茹抽岩坞。玉槛刻年华，应无愧前古。

会　善　寺

杳蔼随龙节，萦纡历宝山。琉璃开净界，薜荔启禅关。
煮茗石泉上，清吟云壑间。峰端生片雨，稍促画轮还。

启　母　石

旷哉嵩室阳，神怪所栖宅。苍石不知年，灵熊去无迹。
烟岩想桂宫，苔壁疑椒掖。不学舜娥悲，潇湘竹枝碧。

轘　辕　道

险绝称汉关，晨跻瞻一室。盘纡石路回，迤逦云峰出。
古壁挂青苍，天风起萧瑟。洛城西首时，望望平烟密。

送胥平叔寺丞赴洛

梅尧臣

单车细马出虎牢，春云黕黕百舌嚎。谷雨已近花欲尽，秉烛夜饮朝坐曹。
因君重思昔日欢，醉笔狂扫嵩丘高。于今零落二十载，纵在各各叹二毛。
试采上阳何首乌，刮切仍致苦竹刀。俗情相望亦异此，竞欲折笋笼含桃。

送余郎中知郑州

梅尧臣

西接都门才百里，压城残雪照牙旗。风烟古是诸侯国，雁鹜新来仆射陂。
馈食且依当日具，铸刑无改昔人为。浓熏旧舍青绫被，不越常衙睡足时。

秋日同希深昆仲游龙门香山晚泛伊川觞咏久之

梅尧臣

落日川上好，徘徊弄孤舟。鸣榱进山口，清唱发渡头。
浅濑不可泝，停桡信中流。山樽对苍翠，溪鸟自沉浮。
濯足破岚影，采菱临芳洲。千龛晚烟寂，双壁红树秋。
细细石涧泉，摇摇波际楼。澄潭若泻监，万象已盈眸。
康乐足清尚，惠连仍此游。摘景固无遗，挥笔曾未休。
醉来同渊明，兴尽殊子猷。归傍渔梁静，行看夜火幽。
露华初滴滴，夜吹何飕飕。不犯严城漏，谁言怜近丘。

题周恭帝陵

李　淑

弄楯牵车挽鼓催，不知门外倒戈回。荒坟断陇才三尺，犹认房陵半仗来。

过郭店谒文靖公墓

吴　育

汉相岩岩真国英，门庭曾是接诸生。阳秋谈化四时具，河岳精神一座倾。

重建羊太傅祠和王原叔句

吴　育

羊公千载得清吟，芳迹虽遥契昔心。更与岘山为故事，凛然风格照来今。

嵩　巫　亭

富　弼

平地烟霄此半分，绣楣丹槛照清汾。风帘暮卷秋空碧，剩见西山数岭云。

答郑州祖龙图见寄原韵

富　弼

坐拥双旌甫浚郊，总戎曾未属鞭櫜。千金寡妙方移疾，二府交修取惮劳。
处世机牙都不竞，攝生权柄急须操。他时病起君恩报，始信林泉属我曹。

寄 欧 阳 公

富　弼

滁州太守文章公，谪官来此称醉翁。醉翁醉道不醉酒，陶然岂有迁客容。
公年四十号翁早，有德亦与耆年同。意古直出茫昧始，气豪一吐阊阖风。

双　泉

文彦博

长剑并弹霜气豪，白虹半折秋云高。濯缨洗耳更何处？世人回看轻鸿毛。

题纪太尉庙

文彦博

死节古来虽有矣，大都死节少如公。惟图救主重围内，不惮焚身烈焰中。
龙准有因方脱祸，猴冠无计复争雄。如何置酒咸阳会，只说萧何第一功？

过颍阳山墅作

文彦博

平生箕颍志，未免困名缰。赖此营山墅，频年至颍阳。
相邻紫云洞，不羡白莲庄。却愧耕夫问，归轩作底忙。

游花市示之珍

文彦博

去年春夜游花市，今日重来事宛然。到肆千灯多闪铄，长廊万蕊斗鲜妍。
交驰翠□新罗绮，迎献芳尊细管弦。人道洛阳为乐园，醉归恍若梦钧天。

宿少林寺

文彦博

六六仙峰绕静居，俗尘至此暂消除。西来未悟禅师意，北去还驰使者车。
五品封槐今尚在，九年面壁昔何如。心知一宿犹难觉，花藏重寻贝叶书。

清明后同秦帅端明会饮李氏园池

文彦博

洛浦林塘春暮时，暂同游赏莫相违。风光不要人传语，一任花前尽醉归。

嵩山杂咏(十首)

欧阳修

赠嵩山许道人

洛城三月乱莺飞，颍阳山中花发时。往来车马游山客，贪看山花踏山石。
紫云仙洞锁云深，洞中有人人不识。飘飘许子旌阳后，道骨仙风本仙胄。
多年洗耳避世喧，独卧寒岩听山溜。至人无心不算心，无心自得无穷寿。
忽来顾我何殷勤，笑我白发老红尘。子归为筑岩前室，待我明年乞得身。

赠　隐　者

五岳嵩当天地中，闻君仍在最高峰。山藏六月阴崖雪，潭养千年蜕骨龙。
物外自应多至乐，人间何事忽相逢。饮罢飘然不辞决，孤云飞去杳无踪。

子美画像

风雅久寂寞，吾思见其人。杜君诗之豪，来者孰比伦。
生焉一身穷，死也万世珍。言苟可垂后，士无羞贱贫。

箕　　山

朝下黄芦坂，夕望箕山云。缅怀巢上客，想彼岩中人。
弱岁慕高节，壮年婴世纷。漱流羡颍水，振衣嗟洛尘。
空祠乱惊鸟，山木含余曛。聊兹谢芝桂，归月及新春。

送龙茶与许道人

颍阳道士青霞客，来似浮云去无迹。夜朝北斗太清坛，不道姓名人不识。
我有龙团古苍璧，九龙泉深一百尺。凭君汲井试烹之，不是人间香味色。

戏石唐山隐者

石唐仙室紫云深，颍阳真人此算心。真人已去升寥廓，岁岁岩花自开落。
我昔曾为洛阳客，偶向岩前坐盘石。四字丹书万仞崖，神清之洞锁楼台。

云深路绝无人到，鸾鹤今应待我来。

县舍不种花，惟栽楠木、冬青、茶竹类，因此戏书

结绶当年仁两京，自怜年少体犹轻。伊川洛浦寻芳遍，魏紫姚黄照眼明。
客思病来生白发，山城春至少红英。芳丛密叶聊须种，犹得萧萧听雨声。

缑氏县作

亭候彻郊畿，人家岭坂西。青山临古县，绿竹绕寒溪。
道上行收穗，桑间晚溉畦。东皋有深趣，便拟卜幽栖。
秋色满郊原，人行禾黍间。雉飞横断涧，烧响入空山。
野水苍烟起，平林夕鸟还。嵩岚久不见，寒碧更孱颜。

南征回京至界上驿先呈城中诸友

朝云来少室，日暮向箕山。本以无心出，宁随倦客还。
春归伊水绿，花晚洛桥闲。谁有余樽酒，相期一解颜。

巩县陪祭献懿二后回孝义桥道中作

落日汉陵道，初寒惨暮飙。遥看山口火，暗渡洛川桥。
不见新园树，空闻引葬箫。林鸦栖已定，犹此倦征镳。

永昭陵挽词（三首）

欧阳修

（一）

与子虽天意，知人昔帝难。一言谋早定，九鼎势先安。
太舜仁由性，成汤治以宽。孤臣恩未报，清血但丸澜。

（二）

干戈不用臻无事，朝野多欢乐有年。便坐看挥飞白笔，侍臣新和柏梁篇。
衣冠忽见藏原庙，箫鼓愁闻向洛川。寂寞秋风群玉殿，还同恍惚梦钧天。

（三）

行殿沉沉画翣重，凄凉挽铎出深宫。攀号不悟龙胡远，侍从犹穿豹尾中。
日薄山川长起雾，天寒松柏自生风。斯民四十年涵煦，耕凿安知荷帝功？

巩县初见黄河

欧阳修

河决三门合四水，径流万里东输海。巩洛之山夹而峙，河来啮山作沙嘴。
山形迤逦若奔避，河益汹汹怒而詈。舟师弭楫不以帆，顷刻奔过不及视。
舞波渊旋投沙渚，聚沫倏忽为平地。下窥莫测浊且深，痴龙怪鱼肆凭恃。
我生居南不识河，但见禹贡书之记。其言河状巨且猛，验河质书信皆是。
昔者帝尧与帝舜，有子朱商不堪嗣。皇天意欲开禹圣，以水病尧民以溃。
尧愁下人瘦若腊，众臣荐鲧帝曰试。试之九载功不效，遂殛羽山惭而毙。
禹羞父罪哀且勤，天始以书畀于姒。书曰五行水润下，禹得其术因而治。
凿山疏流浚畎浍，分擘枝派有条理。万邦入贡九州宅，生人始免生鳞尾。
功深德大夏以家，施及三代蒙其利。江海淮济洎汉沔，岂不浩渺汪而大。
收波卷怒畏威德，万古不敢肆凶厉。惟兹浊流不可律，历自秦汉尤为害。
崩坚决壅势益横，斜跳旁出惟其意。制之以力不以德，驱民就溺财随弊。
盖闻河源出昆仑，其山上高大无际。自高泻下若激箭，一直一曲一千里。
湍雄冲急乃迸溢，其势不得不然尔。前岁河怒惊滑民，浸漱洋洋淫不止。
滑人奔走若锋骇，河伯视之以为戏。呀呀怒口缺若门，日啖薪石万万计。
明堂天子圣且神，悼河不仁嗟曰喟。河伯素顽不可令，至诚一感惶且畏。
引流辟易趋故道，闭口不敢烦官吏。遵涂率职直东下，咫尺莫可离其次。
尔来岁星行一周，民牛饱刍邦羡费。滑人居河饮河流，耕河之坝浸河渍。
嗟河改凶作民福，呜呼明堂圣天子。

登绛州富公嵩巫亭示同行者

欧阳修

群峰拥轩槛，竹树阴漠漠。公胡苦思山，规构自心作。
惟予爱山者，初仕即京洛。嵩峰三十六，终日对高阁。
阴晴无朝暮，紫气常浮泊。雄然九州中，气象压寥廓。
亦尝步其巅，培塿视四岳。其后窜荆蛮，始识峡山恶。
长江泻天来，巨石忽开拓。始疑茫昧初，浑沌死镌凿。
神功夜催就，万仞成一削。尤奇十二峰，隐见入冥邈。
人踪断攀缘，异物宜所托。顾瞻但徘徊，想象逢绰约。
嵩山近可爱，泉石吾已诺。终期友幽人，白首老云壑。
荆巫惜遐荒，诡怪杳难貌。至今清夜思，魂梦辄飞愕。
偶来玩兹亭，尘眼刮昏膜。况逢秋雨霁，浓翠新染濯。

峰端上明月，且可留幽酌。

洛阳牡丹图

欧阳修

洛阳地脉花最宜，牡丹尤为天下奇。我昔所记数十种，于今十年半忘之。
开图若见故人面，其间数种昔未窥。客言近岁花特异，往往变出呈新枝。
洛人惊夸立名字，买种不复论家资。比新较旧难优劣，争先擅价各一时。
当时绝品可数者，魏红窈窕姚黄妃。寿安细叶开尚少，朱砂玉版人未知。
传闻千叶昔未有，只从左紫名初驰。四十年间花百变，最后最好潜溪绯。
今花虽新我未识，未信与旧谁妍媸。当时所见已云绝，岂有更好此可疑。
古称天下无正色，但恐世好随时移。鞓红鹤翎岂不美，敛色如避新来姬。
何况远说苏与贺，有类异世夸嫱施。造化无情宜一概，偏此著意何其私。
又疑人心愈巧伪，天欲斗巧穷精微。不然元化朴散久，岂特近岁尤浇漓。
争新斗丽若不已，更后百载知何为。但应新花日愈好，惟有我老年年衰。

嵩阳叠石溪

范　镇

昨日愁风色，今朝喜日华。从容下官道，迤逦见人家。
盛服缘崖看，焚香满路遮。樵柯成市井，陶穴乃生涯。
舂石声相应，沉泥处或洼。累墙瓷隐辚，开径石槎牙。
柴积高于阜，钧檠疾甚车。自非秦避世，谁道舜风遐。
拄杖逢山斗，回舆值水斜。远林行翠风，幽隧转青蛇。
泉眼思搴藻，云头望采花。仰身书叠壁，平坐挹飞霞。
有景殊难纪，兹游信可夸。君如别业就，后会固无差。

崔象之中舍宰阳翟

韩　琦

君看荣利已恬然，此治韩城属荐贤。惠政即随春共煦，道心常与日月圆。
门疏俗客禅诠远，亭掩修篁定力坚。思退几人亭上籍，可容名记托新篇。

赠陈景回

苏　洵

丙申岁余，在京师乡人陈景回自南来弃其官，得太子中允景回旧有地，在蔡今将治园囿于其间。以自老余尝，有意于嵩山之下洛水之上买地筑室，以休息之馆而未果。今景回欲余诗遂道此意，景回志余言，异日可以知余之非戏云尔。

岷山之阳土如腴，江水清滑多鲤鱼。古人居之富者众，我独厌倦思移居。
平川如手山水蹙，恐我后世鄙且愚。经行天下爱嵩岳，遂欲买地居妻孥。
晴原漫漫望不尽，山色照野光如濡。民生舒缓无夭扎，衣冠堂堂伟丈夫。
吾今隐居未有所，更后十载不可无。闻君厌蜀乐上蔡，占地百顷无边隅。
草深野阔足狐兔，水种陆取身不劬。谁知李斯顾秦宠，不获牵犬追黄狐。
今君南去已足老，行看嵩少当吾庐。

忆山送人（五言七十八韵）

苏　洵

少年喜奇迹，落拓鞍马间。纵目视天下，爱此宇宙宽。
山川看不厌，浩然遂忘还。岷峨最先见，晴光厌西川。
远望未及上，但爱青若鬟。大雪冬没胫，夏秋多蚰蜒。
乘春乃敢去，匍匐攀孱颜。有路不容足，左右号鹿猿。
阴崖雪如石，迫暖成高澜。经日到绝顶，目眩手足颠。
自恐不得下，抚膺忽长叹。坐定聊四顾，风色非人寰。
仰面嗫云霞，垂手抚百山。临风弄襟袖，飘若风中仙。
朅来游荆渚，谈笑登峡船。峡山无平冈，峡水多悍湍。
长风送轻帆，瞥过难详观。其间最可爱，巫庙十数巅。
耸耸青玉干，折首不见端。其余亦诡怪，土老崖石顽。
长江浑浑流，触啮不可拦。苟非峡山壮，浩浩无隅边。
恐是造物意，特使险且坚。江山两相值，后世无水患。
水行月余日，泊舟事征鞍。烂漫走尘土，耳嚣目眵昏。
中路逢汉水，乱流爱清渊。道逢尘土客，洗濯无瑕痕。
振鞭入京师，累岁不得官。悠悠故乡念，中夜成惨然。
《五噫》不复留，驰车走镮辕。自是识嵩岳，荡荡容貌尊。
不入众山列，体如镇中原。几日至华下，秀色碧照天。
上下数十里，映睫青巑巑。迤逦见终南，魁岸蟠长安。
一月看山岳，怀抱斗以骞。渐渐大道尽，倚山栈夤缘。

下瞰不测溪，石齿交戈铤。虚阁怖马足，险崖磨吾肩。
左山右绝涧，中加一绳悭。傲睨驻鞍辔，不忍驱以鞭。
累累斩绝峰，兀不相属联。背出或逾峻，远骛如争先。
或时度冈领，下马步险艰。怪事看愈好，勤劬变清欢。
行行上剑阁，勉强踵不前。矫首望故国，漫漫但青烟。
及下鹿头坂，始见平沙田。归来顾妻子，壮抱难留连。
遂使十余载，此路常周旋。又闻吴越山，中明水澄鲜。
百金买骏马，往意不自存。投身入庐岳，首挹瀑布源。
飞下二千丈，强烈不可干。余润散为雨，遍作山中寒。
次入二林寺，遂获高僧言。问以绝胜境，导我同跻攀。
逾月不倦厌，岩谷行欲殚。下山复南迈，不知已南虔。
五岭望可见，欲往苦不难。便拟去登玩，因得窥群蛮。
此意竟不偿，归抱愁煎煎。到家不再出，一顿俄十年。
昨闻庐山郡，太守雷君贤。往求与识面，复见山郁蟠。
绝壁横三方，有类大破镮。包裹五六州，倚之为长垣。
大抵蜀山峭，巉刻气不温。不类嵩华背，气象多浓繁。
吴君颍川秀，六载为蜀官。簿书苦为累，天鹤囚笼樊。
岷山青城县，峨眉亦南犍。黎雅又可到，不见宜悒然。
有如烹脂牛，过眼不得餐。始谓泛峡去，此约今又愆。
只有东北山，依然送归轩。他山已不见，此可着意看。

赐端明殿学士曾公亮赴郑州

宋仁宗　赵　祯

华光辍侍，爰解于禁严；东里偃藩，式资于慈惠。载怀茂德，宜有宠行。
儒术明师法，才能举德輶。词林成惜别，郡绂是勤求。
罢直鳌番夜，前驱隼建秋。国门三舍近，无阙贡嘉猷。

题纪信庙

祖无择

汉祖临危日，将军独奋功。一身虽是诈，万古尽言忠。
树老风声涩，天寒景色空。我来观庙貌，无语对村翁。

闲 适 吟

邵 雍

春看洛城花，秋玩天津月。夏披嵩岑风，冬赏龙山雪。

登 嵩 顶

邵 雍

九州环绕若棋枰，万岁峰高看太平。四海有人能统御，中原何复有交争。
长忧眼见奸雄辈，但愿身为尧舜氓。五十三年芜没事，如今方喜看春耕。

登封县宇观少室

邵 雍

天地始融结，此山已高极。群峰拥旌幢，巨石罗剑戟。
日出崖先红，雨余岚更碧。安知无神仙，其间久遁迹。

和魏教授见赠

邵 雍

清世文章日月悬，无才唯幸乐丰年。游山太室更少室，看水伊川又洛川。
古有孟柯难语觉，时无颜子易为贤。读书每到无根处，长惧诸公问极玄。

尧夫非是爱吟诗

邵 雍

尧夫非是爱吟诗，诗是尧夫登阁时。往事千年徒渺茫，斜阳一片漫光辉。
伊川洛川水似线，太室少室峰如锥。争者从来多闲气，尧夫非是爱吟诗。

山中寄登封令

邵　雍

初离县日谋经宿，既到山中未忍回。公宇若无民事决，愿携茶器上山来。

思程氏父子兄弟因以寄之

邵　雍

年年时节近中秋，佳山佳水烂漫游。此际归期为君促，伊川不得久迟留。

吟留侯张子房

邵　雍

汉室开基第一功，善哉能始又能终。直疑后曰赤松子，便是当年黄石公。
用舍随时无分限，行藏在我有穷通。古人已死不复见，痛惜今人少此风。

逍　遥　游

邵　雍

叹人生容易老，总不如盖一座安乐窝，上有琴棋书画，下有渔读耕樵。
闲来了，河边钓，闷来了，把琴敲，吃一辈子杜康酒，醉乐陶陶。

和君实端明洛阳看花

邵　雍

洛阳最得中和气，一草一木皆入看。饮水也须无限乐，况能时复举杯盘。
洛阳花木夸天下，吾辈游胜庶士游。重念东君分付意，忍于佳处不迟留。
洛阳交友皆奇杰，迎赏名园只似家。却笑孟郊穷不惯，一日看尽长安花。

嵩阳道中

蔡　襄

千里动秋意，萦回上古原。山樵斫晚日，野火著寒云。
钟磬出邻寺，牛羊下远村。振衣归去好，尘事莫知闻。

游龙门香山寺

蔡　襄

彩阁萦林转，苍崖隔水开。龛明千像日，波起一滩雷。
绿浅春前草，香余腊后梅。背人惊鹭去，将雨好风来。
云气随衣袂，岚光入酒杯。清游知不屡，欲下更徘徊。

梦中作

蔡　襄

九月朔，予病在告，昼梦游洛中，见嵩阳居士留诗屋壁，及寤，犹记两句，因成一篇。思念中来，续为十首，寄呈太平杨叔武。

天际乌云含雨重，楼前红日照山明。嵩阳居士今何在？青眼看人万里情。

洛阳诗帖

蔡　襄

洛阳风景实堪夸，几处楼台处处花。尽是齐王修种得，如今惆怅似无空。

过天津桥

蔡　襄

日暖溪平冰渐销，水声才下内前桥。山川满眼闲宫殿，草树迷人旧市朝。
每向寻春偏有意，却成怀古更无聊。洛阳平昔多豪俊，惆怅埋魂不可招。

观宋中道家藏书画

蔡 襄

宣献业文学，尝作调羹盐。藏书百千帙，传世惟清廉。
东堂得春和，花卉晨露沾。之君延宾从，当昼褰珠帘。
朱函青锦囊，宝轴红牙签。大令至欧褚，屈玉联钩钤。
草行战骑合，楷正中军严。水墨固昏淡，骨气犹深潜。
江田亦名手，农野兴锄镰。桑麻归女喜，馌饷儿童觇。
列女自幽闲，明眸咽颈纤。昔人何遥遥，意会相披瞻。
南曹古貌醒，博士新诗炎。持杯屡属我，谓我毫锥铦。
煤妪浮醉细，研流泣秋蟾。放洒云雷起，取余风浪恬。
鄙艺岂足多，诧语谁能兼。因思左宣献，载檄陪车幨。
辱公知遇厚，表里曾无嫌。间复请笔法，指病如投砭。
今朝观故物，惜已悲惭兼。层丘恩德重，素发年华添。
不能枉尺寻，况乃事飞箝。壮心久已衰，奇尚顾未厌。
幸公有令子，辞源横江灊。剧饮以自慰，后庆其人占。

过白乐天坟

蔡 襄

乐天本才士，羽仪衬颉颃。脱身避祸机，遂得林泉尚。
生爱香山游，死亦香山葬。悠悠醉吟魂，终古填幽圹。
小堂松桧间，跻攀白云上。春日照伊流，素波明演漾。
草枝岂有情，一步一回望。

过仁宗皇帝挽词(二首)

蔡 襄

万世威神在，多方惠泽隆。密音通虏壤，行哭亦儿童。
画翣离丹阙，幽堂对紫嵩。孤城空雨泣，白首抱遗弓。

俭勤追禹绩，恭让体尧仁。措枉朝多直，除苛吏尽循。
遵儒恩礼异，左戚赏刑均。立子知天意，超然即上宾。

和邵尧夫见寄

吕　诲

冥冥鸿羽在云天，邈阻风音已十年。不谓圣朝求治理，尚容遗逸卧林泉。
羡君自有随时乐，顾我官闲饱昼眠。应笑无成三黜后，病衰方始赋归田。

之石窟寺马上作

韩　维

今辰忘我劳，幽事随所历。翠麦回一川，黄华明半壁。
山林契宿尚，老大悲物役。便欲从溪僧，分居窟崖石。

武牢道中

韩　维

春寒驱传马，西度虎牢关。草树高低雪，烟云左右山。
英豪攻战地，风物笑谈间。俯仰看今古，悠然百虑间。

答仲章别后见寄

韩　维

会合非素期，追欢得同好。旅情忘郁约，春事入吟啸。
子行反峭巩，我去旁嵩少。怅望洛阳花，金樽不同倒。

踏莎行

韩　维

归雁低空，游峰趁暖。凭高目向西云断。具茨山外夕阳多，展江亭下春波满。
双桂情深，千花明焕。良辰谁是同游伴。辛夷花谢早梅开，应须次第调弦管。

春霁忆洛阳

韩　维

少年结客洛阳时，闲傍车风驻马蹄。山色远饶潘岳宅，波光轻撼窈娘堤。
花繁到处红如堵，酒好寻常醉似泥。赖有金台旧知己，应怜魂断虎牢西。

踏　莎　行

韩　绛

嵩峤云高，洛川波暖。举头乔木森无断。□□□雨绝风尘，小桥频过春桥满。
□□离宫，□棱斗焕。万家罗绮多游伴。□□□□自风口，□□是处喧弦管。

孝　义　桥

韩　维

残花辞故都，细雨度清洛。浮梁拖龙腹，径石乱鹅壳。
山形壑如对，林色秀可握。渔子何处去，长罾波面落。

次韵和相公九月八日所赐诗

韩　维

丛头金菊层层闹，木末丹花艳艳红。美景岁时暌寿斝，流光朝暮阅疏钟。
诗成洛社腾邮置，梦绕伊川拜杖从。早晚安车来就第，樽前重奏喜相逢。

和孙廷平坦嵩山（十首）

韩　维

寒　溪　石

寒溪水痕落，怪石千万状。须防游屐滑，不碍钓舟漾。安得平若席，卧看孤月上。

古　木　阴

山木以不材，故能遂拥肿。阴成众人息，于世岂非用。不用用已成，兹理古所重。

孤竹苹

春山夜多雨，点萍生水涘。谁与赏幽芳，惟有岩中子。抱琴沙上立，日暮清风起。

春溪水

阳生溪谷温，坼坼冰面破。渌随波色还，白放云光堕。野鸥岂知此，终日忘形坐。

垂崖鞭

蛰蛇拖脩尾，下映赤壁烟。骐骥久不出，此物甘弃捐。常恐雷雨至，飞起苍崖颠。

渔舟火

拖网潭上归，孤烟出峰背。稍没寒雾中，微明秋雨外。起我江湖心，鲈鱼方可脍。

天外峰

孤峰望不极，却视天形低。天高岂可逾，直以云蒙之。何时一扫去，高下皎不疑。

秋原菊

秋风原上菊，百草同蕃滋。霜至草已死，黄花始离离。君子不独异，显晦顾有时。

幽谷泉

鸣泉泻幽谷，谷响声又激。上荫百丈松，下有无数石。会脱炎天屦，坐浸两脚赤。

云际钟

层云冒诸岭，迢迢起何处。稍与暝烟沉，还随晚风度。声绝人倚楼，东风月才吐。

嵩山

黄庶

峨峨镇中夏，峻极万寻跻。突兀摩天顶，窈窕入地脐。
中林兴夏雹，半壑卧秋霓。泉恐连清汉，峰疑拥碧圭。
云高四夷见，雨到八方齐。渤澥看如带，青冥上是梯。
醉堪扪日月，吟可摘娄奎。翠盖何时动，金为玉检泥。

和象之雨后望少室山白云

黄　庶

尘埃奔趋插手板，十年已卖山中闲。相逢少室若交旧，白云与我开容颜。
风驱烟气云敞幕，天覆碧玉无瑕瘢。我疑岳神宴天上，扫洒伊洛为图看。
又疑山鬼有寒税，纩絮万叠输阴官。色如可餐无厌饱，颇梨为甑炊琅玕。
去去不观不能已，一里回首百据鞍。长安许生以画名，闲暇拂拭新素纨。
能求山高水深趣，常恐造化在笔端。每观云泉得意处，拟写男女家其间。
今对异景惭首鼠，愚若犬彘编槽栏。君诗托我有深意，明月一杯心往还。

过少姨庙

黄　庶

阴森老柏少姨庙，炉烟蓬勃疑行云。祭盘狼藉山鸟饱，巫祝生涯来往人。

过许由冢

黄　庶

稷契宁渴死，不饮箕颍泉。先生独洗耳，不听天子言。
清风饱进退，千载何悠然。孤坟没荆棘，高名争青山。
嗟我迍邅身，一命行十年。味薄无辛咸，璞顽废雕镌。
朝行箕山麓，暮挹颍水源。竹帛何处所，搔首忞鱼间。
白云要闲友，尚苦儿女牵。丈夫合勇决，顾计羞面颜。

伊川喜雨

黄　庶

尺雨乘春尉望深，家家仓廪一年心。伊川父老还知否，此是随车傅说霖。

洛阳道中

黄　庶

秋风满巾衣，洛水行饮马。山川气象老，身若在士画。
嵩云知客心，峰色如扫洒。荒草遍丘墟，沉吟动舒泻。

赠山寺僧

黄　庶

慵饱浮图世共憎，蓬蒿师独养牛耕。田驱白石年常过，林印青薪岁旋生。
竹似子孙怜笋茁，树添松柏补风声。眉头怪得春来喜，雨起蔬苗粒粒成。

汴　河

黄　庶

汴都峨峨在平地，宋恃其德为金汤。先帝始初有深意，不使子孙生怠荒。
万艘北来食京师，汴水遂作东南吭。甲兵百万以为命，千里天下之腑肠。
人心爱惜此流水，不啻布帛与稻粱。汉唐关中数百年，木牛可以腐太仓。
舟楫利今百于古，奈何益见府库疮。天心正欲医造化，人间岂无针石良。
窟穴但去钱谷蠹，此水何必求桑羊。

和元伯走马看牡丹

黄　庶

城中走马趁残春，诗别余花句句新。何似园家不吟醉，姚黄魏紫属游人。

送任逵度支监嵩山崇福宫

曾　巩

汉阳门下士，车骑幕中宾。志节初皆壮，风流久更新。
枢庭承远派，郎位袭清尘。雅淡琴声古，温纯玉性真。
诗书来射策，慈惠起临人。淮海褰帷久，褒斜叱驭频。

政平无横史，刑省绝冤民。汴路扬旌出，吴门拥节巡。
持权心似水，待物气如春。懋德垂承诏，遗荣遽乞身。
行高宁系俗，道胜不忧贫。北绝分琳馆，西归近紫宸。
鸿飞开羽翼，骥逸露精神。却理烟霞宅，重寻水石禽。
青嵩销鹤怨，碧洛见鸥驯。故友欣联璧，诸儒慕垫巾。
学兼鸿宝异，兴与赤松亲。激劝留方册，惊传动缙绅。
浮云虽抗意，仄席正逢辰。只恐尊廉退，丁宁致软轮。

岘山亭置酒

曾　巩

石磴索回入杳冥，筠松高下簇虚亭。春归野路梅争白，雪尽沙田麦正青。马窟飞云临画栋，凤林斜日照疏櫺。长年酒量殊山简，却上篮舆恨独醒。

嵩山祈雪诗

司马光

今秋少雨冬不雪，麦寄浮埃根欲绝。圣主焦心悯万民，负扆不怡常膳撤。
诏书朝下遍九州，岳渎百神俱祷求。西都留守虔群命，促驾不敢须臾留。
嵩高万仞蟠地中，海内众山无与雄。前驱大旆拥千骑，波腾云涌来祠宫。
牲肥酒香笾豆洁，盛服斋明芦毛血。有司执事皆肃然，宝帐神来风窣屑。
公心犹畏九阍遥，丹诚不得通于霄。分留导从屯林麓，别张醮具登山椒。
山椒迢遰峻无极，行挽枯藤蹋危石。万室嗷嗷悉死饥，敢惮劬劳爱馀力。
天门上出俄坦平，下视一世尘杳冥。焚香拜手倾悬恻，左右前后皆列星。
公今三守三川地，咫尺嵩高未尝至。诘朝既毕祠祀严，暂转鸣珂历诸寺。
少林昔为达摩居，达摩英灵今有无。庾辞流散满天下，竟以两手扪空虚。
法王魏氏离宫旧，玉刻狻猊扁犹有。子孙宗庙皆尘灰，止见伽蓝存不朽。
会善庭隅千岁松，一极二股凌寒空。势如鼎足争秀出，泠泠永夜吟霜风。
少室先生乐闲暇，弃官来家玉峰下。昔为流泊据鞍人，今结东陵卖瓜舍。
溪上有堂名挂冠，四垣重复皆林峦。呼儿扫地喜公到，随分弦歌留尽欢。
周王太子名闻久，相传羽化缑山首。鹤飞笙远窅无迹，遗庙今人空沥酒。
公来本不事遨嬉，周流闾里询疲羸。亲呼令长嘱赤子，勿贪荣利穷鞭笞。
境中群望无不走，回辔仍过凿龙口。奉先暮投林日曛，浥涧晨征辙冰厚。
归来新诗盈一编，明珠大贝相属联。此行虽不从公后，历历胜游皆目前。

虎　牢　关

司马光

天险限西东，难知造化功。路邀三晋会，势压两河雄。
余雪沾枯草，惊飚卷断蓬。徒观争战处，今古索然空。

和王秀才以光始自陕右游山归复登少室为诗见寄

司马光

瘦马飘摇屡往还，疲劳专为访名山。须知筋力行将老，渐恐峰峦不可攀。
蜡屐早能寻胜概，弹冠悔更落尘寰。幸依贤者为东道，大得逍遥水石间。

和尧夫首尾吟

司马光

尧夫非是爱吟诗，安乐窝中无所为。古道白头无处用，今时青眼几人知。
嵩山洛水长相见，秋月春风不失期。筋力虽衰才思壮，递年比较未尝亏。

和邵尧夫霁登石阁

司马光

飞檐危槛出林端，王屋嵩丘咫尺间。独爱高明游佛阁，岂知忧喜满尘寰。
目穷莽苍织毫尽，身得逍遥万象闲。暇日登临无厌数，悲风残叶已珊珊。

新买叠石溪山庄再用前韵招景仁

司马光

一溪清水佩声寒，两岸莓苔锦绣斑。三径谁来卜邻舍，千峰我已作家山。
鹿裘藜杖偏宜老，紫陌红尘不称闲。早挈琴书远相就，放歌烂醉白云间。

缑 山 引

司马光

王子吹笙去不还,当时旧物惟缑山。山深树老藏遗庙,春月秋风空自闲。
轘辕左界连商雒,碧瓦朱栏露华薄。经时掩户庭草深,永昼无人对花落。
徘徊未下日将西,遥望嵩阳烟景微。鹤驭飘飘向何许,林间空见白云飞。

和景仁题崇福宫

司马光

历历山头雪,泠泠松下风。樽中亦有酒,恨不与君同。
不独山头白,人头亦垂素。积雪有时消,青山色如故。

和君贶寄河阳侍中牡丹

司马光

真宰无私妪煦同,洛花何事占全功?山河势胜帝王宅,寒暑气和天地中。
尽日玉盘堆秀色,满城绣毂走香风。谢公高兴看春物,倍忆清伊与碧嵩。

送次子敏归河阴

刘 敞

表里山河险,成皋广武间。仕贫宁自佚,待次复空还。
寿酒千秋祝,儿衣五彩斑。人生此乐少,何事惨离颜。

书汜水关寺壁

王安石

汜水鸿沟楚汉间,跳兵走马百重山。如何咫尺商於地,便有园公绮季闲。

晚春初夏

王安石

阴阴夏景变余春，清晓园林未有尘。日日东风欺弱柳，鹅黄吹尽作青云。
少室山前日日风，望嵩楼下水溶溶。卷将春色归何处，尽在车前榆荚中。

题永昭陵

王安石

神阙澹朝晖，苍苍露未晞。龙车不可望，投老涕沾衣。

送直讲吴殿丞宰巩县

王安石

青嵩碧洛曾游地，墨绶铜章忽在身。拥马尚多畿甸雪，随衣无复禁城尘。
古来学问须行己，此去风流定慰人。更忆少陵诗上语，知君不负巩梅春。

出巩县

王安石

昭陵落月烟雾昏，篝火度谷行山根。投鞭委辔涉数村，寤出巩县城东门。
向来宫阙不可见，但有洛水流浑浑。

登飞来峰

王安石

飞来峰上千寻塔，闻说鸡鸣见日升。不畏浮云遮望眼，自缘身在最高层。

题北山隐居王闲叟壁

王安石

荒村日午未开门，雨后余花满地存。举世但能旌隐逸，谁人知道是王孙。

张　良

王安石

留侯美好如妇人，五世相韩韩入秦。倾家为主合壮士，博浪沙中击秦帝。
脱身下邳世不知，举世大索何能为。素书一卷天与之，谷城黄石非吾师。
固陵解鞍聊出口，捕取项羽如婴儿。从来四皓招不得，为我立弃商山芝。
洛阳贾谊才能薄，扰扰空令绛灌疑。

书任村马铺

王安石

儿童系马黄河曲，近岸河流如可掬。任村炊米朝食鱼，日暮荥阳驿中宿。
投老经过身独在，当时洲渚今平陆。秫黍冥冥十数家，仰视荒蹊但乔木。
冰盘鲙美客自知，起看白水还东驰。尔来百口皆年少，归与何人共此悲。

咏　列　子

刘　攽

御寇卧郑都，子阳归之粟。固辞得无受，妻子怨窘束。
君非自知我，人事故反复。俯仰未及终，类偶首邦族。
始知至人心，避荣乃避辱。如何当路子，扰扰事干禄。

题　密　县

郭　稹

如堂见诸经，此日单车驻。力耕丰稔时，肥遁优游处。
山近多樵薪，讼稀去钩距。老槐不计年，自古庭前树。

牡丹(二首)

范纯仁

牡丹奇擅洛都春,百卉千花浪纠纷。国色鲜明舒嫩脸,仙冠重叠剪红云。
竞驰绝品供天赏,旋立佳名竦众闻。园吏遮藏恐凋落,直倚青盍过残曛。

夺尽春光胜尽花,都人巧植斗新华。搜奇不惮过民舍,醉赏唯愁污相车。
密蕊攒心承晓露,繁红添色映朝霞。何妨纵步家家到,园圃相望幸不赊。

汝州温泉

范纯仁

山前阴火煮灵源,昔日曾临万乘尊。历尽兴亡皆如此,不随世俗变寒温。

送少室僧

王无咎

嵩峰一径望中开,古木萧萧鹤自回。天外虚声来锡底,泉间流影到云堆。
老猿夜静闻经语,疏柳钟沉泠咒台。长啸碧空秋万里,苍茫不尽有蓬莱。

忆　洛

王无咎

苍苍云树满关河,百战中原涕泪多。伊阙时通春草梦,平湖乍听采菱歌。
天心厌乱亡荧惑,人意还家眷薜萝。八月潮来江海动,孤舟高卧有渔蓑。

恨君不作洛阳客

徐　积

余虽不作洛阳客,自有吟魂兼醉魄。吟魂醉魄御风行,看尽千花万花色。
宁知洛浦有人留,挽定春衫归不得。脱身误入嵩山中,山中逢见白发翁。
欢然借我双金童,须臾引入花林中。乱花深处迷西东,花光照天香熏空。

金盆挹酒双瑶钟，酒酣邀我吟春风。绀云千丈挥正虹，搜罗万变穿神功。
有人飞下紫霄峰，酬诗解珮声玲珑。余方却步不与语，笑余不似郑交甫。

夜宿嵩山华严寺

苏舜钦

危构岩峣出太虚，坐看斜日堕平芜。白烟覆地澄江阔，皎月当天尺璧孤。
疏磬悲吟来竹阁，青灯寂寞照吟躯。老僧怪我何为者，说尽兴亡涕泪俱。

颍川留别王公辅

苏舜钦

得罪身去国，犯寒挽孤舟。亲友舍我去，乃独与子游。
子实饱文义，辞闽入中州。气劲耻苟合，半岁为我留。
我穷不相弃，同载适宛丘。在困见人情，此意不可酬。
解携春波上，会合知何秋。

故殿中侍御史荥阳郑公

王禹偁

柱史有名迹，清才自天纵。构思庆云合，落笔醴泉涌。
歌诗与文赋，铮铮人口讽。扬袂入泽宫，鹄心一箭中。
恃才善戏谑，负气好侮弄。大志有谁知，细行乖自讼。
小谏事世宗，愓愓佩光宠。太祖方历试，握兵权已重。
上书范鲁公，先见不能用。历数不在周，讴谣卒归宋。
汗漫失屠龙，接舆遂歌凤。行荷伯伦锸，高卧毕卓瓮。
神德不为嫌，优待台谏俸。晚求万泉令，吏隐官资冗。
一旦随朝露，识者弥哀痛。无子嗣家声，身世若一梦。
文编多散失，人口时传诵。空持一器酒，何处浇孤冢。

咏　象　戏

程　颢

大都博弈皆戏剧，象戏翻能学用兵。车马尚存周战法，偏裨兼备汉官名。

军中八面将军重，河外尖斜步卒轻。却凭纹楸聊自笑，雄如刘项亦闲争。

秋　日

程　颢

闲来无事不从容，睡觉东窗日已红。万物静观皆自得，四时佳兴与人同。
道通天地有形外，思入风云变态中。富贵不淫贫贱乐，男儿到此是豪雄。

过超化寺

程　颢

文举不可见，子平谁与亲。独携太平酒，醉卧前溪云。
恍惚郁罗上，迎谒玉华君。怡然开锦蕴，当我陈秘文。
所言非韵丽，其旨皆至真。丹液诳愚俗，慈航超世津。
倾心佩微训，羽驾随飙轮。神惊了无迹，落日烟岚昏。

代少卿和王宣徽崇福宫

程　颢

睿祖开真宇，祥光下紫微。威容凝粹穆，仙仗俨周围。
嗣圣严追奉，神游遂此归。冕旒临秘殿，天日照西畿。
朱凤围星盖，青童护玉衣。鹤笙鸣远吹，珠蕊弄清晖。
瑶草春常在，琼霜晓未晞。木文灵像出，太一醴泉飞。
醮夕思飙驭，香辰望绛闱。衰迟愧宫职，萧洒自忘机。

游　嵩　山

程　颐

鞭羸百里远来游，岩谷阴云暝不收。遮断好山教不见，如何天意异人谋？

题王子晋

程　颐

屣弃万乘追浮丘，仙成驾鹤缑山头。碧桃千树锁金嗣，玉笙嘹亮天风秋。
回眸下笑蜉蝣辈，蜗角争战污浊世。何当高气凌云霄，愿随环佩联云骑。

奉陪颖叔赋钦院牡丹

沈　辽

昔年曾到洛城中，玉椀金盘深浅红。行上荆溪溪畔寺，愧将白发对东风。

广武山怀古

刘季孙

楚汉兵相接，乾坤昼亦暝。虎争千里震，龙战四郊腥。
故垒从谁问，严祠自昔灵。北风吹败木，落叶任飘零。

过少林辄书四韵兼贻庆长老

王彦辅

天入千岩碧，林收万古春。静中深有境，险外绝无邻。
宦牒婴污色，禅关脱世尘。安心无觅处，断背为何人。

呈大德禅师

尹　辅

支遁行藏惠远才，儿年嵩少避浮埃。八行丹诏云间落，一对紫衣天上来。
诵律夜窗寒月皎，闭门秋渚白莲开。名高自达君王听，就降殊恩不假媒。

别 子 由

苏 轼

先君昔爱洛城居，我今亦过嵩山麓。水南卜筑吾岂敢，试向伊川买修竹。
又闻缑山好泉眼，傍市穿林泻冰玉。想见茅檐照水开，两翁相对清如鹄。

颍大夫庙，颍考叔也，庙在汝州颍桥

苏 轼

人情难强回，天性可微感。世人争曲直，苦语费摇撼。
大夫言何柔，暴主意自惭。荒祠傍孤冢，古隧有残坎。
千年惟茅焦，世亦贵其胆。不解此微言，脱衣徒勇敢。

嵩 阳 三 题

苏 轼

少 林 寺

少林素壁，不以为碍。弥天同辈，不以为泰。
稽旨六师，昔晦今明。不去不来，何损何增。
俯仰屈伸，三十一年。我虽日化，其谁能迁。

将 军 柏

肃肃避暑宫，石殿秋日冷。凛然中庭柏，气压千夫整。
风声答万壑，云色通诸岭。材大难为工，甘与蓬蒿屏。

启 母 石

神夫化黄熊，神母化白石。婴儿剖还父，涕泣何暇恤。
尔来三千岁，往事谁复识。惟有少姨存，相望居二室。

子由新修汝州龙兴寺吴画壁

苏 轼

丹青久衰工不艺，人物尤难到今世。每摹市井作公卿，画手悬知是徒隶。

吴生已与不传死，那复典刑留近岁。人间几处变西方，尽作波涛翻海势。
细观手面分转侧，妙算毫厘得天契。始知真放本精微，不比狂花生客慧。
似闻遗墨留汝海，古壁蜗涎可垂涕。力捐金帛扶栋宇，错落浮云卷新霁。
使君坐啸清梦余，几叠衣纹数襟袂。他年吊古知有人，姓名聊记东坡弟。

记所见开元寺吴道子画佛灭度以答子由

苏　轼

西方真人谁所见，衣被七宝从双狻。当时修道颇辛苦，柏生两肘乌巢肩。
初如濛濛隐山玉，渐如濯濯出水莲。道成一旦就空灭，奔会四海悲人天。
翔禽哀响动林谷，兽鬼踯躅泪迸泉。庞眉深目彼谁子，绕床弹指性自圆。
隐如寒月堕清昼，空有孤光留故躔。春游古寺拂尘壁，遗像久此霾香烟。
画师不复写名姓，皆云道子口所传。纵横固已蔑孙邓，有如巨鳄吞小鲜。
来诗所夸孰与此，安得携挂其旁观。

追和子由去岁试举人洛下所寄诗五首暴雨初晴

苏　轼

秋后风光雨后山，满城流水碧潺潺。烟云好处无多子，及取昏鸦未到间。

洛邑从来天地中，嵩高苍翠北邙红。风流耆旧消磨尽，只有青山对病翁。

白汗翻浆午景前，雨余风物便萧然。应倾半熟鹅黄酒，照见新晴水碧天。

疾雷破屋雨翻河，一扫清风未觉多。应似画师吴道子，高堂巨壁写降魔。

客路三年不见山，上楼相对梦魂间。明朝却踏红尘去，羞向清伊照病颜。

辛丑十一月十九日既与子由别于郑州西门之外马上赋诗一篇寄之

苏　轼

不饮胡为醉兀兀，此心已逐归鞍发。归人犹自念庭帏，今我何以慰寂寞！
登高回首坡垅隔，但见乌帽出复没。苦寒念尔衣裘薄，独骑瘦马踏残月。
路人行歌居人乐，僮仆怪我苦凄恻。亦知人生要有别，但恐岁月去飘忽。
寒灯相对记畴昔，夜雨何时听萧瑟。君知此意不可忘，慎勿苦爱高官职。

送范景仁游洛中

苏　轼

小人真暗事，闲退岂公难。道大吾何病，言深听者寒。
忧时虽早白，驻世有还丹。得酒相逢乐，无心所遇安。
去年行万里，蜀路走千盘。投老身弥健，登山意未阑。
西游为樱笋，东道尽鹓鸾。杖屦携儿去，园亭借客看。
折花斑竹寺，弄水石楼滩。鬻马衰怜白，惊雷怯笑韩。
蘚书标洞府，松盖偃天坛。试与刘夫子，重寻靖长官。

与王郎昆仲及儿子迈，绕城观荷花，登岘山亭

苏　轼

吏民怜我懒，斗讼日已稀。能为无事饮，可作不夜归。
复寻飞英游，尽此一寸晖。撞钟履声集，颠倒云山衣。

登嵩山组诗

苏　辙

石　径

苍壁上参天，微径随流水。聱牙石齿乱，纷薄黄叶委。
牵攀不得上，颠仆几将止。勉强终此行，更老知难至。

玉　女　窗

岩窦有虚明，昽昽发晴晓。真人无俦匹，窗下晨妆早。
门开秋雨入，室静长风扫。绝迹杳难寻，朱颜未尝老。

捣　衣　石

玉女云为衣，飘摇不须捣。空传岩下石，夜杵知谁抱。
清泉供浣濯，素月铺缯缟。人世迫秋寒，处处砧声早。

醒　心　泉

上山苦饥渴，中道得寒泉。举瓢石窦响，入口烦痾痊。

洑流去不见，落涧声锵然。莫归复相值，相从下平川。

峰　顶　寺

重重山前峰，上上终非顶。行登众岭彻，始得山门迥。
高风惨多寒，落日侧先暝。却视向所经，眇如在深井。

登　封　坛

登封事已遥，大碑摧风雨。灵坛久销秃，古木中梁柱。
峰峦至此尽，苍石无寸土。俯视万仞高，悲辛但狂顾。

法　华　岩

飞桥走岩居，茅屋今已破。何年避世僧，此地常独卧。
秋风高鸟入，夜月寒猿过。自非心已灰，静极生悲情。

将　军　柏

肃肃避暑宫，石殿秋日冷。凛然中庭柏，气压千夫整。
风声答万壑，云色通诸岭。材大难为工，甘与蓬蒿屏。

精思观吴道子画四真君

浮埃古壁上，萧然四真人。矫如云中鹤，犹若畏四邻。
坐令世俗士，自惭污浊身。勿谓今所无，嵩少多隐沦。

启　母　石

神夫化黄熊，神母化白石。婴儿剖还父，涕泣何暇恤。
尔来三千岁，往事谁复识。惟有少姨存，相望居二室。

次韵子瞻送范景仁游嵩洛

苏　辙

寻山非事役，行路不应难。洛浦花初满，嵩高雪尚寒。
平林抽冻笋，奇艳变山丹。节物朝朝好，肩舆步步安。
酴醾酿腊酒，苜蓿荐朝盘。得意忘春晚，逢人语夜阑。
归休三黜柳，赋咏五噫鸾。鹤老身仍健，鸿飞世共看。
云移忽千里，世路脱重滩。西望应思蜀，东还定过韩。
平川涉清颍，绝顶上封坛。出处看公意，令人欲弃官。

送迟赴登封丞

苏　辙

昔我过嵩阳，秋高日重九。晨邀同行客，共举登高酒。
藤鞋生胼胝，一览河山富。封坛土消尽，中夜扪星斗。
下山双足废，欲上知难又。回首烟云中，隐约见岩岫。
未老约来游，何意七十后。吾儿性静默，丞邑山路口。
秋暑山尚烦，冬雪山方瘦。春山利游观，安舆即迎父。

望　嵩　楼

苏　辙

连山郭吾北，二室分西东。东山几何高，不为太室容。
西山为我低，少室见诸峰。临轩一长叹，隐见由所逢。
试问山中人，二室竟谁雄。雄雌久已定，分别徐亦空。
可怜汝阳酒，味与上国同。游心四山外，寄适杯酒中。

荥阳唐高祖太宗石刻像

苏　辙

谁言肤寸像，胜力妙人天。欲疗众生病，阴扶济世贤。
身微须覆护，眼净照几先。岂为成功报，犹应历劫缘。

次韵子瞻颍州留别（二首）

苏　辙

托身游宦乡，终老羡箕颍。隐居亦何乐，亲爱形随影。
念兄适吴越，霜降水初冷。翩然事舟楫，弃此室庐静。
平明知当发，中夜抱虚警。永怀江上宅，归计失不猛。
人生徇所役，有若鱼堕井。远行岂易还，剧饮终难醒。
不如早自乞，闲日庶犹永。世事非所忧，多忧亦谁省。

放舟清淮上，荡潏洗心胸。所遇日转胜，恨我不得同。

江淮忽中断，陂埭何重重。紫蟹三寸筐，白凫五尺童。
赤鲤寒在汕，红粳满霜风。西成百物贱，加餐慰贫穷。
胡为复相念，未肯安南东。人生免饥寒，不受外物攻。
不见田野人，四壁编茅蓬。有食辄自乐，谁知富家翁。

登封道中(三首)

苏　辙

缑　山　祠

飞仙不返周王子，重阜相连少室孙。夜静笙声兼鹤下，回看惟有故山存。

少林寺赠顿起

一径乔林下黄叶，三山翠壁绕禅居。共君将住还归去，欲问安心知已疏。

轘　辕　道

青山欲上疑无路，涧道相萦九十盘。东望嵩高分草木，回瞻原隰涌波澜。

洛阳试院楼上新晴

苏　辙

嵩少犹藏薄雾中，前山迤逦夕阳红。高楼一闭三十日，遥忆岩头种药翁。
伊阙遥临凤阙前，龙门女几气苍然。唐朝御路依稀在，犹想东巡尘暗天。
天坛王屋北侵河，高比嵩丘一倍多。小有清灵今尚在，俗缘深重奈成魔。
缥缈危谯面面山，朝来云作雨潺潺。忽然风卷归何处，百里阴晴反掌间。
前朝宫阙倚邙山，殿阁层层半岭间。犹恐北来冈阜浅，太行东抱故孱颜。

送千之侄西归

苏　辙

京洛东游岁月深，相逢初喜解微吟。梦中助我生池草，别后同谁饮竹林。
文字承家怜女在，风流似舅慰人心。便将格律传诸弟，王谢诸人无古今。

颍川城东野老

苏　辙

我归颍川无故人，城东野老须如银。少年椎埋起黄尘，晚岁折节依仙真。
走如麏鹿人莫亲，呼来上堂饮清樽。踞床闭目略频伸，指我黄河出昆仑。
东流入海还天津，沐浴周遍才逡巡。婴儿蹁跹乘日轮，脱身游戏走四邻。
逢人不告非自珍，许我已老知闭门。东朝太行款真君，告我不返游峨岷。
还家一舍卧不晨，阖棺空空但衣巾。平生自言师洞宾，嗟世贱目贵所闻。

牡　丹

朱长文

奇姿须待接花工，未必妖华限洛中。应是春皇偏与色，却教仙女愧乘风。
朱栏共约他年赏，翠幄休嗟数日空。谁就东吴为品第，清晨仔细阅芳丛。

寄嵩岳吉上人

李若谷

结庵嵩少深，高道恐难偏。苦海好求宝，天花莫著身。
一心俱已了，五字更应新。谁谓孤云迹，名曾达紫宸。

题方干旧隐

李若谷

奇峰重复叠，宅在翠屏间。僧到偏怜静，云留自共闲。
岩前樵径接，门外钓舟还。老约为邻并，须求一亩山。

和李方叔惠嵩山术煎松黄(二首)

范祖禹

右术煎

八公淮水留丹灶，四皓商山余紫芝。嵩岭今成花练术，周原空咏堇如饴。

容颜冰雪端能变，心肺尘埃信可治。多病直疑生羽翼，更纡仙客上清词。

右松煎

直干千年老雪霜，不随群木四时芳。冥冥黛色凝寒碧，冉冉云英末嫩黄。
仙桂一枝聊比德，幽兰九畹幸同香。移文应怪归来晚，安石东山兴未忘。

和钱穆父尚书蒋颖叔侍郎从驾景灵宫(二首)

范祖禹

紫嵩清洛映重堙，旧隐荒芜白发新。麋鹿未能驯野性，鸾凰何敢望前尘。
分班拜舞趋文陛，扈跸赓歌纪庆辰。共助成王朝太室，惭非史佚奉明禋。

寝庙威神挟正元，初晨天仗下端门。寒生碧瓦气葱郁，日丽雕舆景晏温。
霜露感时知世远，星辰拱极见君尊。自怜多病思归客，唯有山川役梦魂。

送廷珍殿丞兄通判阆州

范祖禹

十年京洛弄残书，喜见西归别驾车。锦里追游贫莫厌，彩衣荣侍乐何如。
诏条安远民为本，才刃如君地有余。不日还趋宣室召，伊川重访野人庐。

大雪入洛阳

范祖禹

昨夜关山雪，仆夫晨起惊。挥鞭骑紫马，晓入洛阳城。
川原渺茫茫，长啸视八纮。有如乘风驭，迢递奔玉京。
伊水象天河，云涛向东倾。喧然古都市，沽酒吹玉笙。
予心正浩荡，万里赴归程。遥望嵩峰顶，连天冻峥嵘。
欲攀玉女窗，举手摩太清。思之不可去，怅望空含情。

和张芸叟左司被赐资治通鉴

范祖禹

六世承平有史臣，细书东洛布成均。网罗遗佚三千载，采撷精华十九春。

天作冠篇坟曲大，上思稽古宪章新。乌台御史辞雠校，头白空余汗简人。

送七主簿赴龙水

范祖禹

山行水逶迤，郁屈如盘龙。缘溪夹修竹，被岭多长松。
悬门倚岩石，终日对青峰。初仕昔为宰，读书过三冬。
忘机狎鸥鸟，劝稼亲老农。讼庭可罗雀，铜印苍藓封。
尔来三十年，梦想幽人踪。风尘京洛间，邑子或相逢。
晚岁上玉堂，天门深九重。缅思寒潭碧，一洗我心胸。
送子西南归，恨无羽翼从。为我谢邦人，今愧白发容。

文潞公生日

范祖禹

天监仁皇德，惟时岳降神。英资备文武，贤业富经纶。
梦频求岩野，于畋载渭滨。三朝瞻上宰，四海入洪钧。
谟烈重光启，枢衡万化新。珪璋扶日月，剑履上星辰。
述职分东陕，宣威震北垠。长城万里远，奠枕四夷宾。
自昔登储后，惟公秉国均。川河赖舟楫，霜雪儿松筠。
阊阖朝黄道，云龙对紫宸。忠勋藏庙祏，异礼冠臣邻。
风雨王城会，烟花洛苑春。麾幢近泉石，衮绣出埃尘。
照社祥光盛，充闾庆旦臻。御炉熏黼黻，天厩辍麒麟。
帝念深元老，邦基属柄臣。公虽慕前哲，天欲觉斯民。
左右萧何手，安危晋国身。济时归寿域，遐算等灵椿。

晓起临汝

黄庭坚

崧高忽在眼，岌峨临数郡。玄云默垂空，意有万里润。

思亲汝州作

黄庭坚

岁晚寒侵游子衣，拘留幕府报官移。五更归梦三百里，一日思亲十二时。
车上吐茵元不逐，市中有虎竟成疑。秋毫得失关何事，总为平安书到迟。

杨　朴　墓

黄庭坚

三尺孤坟一布衣，人言无复似当时。千秋万岁还来此，月笛烟莎世不知。

渔家傲·万水千山来此土

黄庭坚

万水千山来此土，本提心印传梁武，对朕者谁浑不顾。成死语，江头暗折长芦渡。
面壁九年看二祖，一花五叶亲分付，只履提归葱岭去。君知否？分明忘却来时路。

自门下后省归卧酺池寺观卢鸿草堂图

黄庭坚

黄尘逆帽马辟易，归来下帘卧书空。不知绣鞍万人立，何如卢郎驾飞鸿。

鸿　　沟

黄庭坚

英雄并世不相容，割据山川计亦穷。沟水已东全入汉，淮阴谁复议元功。

大通禅师真赞

黄庭坚

前波法涌，后波大通。大通法涌，彻底澄空。

圆照愿海，千沤一实。圆通法流，滔天沃日。
三世一念，十方见前。铜崖铁壁，不可攀缘。
见即弹指，蹉过万千。大则偏圆异位，通则真假同源。
观者著眼，是传非传。

达　摩　颂

黄庭坚

少林九年，垂一则语。直至如今，诸方赚举。

和僧园益晚归三峰

毕仲游

昨朝分路指溪泉，今日怜师寄一篇。归去但看松径绿，重来应见杏花妍。
风吹林杪声初闲，日晒墙阴影渐延。待得青春夜如昼，却烦相唤咏婵娟。

迁居颍谷

毕仲游

渐入深山处，都无客到来。轻裘胜挟纩，渴饮当衔杯。
得失情可预，闲忙老共催。清风一披拂，安坐兴悠哉。

望祭中岳乐章

宋神宗　赵　顼

维土作德，维帝御行。含养载育，万物以成。
有严祀典，荐我德馨。神其歆止，永用亿宁。
绅襘兮，玉佩蕊兮。於我将事，神燕喜兮。
帝命望祀，敢有不共。往返于位，肃肃雍雍。
祀以崇德，币则有仪。肃我将事，登降孔时。
精明纯洁，罔有弗祗。史辞无愧，神明来娭。
高广融结，实维中央。宣气报功，利彼一方。
坎坛以祀，六乐锵锵。灵其有喜，酌以大璋。
言旋其处，以奠中域。无替厥灵，四方是则。

神永不息，祀永不愆。以享以报，千万斯年。

游龙门山次程公韵

秦　观

路转横塘入乱峰，遍寻萧洒兴无穷。楼台特起喧卑外，村落随生指点中。
溪傍五云清逗玉，松分八面翠成宫。归途父老欣相语，今日程公昔谢公。

游仙（二首）

秦　观

服形百神朝，刳心万绿尽。我无退转境，何以有精进。
戏为汗漫游，八极一何近。渺渺东海水，累累北邙坟。

向来歌舞处，忽复成荒村。愚人如鹿耳，其死了无魂。
孰知九霄间，玄圃枕昆仑。缁尘化人衣，苍萝谁与扪。

送人朝飨裕陵

贺　铸

三年不见鼎湖龙，弓剑尘埃玉座空。白发孤臣心断绝，满山明月柏城风。

初至郑州

李　复

二年青海困征鞍，归望天威咫尺间。雨露忽颁西辅印，鸳鸾阻缀紫宸班。
往来扰扰无虚日，应接纷纷只强颜。吏责无穷人事拙，梦魂时到旧家山。

陆浑王秀才园

李　复

两岁伊川拥传行，往来屡喜访云扃。四时溪水喧岩石，六月山阴满户庭。
每到似开双眼翳，久居应涤百骸醒。露香浮座供宾饷，凉叶生风野草青。

辛顺忠唐得道之士真身今在河州寺

李　复

少年游嵩丘，登高吾独见。西游渡陇坂，脱屣古河县。
削发俗网裂，绝味诸漏断。卧胁三十年，凝尘满羌箪。
六月大地燋，炉中结冰霰。牛头实梆檀，降出九重殿。
正就寂灭时，泉竭悲禽散。直从开元初，到今色不变。
破屋闭真相，野鼠嗅香篆。时有碧眼人，酌乳供新献。

再过方山驿

李　复

春过方山驿，依然柳色新。昔游尝弭节，旧记已埋尘。
往岁雠书客，新恩守土臣。南来心不竞，时羡北归人。

重游宝雨寺

李　复

题墨暗颓垣，峥嵘岁序迁。旧僧霜发满，老柏瘦根穿。
客少庭多草，村饥供乏钱。重来犹晚暑，清盥挹寒泉。

伊 川 道 中

李　复

溪流水尽摇日光，夹岸弱柳千缕长。野鸟深藏但闻语，山花半开初有香。
今朝伊川首西路，昔年潏水过南塘。安得春风生两腋，从敦吹到故山傍。

荥 阳 怀 古

吴处厚

匹马迟迟京索间，原田芜没水潀潺。英雄零落青山老，兴废销磨白日闲。
地志尚存牛口峪，路人犹识虎牢关。古今漫漫凭谁话，目断秋空独鸟还。

过熊耳山

晁补之

杀一不辜神所恫，吕母何预于樊崇。蜂蚁无王求所止，一朝积甲齐熊耳。两峰相向犹眈眈，千载定林余一龛。我来扪石望荆杞，此山阅人亦多矣。

和洛笋小发

晁补之

叔夜青山肯长往，不应石髓化山坚。君会箨龙才小发，恐君心未老伊川。

和雒酒十二弟见降羌赴阙

晁补之

二鸟蒙恩岂有知，车书混一是昌期。知君不化伊川祭，右倚门墙恐见麾。

守蒲过洛思十岁时侍先君寓居泣涕成诗（二首）

晁补之

先君欲筑伊川意，四十年间万事非。他日一廛从可卜，白头持此欲安归。

建春门外柳依依，迸泪当年彩服嬉。穷子更无逢父日，匿王空记看河时。

初见嵩山

张　耒

年来鞍马困尘埃，赖有青山豁我怀。日暮北风吹雨去，数峰清瘦出云来。

下　崿　岭

张　耒

阴风吹我衣，左右入石壁。石色寒更青，萧萧响枯枥。
深行方惨淡，路尽两崖辟。群山岔然来，千里平若席。
兹惟东周壤，气象雄万国。山河拱别都，自古帝皇宅。
轘轩天设险，坐制万夫力。周公卜迁鼎，彼肯事无益。
天寒僮仆愁，岁晚霜霰逼。缅思垂堂戒，揽辔三叹息。

观　音　泉

张　耒

岩松偃盖不知年，寂寂秋灯宝供前。清彻一源传万古，空山长伴白衣仙。

曲河驿初见嵩少

张　耒

我行日益深，所遇日益好。森然过绝壁，惨淡石色老。
层峰乍崩奔，峻峡忽开导。清溪泻两间，浅濑浮水鸟。
萦纡石路窄，构架野桥小。娟娟翠筱寒，时见木合抱。
危亭偶平旷，是日见嵩少。峨峨重云外，傲睨插苍昊。
坐令群山势，凌轹困籍蹈。平生忽俗事，丘壑情所好。
无谋苟自给，薄官废幽讨。岂无幽栖士，顾我林下笑。
会当采芝去，富贵曷足道。

宿峻极下院

张　耒

天寒苍山高，野寺在山麓。长林系我马，古屋留客宿。
空岩阴风豪，达旦号古木。梦为神仙游，境界脱尘俗。
平明出户望，晓日在岩腹。冰霜刮昏霾，万丈攒翠玉。
山行日已久，常苦见未足。犹同贤者处，愈久愈可欲。
传闻峻极岭，千里如在目。愧尔岩上僧，穷年玩幽独。

谢黄师是惠碧瓷枕

张 耒

巩人作瓷坚且青，故人赠我消炎蒸。持之入室凉风生，脑寒发冷泥丸惊。
梦入瑶都碧玉城，仙翁支颐饭未成。鹤鸣月高夜三更，报秋不劳桐叶声。
我老耽书睡苦轻，绕床惟有书纵横。不如华堂伴玉屏，宝钿敧斜云鬓倾。

离 阳 翟

张 耒

驱车发颍川，回望失嵩少。霜气塞层空，黯澹寒日晓。
原田际天平，百里见飞鸟。累累道旁丘，石兽卧衰草。
不知谁氏碑，剥裂偶未倒。支离见隶字，书带汉笔妙。
遗坟不可问，文彩竟何效。永年恃金石，此计久可笑。
昔游已三岁，存殁伤怀抱。饱谙人世忧，安得身不老。

登汝州望嵩楼

张 耒

望嵩楼高气氤氲，千古登封起白云。莫道前贤无过化，郏山深处是苏坟。

酬同年徐正夫司户时欲卜筑嵩洛间

张 耒

少别老相见，无言空惘然。功名属多病，诗酒乐衰年。
釜厌颜公粥，囊须赵壹钱。归装何日办，嵩少好林泉。

赴临汝宿襄城

张 耒

壬午正月望夜，赴临汝宿襄城，古驿县有古寺家人辈夜往焚香，襄城古邑也可以眺二室，地爽垲退之。所谓颍水嵩山豁眼明者，癸未元夕谪居，齐安携家游定惠妙圆，承天下大云东禅，盖出雨夜有感示秬秸。

江城收灯寒寂历，里巷闭门不复出。蓬茅数屋逐臣庐，门前樵牛卧斜日。
老人拥褐炉前睡，眼冷不眠思往事。去年襄城古驿亭，野县风埃寻古寺。
周楚川原气象存，岘山紫逻秀连云。地留宝鼎周京贵，山拱泥金神岳尊。
齐安江上渔樵市，谁料今年身到此。大江绕郭风涛翻，城中冈垄无平地。
青红剪彩挂影灯，渔夫樵妇来相仍。短箫急鼓集儿女，丛祠夜半鸬鹚惊。
浮生梦境何足计，呼童且闭柴门睡。百年江上谁得知，竿木随身聊一戏。

石　楼

张　耒

清溪若奔虬，八锁束其颈。奔腾去莫脱，摆掣恣骁猛。
嘈嘈战风霆，万鼓助其劲。声驱石崖动，气抱晴日冷。
我来怯初登，注视久乃定。悠悠山川阔，寸目罗万景。
平生林野趣，疏放谢鞭警。会期山月出，一啸清夜永。

闲居石牛庄

崔　鷗

不识春风面，知从底处来。红深桃靥破，绿静水帘开。
物外心常挂，人间事不谐。从今江海去，无复世推排。

过涧上丈人故居

陈　恬

北山已去远，南山云已近。驱车两山间，举策聊一问。
昔有隐君子，出处频矛盾。平生勇且直，垂老畏而慎。

诗　嘲

陈　恬

处士谁人为作牙，尽携猿鹤到京华。从今林壑堪惆怅，六六峰前只一家。

游嵩山太室(十首)

李　廌

一、过具茨诸山始达嵩少

初踰千峰时,千峰各呈秀。抵兹嵩高前,始觉众山陋。
恃此一柱力,天地敢分剖。四维既张弛,穹壤托高厚。
卿云幂上国,秀色连楚薮。众峰无耸峭,配此真培塿。
固将倍十百,何止吞八九。余身一草木,乃欲擅去取。
出类复何言,聊贻涧滨叟。

二、自山中归至登封遂讽高宰令取峻极中院厨前石

吴砧已碎乐生论,京江昔沈瘗鹤铭。半裁紫阳立砆石,考击化度求金籝。
乃知金石有厄会,名碑旧叠长安城。顷年醴泉有贤令,政誉蔼蔼多流馨。
为怜文星足人杰,昔皆祔葬陪昭陵。坏垣粪壤得颜碣,榛丘棘坂求魏徵。
史讹遂正冲远字,石阙再树六骏形。板图列籍示过客,龟趺螭首罗齐廷。
后来谬令类俗子,辄去其籍人皆惩。昔到般舟访遗迹,季海寺记今雕零。
晓闻晨钟呼僧粥,石声嘹亮穿云清。往观乃是唐短碣,大穷索缚乘前楹。
字形峥嵘笔萧散,远过名殿诸题经。劝僧拂拭置高壁,安知野僧不我听。
十年再游尚如昔,击拊刻划将俱平。急归入城讽县令,立使舁至无久停。
此碑复立非我力,奇物久废天须兴。

三、登嵩顶

丈夫有奇气,坐井直郁郁。朅来古嵩州,携手登太室。
中峰到绝顶,北岭太峭壁。山河在股掌,带砺何足述。
星分九州野,块列七雄场。放怀宇宙间,想见天地辟。
下观云雷变,愍尔龙鬼役。下方万仞底,草树霭蒙密。
愈知天下小,助我浩气直。平生四方志,登临聊感激。
嗟嗟封禅媪,游豫朝百辟。诬辞与惭德,可笑乎四峄。
庙社尚不阅,财用遑肯恤。万兵树丰碑,数丈压嵴崒。
岂知市朝变,辇路蔽荆棘。同登八仙坛,再题三醉石。
君无笑余怯,登临常股栗。为宝千金躯,夷路犹恐失。
存我厚苍生,岂效伯昏逸。归卧听天鸡,扶桑观日出。

四、宿峻极中院

晨游开母祠,暮抵紫虚谷。千峰挂夕阳,犹指中寺宿。

山空无人声，暝色满草木。乱石碍饥马，荒榛走惊鹿。
深林怪禽号，绝壑山鬼哭。照涂藉流萤，呻吟愧僮仆。
乙夜扣禅扉，孤灯耿幽绿。犹疑梦寐中，对榻眠空屋。

五、游嵩山宿峻极中院时天气清朗山月甚明因以阴壑生虚籁月林散清影为韵诗各六句

（一）

阳崖转窅窕，层林蔽重阴。披榛过舆马，缘云得幽寻。坐觉真境寂，兹焉悟赏心。
平时峥嵘想，局蹐在城郭。言登诸峰胜，幽情散寥廓。焉能乘海桴，终期老丘壑。

（二）

日背西岭没，月向东岭生。殷霞未隐彩，皓露已舒明。斗柄坐可挹，政恐河汉倾。
微云起前础，出山忽纡余。风吹去何之，闲意满太虚。倚柱聊目送，我生何滞愚。

（三）

廛居倦喧卑，区中憎陿隘。游目宇宙间，山河真砺带。一啸万林端，呼风作天籁。
风回荔萝香，意与尘气别。杳杳云际钟，皎皎松上月。触焉感幽处，蜡屐俟明发。

（四）

阴磴顽雪积，老崖白云深。扪萝陟鸟道，扬尘落乔林。下方有粟场，俯见归飞禽。
舍鞅陟层巘，老步独多叹。笑谈谷传响，松声递萧散。欲寻草堂池，土室无僧赞。

（五）

松风憩俗驾，抚心愧营营。登临念胜土，乌用千载名。愿与妇子俱，终焉住神清。
穿云上虚无，彷佛凌倒景。微茫鸿鹄背，指点众山顶。出日上扶桑，徘徊万林影。

六、嵩顶六月芍药初发

谁言天地一无私，底事阳和到顶迟。暑气已交五六月，云中初见两三枝。
可怜下土炎蒸日，却是青霄烂漫时。第有荣心莫嗟晚，物情先盛复先衰。

七、回心岭

万仞嵩峰接天远，妖武登封艰步辇。初登峻岭已回心，何事艰难能黾勉。
亦似徽之泛剡溪，想见王阳临蜀坂。老子山林兴不浅，兴尽中涂犹欲返。
古人戒在末路难，九十常为百里半。世上风波更可憎，心不可回聊自劝。

八、和人游嵩韵

嵩高峻极压三川，周视方舆见广员。绝顶固知天下小，泰山为占海隅偏。
白云散尽千林月，急雨收回万壑烟。莫笑层峦高似岸，举头一握是玄天。

九、天封观将军柏

卫懿恃昌富，乘轩鹤有禄。贵鹤贱用民，身残国颠覆。
楚子惜名马，终焉葬人腹。爵封东山松，侯比渭川竹。

时轻官秩紊，辟妄作威福。无益害有益，褒赏逮禽畜。
所美非美然，恩泽及草木。或讥将军柏，无乃狃此俗。
曷膺千锺养，曷被三品服。不为朝廷力，窃号委空谷。
余知将军心，非悦世人目。千年抱贞操，劲节无屈曲。
不为岁寒凋，守此万仞绿。天武累此名，冥不知宠辱。
虽不助柏敬，岂意慕轸毂。吾侪之小人，悟主惟欲速。
盗功仍苟容，岂耻无道谷。潭潭居紫府，沉沉据华屋。
贪恩谋子孙，占俸及僮仆。膏肓病天下，天下思食肉。
朝为四辅重，莫作三危逐。笙箫金谷宴，翣柳北邙哭。
尚方属镂赐，朝服东市戮。君看古功臣，牖下死为祝。
将军如有心，应哭世愈蹙。拔萃真不群，虚名岂其欲。
胡不观其旁，满山皆朴樕。

十、将至嵩山远观瀑布

晚晴紫翠溢平川，三十六峰凝霁烟。匹练依稀分秀岭，玉虹摇曳舞危巅。
寒光定是连明汉，清气都疑贯九渊。可笑夜来风吹来，乱沟斜涧亦涓涓。

真　君　观

李　廌

嵩山胜地神仙宅，真君独作嵩山伯。昔闻解职扣帝阍，厌此尘寰年已百。
天上百年一瞬间，下土衮衮多腥膻。劳神应念日月走，瞑目深哀膏火然。
潘公欲代复谁举，仙籍题名今几传。忆昔元丰己未游，偃泉犹作雨深湫。
十年新事还堪笑，庙貌今祠灵惠侯。

无　渡　河

李　廌

无渡河，无渡河，中有龙门之雪浪，天池之洪波。
上有碧崖之岌嶪，下有暗石之嵯峨。蛙蚓得志相讥诃，况复龙蜃与鼋鼍。
崇朝一舍即我郊，黎民一苇平可过。
无渡河，无渡河，招招舟子不足信，彼亡维楫将奈何。

观嵩山峻极夜景(十咏)

李　鹰

丙子岁三月十有二日游嵩山宿峻极中院时,天气清朗,山月甚明,因以阴壑生虚籁月林散清影为韵诗各六句。

一

阳崖转窅窕,层林蔽重阴。披榛过舆马,缘云得幽寻。坐觉真境寂,兹焉悟赏心。

二

平时峥嵘想,局蹐在城郭。言登诸峰胜,幽情散寥廓。焉能乘海桴,终期老丘壑。

三

日背西岭没,月向东岭生。殷霞未隐彩,皓露已舒明。斗柄坐可挹,政恐河汉倾。

四

微云起前础,出山忽纡余。风吹去何之,闲意满太虚。倚杖聊目送,我生何滞愚。

五

廛居倦喧卑,区中憎狭隘。游目宇宙间,山河真砺带。一啸万林端,呼风作天籁。

六

风回荔萝香,意与尘气别。杳杳云际钟,皎皎松上月。触焉感幽处,蜡屐俟明发。

七

阴磴顽雪积,老崖白云深。扪萝陟鸟道,扬尘落乔林。下方有粟场,俯见归飞禽。

八

舍鞅陟层巘,老步独多叹。笑谈谷传响,松声递萧散。欲寻草堂池,土室无僧赞。

九

松风憩俗驾,抚心愧营营。登临念胜土,乌用千载名。愿与妇子俱,终焉住神清。

十

穿云上虚无,彷佛凌倒景。微茫鸿鹄背,指点众山顶。出日上扶桑,徘徊万林影。

嘲陈叔易诗

晁说之

处士谁人为作乐，尽携猿鹤到京华。从今邻壑堪惆怅，六六峰前只一家。

即事谢公表二绝句

晁说之

碧嵩青颍肯相从，万事茅堂醉梦中。出到人前羞欲死，归轮不必问何从。

秋　适

晁说之

今日秋光远，吾意亦已闲。致此清羸身，茄菼薏苡间。
一别嵩阳县，二纪不得还。几处逢新秋，幽梦著旧山。
木落淮南旧，水流日柴阙。

追　感

晁说之

颍水箕山已卜休，忽逢新政悮恩收。白头不识为郎叹，黄帽难供作客愁。
何事京师书信断，谩从泽国稻粱谋。和亲莫恃河为界，百骑东来破一州。

谋归寄阳翟李九吕十四兄

晁说之

著身到雍隙，故人在阳翟。白发何冉冉，清梦徒历历。
有美李将军，诗是万人敌。家封异姓王，身老二千石。
吕侯几世来，蝉冕必踵迹。如何此孙贤，早饥而晏食。
门前颍水流，屋上嵩山色。天以延二老，世人何用识。
只应尔日来，为我长叹息。我尝从之游，何难此投帻。
篱下菊黄时，雁背俯可即。岳寺讲时锺，婆娑且连屐。

送邢子强还洛

晁说之

行乐洛城为第一，矬劳使节持还家。桥头铺遍中秋月，楼上吹残九日花。
谁听高谈擒虎豹，且容浊酒傲烟霞。从君一笑知无分，短发长途倍叹嗟。

和涧上丈人石淙作依元韵

晁说之

岷江将入海，金山中斥攫。近樵得雁荡，平地风落落。
狞儿一称绝，如夔理舜乐。那知嵩石淙，视彼削则削。
两处各瑰俊，一日得磅礴。水从嵩阴来，到此几溪壑。
势尽划纵横，天地自开凿。腹背涵丛峰，星斗俱漠漠。
波摇下嵚嵚，云度上岝崿。为山无麓趾，突兀便可乐。
北首揖三顶，雁行共辽寞。睥睨万培塿，飘然风中箨。
莫言聚石耳，乍如五阴剥。试观烟霞生，如莲敷青䑋。
非山亦非石，水亦非激跃。痴龙有路寝，醉蜃不收阁。
因得为人戏，何处颜色怍。或疑上帝宫，盆山映丛薄。
盲风吹下将，尘世暂斟酌。又疑涿野战，行阵龙虎作。
过怒禁不散，结此空黝噩。

次韵和韩君表怀归见寄

晁说之

旅梦何为喜别嵩，移云当日自栽松。公孙勋业忽垂意，逋客烟霞岂不容。
笑语若同游下泽，鸡豚亦共卧高舂。莫夸有力先归去，恐愧朝蝉与莫虹。

累夜读武经总要慨然思陈叔易寄予嵩阳读水经之句因用其韵作寄叔易此公相与唱和

晁说之

蝶笑峰须飞有声，梅嫌柳眼众有青。今朝消息君知否，荒塞寒灯读武经。
蓬莱学士有家声，易退难忘旧杀青。万卷饶君相似处，此生不读膳夫经。

风送黄河冰底声，三川半死误丹青。何人告与君消息，枉是磨铅勘水经。

秋　感

晁说之

又作此秋飘泊客，茫茫谁是北归人。庭前雨过鹅群浴，池上风来萤火新。
战马不肥淮甸草，属车思辗洛阳尘。如闻胡虏渡河去，缑月箕云待老身。

游独乐园

宗　泽

范公之乐后天下，维师温公乃独乐。二老致意出处间，殊途同归两不恶。

对牡丹

邹　浩

轻云笼日雨收尘，天作奇花照眼明。莫道岭边无好况，吾今春在洛阳城。

崆峒山

李　仆

云根秀出碧芙蓉，烟晃霞飞瑞霭中。地脉九枝龙奋蛰，天河一派练横空。

白　松

李　仆

黄虞人去几千秋，嘉树萧萧野寺留。不见华胥好世界，犹惊春色在树头。
青天霜干垂千古，素质寒光照海洲。一自广成问道后，西风萧飒不胜愁。

宿卢岩寺

张舜民

先生事业老空谷,弟子几多作绛纱。鹤板当年来上国,碧岩今日属僧家。
松风生籁延虚室,瀑水喷珠缀鲜花。我有故山归未得,年年魂梦绕天涯。

和人岁暮书怀

张舜民

星回律变数将终,二十年前此邑中。天令尚随新岁改,人颜那得旧时红。
家无妻妾仍多难,腹有诗书可屡空。莫笑郑人欺子产,到头留得惠民功。

牡　丹

张舜民

去年岐路遇春残,满院笙歌赏牡丹。今岁杜陵千万朵,却垂衰泪洒阑干。

雨后晨出荥泽道中寄嘉仲明府

周行已

宿雨郊原润,新晴禾黍香。天高晨气静,地阔野风凉。
忽忽忧群盗,悁悁怀故乡。摄官聊免死,何敢论行藏。

和十二兄

晁冲之

我家溱洧间,春水色如酒。嵩少在吾旁,日夕意亦厚。
田园虽不广,幽兴随事有。药畦灌陈根,芋区采骈首。
春郊饷耕徒,秋杜接酒友。饱育使家书,促酿供客酎。
益知简易真,未丑疏拙醜。迩来居东都,物色不见柳。
造成次遇摧,荏苒及衰朽。欲归便可尔,未知公果不。

初来东里

晁冲之

乘流从此去，河汉失清都。送骑沙边散，征帆雨外孤。
挟雌栖陇雉，生子哺巢乌。宇宙将焉往，飘飘尽畏途。

春晚圃田道中（三首）

晁冲之

度柳穿桥听舞鸡，一沟春水国门西。行人不用伤新别，看取尘间万马蹄。

洒酣驰马笑弯弓，便拟长驱向虏中。但恐老儒无骨相，不堪剑履画南宫。

君王重老降褒书，特赐宣阳宅一区。闻说会稽人不识，鉴湖还肯借臣无。

东阳山人僻居

晁冲之

我家京洛间，桂玉资薄产。平生丘壑心，水竹不满眼。
清晨有客吴中来，山川指授收奇才。笑谈长揖波浪下，怀抱远承嵩冗开。
东阳山人高华隐，豪侠持身复修谨。旁山多辟黍秫田，碧溪东流汲春醞。
溪南一亩当翠微，秋风莼熟菰叶肥。龟鱼上带藻荇动，鸥鹭下拂芙蓉飞。
亭阴野塘亦新筑，溪山共作窗中绿。诸郎年少皆知书，子夜哦诗动修竹。
岁时冠盖如浮云，击钟鼎食江淮闻。爱山自比谢康乐，好士不减春申君。
我欲沿溪扬小楫，亭边共醉藤萝月。叩门夜访君家时，扁舟重载山阴雪。

次韵集津兄怀嵩少示王立之

晁冲之

早闻三十六峰前，愿寄茅茨一涧边。谷转马蹄山缭绕，岩开虎口树婵娟。
阳坡日暖宜瓜地，阴岭天寒熟芋田。便好与公相隐去，不宜相对尚茫然。

留别江子之

晁冲之

尽室飘零去上都，试於溱洧卜幽居。不从刺史求彭泽，敢向君王乞镜湖。
平日甚豪今潦倒，少年最乐晚崎岖。故人鼎贵甘相绝，另后君须寄一书。

送僧归建州

晁冲之

清秋颍汝归时晚，不及群公送惠休。曲几数行题字别，扁舟几日为诗留。
东吴杨柳云中渚，南越梅花雪外洲。万里故乡聊一到，江山风物往来游。

题超化寺壁

晁冲之

曲池风定碧澜平，小白鱼如镜里行。水竹再来应识我，壁间不用更题名。

僧舍小山·此老绝潇洒

晁冲之

此老绝潇洒，久参曹洞禅。胸中有丘壑，左手取山川。
树小风声细，岩深日影圆。江湖不归客，相对一茫然。

自然诗（并序）

晁冲之

七里先生江子我，筑土三尺，名曰自然亭。余谓先生不独有亭，亦有自然箕斗，自然丝麦，凡亭之内，服食器用，无不自然者，先生可谓自足者也。虽然，无乃多虚少实乎？子我掀髯大笑。余欣然赋之。

先生手不废经营，白屋凭虚结此亭。燕麦菟丝侵密坐，南箕北斗挂疏棂。
青松夹日交倾盖，翠柏分风倚列屏。莫道君家无长物，案头灯火有流萤。

江头秋风辞

晁冲之

洛阳客，后车结驷传烛食，人生宝贵不易得。
江头秋风旦夕起，胡为翩翩洛阳陌？
洛阳陌，吹尘埃，江头树，安在哉！
秋风起，鲈鱼肥，归去来。

颍河水磨

苏　过

君不见：相如西隐临邛市，苏秦还家大困时。
失计颇遭妻子詈，谁令奔走事口舌。不学周人营什二。
李修平生无一廛，只有便便五经笥。儒冠半世已误身，老欲归耕无耒耜。
近闻颍川有瀑布，确磨能穷溪谷利。酾渠凿石激清流，机动轮转人力易。
今年麦熟春雨足，车载斗量应有备。勿嫌市袂缟纷纷，饱看溪渠鸣菞菞。
堆盘坐想雪如山，梦中已觉钱流地。待君结庐秋风初，我欲叩门来上瑞。
起搜汤饼扫飞罗，斩釜操刀定中馈。千金何必羡鸱夷，少有属餍而已矣。
嵇康好锻季主卜，达人未免兹游戏。

岳神颂

鲜于侁

云蓊蔚兮山之巅，瞻岳灵兮望青天。
崭岩嶆崒兮磅礴无垠，龙从律师勃兮宁一以为仁。
草木杂而罗生兮人不可名，鸟兽蕃而走集兮虞不能知。
因高错事兮道此跻陛，登岱勒成兮胡为而七十二君。
齐余心兮不外，高余冠兮甚伟。
撷芳杜兮为衣，掇紫芝兮作佩。
柏实兮松花，石髓兮兰英。
蕙肴陈兮玉案，明水湛兮清尊。
诚拳拳兮不解，寐接神兮恍若有言。
嵩高峻极兮生甫与申，周道将明兮宣以中兴。
水旱不常兮虫螟以灾，稼穑卒荒兮民生流离。

劳来安集兮之子功,佑此下民兮宁遗神羞。

周 公 颂

鲜于侁

噫嗟兮文公,岿然兮秘宇。
怅王室兮多难,独勤劳兮左右。
四国流言兮冲人不知,东片问罪兮慆慆不归。
大电以风兮天威震惊,弁启金滕兮衮衣有光。
公之心兮大成文武,公之子兮建侯启土。
山川兮附庸,奄凫绎兮龟蒙。
万子孙兮承祀,亿兆人兮仰止。
惟夫子之叹嗟兮,不复见子寤寐,何莽新之假摄兮文奸言而欺一世。
造作诡故而戕刘兮,亦亟殄宗而绝嗣。
公之圣而德协天兮何妄人之辄自俾,其颠而不终兮天实表公衷而警后。
肃进拜於庙堂兮奉时之牲酒。鼓钟兮在宫,琴瑟兮在堂。
神之格兮乐享,民欣欣兮不忘。

望 海 潮

朱敦儒

嵩高维岳,图书之渊,西都二室三川。神鼎定金,麟符刻玉,英灵未称河山。
谁再整乾坤。是挺生真主,浴日开天。御归梁苑,驾回汾水凤楼闲。
升平运属当千。眷凝旒暇日,西顾依然。银汉诏虹,瑶台赐碧,一新瑞气祥烟。
重到帝居前。怪鹊桥龙阙,飞下人间。父老欢呼,翠华来也太平年。

感 皇 恩

朱敦儒

一个小园儿,两三亩地。花竹随宜旋装缀。
槿篱茅舍,便有山家风味。等闲池上饮,林间醉。
都为自家,胸中无事。风景争来趁游戏。
称心如意。剩活人间几岁。洞天谁道在,尘寰外。

临　江　仙

朱敦儒

生长西都逢化日，行歌不记流年。花间相过酒家眠。
乘风游二室，弄雪过三川。莫笑衰容双鬓改，自家风味依然。
碧潭明月水中天。谁闲如老子，不肯作神仙。

鹧鸪天(三首)

朱敦儒

草草园林作洛川。碧宫红塔借风烟。虽无金谷花能笑，也有铜驼柳解眠。
春似旧，酒依前。何妨倚杖雪垂肩。五陵侠少今谁健，似我亲逢建武年。

我是清都山水郎，天教懒慢带疏狂。曾批给雨支风敕，累奏留云借月章。
诗万卷，酒千觞，几曾着眼看侯王？玉楼金阙慵归去，且插梅花醉洛阳。

极目江湖水浸云，不堪回首洛阳春。天津帐饮凌云客，花市行歌绝代人。
穿绣陌，踏香尘，满城沈醉管弦声。如今远客休惆怅，饱向皇都见太平。

杜　子　美

李　纲

杜陵老布衣，饥走半天下。作诗千万篇，一一干教化。
是时唐室卑，四海事戎马。爱君忧国心，愤发几悲咤。
孤忠无与施，但以佳句写。风骚列屈宋，丽则凌鲍谢。
笔端笼万物，天地入陶冶。岂徒号诗史？诚足继风雅。

岭卧石牛

李　纲

耕犁千亩实千箱，力尽筋疲谁复伤？但得众生皆得饱，不辞羸病卧残阳。

永遇乐

李清照

落日熔金，暮云合璧，人在何处？染柳烟浓，吹梅笛怨，春意知几许？元宵佳节，融和天气，次第岂无风雨？来相召、香车宝马，谢他酒朋诗侣。

中州盛日，闺门多暇，记得偏重三五。铺翠冠儿，捻金雪柳，簇带争济楚。如今憔悴，风鬟霜鬓，怕见夜间出去。不如向、帘儿底下，听人笑语。

用廉夫韵如诸友登清微亭

傅　察

束带缚吏事，发狂中愤兴。世情多面月，噂沓背恶憎。
缅怀数群子，皎皎莹壶冰。披云见颜色，洗翠露锋棱。
忘形到坦率，嵩论破炎蒸。蔼然嘉誉在，顾我独无称。
文场屡交镝，师老畏侵凌。况复时雨过，缘苗覆千胜。
便当共临眺，此兴那可胜。孤亭枕席佳，下有寒潭澄。
仰看霞绮散，坐待月华升。嘲咏纵欢谑，明朝期再登。

同工曹至临洛道中禾黍蔚然喜而有作呈朱令

傅　察

甘雨初匀岁事时，冥冥造物本无私。绿云卷地薰风细，翠浪翻天晓露滋。
已见郊原深没马，预欣场圃积如坻。从来令尹忧民切，短句聊凭一解颐。

同七史寄二李

傅　察

昔我在淇水，二陆皆少年。伯也气轩昂，丹鹤唳青田。
季方文章士，摛华桃李妍。力学乃未已，有如火始然。
相见一倾盖，便诵胶漆坚。笑语玉尘折，登临蜡屐穿。
时时出秀句，洒若沈疔痊。尔来逾十岁，自当冠貂蝉。
胡为芭怀下，寂寞尚草玄。方今明堂构，收拾栋与椽。
安得刷羽翮，吹嘘送上天。此志傥不遂，何用空言传。

不如李翰林,沈醉自称仙。不如陶彭泽,归来谢尘缘。
但解琴中趣,何妨瓮下眠。富贵草头露,名誉空中烟。
子意竟何如,余心方寂然。愿求真实语,莫作猾头禅。

李良宠示牡丹长句谨赋(三首)

傅　察

一见奇葩泼眼明,两川风物寄争新。十家京洛供长日,万朵东秦照暮春。
谛视尚疑倾国女,醉吟犹付谪仙人。定知不是无情物,为有真香暗度频。

此檀刻蕊香初吐,红粉匀葩色正新。孤艳最宜微带雨,众芳谁复与争春。
无端应恨风惊叶,不醉却宜花笑人。从此径须连夜赏,绕栏百匝未为频。

如酥小雨压芳尘,曲槛重来花更新。莫怪东风钟异美,独将仙种殿馀春。
愧非阿母池边客,喜见阳台梦里人。犹恨此一轮蛱蝶,偷香抱蕊往来频。

美　哉　亭

陈与义

西出城皋关,上谷仅容驼。天挂一匹练,双岩斗嵯峨。
忽然五丈阙,亭构如危窠。青山丽中原,白日照大河。
下视万里川,草木何其多?临高一吐气,却奈雄风何?
辛苦生一快,造化巧揣摩。险易终不偿,翻身下残坡。

蒙知府宠示秋日郡圃佳制遂侍杖屦逍遥林水间

陈与义

岁月移文外,乾坤杖屦中。铿然五字律,健在百夫雄。
秋入池深碧,寒欺叶递红。此间兼吏隐,端不减游嵩。

牡　　丹

陈与义

一自胡尘入汉关,十年伊洛路漫漫。青墩溪畔龙钟客,独立东风看牡丹。

寄题商洛宰令狐励迎翠楼

陈与义

西来金衣鹤，书落汝水湄。云霞映道路，中有迎翠诗。
遥知五斗粟，未办买山资。政要百尺楼，了此浮天眉。
森然诗中画，想见凭栏时。朝曦与暮霭，百变皆令姿。
君方领此意，簿书何急为。众手剧云雨，唯山不瑕疵。
当年四老翁，视世轻于芝。坐令山偃蹇，不受人招麾。
谁欤楼中客，俯仰与山期。顾要君折腰，督邮真小儿。
因之感我意，故岩归已迟。便携灵运屐，不待德璋移。

归洛道中

陈与义

洛阳城边风起沙，征衫岁岁负年华。归途忽践杨柳影，春事已到芜菁花。
道路无穷几倾毂，牛羊既饱各知家。人生扰扰成底事，马上哦诗日又斜。

若拙弟说汝州可居已卜约一丘用韵寄元东

陈与义

四岁冷官桑濮地，三年羸马帝王州。陶潜迷路已良远，张翰思归那待秋。
病鹤欲飞还踯躅，孤云欲去更迟留。盍簪共结鸡豚社，一笑相从万事休。

龙　门

陈与义

不到龙门十载强，断崖依旧挂斜阳。金银佛寺浮佳气，花木禅房接上方。
羸马暂来还径去，流莺多处最难忘。老僧不作留人意，看水看山白发长。

临江仙·忆洛中旧游

陈与义

忆昔午桥桥上饮，坐中多是豪英。长沟流月去无声。杏花疏影里，吹笛到天明。
二十余年如一梦，此身虽在堪惊。闲登小阁看新晴。古今多少事，渔唱起三更。

同天隐少章游嵩山怀元明

李弥逊

秦公我辈士，早踏翰墨场。万言若投石，十年犹枯囊。
苦欲泛江海，有亲在高堂。牢落京华春，门无一壶浆。
长鞭策瘦马，送我古道旁。怜我值险艰，赤心写催伤。
铿锵五字句，势与雕鹗翔。感此坐矫首，星星鬓成苍。
西风小摇落，雨洗烟岚光。晚嶂露孤秀，野阴栖暗芳。
更携鲍谢流，履尽千岩霜。搜奇得幽深，访古到森茫。
月落潭影空，清吟殊未央。缅怀紫芝宇，百忧绕回肠。
三叹已晡食，十起中野床。云埋长安日，魂梦不敢骧。
茂苑富山水，结庐余所尝。我欲放船下，卜邻俯沧浪。
耦耕种秫田，共扫三径荒。头白青山里，长歌乐岁觞。

黄山在歙郡之北雄丽杰出可与嵩少争衡世传黄

李弥逊

髯龙飞空去云急，雨翁蹋云挽龙入。猩啼鹤怨凝春愁，三十六峰黛鬟湿。
紫阳照空天夜明，楱烟采玉唐宣平。碧桃自熟人自远，千秋月露含凄清。
璜台十成架兰芷，花风吹楼蔓香起。青霓叩阊帝下游，挹头攀箕荐琼醴。
南山北山朝暮青，云关岫幌开鳞鳞，众真胡为驾凌冥。
寄言流星盍归只，宰官自是骑鲸李。

再游龙潭

李弥逊

密雾开深径，幽奇得重行。水光沉树色，人语乱泉声。

仙去山容寂，龙游雨阵轻。谁能筑云室，千古共凄清。

面 壁 庵

李弥逊

败壁纵横销翠烟，岩花犹落旧庵前。从来说法无人会，寂寂空山谩九年。

点绛唇·嵩洛云烟

张元干

嵩洛云烟，间生真相耆英裔。要知鲐背，难老中和气。
报道玉堂，已草调元制，华夷喜。绣裳貂珥，便向东山起。

园中开牡丹一枝

朱 翌

天下花王都洛京，清明寒食走香軿。东君欲表南来意，一朵嫣然尚典型。

牡 丹 次 韵

朱 翌

一日春工过颍阳，名园次第款侯王。风流得见升平瑞，气味初无世俗香。
早托筠笼驰驿骑，旋张罗护因晨光。最怜一尺盘盂玉，稳上高鬟映额黄。

十月旦读子美北风吹瘴疠羸老思散策之句初寮尝作十诗因次其韵

朱 翌

子房悯浊世，意欲一洗为。五日老人约，何乃数后期。
功成去学仙，辟谷从清羸。岂不知自苦，反覆加深维。
志士极钻仰，坚高今益弥。是为万世法，何止帝者师。
宁知取履时，几欲真殴之。

邓提举留诗南华予后五日入山次韵

朱　翌

有句谁知李似阴，好奇仍许杜犹岑。后期五日来圯下，面壁九年参少林。
瘴鬼安能惊鹤众，地灵何敢着狐任。雷车电炽中宵起，看取龙工济物心。

言　　怀

高　登

归去东皋独荷犁，笔床书卷有儿持。一无可意身将老，百不如人心自知。
梦寐摩挲元结颂，经从省忆少陵诗。体肤饿尽天应错，依旧臞然山泽姿。

留题少林寺

李昌孺

少林来处岂无因？知有当年面壁人。五叶一花原会得，莫将消息问残春。
五乳峰前达摩居，徘徊山崦竹疎疎。自从只履西归后，卓锡泉今问已无。
曾已香山作隐居，双泉风月自潇疎。不知小邓庵相近，余地还能待我无？

少林寺颂语

李昌符

昔日曾闻狮子音，清风匝地满丛林。不须更问西来意，晓月亭亭正露金。
一见师来契此心，更于何处问知音。要寻达摩当年事，只是如今旧少林。

绿　珠　咏

李昌符

洛阳佳丽与芳华，金谷园中见百花。谁遣当年坠楼死，无人巧笑破孙家。

祭告中岳

宋高宗　赵　构

天作高山，屹然中峙。经营厥宇，万亿咸遂。
火熙土王，爰举时祀。绳绳宣延，仿佛来止。
思来感格，肃雍不忘。礼仪既备，济济跄跄。
洁蠲致敬，往荐其方。交若有承，神兮孔飨。
练日有望，高灵来下。何以告诚，心惟物假。
有篚斯实，有宝斯藉。于以奠之，神光烛夜。
与天齐极，伊嵩之高。显灵效异，神休孔昭。
饬我祀事，实俎鸾膋。以侑旨酒，其馨有椒。
礼乐既成，肃容有常。奄忽消摇，申毕重觞。
仰胪所求，降福滂洋。师象山则，以况皇章。
虞至旦兮，灵亦有喜。蹇欲骧兮，象舆已轙。
粥音送兮，灵聿归以。长无极兮，锡我以祉。

题上清宫壁

王重阳

丘谭王风捉马刘，昆嵛顶上打玉球。你还般在寰海内，赢得三千八百筹。

颍考叔

王十朋

衣冠肉食谩纷纷，谁解杯羹感悟君。颍谷封人虽贱士，却能纯孝至今闻。

夏　禹

王十朋

洪流浩浩荡浸寰区，民杂蛇龙鸟兽居。长叹当时微帝力，苍生今日尽为鱼。

赵洛道中

赵安荣

柔青初散陇头桑，树落人家布谷忙。一段蓝青浑着角，叶间犹有几花黄。

题洛阳朝元宫

谭处端

宫门寂寂锁祥烟，古迹灵踪尚俨然。云罩连枝烹药鼎，霞生灵井溉丹泉。
日魂炼就华胥国，月魄收将不夜天。紫诏师真归去后，未知孰继大罗仙。

游灵山寺

谭处端

闲闲云水访禅林，密密琅玕映碧岑。玉桂峰高尘不染，灵山寺隐境难寻。
□交白雪匀铺玉，间隔黄花乱点金。清澈古潭秋静夜，桂花独现本来心。

高宗皇帝挽词

程大昌

九龄几协梦，三载忽缠丧。地卜周巡旧，山因禹穴傍。
云卿飞步阔，风沛着思长。八表神游处，天高巩洛阳。

太室二十四峰诗

楼　异

仆性嗜山水几成癖，所至虽假馆僦舍，莫不聚拳石、环斗池，终日玩观，殆忘寝食。一旦来令嵩阳，正在清泉白石窟中。始至以邑事未果，后数月稍稍伦息。今则讼庭图户几可罗雀，乃芟废园，凿芙蓉、菡萏二池。取余土筑台，高可丈许，名之揖仙。北面嵩岳，西顾少室，南望许由，自余诸峰，环拥轩槛于是。居高远眺，尽山川之形势。暇日既作《三十六峰赋》以自广。然仆旧闻嵩山二十四峰，图经传记所不载，求之土人亦莫知也。一日，观明太师李得柔胜之自京师来访，乃得其名出道藏吴天师《灵迹记》，历东而西，一一可指，遂命画史图诸峰于"仰嵩堂"，以证其名，以永其名。仆谓胜之曰："二十四峰之名，堙没久矣，今自吾二人者发之，不可无述也。”乃作嵩山二十四咏，并命胜之作焉。

黄盖峰

一片黄云驻不飞，不中帝子欲何知。不须更问主人事，自有嵩高峻极诗。

青童峰

崭新高髻掠云开，翠色罗衣一样裁。知有真仙此中住，故令天女捧书来。

浮丘峰

谁知方丈与瀛洲，尘世纷纷漫白头。不到嵩山最高处，世人容易揖浮丘。

三鹤峰

昔有仙翁住此间，炼成青发与朱颜。一朝跨鹤升天去，涧草岩花岂复攀。

遇圣峰

汉家天子学神仙，曾遇真人耳过肩。不待菖蒲长黑发，须知逸乐自延年。

万岁峰

仙仗西来感百神，泥金检玉尚青新。山灵知是真天子，万岁声中第一人。

玉镜峰

皎皎冰盘营百围，广寒宫殿见依稀。春山万叠浑如洗，浮翠光中一镜飞。

狮子峰

苍台藤蔓饰须眉，狮子摽形是与非。果解嚬呻作哮吼，窟中狐兔定魂飞。

虎头峰

万里封侯相不如，道人曾此获阴符。轩牙露舌惊樵采，猛士还当捋尔须。

起云峰

触石孤飞一叶逢，雷公电母昼鞭龙。但知四海为霖雨，不道中天第几峰。

凤凰峰

当年翔凤此徘徊，曾有真人览德来。今日飞鸣天外过，纷纷燕雀不须猜。

金壶峰

想见金壶写墨河，皂林余润郁嵯峨。但阳当日传经后，肯向山阴与换鹅。

华盖峰

华盖峰高未易穷，扪参历井到天中。回头却顾人间世，但见群青似小童。

玄龟峰

玄武名峰古所传，晨昏吐气作云烟。虽无钻灼刳肠患，岁晚风霜亦可怜。

卧龙峰

头角低回薜蔓封，蜿蜒端似卧真龙。旱干岁祷多灵应，时见岫云出此峰。

会仙峰

鹤乘云軿下九天，玉盘星子竞谁先。相应汉武题花品，留作人间聚八仙。

子晋峰

当年会悟镜中形，道骨仙风惟紫清。二十四峰明月夜，玉笙须向揖仙听。

老翁峰

翳雾埋云皓首翁，难将书传考前踪。商山羽翼朝家后，化作中天一石峰。

玉人峰

汉武求仙未得仙，玉人何事落岩前。故知帝主乘云下，神盖峰头启洞天。

玉女峰

玉仙曾此驻云车，日薄纱窗映雪肤。七字天书人不辨，定知玄女手中符。

独秀峰

孕玉怀金不待媒，蓊然佳气罩崔嵬。天教秀拔诸峰上，未信狂飚解折摧。

积翠峰

翠幄笼云自一家，萝梯夜碾七香车。举头雨过余霞散，绿芰池开菡萏花。

太白峰

仰攀日月风云近，俯瞰冈峦培塿低。绝顶光芒长不断，人言太白此中栖。

玉柱峰

丹楹未羡人间移，玉柱一峰天外高。自古大材须大用，扶持广厦岂辞劳。

少室三十六峰诗

刘本元

朝 岳 峰

巍巍乔岳立中原，箕颍相连洛水缠。谁领万山来拱揖，此峰端肃独居前。

望 洛 峰

凭高懒上三山顶，望远偏惊两月空。试向此间登眺处，洛阳形胜在嵩中。

太 阳 峰

榻摇经影来山麓，锡拄晴光出岭头。独步高明时正午，顿令万壑失阴幽。

少 阳 峰

晓星才彻曙方明，乘兴探奇陟少陵。忽觉丹霞来袭体，不知旭日自东生。

石 城 峰

自是中天古帝京，石堆女堞列罗在。张公谩有金牛策，此处应难用五丁。

石 笋 峰

天作高山耸碧嵚，浑如新笋出丛林。根深莫措耕锄力，孝子无劳此处寻。

檀 香 峰

峰顶香生峰下香，金炉异品岂寻常。万年不断烟云袅，一炷长留答上苍。

丹 砂 峰

仙人去后几多时，玉粒丹砂到处遗。试向峰头寻逸趣，神光点点照罗衣。

钵 盂 峰

钵盂峰上一仙庵，卓锡飞泉六月寒。曾向炼磨台上望，万山如在掌中看。

香 炉 峰

天是神兮地是祇，何须立庙向山限。此峰峙立崧山内，一缕心香更莫疑。

连 天 峰

天连嵩岭岭连天，晓抹青云晚带烟。见说匡庐高万丈，与天连也未相连。

紫霄峰

一峰直上插云汉，万里霞光彻两眸。欲识仙人何处是，此间必是风麟楼。

罗汉峰

五百呵罗列佛门，谁令一汉此中存。年来立雪心如铁，料得安心法已闻。

七佛峰

六祖传灯几百秋，独遗七佛至今留。也知蝉蜕终为幻，未若凝然镇巨州。

灵隐峰

天地藏灵在此峰，隐然未肯露真踪。何当尽泄峰中秘，申甫明时又再逢。

来仙峰

玉珮铿锵月夜鸣，霓裳羽袖两亭亭。峰巅不许闲人到，常有仙人采紫英。

清凉峰

一陟峰头万虑消，烦襟渴思不须浇。呼童收拾蒲葵扇，此处清分外饶高。

宝胜峰

玉气光腾射斗星，临潼会后蕴真精。传闻嵩土多金矿，可看峰头宝藏兴。

瑞应峰

芙容削玉一峰青，上应天垣会景星。家国祯祥何所兆，须知山韵比河清。

琼壁峰

琼壁含灵积满堆，餐烟吸雾迥尘埃。邑人莫把寻常看，此是郊天享帝才。

紫盖峰

紫盖亭亭闪碧空，其间谁是主人翁。岳神昨夜鸾舆去，御伞飞扬锦片重。

翠盖峰

玉女飞空着羽翰，翠翘华饰尽慵妆。而今化作仙峰立，赢得人间带笑着。

紫薇峰

曾闻天上紫薇宫，户牖玲珑境界空。露冷夜寒人不到，移来此处伴群峰。

药堂峰

膏术参苓九节蒲，灵根种种识秦卢。闲登峰顶寻真味，举目疲癃得更苏。

白道峰

铅汞煎成不用金，当时谁识白公心。道人已入神仙侣，留得峰名说至今。

天德峰

试登天德发豪吟，未羡禅房花木深。欲对此峰无愧炸，须存一点好生心。

卓剑峰

一峰卓立列嵩中，紫气腾腾射斗虹。昨夜洞宾经过此，却遗长剑倚崆峒。

白云峰

三祖传灯去不还，卢田岩下月生寒。面前壁立应何物，一派白云尽日闲。

金牛峰

桃林放后入嵩冈，目闪金光色正黄。愿言莫作□泉伏，为我民开万顷荒。

明月峰

风扫长空桂魄清，峰头光照万山晴。时人不用多惊讶，月到中天分外明。

凝碧峰

瑞霭祥云色色浓，晴光荡漾锦重重。一团真趣无人解，不用丹青赛画工。

迎霞峰

一望峰头万丈光，锦霞著体舞霓裳。杏花不用夸红艳，看到天葩更异常。

玉华峰

丛丛夭草涵甘露，种种灵芝发紫芽。不是峰峦多秀丽，就知宝玉吐精华。

宝柱峰

芳名宝柱镇中原，六六峰中第一先。莫道止为登邑重，万方赖尔作擎天。

系马峰

汉帝膏车封禅时，庞庞四牡尽驱驰。金鞍玉勒同芳草，后世犹传系马碑。

白鹿峰

乘鸾驾凤作仙游，天上知居第几楼？欲访真踪无觅处，空遗白鹿在峰头。

咏杜

陆游

古诗三百篇，删取财十一。每读先再拜，若听清庙瑟。
诗降为楚骚，犹足中六律。天未丧斯文，杜老乃独出。
陵迟至元白，固已可愤疾。及观晚唐作，令人欲焚笔。
此风近复炽，隙穴始难窒。淫哇解移人，往往丧妙质。
若言告学者，切勿为所怵。杭川必至海，为道当择术。
呜呼诗人师，万世谁为亚！

读苏叔党汝州北山杂诗次其韵

陆游

暑耘日炙背，寒耕泥没脚；众人占膏腴，我独治硗确。
力尽功未见，厥土但如昨。岂惟窘糠粞，直恐转沟壑。
今年雨阳时，天如相耕获。屋倾未暇扶，且复补篱落。

鹧鸪天

陆游

杖屦寻春苦未迟，洛城樱笋正当时。三千界外归初到，五百年前事总知。吹玉笛，渡清伊。相逢休问姓名谁。小车处士深衣叟，曾是天津共赋诗。

梦至洛中观牡丹繁丽溢目觉而有赋

陆游

两京初驾小羊车，憔悴江湖岁月赊。老去已忘天下事，梦中犹看洛阳花。
妖魂艳骨千年在，朱弹金鞭一笑哗。寄语毡裘莫痴绝，祁连还汝旧风沙。

临川道中寄汪守

李处权

渐远闽中地更平，土风疏爽语言轻。山浓不减嵩高翠，溪涨浑如洛浦声。忽见槐花思举子，欲求萤火遗书生。使君元是丈人行，回首铃斋空复情。

送希真入洛

李处权

一踏红尘又五年，倦游翻作送行篇。春花秋月谁无分，伊水崧雪自有缘。我比嵇康犹更懒，子追元亮故应贤。因归望讯忘机老，买个鱼舟费几钱。

游岘山观颜鲁公窪樽呈엽父

李处权

人物如公亦伟哉，洼樽寂寞岘山隈。似闻著屐凌风出，不见拿舟弄月回。往事只应君可记，幽期孰谓我能开。留诗更约荷花语，莫惜障泥走马来。

看塔山（荥阳五云山）云遇雨

杨万里

塔山顶上屋一间，老僧半间云半间。半夜云去作霖雨，回头方羡老僧闲。

赋益公平园牡丹白花青绿

杨万里

东皇封作万花王，更赐珍华出尚方。白玉杯将清玉绿，碧罗领衬素罗裳。古来洛口元无种，今去天心别得香。涂改欧家记文著，此花未出说姚黄。

牡　　丹

杨万里

病眼看书痛不胜，洛花千朵焕双明。浅红酽紫各新样，雪白鹅黄非旧名。
台举精神微雨过，留连消息嫩寒生。蜡封水养松窗底，未似琱栏倚半醒。

成皋道中

杨万里

瘦马成皋道阻长，峥嵘冰雪老年光。九关欲上虎豹怒，三迳未归松菊黄。
嵩少烟云聊驻马，汉唐宫殿两亡羊。郑南岭下梅花发，千里相思空断肠。

水调歌头

吕渭老

扁舟思独往，樯影划晴烟。要伴人随明月，踏破水中天。
谁信骑鲸高逝，空对笔端风雨，如泛楚江船。
老子穷无赖，端欲把降竿。白萍汀，归老计，似高闲。
平生爱我，一言相置二刘间。
准拟何山松桂，折足铛能安稳，芋火对阑残。
何必少林语，立雪问心安。

送季修同希文去秀

吕渭老

十年禅榻畔，风雨扬茶烟。跳丸日月，未甘白发困尧天。江左风流才子，要伴江湖张翰，同泛洛阳船。酌酒情无尽，海燕绕船竿。

逼人来，功业事，不教闲。男儿三十，定当谈笑在堂间。老子婆娑贫态，闭户长须赤脚，他日要分残。禹浪桃花影，归棹正轻安。

谒告成庙

王　炎

玉帛何年会，衣冠此地藏。物存惟窆石，神变失梅梁。
并海山川尽，逾河道路长。六臣陪庙食，千古共烝尝。

龙潭太室一笋穿入露满其上因赋

楼　钥

一笋入屋照座寒，凌晨仍有清露漙。益信露珠自根起，正如真水朝泥丸。
厦屋不应为汝穿，不肯屈节斜倚栏。干霄拂云已在望，且复自保青琅玕。

嵩　岳　图

楼　钥

先世前踪不可追，君从何处得全碑。上横嵩岳三千丈，下列齐公廿四诗。
室号揖仙怀旧书，庵名面壁认遗基。青毡真是我家物，欲以琼瑶厚报之。

满庭芳（雨中再赋牡丹）

汪　莘

云绕花屏，天横练带，画堂三月初三。斜风细雨，罗幕护轻寒。无数天香国色，枝枝带、洛浦嵩山。烧红烛，吞星□日，光射九霞冠。

仙宫，深几许，黄莺问道，紫燕窥帘。似太真姊妹，半醒微酣。须信生来富贵，何曾在、草舍茅庵。皇州近，扁舟载去，春色冠东南。

谒　金　门

汪　莘

使君再招饮，牡丹如山，坐上赋此檐漏滴，都是春归消息。
黄鹂愁雨湿。争看洛阳春色，忘却连天草碧。
南浦绿波双桨急，沙头人伫立。

和曾原伯寄超化举长老

高文虎

文声宫祉韵鸾和,素履冰霜凛节柯。鹏翼扶摇惊斥鹖,凤翔寥廓舞灵鹅。
参玄问学渊源远,友许游从日月多。谁袖亲篇来古刹,夜寒不觉耸肩哦。

赠赵宜之

秦　略

年时见君行路难,喜于长安新得官。日来见君邻妇哭,惊似蓝田寻得玉。
爱官爱玉乐有涯,爱君之诗无尽期。古人骨冷不复作,主张骚雅非君谁?

同希颜、裕之赋乐真竹拂子

秦　略

觅个龟毛抵死难,直教击碎钓鱼竿。世人不用生分别,信手拈来总一般。

少室山卓剑峰

秦　略

神威洗尽世间雠,电歇雷闲怒气收。一柄太阿留少室,却擎空掌华山头。

赵洛道中

秦　略

柔青初散陇头桑,村落人家布谷忙。一段芜菁浑着角,叶间犹有几花黄。

满　江　红

石孝友

分景亭前,梅红糁、柳金谁粟。芳意闹,烧灯初过,坠萱才六。此日悔康歌别驾,当年神降生嵩岳。

看邦人，称寿雾凝香，杯丛玉。

采石月，光天禄。姑溪水，增川福。炳灵祥曾产，瑞枝奇木。秋露短檠诗礼训，春风小院琵琶曲。愿长眉疏鬓等松椿，年年绿。

登望嵩楼

吕卿云

雨云留湿南风薰，登楼暂觉醒昏昏。遥岑几叠入远目，流水一派来深村。
红榴缀树若拳火，绿苔满地如钱痕。眼前有景道不得，壁间作者真少恩。

登楼戏题

吕卿云

从来好处倒天悭，旬月安闲得亦难。珍重楼中旧山色，好将眉黛事新官。
直上高楼北望嵩，岚气过雨十分浓。试将雾髻烟鬟数，只比巫山少两峰。
天边嵩少献新晴，正在前山缺处青。谁道此楼如此好，十年尘思一时醒。

答郑州辨禅师见戏代高防御

王若虚

酒肆淫房即道场，一时作戏亦何妨？
吾师自堕泥犁狱，更笑春风柳絮狂。

缑山庙

王若虚

缑山突兀上空虚，古柏森森几万株。
一自吹笙仙去后，乘鸾曾返故乡无！

生日自祝

王若虚

空囊无一钱，羸躯兼百疾。况味何萧条！生意浑欲失。

清晨闻喧呼，亲旧作生日。我初未免俗，随分略修饰。
举觞聊自祝，醉语尽情实。神仙恐无从，富贵安可必？
修短卒同归，何足喜与戚？一祈粗康强，二愿早闲适。
衣食无大望，但要了晨夕。万事不我撄，一心常自得。
优游终吾身，志愿从此毕。

瑞 鹧 鸪

李廷忠

洛浦风光烂漫时，千金开宴醉为期。花方着雨犹含笑，喋不禁寒总是痴。
香腮擎吐浓华艳。不随桃李竞春菲。东君自有回天力，看把花枝带月归。

嵩 溪 驿

刘克庄

舟子初辞去，风吹薄酒醒。一茎新鬓白，数点晚山青。
潦倒弹长铗，荒凉宿短亭。邻鸡空喔喔，不似昔年听。

寄李俊民

秦志安

先生高见真吾师，速营菟裘犹恨迟。窗明炕暖十笏地，松风萧萧和陶诗。
山野已寻云外路，直入天坛最深处。踏开李愿旧游踪，请君自草盘谷序。

贺 新 郎

刘克庄

何必游嵩少。屋边山、松风浩荡，虎龙吟啸。旧效楚人悲秋作，晚爱陶诗高妙。发如此、临流羞照。屈指向来夸毗子，被西风、一笔都勾了。曾不满，达人笑。

当年玉振于江表。怅而今、老身空在，欢娱全少。假使真如彭祖寿，蒙叟犹嗤渠夭。偶落笔、不经人道。岁晚连床谈至晓，胜冈头、出没看乌帽。君举白，我频釂。

万年欢(庆元圣节)

赵以夫

凤历开新,正微和乍转,丽景初晓。五荚蓂舒,光映玉阶瑶草。在在东风语笑。庆此日、虹流电绕。鲸波静,翠涌鳌山,嵩呼声动云表。绛节霓旌缥缈。望珠星灿烂,紫微深窈。琬液香浮,露湿蟠桃犹小。叠叠仙韶九奏,知春到、人间多少。蓬莱外,若木扶疏,万年枝上长好。

大酺(牡丹)

赵以夫

正绿阴浓,莺声懒,庭院寒轻烟薄。天然花富贵,逞夭红殷紫,叠葩重萼。醉艳酣春,妍姿浥露,翠羽轻明如削。檀心鸦黄嫩,似离情愁绪,万丝交错。更银烛相辉,玉瓶微浸,宛然京洛。

朝来风雨恶。怕僝僽、低张青油幕。便好倩、佳人插帽,贵客传笺,趁良辰、赏心行乐。四美难并也,须拼醉、莫辞杯勺。被花恼、情无著。长笛何处,一笑江头高阁。极目水云漠漠。

读 杜 诗

文天祥

平生踪迹只奔波,偏是文章被折磨。耳想杜鹃心事苦,眼看胡马泪痕多。

千年夔峡有诗在,一夜耒江如酒何。黄土一丘随处是,故乡归骨任蹉跎。

烛影摇红·月下牡丹

刘 壎

院落黄昏、残霞收尽廉纤雨。天香富贵洛阳城,巧费春工作。

自笑平生吟苦。写不尽,此花风度。天堂银烛。

翠幄画阑,万红争妒。那更深宵,寒光幻出清都府。

嫦娥跨影下人间,来换红鸾舞。连夜杯行休驻。

生怕化,彩云飞去。酒阑人静,月淡尘清,晓风轻露。

嵩山（二首）

汪元量

一

客行天地中，嵩峰何突兀。鸟道阻且修，马烦行复歇。
一入玉女窗，便觉幽兴发。好鸟鸣嘤嘤，细草乱如发。
石城荫青松，琼壁白喷雪。中有神圣居，飞甍半摧折。
宝绘翳苔莓，古碑字亦灭。莫辩千载事，焉能踏仙辙。
徒有感慨怀，脉脉泪不绝。

二

行行太室峰，秋声若鸣镝。流目瞩崎岖，蓬莱应咫尺。
上有神仙区，下有穆王宅。徘徊复徘徊，泫然感畴昔。
八骏不重来，秋山空月白。安得会寥韶，共作瑶池客。

玉　楼　春

汪元量

咸淳十载聪明帝，不见宋家陵寝废。暂离绛阙九重天，飞过黄河千丈水。
长春宫殿仙璈沸，嘉会今辰为愍忌。小儒百拜酹霞觞，寡妇孤儿流血泪。

北　邙　山

汪元量

芒芒北邙山，高坟尽无主。惟有石麒麟，相向立秋雨。

沁园春（寿竹窗兄）

陈　著

吾竹窗兄，吾能评者，只将竹看。是丹山佳气，胚月军茂直，嵩溪润脉，滋养清坚。雪虐霜凌，风饕雨恶，撼顿侵欺今几年。元无损，这虚心实节，却自依然。

人间。输此君贤。可曾向红尘里著鞭。称翩翩侣凤，舞依翡翠，昂昂雏鹤，立倚琅玕。动处非情，静中自韵，全得生来潇洒天。须长在，在月窗窗北，石涧东边。

沁园春(寿吴竹溪)

陈　著

潇洒纶巾,风流野服,红尘外身。向南窗听雨,澜翻墨客,北亭恋月,笔走诗神。倚竹听琴,逢花倒榼,更得放晴游冠春。清闲好,算东洲人物,难得如君。

华堂瑞气如云。西风到帘帷才一分。喜星桥鹊语,佳传依旧,缑山鹤舞,仙样翻新。箫玉香中,烛花影里,听取捧觞低祝人。千千岁,看功名事业,都在儿孙。

早春偶题

崔　鶠

寒风渐沥鸣枯苇,小鸭睡残犹未起。更教细雨结春寒,坐听萧萧打窗纸。
石盆养蒲已抽翠,雕斛栽花先弄紫。拥炉闭阁赋幽香,未怕春冰生砚水。

春日村居

崔　鶠

春草门前已没化,更无人过野人家。离离细竹时闻雨,淡淡疏篱不开花。

宋　　陵

刘信叔

干戈消弭岁丰登,边将无功吏不能。四十二年那忍说,西风吹泪过昭陵。

石　　淙

王　赞

磴道山岩下,茅楹竹树中。深潭鱼可见,攒石路才通。
坐听潺湲碧,县思烂熳红。平生丘壑志,览此兴何穷。

天后三阳故宫石淙怀古

张仲武

二室盘游日，三阳宴喜心。分流来万壑，巨石拟千岑。
玉殿烟芜在，金碑雨藓侵。翠华何处问，山水自清音。

答嵩禅师

如禅师

道契平生更有谁，闲卿于我最心知。当初未欲成相别，恐误同参一首诗。

嵩　高　山

白　贴

镇地，配天。节彼灵山，奠兹中土。
瞻彼高岳，镇兹坤仪。名雄五岳，秩视三公。

游　九　锁

刘应子

忆昔梦中游，高怀怅冥邈。筵舆入来□，精爽欲飞跃。
九锁相回环，群峰俱卓荦。地胜幻蓬莱，天低眇嵩岳。
古道矗危亭，断涧横略彴。流泉翠蛟舞，怪石紫鳞错。
坡仙不可见，墨香俨犹昨。迤逦跨五洞，解衣小盘礴。
烟萝蔓千树，风松鼓万壑。元放时往来，仙家有真乐。
石鼓叩即鸣，乳泉甘比酪。对此黄花秋，风景良不恶。
更欲穷绝顶，不惮疲两脚。谢屐随纵横，嘉帽任落魄。
回首日已晡，空山唳猿鹤。羽衣坐玄石，呼茗待侍客。
指弦写秋声，洗琖营晚酌。诗成走风雨，鬼神亦惊愕。
何时了功名，来寻赤松约。

东湖汤饼后进翁展墓饮嵩山踏雨泳归在行相继

张　埴

溪桥三日雨轻过，归影苍凉雨奈何。诗落邙山松柏后，相看有愧少陵多。
诸老襟期三十年，看花杖屦又栖禅。春风不断期文意，嘘拂衣冠着一边。

嵩山下至德祠

吴文忠

脱蹤岐阳迹已幽，默全忠孝复何求。文身幸获辞姬祚，端委犹能化列侯。
无语存商先叩马，有心迓命待归牛。象贤再见延陵季，十字碑题至德侯。

嵩山老人告行作六偈送之

释正觉

未能老养卧林麓，要乞优恩除发须。濯足沧浪岁寒事，终来清友石菖蒲。
挽衣苦怪不我住，怀事乞成今乃时。雷动定知开蛰户，春寒无要勒华枝。
嘤嘤鸟鸣如客情，行行柳眼向人青。投心旧友春成物，汲水前溪月下瓶。
梦里结忧三变事，觉来还喜一成春。莺华时节洗衰落，不信余寒犹著人。
服像中情将有得，江湖底事勿相忘。橘洲白鸟秋成伍，渔火莼羹蓬底香。
应缘分影来池月，游世无心出岫云。适意归来尖屋底，蔬畦还与力鉏勤。

吴兴辩长老以达摩画像请赞

释正觉

长芦驾浪，只履西归。求支那之法器，付屈眴之田衣。度九年之缄默，印二祖之灵知。海犀酣月而晕，寒乌带雪而飞。机前自得兮顶目四照，迷里相逢兮鼻头下垂。水著秋清兮湖光湛湛，山衔落日兮云锦辉浑。

禅人并化主写真求赞

释正觉

太行盘纡，黄河泄舒。肝胆明洁，胸膺廓虚。清风未生齿颊，白雪已上眉须。少林之默无他说，黄梅之春不识书。彻见本来人面目，名言安敢妄分疏。

田横墓

嬾　云

荒冢临歧尚隐然，春风吹绿草芊芊。牧儿乱唱黄昏后，犹是悲歌《薤露》篇。

游少林

无名氏

春日寻幽入少林，高山流水望中深。岚消突兀攒螺翠，溪绕叮咚响佩金。
僧破云来归洞口，鸟衔花去浴波心。斜阳不尽登临兴，拍手狂歌应谷音。

过登封见沙石

无名氏

夏日驱尘古迹过，喜随冠盖入烟萝。巍巍二室中天峙，凛凛三宫绝地峨。
追羡嵩灵人更杰，还虞土瘠物多疴。安得四边风警息，皇王从此缓征科。

巢许赞

田炳秀

洗耳清冷水，巢父志气高。至今牧牛子，不敢过城濠。

玉　楼　春

陈允平

粉销香减红兰泪。总是文君初别意。春风织就闷情怀,夜月砌成愁况未。
迢迢归梦频东里。堪恨洛阳花渐已。斜阳日日自相思,三十六陂芳草地。

嵩少(二首)

无名氏

沙弥舞袈裟,走向踯躅飞。闲步亦惺惺,芳援相依依。
噎塞春咽喉,蜂蝶事光辉。群嬉且已晚,孤引将何归。
流艳去不息,朝英亦疏微。

嵩山峻极中院法堂题壁

无名氏

一团茅草乱蓬蓬,蓦地烧天蓦地空。争似满炉煨榾柮,漫腾腾地热烘烘。

朝中措·牡丹赋

无名氏

洛阳常见画图中,春去只心融。国色辉开寒日,天香熏破霜风。
平生看了姚黄魏紫,一捻深红,莫是神仙韩令,裁成顷刻花丛。

白鹤观题壁

无名氏

仙人未必皆仙去,还在人间人不知。手把白髦从两鹿,相逢聊问姓名谁。

喜 迁 莺

无名氏

古今三绝。惟郑国三良，汉家三杰。三俊才名，三儒文学，更有三君清节。争似一门三秀，三子三孙奇物。人总道，寒蜀郡三苏，河东三薛。

欢惬。况正是，三月风光，杯好倾三百。子并三贤，孙齐三少，俱笃三余事业。文既三冬足用，名即三无高揭。新俱庆，看宠加三命，礼膺三接。

五岳祠盟记

岳 飞

自中原板荡，夷狄交侵，余发愤河朔，起自相台，总发从军，历二百余战。虽未能远入荒夷，洗荡巢穴，亦且快国仇之万一。今又提一旅孤军，振起宜兴。建康之城，一鼓败虏，恨未能使匹马不回耳！故且养兵休卒，蓄锐待敌，嗣当激励士卒，功期再战，北逾沙漠，蹀血虏廷，尽屠夷种。迎二圣归京阙，取故地上版图，朝廷无虞，主上安枕：余之愿也。

送紫岩张先生北伐

岳 飞

号令风霆迅，天声动北陬。长驱渡河洛，直捣向燕幽。
马蹀阏氏血，旗枭可汗头。归来报名主，恢复旧神州。

木兰花慢·题广文克明菊隐

辛弃疾

路傍人怪问，此隐者、姓陶不。甚黄菊如云，朝吟暮醉，唤不回头。纵无酒成怅望，只东篱、搔首亦风流。与客朝餐一笑，落英饱便归休。

古来尧舜有巢由。江海去悠悠。待说与佳人，种成香草，莫怨灵修。我无可无不可，意先生、出处有如丘。闻道问津人过，杀鸡为黍相留。

望 少 室

许安仁

名山都不见真形，万仞盘盘入杳冥。安得云间骑白鹤，下看三十六峰青。

少室道中望少林

许安仁

少室峰头晓月沉，千家城郭淡阴阴。五更鸡唱残星灭，马上看山过少林。

游 少 林 寺

许安仁

岩壑深严入翠微，少林金碧雾烟扉。五峰屏族禅庵小，万仞天开佛日辉。
闻说九年空面壁，得逢二祖便传衣。千秋少室山灵在，曾见先生只履归。

庚申闰月从师还自颍上，对新月独酌

蔡松年

我本山泽人，孤烟一轻蓑。功名无骨相，雕琢伤天和。
未能遽免俗，尚尔同其波。梧桐唤归梦，无奈秋声何。

超 化 寺

王庭筠

隔竹微闻钟磬音，墙头修绿冷阴阴。山迎朝日花枝静，寺里清溪塔影深。
吾道萧条三已仕，此行衰病独悲吟。简书催得匆匆去，暗记风烟拟梦寻。

超化寺舍利塔

王庭筠

苍山亭亭如覆盎，佛塔东西屹相向。林头初日射重檐，黄金丹沙晔生光。
中华此塔第十五，图说所传应不妄。智慧薰成舍利灵，夜半奇芒时一放。
想见当时阿育王，魔叱神工鞭鬼匠。云车瘴海挽炎沙，沙底黄肠三万丈。
石拟方面篾席叚，铁锢瘦中腰鼓样。功夫巧密业长久，位置雄尊令高张。
地皮浮水肤寸许，旱溢与之俱下上。嵩山归山夏秋雨，雨潦纵从岁相荡。
贴然并寺向东去，终劫不敢生波浪。天龙围护夜叉守，山寺平安塔无恙。
塔前树秀老不死，树下水流多益旺。再拜初尝一勺甘，洗我三生烦恼障。

村　行

高士谈

墟落依林莽，茅庐出短墙。儿童避车马，父老馈壶浆。
半湿田新雨，犹青枣未霜。逢人问丰歉，一一叹声长。

宿永庆寺

赵　忠

已断幽栖境，谈玄四座惊。性天春浩浩，心鉴月明明。
象教千年重，法缘一羽轻。学登最上乘，安稳度生平。

被召过少室

许　古

老病无堪合退休，伊川外已得菟裘。如今又上长安道，好被青山笑白头。

行香子

许　古

秋入鸣皋，爽气飘萧。挂衣冠、初脱尘劳。

窗间岩岫，看尽昏朝。夜山低，晴山近，晓山高。
细数闲来，几处村醪。醉模糊、信手挥毫。
等闲陶写，问甚风骚。乐因循，能潦倒，也逍遥。

雒　　阳

萧　贡

西来洛水绕嵩高，野店荒村换市朝。董卓搜牢连数月，郭威夯市又三朝。
劫灰深掘终难尽，鬼火争燃忽自消。千古兴亡几春梦，只将闲话付渔樵。

嵩山承天谷

赵秉文

烟霞直上逍遥谷，路转山腰咫尺迷。已觉洞天分圣境，更疑石磴是天梯。
霜添红叶黄花好，天与金壶玉柱齐。醉倚西风正南望，暮云烟草一时低。

留题崇福宫

赵秉文

山面削瓜碧，宫墙铺粉光。晴岚天自雨，夏窦冷喷霜。
胜地松杉古，仙家艺术香。东邻与西舍，欠我一茅堂。

古　　槐

赵秉文

荥阳县东一古槐，人言曾见汉朝来。不知几觉南柯梦，直到如今唤不回。

虎　　牢

赵秉文

两崖峡束枕洪涛，自古英雄争虎牢。苍天胡为设此险，长使战骨如山高。

少　林

赵秉文

只么西来坐面墙，更无一法付神光；少林自有吹毛物，三十六峰如剑铓。

同少林性英粹中赋梅

赵秉文

寒梅雪中春，高节自一奇。人间无此花，风月恐未宜。
不为爱冷艳，不为惜幽姿。爱此骨中香，花余嗅空枝。
影斜清浅处，香度黄昏时。可使饥无食，不可无吾诗。

从军行（送田琢器之）

赵秉文

北兵数道下山东，旌旗绛天海水红。北人归来血饮马，中原无树摇春风。
橐驼毡车载金帛，城上官军宜叹息。累累妇女过关头，回望都门心断绝。

少室山卓剑峰

秦　略

神威洗尽世间仇，电歇雷掀怒气收。一柄太阿留少室，却擎空掌华山头。

云龙川泰和殿五月牡丹

金章宗　完颜璟

洛阳谷雨红千叶，岭外朱明花一枝。地力发生虽有异，天公造物本无私。

登封途中遇雨留僧舍

冯延登

湿云若烟低，飞雨如矢集。近山衣已凉，薄寒复相袭。
霁景函草木，秋意满原隰。林红寒更殷，山翠晴更湿。
不知高几许，但见苍壁立。群峰谁暇数？庭笋纷戢戢。
腾掷来眼中，左右疲顾揖。

再和秦彦容

李俊民

扊扅歌后伏雌烹，箸犹未下愁覆羹。
布衾多年踏里裂，夜半寒窗洒风雪。
待与重寻痛饮师，东山杲杲日出迟。
撑肠拄腹文字五千卷，一字不入高人诗。
几年不踏红尘路，直入白云最深处。
君不见洛阳城下未归魂，一梦思乡叹温序。

中秋(二首)

李俊民

露下天街一气凉，月明不复被电姑。正当金帝行秋令，疑是银河洗夜光。
鲛室影寒珠有泪，蟾宫风散桂飘香。席闲醉容忙归去，独共三人尽此觞。

共对青天好举觞，从前三五是寻常。一年佳节秋将半。万里清辉夜未央。
才向缺时舒窈窕，欲从盈后敛光芒。姮娥曾得长生药。我欲停杯问此方。

山　中　雨

刘　昂

嵩高山下逢秋雨，破伞遮头过野桥。此景此时谁会得，清如窗下听芭蕉。

次韵呈戒坛惠公堂头

路 元

官如马足在泥尘，喜见高吟日日新。已窃谢公三载禄，难甘原宪一生贫。
徒劳碌碌当年学，且乐陶陶此日春。幸对清风与明月，不知谁是个中人。

九日登少室绝顶

麻九畴

闲居爱重九，佳人重相过。登酬节物少，少室郁嵯峨。
迤逦谢尘土，夷犹出烟萝。浩浩跨积风，湃湃淼长河。
日车昃红轮，天宇凝苍波。指点数齐州，如觉氛埃多。
我无倚天剑，有泪空滂沱。惊鳞眄隩渚，倦翼占危柯。
悔不与家来，结茅老岩阿。归途倦老眼，广武意如何？

赠 裕 之

麻九畴

向来三度见君诗，常望西山有所思。谁料并州天绝处，相逢梁苑雪消时。
贤人乐古声犹在，聱叟文高世岂知。只恐神嵩不留客，秦川如画渭如丝。

元裕之以山游见招

麻九畴

石华正可采，负我孤舟篷。胡为红尘里，扰扰槐安宫？
山间绿萝月，一照千岩空。洪崖去不返，清游谁与同？
空余松根泉，杂佩流无穷。人心堕泥滓，不如与天通。
举头视霄汉，浩露洗心胸。

日月两角蜗，天地一粒粟。老盆可径醉，岂择瓦与玉？
大笑区中人，朱门丐梁肉。清晓登少室，日夕眺王屋。
紫烟晞我发，碧瀣贮我腹。溪中有白云，万事付濯足。
物物惬幽情，不独兰与菊。

南风入桂树，高叶碧峥嵘。举手戏攀折，上与云烟撑。
黄金间白玉，遍地光晶荧。笙箫座间发，鸾鹤空中鸣。
浩歌山谷应，起舞衣裳轻。一尊石上酒，如我浩气盈。
目送飞鸿尽，青云万里平。

国风久已熄，如火不再然。流为《玉台咏》，铅粉娇华年。
政须洗妖冶，八骏踏芝田。青苔明月露，碧树凉风天。
尘土一一尽，象纬昭昭悬。寂寥抱玉辨，争竞摇尾怜。
幸有元公子，不为常语牵。

九日登少室绝顶

雷　渊

闲居爱重九，佳人重相过。登高酬节物，少室郁嵯峨。
迤逦谢尘土，夷犹出烟萝。飙如据鳌头，万壑俯峰窝。
浩浩跨积风，洊洊渺长河。日车昃红轮，天宇凝苍波。
指点数齐州，始觉氛埃多。我无倚天剑，有泪空滂沱。
惊鳞盼粤渚，倦翼占危柯。悔不与家来，结茅老岩阿。
归途眷老阮，广武意如何？

洛阳同裕之钦叔赋

雷　渊

日上烟花一片红，嵩邙西峙洛川东。才闻侯骑传青盖，又见牵羊出绛宫。
事去关河不横草，秋来陵寝但飞蓬。书生不奈兴亡恨，斗酒聊浇磈磊胸。

启母石同裕之赋

雷　渊

千古崩崖一罅开，强将神怪附郊禖。无情顽石犹贻谤，贝锦徒为巷伯哀。

玉华山中同裕之分韵送钦叔

雷　渊

洗耳颍川水，疗饥西山薇。山川得佳客，草木生光辉。
末路风教薄，此道日已微。相期千载事，非君谁与归？

和少林和尚英粹中山堂诗韵

耶律楚材

我爱嵩山堂，山堂秋寂寂。苍烟自摇荡，白云风出入。
泠泠溪水寒，细细琴丝湿。离尘欲无事，又有闲踪迹。

寄东林同参

耶律楚材

东林屡有寄来诗，忙里何尝报一辞。岂是玉泉生吝惜，言无滋味不宜时。

思　亲

耶律楚材

故园屈指八千里，老母行年六十余。何日挂冠辞富贵，少林佳处卜新居？

感　事

耶律楚材

山寺幽居思少室，梅花归梦绕扬州。萱堂温凊十年阙，负米供亲媿仲由。

七夕感兴

木庵性英

轻河如练月如舟，花满人间乞巧楼。野老家风依旧拙，蒲团又度一年秋。

会善寺万寿阁

张　翰

石磴层层起，阁开万寿雄。金龙盘帝座，铁马振天风。
南望双熊拱，西瞻少室通。此身飘落久，喜傍五云中。

望嵩少（二首）

元好问

嵩少飞来崐阆山，山家茅屋翠微间。鸡豚乡社相劳苦，花木禅房时往还。
结习尚馀三宿恋，残年多负半生闲。长河一苇人千里，望断西城碧玉环。

饮鹤池边万木稠，养龙崖上五峰秋。藤垂绝壁云添润，涧落哀湍雪共流。
田父占年惊玉旆，诗仙留迹叹昆丘。西风落日山阳道，空对红尘忆旧游。

送郝讲师住崇福宫

元好问

大方之家几知津，郝君七十老斫轮。书文五车喙三尺，剧谈混沌今犹神。
太玄博士为绝倒，君言夸矣天公嗔。长安冠盖罗青云，洛阳车马争红尘。
怪君掉头不肯住，寂寞来作由东邻。嵩高维岳古所秩，三十六帝有外臣。
玄都石坛待飙驭，宫殿突兀松轮囷。上界仙人邓云山，洞天治所名司真。
蓬莱方丈去不远，明星玉女时相亲。瑶华可撷兰可纫，烟霞永隔尘中人。
黄鹄一去不复返，白鸥万里谁能驯。为我殷勤谢邓君，玉华岁晚当平分。

太室同希颜赋

元好问

壮矣崧维岳，盘盘上窈冥。中天瞻巨镇，元气有遗形。
雨入秦川黑，云开楚岫青。鳌掀一柱在，万古压坤灵。

秋　怀

元好问

凉叶萧萧散雨生，虚堂淅淅掩霜清。黄华自与西风约，白发先从远客生。
吟似候虫秋更苦，梦和寒鹊夜频惊。何时石岭关山路，一望家山眼暂明？

重阳过后过超化寺

元好问

西风袅袅度僧窗，尽得诸出草木香。却恨汴梁三日醉，不来此地过重阳。
一溪春水绿湾还，竹外山缨花欲燃。深柱炉香凝鼻观，几番鱼跃出清泉。

慈云寺雨中

元好问

西堂三日雨，气节变萧森。偃卧复欹卧，长吟对短吟。
钟鱼四山静，松竹一灯深。重羡禅栖客，都无尘虑侵。

雪中自洛阳还嵩山

元好问

道人薄有尘外缘，迫入尘埃私自怜。三十六峰一茅屋，梦里西家掠社钱。
津津喜色见眉宇，峨峨青城当眼前。蹇驴径入风烟去，恰是梅花欲雪天。

送母受益自潞府归嵩山

元好问

薄俗科名贱，孤生志愿违。正须谋独往，何暇计群飞？
泌水真堪乐，荆州况可依。青山吾旧隐，此日羡君归。

缑山置酒

元好问

灵宫肃清晓，细柏含古春。人言王子乔，鹤驭此上宾。
白云山苍苍，平田木欣欣。登高览元化，浩荡融心神。
西望洛阳城，大路通平津。行人细如蚁，扰扰争红尘。
蓬莱风涛深，鬓毛日夜新。殷勤一杯酒，愧尔云间人。

嵩洛十二题

元好问

太　室

虎掷龙拿不两存，当年曾此赌乾坤。一时豪杰皆行阵，万古山河自壁门。
原野犹应厌膏血，风云长遣动心魂。成名竖子知谁谓，拟唤狂生与细论。

嵩山玉镜

玉镜见何许？今旦东山陲。积雨洗昏霾，旭日发光辉。
光辉夺人目，滟滟如动移。初如秋月圆，渐如曙星微。
曙星不能久，并与晨露晞。此镜何从来，造化秘莫窥。
山精或宝气，恍惚令人疑。谁为问岳祇：山川英秀会有归？
不能生申与甫瑞王国，万丈光芒徒尔为！

会善寺

日塔沈沈插翠微，魏家宫阙此余基。人生富贵有遗恨，世事废兴无了期。
胜概只今归鹫岭，烟花从昔绕龙墀。长松想是前朝物，及见诸孙赋黍离。

启母石

收载涂山世共知，谁传顽石使人疑。可怜少室老突兀，也被人呼作阿姨。

少室南原

地僻人烟断，山深鸟语哗。清溪鸣石齿，暖日长藤芽。
绿映高低树，红迷远近花。林间见鸡犬，直拟是仙家。

少　林

云林入清深，禅房坐萧爽。澄泉洁余习，高鸟唤长往。
我无元豹姿，漫有紫霞想。回首山中云，灵芝日应长。

箕　山

幽林转阴崖，鸟道人迹绝。许君棲隐地，唯有太古雪。
人间黄屋贵，物外只自洁。尚厌一瓢喧，重负宁所屑。
降衷均义禀，汩利忘智决。得陇又望蜀，有几安用薛。
干戈几蛮触，宇宙日流血。鲁连蹈东海，夷叔采薇蕨。
至今阳城山，衡华两丘垤。古人不可作，百念肝肺热。
浩歌北风前，悠悠送孤月。

超　化

秋风袅袅入僧窗，尽得诸山草木香。却恨大梁三日醉，不来超化作重阳。

北　邙

驱马北邙原，踟蹰重踟蹰。千年富贵人，零落此山隅。
万冢不复识，榛莽余龟趺。贤愚同一尽，感极增悲歔。
粤人惟物灵，生也与道俱。一为物所眩，遂尔迷厥初。
蜕骨几山丘，百年不须臾。归尽固其理，交丧亦已愚。
陈迹有足悲，奈此万化途。焉知原上冢，不有当年吾？

颍　亭

颍上风烟天地回，颍亭孤赏亦悠哉。春风碧水双鸥静，落日青山万马来。
胜概销沈几今昔，中年登览足悲哀。远游拟续骚人赋，所惜匆匆无酒杯。

洛　阳

千年河岳控喉襟，一日神州见陆沉。已为操琴感衰涕，更须同辇梦秋衾。
城头大匠论蒸土，地底中郎待摸金。拟就天公问翻覆，蒿莱丹碧果何心？

紫　牡　丹

金粉轻粘蝶翅匀，丹砂浓抹鹤翎新。尽饶姚魏知名早，未放徐黄下笔亲。
映日定应珠有泪，凌波长恐袜生尘。如何借得司花手，偏与人间做好春。

后 饮 酒

元好问

少日不能觞，少许便有余。比得酒中趣，日与杯杓俱。
一日不自浇，肝肺如欲枯。当其得意时，万物寄一壶。
作病知奈何，妾妇良区区。但愧生理废，饥寒到妻孥。
吾贫盖有命，此酒不可无。

金丹换凡骨，诞幻若无实。如何杯杓间，乃有此乐国。
天生至神物，与世作酣适。岂曰无妙理，滉漾莫容诘。
康衢吾自乐，何者为帝力。大笑白与刘，区区颂功德。

客从嵩少来，贻我招隐诗。为言学仙好，人间竟何为？
一笑顾客言，神仙非所期。山中如有酒，吾与尔同归。

酒中有胜地，名流所同归。人若不解饮，俗病从何医。
此语谁所云？吾友田紫芝。紫芝虽吾友，痛饮真吾师。
一饮三百杯，谈笑成歌诗。九原不可作，想见当年时。

玉华谷同希颜裕之分韵得秋字

李献能

玉龙落峡喷飞流，空翠霏霏晚不收。歇脚山堂一壶酒，暮凉闲对两峰秋。

追忆颍亭泛舟

李献能

十月冬气寒，清霜殒群木。轻舟泛颍水，微风吹野服。
信流不知还，石艇横老玉。苔花锦谰斑，悬溜珠箎簌。
颇离廛市杂，倒泻轩裳俗。岁月今几何，春草萋似绿。
怀归剧饥渴，仰羡双飞鹄。矫首九山云，迢迢伤心目。

湫水灵泉

前　人

山接嵩阳水蕴灵，旱无枯涸潦无盈。兼天不让银河泒，漱石还同玉佩声。
长许蛟龙眠白昼，溥施霖雨济苍生。静深莫测神功妙，莹洁虚明镜面平。

赠雷御史兼及松庵冯丈

冀禹锡

平生疾恶如风手，力振台纲事所难。人道千钧羞射鼠，我怜众煦解漂山。
明时士论知无负，晚岁交盟岂易寒。见说嵩前茹芝老，白云倚杖待君还。

雪中过虎牢

李长源

萧萧行李戛弓刀，踏雪行人过虎牢。广武山川哀阮籍，黄河襟带控成皋。
身经戎马心逾壮，天入风霜气更豪。横槊赋诗男子事，征西谁为谢诸曹。

为裕之赋

李长源

胡天不收，敌君三万秋。天孙弄明镜，光涌云闲流。忆昔放逐江南州，金陵女儿歌臬讴。草裹乌纱巾，散著紫绮裘。酒酣把玉笛，直欲扪参历井骑斗牛。醉中呼儿摇双舟，吾欲乘流下石头。起来茫茫视八极，万里只有元丹丘。丹丘子，游人闲，风尘何为往复还？玉华山人近招我，九日朝帝苍梧山。

雨后看并玉所控诸峰

冯　璧

并玉如高人，壁立九千仞。一日不见之，令人生鄙吝。
春深木叶敷，秀色益濡润。结茅寄僧蓝，晴碧时相趁。
老宿诧孙峰，隅侍到龆龀。连延青一色，枚数须谛认。
溟漾空翠间，我亦疑未信。朝来云气昏，埋没瑜匿瑾。

如苍梧政愁，湘妃郁思舜。重阴俄解驳，霪霈夕晖衬。
娟娟忽层出，历历分远近。云峰互吞吐，千状才一瞬。
出奇如孙吴，相降如廉蔺。如众星拱辰，如侯伯人觐。
接武如朋簪，承迎如价傧。负固如吴楚，争长如齐晋。
怪诡如夷蛮，骈罗贡琛赆。窘蹙如擒获，系累将就衅。
如应龙神灵，蛰卧时奋迅。如天驷超轶，垌牧税羁靷。
如雄对改容，失箸骇疾震。如猛士无哗，攒槊俟严阵。
独两峰巍然，魁杰俨崇峻。光辅岳柱天，郁为中兴镇。
降生申与甫，周室偾复振。诗传配嵩高，百世磨不磷。

追述嵩少之游

冯　璧

元光间予在上龙潭，每春秋二仲月，往往与元、雷游历嵩少诸蓝。禅师汴公方事参访，每相遇辄挥毫赋诗，以道闲话之乐。今犹梦寐见之。儿子谓近以公故抵任城。禅师附寄诗，以叙畴昔。未几，驻锡东庵，因造谒，间出示裕之数诗。醉笔纵横，亦略道嵩游旧事。感叹之余，漫赋二首。

性量诸方已遍参，归来一锡驻东庵。山中莲社旧招隐，旅舍阿戎新对谈。
诗笔如君僧有几，文章愧我老无堪。绫书大家拈香疏，须趁微之酒半酣。
少林修竹欲天参，竹外幽闲草结庵。顾我虽存惟白发，与君曾此共玄谈。
干戈横绝境犹梦，草树荒残人岂堪。腊瓮松醪髯莫预，商歌悲壮不能酣。

同裕之再过会善有怀希颜

冯　璧

寺原魏离宫，十日来几两。前与髯卿偕，昌蓂少林往。
其时已薄暮，诸胜不暇访。今同魏诸孙，再到风烟上。
寺僧导升殿，雄深肃瞻仰。柱础门限砧，追琢成大壮。
不见磨琢痕，莹滑明滉朗。摩娑三叹息，后事无此匠。
晚登西南亭，碧玉对千太。如王官天柱，如太华仙掌。
留宿赞公房，秀色梦余想。夜静耿不眠，泉溜琴筑响。
惜髯今不来，联诗共清赏。

无　题

杜仁杰

张生卓荦真好奇，呼我出城观禹碑。平生雅足济胜具，梯飚磴蘚吾何辞。双筇窈窕到碑下，叹息畴曩烦嗟咨。山腰圆抱铁瓮腹，石面倒偃红玻璃。扪烟揣雾随指湿，凛凛古气冲人衣。天生神禹未易诘，世人妄作黄能儿。洛书先时堕禹腹，为是天赐何其漓。龙门自古天所启，为是禹凿何其疲。向来行水本无事，四海为壑天为池。谁以茫昧贾后疑，道人潜来偶见之。字形漫灭不尽识，岁月唯有苍苔知，溪风飒飒余清悲。

龙门石佛

刘　中

凿破苍崖已失真，又添行客眼中尘。请君看取龙山石，不费工夫总法身。

游密县云濛山

柴　望

百折幽溪仄处迷，薜罗斜挂夕阳低。疏烟淡卷遮空幔，峭石层堆陡峻梯。绕径间花余笑傲，临风古木自呼啼。行将骑鹤飘然去，且坐看云过岭西。

送裕之还嵩山

王　渥

高怀不受簿书侵，清颍鸥盟欲重寻。老去宦情知我薄，闲来道念见君深。对床夜雨他年梦，满马西风此日心。嵩顶胜游谁得共？伫闻仙驭待知音。

颍　亭

王　渥

三载西湖阻胜游，颍亭聊喜散羁愁。九山西络烟霞去，一水南吞涧壑流。宾主唱酬空翠琰，干戈横绝自沧州。匆匆匹马从军去，惭愧烟波万里鸥。

同赵长水泛舟

辛　愿

洛水秦山晚自澄，孤洲烟树绿相仍。波摇朗月浮金镜，岭隔华星断玉绳。但觉转船惊白鸟，岂烦挥翣怒青蝇。风尘浩荡飘蓬里，愧似林宗陪李膺。

过　嵩　山

辛　愿

催老年光衮衮来，好怀知欲向谁开。箕山颍水春风里，唤起巢由共一杯。

题钱舜举画梨花

柯九思

洛阳城西千树雪，走马看花徧阡陌。金鞭换酒为沈□，烂醉花前扶不得。粉香熏透诗人脾，思入吴笺洒残墨。别来风雨难为春，客怀几度孤清明。壮游回首已陈迹，一声啼鸟心魂惊。苕溪居士获天趣，造化潜移不知处。玉容寂寞澹春寒，犹记香山旧时句。羡君好古清有余，励志耻作黄金奴。梅边握手恨不早，老眼半世空江湖。画图诗笔耀当代，大嚼屠门意殊快。更须什袭为珍藏，静里春光常自在。

过　太　室

史　学

三辅祥开表圣期，三呼大寿与天齐。殿栖碧瓦仍唐制，洞锁苍苔失汉题。柱玉已闻安庙柘，剑峰重为剪撑黎。升中剩有词臣赋，满望鸾旂凤盖西。

仙　鹤　观

李广道

故人情话悦无阑，遥夜挑灯笑语间。不意得经缑氏岭，天教有分看仙山。

登嵩山抵宿卢岩

卢　庸

飞梁倒挂虹霓落，列嶂遥连翡翠鲜。岩树溪禽尽相识，一春踏遍万峰巅。

少林寺呈堂头和尚

卢　庸

崿岭穿云路屈盘，少林古寺傍岩峦。此行本为安心法，今日吾师与我安。

嵩山逍遥谷

赵思文

烟霞直上逍遥谷，路转山腰咫尺迷。已觉洞天分圣境，更疑石磴是仙梯。
霜添红叶黄花好，天与金壶玉柱齐。醉倚西风正南望，暮云烟草一时低。

怀　古

来　俌

楚汉争雄日，将军亦奋扬。一时分去就，两处系兴亡。
幸得逢真主，何须求假王。惜乎高鸟尽，曾不免弓藏。

嵩　山　中

王　彧

撒手宁论万丈崖，脚跟未肯点尘埃。东君也自魔君数，故着青红眼底来。
来何迟，去何早？二五不多十不少。一声柄木遍虚空，谁识堂堂真照了。

戒坛惠公堂头

路公呈

官如马足在泥尘，喜见高吟日日新。已窃谢公三载禄，难甘原宪一生贫。
徒劳碌碌当年学，且乐陶陶此日春。幸对清风与明月，不知谁是个中人。

客　况

赵　元

庐山踏遍却归嵩，世事悠悠付老慵。乐近僧居非佞佛，苦无田种强为农。
菊花雨似人情冷，梨叶霜如酒力浓。一十五秋河表客，合教节物笑龙钟。

宿少林寺

赵　元

双轮走鸡栖，下岭分间道。行行得精舍，翠崦作迴抱。
诸峰知客来，故故颜色好。征衫满尘土，惭愧方丈老。
殷勤一瓣香，为我除热恼。世缘如落花，篱裀迹俱扫。
个中有佳处，行脚恨不早。一庵祖师傅，异日亲结草。

渡洛口

赵　元

一脉寒流两岸冰，断桥无力强支撑。忘机羡煞沙鸥好，不省人间有战争。

城　西

赵　元

雁带边声远，牛横废陇长。人居似河朔，冈势接荥阳。
禾短新村墅，沙平古战场。悠然望西北，暮色起悲凉。

送王生西游

赵　元

紫径仙人今渊云，骑风御气七尺身。丈夫耻与哙等伍，故作野鹤昂鸡群。
往年书剑游梁日，咳唾中间满珠壁。温子徒劳手八叉，苏老犹迷日五色。
慨然拂袖游嵩阳，西南陌上书传香。仲宣堂堂舍我去，举杯却愁愁更长。
去程相近黄袍节，三十六峰如玉列。龙门风叶堕红绡，洛浦芦花舞晴雪。
勋名细事犹秋毫，政可痛饮读离骚。天津月照紫绮裘，缑岭风吹青玉箫。
我无羽翼随君起，浩歌相送秋光里。凭高西望青茫茫，落日无情下寒水。

题元裕之家山图

赵　元

系舟盘盘连石岭，牧马澄澄倒山影。山光水气相混涵，中有元家旧庐井。
雁门一开豺虎场，驾言投迹嵩之阳。青山偃蹇不可将，十年竟堕兵尘黄。
东岩风物如犹在，说与寄庵神已会。一挥淡墨能似之，清辉远寄形骸外。
元家故山吾与邻，梦见不如图画真。旧曾行处聊经眼，未得归时亦可人。

书怀寄元弟裕之韵

赵　元

嵩箕有奇姿，出云何悠然。云山足佳处，留客今几年。
有子罢读书，求种山间田。栗里愧渊明，香山惭乐天。
二老已古人，相望云泥悬。得酒邀月来，对影空自怜。
摄衣欲起舞，稚子不须牵。

薛鼎臣罢登封

赵　元

弄人鼓笛不相疑，便著登场傀儡衣。终日饱饥唯饮水，也和醉客一时归。

复继仲宁堂头韵

释承燮

门外曹溪路不赊，炷香烟缕袅风斜。玄谈磊落鉴冰雪，花翰清新灿绮霞。
祖刹金灯风续焰，少林铁树雨开花。庭前大石圆如斗，一点难侵意转嘉。

侍祠太室

周昂

设燎彤庭敞，悬灯玉殿深。星河含爽朗，城阙动阴沉。
祇栗诚初荐，馨香德已歆。清风动云幕，有喜见神心。

拟古

张建

枯桑依颓垣，摧折生理微。剥我枝间叶，备君身上衣。
叶尽谁复顾，栖鸟亦来稀。君看牡丹丛，日日笙歌围。

嵩山菖蒲

张建

石泉何清冷，中有九节蒲。蒲性本孤洁，不受滓秽污。

松花

张建

客从岳顶来，贻我松花娄。为言服之久，身轻欲飞翔。

霄次田若虚游龙门宝应用天随字体赋诗韵(二首)

魏 博

一

少室右臂禹所断，开排清伊来高寒。土石养肉自古秀，山腰流泉无时乾。
佛髻滴滴染湿翠，松风飕飕鸣惊湍。白傅已矣不可见，予谁从之投归鞍。

二

阙塞若厩马，奔腾多奇厖。悫尔不可沮，西来何悾悾。
骏足忽勒破，英才如拘庞。有客善体物，新诗留僧窗。
晏辈岂足道，微澜生盆缸。径续杞菊意，来游玻璃江。
吏部昔窜谪，犹能题临泷。况此六大寺，碓堂时鸣椿。
紫翠出万瓦，天风旋珠幢。兴寄百斛鼎，无才谁其扛。
会听项籍约，吾将从之降。

访箕和尚岘山

许 古

山中风定夜沉沉，月满禅林静客心。苍桧四排严法界，孤松中立殷潮音。
鼓钟有节人如玉，台殿无尘地布金。二月来游春尚浅，红梅无数照山阴。

石 窟 寺

牛承直

老去寻山意渐便，兴来登览独怡然。僧归禅榻香凝帐，人唤渔舟晚济川。
清洛冷光浮巨栋，灵嵩积翠拱中天。共余底事频来此，民远官刑不用鞭。

和 裕 之

崔 遵

不幸还能作幸民，十年同醉颍川春。酒船载我虽堪老，仕路有时或为贫。
少室山人三日恶，夷门纸价一番新。益知哀乐终年事，未唱骊歌鼻已辛。

又送裕之往洛阳兼简孙伯英

刘昂霄

洛水嵩山寿乐堂，每从热恼得清凉。竹床石枕应无恙，尚可分风供十方。

游 五 渡 谷

刘昂霄

南山如碧环，缺处苍崖开。当年造物手，办此何神哉。
睥□□天壁，千古封莓苔。源源万斛泉，飞出重山来。
白龙三百丈，行处鸣春雷。巨石若栋宇，磊砢相推排。
跳波与溅沫，余怒犹喧豗。我来值杪秋，万壑野声哀。
黄河杂红树，锦绣纷岩隈。奇胜夙所贪，欲去仍裴佪。
题诗还自笑，愧我非仙材。

韩城雪夜有感

燕照邻

女矮男痴十口余，进时无业退无庐。一窗风雪韩城夜，火冷灯青照旧书。

清明后一日游巩县青龙山罗汉院

邵公高

乱山深处春深处，殿阁参差压石垣。梨白桃红寒食节，风香雨细给孤园。
修廊拂拭看诗句，好景流连卧酒樽。幽兴此间殊不浅，林边归路踏黄昏。

红　　梅

范成己

谁防冰梢绛雪团，黄昏和月倚阑干。羞随桃李争春意，要伴松筠傲岁寒。
冷艳只宜閒处著，浅妆难入俗人看。天心固惜和羹便，空抱枝头一点酸。

题洛阳朝元宫

谭处端

宫门寂寂锁祥烟,古迹灵踪尚俨然。云罩连枝烹药鼎,霞生灵井溉丹泉。
日魂炼就华胥国,月魄收将不夜天。紫诏师真归去后,未知孰继大罗仙?

元

偃师金莲池

宋德方

道侣殷勤凿石渠，金莲泉脉入灵郛。暗穿行径乃清冷，为我烹茶驭酪奴。

雨　霖　铃

宋德方

高山流水。叹知音者，世间能几。终南万里，烟霞归去也，岁云暮矣。拄杖药炉经卷，除此外、有何行李。乐恬淡、清静家风，一片灵台莹如洗。

就中妙处因师指。下工夫、战退无常鬼。匣藏三尺神剑，霹雳响、火龙飞起。天下升平无事，白云间、笑傲而已。名利客，不信长生，奔走红尘里。

嵩 山 组 诗

杨　奂

太　　室

茂陵骨已朽，万岁恐虚传。莫上中峰顶，秦城隔暮烟。

少　　室

方若植巍冠，森若削寒玉。明月夜中游，谁家借黄鹄？

卢　崖

避名名自至，身瘠道还腴。未到千年后，空岩已姓卢。

测景台

一片开元石，愈知天地中。今宵北窗梦，或可见周公。

五渡水

几时落东溪，曲折卧天汉。语似登山人，可饮不可盥。

轘辕坂

盘盘十三曲，石岭瘦峥嵘。脚底有平地，何人险处行?

卓锡泉

大士传心要，诸方叩道玄。至今卓锡地，莹澈有遗泉。

启母庙

顽石立在世，启母人亦知。可怜宋太后，死骂宁馨儿。

少姨庙

路傍双阙老，蔓草人荒祠。时见山家女，烧香乞茧丝。

巢父渡

既知田间乐，焉知田间苦。惟是唐虞朝，所以有巢父。

颍　水

邂逅洗耳翁，去饮上流水。此日倘相逢，黄犊应渴死。

箕　山

土阶堕渺茫，多少曹与马。底事住青山，近代无让者。

龙　潭

壮哉昌黎笔，谈笑排佛祸。不言动鬼神，翻疑触雷火。

金谷行

杨　奂

洛阳园池天下无，金谷近在西城隅。晋时花草不复见，野人犹解谈齐奴。

齐奴豪奢谁比数，酒醒爱击珊瑚株。后堂春风满桃李，中有一枝名绿珠。
千金买步障，百金买氍毹。时时吹笛替郎语，云窗雾户长欢娱。
层阶欲下须人扶，岂料一日能捐躯。红飞玉碎顷刻里，空使行客悲踌躇。
楼头小妇感恩死，君臣大义当何如？

洛阳怀古

杨　果

洛阳云树郁崔嵬，落日行人首重回。山势忽从平野断，河声偏傍故宫哀。
“五噫”拟逐梁鸿去，六印休惊季子来。惆怅青槐旧时路，年年无数野棠开。

登北邙山

杨　果

干弋丛里过壬辰，原上累累冢墓新。寒食清明几家哭，问来都是阵亡人。

送王升卿

房　皞

伤哉船子峰头月，昨夜团团今夜缺。月华犹自不长圆，人生安得无离别。
世上忧端千万许，惟有别离心最苦。卢川春晚送君行，落花为我啼红雨。
四海纷纷尚戎马，我曹只合归林下。如椽大笔今无用，日课新诗自陶写。
嵩阳佳处如罨画，浮可渔兮田可稼。我欲从君觅隐居，却恐山灵嫌俗驾。

送月上人谒少林隆老

释寥一

只臂伽黎不作难，将心到处遣人安。瓶离汴水秋风冷，锡入嵩峰夜月寒。
箧里赠诗经雨晒，囊中施钵对风餐。心知拟就东林宿，已向林稍荐刹竿。

题故卢谏议书堂

裴处权

倚杖溪亭曙，回环胜画图。峰峦摩碧落，云水误清都。
潭冷知龙卧，巢低惜鹤孤。石苔摛瑞锦，松露缀真珠。
小隐前朝盛，幽栖近日无。他年婚嫁毕，绝顶老樵苏。

汜　水　行

王　恽

五季权在兵，顺逆系财贿。同光当宁能几朝，牝鸡司晨倾内外。
添都买宴物山积，尽入掖庭充内费。君王政荒优宦狎，将相无辜恣诛杀。
蜀资百万贼所徼，纵有其能供近渴。一夫夜呼汜水东，绛霄楼头兵反攻。
雍陵竞堕所好死，英武沓逐仙音空。先皇有识如相同，三矢虽还未克终。

渡　　洛

麻　革

泉石经行久，林丘弭望间。溪鸣风荡水，谷暗雨含山。
淡淡轻鸥没，飞飞倦鸟还。世缘良自苦，空羡野云闲。

金　缕　曲

刘辰翁

与客携壶去。望高高、半山失却，满城风雨。何许白衣人邂逅，小立东篱共语。未怪是、催租断句。寂寞午鸡啼三四，悄老人、桥上前期误。卿且去，整吾屦。

寒空旧是题诗处。莽云烟、缠蛟舞凤，东吴西楚。千古新亭英雄梦，泪湿神州块土。叹落日、鸿沟无路。　片沙场君不去，空平生、恨恨王夷甫。凭半醉，付金缕。

寿阳曲(咏李白)

姚　燧

贵妃亲擎砚,力士与脱靴。御调羹就飧不谢。醉模糊将吓蛮书便写。穿着甚“杨柳岸晓风残月”。

题高登封所藏史丞相手帖

卢　挚

登封大夫汉师儒,颍水洗出商山须。袖携尺素照秋碧,何年沧海遗神珠。
三台光气五云朵,崧君潮来亦轩渠。龙虎变化风雨散,竹花不实悲鹓鶵。
故都乔木今何如?剑履上天不可呼,长歌《缁衣》渺愁余。

题见山楼诗卷

卢　挚

营州少年猎城下,楼居主人何为者?爱观陈迹赋如龙,不与鲜卑斗驰马。
从教辽东无管宁,沧波政须濯吾缨。楼头无时对山色,笔端有喙能秋声。
朝来见画思远策,惭负团茅旧泉石。少姨寄我瑶华音,蓬莱水浅嵩云深。

少林寺赠达禅师

卢　挚

古刹东风里,逢僧一解颜。收经出深竹,披衲下空山。
未要天花堕,聊看石影闲。何妨病居士,明日到田间。

赠陕西李廉使古意(二首)

卢　挚

一

威凤览德辉,来自丹穴山。孤鹤慕文采,飞从浙江干。
凤饮必醴泉,啄食惟琅玕。箫韶奏虞庭,凤仪五云间。
朝阳忽西驰,梧竹随凋残。孤鹤黯秋影,雁鹜相与还。

长鸣九皋恨，月落天风寒。

二

娟娟秦关月，偏照嵩山云。山云自无心，而能远淄尘。
崧云初未闲，下有幽栖人。曀曀风雨交，悠悠去来频。
时时宿檐端，姿态如相亲。悲鸣动遥夜，天衢屏游氛。
秦关谩修阻，月辉皓无垠。愿言奋西飞，奈此由东邻。

凭吊纪信墓

赵孟頫

酒酣斫剑气如云，屠狗吹箫尽策勋。汉室功臣谁第一，黄金合铸纪将军。

春怨（二首）

何　中

洛人倾国赏牡丹，东家绣毂西家园。黄鹂紫燕新得意，柔云如酥花迷魂。游人寂寂归何处？花亦年年占风雨。江南却遇李龟年，苏州空感杨开府。谁吹玉笛断人肠，斜桥浅浅流水香。惟有千年老铜狄，看尽人间几夕阳。

天女手剪五色云，鞭雷控电行青春。散作江南万锦绣，烛龙眩转空无尘。燕儿眼寒心更苦，吴娃情酣梦无据。依然锦绣化为云，却恨风来挟云去。十二楼边芳草多，知今鹦鹉听谁歌。千金买取新丰酒，地久天长耐乐何。

题卢鸿十志图

何　中

厓欲脱，峰欲飞。水洒洒，烟熹熹。石间老树不老色，翳萝悬阴石入黑。
调琴未了趣观泉，十处奇踪日相迫。紫虚万里丹霞开，直上倒景之高台。
佳云好花满嵩少，仙友为我今归来。莫嫌登山脚，曾踏东都路。
姚崇宋璟可人故，不然岂肯容易出山去。

由宝塘舟行至临汝

何　中

卢鸿十志看不足，爱雪贪行雪相逐。晴风吹散圯山寒，三十六陂水初绿。
黄洲挐得罩篷船，松筠缭绕烟成渊。陂声迭下滩声恶，鲍照却歌《行路难》。

宿　田　家

何　中

村暗烟火生，林深鸡犬静。麦花如积雪，月色澹相映。邻家夜汲归，寒虫满幽径。

天　下　乐

王实甫

只疑是银河落九天；渊泉、云外悬。入东洋不离此径穿。滋洛阳千种花，润梁园万顷田，也曾泛浮槎到日月边。

中岳投龙简

吴全节

皇庆二年，岁在癸丑，四月甲子，诏玄教太宗师张留孙醮大长春宫，弭星芒祷雨泽也。圣天子敬天爱民，一诚之发，其答如响。礼成，命玄教真人吴全节、正议大夫太常卿李允中，奉金龙玉简投诸嵩洞。入山之初，一雨逌霁，蒇祀之际，轻阴护凉。咸谓使命必当有纪。谨赋五言诗一章，以彰圣治云。

阳城天地中，坤灵奠神岳。积翠千层霄，元气远盘礴。
降神生申甫，形势控伊洛。谽谺虎豹蹲，偃蹇蛟龙跃。
猛士横戈矛，奇阵出帏幄。簇簇罗旌旗，巍巍耸台阁。
玉镜为谁开，金柜为谁钥。远近列画图，周遭峙郛郭。
万状不可名，起伏互连络。皇皇圣帝居，历代重封爵。
老柏浮苍烟，古殿蚀丹雘。天朝混华夏，秩礼特优渥。
皇庆二载春，宵旰轸民瘼。有旨醮长春，玉简命新琢。
诏臣走登封，香币致虔恪。邃洞藏宝符，琼音降笙鹤。
三呼今复闻，祥风度天乐。小臣奉明祀，三使陟云崿。
箕山胜可家，颍水清可濯。遐想饮牛人，高风动寥廓。

赐玦知何时，分我云半壑。歌诗勒嵩珉，用赞圣人作。

早发黄河即事

萨都刺

晨发大河上，曙色满船头。依依树林出，惨惨烟雾收。
村墟杂鸡犬，门巷出羊牛。炊烟绕茅屋，秋稻上陇秋。
尝新未及试，官租急征收。

秋 夜 闻 笛

萨都刺

何人吹笛秋风外，北固山前月色寒。亦有江南未归客，徘徊终夜倚阑干。

卢鸿嵩山草堂图

吴 镇

卢鸿仙去五百载，一暇高风未可攀。忽睹草堂清绝处，果然几案有嵩山。

登 大 伾 山

朱淑服

伾山苍苍出云表，夜半金鸡报天晓。晓色欲动河汉横，岚气上浮山月小。
蟾精未坠阳乌升，照见佛身光缥缈。

箕山操和铁雅先生首唱

李孝光

箕山之阳兮，其木樛樛。箕之冢兮，白云幽幽。
彼世之人兮，孰能遗我以忧。虽欲从我兮，其路无由。
朝有人兮，来饮其牛。

东　　里

李孝光

葛之漫漫，毋败我垣。河水之清，毋啮我稻田。
余甚劳苦，彼黔不知。余将遂归，其畲其菑。
东里之老，闻余言而嘻。余曰归哉。

咏　　棋

李孝光

国手功名满世间，几多奇思上眉端。人心险处千机变，局面危时一着安。
阵入乌江迷项羽，势穷赤壁走曹瞒。近来黑白无分晓，输与樵翁冷眼看。

送缑山侯氏宅

李孝光

海东月明九万里，照见山头白鹤还。竹几匡床清似雪，不知门外是缑山。

谒中岳庙

王守诚

中天积气自神明，汉世初闻有姓名。大号累朝今始正，遗碑混处尚堪惊。
泰华岂易分冠履，申甫那由识降生。况有露台怜未已，殿中犹唱步虚声。

登崆峒山

迺　贤

绿萝陟层巘，旷野浮云驰。飘风西北来，飒飒吹裳衣。
气候突变迁，中怀郁歔欷。路逢一道士，高结冠巍巍。
恐是广成子，载拜欲问之。长歌入深林，弃我忽如遗。
哀湍泻石磴，日落松风悲。灵踪邈难及，千载生遐思。

游法王寺呈学会长老

梁　宜

坡□宽围箕掌圆，峰峦高倚翠屏鲜。偶迷樵迹愁无入，忽得禅关喜有缘。漱石溪泉□环□，随崖蹬路缠蜿蜒。最怜崇塔如迎客，云外亭亭出碧巅。

游法王寺

梁　宜

堂廓分级趁崖高，栋接楹联互□胶。若就岑楼观寸木，连云厦劣盖头茅。积山曾藉细尘高，可道澄河小寸胶。自愧□华久昏昧，今朝赖拔塞心茅。

御街行

王　沂

君行广武山前路。是阮籍、回车处。问他儒子竟何成，落日大河东注。无人说与，遥岑远目，也会修眉妩。离宫别馆空禾黍。啸木魅啼苍鼠。悠悠往事不经心，只有闲云来去。停云得句，归云洞府，领取渊明趣。

张良咏

郭　钰

韩成示死思报秦，汉烧栈道吾兵神。韩成已死思报楚，始知汉王乃天与。昨日相从赤松子，今日已见淮阳死。控御天下汉业崇，不受控御真英雄。

浮丘祠

赵　滂

浮丘说诗秦汉间，庞眉鹤发映朱颜。适逢偶语几弃市，又见慢儒来溺冠。飘然长往不知处，遗迹宛在轩辕山。年谷常丰物无厉，石泉一盏荐甘寒。

洛阳剑客歌为程景阳作

赵　滂

洛阳古称豪杰窟，奇才剑客尤超忽。汉家三十六将军，剧孟归来如敌国。
争夸玉贝高拄颐，曼胡短后供儿嬉。平生耻学一人敌，胸中耿耿谁能知。
功名何必惭廉蔺，排难解纷声愈振。白头恨不当单于，误身竟坐封侯印。
长安卿相真庸奴，鬼妾鬼马穷欢娱。一朝万事成瓦裂，金钱果为何人输。
君不见洛阳剑客藏名久，好尽中山千石酒。精灵变化会有时，莫遣光芒射牛斗。

奉祀嵩山夜宿少林寺

李允中

葱岭当时遇宋云，手提只履果何因？入山便得安心法，立雪能来断臂人。
锡卓一泓云浸影，花开五叶地生春。无劳照石瞻遗像，满目清山是法身。

面壁石影

李允中

长江折苇渡如神，梁武何曾识异人。一日棺中忘只履，万年石上现全身。
功成面壁禅心苦，法后传衣佛眼真。非我有缘游五乳，谁能廓达悟微尘。

次欧阳少逸韵呈雪庭禅师

丘　葵

瓶花故故透禅房，师自无心花自香。客散夜深归定裹，白生虚室月无光。

中岳投龙简

蒲理翰

自喜华颠预此行，远赍纶旨告功成。典谟曾与唐虞并，文武更祈申甫生。
人意达时天意合，金龙投处蛰龙惊。归途岩壑清风响，疑是当年万岁声。

游嵩岳(二首)

蒲理翰

名山到处驻征骓,来访幽栖杜德机。云盖浮丘千岁井,烟笼玉女五铢衣。
唐碑犹有丹砂颂,汉室全无青鸟飞。风卷长松清啸发,佩环声响九天微。

嵩岳岩前铁作桥,重楼朱宇隐层霄。道人步月拾瑶草,童子倚云吹玉箫。
春满石坛迟昼景,龙藏金鼎长丹苗。苔封少室山前路,何许高人索价饶。

次韵呈戒惠公堂头

路　公

官如马足在泥尘,喜见高吟日日新。已窃谢公三载禄,难甘原宪一生贫。徒劳碌碌当年学,且乐陶陶当年学,且乐陶陶此日春。幸对清风与明月,不知谁是个中人。

洛　阳　路

李　裕

刘郎骑马出南陌,陌上桃花迷马色。梦逐游丝看春日,一夜东风杏花白。
欲归不归思故乡,燕女缓带双鸳鸯。明朝别辔向何处,旭日晴烟洛阳路。

缑　山　谣

张廓　张仝

缑云轻,缑月明。缑山仙人弄云月,徘徊鸾鹤吹玉笙。
仙人忽轻举山头,云月悠悠薄太清。浮丘真人学道成,丹砂九转飞零星。
羽衣芝盖遥相迎,游軿驾鸿相与朝玉京。海日岧峣射青阙,阆霞崆峒烘赤城。
下瞰尘寰,沧海桑田平。纷纷万乘兮如痴蝇,菌蝶晷促兮不暂停。
大道茫茫兮其自灵,故山柏桂兮烟冥冥。邦人思旧兮未忘情,香火灿灿兮祝清明。
青天寥寥兮望霓旌,饮鹤池边几番兮春草生。

首阳晴雪

陈　赓

天风吹琼瑶，白冒首阳顶。欲和采薇歌，千山冻云冷。

有怀家兄子扬

陈　庚

萧萧双鬓半成丝，亹亹襟怀抱所思。趋向自知违俗好，文章只合伴儿嬉。
嵩西晚照霞明处，洛汭秋风雁过时。中有仙人敝庐在，与君何日理茅茨？

嵩高山三十韵

孟　同

维岳横空阔，灵根自古长。孤高临上围，厚重压中央。
雨过龙潭黑，风生虎口狂。崇高封自汉，丹鼎就因唐。
树号将军柏，山呼圣主昌。真珠晴洒露，瀑布冷喷霜。
几郡游中顶，诸峰仰上方。道宫浓霭覆，书院白云藏。
九节菖蒲翠，三花贝叶芳。许由坟自拱，启母石非常。
更浅逢鸾鹤，虽深绝虎狼。泉流成五渡，岩秘护三章。
乱眼山禽碧，供厨野蕨香。御题千尺笋，儒构十三堂。
游客终无倦，居民自不忙。城周三面等，屏翠四时张。
夕照分罗汉，修篁拥法王。夜闲闻远籁，天静见扶桑。
正列星辰位，高承日月光。明霞千树现，垂乳几人尝。
上去樵迷路，飞穿鸟失行。卖松人下岭，采药叟归庄。
横企来方息，时机住可忘。影资全庇荫，势远不低昂。
字古书蝌蚪，石奇立凤凰。发威雷忽震，降福雨时芳。
万壑寒枝直，千崖古藓苍。穴深留羽客，洞远得琼浆。
绘事图难定，诗家状莫量。中封应未晚，父老望吾皇。

田　横

陈敬初

一门兄弟王齐中，耻与群臣事沛公。五百余人同日死，也胜匹马过江东。

田 横 墓

玉台山人

重义轻生五百人，王侯不换小邦臣。江东子弟嗟如许，事楚何能识大伦。

王辅嗣墓

玉台山人

学易宣尼属暮年，四科言语其谈玄。士龙入洛应闻道，冥漠还将老氏传。

寄贺卢疎斋拜集贤

王　璋

洛下秋来传近作，日边使至报除书。乍归北阙多新贵，重直西垣识旧庐。
陶谢风流连白社，应刘文字盛黄初。深知有意沈冥者，自是无心赋《子虚》。

代祀嵩岳夜宿少林

童南谷

西来碧眼一胡僧，曾渡寒芦隐少林。半夜传衣逢断臂，当年面壁悟安心。
一庭雪积山犹在，五叶花开月未沉。奉命颂香瞻只履，菩提树底得幽寻。

题王子晋

童南谷

屣弃万乘追浮丘，仙成驾鹤缑山头。碧桃千树锁金洞，玉笙嘹亮天风秋。

回眸下笑蜉蝣辈，蜗角争战污浊世。何当高气凌霄霞，愿随环珮联云骑。

送张雄飞赴河阳令

杨云鹏

祖帐行将出汝州，先声已过孟津头。鸣琴但要追循吏，束带何妨见督邮。
二室风烟连赤县，三城鼓角隔黄州。遥知乱后农耕废，卖剑应须剩买牛。

秋　怀

刘永之

凉飙振庭树，浮云结重阴。中情忽不乐，拂几弹鸣琴。
泠泠多苦调，零泪沾衣衿。远怀东都士，登彼北邙岑。
怅然望京洛，《五噫》发哀吟。悠悠千载下，谁识古人心。

游　香　山

张养浩

常恐尘汾汩寸心，好山时复一登临。长风将月出苍海，老白与云藏太阴。
宝刹千间穷土木，残碑一片迭辽金。丹崖不用题名姓，仰俯人间又古今。

洛　神

雅　虎

邺宫檐瓦似鸳飘，兰渚鸣鸾去国遥。漫说君王留宝枕，不闻仙子和琼箫。
惊鸿易没青天月，沉鲤难凭碧海潮。肠断洛川东去水，野烟汀草共萧萧。

满庭芳·道教初兴

无名氏

道教初兴，释门微显，一兴一废如然。达摩阐教，东土至西天。都是后学晚辈，贪酒色、损坏真源。争财气，不依教法，也望到西天。三千年一遇全真，大教甲子天年。丘公阐教，万朵金莲。上界群仙。在世诸魔，难道化才贤。君知否，今番不遇，更待万余年。

满庭芳·莫作等闲看

无名氏

搭手寻思，百年如梦，算来何不清闲。逍遥快乐，且乐一身安。日月韶光似箭，不觉人老花残。思今古，从前勇猛，尽葬在北邙山。不如心行善，无烦恼，养就朱颜。怕无常限到，意马牢拴。神炁休教败坏，锁白牛、常在金栏。修行事，自家性命，莫作等闲看。

月上海棠·吾言劝了千千万

无名氏

吾言劝了千千万，无一个回头猛烈汉。教上千般，犹道火院牵缠绊。没计算，一限又推一限。忧儿忧女没衣饭，指望百年永作伴。阎王来追，鬼使上门唤，拖将去也，不道家缘不办。

昨夜因打北邙山过，见个骷髅儿道边卧。雨洒风吹，骷髅被牧童打破。知他是，李四张三王大。低头无语，思量我，大限来时怎躲艄。家有千金，难免这场灾祸。休争我，到底一家一个。

明

咏王子乔

刘　基

王子乔，乃是髭王之子，皇王之孙。
深宫洞房不称意，却驾白鹤寻轩辕。
虹霓为旆云为幡，飘然乘风上昆仑。
王子乔，去何之？朝发阳谷暮崦嵫，六龙九凤相追随。
穆王西上不得王母诀，胡为元气独尔私。
王子乔，去不还。社稷功业巍如山，犹见九鼎之神奸。
王城日夕生茆菅，尔独胡为白云间？王子乔，空长叹。

嵩山道中

刘楚先

乡心先晓促寒旌，却为名山缓客程。万壑烟濛千嶂雪，夜深犹在半空行。

赠洛上翁山居

宋　濂

荣归诏许老山洞，火枣交梨养性灵。秘府图书翻阅尽，却从方士借丹经。

九山暮霭

徐明善

西门联络九山横，日暮回峦返照生。烟锁乱峰连复断，霞临寒谷晦还明。
樵迷幽径披云度，鸟弄余晖绕树鸣。清景无边何处看，都将收拾壮严城。

题留侯洞（张良洞）

徐明善

嬴秦并六合，韩国其坠哉。子房为报仇，击年倾崔嵬。
遁名下邳桥，受书骋奇才。辅汉际隆准，万里风云开。
智术超园绮，立志扶纲摧。见机从赤松，青山路莓苔。
冥鸿迅然去，高峰马能回。昔日栎邑南，颍水嵩少来。
宦游一眺览，怅快无疑猜。邈思知进贤，云崔屡徘徊。

东里春游

徐明善

雨晴东里草萋萋，绿遍平原望欲迷。金缕沸音黄鸟弄，锦鞯驮醉紫骝嘶。
露晞垂柳纷连岸，风飐飞花乱点溪。红紫芬芳游赏罢，归来日落小桥西。

訾仙遗洞

徐明善

訾仙修炼慕长生，静锁寒窗卧白云。身谢尘寰穷奥理，名随天地播清芬。
石林岁久松应老，丹灶烟消火不存。去后空遗龛外水，滔滔何处觅仙魂。

轘辕

陈基

远游重到洛阳城，又向登封道上行。路入轘辕秋更险，云收太室雨初晴。
千重灌木满山碧，百道飞泉绕涧鸣。欲访巢由渺何许，空余颍水照人清。

观唐人碑

王　祎

荒野苍苍接汜城，双碑屹立势峥嵘。烧残榛草帙初见，雨洗尘埃字始明。
天策有功皆实录，等慈无路但虚名。经过几度西风里，一倍难胜吊古情。

咏隐逸(二首)

高　启

武攸绪

孽后移宝鼎，同姓咸折圭。独去谢亲宠，龙门事冥栖。
澹泊如素尝，衣褐复茹藜。赐器不肯御，床头委尘泥。
族人岂不华，回首已粉齑。苟荣祸必集，达识乃弗迷。

卢　鸿

颢然守泰一，高卧在幽壤。开元始求治，贤哲劳梦想。
诏书起岩扃，宸意勤挹仰。入京遽还山，孰得磨以鞅。
天子遂其高，营室致安养。爵禄不可加，贪士应批颡。

题王子晋

李好文

黄屋非心敝屣然，玉笛吹断鹤升天。载瞻今日丛祠地，讵数当时定鼎年。
婉琰真书文半剥，尘埃旧壁画犹鲜。归途却顾荒山上，万柏森森锁暮烟。

面壁影

张　沂

吾亦欲逃禅，行踪迈祇园。数奇羞缩绂，字锦括山川。
石稔何年影，灯燃五夜龛。名踪看不息，看处得留连。

秋日新郑署中怀兄弟

余尧臣

秋至忆兄弟，萧萧木落初。如何去乡国，不见有音书。
漂泊全无定，存亡半是虚。风尘几时靖，还似昔同居。
相别几多时，相思泪满衣。家贫经难久，世乱得书稀。
作吏诚全拙，从军事亦非。乡心秋塞雁，尽日向南飞。

嵩门待月

郑士元

嵩门胜迹冠中州，幸此登临值仲秋。皓魄初悬苍谷口，清光满射碧山头。
祇园暂息尘劳梦，民社宁忘国计忧。徙倚欲归情不厌，松涛钟韵两悠悠。

棋

曾　启

两军对敌立双营，坐运神机决死生。千里封疆驰铁马，一川波浪动金兵。
虞姬歌舞悲垓下，汉将旌旗逼楚城。兴尽计穷征战罢，松阴花影满棋枰。

游风后岭

张　信

怪石腾天马，嵯峨百丈悬。草香深覆径，竹密细闻泉。
避暑征遗迹，探奇得古编。风吹尘垢去，凭览一翛然。

题宋复古巩洛图

谢　徽

青山巩洛旧林园，仿佛升平古意存。雨外人归秋叶浦，烟中鸟不夕阳村。
昔年题字宸光合，今日披图野兴繁。风景西湖仍不异，惟余故老说中原。

题大唐纪功碑阴

陈　铨

汜水东郊广且长，英君曾此破豪强。指挥龙虎随军阵，叱咤风云人战场。
石上几人功赫赫，沙中万骨恨茫茫。当时宗社今何在，惟有丰碑古道旁。

罗　汉　洞

胡　濙

石磴巍峨促膝行，行时不觉看时惊。纵教良匠描难就，自是天工造化成。
跬步攀跻到此岩，棱层如画复如龛。为闻佛地潜仙迹，故向瞿昙部老聃。
未遇高人穷八八，且同大士化三三。耆不异□蓬莱岛，顿觉心清拥笔谈。

观启母石

李昌祺

夙负山水癖，苦乏幽讨缘。幸兹嵩与少，秀色当眼前。
公余陟峻冈，忽睹石一卷。特立四无邻，觚棱不相联。
云是启母身，化在郊墟壖。呼之乃擘裂，启出仍完全。
幻语本荒唐，昉见淮南篇。遐想覆载间，沧桑屡更迁。
安知运代移，坠彼千仞巅。厥理诚可推，贤达固释然。
矢诗正妖讹，昧者庶或悛。后世有豪杰，为我焚其篇。

崇福宫祷雨

李昌祺

清晚戒徒御，褥雨谒道宫。焚香古像前，拜跪肃以恭。
因之感兴亡，华构久已空。尚有敕撰碑，狼籍蔓草中。
慨想宋全盛，銮舆屡游从。名臣领祠职，列辟严睟容。
运往物随改，伟观难再逢。登临睇烟霞，颇惬眺望踪。
迟回不能去，树杪来长风。

游少林示班上人

李昌祺

少林耸岧峣，有路达葱岭。半生怀胜慨，老乃践真境。
缁流远见迓，偏袒仍露顶。升高纵遐观，颇觉痴缘屏。
蒲风翻卷帙，艾色侵衣领。掇蔬僧具供，饮骑童汲井。
自拈清净香，作礼爇古鼎。超超昔神师，顺寂同溟涬。
而于片石上，留此不灭影。竺夏虽异辙，皆贵能猛省。
寒岩许分坐，禅定异余景。

广　武　城

李昌祺

广武城中古战场，汉高曾此割封疆。若无纪信乘黄屋，纵有萧韩事叵量。

送周编修代祭宋陵

王　直

函香分祀宋诸陵，使节皇华宠渥承。河水远通平野外，嵩山高出乱云层。
马迁胜览怜予病，李白豪吟羡子能。君到薇恒谢知己，山阴短掉兴难乘。

游吕布城

任亨泰

义旗西指昔争雄，故垒萧然草树丰。日暮樵渔山色里，夜深陵庙月明中。
森森戈戟关犹壮，漠漠烟沙水自东。一片愁云横九曲，凭高设险计终穷。

巩洛道中

薛　瑄

嵩高云气晚嵯峨，清洛西风咽急波。水色山光浑似旧，宋家陵墓夕阳多。

重过郑州

薛　瑄

自古中州胜迹多，管城风物喜重过。西来驿路临京水，东去人烟接汴河。仆射旧陂今寂寞，世宗遗冢尚嵯峨。穷碑谁似唐裴度，千载勋名永不磨。

由蓼子谷取捷路抵巩黄河北徙有感

薛　瑄

山路经过已十年，重来河水变桑田。西风不尽登临意，又见寒鸦下夕烟。

王辅嗣墓（二首）

薛　瑄

四圣千年道之湮，谁从羲画见天真。先生埋骨邙山麓，犹有玄谈悟后人。

学易宣尼属暮年，四科言语其谈云。士龙入洛应闻道，冥漠还将老氏传。

河阴怀古

薛　瑄

萧萧凉风动秋空，千古山河一望中。广武连营衰草碧，鸿沟分界夕阳红。石麟有甲含苍藓，铁马无声散晚风。何限英雄皆泯灭，白云依旧出层峰。

汜水怀古

薛　瑄

陵谷高低控虎牢，战声消息水滔滔。旌旗满眼无遗迹，壁垒连云只旧壕。广武西原通巩洛，万山南面接嵩高。悠悠往事皆如此，怀古登临何太劳。

戏题红叶

薛　瑄

自是霜根独占先，晚秋残绿变红鲜。胭脂腻染婵娟女，金醴浓薰绰约仙。
入水忽惊丹伏鼎，向阳还讶火生烟。秋光宛似春光好，摇荡相思九月前。

经少陵墓

周　叙

杜陵诗客墓，遥倚北邙巅。断碣居人识，高名信史诗。
猿声悲落照，树色翳寒烟。惟有文章在，辉光夜烛天。

春日扈驾谒陵（二首）

周　叙

御幄千旗拥，屯营万绮环。祥烟随风跸，瑞日映龙颜。
金鼓辕门乐，衣冠彩仗班。嵩呼来父老，声动五云间。

肸肸神皋迥，銮舆晓驻时。天连双凤阙，地近九龙池。
日月开黄道，云霞翊画旂。泽随阳德布，春满万年枝。

黑石待渡

刘　醇

黑石中分古洛河，秦兵流卒几经过。风传柳圃闻莺语，月满芦洲听棹歌。
帆映游鱼穿菡萏，浪翻宿鹭人烟萝。清闲谁似波中叟，日对沧浪理钓蓑。

洛水泛舟

刘　醇

芳草垂杨古渡头，身闲赢得一扁舟。歌闻蓼岸惊沙鸟，风送芦帆过远洲。
欲慕五湖烟水晚，未开三径楚天秋。渔翁短棹吹新调，助我乘槎泛斗牛。

巩义市河桥

刘　醇

寻芳策杖市桥前，柳色垂金二月天。宿雾才开初出日，经风又散晓来烟。沙汀燕子衔泥语，蓼岸鸳鸯贴水眠。尤胜灞陵风景好，一川城郭翠微连。

法　王　寺

山锡之

一轮松月迥人寰，石上藤萝不可攀。纶氏山川图画里，梵王宫殿翠微间。兰台护法天龙寂，鹤驾吹笙帝子闲。吏隐于斯独何幸，暂游胜地不知还。

宿少林呈庭长老

山锡之

看山投晚寺，缘径入幽林。莲宇瞻宏敞，龙宫耸郁森。
塔铃传梵语，松吹响潮音。云起千岩白，泉流万壑深。
天风飘静院，宝月印禅心。翠闪山窥户，金辉阁映岑。
藓埋碑篆古，花覆石幢阴。愈觉真源回，何曾俗垢侵。
迢遥怀胜景，邂逅惬幽寻。借衲依禅寂，拈花启笑吟。
寄言分教客，仙境幸同临。

成 皋 形 胜

于　谦

清汜垂虹贯浊流，崤关虎踞瞰中州。山河不尽登临兴，两袖清风独倚楼。

挽 曾 公 祠

于　谦

霜台临汜水，破壁两三椽。草蔓庭前竹，苔侵砌下砖。
英风怀吕布，善政忆曾泉。却恨青袍吏，无功窃俸钱。

写卢崖景

侯　泰

卢崖甲太室，胜概自天成。泉挂珍珠箔，山围碧玉屏。
祥云岚气蔼，清馥野花生。僧鼓半空乐，鸟调深林声。
谁人能描画，何处更蓬瀛。适趣浩然子，那知谏议荣。

郑州怀古

孙子良

管国新秋叶渐稀，东来怅望不胜悲。荒城日落重门闭，古寺烟消石塔危。
驻跸碑横犹有字，夕阳楼废尚存诗。平淮曾羡裴丞相，今见遗坟对古陂。

题面壁庵

胡　谧

坐当崖面几经春，悟得安心法更真。归去曾携棺内履，幻馀犹现石间身。
泉通灵井龙常蛰，草满荒岩鹿自驯。断臂已亡门掩雪，祖灯相继复何人。

过少林

胡　谧

嵩岳西行望少林，二师遗迹尚堪寻。法窝宏敞开基远，影壁荒凉历劫深。
六六奇峰林梵相，双双灵井印禅心。谁知尘世浮名客，博得偷闲一浣襟。

题少林寺

宋　暄

长歌游不厌，翻恨此来迟。黄叶开秋殿，青山没旧碑。
云归龙洞湿，松偃鹤巢危。须用留名在，磨崖旋刻诗。

过　汜

孙原贞

前联嵩麓后河湾，自古中原此设关。两峡路深天一线，四围山转郭连环。
周秦曾据咽喉隘，楚汉平分壁垒残。始信万古归有德，如何险要重跻攀。

嵩　山　赋

刘　咸

面壁参禅万念收，壶中不觉几千秋。慈恩化石钦启母，隐逸抛瓢思许由。
巢父牵牛巡涧畔，王乔控鹤立峰头。达摩只履何人拾，欲海无涯佛是舟。

过田横墓

刘　咸

望夷宫中秦失鹿，挥戈奋起相驱逐。真命已归隆准翁，五官义士空碌碌。
当时南面忆称孤，曾视群雄轻若无。使其得志成帝业，功比炎汉知何如?
尺地寸天既有主，便合终身向海浒。如何犹自慕侯王，屑屑甘心效琐尾。
一朝乘传之洛阳，西望长安增慨慷。就令高祖见优待，面对二客惭无光。
以兹伏剑能就死，委骨城东三十里。幸蒙汉家宽大恩，下诏葬以时王礼。
悠悠往事垂千年，主客游魂俱可怜。作诗聊效感歌意，再拜墓道思凄然。

成皋咏古

刘　咸

伏蛟饮马古成皋，汜水通河鼓怒涛。吕布城荒余瓦砾，等慈寺毁暗蓬蒿。
玉门有路通牛口，案岭无关出虎牢。祇好竹园川山坐，细听泉脉响嘈嘈。
敖仓屹屹对崤关，广武苍茫夕照闲。一片云生牛口峪，几家人住虎头山。
英雄割据鸿沟在，王霸兴亡白昼间。往事何堪回首问，崎岖几曲倦跻攀。

游少林寺

刘 咸

尝读古人诗,知有少林寺。十年欲往苦无因,今朝始得遂初志。
危峰五乳高插天,势与少室相联绵。青霄幕贯星斗白,日窗户通烟岚山。
僧见客喜相迓环,立道仿□留驻马。苍茫延入禅关中,殷勤罗拜法堂下。
循廊导引看残碑,一一指点谈当时。崇建祗称唐宋盛,品题亦识苏黄奇。
须臾邀我凌山顶,直向悬崖览胜景。溪边洗钵汲清泉,涧底拾松煮香茗。
为言此山高法窝,开创缘日僧跋跎。一从藏经入中国,筑台绎字功居多。
后来达磨方卓锡,九年此中坐面壁。功成只履向西归,尚遗灵影在山石。
当时慧可皈依深,断臂立雪求安心。灯灯继续几千载,妙法相传犹至今。
从容问答未及已,忽听萧飒松风起。层岩徙倚重徘徊,但觉烦襟清似洗。
归来幽兴殊未阑,还登钟阁穷遐观。凭槛独立久延停,置身恍在青云端。
大雄殿西古轮藏,金碧荧煌屹相向。月下平分宝塔阴,空中每接仙韶响。
吁嗟好山真可居,公程促迫将何如。平生尘土满胸臆,安能为我俱消除。
出门别僧僧送罢,又复回顾与僧话。他年优诏许归田,准拟相寻结莲社。

偃师怀古

刘 威

洛涧西经刘子邑,首阳东出滑王城。历朝陵寝皆无主,诸老丘坟各有名。
易道精策怀铺嗣,家书奇妙忆真卿。欲寻子晋登缑岭,长啸吹笙弄月明。

游岘山寺

滕 昭

珠林高傍白云巅,建自南庙四百年。古塔棱层僧有相,断碑零落偈无镌。

洛阳陌

姚 绶

马上相逢处,春风在洛阳。陌头杨柳色,一一断人肠。

郑州夕阳楼

冯　振

下春林杪拂红绡，嵩华西看半寂寥。十二阑干吟独倚，三千风月坐相邀。
长天秋水悠悠静，孤鹜残霞缕缕飘。古往今来多送别，不堪烟景晚萧条。

列　子　观

冯　振

杖藜徐步访仙原，观隐樵苏见败垣。籁振林峦疑剑佩，雨余庭砌隐苔痕。
长生有术嗤聃史，汗浸多游鄙漆园。独运刚飙九天去，清风千古咏高原。

管　叔　城

冯　振

此地曾封管叔来，败垣残垒古城隈。荆榛芜秽樵人取，林树阴森野鸟哀。
击壤已闻周重赐，流言欲动上多猜。登临莫问当年事，且酬尊前酒一杯。

周　帝　陵

冯　振

峨峨晴阜俯长郊，漠漠林烟散未消。玉匣珠襦成寂寞，寝园萤火竟萧条。
仪旌应阙矼珉纪，仁爱惟存史帙标。香帛屡闻驰驿过，明禋何幸际昌朝。

万古馨香祀不穷

孙　洪

躬历鸣皋驻立朋，宫墙深处谒遗容。泽同伊水环夷夏，功茂嵩山启喷咙。
松荫穹碑闲岁月，楼存荒址仰儒风。开来继往惟斯道，万古馨香祀不穷。

过桃花源

马文升

桃花源接武陵溪，咫尺仙家路易迷。翠柏凌霄山鸟下，碧云栖树野鸟啼。
烂般洲上江风细，白马山头水月低。指点秦人旧踪迹，萧萧方竹断桥西。

崆峒山

马文升

偶上崆峒万仞山，恍疑身在碧云端。遥看华岳峰三垤，俯视秦川弹一丸。
雨后苍龙归石洞，夜深玄鹤下瑶坛。何须更问蓬莱岛，此地令人欲挂冠。

辞朝

马文升

朝罢归来意怆惶，暗将心事诉穹苍。天上阴云能蔽日，地间寒气已成霜。
春风有意问桃李，鸿雁无心恋稻粱。不如安乐窝中去，静听鹃声叫洛阳。

留侯庙（张良庙）

沈周

博浪还非击鹿秋，先生空作聂生流。天将小挫宏开业，事到丕成细论侯。
羽翼四人归妙算，神仙一着是高游。千年遗庙蘋花在，日暮相思颖水头。

郑州怀古

林厚

乾坤此日正清宁，吊古无劳感客情。秦汉权舆开县治，隋唐沿革立州名。
荒城曾说监殷士，隧道无由见寤生。隐隐梅山遥接密，滔滔汴水远连京。
南陵松柏圜周寝，东郭桑麻接祭城。泮水丰碑犹峙立，禅林僧塔半攲倾。
昔闻晋楚争要领，今喜华夷乐太平。几度观风巡境内，棠阴处处颂歌声。

吊杜公墓

陈献章

裸葬不葬等悠悠，有生无生名可留。寿迟殇子千年在，文与江河万古流。
天借人心照日月，山藏庙貌自春秋。拾遗苦被苍生累，赢得乾坤不尽愁。

慈云八景

南宗顺

前山叠叠彩云冲，后岭重重起秀峰。绿水弯弯旋绕境，来龙步步入蟾宫。
青狮吼处乾坤阔，白象频吟大地通。亘古碧潭满饱月，万年常住自心空。

过戒坛

曹　琏

路入嵩阳石磴斜，丛林深处有僧家。松笼云碓舂新谷，竹引山泉煮嫩茶。
坛下久无人受戒，塔前犹见鹿衔花。古碑多是先贤笔，铁画银钩更可嘉。

拜谒伊川书院

曹　琏

绝学梯航世所从，鸣皋此日见遗踪。藏书楼依苍松古，赐额碑存碧藓封。
伊水绕门流化泽，嵩山当桉立儒宗。巍巍礼殿宫墙内，拜谒令人肃敬仪。

总咏郑州怀古

曹　琏

管城一望思依依，周帝荒陵接古陂。断石久埋丞相冢，井庐犹建大夫祠。
夕阳楼废阳回早，候月台空月上迟。欲步浮波追祭伯，细将列子论希夷。

荥阳怀古

曹 琏

揽辔荥阳喜再游，望中遗迹暮烟收。纪樊勋业惟双冢，楚汉兴亡总一沟。
鸦噪岵山归远树，鹰迷索水下平丘。京城试问庄公事，凿隧黄泉见母不？

偃师怀古

曹 琏

偃武班师几百秋，荒城故垒至今留。杨树渡口舟空击，缑氏山头月自流。
望星独怜刘子邑，坐间谁记滑王楼。那堪谒罢田横墓，一片寒鸦送夕愁。

汜水吊古

曹 琏

四山屹立倚苍穹，此地曾经几战争。计脱汉高犹有渡，智穷吕布久无城。
虎牢烟净关空锁，汜水风寒浪自生。大统只今归圣主，登临何必论枯荣。

初祖庵

思 庵

五乳峰前洞若悬，九年栖息忆前贤。渡芦不向殊方去，面壁惟余此地缘。
难著玄机传后学，只溃清影示安禅。参天翠柏依依绿，闻说能师种有年。

登天中阁

周 鉴

高阁凭虚万仞颠，四围山色净娟娟。白云时自封中出，玉镜遥从象外悬。
晓日氤氲张彩幕，秋风萧瑟韵冰弦。飘飘为问吹笙侣，月下归来不记年。

初祖庵观面像

周　鉴

一苇横江万派通，西来色相本皆空。法轮常转瑶台月，灵籁时敲玉涧风。
座拥三花垂鸟外，莲开五叶映天中。苍崖趺坐留遗迹，出世还如往世翁。

许由古冢

张　琳

让位唐虞事绝伦，寓言巢许迹皆陈。箕山有墓空如斧，颍水无风净不尘。
叶底绿匏仍裹露，陇头黄犊自耕春。高踪千古真堪训，后世何多受禅臣。

经虎牢关偶题

包　裕

边天阴壁虎牢疆，千载英雄古战场。三国鼎分尊蜀汉，一时龙斗羡关张。
水光潋滟通西洛，山势崔嵬枕北邙。形胜不殊乡井变，闲听父老话沧桑。

公孙大夫庙

包　裕

当时豪杰事纵横，独有先贤治尚平。四善见称君子道，一宽无愧惠人名。
济人渡口苔空合，听政堂前月自明。按部今从祠下过，高山仰止不胜情。

洙泗源流汇洛川

包　裕

五星聚奎丽中天，启运之明毓二贤。尧舜执中承正学，孔曾斯道契真传。
尼丘间气锺嵩岳，洙泗源流汇洛川。按部今从祠下过，斗山风来慰瞻前。

荥阳三义庙

王士昌

遗像丹青蚀，英名过客闻。中原曾百战，大业竟三分。
旗影摇山月，炉烟结水云。恰逢春社近，盲鼓说遗文。

箕阴避暑

傅　文

独爱云林境界幽，绿阴蔽日翠光浮。弃瓢岩畔排烦热，洗耳溪边枕细流。
每有凉风来树底，更无尘事到心头。许由巢父今何在，千古箕山五月秋。

题等慈寺碑阴回文诗

陈　铨

年丰古刹度香风，隐隐云峰一望同。前后殿修分小大，昔今廊建各西东。
泉含翠影长松茂，壁露金光旭日通。禅法讲谈清净坐，传流释散有多功。

题大唐纪功碑阴

陈　铨

汜水东郊广且长，英君曾此破豪强。指挥龙虎随军阵，叱咤风云入战场。
石上几人功赫赫，沙中万骨恨茫茫。当时宗社今何在，惟有丰碑古道旁。

首岁寓登封

项　璁

新年骑马到登封，遥望天门第几重。曲坂三三通荦毂，群峰六六秀芙蓉。
吟看少室山头雪，卧听嵩阳寺里钟。明日又从清颍去，远寻巢父旧游踪。

渔父冢

刘 槃

黄崖东畔二高丘，传是渔人此葬留。岁事频繁无荐祭，天晴樵牧有歌讴。
方春朴樕荆榛茂，落日纵横狐兔游。不见孤舟何处系，洪涛日夜自奔流。

塔寺晚钟

刘 槃

日入沙弥礼梵王，钟声举处讽声场。长鲸怒击山猿吼，邪魅惊潜海雁翔。
禅定有规烟袅袅，旋宿无梦树苍苍。案头黄卷方相对，发省令人坐夜长。

过少林

胡 谧

嵩岳西行望少林，二师遗迹尚堪寻。法窝宏敞开基远，影壁荒凉历劫深。
六六奇峰森梵相，双双灵井印禅心。谁知尘世浮名客，博得偷闲一浣襟。

登二祖庵炼魔台

佚 名

天削石芙蓉，孤悬半曼绝。神光法眼明，卓锡茅庵结。
立雪求安心，传衣悟真偈。禅成上乘空，野蔓迷台碣。
我往陟其巅，尘寰尽邱垤。刻诗记胜游，佛灯常不灭。

许由祠

李 瀚

节比箕山高，心同箕水清。个中自适意，富贵浮云轻。

少　林

李　瀚

丛林临古道，行李又经过。雨怯山形瘦，天空日色多。
细流萦曲涧，老树挂长萝。石上留题满，凭谁共一哦。

牛心山庄隐士藏修处

杜　谦

鸟道猿声第几重，半天藜杖夕阳峰。清时难起烟霞癖，长日空遗石壑踪。
碧水一溪秋泛月，绿萝千尺晓凌松。莼鲈不待秋风起，洗耳悬瓢尚可从。

谒　中　岳

王应鹏

五岳从中起，平生此胜游。紫云飞绝顶，灵气溢皇州。
日落诸天暮，风摇万树秋。因怀封禅事，吟对独悠悠。

登封尹侯安甫陪谒中岳

王应鹏

令尹追陪乐事偕，探幽揽秀亦吾侪。山蟠平野寰间少，景到中天分外佳。
叠嶂笼云连碧落，丛林辉日接丹崖。十年来往中州路，此日投闲夙愿谐。

崇　福　宫

王应鹏

凉风吹玉宇，吟思独幽纡。松偃前朝旧，泉流太液初。
紫云封瑞检，仙籁发清虚。安得凌霄翼，飘飘恣所知？

登嵩山携程儿

王应鹏

秋郊蹇步信迟迟，吏隐吾今两得之。天欲假年逢闰月，景当适意侍佳儿。
子长只了名山债，老杜空遗乱世诗。闲处光阴应自惜，野云溪月未深知。

早发鄂岭

赵谦之

鼓吹策落月，旌旗映晓林。竹深山复静，一鸟还清音。

题赞慈云

水怀老人

慈云深入慈云寺，寺隐慈云深处幽。猿鹤不来松影静，清音输兴老禅流。

登炼魔台眺望

周梦阳

二祖严既奇，炼魔台益娇。石磴上盘云，曲径羊肠远。扪萝陟其颠，身入星辰表。
四壁势削成，巍严碍飞鸟。把杯瞩远天，翻觉神州小。黄河昆仑来，经过细如沼。
亦有伊洛流，茫茫一线渺。西花与东岱，仿佛烟村杳。中多白玉膏，服之轻且袅。
清晨如雾浦，饮此世绝少。我志爱餐霞，坐待天将晓。

少林夜坐待月

周梦阳

万籁此俱寂，空山星宿稀。挂林残月吐，入定一僧归。
歧路谁招饮，风尘未息机。乡思浑不灭，几欲遂初衣。

登二祖庵(四首)

周梦阳

孤峰接天云,斗绝无可俪。欲参断臂师,排云入天际。
跋陀叱水后,二祖据峰巅。卓锡一以定,双双玉井泉。
二祖觅心时,师与安心竟。持钵还峰头,境净心亦净。
扪萝陟峰顶,顿令猿鹤警。忽尔万籁发,如闻钵盂声。

秋日游洛

石　玠

吕布城边野水流,城荒树古晓烟稠。柳波低集打渔艇,山郭斜连芳草洲。
几度樵歌临薄暮,数声渔鼓动清秋。人生勋业随时建,莫待霜华早点头。

游等慈寺

石　玠

穹碑峙野草萋萋,字刻烟磨碧藓迷。未落夕阳牛砺角,多经秋雨蚓蟠泥。
纷来牧竖频敲火,往过行人半认题。堕泪空遗千古恨,岘山愁绝等慈西。

王弼墓

程　兰

偃师城门东,有墓高且大。隧道立丰碑,事实后人载。
云是魏王弼,世远幸犹在。妙年注《易》辞,理趣深可爱。
名与钟会齐,文采更豪迈。英灵死不泯,稍稍见奇怪。
阴致陆士衡,冥谈至夜艾。草莽绕荒丘,岁月几更代。
我行过墓前,仰德良展拜。忽忆雍门言,凄然长发慨。

游龙泉寺

程　兰

寺客匾龙泉，千此几百年。远山晴列画，流水夜鸣弦。
低树齐僧腊，天花雨法筵。偷闲消世虑，来就上方眠。

青龙山慈云寺

虞廷玺

畴能成兹大事于深山闲之境，禅扬佛教于净寂灭之乡，虽远公之住庐山，达摩之居少室，大颠之临南海，其胜会丛林，亦不多让也。

云山苍苍，对彼高岗，名曰青龙，负背向阳。
水环巩洛，地接嵩邙，中有梵刹，创自汉唐。
或兴或废，修建不常，庐山岭秀，曹溪水香。
适有上人，得道西方，来游至此，感慨心伤。
黍离湮郁，乌鸟，发心修善，誓立道场。
不畏寒暑，岂惮风霜，遍千檀越，广施栋梁。
经之营之，峻以雕墙，诸佛有殿，众僧有房。
祖风是务，佛日增光，少林共祖，白马同乡。

子　产　祠

秦　金

瓣香端拜大夫祠，千载高风想见之。爱士不忘乡校化，济人犹说乘舆私。
云荒碧草迷荒冢，雨湿苍苔卧断碑。郑国山川登眺里，独留遗像不胜悲。

古　　槐

王九思

万竹参差秀玉川，川源汩汩自何年。流经石砌兰花细，润透沙畦菜叶娟。
一曲笙箫翻凤羽，满林风露湿鸾肩。当时六逸耽幽兴，共订鸥盟结静缘。

少林杂咏

沈应乾

叠叠层峦翠欲流，峰回嶂转跨中州。灵车霞佩杳然去，目断飞云天际头。
甘露台前雷雨飞，碧岩突兀映烟扉。葛巾野服沾云湿，疑是金牛顶上归。
少室萦回太室西，松风萝月近丹梯。攀缘欲探金明草，回首烟霞路又迷。
亭亭御砦禅关北，两两龙泉虎涧西。云雾丛中瞻佛榻，薜萝密处听猿啼。

秋日游少林

杨儒鲁

古林削壁藏金刹，秋色阴崖隐绀城。千树红黄千树碧，一山云雨一山晴。
洞灵犹识胡僧面，天籁如闻子晋笙。踏破红尘来憩此，欲依定影学无生。

过卢岩观瀑布

杨儒鲁

名山天下半探奇，凤石龙湫忽在兹。皎日一天飞雨雪，清风双壑泻珠玑。
浮浮仙洞萝烟袅，翳翳书台树影移。不见当年卢谏议，高山流水动遐思。

望少林

李梦阳

三十六峰云气通，何峰寺西何者东？林岩霜横远亦静，烟岚日破重还空。
千山尽历暮转碧，一树不落秋能红。渐闻钟声出杳霭，得路谁怜马仆功。

秋望

李梦阳

黄河水绕汉宫墙，河上秋风雁几行。客子过壕追野马，将军韬箭射天狼。
黄尘古渡迷飞晚，白月横空冷战场。闻道朔方多勇略，只今谁是郭汾阳。

送苏文学往主汝州三贤书院

李梦阳

邦侯敦礼聘才贤，乘客乘秋诣汝山。堂上久悬徐儒榻，门前俄报孝廉船。
云山紫逻霜应峻，风穴青松晚更妍。独上高楼试回首，紫阳白鹿自江烟。

洛 阳 道

李梦阳

桃花马，金络头。白面郎，紫貂裘。三月洛阳道，垂柳荫清沟。沟水东流不记春，花开花落几回新？东风日暮杨花起，愁杀高楼独倚人。

送右辖王子逼除赴嵩山之役以岳事

李梦阳

遽有嵩山役，恰然逢此春。旌旗拂岫入，车马驻萝新。
坐爱溪花发，行怜寨兽驯。时雷苏万物，君重系累民。

郑生山游归，予作此歌

李梦阳

跂予望之六六峰，欲往争柰今严冬。石林崎岖积雪盛，日中无烟虎豺病。
生也孤往胡所稀，冻攀幽崄探其微。手皴面黑逾旬归，太室少室何者奇，
曾否首阳歌采薇，北邙透迤清洛远。天白冰崇伊阙晚，灞上骑驴尔靡辱，
袁安高卧吾应觍，忽然想生经行宋家陵。往来寂寞东西京，翘首泪下嵩山青。

少林观武

程 绍

暂憩招提试武僧，金弋铁棒技层层。刚强胜有降魔力，习惯轻携搏虎能。
定乱策勋真证果，保邦靖世即传灯。中天缓急无劳虑，忠义毗卢演大乘。

题龙门石像

彭　纲

龙门两山相对峙，龙门河水流山里。龙门天造非禹功，独向中州擅山水。
忆昔周公营洛都，阴阳险阻归谋谟。炎刘典午御区宇，来此阙塞陈基图。
跋陀元魏擅中国，艳妻媚佛祸山石。洞中大象高几寻，山间小者无半尺。
当时锤凿斫民脂，万金不恤穷妖奇。谁知佛死无灵气，诸魔依托猿夜啼。
右击疑鼓左疑锣，神州渐见交兵戈。梁皇饿死谁不见，魏国分崩石佛多。
我来问俗偶登眺，坐观今古资一笑。东山寂寞西山闹，忽听渔舟崖下叫。

夜宿少林寺

彭　纲

佛祖西来启少林，青山如石树森森。千年衣钵空传受，半壁烟霞自古今。
风动上方惊鹤语，月明清夜听猿吟。云床夜宿寝难寐，岁晏尘缘种种心。

成皋路中

彭　纲

成皋崖险地，广武战争场。往事都休论，今人谩自忙。
山川多蔓草，风雪向残阳。独有寒流好，关西数曲长。

巩县漫成

彭　纲

沛公独据敖仓粟，李密空开洛口仓。往事只今同一掷，却看民食系兴亡。

偃师漫成

彭　纲

西亳风烟接洛师，三秋羁思乱如丝。地多禾黍逢平世，关拥山河自昔时。
草满首阳人去远，明月缑山鹤来迟。驰驱欲觅登临胜，漫向皇华独赋诗。

嵩　　山

王尚絅

丹峰黄叶净秋颜，鸠杖芒鞋出旧关。日脚已曛双乳洞，月明先宿二熊山。
融融颍谷瞻云外，历历箕峰想树间。独向空岩惭病体，谁将玉屑饭吾还。

嵩山三祖庵

王尚絅

太室山坳一径横，茅檐势倚碧峥嵘。丛林好语闻啼鸟，犹似当年万岁声。

卢 岩 飞 瀑

王尚絅

飞流曾向诗中觅，倒峡今从画里看。不知雪浪高多少，能遣茅斋六月寒。

苍 谷 咏 嵩

王尚絅

访隐临嵩麓，非关爱少林。昔人测日影，从此验天心。
岳渎推岭重，佛仙难郁深。阴云懒出谷，渴海望为霖。

宋王状元墓

王尚絅

朝驱郑廓门，暮投东里村。道旁成皋寺，云是沂公坟。
沂公沂公宋王曾，状元宰相公才能。立朝正公屹无朋，两官调燮佐中兴。
赤手扶天天欲倒，赵家社稷云谁保。帘幄当时焚谏草，平生有志无温饱。
浪浪黄沙临洧地，牛眠马鬣知何处。西有子产东晋公，旌贤千古祠堂同。
自昔忠孝臣，死后还为神。今古等腰三角形朝暮，烟花秋复春。
祠前洧波渤洰在，东去年年终到海。

汜水吊古

刘 清

峭壁周遭汜水湄，悠悠往事付谁知。成皋围绕趋河急，孤柏兵旋避雨迟。
关拥虎牢形独壮，渚藏牛口浩无涯。争雄王窦今何在，落日荒城鸟自悲。

送友自禹赴少林

李乘云

乱峰突兀问松林，福地烟霞望处深。石壁倚天清漠漠，女萝悬雾碧阴阴。
落花风定栖禅影，樵唱月明应梵音。独坐悠然尘虑息，不知身世有华簪。

游嵩山

乔 宇

五岳生来有夙期，嵩山登处一何奇。西连太华三峰影，东接扶桑万里枝。
骋步力穷阊阖际，放歌声振泬寥时。兹游最胜谁当记，恨少琳琅金薤辞。
曲曲丛林路忽通，巉巉飞磴绕晴空。褰裳日观披层霭，拂袖天香溯远风。
翠映群山横洛下，根盘千里奠寰中。同游衡岳南轩在，老我将何学晦翁。

渡伊洛河

乔 宇

入山复出山，上下尽坡返。人云行路难，我悔见道晚。
嵩少去已遥，伊洛来不返。二程规辙存，迷途会当返。

少林僧话

乔 宇

甘露台边秋月明，偶逢昙彦话三生。藜床独坐心如水，夜半空山有馨声。
步入招提日未斜，香台片片落空花。少林合是禅栖地，常有山僧诵《法华》。

游 嵩 岳

胡缵宗

林麓纡回无俗鞅，峰峦掩映有仙宫。龙惊嵩岳云霄上，鳌负圭台天地中。
少室翩翻太室倚，黄河辽绕洛河通。吹笙王子今何处，采凤喈喈向碧空。

游嵩岳（二首）

胡缵宗

乘月来僧寺，烧灯坐佛堂。中州雪初霁，少室夜犹长。
晏起疑禅定，遄归叹客忙。群峰临座下，一钟落山旁。
飒飒空中梵，飘飘物外香。东谿松馥郁，西巘塔轩昂。
卓锡泉将涌，吹笙凤忽翔。青台何奕奕，紫盖亦茫茫。
点石泉能人，扪星喜莫藏。达磨宁惑世，明道欲扶王。

面壁终成幻，心空始是忘。浮屠元寂灭，舍利意荒唐。
见日鹤鸣早，流云瑞应苍。磨崖诗满地，采药屑盈筐。
中甫生前代，巢由托上方。将军遥共倚，君子近相望。
扈从钦唐士，登封忆汉皇。独游逾鹫岭，长啸引霓裳。
枕琛浮丘秘，骑龙李白狂。北风偏凛冽，石径亦仿徨。
珍重移时赏，翩然见帝乡。

闻大驾幸楚恭记

胡缵宗

闻道銮舆晓渡河，岳云缥缈护晴珂。千官玉帛嵩呼盛，万国衣冠禹贡多。
销钥北门留统制，璇玑南极扈义和。穆天八骏空飞电，湘竹皇皇泪不磨。

题 夷 齐 墓

霍　鹏

偃师城北首阳东，遥望垒垒两冢同。宁采商薇持大节，肯食周粟负孤忠。
兴来北海情何极，歌罢西山事已空。洁义求仁双殉节，至今孤竹起清风。

过少林寺再吟

毛伯温

闻道嵩山峻，今知天下奇。千岩屏障列，二室雾云移。
野鹤巢烟树，松风漾石池。徘徊为幽兴，不觉日西垂。

咏 棋

毛伯温

两国争雄动战锋，不劳金鼓便兴兵。马行二步鸿沟渡，将守三宫细柳营。
摆阵出车当要路，隔河飞炮下重城。幄帷士相多机变，一着功成见太平。

经广武城

周廷用

广武城边草树青，浊河波浪昼冥冥。天呼垓下真龙起，事异鸿沟白马刑。
日晚沙场留返照，秋风磷火乱残星。英雄自古功无敌，阮籍狂言未可听。

测景台

魏 校

望气观星古有台，巍然中土此奇哉。玑衡度数昭天象，杲□规模出圣裁。
德不言功垂至教，泽遗后世仰多才。衮衣赤舄劳恩后，不必尧阶□□开。

河嵩篇寿张母

何景明

梁王古城河水头，北堂坐对嵩山丘。云间二室三花树，天上昆仑九曲流。
绛霄宝婺光射地，星宿潜通河岳气。缄书烂漫歌白云，长安远附青鸾使。

新郑道中

何景明

客路临新郑,云沙望转平。夕烟生断堑,野水入荒城。
下马看碑志,逢人问地名。千秋陵谷在,怀古益多情。

寄赠张方伯

何景明

君侯风神有奇格,秀髯方瞳,兼广额少年甲第,已峥嵘壮岁,功名更辉赫。长淮之西古蔡州,我侯清风,千载沐行人。尚闻歌叔度,童子犹思迎细侯,出参方岳声雷动,复道中州。又栖风大省,才贤岂易,推巨卿名位由来,重黄河清洛静风埃,少室乔嵩,云雾开行,见虞廷咨岳典,共看商室济川材。忆昔别公汝水上太行,西来隔千崒,抱病还依故里居,有怀空向夷门。望夷门道,接大梁东,车轮日日,度春风道傍,为问南来使,早晚朝端召寇公。

张　良

何景明

子房号人杰,像貌非魁伟。报韩志已成,翊汉功亦美。
出奇掉三寸,决胜在千里。一遇黄石公,还从赤松子。

大梁吟送李进士

何景明

大梁擅豪华,巨野生龙蛇。顷乘曹李辈,擢秀冠诗家。
神驹并逐两超绝,凡马百万空咨嗟。李邕门下多奇士,曹是贤甥李高弟。
登龙自昔忝通家,附骥相看总名世。梁王台馆罢歌钟,兔园宾客有遗踪。
侯嬴旧隐夷门里,李渤今归少室峰。回望嵩高瞻岳首,即寻玄圃问河宗。
可怜二子诗家秀,吾生已愧卢王后。司马黄金赋未逢,杨雄白首书空就。
李当春日别燕川,曹也诵诗神黯然。蓬池更忆阮公啸,肠断洪波绿水篇。

海庄陈年丈邀游方山见雪

高尚贤

玲珑如砌耸寥峰，雪霁晴光入座中。石窦云开春水活，松稍泉滴晓山空。
半崖茅屋竹时见，几点梅花望处融。寒尽农家翘首庆，竞传三白兆年丰。

望嵩山怀仙作

乔　缙

雨洗青天廓，孤屿当眼前。白云去复返，来栖松树巅。
我欲撷芳草，寻幽过碧川。惆怅日将夕，子乔云外仙。

渡黄河（二首）

杨　慎

广武城边河水黄，沿河百里尽沙岗。麦苗短短榆钱小，愁听居民说岁荒。

河上人家杏子花，河边人唱浪淘沙。草薰风暖春将半，若个行人不忆家！

游达摩面壁洞

黄洪宪

蹑屐上层岑，千峰带夕阴。芙蓉青嶂合，芳草白云深。
洞迥迷人径，坛空只梵音。相看面壁处，聊足洗烦襟。

游二祖庵遇雨

黄洪宪

迢递青山暮，崚嶒石磴斜。孤云生杖履，细雨湿袈裟。
古井遇双柏，烟岚散五花。何年辞轩冕，此地学丹砂。

南乡子

杨 慎

话说起三代君尊称夏禹，姓姒氏乃轩辕黄帝子孙。
其父鲧帝尧时治平水土，为无功身得罪死坠其名。
续父业任司空敷于四海，舜年高让以位受命为君。
乘四载决九河消除水害，任九州作贡赋万国咸宁。
绝旨酒拜昌言下车泣罪，叙九畴铸九鼎镇国安民。

嵩岳歌送蒋子云

薛 惠

君不见衡恒泰华奠九州，豫州巨镇名嵩丘。中天照耀白日景，后土灌注黄河流。
往者天皇题宝帙，五岳真形标第一。三花隐映玉女台，二峰罗列仙人室。
曾闻轩后驻云骈，复有周储吟凤笙。缑氏山头鸾鹤去，鼎湖水上蛟龙迎。
君看万乘亦何似，古人弃之如脱躧。纷纷流俗笑此言，肯把山林易青紫。
世间万事俱零落，何用明珠弹鸟雀。因嗟季子狭三河，转忆尚平娱五岳。
我今思归殊未还，梦中每每游仙山。颇疑羽翼落天外，但觉烟雾非人间。
君不见谢公李白神萧爽，天姥罗浮梦来往。予也频梦山中游，心知自是神仙流。
异时最爱安期术，拟卧名山采芝术。羽化青云虽未期，肥遁丹崖讵为失。
送君南行洛阳道，一望嵩山愁绝倒。溪口空馀踯躅花，涧中不见菖蒲草。
薄游已自厌风尘，多病只堪学隐沦。明年定访浮丘伯，为扫云林作主人。

游嵩山（二首）

薛 惠

攀岩度壑路才通，笑语俄惊在半空。正爱名山酬令节，那愁破帽落长风。
黄河如带来天际，青嶂连云向洛中。剩欲赋诗无好句，挥毫赖有白岩翁。

壮游佳节似相期，嵩岳登高天下奇。策仗俯看鸿雁影，接篱满插菊花枝。
山川俶傥中原地，云雾苍茫落日时。胜概此生能几遇，尊前醉倒不须辞。

渡伊洛河

薛　惠

夕阳入东浦，白露满秋坂。孤鸿吟更悲，芳草色已晚。
悠悠道路迫，杳杳嵩少远。寄语山中人，旦夕吾将返。

巢　父　颂

黄省曾

巢父鸟栖，弗宫栋宇。由进尘言，严挥不与。
乃临其清，乃洗其耳。箕颍高风，千龄无已。

许　由　颂

黄省曾

武仲洁修，亳邪不处。黄屋将归，紫芳高举。
颍汲箕田，羞颓污鄙。俎豆公神，绵绵无已。

游　方　山

郑　交

叠嶂层峦九曲限，游人深进意徘徊。岫云缥缈连不断，窦水潺溪去复回。
傍屋茅檐苍石掩，穿崖萝径紫烟开。我来欲写山中景，愧乏辋川诗画才。

和黄勉之怀嵩岳诗

王　宠

嵩山有瑶草，白玉如膏流。何日攀緱岭，相携卧石楼。
吐云腾斗极，飞翠满神州。笙鹤飘摇去，青天子晋游。

少　林　行

沈文华

鬼凿山空风满窟，御砦峰高寒泻玉。凭虚不觉天宇低，仿佛青云碍双足。
泉飞六月侵人肌，石迸新芽荐山蔌。少林胜概冠中州，黄鸟流音花笑谷。
不因省敛来此游，谁削芙蓉洗尘目。山僧那识长官心，错把笙簧奏新曲。
村翁牧子傍我车，争欲搴帷话风俗。温言慰藉良再三，重惜我民贫切骨。
临风感慨不成吟，日落山深声振木。

嵩阳宫三柏歌

沈文华

苍龙蜿蜒潜深渊，一飞直上嵩之颠。须臾云雨遍八极，归来排立宫之前。
神物从来变化速，头角峥嵘鳞甲绿。长髯鼓动清风生，世人错认柏为骨。
汉武当年重远游，旌幢五色翳山头。嵩呼万岁效三祝，声飞千古遵遗猷。
惟有将军心素赤，铁面生寒光射日。高标岂肯伍凡材，矢与皇家为柱石。
我来再拜嵩阳宫，欲祈哀我民疲疗。将军不惜鞭龙雨，崇台千秋报祀无。

索 长 官 庙

潘　恩

绝代循良迹，于今尚见之。人间歌旧德，山侧拥新祠。
白日悬萝带，清风静竹枝。幽禽时一语，助我夜来思。

宿少林遇雪

张应登

晓漏趋中岳，昏钟驻少林。三花开宝色，万壑落清音。
欲向高亭立，频将只履寻。梅花初发处，徙倚漫长吟。

少林秦槐

张应登

槐树何年植,秦时大数围。待围三百尺,化作老龙飞。

题六祖手植柏

张应登

万里携将柏种来,亲从初祖殿中栽。灵根原是无根树,老干参天不着苔。

早起踏雪谒初祖

张应登

为访禅师面壁处,芒鞋鹤氅强登高。休惊弟子腰间雪,更有来人雪满袍。

偃师道中

段　豸

零雨尖风景物疏,欲询民隐几停车。林间黄叶秋先到,天外青山画不如。
野渡苍茫滋跋涉,轻云飘缈护储胥。长途暂遣公家事,旋发行囊阅旧书。

偃师白云亭

魏　津

历览林泉趣,无过此地幽。鸰鹡穿林跃,鲤鲂傍荷游。
山暖云埋树,月明影侵楼。眼前如许乐,樽俎肯轻收。

金莲池

魏　津

半亩荒塘甃碧幽,天光云影共悠悠。若无山下蒙泉透,那有源头活水流?

荷菱香中银鹭浴，菰蒲深处锦鳞游。莹澈到底浑无恙，寒侵玻璃一片秋。

宿菩提寺

陈　宣

夜宿菩提寺，菩提尚未荣。借它一勺水，洒作天蒙蒙。

汜水天王寺钟

田景璋

古寺钟鸣欲曙天，老僧从此事安禅。唤回孤鹤松间梦，惊起降龙钵内眠。
百八韵声循节候，三千世界印心传。披衣每动京华思，正是丹墀玉笋班。

法王寺

周　怡

寺古嵩高半，生浮世大千。无缘听法偈，有幸遇金莲。
雾重山天接，云中钟磬传。同游忘去住，今夕是何年。

洗耳泉赞

陆　贵

巢居甘寂，松风悦听。禅授忽闻，污耳为病。
濯以洁泉，□□于净。更世千百，钦惟尔圣。

登五乳峰五言诗

许　完

少室崇朝雨，禅房信宿留。攀萝登绝顶，倚石酌灵湫。
红粒山椒细，苍烟野树稠。斜阳照林樾，何处笛声幽。
五乳峰前路，游人踪迹稀。兴来成绝赏，心醉欲忘归。
劚药分山髓，穿云破石衣。夕阳西壑暝，洞主掩柴扉。

登五乳峰七言诗(二首)

许 完

林麓纡回无俗鞅,峰峦掩映有仙宫。龙惊嵩岳云霄上,鳌负圭台天地中。
少室翩翩太室倚,黄河辽绕洛河通。吹笙王子今何处,采风喈喈向碧空。

少室山前五乳峰,振衣千仞许谁从。黄河森森舒晴练,洛邑微微见蚁封。
足缩羊肠回俗驾,眼空鳌极荡尘胸。乾坤胜地钟灵异,云雨时时起蛰龙。

中 岳

唐顺之

巫闾控北户,葱岭奠西隅。兹地阴阳合,中天洞壑孤。
黄枢标正位,紫气护真图。近接浮邱宅,深藏轩后符。
疏峰连太乙,列馆象清都。圜宫犹汉筑,驰道尚秦除。
肃肃泥书秘,森森羽盖趋。仙游微见迹,帝幸暗闻呼。
露洗千龄柏,霜封九节蒲。星榆临砌发,月荚应时敷。
将访三山记,犹迷七圣途。今朝陪广乐,直拟到方壶。

嵩阳宫柏

唐顺之

嘉树植崆峒,年长势更雄。已无秦帝幸,尚有汉皇封。
干比孤生竹,根犹半地桐。灵泉玉女灌,甘雨岳神通。
叶密莺难度,枝樛葛易蒙。垂阴九华帐,弄影五云宫。
色掩重岩翠,声含众窍风。宾来虬盖偃,仙去鹤巢空。
非因不材寿,春秋自无穷。

游嵩山少林寺

唐顺之

净域龙岩上,香台鹫岭边。山由巨灵辟,教以法王传。
二室围兰若,三花接梵筵。土中元此地,槛外即诸天。

复岫低衡岱，回轩写涧瀍。云衣披杂树，虹影度飞泉。
缀牖皆青壁，缘堤尽白莲。神猿参讲幕，驯鸽绕垆烟。
慧月秋逾彻，泥珠夕更鲜。谷将钟迸响，潭共镜争圆。
万劫终成幻，三生并是缘。愿假金篦力，一炎照迷川。

少林寺次白岩韵

白　悦

促驾晨登岳，传灯夕礼禅。岩栖便玩世，云卧欲忘年。
浪迹空凡界，澄心即秘诠。双峰悬白日，超悟见真传。
列岫诸天近，三乘异域传。晴空耽览胜，尘海欲逃禅。
合涧泉交泻，苍溪树曲缘。中林飞镜月，客思转泠然。

卢鸿岩次薛吏部（二首）

白　悦

嵩高窈窕诸灵秀，栖隐真涵造化春。峻绝自教回夙驾，烟霞即拟结幽邻。
共传鸾鹤迎临驭，独羡丘樊作送臣。驻节淹多忘日暮，山花林鸟更相亲。

丹崖倒覆开服壑，雾卷泉珠拂面储。疑是天花迷梵界，妆成风雪黯林扉。
竹宜翠湿骄晴昼，榴爱红滋竞晚辉。游息不妨昏黑冷，征轺长挟卧云衣。

过　崿　岭

唐　勋

崇岭依山峻，缘崖蹑次攀。崎岖疑错路，险峭畏层峦。
石嘴乘驴稳，云螟宿鸟闲。行来烟雾里，指点数峰斑。

达　摩　赞

陆树声

竺土东来，有何本据。默望限岩，明中显异。
拨草瞻风，当机不契。潦倒西归，失却只履。
饶他不涉程途，惹起风波满地。

登封早行

汪　澍

晓发登封道，柴扉尽未开。疏林留雾拥，野寺傍云堆。
僻壤空桃枣，枯禾半草莱。深渐时政拙，民瘼正忧怀。

郑庄宴集

高　拱

上公开胜宴，剑履集城南。地敞花香入，亭虚水气含。
窥筵喧杂鸟，列障起层岚。敢接夔龙舞，追陪愧盍簪。

秋著东园与友从话别

高　拱

班荆依复磴，列藉抚幽泉。高树延残日，荒城澹夕烟。
感时心欲碎，叹逝泪同涓。去去还留语，霜明草阁颠。

虎牢关谒三义庙

李攀龙

汉业偏安四十秋，于今庙貌中州。曹瞒用尽图王策，万古人心只重刘。

过密邑咏天仙宫白松（三首）

李攀龙

孤根一抚蕊珠宫，不与苔花粉黛同。夜暗龙鳞衔日照，天清鹤影望长空。
条封姑射千秋雪，盖拥兰台万里风。非为子云能作赋，谁知玉树本青葱。

轩辕宫里试新妆，缥缈连树入帝乡。玉骨不缘能化石，冰肌那得更生香。
只愁明月洧为水，便恐清阳凝作霜。巫峡瑶姬元素质，却令云雨污衣裳。

玉女窗前手自栽，凭分海色向蓬莱。惟应土圣襄城过，曾见三花少室开。地回流光通粉署，天寒老干倚霜台。玄池古有千年露，欲献杨君作赋才。

嵩　岳

蔡汝楠

东来伊洛访名山，二室崚嶒霄汉间。石壁云横迷鸟道，嵩门月出见天关。蛟龙吐雾晴岚湿，虎豹生风夕草斑。万岁峰头瞻北极，恍闻嵩祝动宸颜。

恭祀中岳

蔡汝楠

於赫中州镇，明禋风敕宣。河清凝命日，岳顺祝禧年。
方物蠲常品，宫香彻御前。共欢呼万寿，不独汉时传。

游汜水金山寺

陈万言

世事真如行路难，禅林安稳半岩间。试看突兀碑埋土，谁信辉煌金映山。偃蹇苍松蒙雨雾，清修白鸟泛潺湲。寻春乘兴来游此，无酒凭何解笑颜。

早春登钧州西台简党中丞

宋登春

汝阳春色望中来，词客长吟重自哀。身世百年宜对酒，家山万里且登台。寒云细草雁初至，斜阳孤城花自开。白发中丞能好事，仲宣流落几时迴。

广　武　行

汤　珍

噫嘻广武古战场，据敖仓而倚荥阳。负山阻塞扼险要，楚汉相持壁垒当。是时龙虎方交斗，结阵联军昏白昼。重瞳取霸实暴兴，丰沛真人乃天授。平沙落雁下高城，戍草屯云夕照明。蚀泥断镞犹封血，夷灶余基尚有营。

山川如在殊今昔，往事销磨但陈迹。鸿沟即使遂中分，儿戏舆图轻一掷。
慷慨何人阮嗣宗，醉眸傲睨乾坤中。览古黄河气填臆，长啸茫茫徐泗空。
凭高指划争衡地，怅惜英雄生不世。彼竖子者岂足名，鼠窃翻能盗神器。
神器虽可盗，天意宁可欺！大阿不久柄倒持，弱人孤寡还自蔽，覆辙循环空尔为！

自嵩返洛拟登缑山不果

刘　洙

还入洛阳道，缑山不可登。遥怜王子晋，风冷夜吹笙。

浮　丘　公

刘　洙

先天古道士，不知读何书。赚得王子晋，蓰却帝王居。
一编相鹤经，文字诞且迂。为问嵩山老，传道何太孤。

晚霁嵩山

傅　伦

嵩山开晚霁，犹带雨前云。飞白悬高瀑，残红宕夕曛。
樵歌林外得，雁字岭头分。一望浑如洗，峰峰秀且文。

少林杂诗（四首）

徐学谟

禅栖幽洞三三载，法箸名山六六峰。只履无端葱岭去，至今惟有白云封。

名香古殿日氤氲，舞剑挥戈送落晖。怪得僧徒偏好武，昙宗曾拜大将军。

丹崖青嶂灿云霞，殿阁参差帝释家。宝树珠林生欲满，不知何处有三花。

五乳危峰飞刺天，长松落落注云烟。雪岩久灭高人迹，石洞空存老衲禅。

子产祠

杨彝

溱洧河边子产祠，郑侯城下黍离离。惠人懿范应难见，君子高风何处追。
尘世几更山色在，英雄如梦鸟声悲。行人马上空回首，落日荒郊不尽思。

谒中岳

左杰

日影抱中土，山形正万方。青童森剑戟，玉镜散霞光。
洞阔骄豸虎，峰高翻凤凰。川原人代改，松柏岁年长。
窈窕岩花丽，葳蕤瑶草香。蓬瀛堪眺望，伊洛半微茫。
邃古巢由节，大周申甫良。清风弭宇宙，弘业遍要荒。
子晋辞缑岭，浮丘人帝乡。吹笙饶逸响，骑鹤自轩昂。
徙倚宴兰渚，逍遥坐石床。趋跄兼夷夏，率舞历虞唐。
巡狩推秦帝，褒崇仰汉皇。文章留琬琰，霖雨洽封疆。
扈从佺期秘，登歌之问狂。云门无战伐，御路可翱翔。

登初祖庵

王尧弼

碧树阴森紫气浮，达摩宫殿寄云丘。当时面壁成何事，此日遗像在石头。

登崿岭望少室山

王尧弼

赤日登崿岭，薰风自南来。涤彼溽暑退，吹我衣裳开。
我怀觉清丽，我行实徘徊。节彼少室山，峰峦郁崔嵬。
白云锁其巅，苍松盘其隅。芙蓉接汉出，罨画倚天排。
不说神仙事，云霞亦奇哉。平生爱山水，此兴讵能灰。
仰止意不尽，日夕还登台。何如凌绝顶，凭高瞰九垓。

访 少 林

王尧弼

嵩山西下路千寻，日晡盘桓访少林。漫向云间求鸟道，忽从天上吼鲸音。
峰回树杪楼台出，路转山腰殿阁临。几个老僧飞迓我，禅堂深处涤尘襟。
少林风景甲天下，三十年前已耳聆。爰参不图竹舆到，登临偏喜野云呈。
彻开经藏看法华，坐向禅堂对翠屏。试问真人何处去，昙花檐下半凋零。

索长官庙

潘 恩

绝代循良迹，于今尚见之。人间歌旧德，山侧拥新祠。
白日悬萝带，清风静竹树。幽禽时一语，助我夜来思。

祭告嵩岳道中

潘 恩

圭台夙驾赴星期，嵩少平分岱华奇。宝相庄严中岳殿，祥光璀璨万年枝。
周笙沉寂残河夜，汉柏萧森欲曙时。归路尚闻仙乐奏，恍疑云外步虚辞。

游王母洞

吴国伦

虎牢多战地，何自有仙关。石穴藏符箓，瑶池落佩环。
偶乘青鸟至，时驾彩云还。欲授长生诀，无从遇玉颜。

入郑州南境

喻 时

独怜三月近，不见百花熏。赤地几遗麦，黄沙半入云。
人稀村犬静，山碎野河分。兵马犹繁郁，还看刺史勤。

谒 中 岳

李思孝

崚嶒神岳拔千寻，晓望空濛瑞霭侵。松桧曲连天路远，风云高护古祠深。
百王秩祀昭灵贶，八郡灾祥见帝心。棨戟暂停瞻礼切，疮痍满目罢登临。

三 柏

李思孝

峷嵂生崖表，移根遂不群。月阴千亩落，风叶半空闻。
比岳将同寿，为灵欲化云。作梁夸汉史，何事号将军。

甘 露 台

李思孝

曲径经台出，斋心谒四禅。鸟鸣春欲尽，林霁日初悬。
忍草披香径，灵花覆法筵。愿将甘露瑞，遥祝圣人年。

嵩 岳 篇

陈 儒

五岳嵩山称独奇，蜿蜒巇嶫雄天涯。凌层直上几千仞，凭虚坐觉星辰披。
西连太行东海岱，晴空秀挺诸峰外。北顾河流天地回，金汤汩汩相襟带。
应是乾坤淑气钟，千秋万岁何终穷。我昔跻攀凌绝顶，仙踪超迥寒云中。
迩闻山灵信有主，孤高磊落应俦侣。冰檗棱棱夜气寒，春郊时沛甘霖雨。
有时鸣琴嵩岳傍，南风吹过声琅琅。翩翩凫影自天下，珍重还疑出尚方。
九月天高翠微烂，主人瓠矢惊初诞。醉倚高楼望岳峰，春秋时与君相伴。
有客南州寄我书，殷勤招我光璠玙。抚卷独怀循吏传，况复君才步子虚。
我歌嵩岳为君祝，南极辉辉绕嵩曲。使君德泽安可酬，千里相思情断续。
俄闻化理达宸旒，庖丁解刃无全牛。愿兹保和惠嵩土，齐嵩高兮千万秋。

存真宫

刘 魁

策马东门去，寻春颍水边。鸢鱼岂外物，花柳亦吾天。
伯子偷闲句，尧夫观物篇。个中能契者，不作景相连。
雨过风尘净，春来草木鲜。闲游岂不可，妙景况无边。
古洞石犹在，存真庙不传。壁间留石刻，犹自恨当年。

登嵩望洛

刘 魁

洛水千年涧，嵩山万仞高。此山还此水，今古几人豪。

玉井泉

刘 魁

石井明于玉，寒泉只在山。肯随溪涧水，流落到人间。

登中岳

吴 仕

大地灵区谁理尊，亦霄玄圃又焉论。云风霏微隐帝座，日月浩荡开天门。
石壁万寻如断岸，河流千里一脩痕。中天积翠台何似，未羡西来玉女盆。

书面壁庵

王汝孝

达摩西域士，仗锡谒梁武。面壁此庵中，九年心存苦。

慈　云　寺

赵　迎

昔我登山未尽头，此心郁郁几经秋。重过溪涧酬前志，再陟巉岩继旧游。
接地风云随我转，连天景色许谁收。危峰绝顶堪舒目，遍观明王四百州。

成皋怀古

尤安礼

战场今日已成空，满目荒山雨雾中。天险千年原不改，徘徊何处觅英雄?

少林寺夜怀(二首)

赵谏之

楼钟隔远递，长夜肃空天。月转钵峰外，僧归御砦前。
挥杯花气人，移榻树阴偏。太室遥相对，层岚飞瑞烟。

傍晚来幽寺，仙凡咫尺分。落霞争度水，宿鸟暗巢云。
自惬山林癖，何妨木石群。敲诗同醉月，偶识南州君。

中　岳　庙

赵谏之

嵩高镇诸夏，四岳仰岧峣。灵异传周雅，明禋本汉朝。
烟去覆万里，峰崿上层霄。我欲求丹诀，群仙故寂寥。

崚　嶒　坡

赵谏之

万叠峰头一径穿，乱云无数水潺湲。随花好鸟啼春昼，带雨农人开石田。
松菊久荒仍宦迹，音书不断自常年。孤舟游客双蓬鬓，何日西洲钓晚天。

石道喜雨

赵谏之

百崄才登碐嶝坡，深云四面起山阿。原田喜足千家雨，野水新添数尺波。
即见青苗生秀色，便闻赤子会讴歌。故乡风土浑相似，料得流亡起色多。

成皋怀古

吴国伦

并辔荒郊览物华，春云何处足桑麻？孤城北枕崤关险，断壁中悬汜水斜。
野戍重开新战垒，穴居曾是古田家。一区楚汉争雄地，鸡犬无声自落花。

游王母洞

吴国伦

虎牢多战地，何自有仙关。石穴藏符箓，瑶池落佩环。
偶乘青鸟至，时驾彩云还。欲授长生诀，无从遇玉颜。

密县白松诗

吴国伦

何处松标岁月深，蕊宫寒色昼森森。龙文细结清霜老，尘尾高悬赤日阴。
一室洞疑开雪岭，三花遥复妒珠林。由来帝子颜如玉，词客偏含万古心。

少林寺夜怀（二首）

徐自得

崒层霄上，清虚别是春天。风连八极外，月起万峰前。
鹤语出禅定，松幽散却缘。倘逢王子恶，挥手谢尘烟。

小步回廊去，隔城夜不分。寒鸦惊射月，危阁暗藏云。
山碍星河影，僧巢虎豹群。绝奇怜御寨，三忆汉家君。

傅元鼎招同崔元晖待月赋此

王正民

崇朝涉五渡，停午逾星台。迤逦群峰转，沧茫一水来。
石斑新似锦，涛响怒如雷。丝竹临溪奏，尊罍倚嶂开。
披襟眠绿草，对弈坐苍苔。雨过长虹灭，云飞皎月回。
远岑瞻崒嵂，曲涧弄潆洄。醉读磨崖赋，空怜异代才。

卜居嵩山

王正民

禹益俱来辟，巢许共优游。唐虞世且然，予亦复何求。
乌兔不暂驻，人生等蜉蝣。世路风波急，同尘我独忧。
壮游毕婚嫁，身尽事靡休。吁嗟蚤卜居，白发忽盈头。
颍水淡而清，嵩山峻且幽。逍遥时偃仰，聊以水春秋。

登封仙令歌并序

王稚登

嵩山为五岳首，而少室峰峦与之并峙，称嵩少焉，皆隶登封境内。登封令傅君元鼎，邢州才子词人，而善为吏。讼堂萧寂，讴歌载道。烹鲜之暇，不废游览、探奇、选胜，播之篇章若云霞丘壑。日在几席，余读其《嵩吟》，如挟子晋邀浮丘，吹笙跨鹤翱翔其间。为政风流，真仙令哉。因作歌贻之，以申向往之怀。

邢州傅君号才子，墨绶铜章宰百里。牛刀小试不胜割，仁风四达歌声起。
五岳嵩高称最尊，嵯峨少室亦当门。千年汉武登封处，玉检金泥仿佛存。
谁道山城小如斗，鼠雀蠹鱼无不有。目中不复有全牛，割然奏刀庖丁手。
单父鸣琴不下堂，中牟雉雏绕车傍。卓令循良如鲁令，河阳词赋胜渔阳。
三花树下当留客，二室山中尝布席。秦槐汉柏尽停车，禅宫道院皆题壁。
读君嵩吟数十篇，篇篇俱是赋游仙。座上每看云冉冉，床头如听水溅溅。
田郎风采人争羡，姓名先入蓬莱殿。玺书不久下登封，天子倾心思召见。
清朝莫谓谏书稀，好取山龙补衮衣。却笑当年彭泽令，才忆黄花便赋归。

春分日送戚不磷重游嵩少兼柬傅元鼎

王稚登

柳色绿于染,折来重送君。路从江便隔,春与客同分。
雁度嵩山月,猿吟少室云。到时花满县,仙令共论文。

过虎牢次王节推韵

王稚登

关畔烟消路欲开,北风短剑望尘摧。荒山不见多军队,静野惟闻孤雁哀。
衰草几丛衔战垒,白云一片亘盟台。长途无语思前事,却笑袁曹小有才。

三将军古柏歌

陈　棐

昔摩东岳大夫松,今观中岳将军柏。偃盖影走老蛟青,怒涛声泻寒空碧。
扶疏掩映嵩阳宫,仙跸曾经汉武封。溜雨霜皮合六抱,凌霄秀色敌群峰。
嵩峰灵气来千古,神降生申应生甫。英贤钟毓应人文,遗灵孕出将军武。
尚父八十旧鹰扬,方叔元老总戎行。此柏正同三代将,岂尔秦汉可比量。
贞心早际风云会,劲节曾依日月光。龙虎踞蟠称得地,麒麟殿阁待传芳。
老来闲退嵩山前,颜色苍古风韵全。金锁绿沉抛暮景,深岩静壑得遐年。
君不见三鹤峰,满山明月鹤无踪。又不见三花树,花落秋风不知数。
惟有将军三柏几千秋,寿过子晋迈浮邱。将军将军天下稀,才大真成与用违。
谁能移置庙堂上,莫使风霜冷铁衣。

过　望　嵩

陈　棐

远岫倚天高,望入碧云际。白鹤驾吹笙,仙人去千岁。
孤标二室尊,四岳群峰细。欲赴小山招,幽岩结从桂。

望日游少林寺

陈　棐

夕阳在岭外，林壑已黄昏。真境藏兰若，幽寻入祇园。
慧灯明佛界，圆月满山门。欲问传衣法，石间幻影存。

嵩　　山

郑　棐

一重山隔一重云，一涧花藏一涧春。泉石任渠轻俗客，烟霞元自重高人。
指开松影仗头湿，踏破苔痕屐齿亲。笑我青山未归老，萧萧鞭马软红尘。

游卢岩寺

徐南金

岧峣嵩岳与云连，揽用寻幽洞壑边。古寺纡随苍径转，层崖直傍紫霄悬。
金鳌日映冰霜石，珠缕空飞霹雳泉。独忆高风唐谏议，宛留真迹恣攀缘。

嵩山少林寺月夜谈禅

王世懋

少室少林寺，何年中岳中。人天正南北，吾道自西东。
藤秀三花老，灯传六叶红。我来寻祖义，师老振门风。
步入岭云盖，坐深山月空。何须问密印，只自证玄同。
枕簟清无梦，津梁去不穷。君看王逸少，理得似支公。

宿温泉寺

王世懋

莼菜鲈鱼反季鹰，扁舟欲发遇山僧。稻花香里流温玉，水月空中出圣灯。
夜色苍苍嵩二室，秋风漠漠宋诸陵。村舂犬吠如相应，幽意令人忆右丞。

少林寺月夜谈禅

王世懋

少室少林寺,何年中岳中? 人天正南北,吾道自西东。
藤秀三花老,灯传六叶红。我来寻祖义,师老振门风。
步入岭云盖,坐深山月空。何须问密印,祇自证元同。
枕簟清无梦,津梁去不穷。居看王逸少,理得似支公。

颍川凤凰陂

刘　讱

凤去千年陂已荒,颍川犹自颂汪洋。次公岂布西周政,循吏能令汉室香。
主圣只今方驾舜,臣贤何患不征黄。孝宣明实能综核,别全焉容有鹖翔。

登炼魔台

刘东星

岩千仞上盘,盘纡一径开。悬崖卧石壁,传是炼魔台。
嵩岳横东望,黄河自西来。俯仰何寥廓,身心总寒灰。
白云低如户,残照映青苔。地胜空遗迹,法王安在哉!

游卢岩

张　鲲

谏议隐于昔,岩名播至今。向尝托梦寐,迩乃幸登临。
石磴沿苔滑,云林翳日阴。飞流连地脉,峭壁插天心。
长啸空杯酒,孤怀付短吟。尘缨回首解,绝顶觅知音。

达摩颂

冯时可

西方何来,东土何往。折芦地著,影壁有像。

而虚虚身，而实实相。小果不希，漏因不奖。
廓然无圣，宁有伎俩。心境圆通，神奕惚恍。
以上乘机，解下褪网。谁折谁影，而不能想。
来自天竺，去向葱岭。何去何来，是形是影。
不来不去，无动无静。面壁行脚，即心生境。
面谁脚谁，即心除境。三行理超，六宗法屏。
大乘气象，茫茫孰省？

嵩山杂咏（四首）

冯时可

其　一

万古宅开万国中，两山镇压两河雄。龙眠凤舞奇形别，玉积莲苞秀色同。
云气往来常自接，天门呼吸近能通。仙源有路谁招引，八翼泠然好驭风。

其　二

仙关深渺闭絪缊，万仞崔巍势独尊。水外飞霞衔御砦，岩头垂瀑震天门。
光浮玉镜常悬月，墨洒金壶未灭痕。安得青童遂相引，刚飚吹翼薄昆仑。

其　三

鬼谷龙潭蔽草丛，独馀古色似鸿濛。四封岳渎环为辅，九野星辰拱此中。
云里双笙仙下上，岭头只履佛西东。幽奇欲讨无栖处，他日重来扪大熊。

其　四

苍然岳色压天中，阴壑阳崖望不同。远水如云浮落日，飞泉似雪舞回风。
石床梦醒群魔伏，金地心开万境空。谁可入林相把臂，朗公今在玉溪东。

游少林宿无言精舍

冯时可

大乘神州气郁葱，琳宫梵阙倚巃嵸。青莲争护传灯影，瑶草深依立雪踪。
千涧玉流尘自洗，诸峰龙抱秀偏钟。谁人能解西来意，不羡缑山笙鹤逢。
杖履高标物表风，谁知身世在天中。鸟喧丛薄天偏静，云拨虚堂境自空。
岭外河流今古白，林间叶醉浅深红。唐碑汉碣终磨灭，惟有禅心万劫通。
河洛离宫久已沦，禅林独揭典型存。虹梁雾阁临仙壑，月榭霜台通帝阍。

二室近攀称伯仲，群峰遥拱作儿孙。悠然清举尘情断，一榻松风警梦魂。
名境精蓝七宝房，淋漓云气和天香。千年树与碑俱古，百转峰将壑并藏。
僧指翠微标胜迹，客摩苍藓觅鸿章。无论问法传心事，只此幽居兴亦长。

寄题中岳

屠　隆

高柱擎天白日停，千峰回合昼冥冥。鹤乘秋日笙俱冷，虎啸空岩殿不扃。
一夕风雷松壑徙，九年霜雪石花青。竦身欲挂藤萝外，夜听金台玉笥经。

卢岩寺

孙永思

僧笛从云堕，翛翛引露旌。翠微通树色，虚谷应钟声。
吊古深山人，等幽仄径行。当门万竿竹，长日引风清。

登禹州聂政台

刘　魁

真武千年胜，斯文半日闲。登高望北极，把酒见南山。
邈矣形骸外，超然天地间。未须悲往迹，尘世几开颜。

面壁洞

孙继皋

一苇何年渡，千春此洞存。身留片石现，道与孤峰尊。
曲磴阴云入，层崖石雪翻。西来本无意，吾对亦忘言。

谒初祖

孙继皋

云开初祖殿，清磬礼香筵。座拥三花净，灯明几叶禅。
山屏围积霭，石室写流泉。欲问西来意，天风为洒然。

谒二祖庵

孙继皋

古殿挂苍烟，空山对夕禅。上方千境寂，初祖一灯然。
问法心何苦，归真事可传。年年洞中雪，萧瑟洒诸天。

送连孟准饷蓟暂归禹州

汤显祖

中岳片壁自连城，得侍同门望不轻。莺集共怜芳日饮，雁来翻作苦寒行。
崆峒绛节朝云拂，渤海朱旗夜火迎。尽道巍峨簪笔里，长河襟带颍流清。

答刘君东天津夜泊

汤显祖

津馆苍茫别末曛，满园秋色为思君。风生远海连山雾，月落长河丰树云。

渡洛水

汤显祖

出山复入山，上下尽坡板。人云行路难，我悔见道晚。

巩洛道中望嵩(三首)

陆柬

麝车冲晓露，岳树隐寒云。倏忽三花秀，微茫二室分。
明霞飞嶂影，残雪绽峰纹。恍惚山神祝，三呼万岁闻。

自古幽栖地，经行入望初。仙台怀对弈，灵境慕传书。
树里卢岩寺，峰前巢父居。何当结茅宇，箕颍共樵渔。

追诵游嵩赋，伤心上岳诗。平生绳武愿，少日肯堂思。

白发霜风乱，玄冬车马驰。欲寻云外客，旧业愧为箕。

送人游嵩山

赵南星

我昔骑龙游嵩山，三十六峰飞紫烟。玄鸟化为白玉童，为报子晋来翩跹。
道我何事久不至，共倾金液长松前。子晋为我歌，凤凰为我鸣。
妙音不可辨，随风满太清。殷勤留我住瑶阙，云中挥手风前发。
径须身致宇宙平，然后于此炼真骨。石上空留紫茸花，林中长挂青天月。
谁知世事多错迕，尘沙空短英雄发。时望嵩山双涕流，逢君今向嵩山游。
赠尔破山之宝剑，服食石髓延千秋。为我致声山中客，明当归来卧云石。

登　嵩　山

骆　颙

放歌今幸游嵩山，悬崖千仞初跻攀。浮丘子晋在何处，只见白云时往还。
石床洞口处处有，青云截断仙人关。飘然便欲凌汗漫，俯视八表空人寰。
尘缘未尽恣幽探，扪萝岂惜徒步艰。穿云回首葛衣湿，林端香气芬幽兰。
转松移岫坐超忽，遥闻流水声潺潺。山高水远望不极，长风飞雨来山间。
枕襆难得遇，金浆堪驻颜。玉室傥名列，愿乞长生丹。
举首一笑出尘网，不老浑令岁月闲。

卢岩飞瀑亭

吕　颙

岩有泉中胜，人传景外情。雷声冬不秘，雪色夏长生。
从好非缘用，捐烦岂为名。晚来忘归径，樵火隔林明。

达摩面壁洞

吕　颙

古洞攀萝入，深栖妙独传。已含石上月，不扰镜中天。
冉冉芦江雪，翩翩葱岭烟。晚参惜未悟，结郁在诸缘。

嵩 山 高

吴三乐

望嵩岳兮，乃在伊洛之浦，箕颍之隈。巃嵸万仞何奇哉，盘礴中原横九垓。
阴阳昏晓多变态，吐吞日月相萦回。翠云孤耸排丹嶂，二室东西宛相向。
诸峰却立如欲摧，削出芙蓉千万状。紫峰高处从中起，瑶台绀宇白云里。
古松偃蹇不知年，溪流惟见石齿齿。遥接昆仑巅，下看扶桑水。
天际长河一线来，鲸掀鳌掣势难止。日观莲峰称最高，嵬乎泰华未足恃。
有峰六十信插天，森森剑戟自蜿蜒。玉女青童递隐见，紫微黄盖生云烟。
上有三花之古树，下有百丈之飞泉。晴空片片洒寒雪，飞萝悬泻如珠连。
我欲乘风到绝顶，恨无羽翰愁攀缘。策杖徘徊日将午，倏忽阴雷散轻雨。
长风为我卷浮云，飞来倒挂岩前树。振衣宛转陟层巅，四顾茫茫小寰宇。
神僧面壁人不知，仙子吹笙鹤自舞。即欲举手探月窟，广寒仿佛见银阙。
醉把金壶餐绮霞，坐看玉镜邀明月。入石室，卧云门，那知身外有乾坤。
划然长啸如雷奔，万壑云霾虎豹蹲。山鬼倚岩笑，山鸟绕树喧。
灵怪恍惚不可测，更众何处问真源。君不见周家申甫元非偶，诗云岳降埋或有。
又不见卢鸿岩下生春草，卜居偏傍洗耳人。吁嗟乎，灵山自是毓精英，古来高士留其名。
秀色揽结真堪把，而我岂终轩冕者。红尘白马竟何为，不如栖息此山下。
出山日落迷烟雾，回首恐失桃源路。他年改倘得伴松筠，买山还许留诗赋。

渡伊洛望岳

吴三乐

端居厌俗纷，逸兴怀林莽。胜景标灵山，秀拔中天敞。
二室最奇绝，芙蓉似仙掌。取号寄吾生，云壑空遐想。
佳辰届朱明，积雨何萧爽。驱车渡伊洛，霁景晨曦朗。
祥飚鼓兰桡，素波时滉漾。溯流一以眺，川原修且广。
沙浦多芳林，好鸟递清响。欲济且踟蹰，水木坐俯仰。
丹嶂尚冥濛，倏忽烟云荡。风磴挂飞泉，中有丛桂长。
眷彼山中人，薜衣闲萝幌。子晋从浮丘，出入缑山上。
携手有良朋，税驾愿长往。枕石采芝苓，餐霞吸瀣沆。
行行近山阿，去去出尘壤。夙心今已谐，明发恣幽赏。

同人游少林

吴三乐

奇峰翠拥群山策，杖应须处向上攀。溪水翻从银汉乐，禅宫半倚白云闲。
达摩壁影知僧定，更想笙声有鹤远。最爱烟霞今得伴，欲从采药驻春颜。

雨后过会善寺观茶榜石刻

吴三乐

寺雨人仍过，花香酒故随。寻源行水尽，披雾看山时。
树杪闻清磬，苔馀认断碑。虎溪僧送客，一笑有相知。

嵩 阳 怀 古

刘日材

谁宅嵩阳万古峰，至今片月挂青松。光浮双室秋云净，请带三川碧露重。
李渤匡卢分秀色，卢岩瀑布下晴空。惭无太白游仙笔，不尽烟霞落照中。

太 乙 泉

刘日材

太室峰头太乙泉，灵源开处见真筌。可怜凿石流觞日，何似青山一脉旋。

达 摩 石

刘日材

五乳山前飞锡来，十年面壁坐苍苔。禅心若解空中意，色相何须石影开。

嵩 阳 宫

张思静

日月不我顾,流光去如掷。素心耽隐沦,沧海叹遗迹。
太室郁嵯峨,去天不盈尺。汉帝巡游日,曾此瘗圭璧。
至今山之麓,犹有当时柏。苍茫敛烟雾,肃穆寒精魄。
惆怅晚云生,徘徊落日夕。安得洪崖术,乘月炼金液。

登 中 岳

李化龙

独步嵩峰最上头,凭凌万里见高秋。西连紫塞千山出,东指黄河一线流。
汉畤秦封何处所,卢岩许岭自清幽。登临顿失风尘色,极目浮云澹不收。

将 军 柏

李化龙

千年叶傍万年枝,闻道将军自汉时。劲节元同天地老,贞心真与日星垂。
空山日落群龙舞,孤嶂风寒野鹤迟。却怪当朝禄食者,婆娑曾上《剧秦》词。

嵩 阳 宫

李化龙

悬崖坏壁草芃芃,传是嵩阳旧日宫。何处闲云飞岭外,有时佳气起封中。
螭纹剥落唐碑古,虬树阴森汉柏雄。指点千年成感慨,悲风萧飒万山空。

孙熙宇令登封三年嵩高诸峰尚未识焉戏为此嘲

李化龙

嵩高插天中,二室遥相向。绝巘倚云开,幽壑临虚圹。
下有将军柏,偃蹇一何壮。我为探奇来,攀跻穷诸嶂。
山灵如有嗔,使君何孟浪。此山有主者,不识作何状。

出入频戴星，三载日无旷。丛桂与寒岩，可闻不可望。
我为山灵旨，若翁自高尚。神可游八极，胸原罗万象。
五岳五卷石，四溟四潦涨。幺麽一嵩高，安得屈倔傥。
嵩高不可屈，其高信无上。

五品封槐

李化龙

秃枝老干已龙钟，道是曾御五品封。谁向山中招大隐，由来捷径在嵩峰。

春日登九皋山游鹤鸣溯遇雨

李化龙

东风吹动游山城，春尽看山眼更明。龙去深湫犹带雨，鹤归华表不闻笙。
伊流乱落群峰下，嵩麓遥过五岳平。自是山灵贪上客，可崖仙赖泛松声。

题达摩面壁

金忠士

渡江一苇浪花飞，九载跏趺坐翠微。面壁已知僧入定，巢肩亦是鸟忘机。
无生色相俱成幻，有漏人天总悟非。何事宋云葱岭见，少林风雨怅西归。

谒中岳庙

金忠士

嵩阳弭节万峰青，中有明祠奉德馨。禋祀蚤陈周礼乐，坛壝久载汉碑铭。
虚传玉璧藏神府，真见黄云护道经。一自观风河洛后，受釐此地感山灵。

送王思延赴嵩

董其昌

遂薄凌烟事，行期面壁僧。缨沾太行雪，车辗浊河冰。
物态君应见，新知我不能。惟余嵩洛梦，清夜兴堪乘。

牡　丹

董其昌

名园占领艳阳多，未以沈冥废啸歌。坐竹兴仍修禊后，看花愁奈送春何。
窗前散绮摇书带，台畔凝香乱钵罗。莫向花丛问姚魏，年来蝶梦不曾过。

少林寺达摩像

陈继儒

西来初祖像，人天共瞻仰。若问祖师禅，罪福原无相。

遣祭中岳

周于德

纶音来北阙，嗣统告中嵩。奠帛修诚悃，东词致感通。
莹光云见瑞，稔垂雾成菘。石壁开青琐，灵旗出蕊宫。
冠裳相接武，鼓吹欲凌空。毕祀瞻奇胜，登龙步郁葱。
少林种法派，太室阐仙风。赪木红芳径，菖蒲绿玉丛。
浮香知水异，测影验天中。飞练卢岩瀑，蟠虬汉代松。
地灵人自杰，世泰物俱丰。

少林观僧比试歌

公　鼎

震旦丛林首嵩少，苾蒭千馀尽英妙。战胜何年辟法门，虎旅从兹参象教？
我度轘辕适仲秋，晓憩招提到上头。倏忽绀园变茇舍，缁徒挺立如貔貅。
袒裼攘臂贾余勇，抗声鼓锐风雷动。蜂目斜视伏狙趋，距跃直前霜鹘速。
迅若奔波下崩洪，轻若秋箨随轻风。崖目高眶慑猛兽，伸爪奋翼腾游龙。
梭穿毂转相持久，穷猿臂接毚兔走。李阳得闻下老拳，世随（隆）取偿逞毒手。
复有戈剑光陆离，挥霍撞击纷飙驰。狮吼螺鸣屋瓦震，洞胸斫（散）胫争毫厘。
专门练习传流古，凭轼观之意欲舞。自从武德迄当今，尔曹于国亦有补。
偶来初地听潮音，观兵何事在祇林？棒喝岂是夹山意，掌击宁观黄蘗心？
彭泽载酒惬幽赏，崖桂高悟对潇森。一时佛僧（谓）散空华，庭音满院风泉响。

禹州晤杨文弱

袁宗道

不须挥洒新添函，把臂烟霞兴已酣。双履欲凌嵩少雪，两肩犹带武山岚。
最喜明烛添人爱，稍厌清歌间我谭。况是主君今绣虎，相逢那忍不停骖。

面　壁　庵

龙　膺

观相原无相，言心即着心。葱菁岩下柏，霜雪郁森森。

谒中岳(四首)

叶秉敬

层叠崔嵬绕碧空，跻攀崇庙倚青葱。凭虚迥出三天上，峻极尊居四岳中。
多少幻尘随世变，有无心事许谁同。愿师神岳兴云雨，赢得人呼七尺嵩。

敛衽斋明谒岳神，登临徙倚净无尘。东西南北空三界，华岱恒衡作四邻。
灵气偏生申及甫，荣封不却汉和秦。清高意味凌千古，肯许何人是主人?

自愧依稀望井天，于今眼底廓无边。行滕兰染银河碧，法界全开玉镜圆。
大地元来不是土，诸山直截为吾传。陡然记得生前事，还中嵩高未有前。

才向嵩丘眄睐初，便疑旧日即吾庐。九州车出河图点，一部刑成《禹贡》书。
山色教人长寂寂，水流唤汝莫徐徐。分明是我心传语，我我周旋错认渠。

嵩　高　行

叶秉敬

嵩高壁立天中起，卓绝真人独艮止。少室相从会好朋，大河环绕澄心水。
云峦瓣瓣莲花开，瀑布霏霏尘滓洗。定后难摇八面风，兴来忽散千峰绮。
最怜平易喜亲人，不作巉岩拒俗子。一任尘凡日日过，穿胁摩肩如集蚁。
嵩高之量如天宽，至人心事应尔耳。

万岁峰嵩呼行

叶秉敬

君不见嵩山无人寂无说，万岁传呼惊欲绝。谁识千年峻极区，都来一片广长舌。
开唇刚只作三声，千载茫茫舌似结。祇今不语却如雷，面壁磨翁得秘诀。

登测景台

叶秉敬

朝出阳城雾色笼，登台如梦见周公。临高洞识阴阳会，测景全看天地中。
二室云开花烂漫，千畦泉绕玉玲珑。前旌指点石淙路，马首徘徊未忍东。

登卢崖看水出处

叶秉敬

亭午梯岩上，抠衣问水源。飞泉石上滴，激切语方喧。
及至泉生处，澄澄无一言。始知有声者，支流故自烦。
直须言语断，应自会真死。

嵩山六十峰诗

傅　梅

太室山二十四峰诗

青　童　峰

青童者谁子，捧书自来去。山高白云深，茫茫不得语。

黄　盖　峰

一峰出木末，端整更无奇。只有黄云色，东南覆岳祠。

浮　丘　峰

浮丘栖隐地，云白与山青。自从仙举后，惟传《相鹤经》。

三鹤峰

当年李道士,炼药峰之下。若更来三鹤,吾甘弃驷马。

遇圣峰

仙人垂大耳,石上采菖蒲。汉主无仙骨,重逢更有无。

万岁峰

汉皇修大礼,龙驾此间登。可叹三呼后,无人问茂陵。

玉镜峰

峰上无所有,人传一镜悬。若云天上月,何得夜长圆。

狮子峰

击象曾有图,似麟亦充贡。只为守阴符,不肯渡河去。

虎头峰

山头似虎头,常在此山踞。只为守阴符,不肯渡河去。

起云峰

古称云从龙,雨降云先起。望不慰三农,漫天亦徒尔。

凤凰峰

地本属颍川,吾以颍川治。但愿凤凰来,不愿黄金赐。

金壶峰

老子出关日,尹喜强著书。不知金壶墨,较此色何如。

华盖峰

华盖最高峰,呼吸通帝座。不敢发啸声,恐振星辰堕。

玄龟峰

直北峰头水,泠泠玉井寒。若开莲十丈,人拟华山青。

卧龙峰

蟠结如龙卧,一卧几千年。独胜南阳客,当时卧未坚。

会仙峰

群仙曾会奕，奕罢仙踪绝。不似世局长，悠悠未可结。

子晋峰

王子飞升去，千山空月明。我来峰上坐，犹似听吹笙。

玉柱峰

山形真奇绝，一柱插青天。日月东西转，亭亭不记年。

老翁峰

我叹此老翁，蹣跌常在此。不似面壁人，空自留只履。

玉人峰

山中见玉人，云是岳神像。至今古殿里，精光不可望。

玉女峰

玉女何年至，天书七字符。灵文人不识，非是篆模糊。

金匮峰

石作黄金色，崔巍何壮哉。倘移易水北，便道是燕台。

积翠峰

登眺趁朝晖，夕阳未拟归。山中积翠色，似欲上人衣。

太白峰

太白本庚星，化石在此处。若教化为人，应又骑鲸去。

少室山三十六峰诗

朝岳峰

二室如弟兄，雁行左右立。此峰独居前，东望常拱揖。

望洛峰

山头瞻洛水，滔滔日向东。洛京兴废事，都在逝波中。

太阳峰

离位自文明，孤峙无所庇。太阳一当空，何处容魑魅。

少阳峰

怪得满山红，高岩映海曙。残霞落水中，流下颍川去。

石笋峰

山形真似笋，谁锡以佳名。常作含苞色，不闻解箨声。

檀香峰

林是旃檀林，外更无杂树。可怪卓锡人，不在此峰住。

丹砂峰

我笑葛稚川，迢递求勾漏。何如嵩山长，丹砂亦可就。

钵盂峰

高峰宛如钵，卓锡有清泉。坐到会心处，不必鸟巢肩。

香炉峰

香炉不焚香，云气如香气。似为供如来，常傍少林寺。

连天峰

山幓散白云，连天一色碧，怪我未得归，峰高碍双舄。

紫霄峰

高峰连紫霄，转盼别昏晓。因观日月流，方知无地小。

罗汉峰

五百阿罗汉，住世亦无住。见色非真实，标谓恐成误。

七佛峰

七觉开世迷，七花屏尘相。分兹黄金身，偶现此峰上。

灵隐峰

有山无人隐，山灵转自骄。我向山灵语，山林亦市朝。

来　仙　峰

仙人有时来，仙人有时去。来去两茫茫，仙人在何处。

清　凉　峰

上有清凉峰，下有清凉寺。愿以清凉心，消除火宅事。

宝　胜　峰

宝胜峰前寺，寺亡峰独存。多定即无宝，合掌问世尊。

瑞　应　峰

叠嶂郁参差，连云回相荡。中有神仙人，光彩真难望。

琼　壁　峰

初日红于染，山光相映明。人传是琼壁，我道是赤城。

紫　盖　峰

才御青盖来，又登紫盖住。我自惭我俗，山灵当自喻。

翠　华　峰

辇路生荒草，山形空翠华。浮云复满目，那得不长嗟。

紫　薇　峰

上山采紫薇，下山弃山下。岂不爱荣华，此物终凋谢。

药　堂　峰

山中多药草，因有药堂名。不须求服食，无生即长生。

白　道　峰

青山是主人，隐士暂为客。主已冒客名，客子竟何适。

帝　字　峰

岳神比公秩，望祭夷臣位。太室效三呼，少室尊一字。

卓　剑　峰

从军不可佩，为客不可弹。夜夜龙光起，只愁星斗寒。

白　云　峰
出岫本无心，从龙亦有会。此中可卜居，组系身无奈。

金　牛　峰
金牛卧少室，不知几千龄。平地皆蜀道，何方驱五丁。

明　月　峰
山本无消长，月自有盈亏。此中觉少趣，月明山静时。

凝　碧　峰
爱此山中石，一色如凝碧。振衣陟其巅，尘劳得暂释。

迎　霞　峰
山体本常静，霞光只暂明。物情偶自值，何处用逢迎。

玉　华　峰
孤城堪吏隐，春昼早分衙。说驾桑田处，褰帷看玉华。

宝　柱　峰
石光成五色，壁立入青冥。磨崖留姓字，犹用勒燕铭。

系　马　峰
黛色满千林，清光连国野。吾自爱山游，峰头堪系马。

白　鹿　峰
山远往来闲，云深眠食稳。莫为粱稻谋，走入宜春苑。

石　城　峰
御砦云连处，高城亦石头。乍看如白下，只少大江流。

增定太室十二峰诗
傅　梅

鸡　鸣　峰
海日未生红，鸡声闻四野。试问山下人，谁是起舞者。

春 震 峰

山上几缕云,山下几片水。时间霹雳声,应有蛰龙起。

悬 练 峰

峰头瀑布水,寒色动诸天。远望青林外,还疑匹练悬。

周 道 峰

千载登封地,銮舆曾此过。一片荆榛色,几声樵牧歌。

胜 观 峰

岸帻坐高峰,聊用祛尘俗。云气荡宽胸,岚光送远目。

石 幔 峰

山名太室古,峰名石幔新。如何常入室,不见幔中人。

松 涛 峰

半空响秋涛,翛然下白鹤。不似泰山松,辱以秦时爵。

河 带 峰

山足陟山颠,天中见天外。黄河万里流,隐隐如衣带。

桂 轮 峰

双阙拔地起,一镜绕天飞。每遇中秋夜,游人不肯归。

立 隼 峰

突兀峰头石,穿云复几重。近天常立隼,我欲射高墉。

观 香 峰

仙子本王姬,学道辞世荣。至今深山里,如闻环珮声。

望 都 峰

嵩山望洛都,一朝一兴败。洛都望嵩山,万载常不坏。

登 嵩 山

傅 梅

四野耕桑吏事闲,嵩高咫尺任跻攀。半空烟雾凭凌过,中夏封疆指顾间。

河水明明吞洛水，箕山隐隐接涂山。坐看暝色千林寂，月印天池未拟还。
宛转羊肠十八盘，中峰峻极入云端。九潭下瞰蛟龙宅，五渡遥成雁鹜滩。
白日忽沈梁苑暮，苍烟不断洛官寒。征书自是前朝事，岩穴重寻大隐难。

嵩　山

傅　梅

二室春深花欲稀，朝来一雨澹林霏。不知新亩耕多少，添得岩泉百道飞。
天中岳色秀芙蓉，缥渺奇云绕汉封。朝暮城头常自见，飞来海外几千峰。
南楼清兴倚胡床，云净天空夜未央。六十峰头秋月色，一声长尽如霜。
东阁疏花入晓寒，嵩高一望云漫漫。群峰乍可如群玉，却胜峨嵋天际看。

恭谒中岳庙礼成赋十六韵

傅　梅

缥缈神人宅，穹窿帝者宫。灵踪千祀在，美利万方同。
分野从周起，明禋自汉崇。金泥朱阙表，玉辇翠华丛。
指顾天门近，吸呼帝座通。土圭均日景，玉像镇天中。
杰阁翔威风，修梁驾彩虹。青牛曾化树，白鹤每盘空。
瑶草当阶碧，琼霞映壁红。含生归浩渺，列像毓洪濛。
宸献通幽远，神功翊运隆。坤维资奠丽，元气郁葱葱。
故检疑终秘，遗碑自昔丰。皇恩晞湛露，民愠解薰风。
肃肃虔将祀，明明恪在公。登封称奉邑，柴望永无穷。

游象极洞

傅　梅

谁剖鸿濛开太极，包涵元气郁萧森。疑经鬼斧中央劈，应遇仙并下界临。
穿自云根通地肺，划从石窦见天心。表萝密抱乔松老，碧草纷随曲径深。
背倚孤峰惟鸟度，面开双井待龙吟。玉浆穴古非难觅，丹灶烟寒尚可寻。
引水便应通别涧，凭虚从此见长林。梦回还忆山灵语，归去生憎暝色侵。
几缕颖烟看漠漠，一轮嵩月望沉沉。清游转盼成陈迹，物换星移自古今。

过少林寺

傅　梅

二室巑岏一径通，少林寺在翠微中。地从梁魏标灵异，僧自隋唐好武功。若道传衣终着相，须知遗履亦非空。年来悟得西来旨，才到名山便不同。
禅堂寂寂坐更深，月上松杉见远岑。地迥楼台收翠霭，山空钟磬有清音。官闲自合无生法，政拙还同不住心。三十六峰多药草，何时解绶任幽寻？

嵩山十一咏

傅　梅

箕　山

嵩南特立如嵩辅，万古箕山祀许由。异世犹传高隐迹，当年肯代放勋忧。川原寂历青天暮，烟雾苍茫碧树秋。拜墓自惭绅冕俗，孤峰徙倚思悠悠。

颍　水

耿山之麓颍源长，东过箕山正渺茫。我欲开渠成郧下，谁向游乐比濠梁。中流泛泛桃花色，两岸依依杜若香。洗耳挂瓢何处是，可能怀古不怀乡。

卢　崖

叠嶂悬崖势欲倾，千寻瀑水落纵横。直穿嵩岳春云色，常作潇湘夜雨色。幽洞凉生松影合，虚亭尘静竹风轻。高贤旧宅今为寺，吊古令人减宦情。

阳　城

自从大禹避阳城，历数于今几代更。河洛尚存千载迹，讴歌想见万方情。微茫玉帛荒祠墓，寂寞舟车古道平。故址不堪搔首望，高原惟有野人耕。

轘　辕

横看一岭侧千峰，凿石为关路几重。远带河流归上国，平连伊阙列崇墉。若令方轨应难度，即用丸泥亦可封。欲向此间占紫气，晨昏好听少林钟。

石　淙

行春选胜列春筵，箕北嵩南此地偏。浅溜深潭清自入，奇峰平嶂曲相连。林帷花草疑无路，洞锁烟霞别有天。不分寻常修禊事，千秋独纪永和年。

捣帛石

岳顶一片石，莹洁平如砧。玉女夜捣帛，山中闻杵香。
霞衣何用濯，霓裳常如新。天上无刀尺，声传恐非真。

嵩　门

坐久天风散白云，嵩门中断月华分。不知子晋仙游去，何处吹笙夜半闻。

逍遥谷

奇陟追夙怀，灵山每独往。遵岩过平峪，物境惬心赏。
松顶峰霞飞，松根石濑响。前贤迹已陈，徘徊空瞻仰。

织锦台

石台启石堂，叠嶂隐层崿。石文如锦绮，玄黄纷相错。
既无天生机，亦匪蜀江濯。终古七襄文，永言章名岳。

少阳河

少阳峰下水，宛转流成河。在山传清濑，出山扬素波。
芳树荫花渚，白鸟行青莎。欣此沧浪处，不闻孺子歌。

嵩山云月雨雪

傅　梅

嵩山云

天中岳色秀芙蓉，缥缈奇云绕汉封。朝暮城头常自见，飞来海外几千峰。

嵩山月

南楼清兴倚胡床，云净天空夜未央。六十峰头秋月色，一声长邃尽如霜。

嵩山雨

二室春深花欲稀，朝来一雨澹林霏。不知新亩耕多少，添得岩泉百道飞。

嵩山雪

东阁疏花入雪寒，嵩高一望雪漫漫。群峰乍可如群玉，绝胜峨嵋天际看。

礼中岳庙

董光宏

嵩峰七十远相望，真宰高居第一冈。芝簇灵皋金作检，莲开少室玉为房。晨朝五岳迷元雾，夜集诸天散异香。扪罢碑文俯高阁，镐京极目但苍茫。

游达摩洞

陈文烛

绝岩葱岭万重云，徙倚登临日欲曛。五乳孤峰人不到，九年空影石为群。宝光尚映遗碑字，梵语偏从古树闻。况是友人能载酒，夜深还检释迦文。

滴水蓬望嵩山

陈文烛

悬岩怪石雨冥冥，落日寒烟山更青。江海不知何处派，潺溪偏向静时听。前瞻正忆潘安赋，中立还存郭璞铭。饮水探奇自幽事，从来身世总浮萍。

解五岳图赠少林寺洪川广令歌

陈文烛

夜坐不厌山中月，昼行不厌山中云。云飞月落兴无尽，披图指点岗峦分。此图真形号最古，天壤名山惟有五。芙蓉日观在东南，莲花仙掌开西土。太行峨峨碧玉间，一到嵩丘是中宇。携来傍我亦有年，何人赠之郭次甫。高僧况是惠远流，卜居它日谁为主。好勒达磨第一峰，寒林夜半生风雨。

登嵩岳

穆文熙

六十峰高望欲平，何年神降甫申生。形分二室盘中土，地接三川走上京。怪道达摩能面壁，传来子晋解吹笙。逃空我欲成小隐，未许卢鸿浪得名。

中　岳　庙

张朝瑞

巍巍庙貌俯仰中，开辟名区此独尊。影倒天心环日月，形幡地轴老乾坤。
周家岳降神如在，汉室嵩呼碑尚存。风雨阴阳权造化，西来佳气接昆仑。

奉使河东，夏五过白马寺院

王　诤

宝刹高标倚太清，使车亭午驻飞旌。菩提树老风声远，卓锡云深雁翅轻。
喜见翻经僧入定，犹闻绕塔马悲鸣。匆匆到此匆匆去，檐葡何能顷刻生。

子　产　墓

钱天锡

雨雪关河思不禁，陉山春树尚萧森。荒途欲尽群生血，古墓犹深慈母心。
美锦艰难虚令德，皇华润色少知音。征求此日须君急，况复干弋塞上寻。

登嵩岳（四首）

戚伯坚

其　一

夙昔秉微尚，目欲览八荒。寄身菰芦中，窘步乖腾骧。
聿来登嵩高，浩若升混茫。连山亘百里，窈窕逾嵩岗。
崖倾不留趾，石破马足伤。盘盘历御道，封禅思前王。
天高气爽清，身远目苍黄。穷阴懔万壑，珍木含群芳。
列岫争辅佐，大小纷翱翔。却立览季室，傍若右臂张。
高情恣凌践，升险神肃将。解缨濯天池，醉倚仙台傍。
自觉非世人，天风洒衣裳。

其　二

少室如莲花，一朵高插天。低昂互分态，开合左右连。
石脊盘迂途，渺若孤线悬。猿猱为之却，况乃通人烟。

天门壮崇墉，俯睇伊洛川。万里豁遐瞩，两戒分幅员。
谷空答清啸，尘净无鸣鸾。忽逢浮丘子，羽骑何蹁跹。
手持《相鹤经》，云与俗世传。捧读再三叹，茫然昧道诠。

其　三

朝攀万岁峰，暮跻定心石。怀仙傥一遇，云开晃石室。
三花灿户牖，日月影倒射。别具壶中天，五谷烂狼藉。
中有白发翁，红罏炼灵液。玉浆注琼碗，芳气满瑶席。
一饮清肌骨，再饮生羽翮。烟霞嬉遨游，体轻异畴昔。
咄嗟住世人，忽为出世客。紫箫曲未终，桑沧几迁易。

其　四

夜永晦群景，远壁明玛璠。稍稍天地启，千峰延朝暾。
爽气散林籁，云英相吐吞。黄河落眼前，万里波涛奔。
扪天摘白榆，西笑卑昆仑。始知崇嵩高，独迈五岳尊。
山花异世植，帝休蟠石根。食者捐妒性，仁义草木存。
垂老践灵境，久悲虱处裈。王乔傥相招，誓判骨肉恩。

太　室

戚伯坚

远探幽异眺晴空，积气阴崖起大风。叠岭势穷分少室，诸峰低尽表中嵩。
日边九顶看莲砦，鸟外三河望洛宫。闻道灵源多异药，玉浆何处问仙翁。

石　淙

戚伯坚

境外寻真境亦真，空山雨洗壁痕新。怒流乱射泉千镈，砥石中蹲座百人。
花罨绮筵张绣幕，草深碧涧走朱鳞。幽岩若可添茅屋，卧听松风老此身。

望嵩少

袁宏道

客程行尽太行山，又见嵩高紫翠间。料得有人山上笑，红尘如海没朱颜。
欲从影里问胡僧，车马劳劳谢不能。纵有洗尘千涧水，夏虫那可叩坚冰。

登太室绝顶

袁宏道

砾瓦纷纷雨洗斑，嵩峰久矣闭仙关。云开忽见玲珑壁，水外微铺淡远山。
古道孰知龙洞险，僧云胜在石楼间。幽岩欲去无栖处，猎火烧空照夜还。

观卢岩寺瀑布同朱非二傅元鼎

袁宏道

百尺烟中紫翠分，水光摇日雪纷纷。长风碎曳千年石，飞雨斜侵半壁云。
涧底有人穿洞出，山间投砾隔村闻。仙家只在深岚里，松腹犹存鸟篆文。
洞门长是带云关，竹杖深穿杳叆间。醉里放杯眼涧水，梦中和雨入庐山。
霞光射壁残碑出，松影流阶处士还。潭下老龙呼不起，携将新月过烟鬟。

入超化寺观水村

袁宏道

颓密叠谷泻溪光，石上题各尚李唐。竹叶送阴遮古寺，稻芒随水出山庄。
一林过雨芦花白，半壁疏云栗子黄。犹忆西风红蓼里，桐榜载酒入潇湘。

嵩山天灵乘轿景

袁宏道

客程行尽太行山，又见嵩高紫翠间。料得有人山上笑，红尘如海没朱颜。

嵩 阳 古 柏

袁宏道

看穷人代只青葱，山鬼哪能记始终。手把洛书逢大禹，眼窥日表见周公。
龙鳞抉石方知地，鹏翮抟天始送风。纵始文成能诳语，问渠霞壁几时红？

山中逢老衲少时从征有功者

袁宏道

头发遮眉白，归来五乳峰。梦中闻虏笑，定起看经慵。
戒铁支为枕，衲衣挂在松。闲时穿洞壁，欲去缚狞龙。

登封公署望少室诸峰

蒋　机

远眺嵩高瑞霭浮，萧然万籁碧天秋。此邦有谷歌黄鸟，行道无人问喘牛。
满目疮痍悉种种，半床风雨思悠悠。山灵也笑皇华使，廊庙江湖到处忧。

少林寺夜怀（二首）

蒋　机

寺辟少林古，天开太室奇。封槐忘世代，宝柱奠华夷。
蟑蜕石留影，龙归雪满池。翻经堂寂寂，岩畔露华垂。

六六峰前路，凉秋得剩游。绀宫襟颍水，柏坞枕浮丘。
有觉心常炯，如来偈可求。空庭鹳鹤舞，桧影散清幽。

嵩阳大唐碑

蒋　机

道旁林甫碑，读之面发赤。心残似剑矛，言甘如醴蜜。
唐家对德辞，出自奸谀笔。天怒春雷轰，勿久污太室。

启　母　石

蒋　机

嵩阳一片石，人人称启母。饷禹忽见熊，身化误闻鼓。
《淮南》怪诞书，论传惑千古。桑空伊尹生，天缺女娲补。

何如涂山氏，受此不经侮。我欲洗群迷，劈之春秋斧。

宿少林山中

闵道扬

寺里鸣钟山上声，大颠支遁总知名。心传洞口龙听法，面壁崖前虎伴行。
瑶草石坛芝并合，炉薰杯茗坐倾清。漫劳骢马寻真诀，彼岸随登幸此生。

嵩　　山

杨家相

独上嵩山第一峰，太虚无际豁尘胸。三川水落寒沙积，二室云开紫气重。
振珮百年收壮观，吹笙何处觅仙踪。登临不尽探奇兴，飞盖翩翩任晚风。

嵩阳宫观汉柏

杨家相

受命巡中土，揽辔日骎骎。汝南初讫事，飞盖指嵩岑。
迤逦来登封，厥邑幽以深。郁郁嵩阳宫，宛在城北林。
穹碑纪唐事，灵应俱销沉。阶前存古柏，围大逾五寻。
岁月历千龄，老干何森森。龙鳞时剥落，风雨长哀吟。
我来蹑芳境，坐玩开尘襟。因嗟梁栋材，乃在烟霞浔。
盘桓不能去，岁晚结同心。

集天中阁

赵用贤

五岳由来冀采真，登临聊得慰迷津。云生紫阁天中丽，雨沐青林下界新。
申甫若逢难浪迹，江湖只合寄闲身。同游况有神仙令，箕颍清风好袭人。

游二祖庵遇雨

黄洪宪

迢递青山暮，崚嶒石磴斜。孤云生杖履，细雨湿袈裟。
古井馀双柏，烟岚散五花。何年辞轩冕，此地学丹砂。

游达摩面壁洞

黄洪宪

蹑屐上层岑，千峰带夕阴。芙蓉青嶂合，芳草白云深。
洞迥迷人径，坛空只梵音。相看面壁处，聊足洗烦襟。

入少林至初祖庵

黄洪宪

宿石同来否，青山记梦□。登云分新隧，石树老旧扶。
藤古藓番文，印胡壁影僧。摩公真狡狯，只履去何曾。

游少林寺过中岳诸处

王来贤

古寺名少林，隐隐众山匼。偶从轘辕过，憩此一登览。
二室列玉屏，香泉发幽喊。洞口达摩踪，秋深云惨澹。
秦槐荫正秾，汉柏只增感。测景空周台，中嵩带青黮。
殿阁逼青旻，禅关昼长掩。汗漫此来游，世味殊清淡。

游　嵩　岳

栗永禄

巍乎太室何嵯峨，傍曰少室差肩磨。总号崧高几千丈，覆压百里睨洪河。
黄盖峰南圭测景，东横玉案平如屏。浮丘道士常来游，三鹤翩翩尚浮影。
虎头狮臂峙其间，彩凤玄龟尚可攀。子晋消息近传否，檀香石笋颐仙颜。

朝岳登临可望洛，紫薇积翠天中阁。当年白乐亦盘桓，凝碧迎霞瞰寥廓。
更有琼壁龙堪奇，系马逍遥驯白麋。赤脚凭虚憩息处，达摩面壁遗须眉。
山中梼帛者谁女，青秋月夜犹闻杵。甘露瀼瀼降岳台，白云坛上多仙侣。
君不见，太已泉、石柱川，至今夹水流潺湲。
又不见，轘辕山、凤凰峪，藤萝亏蔽相旋曲。
倏忽云雨倏忽风，神物变态畴能踪。我来拄杖探奇绝，一日遨游六十峰。
追惟汉武肃明荐，嵩呼万寿今犹羡。我朝祀典更加隆，岁时俎豆芬坛埠。
微臣芹曝何所祈，愿祈磐石绵鸿基。从此再生申及甫，河清岳镇绥华夷。
功纪太常存社稷，山川倍见生颜色。皇皇带砺同邦休，地久天长垂万亿。

少林寺九日

邱兆麟

登高云此日，此日恰逢山。未向嵩咨胜，先从佛祷闲。
菊宜名士眼，松配老僧颜。秋仲劳人意，危岩竟已攀。

谒　嵩

邱兆麟

九日不堪睇，登高倍怆神。封疆方有事，宇宙若无人。
国是坏于竞，臣心患不真。此来专祷岳，为世再生申。

谒 中 岳

邱兆麟

九有不堪睇，登高信怆神。封经方言事，宇宙空无人。
国事坏子竞，臣心患不真。此来荐祷岳，为事在生申。

箕 山 行

王世贞

唐尧厌九有，授舜中复疑。顾谓许仲武，为我一代治。
对坐平阳宫，北风吹茅茨。仲武仰天笑，嗤嗟长眉儿。
吾宁箕山饿，如此天下安。用之富贵日，以浓志意日。

以移老聃长，守藏仲尼但。栖栖前人自，尊后人愈卑。
大鹏横空鶰，鷞一枝鹓雏。徘徊误吓老，鸱所怜寂寂。
挂瓢意犹有，千秋清颍知。

陉山晚照

陈大忠

蕞尔孤城摄大强，公侨八面一身当。千秋事业垂青史，犹带余辉映夕阳。

鲁公祠

陈大忠

宋末有文收土扳，元初无许坠真传。岁寒然后知松柏，出处生辰安所言。

曲径大隗东

陈大忠

西阳曲径大隗东，避署丹岩一线通。夹杂竹梅溪共月，幽共不与众荫同。

白龙潭黑龙潭

陈大忠

大隗峰上两潭湫，传有龙分黑白游。旱济神功桴鼓捷，应知帝泽至今流。

少林观武

程　绍

暂憩招提试武僧，金戈铁棒技层层。刚强胜有降魔力，习惯轻挟搏虎能。
定乱策勋真证果，保邦靖世即传灯。中天缓急无劳虑，忠义毗卢演大乘。

闻刘泗泉、袁裕春二丈游少林未能躬陪杖履寄此

亢思谦

珠林双辔入，春色正平分。树杪悬泉溜，旌前拥鹿群。
簿书堪笑我，杖履阻随君。崖石应题遍，宁无一寄闻。

游 嵩 少

刘绍恤

河洛呈天瑞，嵩高协地灵。云连平野白，日拥万峰青。
应宿中为火，居方镇是星。上公崇秩祀，贝阙俨仪形。
历代陈圭壁，层峦列障屏。瑶函开宝箓，绛节引雕軿。
客有吹笙岭，僧留面壁亭。鹤能骖化驭，石亦解谈经。
玉井涵仙液，金壶注净瓶。丹沙因颂显，青鸟应时停。
箕颍瓢无迹，浮丘洞自扃。柏犹称汉将，槐能肇秦庭。
演法曾留偈，登封早勒铭。霓裳侵晚度，清梵夜深听。
暮霭唫枫叶，朝霞覆茯苓。烟岚晴袅袅，花雨昼冥冥。
月冷虚堂钵，风传同阁铃。十年尘外想，百岁静中宁。
倏尔超三千，悠然小四溟。采真疑汗漫，泛泛愧流萍。

游 中 岳

丁应泰

谪籍天中吏事闲，扶藜名岳几飞攀。昔闻武帝鸾舆至，晚待浮丘鹤驭还。
隔岭春云分二室，垂岩寒瀑响千山。迟回独立嵩呼地，青琐犹然忆旧斑。

登太和顶（成皋台）

梅一科

城隈平地起高邱，真武灵威据上游。石路参差开曲径，花砖修整砌危楼。
磬声夜响环山应，鼎气晨飞捧日浮。览胜时来登彼岸，凭栏望见锦阳秋。

面　壁　石

何　钰

片石九年自写真，须眉隐隐见精神。洞深想像当初事，人面壁兮壁面人？

赠无言(二首)

李言恭

一衲孤云外，遥栖帝释家。结茅依二室，飞锡采三花。
莲是谈经座，杯为泛海槎。予方迷彼岸，肯为指津涯。

有相皆为幻，无言始是真。尔能通大慧，我迹悟前因。
孤月悬心印，三天转法轮。达摩千载后，面壁是何人。

访杨逸人山居

李言恭

野人高卧处，只在白云颠。绝壁疑无路，深林忽有烟。
门开千树上，犬吠一峰前。尔亦扬雄辈，山中独草《玄》。

送无言入少林

李言恭

已到无言处，云何有法传。九年空面壁，千载浪安禅。
派沛长如此，机缘总窈然。豫章多宝气，一道插中天。

嵩　山　歌

张维新

海客夸蓬山，银台金阙沧溟间。楚人语衡丘，三湘七泽天寥廓。
嵩高之山连汝阳，势矗云汉倾齐梁。上有太室八万五千丈，悬崖沓嶂磨日光。
下有九节之灵草，兼有三花之宝香。汉家松柏踞龙虎，秦皇碑碣空文章。

可以结庐枕石，徙倚徜徉。食芝茹术，吐气含芳。
临颍谷而神爽，倚虚阁而心凉。讵氛埃之能入，胡世虑之不忘。
长揖浮丘，问道其傍。招邀王子，吹笙鼓簧。
跨苍虬兮驷元鹤，驾云霓兮骖凤凰。风泠泠兮猿夜啸，云漠漠兮山昼藏。
乃古人栖真之窟，为诸仙不老之乡。奚必遐探乎蓬岛，遍历乎衡湘。
好鸟四时啼不歇，笑折松枝煮薇蕨。懒慢无心读道书，一声歌落岩前月。
岩月既已落，歌竟还复歌。仿佛山灵被薜荔，微茫仙人隔藤萝。
身世终焉碧山曲，葛巾草履生平足。考槃忍弃数椽居，无端图尔千钟粟。
放歌行，歌未关，任他平地涌波澜。逍遥长啃嵩山□，响入层峰烟雨寒。

风穴寺珍珠帘瀑布

张维新

绝壁悬崖挂碧流，明珠错落几千秋。却疑玉女虚无里，日日垂帘不上钩。

岘山叠翠

张维新

叠嶂层峦翠色重，白云散尽现晴峰。眼前眉黛浑如画，谁识天机造化工。

谒颜鲁公祠

张维新

寒烟碧草漫春秋，一谒孤患泪欲流。嵩麓阴云愁自结，汝河汹浪咽难收。
指挥平博三千士，身系全唐百二州。国运未旋星已陨，令人回首慕巢由。

汝州温泉

张　政

曙色初兮日上迟，泉温水滑暖生肌；袚除起处松亭下，好似当年去浴沂（沂指临潼华清池）。

题达摩面壁

王　亮

佛祖西来意，如如是本宗。妆成一淡漠，避却万年锋。

梅汜水邀游玉门

沈懋学

九曲河横广武城，奔流怒走混泾清。一湾有路人随转，万顷无烟舟自行。
树影飘帆鸥鹭远，山光破浪水云平。当时暗渡夷天险，千古玉门留旧名。

别郑州父老

陈禹谟

明王在宥年，缅焉怀共理。乃捐专城绶，以委白屋士。
唯彼荥阳城，奕奕高百雉。砧天磅中区，回缭地四鄙。
要冲良在兹，三辅莫远尔。粤余臃肿质，楚材非所拟。
鱼肠暗丰狱，马骨弃燕市。四十始就官，忝窃州刺史。
褰帷入其疆，闾阎悼如毁。誓当分主忧，与子更张驰。
治丝戒无棼，矜情慎勿喜。纵横大道上，使者相错趾。
供具何频繁，诛求不得已。抗策定壤赋，催科停亩履。
通融积千仓，樽节享二簋。循原抚遗黎，庶免国量死。
郧傍有故河，黄沙岁迁徙。环河十万田，灌溉靡可恃。
力诎宁举赢，一劳将永祉。但见勤畚锸，谁知暇耒耜。
三月不愆素，功成若流水。开渠初诵豹，决漳载歌起。
华实蔽四野，河润弥千里。鞠躬甘吏瘁，丹心为君矢。
龙蛇终不禄，尺寸竟何齿。幸沾浩荡恩，赐金复赐玺。
稍迁去吴会，驱车渡溱洧。父老前攀辕，天其忘畏垒。
壶浆虚尔意，庭狟每自耻。或遗愦愦思，讵有赫赫纪。
黄鹄东南飞，十步一回视。伤哉逐浮云，飘摇未穷止。
薄游故已倦，河清岂能俟。愿言谢世务，不异脱敝屣。
早晚具茨山，东访黄童子。

寄怀戚不磷于登封时客傅元鼎明府

马之骐

忆尔游河洛，翛然一剑从。胜应穷少室，重想托临邛。
尊酒堪谁共，盘餐仗仆供。转嗔分手易，空此惜萍踪。

寄怀戚不磷于嵩阳

马之骐

北窗一枕书蘧蘧，忆尔啼乌涕泪馀。袖里漫存三岁字，尊前忽堕八行书。
云连嵩少岚光薄，月冷缑山鹤梦虚。青桂碧梧秋色好，可能无意吕安车。

同游少林

余乾贞

景仰嵩高二十年，跻攀此日到山巅。原开锦绣层层丽，天削芙蓉叶叶鲜。
太室云霞衣上色，少林风月个中缘。二程统绪凭谁续，须借禅关悟正诠。

忧 豫 寇

刘理顺

劫运多年胡未回，日边遥忆故乡灾。云愁千里迷梁苑，野哭三冬痛汉才。
咫尺函关人裹足，崔嵬嵩殿鸟衔灰。逃亡何处甘刀俎，捷奏依然马上来。

怀 具 茨

刘理顺

伉爽多屯蹇，烟霞暂掩门。数茎白发短，一片赤忠心。
世事干戈重，人情车马奔。桃花秾已盛，何以野梅奔。

寄傅元鼎明府

于若瀛

迢迢岳色明，君去宰瑶京。才岂嫌烦剧，闲堪养性情。
堂高云不远，山近月偏明。怪得称仙令，时闻子晋笙。

嵩　　高

傅作舟

名岳如文人，英华不可束。秀既与天齐，富仍傲地独。
览者得其肤，谬云穷奥曲。亦犹俭腹子，未能窥多蓄。
我生嵩山下，烟霞看不足。巾裁御寒莲，饭饱箕山粟。
愧迟太室绿，于今始具袱。思觅修月户，难逢素女属。
樵夫狎石虎，牧者骑田鹿。是树老鸿蒙，有石皆金玉。
雨过廿四峰，峰峰出新沐。遥望九节草，遍寻不怒木。
宛闻卢君笑，尔来何不速。床铫堪避乱，浆髓胜求禄。
炼师药可就，谟觞书可读。青童作役使，玉女亦眷族。
巢许高栖后，继者相往复。勿用一钱买，胜处即清福。
何事尘朱颜，终年苦�起。闻之如解醒，偕上中峰宿。
鸡犬出云中，梦与八仙逐。曙红俯下城，点烟迷晓旭。
恍悟长生旨，瑶阙悬心目。邱壑语壮游，识者痛其俗。
试问笋与客，几层及半麓。能同百寿踪，莫羡向平欲。
薄言婚嫁毕，万古宅终卜。

禹　　碑

崔应科

岳巅合石壁，苍异映星云。象画知何自，螭文迥不群。
由来天地秘，未许鼎彝分。已溺铭神远，瞻依思正殷。

登　嵩

崔应科

巍巍神岳峙天中，杖屦登临眼界空。二室联翩如翼展，三河叠绕若精通。
秦槐汉树风烟秀，申伯甫侯事业隆。人杰地灵从古重，高山仰止气何雄。

登嵩山祷祠夜宿少林值雪志喜

徐　申

嵩岳曾闻汉代封，诸天秀色揽群峰。千年玉检藏灵琐，万壑松涛杂暮钟。
弭节三川如何抱，振衣二室若相从。喜看瑞雪垂垂合，回首岩峦吐玉龙。

次新郑寄怀登封傅元鼎

闪继迪

万树霜清孤月白，溱洧城头有羁客。祠下聊听东里歌，洞中一访轩辕迹。
徘徊独上具茨峰，二室芙蓉开咫尺。风流为政有王乔，三十六峰飞两舄。
有时洒墨蝌蚪岩，有时醉酒铜驼陌。作吏翻惊词赋多，弹琴不遣簿书积。
只今声誉满河洛，况复琼瑶美标格。欲往从之身无翼，河水盈盈情脉脉。

同幕僚勘蝗遇雨宿永庆寺

冯懋仁

招提雨过暂停骖，景幽时丰愿共看。恨却蝗为禾稼蛊，吾欲吞取祈民安。
频年水旱更蝗残，谁念吾民粒食难？入境为灾深愧古，欲将缑庙挂吾冠。

题少林寺(二首)

方大美

余自乘骢度石关，少林野寺枕嵩山。台承甘露禅床净，树拥云让客舍闲。
万象不离生灭外，诸天多在有无间。达摩面壁西归后，谁读《楞严》解八还。

梵王宫嵌翠微岑,叠嶂回溪赴少林。不断闲田开白玉,无边法界布黄金。
天寒柏树知僧腊,月照莲花见拂心。共道看经萝幌下,深潭夜夜有龙吟。

题白云寺

方大美

不住钟声鸣万壑,翛然香气射三天。山围雁塔浮金界,水涌龙宫喷玉泉。

游石淙

郑大原

驱车未到已闻声,隐耳轻雷哽不惊。石淙参差人坐立,潭开莹澈鉴真平。
徐风入沼回环转,曲水浮移委宛行。敬借傅君舟棹用,不教河汉隔盈盈。

春日谒周公祠观测景台次壁间韵

郑大原

元圣当年曾测景,巍峨庙貌石淙浔。阶前台榭余芳草,门外山川映古林。
观象已知超远略,星天更见识玄心。我来肃戒明禋典,漫向碑前续赏者。

少林夜怀

黄承玄

楼钟隔远递,长夜肃空天。月转钵峰外,僧归御砦前。
挥杯花气人,移榻树阴偏。太空遥相对,层岚飞瑞烟。

石淙

黄承玄

划然幽硐响泉声,断壑惊湍注一泓。翠壁曾开飞辇道,清流堪濯侍臣缨。
潭罗怪石窥鱼鸟,雨洗残碑识姓名。物外片尘消欲尽,坐来盘薄有余情。

游卢崖寺

刘景耀

黄帽风烟老,青鞋草木深。几回临皓月,方见古人心。

游钓鱼台

刘景耀

载酒坐船头,临城天欲曙。回头钓鱼台,只在云深处。

汉　柏

刘景耀

翠柏不好武,经年老风雨。甲绣绿龟纹,戈挥元鹤舞。
汉主旌旗去不回,将军鼎立碧山隈。谁怜边地龙沙月,每逐秋深雁影来。

卢　岩

徐希震

抗迹冥搜一壑间,神龙威凤许谁攀。天池洗药遗名在,帝里辞书赐帛还。
水接银河翻白浪,云封石洞寄青山。高风千古人堪吊,汉柏秦槐可赧颜。

庙寺诸诗

王世崧

中岳庙

嵩少夫何极,中嵩名独尊。杖策千里外,陉岘手自扪。
竭来梵宇憩,不数祇树园。古树浮夕霭,苍翠明朝暾。
形势互回薄,周遭虎豹蹲。云霞丽丹阙,日月夹层轩。
佛灯然长夜,钟声时在门。游丝静不飞,春鸟争自喧。
奇趣兹已穷,洗心道赤存。素衷谅有孚,胜游竟难谖。
卜筑行拂衣,无令孤愿言。

法王寺

访胜屡回杠，寄兴良不鲜。漠漠岫烟霏，泠泠岩露泫。
沾濡意已困，憩顿聊所遣。倚策玉柱峰，历览信穷远。
连岩互参错，云物森婉娈。古刹制未颓，高栋负绝巘。
方池不盈咫，洞彻足清浅。采采金莲花，盈盈玉鉴展。
纷吾法滓隔，心颜藉沾洗。慷慨有深衷，从兹卸轩冕。

面壁石

折芦浮渡江，震旦揭真谛。心非转法轮，义不立文字。
九年面壁人，寂寂缘底事。石中一片影，参取西来意。

少林寺

久怀少林游，今宿少林寺。绮丽仡谁构，峨宫敞复邃。
岩壑烂相袅，桧柏郁而峙。高栋排云日，虚牖蔼苍翠。
霁色丽遥岑，川原回相媚。我来薝蔔下，恍从天外至。
梵香遍空虚，塔影照无寐。秉炬蹑层榭，磨碑识古字。
已断区中绿，何知身世累。沃野饶少尘，聊此停征驷。

甘露台

振衣登层台，云物互森爽。纵睇临空阔，矖瞩极泱漭。
暄阳散长阡，曙烟晴浩荡。白日丽平原，碧草萋萋长。
高情姿凌厉，健步惬心赏。远目无近寻，倏然祛俗想。
犹忆甘露溥，仿佛仙人掌。仰身挹天飘，超超谢尘坱。

寄答元鼎世兄

马之骏

怀人嵩少郁千盘，交定翻怜识面难。课吏秫田常共客，寻僧芒屩不知官。
书成字肯悬金易，政暇琴唯闭阁弹。可是君家饶治谱，桐乡今已祝衣冠。

寄赠傅元鼎明府

马之骏

三台春暖沸弦歌，缥缈瑶笙舄影过。胜迹每先猿鹤到，新篇翻比簿书多。

卷帘石髓青常滴，推案云峰翠不磨。解识游仙兼吏隐，风流输尔独婆娑。

初祖庵

温如璋

晓登初祖庵，步入青山顶。草露邑轻裳，人天分异境。
贝龛隐珠林，炉烟白昼永。阶前雪拥僧，壁上石穿影。
指点叩禅关，若空亦惺惺。岂不愿上乘，彼岸良难骋。
徘徊风露生，暑月深山冷。相将雪去路，满目夕阳景。

二祖庵

温如璋

孤峰佛祖界，万劫法王宫。臂已金刀落，身犹冰雪中。
语心花树发，卓锡水泉通。留憩诸天静，传灯下晚风。

登少林

温如璋

危岩峭壁转行迟，雨后看山山更奇。五乳峰峦环宝地，三花烟树接瑶枝。
云归乱壑风生处，霞拥层天日上时。直北丹霄望不极，嵩呼遥致万年辞。

九日同吕文川宿龙门洞中

温如璋

谷口明霞烟树低，龙门夜整石床栖。出林弦月光侵席，瀑洞珠泉响注谿。
佳节名山难并遇，繁弦急管对留题。君看万佛崖端像，寂寞前朝风雨凄。

滴水棚

沈柹

一片悬崖水，涓涓不断流。有泉通地脉，无处辨源头。
幽壑晴还雨，深林暑亦秋。相如多客病，爱此为淹流。

游嵩少酌卢岩同燕明府

黄　晖

太室少室莲花巾，大熊小熊巢父邻。喜从黄社遭贤令，笑共青山阅过人。
茶灶煮来秋月冷，芝篮提去夕阳贫。卢岩已不知鸿一，名姓何劳着片珉。

二祖庵在钵盂峰同秦京作

黄　晖

洞响藤枝百折秋，万峰苍翠钵盂收。镮辕鸟迹空中下，河洛龙光天外流。
石怒乱随狮子掷，塔灵高许雁王投。眼看浩劫长如此，谁道真僧有去留。

箕　　山

高　出

箕山于太室，如岱有梁甫。辅岳并称尊，他山遑敢侮。
颍水源更清，石流历可数。所以让王人，洗耳临其浒。
一瓢弃陶唐，饮牛愧巢父。后人鲜若俦，高风激千古。
缅怀眷有遇，嗟哉不复睹。惟见波湛湛，云气朝如雨。
褰裳行欲涉，身上惭圭组。孰云能广览，徒羡翩翩雨。
兹意谅自解，来者将何补。

同傅元鼎游中岳

高　出

卢氏去岁山五百里，往今多不至。予实慕兼甚慕之鼎，特往游焉，遂与元鼎登其巅。

嵩高自上古，峻极造太清。嶕嶢表天柱，欻吸绝生成。
三花发瑶检，露叶夹云茎。二室相横亘，揖让若弟兄。
决眼入三河，他山皆径径。登陟惬心期，招携兼友生。
平生五岳兴，兹也结初盟。主宾在不负，俱留千载名。
悠悠一世人，历览各含情。相对尽为客，偶尔感合并。
饱闻前朝事，万乘拥霓旌。秩祀隆百代，壮哉帝王程。
山川纪功德，星辰扬光精。牲璧久灭没，探策竟谁明。

后世绝省方，黎庶适无惊。礼乐贵通变，馨香惟利贞。
四月旱颇甚，茂宰忧如醒。为君鼓薰风，一为解愠鸣。
神岭白日蔽，高阁丹霞平。渺渺怀古仙，登举鸿毛轻。
愿随浮丘伯，云中学吹笙。

春日偕元鼎沿洛入嵩

高　出

方驾春花内，青袍照眼新。仙才俱不世，吾道孰能驯。
雨衰垂丝净，风翻落蕊匀。烟墟含白羽，涨岸带青苹。
玄鹤瞻缑氏，明珠赠洛神。乾坤三月雨，山水两心亲。
群鸟还求友，双龙怕近人。五噫去梁子，自谪满陈遵。
矜诞论文日，幽偏种药春。好寻梅福迹，时事倍沾巾。

观　星　台

高　出

山豁阳城内，云涵颍水东。观台衔睥睨，漏刻隐蒿蓬。
泉注丹堙旧，铭湮石磴同。风雷遭忽仄，天地划当中。
礼乐繁周室，星辰拥汉宫。登临美人思，今古慨无穷。

后游少林兼呈道公

高　出

众山趋少室，古寺带深堂。日夺三花曜，泉飞五乳香。
龛灯悬缥缈，宝塔半低昂。苓术精灵久，松杉雨露长。
摩尼侵隐映，梵铎殷微茫。石壁人间有，金田异代荒。
千秋圣谛义，万丈白毫光。藤葛春俱蔓，云霞远益苍。
跋陀启檀越，惠远擅莲场。三笑从兹去，同游敢不忘。
驯禽疑解语，伏虎欲相将。苦更怜桃柳，风前剧太狂。

别傅元鼎

高　出

嵩高浮白日，北风天地凉。翳翳黄盖峰，执手临其阳。
晤笑一室内，顷刻来苍黄。行子别匹俦，飞鸟回日翔。
马嘶人无声，颍水不可航。吾子扬惠闻，予其归故乡。
路岐再三叹，沾洒征衣裳。

衣裳奈天风，伊洛扬广澜。赠我西方绮，轻毳可御寒。
相思南国深，采寄江之兰。石上秀菖蒲，可以助加餐。
各慎千金体，默默两无言。志士聊慷慨，且使崇令颜。

嵩　门

高　出

嵩阳宫外碧云轻，秋色年年月倍明。骑鹤仙人来往地，知他何处试吹笙。

游嵩山(四首)

区大相

名岳宅中土，生贤借奇巘。图为风雨会，地以揖让显。
崖崿虽峻极，岗阜亦平衍。憩麓果纡回，登崇更凌践。
夙多遗世踪，到此尘虑遣。箕颍信高蹈，阳城道未贬。
揆迹有绌伸，忘怀任舒卷。素风谅不遐，幽意得所展。
欲去还复留，低回不能返。

寻真紫芝馆，访古白云衢。年代一何杳，辇道尚盘纡。
秦愧余一树，汉柏有三株。金丹既沦没，玉检亦荒芜。
神仙术久闷，多欲多累愚。千秋与万岁，无乃太矫诬。

薄游吹笙岭，回憩捣衣石。玉女不可遇，青童似相识。
遗我一厢药，金膏和玉液。服之容色改，自然生羽翼。
体轻若黄鹄，一举凌八极。顾视让王人，累累冢上石。
天地可齐年，浮名竟何得。

二室丽中天，三花落云外。远势浮河洛，穹标掩华岱。
珍木自成阴，瑶草何曾溉。神膏沆瀣霏，金沙碧潭碎。
风从箕山来，思与逸驾会。天路杳难即，霞术久荒秽。
独见周王子，吹笙游鹤背。青宫生尘埃，紫房绝情爱。
逍遥白云间，欲归迷所在。

城　　颍

区大相

停车指城颍，劳躅何缤纷。巢许既高蹈，千载离垢坌。
如何遗羹子，纯孝至今闻。揖让君臣全，愤争骨肉分。
积憾天性蚀，微言大义存。至情在感发，口舌徒云云。
荒隧沦古道，藩采奠孤坟。寄言茅焦者，颍谷有馀芳。

登少室绝顶

区大相

二室俱造天，少室难与侔。将凌岩崿险，遂涉清浅浏。
阴磴烟尚霏，阳崖雨乍收。曳曳云触石，涓涓溪乱流。
攀崖苔藓滑，逾岭径未修。下窥元气台，上列象纬周。
霞彩席间发，岚气衣上浮。弹琴众山响，吹万群壑幽。
方兹展奇眺，聊用豁远眸。顾瞻尽河洛，表里见神州。
海客谈员峤，羽士慕丹丘。茫昧理岂没，想像步难留。
平生徒欣仰，即事瓷冥搜。寄言赏心客，去此复何求。

题无言上人溪南精舍

区大相

一灯传教后，此地又开山。二室三花里，千峰万木间。
香台携客上，竹院待云还。既了安心义，何须长闭关。
居士住人天，精庐水石边。傍林开宝界，持钵酌香泉。
花发传灯后，鸟归鸣磬前。上方留客处，松月共安禅。

游 少 林

区大相

天下名山数少林，公余乘与一登临。黄花翠草凝禅意，白石清池惬赏心。
竟日轮蹄忘去住，百年身世任浮沉。主僧知我耽时癖，相引行吟到碧岑。
少室山前古梵宫，达摩曾此立禅宗。养龙崖废埋春草，卓锡泉甘自乳峰。
出世不须钻故纸，传灯谁复继遗踪。吟余策马东归去，回看云林隔暮钟。
为爱山林景物稀，登临随处竟忘归。云迷竹树浓还淡，雨堕岩花湿不飞。
养晦高人曾索价，谈禅老衲欲留衣。何妨结社重来此，一洗尘心是与非。
百丈山前佛寺开，春深缓辔一徘徊。落花细逐溪流去，好鸟低冲马首来。
习静随缘食笋蕨，看碑沿砌扫莓苔。放怀欲尽登临兴，可奈王程再四催。

游少林寺值雨

区大相

清昼入门春雾浓，坐深檐溜递疏钟。泉声欲过三花树，云气常生二室峰。
入夜萧条清客梦，翻阶滴沥滞游踪。明朝似趁嵩高目，好放晴光随杖龙。

少 林 晚 坐

区大相

山扉横夕景，石室吐晴烟。门对吹笙岭，窗临洗耳泉。
岩阴回竹院，香梵起花天。坐待浮丘鹤，归来松上眠。

再 游 嵩 少

区大相

忆昨游仙梦，嵩阳寻故山。殷勤东溪月，待我青林间。
旧蒲长新节，后水赴前湾。何如辽海鹤，千载一来还。

山中赠丁元父给谏

区大相

谪宦嵩山阳，山深意不俗。岩扉时自开，云构何常卜。
隐几见少室，三花媚林麓。簿林展长松，印绶挂深竹。
山僧似定猿，吏人偶驯鹿。褰霞上高岭，采秀入幽谷。
揽古将军树，息盖帝休木。石泉夜雨声，数寸阶苔绿。
自关道气清，岂受尘网束。正直神不欺，幽闲理自足。
时有箕颍人，相过论心曲。

登　箕　山

区大相

杖策访名山，夙慕阒有以。素琴石上横，清风松下起。
昔日让王人，含芬遗垢耻。饮泉想弃瓢，临流思洗耳。
太古多逸民，中世寡奇士。回策下岩琴，放歌入烟紫。
白云何时来，荒迷谁与理。终愿毕吾志，抗手谢垒滓。

赠少林无言法师（二首）

宋世恩

道自西方至，僧从上国来。缁经留二室，演法驻三台。
锡挂嵩云破，杯浮海月回。贝多何处树，到日几花开？

鹿苑曾传法，龙宫暂说经。莲花披宝藏，贝叶启珠扃。
禅定方离日，名高已应星。犹闻铜钵在，为我讯山灵。

留侯洞（张良洞）

刘宪章

破产酬韩又辅刘，只因能忍报君仇。圯桥但贵三番约，前箸已筹四百秋。
辟谷自甘忘世去，辞封原不想名留。惟余古洞传仙迹，极目年年颍水头。

谒中岳庙

吴用先

嵩阳宫殿倚云限，六六峰头秀色来。绕廓层峦螺髻列，插天群峰锦屏开。
苍松翠柏烟凝树，玉笈金函雾锁苔。缥缈洞箫丹风下，谁言尘世隔蓬莱。

会善寺

吴用先

香台古刹冷遥岑，扪石穿榛恣讨寻。刮尽丰碑荒草没，蚀残断础卧云深。
搜罗词翰堪追雅，收拾烟霞足赏心。欲拂瑶琴山水奏，况逢同调有知音。

登太室顶

王　铎

曾闻荦跸上崔巍，望入山河万象开。叠巘中天参玉柱，明霞旦昼出蓬莱。
虎蹄忽避寻源客，龙树长听讲法台。绝顶可怜无一字，侧身霄汉重徘徊。

游嵩阳书院观汉封三柏

王　铎

嵩阳观外柏三株，汉帝遗封今记无？翠霭尚留龙驭远，青天时有鹤群呼。
年深饱历风霜色，世渺全荒玉检符。欲问兴亡千载事，不知人代几荣枯。

宋　陵

王　铎

野树阴深古路高，宋陵一望暗萧骚。龙收夜雨沈沈水，虎过寒沙泯泯壕。
地下衣裳空玉匣，人间宫殿失金寮。徘徊时有嵩云入，飞来飞去落九皋。

重过虎牢关

王 铎

浊浪滔大隔太行，荥阳割据势分张。并吞三国谁归汉？犹见寒雕泣战场。

黄盖峰有闻

王 铎

幽兴随山触，足音与斗悬。瘿松翻绿浪，飞石阁青天。
难得兵车合，空闻羽檄传。祷嵩倘意注，目断部城烟。

黑 石 渡

王 铎

洛汭襟喉古石亭，往来一舫下岩扃。西窥函谷三秦小，东去河流大海青。
戈甲金销歼土豹，农桑均磕赛村灵。酒阑呜呜歌幽雅，何处蔷薇送晚馨。

缑 岭

王 铎

少室石崖岭上通，仙人遗迹未曾空。全身树木轻云上，破庙楼台返照中。
鸿宝常烧丹穴火，鹤泉好饮白头翁。我来已到芝田过，两岸桃花满路红。

寄缑山道友

王 铎

南望缑山一水涯，道人荷锸种胡麻。树根瀑布千秋雪，崖底菖蒲九节花。
郏郭星经凶象灭，镮辕谷口夕阳斜。农辰我欲修田稚，更学豚蹄祝满车。

轘　辕

王　铎

翘首轘辕隔远溪，衰年避难久羁栖。汴中荒野多磷火，雒下孤城尚鼓鼙。
百物尽雕人散后，千门不闭日沉西。璇玑天地凭谁转，绿暗红飞一鸟啼。

少林夜坐（二首）

郑振先

其　一

一到灵山意嗒然，那知净念亦因缘。识神才起微尘满，声臭全销方圆。
不向眼前寻实地，更从何处契先天。旁参漫自劳终夜，道力初持恨未坚。

其　二

面壁佑须到九年，此中消息竟茫然。起提顿教开迷眼，岂借狂宗结妄缘。
日月几周方会子，坎离经尽始归乾。单传当下何容易，坐破蒲团也未圆。

嵩阳宫三将军柏

黄克晦

人间柏大此全稀，老干宁论四十围。盖偃曾倾天子葆，露寒应覆侍臣衣。
犹看连影容千骑，那识何枝系六飞。惆怅茂陵无限树，荒邱残垅草菲菲。

登　太　室

俞安期

石室逶迤石径通，艰危双履出岷崧。峰悬午日天中定，河引春流洛浦同。
雷动呼声传武帝，云扶鹤驾望仙翁。神浆更在三台上，乘月思过玉女宫。

登 少 室

俞安期

嵩高中断并神丘，杖底泉开颍水流。低度岚阴连太室，远分山色绕中州。挂衣春树三花满，拥幔晴云五彩浮。遥傍星楼天半宿，少微永夜在峰头。

梅汜水邀游玉门

俞安期

九曲河横广武城，奔流怒走混轻清。一湾有路人随转，万顷无烟舟自行。树影飘帆鸥鹭远，山光破浪水云平。当时暗渡夷天险，千古玉门留旧名。

罗 汉 洞

方应选

岩栖咫尺隔经尘，抱膝长吟乐自真。人间白云留不住，至今洞草暗生春。

月上风穴山

方应选

层峦积翠望无边，一榭凌云更霄然。为近诸天先得月，空山无夜不涓涓。

游少林寺赠无言上人

张邦纪

琳宫崒嵂据高峰，礼佛遥闻树杪钟。古殿拂云巢燕雀，苍松蟠盖偃虬龙。谭经法坐天花密，入定幽岩雾霭封。愿待向平婚嫁毕，远公莲社合相容。

雨中望少室

张邦纪

数年思鹫岭，清梦几跻攀。树色蒙轻霭，风光度远山。
洞口云霞合，岩头风雨殷。翘首瞻香刹，扶筇应自□。

游　嵩　山

毕懋康

振衣陟榛莽，扪萝登嶕峣。灵崖隐烟雾，绝巘摩穹霄。
泉声洒飞瀑，泠泠喧石桥。凉燠异岩壑，寸旸变昏朝。
结根比华岱，幽邃逾中条。遐瞩发清旷，游暑生凉飙。
聘此物外观，听彼云中谣。偓佺讵云远，浮邱犹可招。

嵩岳天中阁

杜文焕

高阁在天中，去天更几许？举首撼天关，欲与天人语。

嵩岳(二首)

杜文焕

山色碧嶙峋，山形若鬼神。佛图金作像，岳庙玉为人。
独鹤何年驻，三花几度春。晚风吹几杖，缥缈出松筠。

浮云触石低，岳色与天齐。有穴通仙馆，无人狎隐栖。
玉浆甘似酒，石髓细如泥。胜具吾真有，何时一上跻。

登　太　室

穆光胤

平生有癖性，好入名山游。方壶与员峤，杳冥不可求。

晨起策玉杖，倏然望嵩丘。仲冬野草枯，高岩古木稠。
穿云惟樵径，赴壑有奔流。野猿引我去，超距衣自抠。
回沓千万转，雨汗不能休。饮涧飞虹断，骇人猛兽遒。
伯昏无绝技，若士有天游。齐梁分远界，伊阙来中州。
天风黄鹄下，白日苍云浮。五色拾金草，三花献玉楼。
振衣星汉落，高呼帝座愁。下界疑无地，诸天接斗牛。
元气空中合，岚光望里收。晚灯遗野烧，斜月半县钩。
归路烟霞满，回身系望周。何当为麋鹿，日走北山头。

登　少　室

穆光胤

昔览五岳图，名山称嵩少。拄杖未能临，徒买山林笑。
探奇今有嵩山长，拉予欲踏青云上。御砦高盘天栈开，砯崖转石愁偃仰。
主人闺中出绛绡，数回宛转各缠腰。前者攀援方汲引，后者肩负复腾跻。
邓艾垂川那可见，分明千尺接引之猿猱。天风忽送意飞扬，叠鼓鸣锣云麓傍。
余音涧底惊雷起，狐兔潜踪鹳鹤翔。闻道奇峰有六六，排空一一刺人目。
若个耕云种紫芝，时走金牛与白鹿。扑面莲花片片开，熊山大小逐人来。
洛阳城郭还如故，独有东流去不回。搔首高吟万仞巅，八极挥斥几席前。
眼看世界归葶苈，未许维罗有大千。当年李渤托高隐，拾遗不拜甘椟韫。
太白狂言索价高，肉食不解翻成哂。我欲名山老此身，每逢岩壑转相亲。
何时遁迹方山下，巢许卢鸿好结邻。

寄傅元鼎明府

穆光胤

四顾河山胜，中原未可方。嵩峰连地起，洛水接天长。
有美邢州彦，分星列颍阳。丰标来自晋，诗名妙于唐。
日有林泉约，都无簿领忙。三花争献秀，二室蔼生光。
笔底烟霞满，胸中丘壑藏。明珠投客岁，夜月想空梁。
自愧逃乐浅，独怜寄兴狂。春来云作驾，天外羽为裳。
已度洪涛险，欲凭华盖傍。远心陟绝巘，浪迹阻他行。
日影谁能测，鹤仙祇自翔。卢雌曾合剑，风雨会连床。
偶有双鱼便，因裁寸褚将。他时能过访，傲吏是吾乡。

少林寺观十二灵芝图

穆光胤

胜地钟灵异，托根自不常。千年白王碣，十二紫芝房。
灿灿珊瑚色，荧荧宝树光。风临三秀动，云护九茎长。
隐士商山曲，仙人瀛海傍。披图当此际，盛代想休祥。

游 少 林 寺

穆光胤

崚嶒飞刹倚半天，宇内丛林此独偏。地久隋唐余片碣，法留晋魏得真传。
青霄直扑莲花动，紫翠平分五乳悬。万点灯光依日月，千山云气护旃檀。
台边甘露犹能挹，壁上真容未可捐。盛世耀文兼耀武，暇时谈艺复谈禅。
贝多叶落俱成偈，柏谷庄残旧有田。名系宰官终涉相，身居火宅岂忘筌。
便当断肩空诸有，不独斋心谒梵筵。回首劳劳尘世者，津梁有路总堪怜。

少林观僧比武歌

公 鼎

震旦蘗林首嵩少，苾蒭千余尽英妙。战胜何年辟法门，虎旅从兹参象教。
我度轘辕适中秋，晓憩招提到上头。倏忽绀园变茇舍，缁徒挺立如貔貅。
袒裼攘臂贾余勇，抗声鼓锐风雷动。蜂目斜视伏狙趋，距跃直前霜鹘竦。
迅若奔波下崩洪，轻若秋箨随轻风。崖目高睚慑猛兽，伸爪奋翼腾游龙。
梭穿毂传相持久，穷猿臂接毚兔走。李阳得闻下老拳，世随取偿逞毒手。
复有戈剑光陆离，挥霍撞击纷飙驰。狮吼螺鸣屋瓦震，洞胸斫胫争毫厘。
专门练习传流古，凭轼观之意欲舞。自从武德迄当今，尔曹于国亦有补。
隅来初地听朝音，观兵何事在祇林。棒喝岂是夹山意，掌击宁观黄蘗心。
彭泽载酒悃出赏，桂崖高梧对策爽。一时佛渭散空华，庭音满院风泉响。

望 少 林

曾用升

群峰拥翠自芊芊，灵鹫飞来不记年。缥缈浮屠参碧落，微茫昙树隔苍烟。

探奇业负三花胜，问俗心悬匹马前。欲起疮痍浑未得，忍将游豫漫流连。

谒　中　岳

曾用升

古柏森森入画图，中原崷崒蔚仙都。登临岂为诸色胜，对越聊将一念输。高阁清虚连二室，名山祝应已三呼。太平日月今犹古，聊借神功润稿枯。

汉 封 三 柏

房　楠

高柯掩映古祠幽，疑有神明据上头。汉代将军浑俗物，茅家兄弟自仙俦。常愁雷雨拿空去，久历风霜作石留。沧桑几阅人间世，禾黍西风复此秋。

饮香炉峰小亭

房　楠

淡霭斜曛欲暝天，为怜形胜陟山巅。云低远树苍千里，光细河流白一漩。杯酒淹留灯火下，群峰指点画图前。祥云自拥高真迹，岂是香炉不断烟！

欲上二祖庵阻雨

房　楠

云锁荒庵一径通，巉岩蹬路乱峰从。忽然絮拥诸天雾，陡见旗翻万壑风。雨似拒人催紧阵，山如倦客掩晴空。浮踪前定皆尔尔，坎上流行具此中。

慈云禅寺碣

唐宇昭

翠绿峰峦映碧流，苍松桧柏镇丹丘。山僧深隐归禅寂，夜雨青打伴白头。

二祖庵在钵盂峰同秦京作

黄　晖

涧响藤枝百折秋，万峰苍翠钵盂收。镮辕鸟迹空中下，河洛龙光天外流。
石怒乱随狮子掷，塔灵高许雁王投。眼看浩劫长如此，谁道真僧有去留。

游卢岩瀑布

黄　晖

太室少室莲花中，大熊小熊巢父邻。喜从黄社遭贤令，笑过青山阅过人。
茶灶煮来秋月苦，芒蓝提去夕阳炎。卢岩已不知鸿一，名姓何劳着片珉。

同傅元鼎明府谒中岳饮黄中楼得门字

张季彦

巑岏岳色散朝暾，二十四峰此独尊。时有黄云浮绀殿，俄闻清磬度松门。
空阶剥落蚕文古，断碣模糊鸟迹存。醉倚危楼舒远眺，乱山积雾锁黄昏。

少林寺题壁

张季彦

年来到处学蒲团，度世知应现宰官。能解捻花开口笑，何劳断臂叩心安。
烟飞古刹昙云绕，月照空山塔影寒。好景满前言不得，愿求宝筏出迷湍。

偃师古代八大景

蔺完植

首阳晴晓

岧嵱危岑插太空，龙门郁郁带云封。夜深倒瞰天池白，晴晓先瞻海日红。
大地山河平望里，长安宫阙淡烟中。春来草木青如染，偏在崦嵫第一峰。

马鞍山色

南山翠列玻璃障，半锁晴岚半入云。窅由常飞春雨足，高岩空驻彩霞匀。
溪光带月搜新思，佳令撩人醒宿醺。独上危岑直北望，凤城龙阙霭纷纷。

杨村晚渡

野渡萧萧蓼叶红，沙鸥乱舞夕阳风。长天万里烟霞外，短蓬一声杨柳中。
何处归人呼隔岸，向来羸马立残春。忘机懒问津头路，唱罢渔歌月已东。

伊洛河流

各自朝东赴大川，合流从此更沺沺。寒波曲绕千峰树，烟水平吞万里天。
西极龙门通碧汉，上游龟沪泻星躔。沙堤洄是观澜处，沧海源头尽一渊。

缑山月夜

宝鑑涵秋薄太清，霜天高澈玉壶凝。鹤飞星坞凌三岛，人在蓬州近五城。
丹鼎迎阶花影乱，珠楼邻汉栋牙明。谁家晚笛声初断，醉耳犹疑彩凤鸣。

滑城烟雨

山极重云暧落晖，淡烟寒雨自霏霏。荒阛草木苍孤卧，野寺楼台白雉飞。
涧水不知留往事，林花空自作芳菲。行人指顾愁相同，千古兴亡共一机。

邙山霁雪

山城严角北风寒，吹散重云雪未干。深谷黄梅方烂漫，疏林银竹自檀栾。
渔舟晚钓烟波泛，樵斧空歌行路难。寄语洛易新执政，近郊三日卧袁安。

夹河渔唱

扁舟行迹似飘蓬，不用闲名作钓翁。湘竿晚掖千山雨，杨柳晴牵一笛风。
醉眼却疑天接浪，野心还爱自当空。几年懒忆浮沉事，卧遍芦花处处同。

游戒坛寺

文翔凤

步屟豁云屯，行行又给园。水流不出户，鸟语自忘言。
小坐松垂发，聊游草藉轩。戒坛搜异像，茶榜洗萦荪。

望箕山许由冢

文翔凤

豁眼熊见哆箕，怀人月到颍川时。君须尚厌佳名在，背听嵩阳吊古诗。

少林十士谈

文翔凤

孔庭颜庑气千秋，卓笔星田抗地喉。舌上天经收洁雨，握中圣印付嵩丘。
射人两眼青天坠，横座一襟素月流。汝辈携之朝帝否？真须珍重付齐州。

秦　槐

文翔凤

豋然空谷戛长秋，甘露零余益蔽牛，嬴政曾临蜂是准，李斯亲勒篆为籀。
龙门桐老遭琴挚，日毋桑扶荫祖州，清客莞箪无聘梦，垂阴天地籁嵩丘。

合咏秦槐汉柏

文翔凤

莫辨十年陈柏寝，生嫌群玉树槐眉。甘泉蚤讯青葱断，蜀庙新闻翠黛垂。
严守齐庭劳酒禁，屡迁殷社吊霜皮。独瞻阙里参天桧，西汉先秦是小儿。

摩　苍　岩

文翔凤

谢屐陶舆恃得么，全凭藜杖拨云过。谗穷十磴如杯洛，更上百寻即练河。
得髓神光宜礼拜，卓空瑶井见娑婆。古苔未踏三花顶，正色苍苍已可摩。

留别嵩阳诸士

文翔凤

照乘十珠映月规,予渐宝母忽收奇。杯中翠色来嵩少,座上清氛送颍箕。
新定兰交称适愿,乍违松契系相思。伊川渺渺人如昨,程邵风流缅往时。

方山(浮戏山)

禹　选

莫讶方山险,来游得趣多。闲花铺锦绣,野鸟奏笙歌。
路绕烟霞转,水翻石砌迤。行人图画里,骚兴自婆娑。

咏荥阳金龟山

禹　选

孤城明野水,群木动春风。市井浮青霭,神宫耸碧空。
恍疑霄汉上,如在图画中。仙境边嵩室,登临兴不穷。

卢崖瀑布

周传诵

山中到处可弥留,一壑谁知此地幽。硐道天开石笋出,奔涛雪卷浪花浮。
遥分嵩少千峰色,绝胜陂塘五月秋。解绶抽簪兹未得,暂将清兴托沧州。

石　淙

周传诵

山中到处可弥留,一壑谁知此地幽。硐道天开石笋出,奔涛雪卷浪花浮。
遥分嵩少千峰色,绝胜陂塘五月秋。解绶抽簪兹未得,暂将清兴托沧州。

将游嵩少发偃师晓行田间

周传诵

蚤起穿林薄，零露湿人衣。禾黍满周原，果实垂葳蕤。
驱车寻曲径，欹盖避低枝。鸣蝉高树发，两耳清风吹。
青山若相呼，白云夙有期。回首戒从人，毋得田间地。
田间几茎禾，农家数口饥。勿以游观故，而令向隅然。
问俗数凭轼，野老对歔欷。数载空皮骨，兹庶免仳离。
但恐征求急，不得救燃眉。殷勤慰野老，努力畎亩为。
岁时有丰歉，帝泽无偏私。愿告司牧者，恫瘝尚念谈。

夏日元鼎招饮天咫楼

崔万仞

新构高楼欲近天，青山一带供华筵。太室少室绮疏外，小熊大熊朱槛前。
始信向来诗有画，试看今日令如仙。探奇何地宜先发，笑指石淙月满川。

赠　元　鼎

崔万仞

握绶名山自壮游，嵩高灵异已全收。当年侠气空燕市，此日循声动豫州。
可道经纶非百里，居然著作是千秋。中原屈指论词客，不负同推第一流。

面　壁　石

李日宣

法本无相，师云何有？石本非师，相云何是？有故名幻。无亦非真，是耶？非耶？问之石，石不知；问之师，师不识。还复问我，我亦如如。

题大隗镇卓茂祠

顾炎武

拱木环遗寝，空山走部民。循良思旧德，执节表淳臣。
几杖中兴礼，丹青御座亲。至今传俎豆，长接大隗春。

嵩　　山

顾炎武

位宅中央正，高疑上界临。蓄波含颍汝，吐气接星辰。
二世云长拥，三呼响自臻。淳风传至德，孤隐秘云真。
世敝将还古，人愁愿质神。石开重出启，岳降再生申。
老柏摇新翠，幽花茁晚春。岂知巢许窟，多有济时人。

行次嵩山会善寺

顾炎武

独抱遗弓望玉京，白头荒野泪沾缨。霜姿尚似嵩山柏，旧日闻呼万岁声。

少　林　寺

顾炎武

峨峨五乳峰，奕奕少林寺。海内昔横流，立功自隋季。
弘构类宸居，天衣照金织。清梵切云霄，禅灯晃苍翠。
颇闻经律余，多亦谙武艺。疆场有艰虞，遣之扞王事。
今者何寂寥，阒矣成芜秽。坏壁出游蜂，空庭雊荒雉。
答言新令严，括田任污吏。增科及寺庄，不问前朝赐。
山僧阙飧粥，住守无一二。百物有盛衰，回旋傥天意。
岂无材杰人，发愤起颓废。寄语惠玚流，勉待秦王至。

测景台

顾炎武

象器先王作，灵台太室东。阴阳求日至，风雨会天中。
考极三辰正，封畿万国同。吾衰今已甚，犹一梦周公。

龙门

顾炎武

亘地黄河出，开天此一门。千秋凭大禹，万里下昆仑。
入庙焄蒿接，临流想像存。无人书壁问，倚马日将昏。

过汝州

顾炎武

硖石驿东二十里有西鸦路，由赵保白杨树二百五十里至临汝，以讥察之严，筑垣封闭，过此有题：
行人愁向汝州来，前月西鸦禁不开。吊古莫言秦法峻，鸡鸣曾放孟尝回。

雒阳

顾炎武

涧水成周宅，邙山汉代京。三川通地络，鹑火叶星精。
文轨同王朔，搜畋会卜征。东门迎九鼎，北阙望巩衡。
象魏云常紫，龙池水自清。尊师延国老，听讲集诸生。
金谷荒烟合，铜駞蔓草萦。曲多羌笛韵，县有陆浑名。
鹤望将焉属，鲸吞未息争。讵忘修礼乐，何计偃戈兵。
赤伏看犹在，苍鹅起莫惊。停骖观雒汭，微禹动深情。

过登封傅明府元鼎邀饮赋谢

马朴

神交十载古邢州，颍水欣逢傅说舟。投辖偏怜牛马走，开尊不惜鹔鹴裘。

座中白雪元高调，帘外青山自胜游。莫怪弦歌春百雉，从来仙令本风流。

嵩岳诗(四首)

杜文焕

山色碧嶙峋，山形若鬼神。佛图金作像，岳庙玉为人。
独鹤何年驻，三花几度春。晚风吹几杖，缥缈出松筠。

汉武西巡处，空留万岁亭。群峰朝日紫，众壑晚烟青。
胜迹今仍在，前朝已数更。惟应鬼谷子，携手一来登。

浮云触石低，岳色与天齐。有穴通仙馆，无人狎隐栖。
玉浆甘似酒，石髓细如泥。胜具吾真有，何时一上跻。

长思王子晋，不见下仙坛。绝岛烟明灭，层峦翠郁盘。
草深铜铫冷，洞古石床寒。向晚寻归路，扁舟八分滩。

五乳峰访达摩洞

曹文衡

乳窟谁人辟，达摩此静修。巢高逼斗近，洞古泻云流。
面壁法何似，心灯定里悠。妙明千嶂月，圆湛一泓秋。
瑶草寂含翠，桃花香暗浮。尼珠揭震旦，贝叶不知秋。
参会无言意，翻从遗像留。绝尘真彼岸，抚景笑虚舟。
屐御孤岩爽，神同元始游。乾坤娣米大，澄碧寸囊收。

面壁影石

刘馀祜

法中本无相，祖宁得有此。石中谁有像，祖宁得无此。咦！有不虚生，无则浪死。

又面壁石亭题

刘馀祜

面壁时你在这里,不面壁时你也在这里,横来竖去那离元始?六根长寂,八风休起,圆明妙湛,寒蟾秋水。贯金贯石,只这些子。抬往抬回,你总不理。磨教血出也非异事,此是真神神用耳,儿子纷纷泥妙义。

少林阻雨

阎　舒

淋漓秋雨寂禅宫,兴阻登扳蜡屐穷。烟雾窗中盘五乳,翠微天外失双熊。
山僧贯酒频浮蚁,寒菊搴芳近摘丛。钵击一声云更集,晚风飒飒水瀜瀜。

六　六　峰

王文翰

山峰三十六,原从开辟有。初祖未来时,谁是山中守?

题面壁石

张　论

西衲趺坐处,灵照逗有迹。顽然者何情,能传空相魄。
将无石之理,明昧眩相射。者来幻复真,空色总不隔。
寝虎云没镞,徙山亦辟易。能言与点头,往往留遗策。
有情化无情,兹理诞翕赫。咄咄僧菩提,法力大如昨。
北渡芦可航,西归履可支。宁此九年余,精力不汤溢。
缔想坐如尸,亦有介于石。

龙头晚眺感怀

张　论

龙头东望暮云收,古柏萧疏翠黛愁。万里鸿流犹泸洛,千年雉堞已山丘。

雨声滴沥□初夜，岚影空明荡去舟。醉后摩崖寻禹迹，藤萝满路总难求。

题达摩面壁

宁　烈

颜子坐忘后，庶乎能屡空。力行真积久，曾氏得其宗。
所以心印秘，不在语言中。故知面壁理，圣学与同功。

大隗山下饮马泉

薛德明

山下溪多竹，潜通饮马泉。梅岩仙去远，片月自婵娟。

竹溪梅月

薛德明

山下溪多竹，潜通饮马泉。梅岩仙去远，片月自婵娟。

雨后游箕山

傅景星

东郊细雨湿征衣，登道盘迴入翠微。寺古无僧花自发，松深有路鹤先归。
寒泉声里闻清梵，危石桥边淡落晖。十载心期今赴约，相逢莫漫又成违。

题太室山叠石溪图

傅景星

溪中怪石苍苔护，峰客攲嵌纵横布。溪光陆离溪树深，盘曲转侧寻溪路。
飞瀑倒泻卷石来，訇磕一声风雨注。群峰争为溪作障，峰头云落溪田上。
云里有亭翼然出，窥溪傍崖参差向。中有几竿青翠竹，荒藤委蛇蟠野木。
荷风徙依高低池，似飞清芬媚幽独。石霞可飧泉可煮，林密如织鸟应语。
溪口桃杏年年红，此地秦人不知处。

牡　丹

徐　渭

五十八年贫贱与，何曾妄念洛阳春？不然岂少胭脂在，富贵花将墨写神。

遮叶牡丹

徐　渭

为君小写洛阳春，叶叶遮眉巧弄颊。终是倾城娇绝世，只须半面越撩人。

箕阴避暑

魏庄渠

采薇怜义士，遗美格君心。箕山与颍水，千古到于今。
木翳云偏护，花香雨不侵。深林集幽鸟，清风洗烦襟。
尘途苦炎热，祛马过山阴。

题等慈寺碑阴回文诗

陈　铨

年丰古刹度香风，隐隐云峰一望同。前后殿修分小大，昔今廊建各西东。
泉含翠影长松茂，壁露金光旭日通。禅法讲谈清净坐，传流释散有多功。

赠无言禅师

申时行

羡尔安心后，穷年卧翠微。饭麻鸟视钵，坐石月生衣。
不尚谭天舌，横施掣电机。有人问禅义，聊指岭云飞。

嵩阳三咏

陆应阳

卢崖飞瀑

洞壑阴深六月寒，一樽不易此盘桓。飞泉散落诸天雪，还胜匡家岭上看。

少室朝晖

自西山势独崔嵬，望入晴空紫雾开。三十六峰天外落，半衔日色海门来。

五渡烟波

临流谁解此幽深，万顷烟波挂碧岚。月夜一帆箫鼓动，最怜秋色似江南。

憩少林

冯嘉会

宝筏金绳自古今，空香繁翠惬登临。客尘几斛销初地，佛钥千江摄少林。
梵带松涛风谡谡，柝衣莲漏夜沉沉。龙华似记三生事，晏坐团蕉一证心。

大隗层峦

赵三聘

大仙人何处游，轩辕问道有丹丘。千寻碧嶂冲霄起，万叠晴光映日浮。
鹤去巢悬天际月，龙归云度海天秋。鼎湖已远山仍丽，呵护神应在上头。

谒伊川书院诗

金立敬

二程书院独清幽，历古经今几见修。百经尘氛消两标，夜午门草尽霜秋。
皋山远向云中出，伊水遥从天际流。拜毕严容归去急，何年亲为换螭头。

游 嵩 山

毕懋康

振衣陟榛莽，扪萝登嶕峣。灵崖隐烟雾，绝巘摩穹霄。
泉声洒飞瀑，泠泠喧石桥。凉燠异岩壑，寸旸变昏朝。
结根比华岱，幽邃逾中条。遐瞩发清旷，游暑生凉飙。
聘此物外观，听彼云中谣。偓佺讵云远，浮丘犹可招。

送少室僧

王无咎

嵩峰一径望中开，古木萧萧鹤自回。天外虚声来锡底，泉间流影到云堆。
老猿夜静闻经语，疏柳钟沉泠咒台。长啸碧空秋万里，苍茫不尽有蓬莱。

登嵩山（二首）

方承郁

宛转丹梯历几重，削成二十四芙蓉。秋声不断天中雨，朔气疑吹涧底钟。
突兀冈频空翠染，参差碑半古苔封。兴来直借浮丘鹤，为上嵩高第一峰。

遥遥空际昼阴冥，为爱名山选胜停。帝遣五丁丹嶂擘，道迷七圣白云扃。
何年玉笥藏金简，自古祈灵有勒名。休问前朝封禅事，宫亭寂寞石花青。

大隗山下饮马窟

王　定

泉通饮马窟，月满自然山。不听钧天乐，空歌梅竹间。

拟王摩诘归嵩山作次韵

崔　澂

轩冕少过处，安居幽且闲。每临深涧坐，时见白云还。

水际鹤鸣垤，檐头鹿下山。不胜清意味，明月照松关。

晚渡洛水

李庭训

澹澹残霞带洛原，西风古渡欲黄昏。半篙秋水前溪月，一抹林岚远岸村。
何处渔声归钓舸，几家砧韵掩柴门。自怜张翰莼鱼美，惆怅当年别故园。

登岳顶联韵

郭　东　李　苘

圣明端拱日，八表仰皇仁。熙皞歌尧德，钦恭尽舜臣。
愧吾非李杜，苟子结雷陈。花县同分绶，枫宸共听纶。
久要恤隐瘼，相誓竭忠寅。地近崤函胜，时当物候新。
三阳开泰运，一气转鸿钧。壮志驰寥廓，雄怀辟棘蓁。
偶因陪副乘，更喜踏芳尘。欲览嵩丘概，遥过云水滨。
峰从杳蔼迴，径入翠微新。峻极擎天柱，横盘奠地垠。
宝香连缥缈，锯齿接嶙峋。险磴攀萝数，悬崖引索频。
猱升穿雾薛，鱼贯度苔茵。耻作丘陵侣，还思登泰人。
超然越世境，恍若叩元阃。缭绕霞光绚，氤氲瑞蔼匀。
石奇传虎首，松老长龙鳞。磅礴阴阳会，婉嫣功化神。
四维标巨镇，五岳可同蹲。紫气浮南斗，祥光映北辰。
眺临延十岛，转望遍三秦。锦幛罗森卫，瑶图翠郁渊。
灵仙来窟宅，高士毓奇珍。樵笛空中应，云璈天外臻。
忘机猿鹤狎，习处鹿麋驯。碧殿俨琼宇，金容现法身。
拜瞻肃圣像，对越走黎民。景贶毗群物，洪厘锡瑞醇。
周旋趋陛座，萧飒动诚禋。精白昭虔信，苹蘩荐德禋。
依稀参太始，仿佛觏诸真。玉笈澄凡虑，宝符见道亲。
披襟清籁挹，把袂赓歌频。幸际河清运，欣逢海晏晨。
感恩竭驽钝，携手庆冠绅。叨作鸣时凤，须为盛世麟。
协恭酬夙愿，寅亮矢初心。千仞斯翔集，寸衷利用宾。
试观嘉靖主，永御万年春。

登嵩山

吴会

兹岳冠神区，方中环四维。烟霞晨夕幻，曜灵东西驰。
群峰万古石，芳树千年枝。山驻周王骏，途经汉帝辎。
空岩答清啸，岂异三呼时。澹澹秋日光，漠漠寒云移。
悲风振柯条，百草无威蕤。孤征感节变，情恍临路岐。
回瞻北邙道，为咏游仙诗。子晋去不复，浮丘杳难追。
何当从之游，服食恒在斯。

李林甫碑

李元

停车野外寻遗迹，天宝三年石一方。漫灭犹堪磨古篆，欺诬何以信天王。
几多金碧随荒草，不尽烟霞送落阳。独笑仆碑唐故事，是非千古竟微茫。

游嵩少(二首)

李元

闻道少林好，百年欣此游。金仙杳何处，山顶白云流。

境胜神自清，魔轻睡难箸。孤榻坐深更，天风语檐铎。

卢岩观瀑

李元

绝壑何年挂玉龙，洗心我一问卢鸿。半帘秋雨落天上，十丈白莲开雪中。
颍水风高吹不断，嵩门月近照全空。县官更有泉亭约，应许山灵识醉翁。

谒中岳庙

李　元

岳势中峰峻,松阴道院深。坐来云气合,四海望甘霖。

过崇福宫

李　元

散步长松下,时闻出世音。山泉煮山茗,小啜洗尘心。

游法王寺

王守元

遥望诸峰半接天,法王寺近五云边。琳宫飘缈烟岚重,宝塔微茫紫气旋。
忆昔神光谈贝叶,尚遗福地产金莲。碧萝绕户朱门静,始信僧家无俗牵。

游龙泉寺

程　兰

寺额匾龙泉,于此几百年。远山晴列画,流水夜鸣弦。
低树齐僧腊,天花雨法筵。偷闲消世虑,来就业方眠。

观嵩山

韩　廉

胸中无限乐山情,一上嵩山眼倍明。四岳环青千里拱,一河背秀万年横。
中天日近春犹夏,下界云凝雨亦晴。乘兴最高峰上立,忽听三两凤凰声。

卢岩寺

于范

看罢悬崖瀑布泉，小栏修竹袅晴烟。丛松不碍岩头路，高岫能侵云外天。
隐士有名从异代，残碑无字记当年。连镳有客同清赏，把酒赓歌伐木篇。

黑石渡

于范

山足萦清波，渡头枕黑石。野花学菊黄，山果如丹赤。
高岸穿林过，深沟落叶集。云静正秋空，出门双眼碧。

春日游卢岩寺

李居仁

东风随马试郊坰，吹上苍茫第几峰。春意绿催前涧草，夕阳红送半山钟。
云深石漱千年水，古寺龙蟠万树松。日暮浑忘归路远，太平诗酒喜相从。

游卢岩寺观瀑布水

魏大儒

万叠云流处，飞泉一道清。风回长练卷，日射碎珠明。
隔树青天色，环亭骤雨声。天然此真境，梦想若为情。

同登封令汪君循嵩麓至卢岩

赵贞洁

秦槐汉柏瞰扶桑，瀚海云波岁月长。独有游人惊物候，六花飞尽又三阳。
云蒸缥缈出蓬壶，雪液嵌空喷玉珠。幽栖高士不可见，帐望冥鸿天际孤。

晚憩少林

赵贞洁

昆仑东下海天回，翠色岚重二室开。欲访琳堂问仙药，金章疑在碧云隈。
东周鹤与洞箫回，西竺人随折苇来。尘世未逢浮海筏，青山空绕谪仙台。

崇福宫流觞亭

任　淳

石沟池萦曲，山腰落细泉。流觞浮玉液，摘菊点金钱。
上界疑无地，仙源别有天。羁怀成小伫，落日未言旋。

周　公　台

历仲彰

周公初建洛，昌运此时开。天子垂衣坐，诸侯执玉来。
仁风涵九有，王气接三台。余烈今犹在，江山绕废台。

将　军　柏

历仲彰

嵩阳有嘉树，汉武号将军。老大空怀宠，孤高自出群。
樛枝悬日月，猛气挟风云。正合明堂用，谁能运斧斤。

宿少林寺寄余何二分教兼呈松庭长老

山锡之

看山投晚寺，缘径入幽林。莲宇瞻弘敞，龙宫耸郁森。
塔铃传梵语，松吹响潮音。云起千岩白，泉流万壑深。
天香飘静院，宝月印禅心。翠闪山窥户，金辉阁映岑。
藓埋碑篆古，花覆石床阴。愈觉真源迥，何曾俗垢侵。
迢遥怀胜景，邂逅惬幽襟。惜衲依禅寂，拈花启笑吟。

寄言分教客，仙境幸同临。

法　王　寺

山锡之

一轮嵩月回人寰，石上紫罗不可攀。缑氏山川图画裹，梵王宫殿翠微间。
兰台护法天龙寂，鹤驾吹笙帝子闲。吏隐于斯独何幸，暂游胜地不知还。

王　公　堤

郑谪星

纵步青效外，陌头杨柳吹。王公去后德，至此令人思。

使大梁因游少林寺

潘豫之

驻节且逃禅，清凉此地偏。云深孤磬湿，寺古一灯县。
阅树知僧腊，镌碑纪佛年。愧非莲社客，空对远公贤。

游　少　室

赵　宸

帝子吹箫逐风回，骚人乘兴入山来。诗成还上长安去，依旧荒烟镇古台。

再游少林（四首）

赵　宸

再游喜过平生愿，阅尽名山事事奇。千尺层岩悬定影，万年宝树长禅枝。
露珠曾落翻经处，象教尝闻说法时。谁道空门常寂寂，从来多少献清辞。

早岁达摩法已通，独怜梁武未知空。折芦东渡成虚迹，面壁西来振祖风。
只履已超三界外，一庵犹占半山中。细看往事皆成梦，欲向山前作醉翁。

双树阴浓枝满天，三车检书愧心传。绕床去转赵州诀，断臂来参始祖禅。
可笑传衣生妄念，好将慧剑断尘缘。吟成翻忆添蛇足，低首无言思悄然。

身来方外堪乘兴，道在心中不论禅。甘露有台常映日，昙花无雨几经年。
一曲阳春谁得知，满山风月自忘诠。此行便与尘凡隔，何用纷纷信口传。

春日游少林

段 豸

春晴二室寻山游，六十峷峰冠豫州。乔岳崚嶒接碧汉，苍松虬桷傍岭头。
吹笙子晋迹犹在，索价高贤问尚留。远眺闲云共野鹤，浑疑自是登瀛洲。

登 嵩 山

颜 鲸

少年曾读远游篇，景入嵩高便廓然。从步不辞扪列宿，此身忽已到中天。
平分衡岱芙蓉落，俯瞰沧溟粟粒偏。怪物销来风日好，当阳元后是义轩。

庙寺诸诗

王世崧

中 岳 庙

嵩少夫何极，中嵩名独尊。杖策千里外，陉岘手自扪。
竭来梵宇憩，不数祇树园。古树浮夕霭，苍翠明朝暾。
形势互回薄，周遭虎豹蹲。云霞丽丹阙，日月夹层轩。
佛灯然长夜，钟声时在门。游丝静不飞，春鸟争自喧。
奇趣兹已穷，洗心道赤存。素衷谅有孚，胜游竟难谖。
卜筑行拂衣，无令孤愿言。

法 工 寺

访胜屡回柱，寄兴良不鲜。漠漠岫烟霏，泠泠岩露泫。
沾濡意已困，憩顿聊所遣。倚策玉柱峰，历览信穷远。
连岩互参错，云物森婉娈。古刹制未颓，高栋负绝巘。
方池不盈咫，洞彻足清浅。采采金莲花，盈盈玉鉴展。
纷吾法滓隔，心颜藉沾洗。慷慨有深衷，从兹卸轩冕。

面 壁 石

折芦浮渡江，震旦揭真谛。心非转法轮，义不立文字。
九年面壁人，寂寂缘底事。石中一片影，参取西来意。

少 林 寺

久怀少林游，今宿少林寺。绮丽仡谁构，峨宫敞复邃。
岩壑烂相袅，桧柏郁而峙。高栋排云日，虚牖蔼苍翠。
霁色丽遥岑，川原回相媚。我来薝葡下，恍从天外至。
梵香遍空虚，塔影照无寐。秉炬蹑层榭，磨碑识古字。
已断区中绿，何知身世累。沃野饶少尘，聊此停征驷。

甘 露 台

振衣登层台，云物互森爽。纵睇临空阔，矖瞩极泱漭。
暄阳散长阡，曙烟晴浩荡。白日丽平原，碧草萋萋长。
高情姿凌厉，健步惬心赏。远目无近寻，倏然祛俗想。
犹忆甘露溥，仿佛仙人掌。仰身挹天飘，超超谢尘坱。

读《嵩吟》赋呈傅明府元鼎

龙为光

域内多名山，嵩高称第一。东西六十峰，太少二书室。
迹异莫能穷，景幽难尽悉。翻然欲往游，倏尔又难必。
得卷眉为开，披吟愿若毕。晨歌灼彩霞，夕玩迟红日。
揽胜情非常，惊人词更溢。前无作者齐，后有何人述。
安得飞凫舄，相将历翠嵂。呼尊醉月明，击缶和瑶律。
漫罄平生欢，直探天地秘。

重送戚不磷游登封

范 汭

入门复出门，平畴绿如砥。春风吹柳花，随君日千里。
望望缑山云，心轻别妻子。

再送戚不磷之登封

刘　广

柳花犹著树，游子复离家。为客惜春尽，出门愁路赊。
相思赴黄盖，孤望迷白华。吾为千里招，莫遣嵩云遮。

谒中岳庙

邹守愚

祇明严禋祀，齐心奉德馨。趋庭周礼乐，镌石汉碑铭。
云护九天气，地专四岳灵。早来传万岁，隐隐静中听。

宿少林寺同翠谷岩少参西谷佥宪

邹守愚

瑶草香生径，金垒喜得朋。良游非易遇，胜景更同登。
松下盘飞鹤，钟催入定僧。前朝多古迹，高塔尚残灯。

寻达摩面壁处

李天发

老禅参可破，面壁悟真空。遁迹尘嚣远，藏修道业通。
九年山谷里，拳石草庵中。忆昔飘然渡，芦花江上风。

登天中阁

李天发

建阁高天地，乾坤入卷帘。窗含秋日暮，槛湿细云峦。
石经皆成豁，长楹欲拂檐。时时起烟雾，风雨出山尖。

嵩　岳

李天发

建阁高无地，乾坤入卷帘。窗寒秋日暮，槛湿细云签。
石迳皆成豁，长松欲拂檐。时时起烟雾，风雨出山尖。

迂道过少林(二首)

王　韦

披雾纵幽寻，频年说少林。到门山雨至，绕寺石泉吟。
花落中天净，松藏太室深。灯龛耿未灭，犹自照禅心。

草树连天岳，烟霞带北邙。古禅传后魏，巍碣峙初唐。
地僻鲸音壮，峰高鹤韵长。浮丘招未去，夜夜礼名香。

会　善　寺

王　韦

青山迂辔至，不顾客程违。荏苒惜芳岁，留连馀落晖。
石同僧貌古，泉共梵音微。亦有箕山对，无人禁采薇。

具　茨　山

阮汉闻

兹山盘郑郊，洛绎连嵩门。西南开黛色，暖暖迎朝暾。
幽岩隐洞壑，阳嶂资陵园。冥蒙翠微表，洒落瀵泉喷。
云端攒秀崿，林际窥仙源。上古有真人，身晦道弥尊。
肇来轩后驾，虚心求至言。鼎成御飞龙，遭回升阆昆。
往牒信可稽，遗墟无复存。惟有桑榆日，向夕照秋原。

超　化　寺

阮汉闻

曲洧疏源处，群山拥化城。绕门环秀水，夹岸茂香秔。地借祇园胜，渊流定水清。隒崖藏绀殿，云盖覆丹楹。月满标慈相，岩虚应梵声。彩幡筵上动，宝座空中盈。出钵龙非豢，依床虎不惊。讲时花欲坠，斋日饭弥精。花自拈来笑，芦因折次行。杨雄征半偈，袁盎悟三生。瞥见嵯峨岳，疑闻飘渺笙。法王遗了义，深愿觉迷情。

风　后　顶

阮汉闻

风后名为相，握奇经早传。何须下元女，已足洗汭川。
文炽从分辙，功高必让权。君为防五大，旃厦有燕然。
风后名为相，握奇经早传。

新郑古城

阮汉闻

何处桔柣门？行行古城口。半□突荒沟，平矗延培塿。
径仄砑然开，踵曳堕而陡。侨罕所力撑，晋楚几分蹂。
虎牢昔借防，龟鼎无复纽。臂据以膺击，六双等青首。
大鸟俄绝吭，阅世残堵寿。溱浏秉樾芬，楚楚谑阳九。
蓷谷多条其，孑吾亦何有。

新郑子产祠

阮汉闻

古今溱洧水，风日野田居。积雨收雌霓，残匏醉老渔。
垣同晋坏馆，人忆旧乘舆。相国楼台圮，流萤照御书。

望嵩岳寄傅元鼎明府

释钦义

托身寄孤云，飘零慚飞藿。生不羡荣名，死只耽丘壑。
晓发大梁城，暮宿武关郭。据床望嵩阳，巃嵸隐林薄。
清川写幽谷，浮岚喷树末。挥手鸣瑶琴，怀人发脑豁。
倚杖冀王凫，延颈伫缑鹤。安得一携手，舒啸登嵩岳。

谒嵩岳庙

万象春

紫盖开中岳，瑶宫逼上霄。四围山拱伏，万仞壁岧峣。
神降传周咏，坛封侈汉朝。空庭瞻拜华，归路隔笙箫。

天中阁

万象春

抠衣上危阁，一望思无穷。地拥天中胜，山标海内崇。
烟光平入望，云树远连空。对酒清歌发，泠然欲御风。

登嵩山

白南金

尘俗难分半日闲，嵩高今始一跻攀。黄河影接中天上，玉壁光摇二室间。
听讲龙来曾入座，吹笙人去几登山。峰头六十多仙药，保处丹砂可驻颜？

洛口驿

白南金

驿古人初静，林深夜倍清。寒蛩引乡泪，归雁带边声。
明月知心事，青山减宦情。驰驱何日了？温饱愧生平。

游少林寺同传明府

白南金

乍来翻贝叶，今对宰官身。有发终惭我，无家尚累人。
台沾何代雪，壁剩九年春。同喜灵山约，方知十二因。

赐傅登封元鼎

唐懋宣

恭应惭独茂，摅亦愧全清。堂上嵩山色，门前颍水声。
郊炯无反侧，寇盗绝横行。叶舄腾天阙，河花讶锦城。
解衣国土遇，下榻古人情。公案香尘蔽，官衙芳草生。
屣迎王子倒，琴数宓君鸣。末路逢关尹，中原得老彭。
虚心追匠哲，高义压时英。诗爱山灵赋，杯从韵友倾。
脯寻芝细脍，荀扫雪聊烹。不有仁休政，难绥此钝氓。

四　楼　咏

方　重

令君傅公元鼎既城登封，撤旧堞而更新之。又改作四门，各创建高楼三楹。规制弘敞，并锡以佳名。予每同诸子登其上，辄留连忘归，漫为四咏焉。

考　辰　楼

登高骋远日，四野动春耕。暝色澹忘返，钟声杂雨声。

大　观　楼

四山如郛郭，苍翠人高楼。树杪看飞练，遥遥颍水流。

宝　成　楼

少室对孤城，寒色满林薄。禾黍自垂垂，三花何处落。

天　咫　楼

新阁倚嵩山，去天不盈咫。直北尽浮云，长安何处是？

洧　水

孙元贞

二水并东注，映带城南北。往来行路人，病涉今犹昔。
缅怀乘舆济，存心惠为德。古道谁复然，川流日不息。

武　公　台

孙元贞

武公昔筑台，拜授天王恩。东迁树勋业，殊锡延后昆。
国祚逐云化，遗迹今犹存。悠悠百世下，不忘周室尊。

过　汜

孙元贞

前联嵩麓后河湾，自古中原设此关。两峡路深天一线，四围山转谷相连。
周秦曾据咽喉隘，楚汉平分壁垒残。始信万古归有德，如何险要重跻攀。

观　瀑　布

胡梦旸

瀑布悬空下，潺潺带雨飞。凝烟拖素练，映日散明玑。
老树山僧榻，高岩隐士扉。无由从卜筑，惆怅坐苔矶。

欲登嵩岳先呈傅元鼎令君（二首）

项士美

嵩峰耸翠郁天中，二室盘纡鸟道通。我欲乘风登绝巘，翩跹好看舄翔空。

百里花成万户春，琴堂咫尺绝无尘。看山不比来看竹，问胜先须问主人。

天中阁醉后俚语呈郑明府

金一阳

我登嵩之巅，万壑白云连。不知天路近，忽觉有神仙。
神仙仙令才，携手登蓬莱。一醉天中阁，四望可徘徊。
徘徊来松风，拂我客尘哀。歌笑情不极，仿佛超樊笼。

崿　　岭

李世德

野火山头发，云深午未过。一犁春雨足，百里遍讴歌。

测　景　台

李世德

春日初登万丈台，好山四面画屏开。天中一测无余算，万古还输元圣才。

宿府店铺

李世德

促辔山城阻，留得酒一卮。满庭风雨夜，三谈言几诗。

登面壁庵

百泉子

面壁白云层，林峦禅室著。夜来松竹声，仿佛檐前铎。

初　祖　庵

熊　铃

空山月落云千尺，甘露门深浑旦夕。千年宗棒总为借，折亦非芦面非壁。

修萝藕中千万隙，惟留法象点顽石。利刀何日飞两腋，化作熊山履一只。

锦堂春色

刘名诚

寂寂公孙祠，郁郁公孙柏。遗爱在人心，锦堂炫春色。

嵩　岳

李省斋

方岳狐高接紫晨，有虞巡狩肇明禋。兴云兴雨威灵赫，生甫生申气化醇。
后世加封名反亵，圣朝经正礼维新。半生徙抱跻攀愿，王事匆匆未得伸。

黄中楼春望

陈苏岭

紫阁连云起，群峰拥翠来。笙歌莺语合，图画柳汀开。
黄盖英灵古，玉华缥缈哉。那知申甫里，咫尺少阳隈。

雪夜过少林挽幻休上人

杨玉润

客子重过日，禅关入不开。偈声余梦响，钟韵发清哀。
少室孤云黯，中嵩万壑摧。浮屠空在眼，何处求如来。

晚登少室山

杨玉润

嵩峰频入梦，此夜喜登临。天近垂银汉，风高逐俗襟。
淡霞封峭壁，皎月照禅心。圣代思申甫，降神惟德馨。
将往宜阳迁，道过少林有。述二首是日，小雨薄莫方。

夏日登嵩岳

杨玉润

盘回石磴晓霞蒸，应是嵩高不易登。五乳崚嶒接碧汉，三花零落挂乌藤。
云烟招隐隔少室，少室谈经水月澄。莫讶当年空面壁，禅宗原属六朝僧。

雪中访无言

杨玉润

寒日朔风急，披裘向少林。雪岩群玉合，霜径万山深。
岂谓探奇至，还因访道临。远公曾有约，今到虎溪寻。

听无言说法

杨玉润

至道本无言，西来见法门。单传从妙悟，一苇是真原。
入座前山拱，登坛此道尊。天花犹乱落，早已息尘烦。

留赠无言上人

杨玉润

梵宇孤云静，逢师数问禅。心会格外理，嘿契定中天。
万法谁先悟，三乘总是玄。皈依今在迩，古洞有真传。

山中赠丁元父给事谏县

杨玉润

谪官嵩山阳，山深意不俗。严扉时自开，云何常卜隐。曾几见少室，三花媚林麓。
簿书展长松，印绶挂深竹。山僧似定猿，吏人偶驯鹿。褰霞上高岭，采秀入幽谷。
览古将军树，息盖帝休木。石泉夜雨声，数寸苔阶绿。自关道气清，岂受尘罔束。
正直神不欺，幽闲理自足。时有箕颍人，相过论心曲。

面 壁 洞

杨玉润

震旦初来日，烟霞启洞扉。苔生面壁石，雪湿坐禅衣。
五叶灯前度，三花顶上飞。不知传法后，何事又西归。

少林(十首)

夷门散人

一

苕荛少室出云霞，万壑千峰僧作家。绣□参差流汉月，石门深闭落天花。

二

结禅孤屿青冥上，觅寻诸天色界中。雁塔苍茫迷鸟道，龙池迢递起天风。

三

胜地依回汉上跻，林精舍寒六峰西。五门栖静三花结，云径无人乌夜啼。

四

天清树影入中流，空月寒生杜若洲。石室僧归传法解，钟声遥度暮山头。

五

古壁高盘祗树重，暂将心地欲归宗。月明潭影三千尺，夜半山前起玉龙。

六

西风吹叶满青山，路径僧从鸟外还。旧日谈玄人已尽，招提漠漠白云闲。

七

高瞻双树扣金仙，贝阙参差度紫烟。孤峤别通尘外路，片云长翳静中禅。

八

日月光悬宝梵台，慈云遥各四天开。中峰炼室依然在，谁复时乘白鹤来。

九

光耀金珠宝地平，分流香涧隔林明。皈真回人青莲宇，乞钵教登天竺城。

十

三十六峰大岳颠，兰台千古结金莲。长持真偈尘缘尽，遍照迷方慧镜圆。

九日重游少林寺

薛　衢

少林佳丽地，乘兴又重游。九日禅堂静，千年古洞幽。
群山苍翠合，孤寺白烟浮。故友黄花共，陶然一醉留。

游少林寺见先人迹有感

薛　衢

昔年经少室，此日又重游。梵院钟声寂，空山雨气浮。
茱萸传令节，野菊赏清秋。旧识僧犹在，临行更复留。

少林书事

阎　铎

太室西头第一山，达摩习隐旧禅关。足遗足履传方外，影脱全身在石间。
松老欲随龙化去，云深长扩鹤飞还。诸僧出定门犹掩，三十六峰相对闲。

夏日游少林寺

杜承绪

万山罗宝刹，桧柏翠烟浮。龙象开金界，云门种福田。
岳形标上古，地势列中天。更有西来意，传灯渡海边。

望 仙 亭

杜承绪

峻极功跻陟，松萝覆院阴。青山开画犅，白水激瑶音。
鹤迹传先后，仙台话古今。嵩邙原咫尺，飞舄在高岑。

入 少 林 寺

周　易

梵宇称奇绝，山僧负胜名。谈玄更演武，礼佛爱论兵。
勇冠三军气，心雄万夫英。中原飞羽檄，借尔戮长鲸。

少 林 禅 刹

尹　赵

南出轩辕道，参禅入少林。四围山郁郁，一径柏森森。
对景忘名利，观碑阅古今。崔嵬石上影，谁识达摩心。

方 丈 夜 坐

梅辉彦

缁素何缘集，焚香夜话阑。半明剪竹影，万籁透衣寒。
手冷枝藤瘦，心空丈室宽。窈然忘坐卧，应得罄交欢。

面 壁 影

张　沂

吾变欲逃禅，行踪迈祇园。数奇羞绾绂，字锦括山川。
石稔何年影，灯燃五夜龛。名踪看不息，看处得留连。

少林祖堂

汪　价

山空僧语寂，独叩祖堂扉。宝石流神采，金灯吐白辉。
大乘清谛出，半字妙音归。门外松花落，应同法雨飞。

郑州滴水蓬

徐即登

四望高原突有泉，无冬无夏滴涓涓。谁将神斧开山窍，特取琼浆作石涎。
寒心诗脾疑饮筵，树流膏壤若悬渊。何人寻向源头去，一点看来雁没天。

滴　汤　泉

陈　振

想见金盘玉露零，幽寻因得款崖屏。尘纤不断穷秋雨，错落相交欲晓星。
此地真宜姑射隐，何人为补郦元经。清音自是仙家调，洗涤尘凡试静听。

列　子　观

冯　振

杖藜徐步访仙原，观隐樵苏见败垣。籁振林峦疑剑佩，雨余庭砌隐苔痕。
长生有术嗤聃史，汗浸多游鄙漆园。独运刚飙九天去，清风千古咏高原。

管　叔　城

冯　振

此地曾封管叔来，败垣残垒古城隈。荆榛芜秽樵人取，林树阴森野鸟哀。
击壤已闻周重赐，流言欲动上多猜。登临莫问当年事，且酬尊前酒一杯。

周 帝 陵

冯 振

峨峨晴阜俯长郊,漠漠林烟散未消。玉匣珠襦成寂寞,寝园萤火竟萧条。
仪旌应阙砳珉纪,仁爱惟存史帙标。香帛屡闻驰驿过,明禋何幸际昌朝。

少 林

吴国桢

百里嵩山半日还,朱幡端不借清闲。徒闻石上三花老,才见云中五乳斑。
幽洞欲穷王勣镜,怪松合老达摩颜。重来拟共山灵约,好送清风为度关。

访少林主僧不遇

祝 富

总有好怀对谁开,主人不在我空来。一函经卷云封户,四壁松杉月满台。
竹院留题情缱绻,剡溪归棹兴徘徊。叮咛寄语安心者,孤负山炉一夜灰。

秦 槐

祝 富

人生满百已翘然,古木风霜阅几千。于梃异人辞赵日,根蟠非子入秦年。
五松泰岱擅同气,三柏嵩阳诧比肩。若道禅栖堪自老,亲看贝叶出西天。

重 游 少 林

范守己

名山初地又经过,秋岭云深老玉柯。石影神僧还面壁,泉分叠嶂自悬河。
三花欲采迷金界,二室平临长碧萝。为爱禅林来听偈,翻怜尘鞅脑头陀。

次新郑恸高少师肃卿

范守已

秉国当年赞帝猷，先朝玉扆俨宸旒。姚崇死去名长在，卢杞生全恨不休。
东里新祠商郑相，西州旧路恸羊侯。所忠未有君王问，封禅遗书背上投？

谒文襄公祠诗

漆士昌

依然祠宇不沉沦，石榜鳞榱洞牖新。风雨当年承顾命，山川异代识元臣。
霜天想像明如月，城阙萧条浩有神。阶下碑文廉吏重，又从知己露全身。

游　　嵩

陈凤梧

嵩高奇绝胜蓬莱，登览平生更几回。东望沧溟连岱岳，南瞻楚越近天台。
新秋雨霁诗脾爽，少室云晴俗眼开。前辈风流今远矣，登高作赋愧非才。

登嵩阳宫遗址并望崇福宫

陈凤梧

山云阁雨晚氤氲，崇福嵩阳两观邻。武帝驾临闻万岁，将军柏在历千春。
谽谺巨石横樵径，清彻寒潭跃锦鳞。遥望神仙何处觅，天风飒飒洒衣巾。

登达摩庵

陈凤梧

笋与飞上最高峰，石磴萦回路几重。五乳岩前雷雨散，达摩庵外相阴浓。
九年面壁影犹在，二室传心雪欲封。安得吾儒坚苦节，直穷洙泗到义农。

晚抵少林寺

周自邵

探奇名刹一招游，路转青林事事幽。鸟道回环千嶂合，霜林寂历万峰秋。
诸天灯少烟初瞑，上界谈经夜未休。才礼空王心已静，始知佛法异儒修。

游少林谈禅

许廓然

灵台有寂境，陆海失真诠。不解三乘法，那知不二禅。
大空元自别，枯树岂无缘。生杀玄中谬，虚无纸上传。
何方分对待，随地辨根源。中立初无倚，真常可浪还。
瞿昙能再作，应不外斯言。

少林山中

郭　庄

松顶鸟喧钟磬，窗间云上袈裟。一卷楞严诵罢，诸天坠下昙花。
法妙天竺正印，地联嵩麓奇峰。我亦山中趺坐，天风吹落长松。
山径松烟萝月，石幢虎迹猿踪。闻道长眉僧定，多年洞被云封。
海藏光中贝叶，中香静里薄团。回首红尘万里，心灯照破邯郸。
断碣前朝古寺，传衣中土名山。日月山花道眼，迟回懒向人间。

面　壁　庵

陈献策

冒雨来登古刹，披云直上山颠。初祖一苇飞去，单传留在心田。

夏日行役晚过少林

怡　愉

浮生何事暑中游，才入禅门暑便休。对坐老僧浑不语，一轮明月照山头。

少林怀古

陈其乐

柳含新绿喜春回，古柏亭亭万籁来。永夜明月何处笛，欲从子晋共登台。
西台玉露冰壶水，竹清月光映佛珠。莫诧程门师道重，禅心偏对雪花孤。

面壁石

何　钰

片面九年自写真，须眉隐隐见精神。洞深想像当初事，人面壁兮壁面人。

达摩面壁石

张绶佩

精凝石里宛当年，趺坐如如认的诠。自是释迦饶定慧，但能解得即心禅。

望达摩洞

张绶佩

折苇西来辟静窝，洞天重锁是三摩。凝睛伫望云深处，风送轻烟入薜萝。

经广武城

周廷用

广武城边草树青，浊河波浪昼冥冥。天呼垓下真龙起，事异鸿沟白马刑。
日晚沙场留返照，秋风磷火乱残星。英雄自古功无敌，阮籍狂言未可听。

眺广武山(二首)

谢原功

青山钩带连敖鄗，想象仓中米粟盈。汴水尚通高帝甬，河澜空激霸王城。

万年南北横天险，今日封疆属帝京。海内英雄都驾驭，不教竖子得成名。

万仞雄峰翠错摩，烽楼粉堞俯长萝。振衣不尽登临意，对酒聊为慷慨歌。
叠叠云山连四塞，离离原黍带三河。最怜汉楚中分地，浩荡鸿沟涨绿波。

面　壁　庵

体乾道人

心同铁石自天然，面壁工夫历九年。不是真容生石上，至今谁识达摩禅。
达摩面去几千春，难觅庵中旧主人。莫羡石头遗影在，世间色相恐非真。

由少林登少室顶

体乾道人

翠削孤峰霄汉齐，层云穿尽万山低。梵音一发长天暮，西北黄河落绛霓。

达　摩　洞

体乾道人

洞口淡空返照斜，蒲团身坐白云涯。相看面壁留真偈，风响岩头乱雨花。

青龙山慈云寺

孟良弼

万历朝拱，一水流奇。水秀山明，地灵之极。
千古名刹，基乎远维。花被大千，见性知归。
远播宗光，重兴祖碑。堂构已成，惟福之基。
给孤其心，祝圆真心。无疆福祚，铭勒金石。

慈云寺(三首)

赵应斗

西　天　门

金刚手段浑无痕,巫杵辟开方便门。八万四千无量偈,青莲台上从头论。

二　老　峰

中岳庄严伽碧台,联峰对峙西如来。金光丈六有莠草,不二法门亘地开。

千　佛　殿

金顶毫光垂道余,金甫妙转坠天花。动中无数恒河众,当下皈依便是家。

周公测景台

苍谷子

坤舆八极此居中,制度犹存古圣踪。测景台端擎石表,观星坛上滴铜龙。
千年神鬼为呵护,五夜奎文自景从。安得重来逢日至,敬占义驭记尧封。

周公堂及测景台

王　沐

周公祠宇尚中天,一瓣香烧岂素缘。景正嵩阳分朝暮,山崇黄盖列曾玄。
千年台照寒空月,万井春余□树姻。制作至今尤想见,当时谁赋黍离篇。

钧 台 有 感

杨　荣

独上高楼称夏台,看花重九菊将开。儒林书院遭兵燹,丽泽明堂没草莱。
清颍玉桥横野渡,漫流圣水绝尘埃。吁嗟此景堪题咏,愧我殊乖李杜才。

逍遥观题壁

倪　侠

壁嶂阴阴曙色开，故人约我上层台。山花落地香犹细，石径穿崖垫欲开。一片白云迷涧谷，数重丹阁倚山寨。莫言路自蓬壶远，几个此间问道来。

谒范文正公祠

王　珣

匹马巡行过长安，古坟山绕势盘桓。东吴慕义田犹在，西夏闻风胆尚寒。孔孟门墙元不远，伊周事业故无难。徘徊不尽追思意，回首龙门十里滩。

玲　珑　山

马　淑

灵境何年造，应有大劫成。天开旷士目，地驻法王旌。
壮水铸山骨，枯枝绣石鲸。洞中深莫测，肯许世人行。

游留侯洞（张良洞）

马　淑

昔年破产已无家，一洞谁得碧水涯。虚窗夜闭秦时月，老树春开汉代花。王佐帝师终敝屣，赤松黄石亦寒沙。萧条落木长堤外，何处轻鸥片片斜。

留侯庙（张良庙）

沈　周

博浪还非击鹿秋，先生空作聂生流。天将小挫宏开业，事到丕成细论侯。羽翼四人归妙算，神仙一着是高游。千年遗庙蘋花在，日暮相思颍水头。

禹州福林庵

董世彦

紫绶金章一律删，重来僻地叩禅关。回首欲觅挑灯处，仍把峰山作酉山。
遍向松窗觅旧踪，凌晨转被白云封。山僧莫问宦游事，不若常听饭后钟。
壁上空为笼碧纱，红尘误我度年华。当时不须煨芋兆，省却轮蹄走白沙。
手植青松傍卷阿，参天把地影婆娑。试看树老犹如此，矍铄几人赛伏波。

嵯峨大隗峰

邓　麟

嵯峨大隗峰，上有蛟龙窟。灵源何混混，佳气常郁郁。
白昼吐烟云，午夜澄星月。岁旱祈祷之，雷雨应时发。

欧坟烟雨

邓　麟

溱洧河西大隗边，佳城郁郁葬名贤。松秋树老苍虬挂，荆棘来荒石处眠。
勋年千年彝鼎上，文章百卷古人传。一杯酬罢空惆怅，欲读残碑字不全。

少林甘露台

何天衢

我来少室访遗踪，惆怅山前事事空。独有退之书尚在，古今出处此心同。

游少林寺(二首)

何天衢

上得蓬莱接帝居，平生卑贱也堪除。何谁许借擎天手，我自虚乘出使车。
面壁以来良独苦，心安之后问何如。聊将此意归诗卷，留与他年太史书。

嵩高之上拥仙居，老气横秋俗虑除。鸟外半冲云出岫，道旁常是雨随车。

天长地久人何在,古往今来事略如。仰止更谁文彦博,也教添我姓名书。

钓 鱼 台

何天衢

台前落日塞鸿哀,台下西风颍水来。一曲沧浪秋寂寂,白云红叶好登台。

题初祖庵

胡明善

面壁通神见达摩,无根有处意如何。金针保处传心法,山自青青水自波。

溱洧问渡

黄 肃

涣涣洧与溱,春流快论浃。长怀济舆人,抗声歌苦叶。

升 天 洞

卞承宪

古道疏危涧,赠□四削成。旌麾崖渡影,鼓吹谷使声。
探穴依屋嶝,摩空即化城。风尘一此憩,只有爱山情。

环 翠 峪

郑 齐

千层曲折复崔嵬,五马南游茅径开。涧下水穿云窦去,山巅风送树声来。
千层紫雾联深嶂,十里青岚响夜雷。海外胸襟从此阔,翻然回首弃尘埃。

游玉清宫

蔡如川

春朝寻胜景，行到蓬莱天。郁郁瑞云霭，涓涓活水泉。
琳宫插霄汉，宝鼎暗飞烟。邀侣一登眺，瑶台红日边。

上公尊礼浩无穷

牛　良

九皋山色郁葱茏，中有伊川旧学宫。立雪门墙仍凛凛，坐风局户尚融融。
谈经脉络求真趣，校理锱珠折奥衷。景仰修为思极本，上公尊礼浩无穷。

一门乃出双真儒

程弘忠

嵩高维岳锺异灵，前有甫申后两程。甫申当时著勋业，两程道学百世鸣。
开来继往功何盛，正犹尼公贤尧舜。伯也仁和叔义方，载睹中州有颜孟。
平生绪论总成言，伊洛渊源接洙泗。间气生子邈难得，一门乃出双真儒。
庙庭早许陪通祀，居邑专祠侔阙里。圣朝崇极荐加隆，荫官蠲役延来嗣。
清风宪节独行著，瓣香展诚谒摅素。诚英爽虽遐典型，在仰止高摩空青。

雨中望少室

张帮纪

数年思崿岭，清梦几跻攀。树色蒙轻霭，岚光度远山。
洞口云霞合，岩头风雨殷。翘首瞻香刹，扶筇应自闲。

九日少林雨中

王孙昌

峫岈石径行且阻，少阳水涨三秋雨。况复少林雨倍多，云山漠漠失五乳。
冲泥弛盖扣松门，老衲欢迎如旧侣。醉茶饱厥眺危楼，群峰菀菡露中求。

缑山远抱辕山外，比丘不解说浮丘。惟有梁朝一片石，九年留得千年迹。
须眉仿佛折芦僧，怪彼朱门浪用挖。雪中立者为何人，人自如如雪自深。
龙颜初游曾领略，仙仙敖仗又追寻。追寻不是齐谐意，欲识西来第一义。
面壁饶知非粗心，神光断臂亦多事。一切有为如露电，真空不必石中见。
三花亦自有归根，何况秦槐无改变。今年今日共登高，明日回头亦梦幻。

咏六祖柏

王孙昌

千年柏尚存，杵臼人难遇。自谓无菩提，如何更有树。

祭告嵩岳道中次乔白岩太宰韵

潘　恩

圭台夙驾赴星期，嵩少平分岱华奇。宝相庄严中岳殿，祥光细绕万年枝。
周笙沉寂残河夜，汉柏萧森欲曙时。归路尚闻仙乐奏，恍疑云外步虚辞。

卢崖瀑布

黄承宪

蜡屐逶迤转翠峦，高人过轴云水宽。虚岩匹练从天落，飞瀑千丝喷石寒。
衣溅雪花风乍却，洞收珠箔雨初残。望中摇曳频生态，徙倚斜阳兴未阑。

少室山卓剑峰

秦　略

神威洗尽世间雠，电歇雷闲怒气收。一柄太阿留少室，却擎空掌华山头。

天仙白松

方　瑜

我居万山中，日夕见松树。传说此松奇，暂促轺本驻。
三枝出青冥，一本共依附。肤理若膏凝，干节如粉敷。

青苍髯不改，霜雪根同固。岁老奋银龙，秋深擎玉兔。
亭亭散青影，濛濛落香雾。美质天自成，人间宁有数。
莫惜山中藏，幽人屡回顾。

滴　水　棚

沈　柿

一片悬崖水，涓涓不断流。有泉通地脉，无处辨源头。
幽壑晴还雨，深林暑亦秋。相如多客病，爱此为淹流。

题大唐纪功碑阴

陈　铨

汜水东郊广且长，英君曾此破豪强。指挥龙虎随军阵，叱咤风云入战场。
石上几人功赫赫，沙中万骨恨茫茫。当时宗社今何在，惟有丰碑古道旁。

八六子·牡丹次白云韵

杨　瓒

怨残红，夜来无赖，雨催春去匆匆。
但暗水新流芳恨，蝶凄蜂惨，千林嫩绿迷空。
那知国色还逢？柔弱华清卷倦，轻盈洛浦临风。
细认得疑妆，点脂匀粉，露蝉耸翠，蕊金团玉成丛。
几许愁随笑解，一声歌转春融。眼朦胧，凭栏半醒醉中。

游　方　山

郑　交

叠嶂层峦九曲隈，游人深入意徘徊。岫云缥缈连不断，窦水潺湲去复回。
傍屋茅檐苍石掩，穿崖萝迳紫烟开。我来欲写山中景，愧无辋川诗画才。

登箕山吊许由冢

辛如琦

箕山高士墓,荒枕对嵩邱。揖让存三古,功名薄九州。
弃瓢岩尚在,洗耳水空流。到此欣凭吊,清风接素秋。

崇福宫祷雨

李　桢

清晓戒徒御,祷雨谒道宫。焚香古像前,拜跪肃以恭。
因之感兴亡,华构久已空。尚有敕撰碑,狼藉蔓草中。
慨想宋全盛,銮舆屡游从。名臣领祠职,列辟严睟容。
运往物随改,伟观难再逢。登临睇烟霞,颂惬眺望踪。
迟回不能去,树梢来长风。

辛亥端午日游少林寺示桧庵班上人

李　桢

少林耸岧峣,有路达葱岭。半生怀胜概,老得践真境。
缁流远见迓,偏袒仍露顶。升高纵遐观,颇觉痴缘屏。
蒲风翻卷帙,艾色侵衣领。摩挲前代碑,文词极严整。
掇蔬僧具供,饮骑童汲井。自拈清净香,作礼爇古鼎。
超超昔神师,顺寂同溟涬。而于片石上,留此不灭影。
竺夏虽异辙,皆贵能猛省。闲云许分坐,禅定毕余景。

谒伊川书院

宋　荣

二程讲学在鸣皋,书院多年伴野蒿。整葺奇才会运策,落成黎庶不知劳。
殿庭奕奕中霄近,道德巍巍北斗高。

九皋壮去一川平

程 纶

九皋壮去一川平，宋筑墙耀日月明。僻地无能消党议，著书原不为功名。
侵阶草色分窗绿，溢沼荷香人砚青。环壁珠玑读不尽，斗山情况满腔生。

大隗晴岚

柴 栴

一抹青山入画屏，轩丘层岫插长空。满倾玉斝歌金缕，剩有烟云净晓风。

龙门山色

吕维祺

劈破层峦一水来，俨然双阙向城开。千龛佛像唐雕凿，万世神功禹削裁。
南卷窗帘含远翠，东分岳黛入深怀。邵窝白社无人管，尽日岩云片片堆。

题达摩面壁

密 烈

颜子坐忘后，庶乎能屡空。力行真积久，曾氏得其宗。
所以心印秘，不在语言中。故知面壁理，圣学与同功。

游少林寺见先人迹有感

薛 衢

昔年经少室，此日又重游。梵院钟声寂，空山雨气浮。
茱萸传令节，野菊赏清秋。旧识僧犹在，临行更复留。

少　林

吴国桢

百里崧山半日还，朱端不借清闲徒。旧闻石上有三花，老绕见云中五乳。
斑幽洞欲穷王镜，怪松合老达摩颜。重来拟共山灵约，好送清风为度关。

颍　亭

李　淳

危亭废迹草漫漫，往哲心规复构完。黄霸旧声空市邑，广成遗事只烟峦。
清世胜赏怀彭泽，平世忘机类铁道。巢许高风何处问，月明闲夜漱长滩。

梁建廷题书

梁建廷

诸天敞运势岐嶒，今古词人争辔登；迥野无尘千界静，荒山有寺万缘空；
西来妙法藏三藏，南向中峰印五陵；见有摩尼光照世，还从那地觅真僧。

达　摩　洞

民　望

西来大意谁能穷？五乳峰头九载功。若道真诠尘内了，达摩应自欠圆通。

使关中经过鸿沟

汪广洋

一双秋水佩吴钩，百二山河属壮游。往事销沉遗迹在，断鞭斜日过鸿沟。

题温泉(二首)

徐　衍

一

崆峒山下秘春阳,泻作温泉作广堂。解起沉疴参菊水,顿除污恶陋兰汤。
源抽坤髓元无滓,气夺炎精本自香。不似华清浴妃子,一身膏泽万民疮。

二

灵源涌出自山阳,谁向东头构华堂。四序蒸云浮紫气,一泓明水沸炎汤,
定应山鬼燃阴火,无乃阳侯煮石香。余泽及民偏可爱,一经澡雪疑无疮。

寺庄农耕

无名氏

百顷青腴绕寺庄,春深农事正忙忙。耦耕已遍南东亩,稑种那分远近疆。
倦犊卧烟芳草绿,轻蓑带雨落花香。辛勤莫计年丰歉,水旱蛙声已卜将。

偃师城南

无名氏

花县城南万象新,蔼然春意总宜人。鲜苑藉雨匀香粉,稚柳含风袅曲尘。
林际护晴云气薄,田头催种鸟声频。满前无限生生者,尽属乾坤发育仁。

清

嵩阳观汉柏二株(六首)

田雯

一株在观前,一柏在观后。我来坐披襟,自嘲辄至西。老人上古槎,又遇庞眉叟。

其上有艾衲,其下有茯苓。知几千百年,未了嵩峰青。吹笙上柏巅,天风何泠泠?

只似雏松肥,耻同老桧癯。绿净不可唾,日与风雨俱。上有餐术人,结果道貌腴。

觞咏怡我情,块然如帝江。烟霞成痼疾,峰峦复舂撞。尤崃皆凡株,无此龙鳞双。

崇高来灵祇,见之应相揖。柏顾不重耶,将军有揖客。可笑列头衔,吾为老柏惜。

何年有此柏,映带于此山。雄辞山水经,雕搜奚以删。安得郦与□,补注于其间。

谒嵩

丘兆麟

九有不堪睇,登高信怆神;封经方言事,宇宙空无人。
国是坏子竟,臣心患不真;此来荐祷岳,为事在生申。

谒　嵩

丘兆麟

登高云此日，此日恰逢山。未向嵩游胜，先从佛祷闲。
菊宜名士眼，松配老僧颜。秋中劳人意，危岩竞已攀。

轘辕关放歌

田　雯

五丁神力齐斗疆，二室凿破森开张。宏窨洞壑立门户，下流洛水奔洛阳。
车马不从此地入，途迷七圣风沙黄。轘辕关自何代始？�崎荦确迴羊肠。
石之大者似石囷，小者弹丸如珠光。禹行治水错伐鼓，涂山氏女来相将。
野语创自《淮南子》，《搜神》述异何谲狂。五乳峰岚但咫尺，山椒神溪纷低昂。
三素云涌致霞潜，吹笙王子摩青苍。天邪桃花路侧塞，翠莸天棘排两行。
惊泷声摇缑氏岭，匹练飞下金牛冈。白髭老子游嵩客，八风四扈来徜徉。
春山淡冶迎人笑，燕子戴胜鸣村旁。便与洪崖采药去，手抄术序长生方。
云軿一驾群灵接，上朝三十六玉皇。

达　摩　洞

贾开宗

迢遥直上最高峰，夹磴层云入荡胸。共看遗云留古壁，相传凿洞役神龙。
怪岩濑湿荒苔滑，危径烟深败叶封。回首少林山麓在，何须万里向南宗。

游　嵩　山

阎尔梅

方岳中尊设紫庭，豫州分野画丹青。平台映发烟云气，双峙参陪火藻屏。
华岱东西联俎豆，河淮南北浴精灵。成周定鼎无人会，侧影璿圭主帝星。
神盖蜂头结草参，东寻曲壑赏卢潭。蝌藏岩际雷纹古，蟾吐峰丫月魄涵。
三柏曾膺天子诰，千莲偶瑞法王庵。名山僻事多难考，启母云何化石函。
诗读崧高未及登，今来风雪路崚嶒。栽林别有移山鬼，传戒难寻堕灶僧。
五渡波澜收一派，三呼音响落千层。枝江不逐曹溪去，添出黄梅一席灯。

大　隗　山

阎尔梅

叠阜重峦互换生，流泉无数往来迎。沟深仰见云中层，林暗遥闻地底声。
马走崩崖难放步，人居绝壑不愁兵。潭鱼野菜寻常乐，何时桃源漏姓名。

登三峰山（二首）

阎尔梅

碧林青崿翠相参，波瘦沙澄彻底蓝。七里挂瓢从野外，三峰如篁设城南。
屐随高下频移齿，杖可支吾省用篮。剩得菖苓堪郤老，将寻巢许结松龛。

微云碎剪月明虚，香篆葳蕤急就余。朔北夜烽点鹞雉，江东秋脍想鲈鱼。
平分校尉厨中酒，戏骊参军腹里书。疏阔华亭诸子信，士龙狂笑近何如。

宋村道中望嵩山

王　铫

汴水南行才几日，秋烟秋草又天涯。宋村烧毁茅庐少，土岭纡回地势斜。
久客孤身凭宝剑，何人乡梦到梅花。雪深太室僧多事，闲上嵩山看早霞。

少　林　寺

王　铫

少林古刹寺，春晓日将斜。不见老僧到，空山落杏花。
独立山门外，云峰走碧空。长河响不住，人在水声中。
静听鸟鸣谷，闲看云出壑。山中无人来，贝花开且落。
拨云寻二祖，日晓不闻钟。庵中何所有，前代数株松。

望少林寺

王 铣

少林高望处，小路岭□头分。五乳平开寺，双松斜对云。
岚光浮远馨，春色写飞文。日日山中卧，常将鹿与群。

嵩阳三柏，汉封之，其来莫纪

王 铣

嵩阳有古柏，岁月莫可度。虬屈几千年，气宇生寥廓。
传曰汉所封，或者得其略。穆和章德厚，体崇结盘错。
大德必昌荣，神鬼不能攫。无乃自为政，广泽乎文学。
岳灵裕滋息，天命为骨骼。性情处所存，俯仰而自若。
非散木之俦，幸逃于斧凿。屯潜纳风雷，声响擘幽壑。
阴阳庇以善，盘其匪云薄。上不巢暮鸠，下当有大药。
颉颃若昆季，序次相错落。武帝加隆礼，隆之以圭爵。
万世所瞻仰，时见飞神爵。阅尽古今人，将以为木铎。

登太室中峰

施润章

壮士贪名山，如海吞百川。东游卧日观，义和亲比肩。
南使经衡岳，雾雨怅迁延。近思太华顶，远梦昆仑巅。
嵩高在眉睫，振策穷攀缘。诘曲蛇径缅，幽阴熊馆穿。
冉冉极天际，举头触星躔。宅中环四岳，一气何盘旋。
风雨郁交会，蛟龙走连蜷。树杪忽横练，坐见黄河悬。
窈窕捣衣石，凄清玉池泉。引领眺箕颍，巢许方陶然。
辛苦茂陵客，坛畤飞荒烟。有为终灭没，瑶玉空雕镌。
帝休昧珍木，石室闷谁传。长怜肉食者，虚无求偓佺。

嵩阳雨夕怀王昊庐侍读

施润章

登封城郭嵩之阳，崒嵂青冥云锦张。重云三日雨如霰，满耳虫声秋叶黄。
此时独坐生白发，忽忆美人邈金阙。开尊永画坐论文，卷幔清宵同对月。
长安车马无时休，临歧执手重淹留。浩歌早识名山兴，瑶华送我寻嵩丘。
一生当著几两屐，放眼一步成十洲。看君亦有向平意，望远那免张衡愁。
玉女窗，捣衣石，来朝新霁凌绝壁，与谁共作峰头客。

嵩阳书院

施润章

二室千峰秀，秋登第一峰。中原归杖底，长啸倚孤松。

面壁洞

施润章

中峰分五乳，绝壁回千寻。路折羊肠险，岩穿虎穴深。
几人堪共语，片石倘知心。辛苦寻陈迹，茫茫自古今。

石淙

施润章

峆岈交涧底，筝瑟响林表。谁使寻丈间，殚兹开盘巧。
水石相盘纡，眺听记昏晓。清飞玉井寒，绿割箱潭小。
始至虢噌呟，静对归窈眇。饮流睇猿挂，划沙见虎爪。
灵异露《水经》，境幽来迹少。庶几箕颍徒，与共观鱼鸟。

赠登封叶明府井叔

施润章

吏隐名山窟，高斋云气重。翠屏横少室，明月正中峰。

苔绿前朝碣，秋清远寺钟。兴来飞舄得，何处有仙踪。

宿少林寺

施润章

夕阳平岭照松关，初地幽栖少室山。僧罄自鸣林鸟静，天风不动石萝间。
悬崖五乳青冥外，古树三花杳霭间。谁道折芦人去远，锡飞常带白云还。

偃师怀古

施润章

伊洛波寒渐作霜，嵩山入望倚天长。吹笙庙古闻缑岭，扣马村传自首阳。
辅嗣断碑秋草没，田横高冢暮云黄。可怜周武休兵地，乱后空城半白杨。

辛亥九月四日偃师张明府松台同登缑山

施润章

不知黄屋贵，挥手出尘氛。地古迷丹灶，天清来岳云。
荒祠环峰入，仙乐几人闻。倘知浮丘子，吾将驾鹤群。
叶县神仙宰，缑山帝子台。寻幽欢并马，惜别垂衔杯。
鹤驾层霄远，秋声万壑来。不胜怀古意，扪碣遍荒苔。

过箕山

施润章

四岳荐有鳏，历试征厥德。许由何如人，揖让乃孔亟。
洸洋漆园语，后世争耳食。荒坟终茫茫，万古谁能识。
颍水今清冷，箕山多傲色。掷瓢与洗耳，音徽如何即。
长啸凌崇冈，清风翔八极。

高都督凯歌

侯方域

大将威名二室高,凯歌飞走赐双旄。弓开秋月临熊耳,马散春云静虎牢。

题洗耳河

朱　裴

生逢尧舜时,下有巢与由。灌水洗污耳,牵牛饮上流。
耕箕看逐鹿,钓颍伴有鸥。奇节横千古,子陵方许俦。

登嵩高诗

耿　介

《禹贡》纪外方,峻极称维岳。填星位中土,厚重留浑朴。
结庐对山灵,有邻不寂寞。终是睹面貌,细意罕领略。
初夏天气和,践此登嵩约。石径逾嵚岑,敬慎防履错。
古木喜攀援,红泉分脉络。涧深窥无底,崖倾势欲落。
巅屴辟嵩门,混沌无斧凿。才过铁梁峡,参差见碧阁。
奋勇陟其巅,解衣共磅礴。指点辨黄流,翘首望京落。
乾坤自烟缊,宇宙何寥廓。呼吸帝座通,仿佛闻天乐。
须臾重阴布,溁濛蔽岩壑。时雨润万物,尘氛为洗濯。
夜久方静息,晨钟惺然觉。遵彼来时路,高下费斟酌。
移晷出谷口,此身欣有托。回看玉柱峰,白云纷漠漠。

兴观溱洧

耿　介

高斋伏青岭,白云入户里。中有幽栖人,不为苍生起。
架多古皇书,交尽天下士。既倦四方游,卜居临溱洧。
参差瞻贝阙,浩淼闻流水。离离秋园竹,媚媚寒花蕊。
当轩有独树,乘兴来一徙。青沙集鸡鹊,素波游鲂鲤。
物多适其天,可以悟生理。君情久寂寥,我意亦如此。

叠石溪雨后观莲

耿　介

素姿幽意正徘徊，山半白云匝地来。天欲尘缘都洗尽，故教偏向雨中开。

游少林寺

耿　介

绀园经纤埃，信宿竟徘徊。五乳峰峰秀，三花树树开。
老松巢白鹤，孤石衣青苔。僧磬逐林出，山云入寺来。
当轩岩壑迥，近岸溪风回。赑屃毗卢阁，逶迤甘露台。
碣存皆汉魏，客到尽邹枚。夕日寒犹薄，残钟晚复催。
何时离俗累，结宇山之隈。

三将军歌

耿　介

山之石何嶙峋，水之涧何浚巡。中有大树鼎足分，云是汉封三将军。
力拔地轴势掠云，盘薄川岳气氤氲。枝如苍虬抉，干似青崖裂。
雷震之所焱轰，阴阳之所缪结。魍魉遁迹，狐兔莫穴。
尔乃高秋夜半悲风急，鞭打貔貅生霹雳。细者蹂躏坚者摧，迅扫中原无锋镝。
君不见卫霍功，贰师绩，英雄千古空寂历。惟有嵩阳此物矍铄真罕敌，铁干撑撑凌峭壁。

嵩阳书院送李礼山先生归省

耿　介

洛伊称绝学，担荷今属君。君幼承庭训，淹贯窥典坟。
读书鄙章句，性道得早闻。中牟有冉子，卜居来嵩岑。
君与深契洽，策蹇远相寻。我久甘迂拙，幸喜近德邻。
道义勤切琢，矩步追先民。每从简册内，体会圣人心。
有时坐川上，清风披绿筠。有时到叠石，幽壑郁长林。
谈道而讲德，荏苒经十旬。君时登嵩岭，怅望亲舍云。
巩劳倚闾念，归思正殷殷。君殊切孺慕，我乃重离群。

临岐何所赠，把袂不忍分。孔曾授受旨，行道先立身。
显扬推纯孝，君其善自珍。

风后山

杜 漺

具茨山近郑城西，峭壁凌空一望齐。欲访文成间童子，谁思子产过金溪。
黄沙漠漠征途暗，古木亭亭落照低。野色荒凉应极目，昔人何去叹蒸黎。

恭祀中岳庙有述

叶 封

维岳高天下，嵩山直地中。奠方尊四望，秩礼视三公。
入谒神如在，遥呼地可通。生贤出云雨，灵爽正无穷。

少林寺

叶 封

嵩丘陵绝乳峰奇，独辟门庭古寺宜。露下翻经无上法，雪深传信最初时。
三花若种依双树，五叶常开第一枝。不分何年曹洞下，只将提唱号宗师。

少林寺五言诗(二首)

叶 封

乱馀僧亦少，晚坐静无哗。古殿聊支水，丰碑漫似麻。
秦槐疑五品，贝树想三花。犹有森森柏，凌云自可夸。

海内称名刹，天中古道场。相庭应第一，圣谛岂寻常。
末法言诠误，遗风比试强。春深三尺草，谁与复开堂。

影　石

叶　封

何来一片石，云照达摩身。是影宜无色，凭谁信有神。
九年惟古壁，只履亦前尘。漫以齐谐语，虚传面目真。

测景台

叶　封

自古阳城地，相传测景台。岳形当正落，石表定谁裁。
太史推求法，元公制作才。土中千象纬，瞻望重低回。

达摩洞

叶　封

五乳峰高季室阴，达摩遗洞倚荒岑。别传震旦称初祖，提唱宗风愧少林。
闻说逢云携只履，更谁立雪竟安心。空馀石上波痕细，佛路凄凄不可寻。

重过嵩阳书院

叶　封

荒院重开地，周庐益美轮。吾衰期复古，道在信传人。
乔木能无恙，德居必有邻。回思经始日，仅尔辟荆榛。
空庭稀世累，乐地几人来。游息无非学，文章亦见才。
经行黄叶下，取次碧云栽。伫想惟吾友，清心绝点埃。

铁梁峡

叶　封

我闻嵩山曰发卧，得坤之体直方大。以拟其巅或坦平，不知岩壑殊纵横。
缘冈陟磴路或狭，小大称名铁梁峡。崖崩涧绝天地悬，欲断不断如丝联。
此谓蜂腰度山脉，亦如剑脊分中边。小峡皲倾势逼仄，斗然劈破千寻直。

大峡谽谺乃更奇，凌空巨石相撑枝。宿雨长侵紫苔色，霾云暗度烟萝垂。是时秋尽天潇洒，俯瞰寒光射村野。若走惊泉倒壑流，从知积雪留崖下。峡上巉岩开翠屏，其阳可憩无茅亭。下看绝壁临寥廓，万丈青苍鬼斧削。却顾疑身依绛霄，徒虚假羽骑黄鹤。

宿少林寺梦跋跋饮于水

毛琦龄

绝壑嵩阳晚，西行宿少林。月寒龙洞远，露下讲堂课。
莲碗分丹液，杨枝滴素心。何年婚嫁毕，重向梦中寻。

游少林寺

毛琦龄

少室诸天天际开，翻经一上魏王台。幽岩风静三花落，绝涧泉分五乳来。汉禅远留金贝叶，秦官高覆石坛槐。归去迷却丹龙洞，尚有闲僧坐翠苔。

怀沈宪使大梁道署楼

毛琦龄

避楚原非计，迴梁已倦游。君方还泖浦，我又上钧州。
鸟语闲厅事，花飞饮署楼。凭栏歌八咏，面面起春愁。

谒嵩岳

毛琦龄

太室开天表，崇丘奠土中。主名高四域，受秩比三公。
日月环区宅，阴阳割浑蒙。歌嵩扬峻极，望祀体昭融。
华盖标方岭，金壶启上宫。翕河承汉禅，卜洛载周工。
别观翔修鹤，层城倚大熊。藏书凭玉女，过涧遇青童。
洞闭能围雪，梯长恍御风。群山咸拱岳，万岁自呼嵩。
槐弟封尧爵，莒羊采少翁。浮丘间驾羽，于晋妙吹箫。
石酒龙精白，岩花凤首红。烟霏春渺渺，水滴午淙淙。
虚壑浮深矿，空梁拨断虹。天关应在辟，帝座俨相通。

阴塞分河内，灵祇屈岱东。神京怀旧服，终古赖攸同。

望具茨下

沈　荃

具茨山下路，踯躅屡经过。古殿青松冷，荒陵白露多。
金凫随蔓草，古马卧山阿。我亦悲秋客，登临奈若何？

丁酉日期同诸子再登三峰山

沈　荃

秋色三峰丽，扬鞭指翠屏。晴峦迷近远，锦树杂丹青。
笳吹林间发，霜砧野外听。胜游思戏马，那忍负山灵。
谡谡山风起，萧萧木叶乾。词人挥玉碗，候骑簇金鞍。
谷暝疏钟动，天空过雁寒。高吟犹未倦，微月上林端。

洧河月夜

沈　荃

双洧澄波静，秋清月复明。乘槎应有客，不待海潮生。

新郑道中

沈　荃

具茨山下路，踯躅屡经过。古殿青松冷，荒陵白露多。
金凫随蔓草，石马卧山阿。我亦悲秋客，登临奈若何？

登广武山

沈　荃

晴秋振屐层峰上，壁垒风云万里开。山合崤函争北向，河边汶沁却东来。
寒沙白碛埋遗镞，衰草青磷长废台。帝业霸图俱泯灭，阮公千载有余哀。

少　林　寺

沈　荃

闻道少林寺,劫灰几变经。残碑蚀苔藓,绝壁老空青。
千佛传灯地,三花立雪亭。森森何代柏,长是护神灵。

由郑北门至崇圣寺

唐　炳

寻春岂必有前期,信步从容似野麋。一望柳阴接去路,半除苔绣读残碑。
楼台逼仄惊初到,贝梵哗嚣忆旧时。为祈山灵常呵护,再来定有补题诗。

雪后从偃师至登封度少室山峨岭

陈维崧

己酉首春月十七,渡洛晓发杨林东。嶙峋负黍忽拔地,涌出菡萏攒苍穹。
我行弭节蹑绝顶,欻歙浩气蒸鸿濛。是时万山正积雪,冰崖铁缟光玲珑。
白踏中原莽浩浩,红抹旸谷光熊熊。恭闻嵩山压天下,五岳异株此当中。
百王燔瘗去昭报,列圣柴望彰尊崇。我生江表若培娄,何异斥鷃栖樊笼。
昨年驱车走燕赵,亦复羸马经山东。北恒东岱掉臂过,探奇未获登宠炊。
惟此我更有夙契,岳灵忆昔叨帡幪。前朝熹庙岁乙丑,余祖六表孙得雄。
含饴摩弄感视觋,嘉名肇锡去维松。此行讵料陟山麓,礼合膜拜酬神功。
何为过庙不敢入？尔与童羖将无同。呜呼此亦大有故,贫贱自恨无终劳。
短衣蔽骭泥没踝,见此转使山灵痛。依人奔是觅衣食,似尔岂得夸桑蓬。
挥鞭掩面凌绝后,矫若鸷鸟搏天风。趁入山势似相捕,遮莫失脚愁虚空。

荥　　阳

陈维崧

勒马横鞭问,中原古战场。北风连夜吼,白日冷荥阳。
绝壁龙形陡,奔崖虎气藏。欲寻刘项垒,衰草浩茫茫。

夜行荥阳道中

陈维崧

峡劈成皋古郡,人杂猿猱过。断崖怒走,苍龙立而卧。
此乃广武山乎?噫嚱古战场哉,悲来无那。卸鞍坐,烟竹吹来入破。
一林纤月,雁声不断,砧声又掺合。历历五点三更,马前渐逼,荥阳城头灯火。

满江红·咏广武山

陈维崧

汜水敖仓,是楚汉挥戈边界。想昔日,名姬骏马,英雄梗概。
荥泽波痕寒叠雪,成皋山色愁凝黛。叹从来竖子易成名,近安在?
俎上肉,何无赖;鸿门斗,真难耐。算野花断镞,几更年代。
秦鹿岂为刘季死,楚猴甘受周苛卖。笑纷纷青史论都讹,因成败。

过汜水县虎牢关作

陈维崧

积铁苍然,关势临崖偻,崭绝东京好门户。
挽藤萝月黑,谁恐人行落叶卷,声似牢中吼虎。
无情惟洛水,日夜东流,不为愁人带愁去。
寂寞北邙山,苦对西风,排一派、唐陵汉墓。
任吊古伤今已无人,只霜打棠梨,暗啼红雨。

郑州驿重和芳芸女子韵

陈维崧

废驿蟏蛸结网低,亭栏依旧事全迷。重看墨较前番淡,乍到苔经二月萋。
飒飒风帘疑雾鬓,胶胶星角促霜蹄。如何不定微波意,犹得长流洛浦西。

三月三日庭中牡丹盛开，同家半雪赋

陈维崧

道政坊中长绿苔，当春犹见数枝开。金铃紫幔都无分，日炙风吹更可哀。
士女两京愁战伐，莺花三月傍楼台。曲江旧事吞声甚，野老分明见劫灰。
绝代名花擅洛阳，但是曾记艳姚黄。随风细袅天津外，带雨斜开汴水旁。
雨黑蛟龙蟠玉牒，山青麋鹿走金床。百年离黍春前恨，头白逢人说宪王。

偃师县东王辅嗣墓下作

陈维崧

陆机昔入洛，夜行次偃师。我来经此地，正值寒冬时。
萧萧王弼墓，窅窅晨风吹。

古　郐　曲

赵士麟

厌山复见山，苍翠沾衣袂。风俗近青淄，道旁垂枣柿。

望 具 茨 山

赵士麟

淑气何磅礴，升高望具茨。阶庭生屈轶，山坞访神芝。
四相随朱辂，千官拥翠旗。受图与铸鼎，千古至今疑。

太　　室

张　沐

中奠惟嵩岳，四瞻为外方。端安隆大屋，□奥纪千堂。

汉　柏

张　沐

汉已封将军，必知三代事。何如叩北山，上古悉能记。

登聂政冢

张　沐

轵人有血气，杖匕不还家。台上侠魂暗，城边暮影斜。
绝行非饮食，周道问桑麻。二代山川在，萧条放旧花。

咏嵩阳书院汉柏二绝

李澄中

牢落空山漫自哀，斧斤销尽栋染材。谁知汉封将军柏，曾见金泥玉检来。

汉代空留月一轮，萧条二友共朝昏。休惊岁晚霜皮老，纵有龙蛇是子孙。

嵩阳书院奉别耿逸庵先生、王子明明府

李澄中

先生为嵩高，坦易藏幽奇。万里登君堂，遂愿仰止私。
更逢王子乔，民歌乐不支。宿昔贤达人，泛爱无崇卑。
酌酒书院中，送别挽车绥。入门睹汉柏，柯叶纷累累。
嵯峨霜雪骨，偃蹇虬龙姿。先生吟其下，明月来何迟。
经营三十载，道统实在兹。设帐读书楼，左右生徒窥。
吾生不到此，徒老将何为？叹息策马去，四面春风吹。

游嵩山寺

郑日奎

十里溪声四里山，数言梵刹万松间。老僧扫地不为客，待有白云时往还。

黑石关渡洛水

李因笃

古道长依洛，前津始放船。青泥通沃土，黑石泛疏烟。
豆粥凌晨具，鱼肪度地偏。御风随所适，江海正悠然。

周大夫苌弘墓

李因笃

墓古风犹烈，川平雪渐消。石傍生宿杜，云外落寒雕。
碧托邙山翠，清来洛水潮。东周何处是？指点问渔樵。

冬日诣中岳瞻礼御书嵩高峻极匾额

高一麟

煌煌金匾灿星雯，殿内宝光五色分。圣主临池崇翰墨，岳灵倒屣迓风云。
银钩体幻龙蛇势，玉玺朱钤蝌蚪文。为问明神奚所报，当年山呼此重闻。

嵩　　山

高一麟

三公崇峻秩，四岳仰高嵩。卜宅黄裳贵，钟灵紫气通。
东临窥泰岱，西顾小崆峒。日月刷层巘，风云接太空。
端凝疑搢笏，敦艮若分桐。坐镇坤维奠，登封柴望隆。
资生宣帝德，翊运亮天工。巡狩兴朝事，怀柔永不穷。

嵩山雪亭

高一麟

雪亭寂寂傍嵩岑，立雪高风何处寻。断臂非参初祖意，折芦谁识九年心。
贝多树老纷花雨，莲砦风清卷绣禽。欲访残碑寻往事，禅关静锁白云深。

登黄盖峰

高一麟

黄云如盖压高峰，磴道盘回几万重。古殿平铺金翡翠，危崖倒削玉芙蓉。
西连峨岭通秦塞，东瞰青齐俯岱宗。传是汉皇巡幸地，至今何处觅仙踪。

待仙峡

高一麟

地僻疑无路，山深别有天。樵歌云外得，飞瀑座中悬。
涧锁千年雪，峰攒百丈莲。真仙何处觅，落日走寒烟。

恭陪胡茨村臬宪醮告中岳佑圣酬恩礼成

高一麟

熊幡骢马各骁骁，虔祷名山卜重臣。紫气千寻凝宝箓，丹心一点注枫宸。
天颜有喜乾坤奠，圣寿无疆雨露新。余亦恭陪醮告礼，尧阶蓂荚庆长春。

游少林寺

高一麟

为步祇园杖短筇，忽从天外落疏钟。六朝僧定三花树，千佛阁连五乳峰。
甘露台前垂象教，达摩石上悟禅宗。尘缘到此都消尽，坐看白云卧古松。

王家窑

高一麟

茅屋缘崖构，萧萧不数家。当门黄犬卧，对岸绿杨遮。
雏鸭群浮浪，小园半种瓜。武陵差可似，一水泛桃花。

过 郑 州

王士祯

野塘菡萏正新秋，红藕香中过郑州。仆射陂头疏雨歇，夕阳山映夕阳楼。

七夕雨抵汜水县

王士祯

玉门残垒外，云是古成皋。浊浪喧牛口，雄关逼虎牢。
青山空楚汉，白骨尚蓬蒿。七夕风兼雨，悲歌抚孟劳。

宋 陵

王士祯

洛水邙山饱废兴，宋家幽寝闭鱼灯。奉香不见临安使，白日茫茫下七陵。

渡 洛 水

王士祯

脉脉中流望，盈盈罗袜尘。西园魏公子，南浦洛川神。
蘅薄芳犹在，杨林意未申。凌波何处向，秋水正鱼鳞。

田 横 客 墓

王士祯

一剑纵横百战身，楚虽三户竟亡秦。拔山力尽虞兮死，争及田横五百人。

王 辅 嗣 冢

王士祯

钟会其名果是非，白杨狐冢暮烟微。如何一夕谈名理，不救河桥误陆机。

洛川南望

王世祯

碧嵩清洛洗愁颜，伊阙中分两髻鬟。暖翠浮岚看不尽，缑山南是伏牛山。

岳　庙

傅而师

下马礼参中岳庙，烧残柏树尚童童。破钟古鼎空山里，白露灵旗阴雨中。
碑碣多年蚀汉字，琅珰每夜响秋风。可怜封禅馀荒草，想像龙游石涧东。

中岳庙祭陪绎堂沈公祖

傅而师

黄裳中土宅灵奥，诸巘时从杖底开。万事空随唐碑碣，三呼还有汉莓苔。
丁东铁风经兵碎，闪烁神旗入夜来。我亦相陪禋祀礼，阴阳风雨此徘徊。

腊日踏雪少林

傅而师

三冬暄暖全无雪，半夜分飞又放晴。乱后几人寻古寺，兴来吾辈出孤城。
渡头仿佛欻溪棹，鹤背飘飖子晋笙。簇簇圆沙镂虎迹，冷冷瀑水泻冰声。
禅枝乳窦通明灭，山势茶烟识送迎。不有许询设问难，那知支遁语纵横。
携琴懒杀稽中散，呼酒狂魔阮步兵。星别上方骚客醉，诗联好句瓦鸡鸣。
劫灰圻地僧无恙，老树号风鸟易惊。此夕烧灯侵白晓，他时结伴劚黄精。
霜钟撞破浮生梦，空影高悬山月明。

避暑少林

傅而师

石磴夏云浮，缘云到上头。天盘孤寺立，雨挟乱山流。
毛栗低垂实，枣花暗结秋。招提积幽意，信宿此淹留。

危阁虚岩里，高风不可当。台荒存魏帝，僧老说周王。
佛鸽冲人过，山魈背日藏。竹林堪避地，谁笑阮生狂。

游嵩阳书院川上亭子

王又旦

川上之水流潺湲，川上之理微且渊。时有哲人悟道妙，俨然尼父在当前。
溪头桃李花千树，四方英杰争来顾。把酒高歌喜欲狂，共说闻道亦何暮。
嵩麓坛坫讲堂高，作人造士拟圜桥。堂前济济争立雪，圣道发明光斗杓。
山城俗吏簿书馀，仰止高山随襟裾。曾登藏书楼上看，此身恍疑到石渠。
策杖日日亲道履，携琴川上弹流水。一曲两曲寓心传，依稀亭畔白云起。

川　上　亭

王又旦

亭前风韵远，盘薄对清流。翘首邀明月，衔杯度素秋。
晚香尚未谢，残暑蚤无留。岩下多佳景，溪泉致更幽。

管 城 留 别

王　宪

西风一笑别雄州，携榼人来感宦游。红藉香巾频驻马，黄河声里看登州。
波连三水秋同涨，雨落千村愿未酬。记取他年鸿爪印，系情多在夕阳楼。

登三公石至仁智亭寻七星泉

冉觐祖

大石托山阳，拔地势奇突。登陟倩人扶，攀援已力竭。
上有水盈坎，渟泓可鉴发。环坐一举觞，觞酒风吹没。
次石居其左，四面总秀发。嶙峋可凭藉，陟降颇仓猝。
其三处最东，崖际看硉矹。横泐成深洞，下视实荒忽。
疑是巨灵手，擘破此山骨。浮石置其上，留待补天阙。
循崖下涧底，荆榛刺履袜。赖之得牵扶，乃不至颠蹶。
徘徊仁智亭，溪水流汩汩。星泉吐石根，恍入蛟龙窟。

仰视七星岭，罗罗自高揭。兴至复忘疲，心神为飞越。

同耿逸庵先生游叠石溪

冉觐祖

书院东北行，丛棘蔽崖谷。幽香发黄花，山坳被野蔌。
远赴川上亭，径窄走蹜蹜。石几列肴核，端坐礼容肃。
临流识大化，往过来复续。万竿摇清影，生意满绿竹。
践石度南溪，携樽随童仆。憩止观澜亭，水石相迫蹙。
水涌疑雪浪，石大过车毂。高人自恬如，我见实骇目。
有亭曰君子，洞然敞山麓。荷盖碧参差，登临怀茂叔。
迤逦入藤棚，垂阴似结屋。其背有大石，拱立竖若筑。
北望崇岩下，百尺悬飞瀑。欲往已及暮，斜阳入灌木。

游即园，遂至卧牛石北望嵩顶

冉觐祖

即园寄城隅，半蔬半修竹。蔬以供盘飧，竹以娱幽独。
拨竹入止庵，霭霭烟岚簇。龙蛇满壁间，诗文堪细读。
门外俯溪流，溪水清可掬。沿溪得曲径，渐乃陟平陆。
大石依苍崖，其长如连屋。野人呼卧牛，旁石如引犊。
牛背平可乘，笑予非学牧。山色周四围，天为展画轴。
嵩顶一点白，云霄远注目。不能生羽翰，清梦或相逐。

伊洛河流

郭遇熙

大川东去几千秋，百代兴亡一水流。伊阙影分周列国，洛书图画汉诸侯。
波连袜动妃依月，涛响笙歌凤在楼。只为朝宗归碧海，来同此地渡江头。

敖山夕照

范为宪

穿林短笛策归牛，西望斜阳在涧幽。野老有怀思炙背，渔翁罢钓欲回舟。

苍烟泯没青山色，曲磴迷离古洞头。极目平郊移咫尺，黄河秋水更东流。

访僧少林不遇

焦复亨

坐破团蒲记释家，参师底事去天涯。云开少室峰衔月，路绕黄河岸走沙。
东土问经空五蕴，南宗听讲悟三车。石幢旧在无人礼，落日寒林噪暮鸦。

同友避暑少林(四首)

焦复亨

为践高朋约，凌晨上翠微。问山藏副墨，收雨入荷衣。
放诞窥蛇径，萧骚坐石矶。溪边应有待，鸥鸟已忘机。

山深浮爽气，溽减罢齐纨。柿液权为酒，竹皮可制冠。
瀑飞千树响，烟锁万峰寒。此际足清赏，石桥步月看。

一邱环争土，双桂界清空。沐首菩提雨，披襟薝卜风。
艺高白棓手，夏解碧莲宫。百感依凉近，炎歊未易攻。

绀宇幽栖地，新诗吟正堪。火云千里合，凉雨几朝参。
下榻留清磬，开窗放碧岚。群英争和好，龛碧压嵩南。

闻王子陶避暑少林诗以促之

焦复亨

节序迁迁榴火明，群贤毕集石林清。山飞过雨青难了，树泊闲云白自生。
容我舍开慧远酒，待君歇拍浮邱笙。殷勤早发山阴棹，月遂溪流影作声。

少林寺竹

焦复亨

大士檐前竹，青青耐久看。婵娟留素影，斐□映波澜。
月湿枝烟袅，风含叶露污。止堪鸾凤引，羞我恶诗刊。

中岳庙祭告礼成

焦钦宠

有岳宅中士，崇高控太清。宸游推汉代，诗颂自周名。
屃赑没荒草，榱甍焕旧楹。骏奔关社稷，翊赞赖幽明。
冲主历元启，群神燎望成。丝纶通豫野，冠冕下燕京。
崿岭旌旗转，龙潭车马迎。两河声势壮，八月野光横。
鬯献武皇礼，簧闻子晋笙。槛前多瑞色，云外落呼声。
日月氛全静，雨旸岁不惊。但将天地老，不问世时更。
国运随年永，馨香此日荣。相逢应不易，恭赋纪祥祯。

题达摩面壁石

焦钦宠

圣谛原无二，西来祖少林。履留一只相，石印九年心。
幻影存天地，传灯接古今。攀藤穷胜迹，云傍野庵深。

嵩阳川上亭子

焦钦宠

川上亭何处，溪回叠石中。洲邻高士宅，磴转汉皇宫。
望远盘诸寺，凭虚俯二熊。山静偏宜月，林深可受风。
波流无昼夜，云影任西东。日乱苍葭白，霞蒸碧蓼红。
飞岩凝暮霭，漱玉散晴空。尘世人难到，樵渔路可通。
将无濂洛似，应与九曲同。结网何须羡，学山处有功。
渊源如逝者，道岸本无穷。

镮辕踏雪

焦钦宠

射策京洛还，恰逢上元节。灯月黯无光，但见少室雪。
侵晨上萼岭，萼岭白玉结。冰花压长林，山高北风冽。
寒雅冻不飞，极目人踪灭。攀跻杖短筇，俯视空一切。

万籁寂无声，顿觉天地别。翻身人画图，心神两澄澈。

登嵩岳绝顶

焦钦宠

嵩山山势郁苍苍，坐控中原俯大荒。交会阴阳留日影，升沉岁月老沧桑。
西连秦顶通函谷，东撼黄河走汴梁。不是登高能作赋，探奇弗古典虽狂。
峻极嵩高四望雄，中原灏气鹿天中。西连华岳三峰渺，下瞩黄河一线通。
想像宸游传汉帝，追随石室仙访翁。谁知老我还能健，搔首重来问碧空。

汉 柏 行

焦钦宠

君不见天封观里有古柏，森森鼎立嵩之宅。
仙跸曾经汉武封，至今将军留胜迹。
参天拔地老龙鳞，枝如虬舞根如石。
挐云攫雨饱风霜，沧海桑田等朝夕。
上翔翩跹之白鹤，下埋礌砢之琥珀。
疑是鬼神之所呵护。造化之所秘惜。
不然云台麟阁安在哉？独余将军挺立天中而不回。
重为告曰：柏兮，柏兮！，尔负坚刚正直之奇才，
贞心劲节，壮猷雄烈，胡不乘时利用于庙堂之上，
而乃盘根错节乎嵩丘长蒿莱？使予俯仰千古兮重徘徊。

宿孙家湾

吴 雯

中酒翻成病，长谣祇益哀。一灯残夜后，百感壮年来。
洛水芝难采，嵩阳桂未开。愁心与归梦，却傍赫连台。

游风穴简陆云士

吴 雯

汝州风穴寺，城西白云里。出郭芳草深，得此林壑美。

柏子周四山，桐花通一水。香阁接幽岩，僧饭资禅喜。
石潭见空性，澄澈何终始。潭上新笋生，潭下旧兰紫。
溪风吹午钟，脱然谢糠秕。相逢采山人，念尔宦游子。

嵩阳书院歌

林尧英

巨灵自昔开鸿濛，伊洛瀍涧嵩当中。太室二十四芙蓉，双溪回抱嵩阳宫。
槎枒古柏摩青铜，上临万岁峰宠灵。唐室旧碣峨且丰，徒余徐浩八分工。
后周稍闻经术崇，改为书院资磨砻。二程夫子称正宗，力追邹峄师龟蒙。
提举崇福岳麓东，官舍倡道先后同。存诚主敬教思洪，谁其继之太史公。
先生石渠簪笔雄，却尚宁静神内充。敬恕名堂明圣功，书院久圮心忧忡。
堂基两荣阶中忽，焕然顿复旧垣墉。独祀程朱礼数隆，其余则祧神无恫。
游杨诸儒听诲聪，千秋尊罍亦当供。担簦千里来喁喁，别构丽泽闻见综。
博约敬义罗章缝，岁寒观善群从容。余也秉质惭凡庸，大梁幸已抠衣从。
太极图续莲花峰，孝经正解舒玉虹。洛中于役殊倥偬，重茧十舍游碧嵩。
伏谒宣圣日曈昽，再拜先儒披愚衷。复请先生启聩聋，愿言佩之省微躬。
一贯奥义訇枞镛，诸生负墙滋益恭。闽海本从伊洛风，譬彼鲁卫列邶鄘。
豫章延平洎晦翁，直卿以下传衣总。幔亭九曲流琤琮，垂五百岁有遗踪。
苦遭鲸浪飞烟烽，学舍芜没荒榛封。侧闻大冶炉鞴融，五金三齐胥受镕。
吾道南矣今再逢，逝将奉此海邦共。自顾尚未锄心蓬，邪思一萌众欲攻。
瞻望道范如崆峒，微言嘉惠驰书筒。南海北海心可通，洛学闽学垂无穷。

广武原诸冢

贾攀鳞

东原百里冢相连，哀划寒烟日暮天。事业于今随去水，松楸到处变桑田。
古人梦绕沙中鹤，游客神交泉下贤。安得当年三尺碣，好将行状续遗篇。
穿林短笛策归牛，西望斜阳在涧幽。野老有怀思炙背，渔翁罢钓欲回舟。
苍烟泯没清山色，曲磴迷离古洞头。极目平效移咫尺，黄河秋水更东流。

元日踏雪行邙山道中

蔺挺达

飘飘玉叶曙色新，剑佩凌寒不忆春。阮籍佯狂常得醉，相如有赋何负贫？

人间睚眦无须问，指数英雄总是尘。满地雪花覆古冢，当年龙战有何人。

偃师怀古

蔺挺达

中州天下胜，古昔帝王都。碧水环南浦，青山绕北岖。
崇岩藏蝌字，玄沪谢龟图。神虎衔钩曲，黄鱼吐玉符。
禁城严铁桶，宫殿锁金铺。游骑连阡陌，鸣珂彻九衢。
轘辕十二坂，延寿百年区。亳社迁彝鼎，周师郾鼓桴。
滑城烟雨暗，灵坞草木苏。缑岭笙吹鹤，洛湄笛隐凫。
龙潭沉露藻，鹿涧冷秋菰。野鸟鸣苍竹，神鸾依碧梧。
舟扬村渡柳，渔棹夹河芦。芝发香田暖，莲生邪水纡。
苍松摩印记，赤冢葬昆吾。古庙巢灵鹊，山庄伏短狐。
衣冠与代变，日月照人孤。郡县几兴废，村墟乍有无。
悠悠岁月老，忽忽古今徂。凭吊年华事，登临谩独吁。

轘辕关

乔一房

参差危磴十余盘，爽气东来二室寒。旧日轘辕还有路，行人常在乱云端。

缑氏道上

乔一房

西过缑氏道，迢递望遥岑。随意闲云改，经心野鸟吟。
风尘迷古渡，日影下平林。尚忆吹笙客，依稀岭上音。

仙人采药

刘日娃

晓来放眼对西山，爽气凌秋翠欲斑。便拟乘风飞绝顶，采芝长伴白云间。

郑州题壁

芳　芸

露冷寒烟拂树低，嵩高太室望中迷。惊心怕听涛声急，弱质还怜草色萋。
自分深闺销岁月，那堪长路逐轮蹄。银缸烧尽心犹热，画鼓金钲日已西。

和沈绎堂九日登三峰和咏

赵来鸣

三峰翠峰曙晖明，秀色遥连宪节平。翔凤岭前云错锦，仙茅洞里风吹笙。
题词暂借萸囊贮，泛酒时收篱菊英。不羡龙山嘉会事，玉堂声价自高清。
骖鸾御鹤共登高，远岫晴岚迎锦袍。玉斝光摇松液酒，金盘香荐菊花糕。
虎蟠岭上虎开啸，云斗山头云起涛。宋子题成羡彩笔，诗中更有诗中豪。

訾仙岩（二首）

赵来鸣

颍上传巢许，訾仙亦讬家。龙潭印月冷，竹径引渔赊。
古洞藏云气，曲崖荡石沙。真人何所去，惟见垂朝霞。

颍水清可掬，颍云遥入望。轩棂纳游云，坐卧情欣畅。
飞鸟依水翔，行人历陌上。雨霁草色妍，和风时鼓荡。
缅彼訾仙翁，闻风思友尚。

葬剑冢

王德显

鹤驭千年去，昆吾葬土丘。电光含草树，夜气冷松楸。
虎啸山风静，龙吟溪月浮。可怜仙迹无，云水自悠悠。

嵩阳书院成寄呈逸庵先生

陈鸣皋

洛学嵩高祀二程，重开坛坫辟秦荆。北胡垂拱崇儒术，南国偃旗洗甲兵。
岩壑深居遗老在，云山远拥旧祠成。向往自随清梦里，遥遥落月一孤征。

瓢　岩

陈鸣皋

莫问箕颍人，弃瓢欲何处。只看此崖中，泼玉淙淙注。

登嵖岭抵少林寺

王紫绶

隔岭忽飘万壑钟，秋空极望影重重。东西并峙分中岳，河洛同归走二龙。
碧瓦带霜光抱塔，青山蒸雨气连松。苍茫日落诸天合，天黑知来第几峰。

秋日登嵩岳绝顶

王紫绶

独倚中天览大荒，西来秋色更苍苍。崖翻木叶红千顷，雨过芙蓉翠几行。
玉女窗棂惟皎月，汉皇辇路满清霜。回看磴道深无际，转欲凌风渡铁梁。

汉　柏

王紫绶

三树中天倚翠微，霜皮宁论几人围？徘徊欲问东封事，落日残雪带雁飞。
何处钟声度晚飔，苍烟荒藓老龙螭。武皇雨露恩原厚，岭上云犹似汉时。

巩　县

潘　耒

巩洛东周隘，经行险始知。河流吞岸窄，山势压城危。
勇岂投鞭渡，轻难并辔驰。洛仓遗迹在，转粟至今宜。

具　茨　山

潘　耒

行尽平原不见山，晴霄今喜见孱颜。
层峰迥出空同表，秀色横铺汝颍间。
中州在朋殊庭在，乞得闲身取次攀。

测　景　台

潘　耒

唐虞命义和，测候穷四表。中邦独阙如，古制今莫晓。
周公营洛都，土中乃推考。阳城实地心，天枢对临照。
筑台奠坤维，测日析分杪。世远制不湮，崇墉可登眺。
土圭仍端完，石尺更精巧。恐此本古规，元公非臆造。
周官与考工，义疏需细讨。九鼎既沦亡，东周迹如扫。
独此彝器存，天球可同保。安得明历人，同游洛南道。
洞窥古圣心，俗眼对穹昊。

会　善　寺

潘　耒

地迥林深六月寒，停车尽日此盘桓。闲徵法系扪碑辨，静把嵩书映月看。
半榻松风清辟梦，三匙粟饭软加餐。大千掌果分明见，始信维摩丈室宽。

田横墓

潘耒

齐胄宁甘作汉臣，便邀封爵亦危身。树功将相犹菹醢，何况同时逐鹿人。

箕山

潘耒

孔孟经世人，汲汲称舜禹。庄列遗世人，嘐嘐说巢许。
风尚虽不同，意义各有取。世风日浇漓，名利相煎煮。
细或兢锥刀，大乃争疆土。达人教以让，荣贵等腐鼠。
巍巍黄屋尊，辞之轻一羽。息争而养恬，风世非小补。
夷齐与藏扎，传记载楚楚。何独疑由光，无人但空语。
遗冢征马迁，流传自上古。至德岂无邻，巢樊真逸侣。
洗耳及牵牛，倡予聊和汝。我来访幽踪，荒祠久延伫。
岩高水清寒，仿佛见眉宇。世岂无逸民，混迹渔樵伍。
龙潜戢其鳞，俗客焉得睹。

游嵩岳

杨思圣

乾坤结奥区，灏气宅灵云。群峰皆内向，乞然成一尊。
混混烟岚合，终古白云屯。仿佛鬼神朝，惝恍肃心魂。
对面少室开，拱立如弟昆。一柏自何代，纵横盘地根。
冷冷天风吹，似有声响吞。下马剔残碑，缠藤杂苔痕。
干戈颓金碧，琳宫无一存。怪石当路伏，攫拿虎豹蹲。
鸣泉聒暗壁，绿崖被蕙荪。的皪野花明，鸟雀满崖喧。
一僧峰顶来，负担行步奔。暂伫询所历，手指翠微樊。
策杖望绝巘，飘渺隔天门。我欲从之游，徙倚已黄昏。

寄马菽史

杨思圣

忆别嵩山寺，关河隔岁看。归应惭好友，贫岂恋微官。
锦树巴江老，梅花铁里寒。《遂初》犹可赋，不敢贱渔竿。

卢崖观瀑布

戚　藩

天池伏流下，玉液凭虚泻。千缕丝悬织，万解珠纷射。
纵横冰雪澌，砰訇雷雨咤。斜飞蛟舞狂，倒溅鼍喷乍。
伏岚浮涧底，咽溜酸石罅。泉声遏人声，蘙雾同星夜。
高贤饱餐霞，野魅惊退舍。独有优昙华，对此无冬夏。

石　淙

李如瑜

日夕临淙水，微风正欲来。波摇两岸动，壁凿一天开。
涌雪捣云练，喷风吼日雷。唐人题石处，强半封苍苔。

过郑有感

李及秀

薄暮黄埃尽，萧条见旅城。荒林藏雨气，古道泻泉声。
铸鼎怀前事，摹碑感昔英。谁称遗爱者，中泽有哀鸣。

密县白松诗

李及秀

帝女荒祠向夕阳，亭亭玉树几沧桑。积来荣悴成今古，偶而兴衰历汉唐。
明月庭前迷素影，疏风天半落奇香。鼎湖龙去灵根在，手泽还同世久长。

卢 崖 行

焦贲亨

峰回绝壁鬼斧圻，凿破天门天汉泻。千崖照耀持长虹，喷月浣云洒龙液。龙气飞来冷雾腥，猿啼溪流喧不宁。须臾寒壑风习习，吹散游丝飘冰袭。我欲剪之作罗裙，鲛人停校倚岚泣。危磴斑斑绣紫黛，蹑屐扪萝古龛在。洞花摇落点翠林，怒岩颠松皆生态。隐隐谷口处士庄，盈盈碧水洗石床。载酒酣歌兴未已，玉女峰头砧夜长。乘兴冲烟凌苍苍，蹇裳邀饮倾霞浆，佩声珊珊号吾狂。

达摩影石

焦贲亨

摩公渡苇后，面壁坐九春。石写跏趺影，于中又一人。
如何葱岭使，支履遇西征。其身既云幻，此影亦非真。
问石石不语，山空水泠泠。

天 门

焦贲亨

太室中峰西迤逦，兀然两崖相对峙。朝云倘恍渺无端，似觉置身翠微里。徐行将次入天门，石势欹倾无定理。崖腹中边具小天，容头纳足侧双耳。石根至此渐难夷，十步之中生惊喜。怒猊伏兕守元阙，仿佛群真朝玉几。幽奇尽说造化工，何年五丁斧所庀。白云千载游人心，神仙杳矣不可寻。风前长啸客归去，空作灵壑扬好音。

尸 乡 亭

张 梓

不入深山不杜门，尸乡亭北见仙村。为嫌烧鼎惊雏鹤，却爱锄松戏碧猿。石砌莓苔云欲暗，鸡传姓字日初昏。金钱掷去祝翁远，长啸吴山郤钝根。

王辅嗣墓

仝　轨

半亩荒坟碧草春,交枝坳柏尽龙鳞。世间刺刺听殊厌,才鬼清谈最可人。

秋日渡汝

仝　轨

汹汹渡奔川,高吟秋水篇。云长低去鸟,风紧乱鸣蝉。
捣急霜前练,耕催雨后田。波流无复返,羸马息何年?

杜工部宅

仝　轨

故宅河山迹已沈,青苔白榜豁登临。宋公池馆无人问,天地常留一饭心。

嵩山六咏

吕履恒

大　隗　山

轩帝问道处,岩壑旧峥嵘。向夕阳光合,高天云气生。
鼎湖龙未下,嶰谷初凤鸣。渺矣神仙迹,徒劳汉武情。

饮　鹤　池

缑山云树望中开,古径还留子晋台。闻道夜深笙鹤度,一声飞过万峰来。

双　洎　河

双洎河滨带石田,霜清水落响秋烟。独怜鸿雁孤城影,却羡登临九月天。
楚客渔盐通野市,吴姬庖湢在江船。渔灯社鼓新来盛,父老犹传集凤年。

黑　石　关

巖关东里意萧骚,石立山开见古壕。晓树片帆回洛汭,霜天一雁下成皋。

人家雨后黄沙静，战垒秋空白日高。底事弃繻犹履跻，三年重过问村醪。

子 产 祠

故国存遗爱，空山一古祠。野外碧天远，林间春日迟。
君子能博物，诸侯赖有辞。东偏旧属邑，伏腊自当时。

褚遂良墓

白日落半碑，青蒲事可悲。死生惭顾命，不敢怨昭仪。

望 少 林 寺

吕履恒

岭势渐穷山寺出，岩峦一往夕阳通。红树乱歔钟磬后，青山倒景楼台东。
凛然客子欲归去，何处樵人来径同。不知三十六峰月，几夜秋光流梵宫。

登 封 雨

吕履恒

岳色乘秋气，苍然变晦明。微阳生野树，细雨落山城。
石径望中灭，风泉何处鸣。枕流吾有志，箕颍问余生。

汜 水 道 中

吕履恒

岩邑随陵谷，凄凉郑虢间。地连牛口峪，天压虎牢关。
驿路全侵水，城廓半在山。汜南争战地，唯见鸟飞还。

游叠石溪观澜亭漫成

吕履恒

先圣论仁智，所乐在山水。动静互为根，随感皆至理。
箕颍锢烟霞，忘物贵适已。我寻孔颜乐，得之敬恕子。
用晦惟鳞潜，乘时亦凤起。青门乃告归，流行遇坎止。
日坐观澜亭，源流见终始。悯我问津人，循循诱不已。

贻我嵩高篇，格物知端委。刚柔形所成，天地性在此。
主静得其基，登高慎发趾。

孙家湾月夜看荷花

吕履恒

客心怜静夜，随月看芙蕖。未到花深处，春风已满裾。
露下光初湿，风微气更清。夜深渔艇宿，闲煞水云情。

滴　水　棚

李芝兰

玉女临妆倾浴盆，遥通地脉润灵根。虎跑迂径泉翻泻，龙下天门珠乱喷。
晴川无云常自雨，炎天有暑不知烦。坐来一吸清凉沁，涤尽尘嚣羡异源。

饮　酒　台

张允元

闻道秦王列厂营，高崇台榭接飞甍。六军月夜催铙曲，百战春风铺锦棚。
饮马还奔伊洛水，挥戈遥看金镛城。壮回到此惟尘迹，何事于今尚用兵。

浮　丘　洞

张济奇

洞门无锁却尘华，瀑布飞来溅古槎。午夜月明仙迹杳，一湾溪水送桃花。

石　窟　寺

吕谦恒

匹马倦犹往，啼莺声自和。客来樵径少，松覆涧云多。
奥迹古兴废，孤游寄啸歌。偶逢田父至，话向北山阿。

关壮缪墓

吕谦恒

汉寝今何处？孤臣土一抔。支霄仍赤日，伊洛自清流。
四百炎精坠，三分正统留。东都严祀典，万古护松楸。

苌弘墓

吕谦恒

河桥冰泮石磷磷，冷日荒壕感路人。此地几年埋碧血，至今杨柳不成春。

游石淙

吕谦恒

乱山硉矶疑无路，披尽蒙茸向烟雾。涧水淙淙忽有声，崩崖石罅相回互。
其下深潭一千尺，俯视苍黑不敢立。夜半常闻雷雨鸣，潜虬跋浪时出入。
激湍喷薄结轮风，虚洞盘回若履空。灵怪应从天地辟，嵚崎不与斧凿同。
扪壁穿云叹奇绝，古碑剥落苔藓色。妖后当年驻翠华，词臣扈从争珥笔。
嗟乎石淙多此名，箕山颍水空相惜。十年真负海岳志，徒倚高天生远思。
归来月照松窗明，梦魂犹绕双峰翠。

九龙潭

戚　藩

天池伏流下，玉液凭虚泻。千缕丝悬织，万斛珠纷射。
纵横冰雪澌，砰訇雷雨咤。斜飞蛟舞狂，倒溅鼍喷乍。
伏岚浮涧底，咽溜酸石罅。

游洞林

张正志

依山面水宝林藏，攀登扪萝到上方。泠泠泉流清磬韵，盈盈池吐白莲光。

西斋禅寂余芳草，南麓碑残卧短墙。每忆昔人游览处，留连踯躅晓钟旁。

望 万 山

张正志

百丈嵯峨接碧天，遥瞻山色半云烟。石盘仄径层层秀，壑吐流霞叠叠鲜。
飞鸟穿林争上下，牧童驱犊任盘旋。欲收万象罗胸臆，蹑屐遥登最上巅。

临 索 川

张正志

泉发灵源一脉通，波纹细细荡和风。孤城壁立涵明镜，古渡桥横落彩虹。
流览漫携青玉仗，风光偏许白头翁。临溪仿佛疑溱洧，利济还思国氏功。

雪 夜

窦克勤

孤城图画里，俯仰无终穷。夜气清光迥，天心色相空。
虬枝风急厉，岩岫月朦胧。物物纷嚣意，想忘一静中。

同逸庵先生游川上亭

窦克勤

溪流曲曲响茅庐，过往续来道体虚。无朕却传大易象，有形尽是先天初。
傍花随柳想真乐，弄月吟风示广居。逝者如斯逐目是，忘归日暮看游鱼。

拟登嵩岳

窦克勤

闻说登高必自卑，巍峨千仞此初基。敢云一篑少凭藉，吾往原来不让师。
行来处处逾嵚岑，欲罢不能由我心。直向峰头并力去，到时偏觉隔疏林。

赴刘子维约同郭渭石刘孟元游少林晚宿法王寺

窦克勤

逶迤岳下共徘徊，次第登临一径开。寺护荒烟邻虎窟，潭浮肃气近龙台。
青山暮影随波转，白雪高吟爱月来。为叩僧门聊一问，红尘何处是蓬莱。

冬日读书嵩阳书院述怀

窦克勤

亦惜寸阴学圣功，还当未发验吾中。虚灵山性咸能受，广大天心复可通。
耳目寻常为体认，诚明究极有初终。问谁一息无停止，亘古乾坤推化工。

耿嵩阳先生邀同刘子维郭渭石耿孝标游龙潭

窦克勤

携手中林去，潭看第几重。悬崖流日影，飞瀑润嵩峰。
雷雨时交至，烟霞忽半封。山中多变化，疑是护潜龙。

书院与宋体仁王裕九谈学

窦克勤

学问事非渺，朝夕勤修为。欲寻名教乐，功宜次第施。
行远必自迩，登高必自卑。雪夜孤灯照，庭闱起忧思。
谁非为人子，谁不宜体斯。何以慰亲望？黾勉日孜孜。
友朋相砥砺，衾影求独知。从此功靡懈，勿负三冬时。
令名归父母，今日是初基。

谒道统祠

李来章

茫茫九州内，名岳首中嵩。游者纷难纪，辙迹不可穷。
其间称圣哲，曰尧禹周公。尧昔尝税驾，阳城存禹风。

土圭测日影，公旦开群蒙。维此三圣人，犹传过化功。
云何缺祀典，不闻事尊崇。天封既有观，三阳亦有宫。
法王与嵩岳，照耀金碧丛。王化不复作，圣迹杂蒿蓬。
重哀此下民，环为百邪攻。忽瞻新祠美，朱拱摩苍穹。
一堂相晤对，渊源后先同。有司肃烝尝，牲醴何洁丰。
柷敔间笙簧，应鼓声逢逢。于斯知圣道，相传惟一中。
银钩悬霄汉，日月洗鸿濛。

谒中岳庙

李来章

层峦叠幢尽朝宗，阁殿开当第一峰。鸾鹤有时随节钺，烟岚镇日护山龙。
升腾云雨先群岳，钟毓英贤佐九重。肃将微诚凭对越，冥冥浩气豁心胸。

谒周公庙测景台

李来章

遗庙阳城阴，萧条隔暮林。山多春气薄，地僻野云深。
片石饱风雨，残台阅古今。谁从千载后，圭影识天心。

自赤脚岩至三祖庵

李来章

更踏巉岩去，相将挽石藤。饮溪逢野鼠，眠岸见孤僧。
路杳行难尽，峰奇画未能。年来城郭客，几次兴堪乘。

嵩阳书院看月

李来章

乍觉琴书冷，方知山月生。自起开板户，微风葛衣轻。
柏影浑在地，蛇龙卧空明。夜深群动息，夏虫寂无声。
念彼劳劳者，旦夕苦经营。设此七尺躯，与物恒相争。
何似山中客，廓然万虑清。

书院紫薇

李来章

轮囷偃仰树顶秃，朝夕烟岚伴书屋。势与汉柏争禽奇，传闻移自逍遥谷。
春风已过薰风来，疏叶掩映密花开。婆娑当户耐久看，殷红深紫照苍苔。
昔年雨雪空山里，寂寞岁月无知己。时有樵客踏白云，竞采秾桃与郁李。

千 尺 塔

孟登云

塔势巍峨插碧空，光天宝气印玲珑。朝晖故对文铓射，夕阳因随字影浓。
峙岳亭亭迎风舞，层峦曲曲引龙从。游人试述阳台韵，尚有遗碑续旧踪。

洞林晚钟

孟登云

悠扬树色补流云，碧洞偏警物候新。僧共半床明月悟，鹤随三径草长春。
林端廓尔朝浮云，洞里铿然明出尘。岂自出来刚有韵，气机先已握天真。

纪 公 祠

孟登云

楚汉争雄日，忠诚尽节时。三军皆被困，一死复何辞。
名岂生前计，功应去后思。千秋崇庙祀，日暮起凉飔。

谒大禹庙

爱新觉罗·玄烨

古庙青山下，登临晓霭中。梅梁存旧迹，金简记神功。
九载随刊木，千年统绪崇。兹来存蘩藻，瞻对率群工。

草　阁

宋　至

疾雨过山山若沐，杜鹃啼处桑阴绿。破窗西南望嵩云，千顷惊涛荡山腹。
二室峰影乍有无，坐想悬崖挂飞瀑。归途准拟结秧鞋，邀君同上嵩高宿。

题夷齐墓

霍　鹏

偃师城北首阳东，遥望垒垒两冢同，宁可采薇持大节，肯食周粟负孤忠。
兴来北海情何极，歌罢西山事已空。洁义求仁双殉节，至今孤竹起清风。

元日发巩县

汤右曾

看山四面碧嶙峋，且免车中邑邑人。残雪未消前度腊，寒梅已带乍回春。
若知时节心情减，闲觉风花悬物亲。二十年来两元日，天门顶上洛河滨。

黑　石　渡

汤右曾

昨从邙山来，今从邙山去。邙山朽骨万万古，惟有行人朝复暮。
黄金蚀尽白石烂，蝼蚁三泉尚知处。我来欲酹酒一杯，落日荒荒下前渡。

偃师古代八大景

艾元复

首阳晴晓

山势峻嶒半入空，天光淡淡泻云封。草痕轻透春风碧，树色先分旭日红。
古刹偏宜明灭见，河流更在有无中。登临极目情何限，疑是钟山第一峰。

马鞍山色

远岫参差列翠纹，峰峦叠叠锁层云。雨笼烟树鸟啼急，日映岚光草色匀。
穿洞樵歌声乍歇，攀岩游屐酒初醺。遥望少室迥相接，不尽岧峣杂郁纷。

杨村晚渡

洛水潺潺映晚红，片帆欸乃櫂轻风。数声僧磬远山外，一曲渔歌夹岸中。
颓马骋途嘶古渡，劳人欲济看高舂。绿杨千树村灯暗，又见沙鸥西复东。

伊洛河流

伊洛西来各一川，会奔此地复洄洄。鸟惊沙岸北南树，渔到波心上下天。
既出图书泻绿字，更环球鼎灿青躔。旷径今古流无际，总是朝宗入大渊。

缑山夜月

缑山夜色月澄清，四野无尘花露凝。白鹤不迷仙岛路，碧云空锁滑王城。
光摇古殿松楸老，字灭残碑涧户明。可惜翠裘相拟似，教人徒忆凤笙鸣。

滑城烟雨

费滑城头送落辉，于今最是满林霏。马嘶曲坂疑驼偃，麦秀丘垅有雉飞。
淡林峰峦匀翠碧，疏笼涧草自芳菲。年年烟雨堪图画，亦识兴亡共一机。

邙山霁雪

彤云吹散北风寒，雪色连峰树色干。不夜城夭封古塚，长春苑落压重峦。
林皋有屐觅山晚，溪谷无人嗟路难。共道灞桥诗思好，曾知磐石赖谁安。

夹河渔歌

轻舟片叶挂飞蓬，弱笠蓑衣溪上翁。数曲歌残两岸雨，一声棹破隔江风。
桃花浪里春长住，杜若洲边瓮不空。醉卧顿忘天地老，浮沉宜与世人同。

景　　山

张　杞

崇丽群峰冠，层峦接花虚。烟笼崖树暗，风过野花疏。
已踞祝融谷，更连太昊墟。登临无尽意，云外一僧居。

首阳春晓

张　杞

山屋云开春气明,苍茫穷谷早霞生。千秋孤竹高风迴,万古蕨薇草木荣。
地值高原愁土燥,人经劫后虑余耕。盱衡今昔增惆怅,俯首闲听曙景莺。

凤　台　山

张　杞

凤凰已去凤山隈,晓日犹然照古台。荒榭插天笼雾杪,疏镗送午逐云回。
宋陵有鹤依华表,郭渚浮鸥卷碧苔。此日游人堪驻马,临风且尽紫霞杯。

龙　泉　寺

赵冬晟

山水鞭蓉锷,芷多光不停。秋心沉宿莽,晓色照寒星。
潜甲源头活,吹涎石发声。禅机淡变得,或化老人听。

禹州犊水园

赵冬晟

门前余古迹,老树半槎□。渐看倾阳尽,尚恰晚兴赊。
雷生瀑布水,霞幔岭头花。留得尧年在,夷然傲世华。

和张父母游凤凰台光青莲之作

张　抱

凤凰台上凤凰游,四壁薰风拂细流。过雨芰荷走珠颗,迎晖山坞疑丹丘。
蝉鸣绿树深深地,鸥泛碧波曲曲洲。对此正堪娱永日,肯将盈昃恣闲愁。

游达摩洞

焦钦若

旧有影石藏此今移下庵。

少林西北五乳峰，迤逦高下势宠岆。由寺过庵历山麓，缘冈陟岭扶短筇。
磴道盘回披林睇，上上直登岩腹际。石壁谁凿一洞开，前有少室作障蔽。
越昔初祖栖洞中，面壁九年意无穷。精神入石面目见，至今石上留真容。
或疑此影为虚谩，后人赝制相夸诞。不知诚恳寄于此，形石合一自莫判。
君不见宴坐岩，大士双趺形若劖。又不见，南华内，六祖不坏身犹在。
古来圣佛多灵踪，岂在寻常思议中。吾冀登跻瞻慈像，只宜肃拜仰宗风。
况是溪山青纂纂，烟景清丽万籁远。四顾畅怀堪痛饮，醉倒何妨卧绝巘。

箕山访许由墓

焦钦若

嵩岳东南为箕山，翠屏横列景幽闲。林壑静美烟霞渺，颍水绕趾流潺湲。
越昔许由隐其巅，至今一冢犹岿然。令名千载日星炳，让德君能开其先。
远避神尧谢九州，邈矣孤秉复焉求。禹益人兹步芳躅，微圣继之熟与俦。
其时巢父与樊父，发言自诩尚非伍。或传封公配五岳，知应不受甘草莽。
乃有周南太史公，寻山登临仰高风。更有游岩田处士，原托东邻师遐踪。
清操卓尔真堪企，莫为荒唐无是事。我来凭吊去还留，俯仰今古发长喟。
君不见世人田镐镠尘网中，攫情各利徒梦梦。谁能浮云视富贵，超然物外绝尘踪。
又不见终山托迹盗虚声，山灵移文诮平生。谁能冥鸿翔霄汉，飘然不为鸡鹜营。
兴怀贞士抱清修，胡弗私淑与古游。挥斥乾坤齐得丧，要访箕山饮上流。
呜呼？胡弗私淑与古游。

游少林寺

焦钦若

折芦竟渡止荒岑，第一祖庭称少林。曹洞单传真圣谛，末流提唱误人心。
翠屏岌嶫孤云起，幽壑萦回万木春。梵呗籁声纷接耳，悠然久坐涤尘襟。

九日三祖庵

焦钦若

劳生碌碌逢佳节，秋色潇洒忍空阅。约侣探奇数招提，三祖之庵山嵲嵲。
缘麓舍骑逶迤行，萝梯崎岖筋力竭。丹嶂罗立壑南开，规模谨严周无缺。
屋低树高掩山腰，翠峦参差隐见列。凌空碧崿似画屏，苍秀嶙峋恣目悦。
凉飔远来吹我衣，踟蹰四望步蹩躠。藉草开樽兴悠然，剧谈笑傲声不绝。
庭前里露有黄花，采采盈把佐酒啜。酒阑睥睨盘礴书，壁上龙蛇生曲折。
良辰幸集同调人，荣枯相忘意气埒。日暮回骖望空山，忽闻雁声何切切。

望 江 台

姬之篁

伊水千年流不尽，于今犹见望江台。秋风禾黍康公去，却伴清晖卧碧台。

伊 洛 渔 唱

李向芝

湛湛分流湾素波，淙淙二水汇黄河。啄余香粒非肥鹜，秋乘芦汀可睡鹅。
浪泊残渠施浅棹，洲深芳草长新蓑。得鱼买醉归时乐，信口长歌复短歌。

谒欧阳文忠公墓

李一榴

寒风古柳总丘墟，看到空蒙落照余。独向坟前频下拜，少年国读使君书。

题 玉 寨 山

张 汧

青嶂壁削分瞻肃，插嵩之阳高岧峣。神光坐定天山鼎，鹿马岿屃撼烟霄。
双峰碧透婆娑顶，上有云梯百尺桥。中藏云雾阴封石，麟龙鬣隼生寒朝。
峤虬栈复不可攀，豕研吼壑落霜条。血晕毛骨支黄土，大似不同长风飙。

维时衔马钲歌地,始付樵郎年讹谣。安得拂袖凌霞表,时与锱子声招招。

大隗晴岚

刘　耀

有熊肇域此山限,间气嶙峋接上台。曙色不随尘世去,晴岚日日带云裁。

游　少　林

高　锈

中胜依然劫火收,香城啼鸟人新愁。万峰老翠投诗簏,一涧寒流就水瓯。
白云飞来珉片乱,紫烟带去桧林幽。山开震旦多轮易,杖履同君是后游。

上大隗山

刘国儒

钧台西去入云峰,隔尽尘寰路几重。此地若教城郭近,朝朝岂惜往来踪。

广武紫云宫

申奇彩

兀突层峦起,峰回画屏开。烟笼南岭近,河绕北山来。
云自沟中作,星从天上裁。登临未尽兴,重游任徘徊。

嵩阳书院呈逸庵先生(节选)

刘霖恒

明发肃心神,仰瞻二程子。天风为我来,精爽良有以。
静维反厥初,斯理获要旨。浮荣何足羡,朝闻夕可死。
吾生久沉晦,劳劳竟何已。祖德犹堪述,东林是吾里。
高顾同道脉,并祀六君子。今我登斯堂,反躬愧诸已。
愿言佩箴铭,洗濯从兹始。为敬不为肆,去彼而取此。
闻道有后先,后者继厥传。胡为多岐路,不识陌与阡。

薪尽待传火，交臂无失贤。内机与外像，暗蔽各有偏。
俗虑牵尘网，无乃中自煎。津梁岂无途，仪型俨在前。
领略返一致，冀得排冥筌。

山岳启灵秀，胜游纪古识。闻昔司马公，抵登憩峻极。
路险策杖行，徐行不困力。题壁载名言，措足亦有则。
窘步失涂轨，半道阻登陟。不进则有退，不止将何息。
景行谅斯在，愿佩君子德。

九日三峰登高

于嗣昌

徘徊绝顶倚云高，古树森森俨羽旄。香陌九衢薰暖席，寒烟万井静风涛。
授衣还念苍生苦，吹帽何妨此日豪。回首斜阳归远岫，金鞭摇曳出林皋。

犊水园述怀

周德滋

园傍犊水西，南邻颍水溪。我乐盖何如，乐兹丘壑美。
攸居宁矜诩，巢父之旧里。田犹巢父田，水犹巢父水。
耕田而饮水，味趣奚所似。当春课耕耘，及秋收稷粟。
酤酒不独酌，往往对知己。闲闲聊自尝，讵愿过城市。
庶几熙澔风，仰古学知止。

赋得芳草成皋路

张起凤

春入成皋驿路长，芊芊嫩草竞争芳。雨余积翠轮蹄滑，花落残茵屐齿香。
广武城边萦细柳，玉门古渡映斜阳。只今山色连天碧，何处去寻古战场。

荥阳怀古

高明峻

管城西望武牢东，无限沧桑在眼中。郑氏冠裳迷旷址，周藩宝玉掩荒丛。

山川回首今犹在，景物凝目古不同。愿起凋残还旧俗，家家仍使坐春风。

索水澄波

顾天挺

清泉泻出乱出头，终古涓涓不断流。夹岸林峦波底见，高城楼阁镜中收。兰荣远渚香堪撷，鹭浴暗沙闲自浮。莫厌官卑无厚糈，乐饥差足复何求？

万山叠翠

顾天挺

嵩高雄峙洛阳东，叠峦森罗插碧空。万井桑麻青嶂下，千家樵采白云中。雾笼幽壑潜文豹，雷震空潭起卧龙。一自沧桑烽火后，惟留黛色点苍穹。

中岳庙

顾嗣立

五岳作镇争神皋，中央独秀惟嵩高。三公祭秩万古昭，牲璧致敬乘星轺。忆从汉武来旌旆，黄云如盖垂山椒。唐宗隆礼荐血峁，加封王爵示不祧。门开阊阖吹清飙，就中楼观连云霄。复房阁道结构牢，古柏森立青不雕。铁干正直抽新条，宝藏堆积纵火烧。金人对立如相招，耽耽正殿除烦歊。冕旒龙衮象简朝，文臣武将分群僚。阑干白石装琼瑶，后宫翟茀悬轻绡。竹帘花影摇深宵，倒身甘寝忘昏朝。妇女拜叩福可徼，毋乃亵慢神明嘲。阳城遗迹传唐尧，诗咏峻极歌且谣。申甫下降精神交，中原清气钟吾曹。褒崇僭越末俗嚣，黄冠庙令徒矜骄。自从明祖排喧呶，厘正封号烦文消。圣皇混一宵旰劳，五风十雨时序调。遣官络绎包菁茅，金泥玉检升嶕峣，峰头玉女鸣仙璈，缑山骑鹤吹玉箫。石生九节菖蒲苗，庆云叆叇二室高，遥呼万岁声聊嘈。

崇福宫

顾嗣立

汉武老学仙，方士请封禅。空中万岁声，峰下起台殿。
真宗信天书，制文亲洗岘。名贤司提举，御容五彩见。

中有太乙泉，嵌窦流一线。宛转引流觞，时伤兰亭宴。
山风飘急雨，野花落如霰。道流多菜色，仙坛草生遍。
人无金石固，胜地易迁变。安得从浮邱，鹤背俯芳甸。

嵩 岳 寺

顾嗣立

孤塔立空蒙，葱茏影交积。鸣玉流涓涓，抠衣踏涧石。
初入神觉疲，稍深意始释。初祖从西归，禅扉少行迹。
山花自开落，不问红与白。玉座歇金声，灵籁凉戚戚。
闲日苦无多，何用感今昔。

会 善 寺

顾嗣立

箕山临其前，颍水流其下。佛寺凿翠开，轩窗独潇洒。
龙泉迸石出，滴沥清池泻。风动白莲花，澹香消永夏。
老僧状貌古，爱静言词寡。太室历招提，此地颇精雅。
森森门前松，古色照四野。岁寒老空山，谁是赏心者。

大法王寺

顾嗣立

白云冒层峦，乱涧滴疏响。中藏避暑宫，清景发遐想。
石砌荒金莲，荛草萋以长。山僧自鼓钟，绝景无人赏。
孤峡撑青天，幽鸟日来往。小雨涤烦嚣，不知秋气爽。
何当候明月，香台一偃仰。

宿少林寺

顾嗣立

山游访古刹，荆棘苦蒙密。入寺眼忽明，当门拱少室。
老柏翠参天，疏影漏斜日。碑版多唐宋，斑驳映玉质。
广庭岚气袭，单衣骤凛栗。何处发钟声，凉飙助萧瑟。

永 泰 寺

顾嗣立

公主乘云去，白云满空山。松风吹秋月，夜夜鸣佩环。
缥缈皇姑塔，隐见非人间。御寨滴岚翠，池荒草径闲。
宵来小雨过，飞鸟鸣关关。

初祖庵杂咏三绝

顾嗣立

面 壁 石

一石独亭亭，中藏初祖形。千年神气在，何用著丹青。

飞 来 碑

虫书文剥落，鸟篆字模糊。好去问罗叶，西方有此无？

二祖手植柏

托根依静土，二祖手亲植。曾逢庾岭梅，岁寒不改色。

登 小 嵩 顶

顾嗣立

太室荒涂不可寻，支筇岳庙且登临。金壶墨竭仙经化，玉镜尘昏美石沈。
雨过群峰光合沓，秋生万木气萧森。那堪夜静清辉满，玉女无聊急莫砧。

望 大 隗 山

刘光祺

轩帝曾经具茨游，郁葱佳气望中收。君看绝顶风云处，就有仙人在上头。

周定王墓

赵 宾

麒麟十年卧青藤，隧道年深石柱崩。过客无劳生愤懑，秋风草满汉诸陵。
尽砍松杉剩井斡，影堂无复玉栏干。传闻更有伤心事，泉壤空藏旧石棺。

偃师佛光峪

董色起

萝径悠悠山气凉，千秋疑见玉毫光。维摩不阻人问路，伏钵昙花是处香。

少 林 寺

株 枫

翠岭回幽谷，清溪锁少林。山围双树迥，云起五峰深。
霜叶疏犹落，寒禽午自吟。宝幢风飒飒，钟梵昼沉沉。
香袅书空篆，泉调隔涧琴。禅机将逸兴，胜事得相寻。

故城有感

张奇勋

几缕寒烟禾黍秋，停车寂历到荒邱。日斜广武牛羊下，牧笛声声起晚愁。

宿洞林寺

张奇勋

逍遥散步入山深，两袖烟去归洞林。飞阁风业清磬响，疏棂月逗老梅阴。
神闲自可忘名利，地僻无庸分古今。借问真如何外是？孤灯照破祖禅心。

同友登万山

张奇勋

古木参差樵径微，空山携伴入层围。危峰落叶穿云乱，半壁悬泉化雨飞。
鸟解幽情频向语，花通韵事数沾衣。旷然顿醒游仙梦，笑指清风带月归。

宿普救寺

孙昌祚

劳口无计涤尘襟，宿酒初醒宿禅林。隔竹茶烟风冉冉，半窗花影夜沉沉。
有心听法丝灯坐，着意敲诗待月吟。一榻不安羁客梦，又乘羸马过山岑。

巢父琴床

田　畇

人琴昔已去，巨石当流寒。野弦泛高曲，淙诤随意弹。

嵩阳书院

钟国士

运会由来五百期，嵩阳旧有二程祠。前修过化存遗迹，后起登临动远思。
废毁几年归牧草，以营此日壮云榱。山灵漫道增颜色，洛学重兴风自移。

移家阳翟

钟国士

卜居家阳翟，结茅颍水隈。高台堪眺望，曲岸足徘徊。
携册随榆柳，荷锄问草莱。薄田充八谷，晨夕亦悠哉。

颂许由禅让处

张　琳

让位唐虞事绝伦，寓言巢许事皆陈。箕山有墓空如斧，颍水无风静不尘。
叶底绿匏仍裛露，陇头黄犊自耕春。高踪千古真堪训，后世何多受禅臣？

至巩县芝田镇恭祀宋太祖、太宗、真宗、仁宗四陵纪事并示多明府

蒋　涟

秣马息芝田，地僻茅檐小。兰舆行山中，四围青绿绕。
郁郁宋家陵，回环势相抱。幽队埋衣冠，高原自昏晓。
断碑卧苍苔，赑屃伏衰草。石麟与翁仲，或植或颠倒。
想见南渡前，双阙矗穹昊。守冢环松门，泉宫秘深窈。
我来抚遗墟，拜手酬清醥。对越俨前王，盘匜洁苹藻。
是时风日佳，冠盖出木杪。盛典传乡闾，聚观走翁媪。
有令前致辞，承乏兹邑早。每当恩诏宣，山深集旂旐。
是岁辄有秋，秋风足畦稻。答言令无疑，此实神所保。
昔一祖三宗，当阳临亿兆。功德递相承，百年递肇造。
如文武成康，精灵在丰镐。秩祀礼所宜，岂徒事所祷。
语罢立踌躕，夕晖挂华表。去去指前途，明发荥阳道。

渡洛水作

蒋　涟

才出青山郭，还临古渡头。波声连两岸，幡影洛中流。
节近安期禊，人登郭泰舟。飘然心不系，万象正清幽。

赠偃师令崔玉立

蒋　涟

使节天中历几程，停骖西亳看春耕。万家烟火名都盛，百里讴歌长吏清。
云尽景山森柏影，月明缑岭俨笙声。此间合著神仙住，俗虑消除政自平。

广武道中

佟凤彩

红叶凄凄悲晚秋，晨钟细雨雁归声。千年古道成沧海，一片荒林暗石城。
霜落板桥人迹碎，鸟栖残树马蹄惊。个中冷暖终成弈，满局敲来谁是赢？

郭　　溪

王泽长

蛾眉黛色小桥西，细路斜回入眼迷。泉底穿沙深涧涌，山腰出牖抄林栖。
风来翠盖归稻香，霜来红叶荡石溪。客门臾饶登屐晚，凤凰顶上有丹梯。

许霜岩忧旱二律

张朝宷

长夏骄曦着处焚，川原一望失耕耘。山焦岂有鸠呼雨，日落空闻犬吠云。
顾我省躬应断酒，怜君何事废茹荤。迎神击鼓千村遍，翘首银河坐夜分。

乍看阴浓喜不禁，夜窗忽见月华侵。风吹雾散星光灿，云净山空水气沉。
糯粟可能倾海国，牧刍何以挽天心。萧萧叶飐疏梧响，错认甘泉到小林。

碑发当阳工部墓处

桑调元

远祖与闻孙，文章勋业存。九原相映彻，都在土娄村。

杜工部故里

桑调元

青山入巩洛，秀色超尘寰。钟英产诗老，悲歌成史编。
契稷辄自许，高李空随肩。东郊伤瘦马，西川拜杜鹃。

我行敬草树，式此南瑶湾。呜呼斯人逝，吟者无其贤。

黄 盖 峰

桑调元

东岱此中岳，黄盖为梁父。凌云峰独势，峨青照神宇。
灵通山泽气，崇辟天地户。笼山雾作巾，酾空雨如弩。
云破青冥开，风回翠柏舞。淡淡扫修岚，群娟秀眉抚。

颍 水

桑调元

一泓清可怜，春绕箕山足。鳞鳞映白云，潇潇滋翠竹。
暖戏泳尝沙，轻浮追属玉。如闻洗耳人，溯流牵我犊。
龙卧有青山，蝉蜕无黄屋。澄波流至今，高士见不数。

测 景 台

桑调元

古台耸崟岑，土圭日正景。入贡均六服，中又迁九鼎。
台荒石表欹，雨霁天星冷。深春芳气浓，娟月寒辉靓。
垣竹戛清声，阶桐散疏影。升高睇烟岚，隐隐环嵩岭。

谒 子 产 祠

桑调元

兵争王泽竭，波荡民风颓。慨想能为国，闳济非公谁？
荒圃祠宇在，下马拜阶墀。白日隐高树，春风吹网丝。
何人嗣芳躅，令我纷涕洟。翩翩吴季子，投分固相宜。

会 善 寺

桑调元

迂径翠柏原，幽诣表莲宇。清晖恰可中，暖景不常午。石窦喷龙泉，香台下鸽羽。塔影照�房，云气生洞户。阴崖树色寒，废灶烟痕古。欲坐戒坛西，长廊听春雨。

观唐王告少林寺教

景冬旸

少林古碑密如栉，高下竖卧各为质。松柏掩映发幽光，大半出自名人笔。
中最盛者惟汉唐，藓斑剥蚀不可悉。我来碑下聊盘桓，深垣老树秋风寒。
山僧指点某某迹，碑前碑阴尽情看。石缺断文解大意，寻行逐句刮苔瘢。
东郎有碑矗丈馀，隻光凝重覆前除。古色绝似三代物，额篆纪年贞观初。
传闻寺僧曾从戎，昔年协擒王世充。太宗因之嘉丕绩，御书宸翰出九重。
南壁勒有赐田碑，至今辉耀逾鼎钟。我为缩目一再读，当年情事如可掬。
艳称释迦为神圣，说偈颂咒尊天竺。
嗟噫呼！
秦汉而下无传道，正学荒榛倡佛老。蓬莱东岛炼九丹，莲花西域证三宝。
特加尊崇曰我师，周孔之道有如埽。
噫呼！
五乳峰下碑不朽，终唐道术成稂莠。纵令髡徒颂明圣，不如归诸无何有。

中岳庙怀古

景冬旸

万岁山呼亦异哉，漫将高岳比蓬莱。黄云数朵仙坛雨，老树一声御辇雷。
犹有麇游度岭出，时逢鹤舞傍花开。残碑未泐唐人字，古阙空存汉世苔。
玉女儿时捣帛去，青童何处捧书来。百年笺奏谪仙死，七日锦囊王母回。
踯躅飞红留五渡，篔筜堆绿近三台。中峰玉像经旬见，东嶂柏林夜半栽。
洞里金龙久不至，壁间古篆待谁摧。灵车未许公孙侯，仙杖徒劳曼倩猜。
缈缈神宫没瓦砾，离离御路长蒿莱。丹成帝子今安在，封祀独馀土一堆。

秋日嵩阳书院即事

景冬旸

莫道寒山不可居，欲寻乐处乐何如。千岩红叶景偏好，一片黄花意自舒。
月到迟迟窥瓮牖，云来细细湿衣裾。此间幽赏别无事，深院挑灯读我书。

嵩阳书院即事

景冬旸

古柏天矫与天矗，虬枝铁干望穆穆。陆离光怪蟠苍龙，下有大小十余屋。
岳势嵂屼左右峃，高下盘蜒自伏起。飞色远近入阶除，老黄奇绿杂深紫。
两湾清溪日潺湲，参差桃柳蔽短垣。循溪靠崖辟荒径，背林向日开山门。
当门一株紫薇花，伛偻斑斓吐奇葩。枯质绝似三代物，沉烟蚀雾走云霞。
端然三楹祀先师，舜禹姬公特立祠。程朱先儒各为主，启闭洒扫有耑司。
最后弘敞藏书楼，四围山色入座收。几临霞际天光落，檐接峰纹云影流。
讲堂高半柏之腰，倚竹傍花作书寮。处处柏阴青连牖，结构浑朴陋华雕。
同人数辈业其中，行止坐卧对高嵩。鸢飞鱼跃触处是，四时佳兴迥不同。
东则别墅叠石溪，逐岩开水疏小畦。两岸野树随意绿，去来好鸟任鸣栖。
荷花灿灿竹青青，绝壑横涧置茅亭。风来水石抟激响，使人旷怡侧耳听。
主人寻胜日日来，我亦追随共徘徊。人眼总是化育理，昨日野花今日开。

登万岁峰

景冬旸

千山影压野寺暮，更踏歧岩寻樵路。岚光出没随云开，崩坡滑石不可步。
荒崖断岸一径通，寒峰远近相回互。峰半横石势隆从，苍红老碧蟠枯树。
树杪登石聊长吟，煮雪石巅凉烟聚。努力携榼上山椒，野啸山答声若呼。
地僻狐窜随处林，峰高人凭数重雾。当年武帝曾驻跸，辇道霜雪知几度？
峰头传说有神仙，我来仓猝无所遇。帷闻空涧响暗泉，遥睇平楚含太素。

望　岳

景冬旸

移榻得面山，烟霞共昏旦。缥缈飞白云，遥青望不断。
似见谪仙人，骑云度石岸。我欲往从之，惜无凌风翰。
吟成梁父词，云影忽飞散。

登御凤台

侯尔梅

昔读泠然句，今登列子台。阆风春草绿，姑射野花开。
仙子何时返，牧童去复来。乘风素有志，恨未陟崔嵬。

偶憩张明经雉园即事兵

顾　汧

简书申命督驱蝗，触热驰车历井疆。共识其咨侔禹稷，更期良牧效龚黄。
陇头禾黍沾膏遍，池上葵榴带露瀼。沐浴升平何力有，偕兹士庶乐羲皇。
三驱用命野无蝨，麦积如坻望有秋。田畯嬉游瞻节钺，行厨暂喜驻林丘。
依城卜筑凌千嶂，散步闲吟拟十洲。遥忆故园风景好，荷亭月落系虚舟。

伊洛合流

郭遇熙

大川东去几千秋，百代兴亡一水流。伊阙影分周列国，洛书图画汉诸侯。
波株袜动妃依月，涛响笙歌凤在楼。只为朝宗归碧海，来同此地渡江头。

广武山中宗人所居曰陈家沟去年曾一投宿今再过之为题其壁

陈鹏年

买山依广武，奕叶羡吾宗。拂枕河声近，当檐树影重。
战征传楚汉，质朴见黄农。未得期深入，东南遍各峰。

两至覃怀路，频因水患多。横流非故道，比屋在颓波。
目极桃花浪，心惊瓠子歌。我行还相度，遗躅此岩阿。
每廑深宫虑，仍烦敕使临。挽输军国计，饥溺圣人心。
捧土惭何补，回澜力敢任。揽衣中夜起，遑问二毛侵。

杜少陵墓（二首）

刘青藜

尸乡东去路，一吊少陵坟。短碣埋青草，荒山锁白云。
百年常作客，一饭不忘君。白酒来江夜，凄凉不忍闻。

万里清明节，回头忆北邙。可怜出巫峡，曾未到襄阳。
故国三千里，羁魂二十霜。蹉跎稷契志，终古恨茫茫。

鸿　沟

刘青藜

□铁沉沙壁垒颓，当年鹬蚌总堪哀。剑撞玉斗龙先避，界划鸿沟骓岂回。
竖子成名真幸耳，乃翁置俎亦哀哉。海边却忆窃逃语，十罪何曾抵一杯。

宋　陵　行

刘青藜

前有嵩高后北邙，伊洛纵横盘中央。青龙掉尾紫金接，天水遗冢纷低昂。
殿宁灰飞松楸尽，残碑断碣横夕阳。伊昔东都全盛日，朝陵仪制何炜煌。
金吾百里罢传呼，黄麾仗络鼎湖傍。素衣步入司马门，百官麟次鸣璆琅。
岁时二仲尊宗正，冬衣捧献来嫔嫱。七世相沿成故事，青城祸起殊凄凉。
怀愍蒙尘琅琊南，翠微不守熊罴亡。骊山银海九嵕亘，摸金何代无中郎。
神台壂裂特讳词，南山虽锢得无戕。十二金牌弃两河，护陵刘湛空相偿。
涧水流涸亦偶然，可怜父老夸祯祥。五国游魂置脑后，含桃那问金粟冈。
转眼崖山飓风起，兰亭真贴尤堪伤。冬青树上灵禽飞，法惠遥祀复何望。
雪晴日暖西京道，昨朝夹马今隋仓。历历兴亡在眼底，临风三叹独傍徨。
回头却忆陈桥驿，黄袍拥戴日无光。

黑 石 渡

刘青藜

朝发上东门，夕抵黑石渡。川原何逶迤，岗岭莽回互。
伊洛与瀍涧，派别齐东赴。汇流朝大河，群山夹北注。
侧闻李郭俦，当年曾此聚。门龙舟亦仙，御荣渡还暮。
名流矜气节，义士争驰骛。惜哉标榜盛，奇祸中党锢。
群小焉足尤，诸公无乃固。遂俾国一空，炎运以不祚。
我来千载下，俯仰空自顾。扣舷独放歌，伊人不可晤。

田 横 墓

刘青藜

洛阳城东三十里，道北有冢岿然起。残碑驳落字依稀，云齐田横葬于是。
旁二小丘衬东偏，想是从来之二士。陈词荐酒忆昌黎，回顾慨然叹不止。
雄心不受北面辱，乘传胡为乎至此。一旅一成自可王，五百人况如虎兕。
海岛焉知非沛上，长驱逐鹿中原垒。不然割局伯一方，尉陀南越亦其比。
纵事不成葬鱼腹，犹愈刎身尸乡里。吁嗟成败亦偶然，隆准翁特侥悻耳。
箕倨嫚骂溺儒冠，从游者谁知廉耻。假令三尽剑不灵，鸿门不死彭城死。
萧曹岂是仗节人？子房早从赤松子。得士虽未免剑铓，扰扰终能殉知己。

登巩县南城楼

刘青藜

独上城南百尺楼，山川回合古东周。螭碑万笏插龙尾，雉堞千寻跨虎头。
洛口仓空余故垒，平津桥断冷荒洲。东风杨柳垂垂绿，极目斜阳动客愁。

赠适庵上人七古

赵御众

法王古刹芜烟久，画壁模糊龙象走。惟有当时一片月，至今自吐嵩门口。
嵩门明月两无猜，大士因缘偶尔来。岩狮溪虎相迎笑，锡杖围绕金莲开。
我知大士儒弟子，逃禅未即辞阙里。常空法藏十六言，绝大轮回廿一史。

前逢大士颍水东，春窗夜雨箕山风。后晤大士如堂南，竹楼暑月金华潭。
相思未跨碧驴去，岳气神通啼鸟曙。雨雪孤灯独立时，朝昏清磬无声处。

重修高文襄公祠诗

赵御众

颜坊驾祠牖，俎豆俯城衢。我来敬瞻拜，忾焉增踟蹰。
先生在揆席，挺挺大臣模。庙筹格丹枫，稽古追都俞。
当其顾命时，姬旦期与徙。平生秉刚德，太阿光斗枢。
胡为轻去国，弓剑不可呼。阴霾煸白日，祸机伏交芦。
皇恩本浩荡，归马眷长途。欷歔松柏声，空山老庭庑。
虽蒙身后荣，忠悃抑已孤。野火跳封豕，倾栋竟谁扶？
每读所遗稿，南枝啼夜乌。贤宰来何暮，榛莽垂芟诛。
表章力潜通，孰谓精爽无。挹藻涤香几，勒碑树贞瑜。
严霜下明几，酌水束生刍。兴废鉴神理，先后同枢趋。
滔滔溱洧流，宁复注斯须。

谒文襄公墓诗

赵御众

离离石马碧秋冈，阁老衣冠冷墓堂。隆庆六年悬剑舄，尚书九德忆文襄。
和羹未办盐梅实，去国才留月旦长。闻道江陵同顾命，不知谁侍白云乡。

嵩山超化寺（四首）

赵御众

超化传名古，洧源记水经。波鸥几点白，野圃四时青。
砦耸余天险，溪回得地形。此乡宜美俗，方不愧山灵。

中刹寻余址，依稀旧地平。穿崖存一佛，流水失三生。
塔坡开皇宇，村留超化名。西来无大意，古柏与风声。

下寺今犹在，荒凉野树中。门开闲佛日，竿倒幻幡风。
僧饭厨烟动，春岚水面空。定知寂灭乐，朝暮不闻钟。

春月上东岭，川烟数百层。石滩疑汐涨，村火似渔灯。
虚白群生息，高深夜气凭。山空人独立，良悟倚古藤。

聚　山　园

姚尔申

东园肄业地，风雨蔽数椽。遥望五乳秀，近窥白云颠。
风光围斗室，众壑与阶连。春和听鸟啼，秋深看鹿眠。
晴明文物景，阴云太古天。经岁览胜概，幽奇总无边。
端居茅檐里，顿尔忘尘缘。游心仁义府，耕我方寸田。
冬裘与夏葛，奚复羡余钱。为忆陶靖节，乐以忘其年。

丹 山 书 院

李朝柱

敷教丹山葺凤台，台成栖凤凤还来。平生智拙谋身计，数载心劳为园才。
养翼群英归化雨，修鳞多士待春雷。地灵人杰鲲应化，日上重楼看几回。

劝　　农

何锡爵

日静风和鹤步迟，端思农事亟乘时。犁开南亩花盈陌，舍出东郊榆蒲篱。
漫道荒沙为可弃，还将茂草好加耔。桑麻四野流亡少，击壤兴歌夫子嬉。

杜 工 部 祠

孙枝荣

麻鞋传旧史，豆垅谪文仙。举世推诗伯，无家老暮年。
梦中秦邸第，客里蜀山川。寂寞千秋后，灵归故井烟。

青龙山冷沟

孙枝荣

主人一杯酒，劳我游山屐。山行入冷沟，冰雪太古积。
风烈岩石落，泉脉冻滴沥。乱峰碧插天，天光露微白。
云际忽烧红，心知日已夕。同行四五人，个个无停策。
樵夫炊寒烟，吼之反见怪。下有老龙潭，深蟠千余尺。
语声不自检，十月起霹雳。

慈　云　寺

孙枝荣

夜抵慈云寺，山色阴昏黑。寺僧谨管钥，戒我夜无出。
晨起急登寻，虎迹傍门室。猿猴群引至，相将晒朝日。
日照群峰上，峰峰弄颜色。喜与惧交加，我游如不克。

嵩山汉柏歌

张　汉

汉时童童三古柏，传至明终伐其一。云是当时三将军，天子崇封威名烈。
我瞻此柏坚且疑，有如端委垂绅庙堂立。屹屹千寻栋梁姿，何因不晋三公秩？
表此清风与直节，胡不为相胡为将？使执干戈卫社稷。
尔时汉皇贪战争，刍草摧残民命轻。分提三军敕此树，将勿驱役草木尽神兵。
名器从来不假人，柏拟将军似不伦。有如食禄不尽策，空拥虚名负将军。
将军无功徒有名，功名无败亦无成。乃知古来闻道者，形似槁木得长生。

巩县东看隔水桃花

张　汉

桃花能绿柳能红，互影含光晚日融。四水交流山尽处，三春一半客愁中。
寻常岛屿仙源出，咫尺烟云驿路通。竟敢题诗诗圣里，为怜风物巩城东。

诗圣祠

张汉

天纵诗将圣，人惊笔有神。禹皋元始志，寒馁竟终身。
庙祀忘乡里，石文记水滨。瓣香吾所重，此地独尊亲。

秦槐

张汉

秦人传二世，老树独千来。帝业今成梦，南柯几度愁。
更笑祖龙痴，寻仙求药饵。不如草木灵，今日长无死。

苌弘墓

张汉

载表忠臣墓，先师访乐人。三年消碧血，万古化青磷。
地下追逄比，天中重鬼神。如何西亳路，抔土缺明禋。

颜鲁公墓

张汉

偃师何处识颜家？南海神丹授碧霞。四水交流存葬地，禄山一变静尘沙。
杲卿有弟风同烈，御史专名雨亦嘉。铁石心肠归视死，笔留筋骨走龙蛇。

会圣宫旧址望宋陵

张汉

驱马上北邙，秋风禾黍香。南望芝田镇，烟树何茫茫。
指点宋家陵，垒垒立崇岗。呈嗟香孩诞，夹马发神光。
去何一抔土，不见五云翔。圣皇三代后，汤武与颉颃。
得天何粹精，治世亦平康。隔陵一带水，无由拜陵旁。
君臣千载会，意气为飞扬。

少林寺

张汉

外方直上出云尊，面壁人归有石痕。少室为家栖二祖，大宗维岳领群孙。
遥探汉武陈封简，近抚秦皇老树根。便起游山便怀古，不须离宦与完婚。

次游少林寺

郭璐

古刹中州数少林，峰环五乳自幽深。贝叶含光花雨乱，翠屏倒影午云阴。
碑断犹存开士偈，月空常印坐关心。我亦终年学面壁，昙摩去后恐难寻。

宿少林

张沂

心有遨游不尽缘，争多薄宦总怏然。高林掩映排云入，小径盘陀倩石连。
习静全输佛子意，探奇不及吾侪贤。几行绝径逢知话，坐送松嵋月一弦。

登黄中楼

阎兴邦

磅礴中原势，登楼山影重。高低森石笋，苍翠削芙蓉。
树短纷如荠，河长界若龙。阴阳迎正气，风雨慰耕农。
雪压三仙馆，云飞万岁峰。碑残蜗有迹，仙去鹤无踪。
玉女砧声悄，金壶墨汁浓。旧游留谢简，古篆记唐封。
黄盖深藏鹿，青童峭荫松。晦明迷日月，空旷荡心胸。
平洛犹通水，芝田未种种。孤城依户牖，八郡列垣墉。
渺渺予怀切，劳劳臣职供。岚光行欲暝，木叶满二冬。

谒　中　岳

阎兴邦

轩辕来狩帝尧巡，百代君王尽致禋。高镇天中占应午，尊居海内瑞生申。
八仙坛古寻无迹，万岁亭留庆有神。自是圣朝多雨露，金龙玉简慰斯民。

嵩阳书院

阎兴邦

四顾多生感，谁为第一流？能超行迹外，便与圣贤牟。
汉柏千年古，唐碑百代羞。莫因徐浩笔，偃月姓名留。

冬日游少林

阎兴邦

曾闻折苇渡江来，五叶三花此处开。游屐寂寥僧面壁，夜深风雨扫经台。
三十六峰拥翠鬟，毗卢阁上藓台斑。无人更续佺期句，宝地珠林尽日闲。

戊日谒祭子产祠

朱庭献

模范犹传郑大夫，香醪荐罢转踟蹰。一时遗爱归庐井，百代高风剩版图。
社鼓尚看民报赛，野祠肯使草荒芜。追芳有志恐难逮，敢同舆人诵也无？

大　隗　山

石日琮

曾受神芝是此山，春风无恙点苔斑。只今仙人去何处？留得清岚一洞间。

石窟寺

焦侗

淼淼长川天际来，急流回处寺门开。洞深萝薜疑无路，境入烟霞别有苔。
殿角山泉常溅雨，壁间石像半侵苔。逢僧偶借蒲团坐，话到无心万想灰。

郑东古神槐碑行

张开东

新郑东门古神槐，屈曲盘礴凌高台。城狐社鼠不敢过，海鸥野鹤相徘徊。
干围四人长二丈，群枝杈丫青天开。刳腹玲珑若龛壁，中抱碑石迷苍台。
当时邑宰祷神雨，划然霜皮走电雷。垂天烟云生树杪，一霎滂沱遍九垓。
此碑已载前明事，此树安知何代栽？功在生民泽在物，谁怜老身立崔嵬。
碑石不烂树不朽，神乎神乎天所培。

韩非子

张开东

刑名始申韩，六经道渐绝。岂知《孤愤》书，翻为李斯灭。

颜鲁公墓

乔履信

手占遗表不生还，青草孤坟倍可怜。何事授丹陶八八，邙山洛水自年年。

怀伊尹祠

乔履信

卷甲曾闻驻偃师，到今元圣自灵祠。万方诞告旁求日，三聘登车布泽时。
亳社鼎移风已冷，首阳薇断日初迟。衣冠对此空瞻拜，怅望清秋有所思。

古城咏怀

乔履信

帝喾城边思不禁，山川漠漠情素深。云连嵩岳常朝暮，浪走黄河自古今。
壮不如人空唾手，秋多悲气独惊心。等闲拟作安仁赋，万里晴晖对一襟。

吊田横墓

乔履信

洛阳东去水潺湲，千载田横墓尚存。半岭寒烟封石穴，一滩秋草护丘园。
雄心不复归沧海，侠气犹堪上早暾。鸟心弓藏空抱恨，淮阴往事与谁论？

嵩阳书院

爱新觉罗·弘历

书院嵩阳景最清，石幢犹纪故宫名。虚夸妙药求方士，何似菁莪育俊英？
山色溪声留宿雨，菊香竹韵喜新晴。初来岂得无言别，汉柏阴中句偶成。

登峻极峰

爱新觉罗·弘历

岁山好景几千秋，云雨自飞水自流。远观南海三千里，近望西湖八百州。
万里长江飘玉带，一轮明月滚绣球。好景一时观不尽，天生有份再来游。

汉柏行

爱新觉罗·弘历

我曾快读杜甫诗，千秋绝作叹莫比。嵩阳今见汉时柏，学步吟怀不能已。
久与公孙并齐名，颍川嵩岳近尺咫。颍川马鬣尚存无，嵩岳龙身犹故尔。
世人安得如汝寿，休论二在一已毁。是时雨后凉飙起，浏莅卉歙声盈耳。
金幢玉节舞其翩，瑞风祥鸾集爰止。柏下平铺金粟纸，写形要欲写其理。
浮邱伯，周王子，风雨晦暝翱翔是，倘更逢之亦图彼。

谒中岳庙

爱新觉罗·弘历

正正堂堂地，巍巍焕焕京。到业瞻气象，果足庆平生。
还我长年愿，陈兹祈岁情。忽闻鸾鹤韵，疑有列仙迎。

会　善　寺

爱新觉罗·弘历

外方多宝地，净域辟云关。自古山川秀，遥看花树殷。
到来尘念息，试坐稚冬间。绀宇怡神静，丹梯举足攀。
龙池喷德水，雁阁礼华鬘。太少无穷奥，于兹见一斑。

少　林　寺

爱新觉罗·弘历

少林千载寺，少室一房山。禅悦偶重叩，秋岩此乍攀。
树姿纷绮绣，涧响静潺湲。却见来时路，轩辕云外关。

龙门香山寺(二首)

爱新觉罗·弘历

龙门几十年，第一数香山。自古才华地，当秋罕跸间。
阙峰迎巀嶭，伊水俯潺湲。始见人枫叶，霜前三两殷。

静室暂周旋，具怀每皋然。如斯看水逝，不改是峰违。
画意谁能貌，吟情祇合蠲。虑输白少傅，已著祖生鞭。

登缑山极目

爱新觉罗·弘历

缑山茏葱嵩岳连，传闻子晋此升仙。割来太室三分秀，望去清伊一带绵。

欢豫民情他阆苑,菁芊麦色我芝田。孜孜救治犹多愧,无暇重缮学道篇。

观 星 台

董 榕

气肃天重九,山围地正中。高台瞻皓月,古庙拜元公。
圭尺遗衡在,衣冠雅兴同。携樽忻共醉,不数晋人风。

郍 能 溪

张 熿

邙隈曲处细流通,泻出清泉赴洛东。大小珠飞翻浪碧,温凉玉剖信天工。
爽林荷叶参差见,隔岸钟响远近中。佳境由来多寂寞,品题何幸有名公。

青龙山洞

孙汝工

携筇信步入山隈,古洞幽深翠柏栽。路向荒阴留白雪,门临石磴长青苔。
尘封佛像无今昔,游历人踪有去来。闲觅残碑摹古篆,夕阳欹下几徘徊。

牛 口 峪

许勉燉

关中王气净兵氛,直指东都扫阵云。胜算不从凌祭酒,老谋能用薛参军。
虎牢犄角棋先定,牛口仓皇火自焚。卷旗疾驰擒二敌,凌烟高阁早书勋。

广武道中

许勉燉

鞭影横捎古战场,凄凉陈迹感沧桑。风号古木寒鸦散,草没荒原狡兔藏。
剩有雄心临广武,争先胜着据敖仓。时清共庆干戈戢,废垒今成禾黍乡。

满 江 红

许勉燉

频过荥阳，猛记得争雄汉楚。风吼处，血流京索，尘昏广武。纪信诳乘黄屋至，范增怒逐青山去。置军中分我一杯羹，谁无父？

粮道绝，敖仓腐。游士说，鸿沟住。叹江东子弟，阴陵失路。盖世魂消骓也逝，拔山力尽虞兮舞。正徘徊废垒故城边，乌栖树。

登城南翠屏山

许勉燉

翠嶂斜侵汜水湄，弯环仿佛似蛾眉。青松对面莲花擘，碧洛当胸宝镜移。
隔岸钟声闻寺刹，前溪渔火照城陴。不须转眼愁陵谷，待勒山头杜预碑。

登案岭（案山）

许勉燉

到此经年久，今知案岭奇。洞中藏曲折，城上露嵚崎。
一水开明镜，群峰列锦帷。桃源何处是，咫尺便云迷。

玉门（荥阳古渡口）闲眺

许勉燉

问讯玉门渡，携筇过小桥。鱼戏浅水面，人语半山腰。
短笛吹牛背，长镵劚药苗。此中堪避世，直欲老渔樵。

谒汉高祖庙

许勉燉

赤帝当兴白帝休，祖龙望气漫东游。旌旗独向兰田入，椽壁先从灞上收。
阃外韩彭资后劲，帷中随陆借前筹。皇图卜世同神禹，创建东西四百秋。

登卧龙山远眺

许勉燉

惠风和畅暮春天，屐齿能轻百尺巅。修竹烟浓环翠峪，繁花日丽锦阳川。
闲寻处士藏书屋，待唤骚人载画船。遥望五云看不厌，千峰林立绕窗前。

晓过虎牢关

吴应棻

柝静严城月影高，悬崖陡绝古成皋。英雄三国疲龙战，形势千年控虎牢。
白草烟荒迷矿垒，黄河天远撼秋涛。中原此地多陈迹，勒马重冈首独搔。

中岳庙

吴应棻

中天开法象，御气接氤氲。殿角临黄盖，封中起白云。
祀崇秦典礼，树老汉将军。鸾鹤凌空舞，仙音缥缈闻。

颜鲁公墓

王维枞

北邙山下鲁公坟，洛水东流白浪翻。御史台前天落雨，常山舌后弟归魂。
正趋行在风云合，肯使东都日月昏。二十四城谁社稷，独留大义出平原。

虎牢关

袁枚

客行未回头，马道忽然仰。上书“虎牢关”，石碑字西向。
黄土夹青天，白日气凄怆。势与来者敌，路偏绝处创。
杀马可填道，万军一夫抗。虽无战争旗，尚留割据样。
我自西秦来，大雨逢秋涨。前车山外响，后车谷口让。
升如出井底，坠如下天状。又如走漆城，荡荡不可上……

鸿沟晚照

李　煦

斩蛇失鹿总亡羊，留得千秋旧战场。楚汉那堪寻往迹，河山如此送斜阳。
牛耕废垒沉枪断，人过荒沟野麝香。一片夕岚迷处所，闲听父老说沧桑。

汴　河　源

李　煦

群峰回合一潭幽，苴菪东连淮蔡流。板渚尚余隋氏迹，漕艘曾运宋家筹。
涧花涧草空今古，闲客闲吟自去留。通塞何常人事改，归来此地问源头。

曹皇后塔

李　煦

大周山高高嶙峋，上有孤塔凌青旻。传闻云是宋时建，椒房贵后姓氏真。
残碑蜗篆猝难辩，大祇奉佛留缘因。去天恍惚仅尺五，拔地戊削逾千寻。
盘行磴道上不得，云霞灿烂摇光品。神工鬼斧巧施设，当年几费祇园金。
法轮变现遽寂寞，刹那沧海飞蓬尘。似擎一柱屹撑柱，呵护倘籍西方灵。
春风满路野芳发，山根还访梳妆城。

石　窟　寺

张　缓

野寺枕清洛，古像凿崖石。轩窗眇空旷，楼阁幌金碧。
□僧多岩居，门为嵩少辟。我来值秋晚，高下穷胜迹。
万簌息众窍，千花纷讲席。乘兴宿禅房，梵音彻寒夕。

自　题　诗

钱九府

卜居面南浦，南浦多茂林。秋风发清响，恰悦自鸣琴。

鸣琴写我意，于何问知音。同是泉石侣，命意各自深。
相知不相乐，抱膝奚所吟。

东人大饥

钱九府

东人大饥，七年不饱。虽然不饱，原隰有草。
饥不转兮草亦无，东人妻子西人奴。
卖妇卖妇，妇唯唯，胡乃唯唯一存三。
死得不死兮妇且去，妇有怀兮新人怒。
卖儿卖儿，儿啼不已，儿啼不已见食则喜。
食不饱兮母不见，再啼主人劈其面。

望嵩山

吕守曾

三十六峰如髻鬟，行人来往舒心颜。白云蓬蓬忽然合，都在虚无缥缈间。

中秋嵩邑作

吕公溥

为爱嵩山好，驱车向北游。月明当午夜，花发正中秋。
玉笛邻人欢，银河万古流。能无动乡思，莫上最高楼。

黑石渡

张天保

巍然黑石渡，伊洛合融融。李郭同舟下，嵩邙夹道中。
西当函谷险，东峙虎牢雄。结构天生圣，登临兴不穷。

过裴晋公墓

张　钺

四海安危仗此身，丹忱忧国鬓如银。橐鞬道左迎丞相，鹅鹳军中服蔡人。
绿野园林娱晚岁，青编勋业轶前尘。郑原一片牛眠地，留与年年草木春。

子　产　祠

张　钺

乡校刑书宽猛兼，至今犹颂大夫贤。文辞却敌终无失，惠义诚民洵足传。
后哲谁能追往躅，灵祠空白敞虚筵。管城数载惭劳吏，缅想遗徽一惘然。

古 塔 晴 云

张　钺

开元初地辟，云际涌浮图。独立遗千劫，凌空占一隅。
絮黏连不断，肤合有疑无。背郭炊烟起，常将霁霭俱。

凤 台 荷 香

张　钺

仆射陂边水，螺痕镜里青。凤凰难出穴，君子尚余亭。
荡桨通花气，搴筒绕鹭汀。避炎应第一，磅礴思沉冥。

郑州夕阳楼

张　钺

咏诗人去几经秋，云影山光何处楼。徒倚危阑增晚思，闲情无那笛声悠。
无情花柳自春秋，四句诗同八咏楼。剩有残碑卧苍藓，斜阳去水总悠悠。

镙 辕 道

刘 甡

陡仄镙辕道，翠屏列上巅。高峰常碍日，密树不开天。
风急摧残叶，关狭锁云烟。早行凭眺望，霭霭白云连。

三 祖 庵

郜 煜

禅寺横林际，白云拥翠深。曙烟留碧草，朝日上遥岑。
僧话残碑古，鸟啼苦竹阴。最怜幽径里，清馨响余音。

上元后三日偕友游少林寺

施奕簪

翻经初创寺，面壁始悬灯。断臂求师切，安心演教宏。
三华灵境异，二桂佛言征。一脉遥相印，六宗从此兴。
巡碑知旧迹，瞻像识高僧。祖义今谁解，家风久乏承。
武功魔渐息，禅律讲何曾。近顾门庭静，远扬声价腾。
龙宫虽改作，鹫岭不妨仍。吴画委荒草，唐文叠石层。
琼楼藏鼠雀，丽宇聚蜂蝇。无复前朝树，空闻古洞藤。
名山青漠漠，流水碧澄澄。惆怅游观晚，徘徊感叹增。
落晖催暮客，归鸟共良朋。回首磨公壑，峰烟愧未登。

少林紧那罗神像

施奕簪

西来佛遣护禅林，跣足裸身当寇侵。独立高峰瞋目视，神威凛凛悚人心。
不言不语一憨人，倏变狰狞十丈身。惊走红巾千百众，功成长作庙中神。

少林寺新成有感

施奕簪

佛教西来起道场，开章释义借僧光。如何面壁称初祖，不见跋陀一瓣香。
魏文建寺译番经，欲表善心国祚宁。不解齐家惟妄佛，牝晨招乱佛无灵。
五乳峰前一寺幽，巍峨宫阙入云浮。唐碑宋碣纷无数，半筑丹梯半卧邱。
佛法无边诳俗流，从来狡狯是僧谋。琳宫瑶阁佳如许，犹恨金钱不尽修。

芦　　花

钱九韶

江乡丛薄恋依依，底事天涯处处飞。短草湾头随叶落，斜阳渡口趁帆归。
拟将桃梗无根蒂，认作杨花有是非。浅水船中人不觉，醒来雪片满蓑衣。
跌荡轻团似转蓬，长干十里断桥东。只愁扑地粘寒雨，故爱凌虚漾晚风。
淡不着香秋色里，飘无定所雁声中。可怜白露凄凄处，冷落伊人半亩宫。

筑　城　谣

钱九韶

城垣塌尽土没隍，盗贼夜上县君堂。县君闻之色苍黄，慨捐清俸筑城墙。
三百青铜木尺五，三分雪花一板土。良吏分明持辛苦，恶役骚扰恶如虎。
役衣裘，百姓愁，役食肉，百姓哭。筑城卫民民先死，盗贼仍在公门里。

双　柏　行

钱九韶

印月轩中风谡谡，扑落柏子满地绿。拾来艺种洧之阳，三年翠叶始纷郁。
尔时家祭初告成，移将双木对两楹。有如仲时方年少，何时方称栋梁名。
于今屈指三十载，风霜冰雪颜不改。皮肤皴作老龙鳞，虬干耸作凌云彩。
交柯联枝浓荫布，全因从前培植固。殷勤寄语后来人，爱此佳树须保护。
从来树人如树木，根深叶茂无倾覆。不见临安大树枝，文锦千秋照天目。

乔祇承先生招游缑山

吕鼎祚

才到名山便出尘，孤峰四壁转相亲。大河波浪环平野，少室风烟夹谷津。
偶坐从谈台上日，飞觞已醉阁中春。当年鹤迹归何处，天半笙声听未真。

赠俞明府以军功擢用

吕鼎祚

风烟万里效封侯，才下戎轩事宦游。共喜牛刀堪小试，翻教魃虐显宏猷。
春生洛浦潘花丽，化溥缑岩宓韵幽。漫道山城能绊骥，双凫自此达皇州。

阅荥治古属中州盛区怅然今昔之慨

韩定仁

郑崔传大姓，潘服毓名才。时代生人异，兴衰造物裁。
盛概今已矣，怀古意悠哉。独上长冈望，凄风拂面来。

游中岳（六首）

胡　浚

太　室

应龙画九有，五岳蟠其根。峻层太室耸，独冠天中尊。肩舆指仙馆，历险经轩辕。
岚彩互闪烁，崖谷交岈。豁登神宫上，俯见扶桑暾。城野杳莫辨，一气春烟昏。
惟有浊河影，线曲承昆仑。旷然渺六合，直欲掀笼樊。记得穴底虚，玄圃开双门。
俯盼极昏黑，洞其壶峰屯。神书在何所，渺茫难具论。高卑显异象，妙道已默存。

中　天　池

峨峨天封宫，琼宇辉峻极。穿树披鸿蒙，已跨玉女脊。渺然百顷池，苍茫擎孤壁。
岚髓或下融，石腹时旁吸。源分天汉流，不受众流滴。僧言睡龙灵，下枕明珠宅。
风雷晴薄人，游窥戒喧咳。旧刻征神奇，请视庙柱石。照影作大笑，吾性真湛寂。
观水与空等，焉受聋虫迫。不如汲素绠，沦此一泓碧。日暮烟气深，坐看空山色。

缑　　岭

凌晨屏仆胥，扪萝结芒屦。言寻缑氏山，遂得清吹处。少室当我心，灵髻余双朊。
画壁啼幽禽，樵蹊露深树。山樊落满崖，仿佛鹤坠羽。浮丘伊河人，能令枯骨举。
所吹本非笙，元气调鼎釜。簧管具抽添，活丹妙子午。下士目如豆，第识鸣凤谱。
嗟我学仙晚，脑后漏未补。俯眺庐陵坟，但悲日月吉。何时期青童，苣胜斫瑶斧。

少　林　寺

少室多精庐，少林尤绝景。定铎鸣天风，莲花交四映。中庭双灵柏，龙蛇蜕遗挺。
圣者去已遥，幻相尚螺顶。下有白发僧，晚坐目正瞑。客至从定起，编引导诸境。
壁观古洞黑，皴波卷重溟。莽礼贝多香，台攀卓雪冷。旁看仪风碑，夸系髓挺胫。
伊子夙观心，有无既平等。形忘讵见腰，石破曷住影。冲瀑断溪梁，孤月在东岭。

卢　　崖

仙宫夸玉浆，梵林辉宝烛。不如草堂幽，天然妙溪谷。倒景凌天门，云淙畅游目。
崖瀑逞鬼工，散珠斗奇玉。白讶飞蠓昏，青疑饮猱伏。遥想授徒人，金书此卧读。
到处恒移时，未忍遽前躅。盘回抚曲栏，遗像俨修竹。堂馆非故基，铭剥亦难续。
惟余金碧潭，鱼游乃净绿。石影谁狡狯，雪涛皴细墨。题诗和涤烦，翩然下鸾鹄。

千　佛　岩

雨歇伊水寒，春梁负轻裹。乱流望龙门，白云尚婀娜。夹岸崖洞深，竹柏交翠锁。
谁悟化天身，宝髻镘粟颗。山色妙清净，千相本一髁。堪笑题名人，妄见分彼我。
前峰忽陟杰，梵阁竦磊砢。一览小中州，千里收孤坐。萧森许由庐，咫尺落襟左。
惜哉颍口深，欲往时未可。名山信有缘，终期结胜果。稍待秋林霜，更泛潜溪舸。

采　石　碑

裴希纯

昔下牛头吊宋陵，祖宗英哲与仁真。此六陵载祀典者，更有二陵无明禋。
其馀累累从葬处，总之岿然列石人。不徒内使羽林将，凤凰狮象驼与麟。
怪怪奇奇难殚名，或是梯航王家宾。除卧羊虎即仗马，尽是丈八青岩身。
余性好奇历往古，两汉以上风犹淳。李唐始列翁仲班，比宋八陵无其伦。
穷极人巧绝后代，采石采石走大臣。此石采自青罗山，百里涉越车邻邻。
车邻岂用马萧萧，濒死车辙胥孱民。我阅采石碑上字，施药还自夸深仁。
勒石纪功意何谆，令我见之生酸辛。吁嗟大宋一何愚，茫茫沧海几扬尘。
有祀之垅昔已破，兀术入寇千秋嗔。一切都随灰劫了，空馀石头垄前蹲。
可恨此寺丰碑字未泯。

崿　岭　口

裴希纯

群山辟处识轘辕，石径斑斑万古痕。千丈玉龙缠地轴，一钉匹练挂天上。
王城北锁咽喉固，嵩岳西连气象尊。世泰不须关塞险，荡平王路奠中原。

王辅嗣冢

裴希纯

相传陆士衡，谈易王公墓。我欲探奇踪，白云横古树。
当日传心和，定非有字书。眼前皆大易，可悟无文初。

许明府创建三山书院遥祝寄

禹殿鳌

绛账新开属马融，故园草色尽春风。桑田不独飞驯雉，芸馆还如起渐鸿。
九曲源通河洛水，三山气烛斗年宫。几时得叩濂溪户，香裛芙蕖照眼红。

成皋书院

禹殿鳌

讲武当年□虎牢，于今文教振成皋。松关一去秋风静，尚有梧桐引凤毛。
传经汉室自康成，挂壁犹存旧短檠。风雨莫愁滋茂草，弦歌长向月中清。

汝州望嵩楼

李海观

北门独上望嵩楼，高挹长空纵远眸。左右河淮奔大海，东西华岱拱中州。
地含噫气风吹穴，天作琪花石簇内。千古遗踪巢许肇，潺潺洗耳水南流。

游郑州东湖

时弘化

为爱濂溪说，同游君子亭。湖心开似鉴，冈面敞如屏。
贴水荷钱绿，迎风蒲剑青。几回临曲岸，身世任浮萍。

祭告中岳礼成纪事

高搢桓

□捧泥金动紫雯，代天柴望礼缤纷。炉烟瑞霭三华树，燎火光腾五乳云。
樽内玉浆倾北斗，阶前宝瑟奏南薰。岳灵亦感怀柔意，汉室山呼若有闻。

面　壁　石

张鹗荐

深山一片石，块然森古洞。盼兮无人顾，何况施磨砻。
熟意西来者，选胜心焉写。趺坐绝烟尘，空苦忘冬夏。
观世得无生，精神自挥洒。射入此石中，认真不认假。
须眉俱宛肖，恍若丹青妙。内葆锤顽质，焰慧锻灵窍。
面壁只九年，痕影千秋照。浩劫曾几经，过此来凭吊。

登 缑 山 阁

乔　琬

丹山拔地起层楼，极目登临动远愁。二室风烟杯底合，三川波浪坐中收。
云间半落笙声杳，天外遥归鹤影留。怅望轘辕关下路，无端名利自牵勾。

游 樱 桃 沟

龚松林

为访樱桃沟，登临向北邙。雨飞新绿嫩，风动野花香。
赤玉妆盈村，红珠摘满筐。

谒程夫子墓

龚松林

三石崇封在，千秋道脉长。鲁邹同诵法，伊洛会蒸尝。
洛国碑题古，龙门树色苍。遥瞻夫子巷，生殁傍宫墙。

汜水吊古

刘　清

峭壁周遭汜水湄，悠悠往事付谁知。成皋圈解趋河急，孤柏兵旋避雨迟。
关拥虎牢形独壮，渚藏牛口浩无涯。争雄王窦今何在，落日荒城鸟自悲。

测　景　台

刘仕伟

制作仰元圣，阳城观象台。建中资治辅，测景佑三才。
地胆依中岳，天心应上台。登临窥日表，亲授指南表。

谒少陵先生墓诗碑(四首)

冯敏昌

谁将诗笔壮乾坤，应信先生万古存。马鬣一封高泰华，龙门万派仰昆仑。
土娄荆棘今无宅，武库功名合有孙。千里艰难归窆处，后人还复祖能尊。

饭不忘君念特忠，胸藏广厦气逾雄。掣鲸笔力归天上，捋虎精神复土中。
身后秖应论士贵，人生几得为诗穷。惟余白也堪坛坫，亦已青山逊洛□。

图经庐墓太纷纭，欲订差讹秖旧闻。窆地请看符史志，庄居况复合诗文。
元公语到温公误，偃界山原巩界分。邻境尚就高郰冢，猥谈何怪述靴坟。

原头残碣古苔斑，原上风烟易惨颜。安得武侯祠内柏，移栽孤竹庙前山。
侯王蝼蚁当时尽，云鹤笙箫昨夜还。金铸阆仙犹复尔，莫惊千载更相关。

凤台荷香

何源洙

仆射陂前路，荷香远引来。绿全侵沼水，红欲上亭台。
君子长栖野，伊人合溯洄。玉餐新入贡，努力事栽培。

雨后因公赴京水镇书见

何源洙

趁晴阡陌踏春泥，父老欢迎稚子携。满目麦畦披翠浪，几声莺语过清溪。
村边云霭花千树，柳外人耕雨一犁。底事绘图堪入告，豳风三月试新题。

经潘岳墓

孙和相

当年曾掷果盈车，指点荒丘一子虚。花满河阳留治绩，乔迁洛上识精庐。
不因文纲轻羁缚，何至门庭痛剪除。旧史谁讥趋世利，历来辞赋重璠玙。

登禹州城楼

邵大业

练绕丛花二月中，绣衣初拂柳丝风。箕山颍水千秋在，瘴雨峦烟万里通。
野鸟远随人去往，居家环筑水西东。风光满眼曾来风，敢向高台谒次公。

田横墓

徐　琏

棘楚薪余秋草生，荒坟人尽说田横。中原逐鹿归蕉梦，东海无波著岛名。
五百人亡精卫泣，三千里外杜鹃鸣。当年税驾知何意，感慨徒叹吊古情。

邙山远眺

徐　琏

襟带三川背太行，嵩峰群峙势分张。千家烟火藏深谷，一片寒云护首阳。
笙鹤不来仙路断，滑刘远去旧城荒。垒垒古墓多衰草，那得从头酹一觞。

邙山怀古

徐　琏

陵墓人传多汉唐，碑埋榛蔓兔狐藏。忠臣气骨春秋烈，名士风标山水长。
叩马孤踪遗峻坂，耕莘相业吊空桑。凭谁指点千秋事，无数寒鸦叫夕阳。

偃师温泉桥

陆　纶

秦人鞭石来何处，百尺舆梁结构完。两岸翠屏山弄色，一湾碧玉水生湍。
东西任使经行便，深浅应无揭厉难。暂住云程漫题柱，马蹄从此入长安。

汉将军柏歌

曹振镛

峨峨天封观，屹屹嵩阳宫。怒涛声沸沸，偃盖圆童童。
拏云攫雨恣奇怪，老皮张展横晴空。大者根坚介于石，小者枝舞神如龙。
独惜三株火其一，不然鼎足而峙天之中。当年树旁驻仙跸，千乘万骑群候从。
登坛拜将宠锡秩，直欲使尔任所冲。岂知将军不好武，静含秀色森古容。
回天转地自智勇，洗兵销甲何英雄。幹耸十丈气郁郁，叶铺千叠光重重。
惟名与器不可假，讵要人爵贪天功。嗟尔将军柏，何如大夫松。
贞心共守壮貌古，劲节肯受头衔封。不惟其人惟其树，秦皇汉武将毋同。
可怜骊山一炬成焦土，茂陵有客悲秋风。岱松已亡叹枯朽，此柏无恙犹青葱。
我来为揖客，眺赏心神融。莫言将军何乃故，敢不封殖忘角弓。

携友人登风后顶放歌

马时芳

危峰绝樵径，攀木以猿路。矗矗造其巅，万象归指顾。
嘘吸直疑能帝阍，大山小山若儿孙。莽苍村落履阡陌，错综郡邑连樊垣。
七圣迷处襄城野，漠漠平畴点青萍。北望洪河之水势奔放，下有风后八阵之碑立。
嶙殉龙虎鸟蛇悉祖比，五花六花及八门。况复登临值重九，深秋气象尤鲜新。
清风洒淅吹短发，红叶缤纷浮绿樽。酒酣起舞为君歌，我操北曲君南音。
岩穴哄哄如赓和，樵儿牧竖争吹唇。是日游者遍山谷，峰端壑底声相因。
须臾歌声渐渐合，大杯巨盏操鸡豚。到坐不复问名姓，献酬何能分主宾。
号呶脱落无拘忌，坐令小群成大群。却忆今日晓，零雨飞霾云。
已脱登山屐，倏忽见红轮。岂是山灵知好客，挣扎为我驱埃尘。
我与此山实有缘，欲归不归日夕曛。此是具茨正东峰，轩黄访道曾此中。
抚长松，天地为我生回风。

崆峒山中

马时芳

却从绝壁认崆峒，访道轩黄是此中。仙聚长桥云漠漠，风清古洞雨蒙蒙。
连绵雾锁千村合，屈曲泉穿乱石融。到此翻愁归去晚，回头梓里意无穷。

登新郑凤凰台

马时芳

见说凤凰曾此游，而今凤去迹还留。松盘岭际千重老，山走云端数点浮。
郑相祠荒生碧草，轩黄城断牧黄牛。含情欲问台前水，溱洧不言空自流。

太平庵

马时芳

苍苔碧草淡生烟，云影堂开天地偏。双柏凌霄盘铁干，三峰回首抱金仙。
逃名巢父君臣簿，辅汉子房忠孝全。昨日光风今日雨，空山独自记华年。

兴佛寺桐风

曹鹏翊

无那感念自怦怦,入耳勾章树上声。亦有吹箫禅佛子,程工谁复似吴平。

沦溪忆竹林

曹鹏翊

记胜沦溪地,青青留绿樽。雅宜带夜雨,常爱消诗魂。
稚子惊栖凤,主人避造门。那知嵇阮乐,更祝长龙孙。

望　嵩　山

张　琦

昆仑水下历宏农,山压黄河岭万重。九贡版章称腹土,五宗岱岳号中峰。
室呼太少凌霄汉,秩视公侯动鼓钟。西眺秦关东洛汭,苍茫天半落芙蓉。

缑　　山

刘　纶

抗手何人鹤背连? 地行争解艳神仙。纵知是事吾荒略,已觉此山意邈绵。
岭度玉笙通少室, 池分丹水熟平田。吾皇道法超元契,不录西昆苑阆篇。

嵩 阳 书 院

刘　纶

戟外初闻弦诵清,一区山馆旧知名。岩头玉寨延朝爽,涧底黄华弄晚英。
表界树存枯复活,封函云起雨兼晴。尊经阁下簪毫客,八咏亲看咳唾成。

祀岳庙

刘　纶

望祭宵来吉玉悬，降神当日仰中天。即占祼荐心颙若，奚羡登封意侈然。
九野星辰光有耀，雨河风雨气无偏。升歌一阕追周雅，他日高文乐府宣。

太子陵

石　炉

西风瑟瑟露滋滋，帝子坟园日暮时。落叶无端归断壑，波涛有意撼洪涯。
聪明岂道生前误，孝敬空传死后慈。田舍翁家宁有此，何堪卒读摘瓜辞。

虎牢关远望

万邦荣

一片黄河卷怒涛，寒沙西接乱山高。天风满袖身何处？千仞雄关立虎牢。

缑氏道中

万邦荣

芦荻花随野水长，秋原晓日照新霜。白云红树西风里，一片青山入洛阳。

莲花寺秋感

姚　椿

佛镫照客梦，秋气空人心。不历世味艰，安知禅定深。
轮蹄滃余壒，钟磬生曾阴。孤花明寒衣，清诗调王琴。
肃肃霜下羽，槭槭风间林。归思一以驰，君听空外音。

荥泽口渡河

姚　椿

同船马渡寂无哗，安稳如乘博望查。大壑霜严方落水，平原风旋忽惊沙。
治河自古闻三策，聚讼如今定几家？只我频来空皱而，江湖流浪漫咨嗟。

洞林晚钟

李　威

静夜摊书罢，钟声欲搅愁。出林沉众籁，欹枕杂宵筹。
庄蝶谁能悟，槐驹世共游。猛然深省处，风月一帘幽。

鸿沟晚照

李　威

楚汉争雄日，封疆此地分。鸿门空列戟，垓下竟亡群。
山势临崖断，河声隔岸闻。夕阳如有意，苍莽带寒云。

峨岭四望

许　鼎

汉家仙仗在咸阳，洛水东流出建章。野老至今犹望幸，离宫秋树独苍苍。

田家妇

王勋臣

种麦麦有芒，种稻稻有秧。为稻先蓄水，为麦先筑场。
全家力不给，沿街雇候疆。妇人馌南亩，中夜谋酒浆。
阿姨清晨至，行色好苍皇。茧成无人摘，倩我为添筐。
尔家蚕未罢，我家农正忙。大男去饲犊，小男去牧羊。
丈夫起更早，长市籴米粮。我麦苦已焦，我秧苦已黄。
室中更无人，大田一任荒。敬谢阿姨去，草草理晨妆。

吏胥门前呼，形势更猖狂。旧税尚无着，新粿亦难搪。
质我头上钗，典我箧内裳。丈夫日暮返，明月又公堂。

周大夫苌弘墓

李因笃

墓公风犹烈，川平雪渐消。石傍生宿杜，云外落寒鸟。
碧托邙山翠，清来洛水潮。东周何处是？指点问渔樵。

荥泽口渡河

宗稷辰

宣防三汛后，河水尚汤汤。南漕事方棘，西风忧甚长。
寸胶嗟拮据，千里忆苍茫。此际安流渡，闲踪托野航。

郑 庄 公 冢

周访礼

平原遥望冢嵯峨，郑伯遗踪尚未磨。抔土曾经邻志借，寤生几被俗传讹。
坟封马鬣空秋草，阵作鱼丽会逝波。遗爱何如东里彦，新城祠宇荐馨多。

虎　牢　关

魏　源

山尽黄河抱，前横斗大城。鼍防千浪啮，虎扼一夫争。
百战寒云阵，中宵万马声。休同广武叹，久偃北邙兵。

春日游净土、清凉、金山诸寺

张文德

晚来汲露煮茗芽，古寺无人犬护家。座上真文余贝叶，阶前云气绕昙花。
蒲团半纳随藜枝，舍利多珠隐木瓜。为问老僧何处去，白云深锁众峰斜。

荥泽蔡梦塘明府署食黄河鲤甚美,梦塘云以鳞尾皆赤为验

何绍基

河流终古浊,鱼味足脂膏。柳贯烦贤宰,盘空愧老饕。
雪腴虽可贵,赪尾实因劳。感念无端发,狂风又晚涛。

贞　石　行

吴赓枚

有明叔季施维纲,貂珰只手遮天阊。金鉴沉沦九鼎没,木妖土怪纷翱翔。
生祠供奉九千岁,腼颜罗拜皆冠裳。雕金为壶玉为营□,式歌且舞斟琼浆。
曲膝阶庭藉巨石,庀材群赴山之阳。嵩岳云根作霖雨,忍使斧凿潜相戕。
琢磨之工积岁月,伫见祠宇生辉光。长绳盘旋一千尺,万牛回首心茫茫。
鞭石拜石石不动,掣曳难与争毫芒。巧匠踌躇贱工怒,谓石倔强非嘉祥。
二百年来星物换,完璞寿世流芬芳。刻桷丹楹今安在,但见苔封藓蚀云苍凉。
我闻人物各异性,受中天地厥心藏。匹夫有志不可夺,浩然成气大且刚。
群伦震荡资镇定,名臣正色登严廊。阵坚如山敌莫撼,将军効命临疆场。
我心如石不可转,中流誓欲回澜狂。繄彼浮沉洎荣利,朝秦暮楚恣披猖。
子云著书竟投阁,坐上惊叹牧中郎。国士委身卓与莽,介如有占胡相忘。
当时崔、顾党逆竖,曹、徐、傅、许毒焰张。忽逞阴谋兴大狱,罗织善类东林殃。
狼贪鼠窃济狐媚,乱生有象如蜩螗。岂知区区一片石,岿然屹立灵岩岗。
石高数尺广袤丈,崚嶒瘦骨凌冰霜。男儿立身不如此,须眉七尺空昂藏。
谁秉史笔传贞石,垂之千秋万世为民坊。

过巩县杜工部祠堂门

吴重喜

六十年来奉公集,今朝故里拜丛祠。伤心烽火连三月,何日重吟剑外诗。

观洧水引渠

朱方增

倬云宣力引渠长,十五分流灌四乡。利泽竟看追郑白,循猷直可媲龚黄。

不教僻壤成硗确，顿遣贫家足稻粱。惠政恰宜天赐瑞，双妆九穗兆丰穰。

汝州温泉

陈拜庭

胜事刚逢上巳期，温泉风浴也时宜。摩娑武后残碑碣，隐惹骚人绝妙词。

嵩山题游诗

何天衢

我来少室访遗迹，惆怅山前事事空。独有退之书尚在，古今出处此心同。

高村道中

曹宗瀚

村鸦催晓著鞭初，几处柴门傍竹居。身在秋山图画里，半林红叶客骑驴。

成皋月

周开谟

陡觉新凉透绮栊，庭梧几叶暗飘风。千条乡思随征雁，一曲秋吟寄草虫。
梦里关山行险处，胸中芥蒂悟来空。遥天今夜成皋月，应照儒生半亩宫。

虎牢

俞樾

岩邑曾传郑虎牢，驱车过此亦堪豪。雨晴白日云犹黑，风小黄河浪自高。
一线奔流来砥柱，千盘隘道出成皋。山川形胜今胜昔，惭愧书生拥节旄。

古 战 场

周在丰

广武山前古战场，茫茫衰草揽斜阳。雄雌末决山河裂，汉楚初分壁垒张。
午夜青磷杀气重，凄风冤鬼哭声长。黄沙白骨无穷感，指点秋深欲断肠。

鸿 沟

周在丰

楚汉交绥起战尘，鸿沟咫尺隔昏云。二王各据东西界，一画居然天地分。
白马屯兵当要道，沐猴衣绣坐斜曛。至今水落荒凉甚，往事惊心不可闻。

访夕阳楼

周在丰

悠然怀古意，保处夕阳楼？觞咏追前辈，登临想夕游。
燕来空目舞，云过渺难留。记胜诗篇在，徘徊倚素秋。

谒杜工部祠

徐光第

万间广夏士无寒，犹记休庥相度宽。杜老有知应一快，吾庐独破也心安。
卅载光阴疾苦奔，蛛丝蜗篆涴题痕。便教持节曾来此，古壁纱笼讵犹存。
浣花溪上旧吟笺，曾与诗王订后缘。此即西州门外路，令人一读一潸然。
剪除榛莽竟何时，夙愿空留壁上诗。陆氏荒庄同一概，不须重问少陵祠。

龙 泉 寺

李于潢

山水芙蓉锷，芷多光不停。秋心沉宿莽，晓色照寒星。
潜甲源头活，吹涎石发声。禅机淡变得，或化老人听。

滴水岩

李于潢

山谷瘦不支，肤寸触寒澌。流作泉三迭，吹为雨万丝。
苔浓如泼乳，向脆欲侵脾。但恨双眸短，摩崖望立碑。

卦台仙景

朱炎昭

矫矫仙才总自豪，御风一去其徒劳。先天卦向龟文衍，拔地台因鹤驾高。
粤想义陵云黯黯，远临汴水影滔滔。著书艳说虚荒事，应与漆园史共褒。

过巩县工部祠堂

吴重熹

六十年来奉公集，今朝故里拜丛祠。伤主烽火连三月，何日重吟剑外诗。

登嵩阳书院藏书楼

李　滋

曾来高阁俯秋声，又复春光放眼明。著述漫夸周柱史，趋陪犹见鲁诸生。
三花过雨垂檐湿，二室排云入槛青。此地中原文献在，低徊欲去倍关情。

郛溪览胜

王　顺

郊外寻幽路转西，夕阳斜照晚烟迷。参差曲径绕芳甸，远近迴渊漾碧溪。
雨打锦梭声细细，风飘翠丝叶萋萋。回看夹岸波光溢，老衲停餐正灌畦。

谒公孙大夫祠

黄本诚

皇帝长往往来频，慨想当年事两邻。独以艰难支小国，偏于凋敝惠斯民。
田间遗泽歌犹昔，身后尼山涕尚新。每过祠堂一低首，洧流涣涣正迷津。

南征口号

冯 煦

河从葱岭下龙门，六月涛声万马奔。一自郑州南决后，我来倚棹数沙痕。

金水晴波

司星聚

管城环抱绕金河，潋滟晴光涌绿波。两岸空明云影淡，满川摇动日华多。
苹州晒网听渔唱，柳树飞桥有客过。悟得沧浪清浊意，聊将一曲和高歌。

观黄河

司星聚

云帆片片望天涯，风打船头浪有花。欸乃一声天际去，直随仙客泛灵槎。
临头一顾叹汪洋，滚滚惊飘木叶黄。不学秋潭清澈底，此河定是傲风霜。
长堤一带少人家，到眼茫茫尽白沙。惟有舟人绕别趣，涛为鼓乐浪为花。

永遇乐

沈传桂

广武原在成皋城外，为古来征战处。暇日登眺其上，乱山斜日，平楚苍然，赋此以写古怀。

卷地惊飚，际天衰草，城郭春晚。故垒盘雕，雄关立马，鸟道通云栈。汉家歌吹，秦时烽火，陈迹雾沉烟散。兴亡事，山河坠瓦，消得阮郎愁叹。

野花开落，驿尘来去，终古翠荒林涧。废镞沙埋，残碑藓蚀，行客登临惯。戍旗飘处，夕阳红闪，几许断榛零蔓。村醪贱，征衣贳取，尽消醉眼。

尸乡亭

张梓

不入深山不杜门，尸乡亭北风仙村。为嫌烧鼎惊雏鹤，却爱锄松戏碧猿。
石砌莓苔云欲暗，鸡传姓字日初昏。金钱掷去祝翁远，长啸吴山郤钝根。

病鹘行

王莲塘

适从何来集于此，毛羽摧残饥欲死。见人踉跄色不惊，英雄落魄乃尔尔。
急呼斗役取以来，养于荒衙自此始。分以鹤俸饱其躯，别于鸡群高其趾。
刷翎迥异白皃翁，振翮已殊黄鹞子。似此英物总非凡，呼为俊鹘名贯耳。
想是法驾幸管城，龙武新军细柳营。中有健儿好身手，伐狐击兔捷足走。
猿臂高擎海国鹰，马蹄迅逐汉功狗。此鹘杰出不寻常，飞而食肉不敢当。
细筋入骨兜劲健，瘦爪握拳击风霜。鬆兵绦勒养兵力，高踞虎帐风声息。
夜半鸣銮翠华起，此鹘突惊铁骑里。竟失所主无所倚，与我为缘亦可喜。
养其金眸玉爪完，毛国雄师好羽翰。万里塞天寻旧主，迅奋一日到燕山，从此仍随鸳鸯班。
矫矫羽林飞将军，中原能靖狐鼠群。我翘白首望风云，噫嘻乎，我翘白首望风云。

王都堂(王彰)墓

王莲塘

古管城西王家墓，前明都堂埋骨处。沧桑一变万事非，此墓逼近火车路。
火车停处聚商家，商人争看北里花。无数青楼无处置，争向都堂墓边遮。
翁仲已入青楼里，残碑忽泼胭脂水，风雨吹灯有山鬼。
噫嘻乎，忆昔都堂正立朝，应有金屋贮阿娇。
越公不放红拂去，杜牧空将紫云调。华屋零落山邱露，石马年深倒烟雾。
那有蓝面鬼笑姬，幸无赤眉贼劫墓。偏是红粉竞横陈，狐兔窟中绮罗新。
一段风流成梼史，千秋泉路泣陈人。我吟此篇祈州守，应怜先达骨已朽。
净扫风花高筑墙，呵护前朝一抔土。

鄂王(岳飞)庙前五铁人

王莲塘

余臭居然万古遗,贼心锻炼有炉锤。生前暗与金人契,死后难将铁案移。
大宋奸臣仍聚首,老秦夫妇尚齐眉。鄂王应向诸囚笑,不朽身名并我垂。

汝州三宝

孙　灏

汝　瓷

青瓷上选无雕饰,不是元家始抟埴。名王作贡绍兴年,瓶盏炉球动颜色。
官哥配汝非汝俦,声价当时压定州。皿虫为蛊物之蠹,人巧久绝天难留。
金盘玉碗世称宝,翻从泥土求精好。窑空烟冷其奈何,野煤春生古原草。

汝　石

钓竿欲试珊瑚赤,玉水方流辉蕴石。石不能言渊底沉,晶盘谁遣登瑶席。
汝波泠泠澈骨清,汝石文章五色成。泗滨纵匆荐浮磬,彭蠡犹应鼓大声。
隋珠照乘不胫走,尔石空衔精卫口。下品须防换饼羞,米袖何当一挥手。

汝　帖

望嵩楼高高入云,旧藏汝帖人间闻。松煤拓纸岁万本,官司厌苦征求纷。
楼瓦飘零碑坠地,过眼烟云等闲弃。谁从灰烬拾遗珍,石烂犹存古文字。

汝州八景诗

孙　灏

崆峒烟雨

一片空朦晓欲流,许多岚翠拥峰头。尚留王气瞻銮驾,无数仙城幻石楼。
缥渺浑疑蓬岛景,萧疏恍人洞庭秋。山中谁系苍生望,愿作甘霖遍九州。

温泉晓霁

寂寥夜壑响遍幽,百道泉从涧底流。晓色乍晴还乍雨,晨光宜夏更宜秋。
红云俄见腾千丈,碧月犹看印一钩。遮莫瞳昽辉映处,蓬蓬活水认源头。

岘山叠翠

危峰崱屴接云平，疑在襄阳道上行。羊祜无碑谁堕泪，龙旗此驻得留名。
寸余湿翠堆元际，天半空青落有声。一幅烟容描不尽，并将画意入诗情。

春日桃园

极目芳华一笑逢，无边春色为谁浓。种成瑶岛三千岁，开遍天台十二峰。
前度刘郎曾识面，再来渔父已迷踪。水流花放年年事，不辨仙源隔几重。

玉羊晚照

初平幻术本荒唐，叱咤何能化牛羊。古垒由来多积石，柔毛宛似卧斜阳。
补牢莫笑以桑晚，司牧须怜羵首牂。试看落霞红不尽，群生锋幸沐余光。

汝水横舟

渚浅沙清若鉴开，盈盈带水自环回。啄萍野鸟分行立，戏藻游鱼逐贯来。
海客错疑蓬岛路，渔郎谁作济川才。春来遍是桃花浪，一任乘槎快溯洄。

龙泉夜月

清流澈底湛天光，皓月何分上下方。倒影双丸寒耀彩，俯临十尺净含芒。
龙宫此夕宜浇酒，兔窟何人独捣霜。特地乾坤新世界，一般都向镜中望。

妙水春耕

瞻蒲望杏趁良辰，遥听声声叱犊频。半水半山腴美地，一蓑一笠太平人。
课家花发犁争出，按部风清雉亦驯。最是有畴关至计，红泥绿草绘图新。

游荥阳洞林寺

王雪庵

宝刹经年久，乾坤第一奇。法楼晴掩映，飞阁影参差。
松柳拂霄汉，山川谨护持。古今多少塔，乘兴赋新诗。

登嵩山记

康有为

好辞绝妙杨云史，孔教传经陈焕章。风高太室同登岳，家抗箕山写让王。
瞻仰周圭听淙涧，挲摩汉柏卧嵩阳。闻笛缑岭升仙去，记取祈寒游外方。

嵩 阳 楼

康有为

山县关城早，天寒日暮愁。夕晖千仞雪，吾爱嵩阳楼。
月出松石上，诗清情复幽。后人今不见，应共忆斯游。

投宿嵩山白鹤观

康有为

行行青冥里，暮扣翠薇室。柴门松萝深，踏响松香月。

夜宿逍遥石窟

康有为

乱石青天里，悬崖枕籍时。仙人原有宅，醉语亦成诗。
夜静听雪崩，山空闻折枝。平明出谷口，险尽尚惊疑。

登万岁峰午憩嵩阳书院

康有为

行行积雪里，渐入浮云端。前路青天近，冷冷诗骨寒。
三呼犹响谷，万岁已无坛。古柏双株在，将军是汉宫。

岳雪初霁夜登嵩阳楼

康有为

吾爱孟浩然，夜静清诗发。积雪堆青天，开楼醉寒月。

风穴八景

颍石绣

玩月台

云静台高月正中，琼瑶玉树涌珍珑。登临人在冰壶里，长啸狂歌彻碧空。

翠岚亭

岚气满亭翠满巅，眉头足下走云烟。浮名已被青山冷，到此频登□率天。

珍珠帘

新晴偶步白云湾，闲看珠帘碧岫间。怪底终朝悬不起，此中仿佛住寒山。

仙人桥

何年波上砌云根，蔼蔼仙风今尚存。扶杖桥头逢想象，壶中真个有乾坤。

大慈泉

镜比澄光玉比颜，夕阳倒影浴龙山。阿谁偷剪瑶池水，藏在白云画阁间。

望州亭

倩松扶上锦屏风，小小亭中四望通。好景偏宜遇晚照，万家烟雨接崆峒。

吴公洞

当年石洞隐吴生，苦探琅环有今名。剩此松涛深夜里，萧萧犹似读书声。

锦屏风

青山长就锦屏风，一幅白云踊梵宫。异草奇花常在眼，心灵巧于夺天工。

风穴寺喜公池(二首)

颍石绣

喜公池何似，形古如半月。龙蛇深竹影，珠玉层层泻。
饮之洗诗肠，对之生禅悦。吾道何能尔，千载流不歇。

谁将碧琉璃，弃掷巉岩下。澄光倒青天，蜃气结台榭。

真是蛟龙居，岂同蛙鱼舍。清冷逼热肠，多少尘心化。

白马寺齐云塔

颍石琇

风回铁马响云间，一柱高标绝陟攀。舍利光含秋色里，崚嶒直欲压嵩峦。

勾瞿山房即事（四首）

无名氏

余有小庐在台之隅。颜曰：勾瞿残书几卷，野花数株，趺坐匡床，经行台阶，眺嵩山而听洛水，啸清风而弄明月，即其耳闻目触，遂成里言四律，以快其志，列之云根，取笑大方，岂敢与维摩丈室、罗家梅根比也哉。

底处摄心好，勾瞿可养闲。花间歌白雪，枕上看青山。
梅竹雨中植，诗文灯下删。年来谁是伴，云鸟常往还。

室小春无限，台高乐有余。看山不出户，醉月胜登墟。
白塔学禅定，青灯读史书。此中堪小隐，底处更结庐。

不用买山隐，台居胜华峰。窗梅撑台月，砌台嵌新松。
有僻耽诗句，无才与世慵。鸟声杂梵呗，不厌耳边重。

地僻红尘远，亭幽事更幽。常依书作伴，每借台为楼。
涉世无荣辱，从人呼马牛。此中消岁月，此外更中求。

管城记俗诗（二首）

刘瑞麟

请乩仙

善男信女吕祠前，因果无嫌怕有缘。墨舞笔歌饶别趣，混疑我也是神仙。

跑马车

帽影鞭丝一路春，香车骏马逐芳尘。过来过去风头壮，都是繁华队里人。

永兴盛染坊开设辛庄

阎克恭

临河胜地属辛庄，兴盛嘉名锡染坊。兴作蔚兰橦布渍，盛施卵色靛花香。
裁衣不尚欧洲白，濯水先同土质黄。从此财源觇阜由，翩翩黼黻耀文章。
周礼考工重染人，冻丝渍羽钟慌伦。布拖雪白成功巧，水张靛兰设色新。
缸波漾漾先凚靛，帛幅翩翩不滓尘。慧手灵心工点缀，泰西皓素笑无因。

闻颍水急湍声有感

李敏修

秋来颍水寒且清，谡谡闻作松风鸣。淘尽历代不平事，宁为人间诉不平。
探源来自少室西，曲折东流泻寒泓。洗耳台高犊水浅，太史仅传巢许名。
舜禹天下有不与，天爵天位非私荣。民权日微君权重，寓言警世自庄生。
巢许独善高天下，顽懦千载闻风兴。韩国定都摄秦楚，自此夹颍有战争。
光武略地出昆阳，大破寻邑十万兵。两魏全力争颍川，孝宽初守俨长城。
侯景反侧乱南北，东魏不支梁社倾。金元此地战战负，初误阴雪继误晴。
虽败犹荣陈和尚，凛凛大节万人英。明季土寇最残酷，杀人盈城余膻腥。
两汉之间多循吏，丹山凤鸣若鸾笙。前郭后秦亦矫矫，抚揖不遗一法轻。
留侯佐汉除秦暴，至今大业存丹青。黄香稚龄能温被，忠孝百代播芳馨。
文学博通传吕览，采撷诸家得其精。晁错能习申韩学，忠汉反获西市刑。
贾山遂良皆名士，耿耿亮节见典型。道子一艺足千古，吉光片羽如瑶瑛。
俯仰古今生百感，寒霄息虑自屏营。我生不愿作巢由，君臣大义亦天经。
愿蒸颍水作云气，大沛霖雨富遍氓。救世不学申韩术，天视民视听民听。
愿注颍水入云汉，一澄寰宇扫残枪。宁学聂政小丈夫，甘为私恩任牺牲。
水镜识机成高隐，浊水浊足清浊缨。妻子拜罗敬名德，王道易易自家庭。
千家陈迹今历历，清颍意鑑无遁形。且折黄花尽樽酒，连天风雨几晦明。

游嵩阳书院因憩川上亭

李　音

昔年曾谒将军柏，此日重游意倍深。书屋傍岩声自韵，石溪流水细如琴。
静观鱼鸟皆真乐，闲听松风识太音。共羡浴沂归咏地，公门桃李正森森。

九日登嵩阳三公石

耿　栎

秋高九日气萧森，石上泠泠理素琴。篱外黄花偏照眼，空中鸿雁故流音。
境因会意境方切，话到忘言话始深。造物收藏未肯遽，且将红叶点疏林。

春日山房即事

孙友梅

烟暖风和日放晴，闲来幽壑听泉鸣。探源直到云深处，摘得鲜花不知名。

少　林

范复祥

忙里随缘宿上方，山横烟波月横窗。诗多不敢都题壁，犹恐闲云笑我忙。

秦　槐

刘大受

秦宫一炬久成灰，此寺千秋尚有槐。封爵宛然同汉柏，只今谁复问兴衰。

周蕃总理内官吴氏题咏焦公诗一律

刘大受

奉天承命出京师，前来古林开创基。胸藏锦绣才多智，老翁难为费心机。
千佛阁建甚齐整，能工巧作刊刻奇。赛过天宫竹林景，驰名万载永垂石。

神芝图歌

刘玉成

崆峒矗立凌云起，东接有熊旧帝里。晓日深山翠辇来，为访广成之仙子。

黄盖峰前丫髻逢，手持玉检双瞳喜。金芝九叶灿生云，神光摇荡画图里。
愿祝吾皇寿万千，瑞草更非灵丹比。西池不数王母桃，函关漫说盘根李。
天生神物幻奇踪，世上丹青敢媲美。我来欲觅古仙人，一涧落花随流水。

吟子房洞次韵

马呈书

此地春光好，乘地偶一过。凭栏眺远岫，极目送寒波。
把酒偏添兴，栽诗可当歌。绝胜金谷饮，单忍不须酡。

书　　事

赵金鉴

月黑参横雁影高，将军纵敌入成皋。可怜十万熊罴士，都逐前旄一夜逃。

汜水道中

赵金鉴

船冻冰初合，云寒鸟不飞。劳劳胡为者，雨雪满征衣。

山雨即景

王棽林

应时一雨病苗苏，簑笠人皆入画图。野草怒生青未了，晴云欲散淡如无。
峰高呼吸通中岳，石古玲珑压太湖。消夏最宜真率会，小僮赤足笑提壶。

何　陋　居

王棽林

环山十里尽园墙，风有清声月有光。故鸟归林千种转，闲花开遍四时香。
晴云冉冉靠窗户，雨水深深漫野塘。更喜天山图画里，牧童点缀几牛羊。

汜滨夹堤桃柳绝似圣湖一曲因赋

朱　鼎

风光是处足怡颜，水蹙罗纹山拥鬟。忽忆当年湖上色，两峰三竺六桥前。

登　太　室

冯　越

杖策遵交歧，袋言讨寥廓。屯云按遥岑，余晖澹穹壑。
密封纷蔽亏，流泉泻从薄。遐踪惬幽蹊，赏心适冥漠。
探阻既回缅，陟椒复巉削。和禽媚春条，惠风披花萼。
周览倦层阿，会景启丹阁。聿想缑山人，风吹雨衣落。
眷志情弥深，抚物探今昨。翰飞理空传，藉以脱尘缚。

咏“洛阳红”牡丹

羊　之

即便烧焦亦不平，根根铁骨自铮铮。洛阳恰得相宜地，留取花中强项名。

嵩阳书院呈耿逸庵先生

卢声琦

圣人不作怅吾徒，文在嵩阳兴不孤。夜月经年怀鹿洞，春风今日近鹅湖。
一星藜火澈银汉，几曲琴声榜玉壶。隐约心传惟主敬，欣从亲炙化迷芜。

大隗饮马泉

毛　纶

闻道轩辕迹未湮，可惜梅竹已成尘。只今惟有天边月，曾照当年饮马人。

凤山遇雨

延如寿

湿云飞不起，都压凤山峦。古渡没残照，荒城生远烟。
昨见商羊舞，甘霖定沛然。

嵩阳川上亭

耿尔昌

偶来川上亭，豁然与道遇。四海此心同，此心万理具。
於穆浑流行，静观见布濩。古今一往来，行生祇新故。
智仁陶我情，俯仰得真趣。乾行无暂停，人心或蔽锢。
念念宜操存，时时当戒惧。每当寻乐间，归去日已暮。

祭告中岳礼成纪事

景　星

嵩高佳气郁葱葱，此日山光迥不同。位奠黄裳雄四岳，身披华衮秩三公。
占星喜见搀抢扫，主鬯应知俎豆崇。自是太平多雨露，拟将木凤下天中。

滑城烟雨

孙可训

朦胧烟雨障斜晖，没去荒城薄雾霏。残堞每资狐兔卧，颓垣一任鹧鸪飞。
青磷夜静深深见，碧草春融簇簇菲。千古兴亡都似此，人生何自不知机。

游少林

高　乔

名胜依然劫火收，香城啼鸟入新愁。万峰老翠投诗簏，一涧寒流就水瓯。
白云飞来珉片乱，紫烟带去松林幽。山开震旦多轮易，杖履同君是后游。

题嵩阳书院(二首)

郭　瑛

犹是藏经处,新祠又落成。岁留双柏古,门对一山横。
甘露何年降?祀田几代耕?于今歌胜地,俯仰寄深情。

清光何处好,此地亦吾庐。升降三秋月,行藏一卷书。
艮山求止所,兑泽可群居。坐卧嵩峰下,白云常自如。

中岳庙纪胜

郭　瑛

岩岩维岳位,佳气接遥岑。重阁积风雨,丛碑杂古今。
灵区仙迹在,胜地至尊临。坐看寒云起,徘徊意不禁。

李方伯颁御书匾额挂致祭得随班末恭志盛事

郭　瑛

维岳齐天峻,御书自尚方。六文开错宝,八法耀琳琅。
盘曲虬龙结,卷书凤鸟翔。绮楹观复壮,画阁烂生光。
紫雾笼神府,黄云绕殿厢。函钟宣淑气,血祭荐馨香。
呼祝声如近,视公享有常。班联何秩秩,典则永煌煌。
二室疑含润,三台自降祥。严威睹咫尺,忻忭舞冠裳。
文德钦尧彩,封坛陋汉皇。微臣特献赋,何幸觐天章。

登金壶峰

郭　瑛

传是伯阳来,授经实于此。墨倾浮提壶,淋漓写元始。
伯阳不再生,谷神知不死。我欲觅仙踪,仿佛山容紫。
石浪隐奔峭,径仄攀葛藟。魍魉白日藏,狐兔阴崖起。
石上盘古木,坐下闻流水。睥睨天门迥,高举见万里。
愿驻康乐屐,携友共栖止。

雨后游嵩阳川上亭

郭　瑛

古溪蟠大石，曲水绕嵩麓。滔滔何有极，源出逍遥谷。
况值六月雨，飞湍相赑屃。摩荡随所激，喷薄珠万斛。
魄垒为之涤，日喧千尺瀑。渺茫浑无际，脉络分平陆。
艮山插天根，坎水翻地轴。动静自有常，升沉任反覆。
川流总不息，此中知化育。鱼跃自活泼，鸟飞亦倏倏。
大道将安归？林泉栖名宿。不与波共靡，所愿抱吾朴。
临眺勉相随，徘徊水之澳。去矣将复来，采茅为结屋。

川上亭呈逸庵先生

薛　京

嵩阳有幽溪，溪流何澄澈。喷薄石磴间，潆洄多纡折。
停蓄便成渊，高下致各别。滔滔阅古今，流行无断绝。
逝者浑如斯，谁独有深契？先生钟岳灵，绝学光前哲。
模范比程朱，风流继康节。胸中蕴太和，爱此丘壑洁。
临渊构小亭，风雨来不辍。凿池种芙蕖，花气百和爇。
更栽有斐竹，戛击韵凄切。我来一问奇，佳言霏玉屑。
携酒眺川原，万象齐森列。落日照东山，霞光互明灭。
鱼跃与鸢飞，造化真机泄。始信无言中，行生自显设。
顾余樗栎材，抚躬愧谫劣。窃恐闻道难，忧心常惙惙。
幸得坐春风，中怀自怡悦。归来切景行，怅望心如结。
无那牵尘事，咫尺多羁绁。安得趋函丈，疑义时剖晰。
相随游扬侣，共立程门雪。

密 县 五 景

张于阶

兰崖偶鹤

山阳叶子和，跨鹤二神仙。伏砦饶千祠，鸣皋几百年。
霓裳惊白露，羽袂舞青田。不转晴中朵，飘飘一片烟。

开阳雪霁

歌巴邀白雪，醉卧玉山砰。起絮添风韵，撒盐助水声。
同沾双出瑞，不市六花霙。酹酒泳壶里，扪心叙客情。

云岩讲武

徘徊风后阵，八面列高嵩。马走烟霞外，人行日月中。
流泉寒小鹫，硖石引长虹。远望走蛇岫，图旋十二宫。

溱洧观鱼

翱翔零乌坞，此地水交流。阴坂嘤嘤绕，阳城燕燕浮。
一弯横玉带，九折曲银钩。击楫磻溪岸，辞伊百岁忧。

青屏叠翠

八里青屏上，牙璋左右峨。山巉禾黍少，峡泐薜萝多。
石子排云阵，阳公静日戈。沉川饶有酒，不醉待如何。

题 法 王 寺

傅应星

古寺残僧少，荒烟断碣多。花飞前代雨，松老近时柯。
塔影云移岫，樵声风送歌。嵩门千古月，犹自挂青萝。

少林寺舍竹

傅应星

数竿交错郁森森，石径花开照碧琳。晓雾翻风荷溅雨，疏枝弄影月筛阴。
青连岳色幽情合，根接泉流曲意临。不谓逃禅能得趣，逢僧闲话已云深。

嵩 阳 书 院

傅 枡

藏经昔此地，书院喜重标。礼乐回偎俗，文章答圣朝。
云峰逼户入，涧水泻田遥。静悟行生理，休心荫绿蕉。

南郊桃柳颂朱明府晓村师

史延辉

城南桃柳锁晴川，十里沙堤二月天。芳景虚传溪口入，风流实记汉宫目。
青迷晓骑环城树，红衬春犁带郭田。漫道河阳花满县，此间自合住神仙。

冈瑶池王明府登缑山

王三锡

王子登仙处，烟云仍自封。大河围野色，少室竟山容。
苔密碑文暗，桃浓日影重。笙声还不歇，入夜彻千峰。
为假飞凫舄，来寻驾鹤踪。万花春点缀，一径草蒙茸。
谷响连清乐，霞明映野容。坐自嵩少逼，杯底堕芙蓉。

夷 齐 墓

李麟定

岧峣直上众峰低，古冢残碑野草萋。周武山河成晓梦，首阳千载属夷齐。

渡杨村口占

张熙明

薄暮平原信马归，渡头落日乱寒晖。流澌犹是人间世，风景何年记宓妃。

溱 洧 秋 波

高克昌

东里城南溱洧流，文昌祠下水悠悠。等宋临眺横塔影，疑是长水面浮。

溱洧观鱼

翠　云

青山隐隐水迢迢，溱洧交流锦鳞跃。夕阳垂钓柳荫翁，喜看游鱼夺故道。
涉水彼岸芍药赠，花丛云林赋深情。诗经三百零五篇，溱洧褰裳数郑风。

望　嵩　岳

乔嵩琚

缥缈连云接碧空，巍然耸翠镇天中。势雄三晋瞻依远，气奈两河仰止同。
交雨交风参造化，生申生甫翊工功。结庐喜得临嵩下，日日烟岚望不穷。

登箕山吊许由冢

李如琦

箕山高士墓，荒枕对嵩丘。揖让存三古，功名薄九州。
弃瓢岩尚存，洗耳水空流。到此作凭吊，清风接素秋。

济桥烟柳

赵　曜

东西车马日辚辚，郭外长虹驾远津。地转黄河来索水，关连古虢走嬴秦。
千家砧杵烟光碧，万树莺花柳色新。风影依然犹在目，空余茅屋傍城阍。

南潭秋月

崔介石

昨夜南潭梦落花，未知秋思在谁家。水纹荡漾连星动，风韵悠扬带月斜。
玉镜光浮寒橘柚，冰壶影澈净烟霞。碧天如洗浑无际，好傍张骞学泛楂。

浣溪纱秋游岵山

张朗生

孤雁声声啼晚秋，野烟缕缕系前洲，千峰踏遍枕清流。
杨柳湾中鱼入网，柏松岭上女登楼，东山明月尚思游。

鸿　沟

张朗生

衰草澹烟两岸秋，将军战马付东流。空余楚汉当时月，照破鸿沟万古愁。

望广武山

张令名

翘首东效壁垒高，间寻古迹想英豪。龙飞沛上孤军奋，鹿走鸿沟万马嚎。
过耳风声鸣战鼓，迎眸曙色耀征袍。可怜沙底含冤骨，徙供骚人一醉邀。

风中柳(赋得芳草成皋路)

许仁基

嫩草芊眠，绿遍黄河古渡。啾啭新鹦，垂杨处处。
一年羁客怅流光难驻，早惊心落红无数。
绣陌晴熏，烟雾远迷平楚。
应笑人勾留不去，江南好景，正杏花春雨，莫忘了旧时归路。

颜真卿冢

刘曰珍

鲁国义师起，连兵应朔方。岂惟标殿虎，真欲殪天狼。
正气乾坤撼，孤忠日月光。从容遗表壮，魂魂绕崧邙。

王辅嗣谈易坊

刘曰珍

满目瞻余绪，谈经式旧坊。雄才成割裂，妙语得高狂。
宿火沿津永，晨钟带邑长。卦台终古秘，何日一升堂。

雪后登汝州望嵩楼

张四科

嵩高山头玉旆出，世界尽被瑶华封。三花二室不到眼，镇日闭置幨车中。
汝坟舍客鸡上距，默念此愿何由从。朅来北楼诚纵眺，隐约听得伊阳钟。
回风忽卷云蓬蓬，树梢残照开洪濛。青天栉比州六峰，一一削玉攒芙蓉。
平田缭白百里近，渗金楼观明深松。正如蓬莱隔清浅，三山缥缈凌虚空。
招招笙鹤惜不下，便欲往问浮丘公。平生壮观推第一，山灵似与精诚通。
坡仙去官诧海市，昌黎南归祷祝融。微生敢望千载上，斯境环异将无同。
少焉岭缺吐圆月，霜采照耀新磨铜。阑干拍遍叫奇绝，酒钱未办殊忽忽。
归来气豪压东野，安用盘锅访石龙。

凤山遇雨

延如寿

湿云飞不起，都压凤山峦。古渡没残照，荒城生远烟。
昨见商羊舞，甘霖定沛然。

广武山

吕法曾

高岗横广武，四望夕阳开。山抱黄河走，风从沛上来。
寒花霜际发，野鸟碛边回。一片战场地，英雄安在哉?

商阿衡伊尹墓

吕法曾

匹马遥相引，秋来一雁新。不有阿衡碣，谁知左右臣。
国风怀往事，展墓想其人。诸葛吟梁父，居然步后尘。

广武山战场(四首)

千　耀

广武之山山突兀，楚汉壁垒犹在目。兵数激战割鸿沟，太公险作鼎中肉。

当时逐鹿几何家，张耳陈余亦自夸。倏忽赤符膺帝命，山东豪杰尽咄嗟。

文武之战战如何？断残干戈应自多。百万丰儿与郢卒，糜烂山前血如波。

良平计信越干戈，英雄自古帝王罗。自愧才疏损壮志，几翻感慨起狂歌。

看象棋赠赵介山

叶　燕

居然楚流划鸿沟，车马纵横杀气浮。到底士人能报国，从来兵法不回头。
通盘打算无成例，一著争先得上游。勿谓当场容易惑，奇功亦在棋中收。

登成皋台放歌

王诜桂

前登美哉亭，遥望嵩少扑天青。
今登成皋台，俯看黄河擘山来。
河山历历还如故，人世纷纷迹何处？
虎斗龙争只等闲，英雄竖子凭谁悟？
花对酒歌，振衣凌云赋，仙乎仙乎如或遇。
君不见：玉门古渡柳萧萧，浓绿微霜一夜调。
四序推迁犹如此，万古悲歌总徒劳……

春日游净土、清凉、金山诸寺

张文德

晚来汲露煮茗芽，古寺无人犬护家。座上真文余贝叶，阶前云气绕昙花。
蒲团半纳随藜杖，舍利多珠隐木瓜。为问老僧何处去，白云深锁众峰斜。

登玄武台

杨式金

望里人工夺化工，崚嶒壁立插云中。千寻苍翠层楼耸，万顷澄清一水通。
着屐登高随路转，凭栏纵目觉天空。雨花台上曾吟啸，才到成皋更不同。

登玄武台望黄河作

阎　纳

喜际澄清日，临风独倚楼。晴光涵北极，素练绕中州。
砥柱擎天立，安澜入海流。行人喧古渡，知是济世舟。

谒　宋　陵

赵发祥

北邙山接古东周，策骑效原作胜游。万里河山回巩水，半天风雨锁陵丘。
铜驼铸就依皇极，石象妆成辅帝猷。正忆太平千古事，何期南渡指杭州！

梦游慈云寺

张凌云

秋天空，秋气冲，秋风飒飒秋云重。秋水盈盈合翡翠，秋山面前削芙蓉。
我乃宋玉惊秋客，秋来每嫌眼界窄。一夜飞梦入林泉，琪花瑶草仙入宅。
浮戏山色列翠屏，乱峰崱屴郁青青。顷刻云山落吾手，飘然直上谒山灵。
山灵引入招提境，石弄泉声水气冷。降魔天娇喷岚光，青龙蜿蜒飞云影。

欲叩天门步银楼，松风长吼海天秋。无边涛声卷木叶，吹坠梧影碧云流。
引领还登寺之麓，峰名二老摩顶秃。二老何年跨鹤去，剩有白云锁松屋。
到来意兴迥不凡，捷足一跃踞巉岩。悬崖壁立千百仞，不攀荆棘攀松杉。
忽然法鼓鸣清昼，慈云寺僧金罡奏。檐前纷飞天雨花，仙云霭霭出层岫。
岫云乱起烟凄迷，长空杳杳鸣天鸡。上扪星辰苦有路，下临洞壑疑无蹊。
须臾报道佛光现，苍茫云海蒸奇变。烂似庆云晕若霞，林岩五色增葱倩。
灵妙道，真难名，铁笛一声暮烟横。疑是子建遮须国，直到法华险道城。
揖让侧坐仙人里，左右黄石赤松子。真人餐我金液丹，玉女赠我珊瑚树。
振衣长啸蹑云端，沧海如掬山如拳。白鹤健飞势凌厉，神龙欲下复盘旋。
凭虚一身轻如纸，东游石城西罗水。指点奇峰五十三，欲探风月几千里。
风为马兮霓为裳，云为车兮骖翱翔。忽魂悸兮以魄动，觉来索索夜正长。
人生大梦亦如此，利锁名缰胡为尔？从此窥见造化奇，尽卷乾坤入诗笔。

洛中泛舟

徐应庚

浩淼清波一叶舟，同人解缆任东流。风吹柳浦传莺语，月照沙汀续棹讴。
未信潜龙终蛰老，喜看鳞鲤自飞浮。几年觅得天津路，也泛仙槎入斗牛。

过巩县作

陆　昕

今来又买野村醪，不见东周气象豪。一片河声趋洛汭，四围山色压成皋。
严陵滩急星辰动，杜子祠荒草木高。独有平津桥畔柳，年年春水击渔舠。

黑石渡

于　范

山足漾清波，渡头枕黑石。野花学菊黄，山东如丹赤。
高岸穿山过，深沟落叶集。云静正秋空，出门双眼碧。

黑石渡怀古

赵赐琳

黑石关头洛水流，昔人从此泛仙舟。一时才子供钩党，千古山川想壮游。无恙西风吹落木，有情黄菊放深秋。行行欲尽登临兴，回首悠悠极目休。

黑 石 道 中

赵发虑

黑石严关古渡头，底须渺渺问仙舟？磴余残照马鸣急，树霭暮云鸟语稠。荒坂任人悲朽骨，萍踪由我放中流。动来不下穷途泪，借任磻溪垂钓钩。

桑　　林

赵发虑

汤祷遗踪此地存，岫云依旧护柴门。莺歌解网调风韵，树带甘霖留雨痕。池草新生灵运梦，芒鞋滑踏小桥村。归来笑说飞来好，也绕冷泉呼暮猿。

双　　泉

胡淑生

少微村落山峻嶒，石罅双虐泻氿泉。冷浸苔衣涵夜月，香浮花片度春烟。不争洗钵性宜佛，却羡闻琴梦亦仙。咄咄频年无尽处，一凭云鱼自盘旋。

当 阳 侯 墓

王鸣凤

将军往事跨征南，立山见山初战酣。武库不磨千古笔，碑文犹随万年潭。白杨历历悲露显，芳草菲上锁暮岚。基道登临频张望，于今壮烈许谁参。

商阿衡伊尹墓

吕法曾

匹马遥相引，秋来一雁新。不可阿衡碣，谁知左右臣。
因风怀往事，展墓想其人。诸葛吟梁父，居然步后尘。

钧 阳 杂 咏

陈　环

许由甘遁世，今留洗耳台。寄语牧牛者，莫向颍滨来。
鹊影乱红叶，蝉丝系白杨。离离荒草墓，但闻侠骨香。
吕氏邯郸贾，乃封万户侯。居奇如有术，何不载春秋?
辟谷从初志，潜真依古丘。当年椎若中，不复汉廷游。

聂　　台

高　鉴

身许因亲游，形屠冀姊留。双坟分侠烈，一剑判恩仇。
阔野青燐断，高台碧树秋。长河同易水，隐隐咽寒流。

游 留 侯 洞

高　鉴

丹崖深处辟留侯，夏木森森气象幽。书卷未遭黄石授，洞天早荒赤松游。
行藏不负称人杰，状貌何妨似女流。颍水一湾门外绕，长遗芳迹继巢由。

清　颍　桥

盛朝祖

清流东泻绕钧城，怒浪三翻激石鸣。何必匡庐看瀑布，且来桥上听秋声。

首 阳 咏

释南潜

草立古须眉，首阳一樵子。担柴入都城，闲话青峰里。
云有两男儿，饿死西山趾。白头齐太公，泪滴青频水。
还顾召公言，采薇人已矣。

游箕山洗耳泉

万姓苏

飘然蝉蛇避箕阴，烟雾茫茫何处寻。瓦罋不吹列泽檐，悄听匿山禽薜萝。

测 景 台

万姓苏

当年选胜立台隍，日影中天受较量。未有玄心通造化，谁能建制测阴阳。
三春策马控奇路，万树桃花笑昔壤。风景不与朱人物，殷怀俗美尚成康。

游 小 石 淙

康允执

半枕山坳半水坳，游人日过醉春郊。澄潭俯探蟠龙窟，危石高攀栖鹊巢。
涧水萦洄波细转，谷风拂动树全交。不劳女后增山色，尽待诗人得句敲。

月夜崆峒山阁

张　琰

山半层楼起，登临俯碧栏。恰疑凌广汉，直欲夸飞鸾。
月夜当秋迥，泉声入夜寒。崆峒仙迹在，笙歌渺难攀。

崆　峒　山

左絜矩

天中苍翠郁岧峣，黄帝遗踪世邈遥。绝壁风云龙虎气，虚岩钟鼓鬼神朝。
谁问至道留金简，尚有封祠奏玉箫。俯仰情深吟不尽，马头残叶响山椒。

少 康 旧 城

罗光壁

指点古王宫，颓垣列棘中。呼风噪野雀，负日立蓑翁。
代隔秦凌汉，人为沙与虫。仅留如掌地，麦秀暮云空。

神 芝 图 歌

刘玉威

崆峒矗立凌云起，东接有熊旧帝里。晓日深山翠辇来，为访广成之仙子。
黄盖峰前丫髻逢，手持玉检双瞳喜。金芝九叶灿生云，神光摇荡画图里。
愿祝吾皇寿万千，瑞草更非灵丹比。西池不数王母桃，函关漫说盘根李。
天生神物幻奇踪，世上丹青敢媲美。我来欲觅古仙人，一涧落花随流水。

观　音　阁

刘玉威

山半层楼起，遥凭万壑伙。薄云萦野树，乱石嗽寒流。
路为轮蹄转，客因茶灶留。千里方隐迹，此地有巢由。

来　嵩　阁

刘玉威

小阁宜秋爽，开窗尽日闲。烟云无定影，出没有群山。
佳客频挥尘，幽人好闭关。晓来凉雨急，天际响珊珊。

嵩阳书院

刘玉威

讲堂弘丽辟嵩限，晴日追随杖屦来。古柏摩云留翠干，丰碑溜雨老苍苔。
千秋贤圣传心远，一代修明绝学开。瞻拜欣能酬夙愿，藏书欲读愧无才。

游叠石溪

刘玉威

一派鸣泉下翠微，高怀托寄挹清辉。摩崖题字烟云绕，选石开亭竹树围。
时物行生皆大化，鸢鱼飞跃尽天机。始知真有孔颜乐，到处相看意不违。

闻尔知钟子巡嵩阳书院之胜，兼读逸庵先生登嵩高诸作，恭赋志怀

刘玉威

嵩山有主人，依山起书院。二室环翠岑，三柏老苍干。
云中楼阁立，万象凭几案。山祀古先哲，岁时为祼献。
振兴伊洛风，教泽日无倦。谈经吹藜火，晰理烛流电。
远方负笈来，登堂勤讲贯。静观一元理，流览诸儒传。
鹿洞迹已渺，于今重觌面。先生有真乐，坦适溪山畔。
或将独立身，岳顶凌云践。亦以无竟心，清流倚石眄。
长吟时寄兴，处处无心见。钟子客钧台，往来嵩阳便。
素悉先生学，诲人本性善。小子深仰止，闻之辄叹羡。
久约嵩高行，多为尘缰绊。何日拜春风，一遂平生愿。

谒范文正公祠

陆　宾

翠洒松萝障晚烟，宋臣荒冢万安前。平生气节穿金石，为国勋谋耀简编。
威望昔曾寒贼胆，义名今尚说吴田。我来吊罢瞻依处，落日凄凄思惘然。

面壁石赞

萧元吉

少林一块石，都道是个人。分明是个人，分明是个石，石何石？面壁石。人何人？面壁佛。王孙面壁九年经，九年面壁祖佛成。祖佛成，空全身。全身精入石，灵石肖全形。少林万古统宗门。

渑池晓发

萧元吉

赵瑟秦声一梦中，会盟台畔五更风。云衔晓日如新月，涧满朝霞饮断虹。
营窟门犹分上下，回坡路不辨西东。青嵩碧洛遥相接，回首崤陵夕照红。

游白沙

连宪武

远岫入青霭，寒流依白沙。芳草时弄鸟，深鸣晚岁华。
磴转千迴迴，萝垂百道斜。霜姿绚染异，万壑总成霞。

黄台漫流

连宪武

传闻黄霸有高台，台下流水一望开。四野浓思深雨露，肯教抚字点纤埃。

晁错墓

汪　潜

孝景谋臣悉竖儒，漫将忠首压锟铻。案头兵事书皆血，塞下民输粟尽珠。
七园借名成帝恨，千秋读史病袁诬。坟前凄草冬无白，弥望王孙泣鹧鸪。

郑公孙大夫祠

余正华

突兀孤峰迭翠螺，大夫遗庙在中阿。孰非制锦为民牧，几见推心尽抚摩。百代讴思留俎豆，千载惠泽著山河。只今溱洧区车过，犹忆当年谁嗣歌。

太　平　庵

吉　祥

庵上何年题太平，桃花夹岸柳花轻。此中莫厌游人醉，门外试听输挽声。

博　文　楼

刘延祐

绮阁凤楼高几层，侯王第宅此堪称。架藏锦帙光辉远，翰洒宸章气象增。世历两朝成柱础，城违十里见瓢稜。而今寂寞空追忆，少小曾经一次登。

清流学社故址

赵　健

晴川遗爱播中川，里社各区恣赏游。敷教当年洁化雨，作人万古景清流。参天阶树云常护，绕舍山泉脉永收。断碣依然余一片，振兴谁复继贤侯。

秋日宿少林寺

刘湛然

天开奥府接嵩丘，凉月当空冷暮揪。五乳露悬清客话，九莲朵绽媚高秋。尘心谁悟西来意，清磬偏随雁影浮。梦里犹知少室路，翻身直共白云游。

竹溪梅月

毛　纶

闻道轩辕迹未湮,可惜梅竹已成尘。只今惟有天边月,曾照当年饮马人。

东里春游

李嘘云

颍滨无地不宜春,更有东皋桃柳新。踏破红尘并绿草,往来尽是看花人。

大隗层峦

李嘘云

山岚欲湿彩云蒸,缥缈峰峦知几层。问道轩皇曾受箓,寻踪著屐想攀登。

九山暮霭

李嘘云

九山不解今何处,萧寺题名旧城西。寺后登临眺晚照,霞红烟紫月垂低。

风雨游崆峒

董祚宏

春游选胜地,策蹇上崆峒。丛树灌新雨,危楼纳远风。
衣单谁怯冷,酒醉我犹雄。攀跻凌云顶,往还龙气中。

雨宿少林寺

傅锡嘏

雨后青山分外青,岚光早映绿窗棂。苍松檐下萦萝茑,白鹭桥边印涧汀。
风送晓钟来远岫,霞明古寺护幽扃。遥看昨夜云连外,三十六峰环翠屏。

禹州九山寺

杨景时

古寺临高岸，兴来携酒过。诞闲人迹少，院冷夕阳多。
雁影落沙溆，山光入碧波。眺临空有意，帐望欲如何。

水　镜　洞

魏文征

当年心似水，今日水如镜。不见洞中人，空留一水横。

会　善　寺

朱　佩

古木缘溪路，祇园积翠间。白云屯浩劫，红树常孱颜。
石气迎人冷，苔痕满径斑。清冷禅室水，照耀夕阳山。
铃语传秋响，经声昼掩关。寒花偎砌发，栖鸟望巢还。
清暇于中富，嚣氛向此删。归来余逸兴，月夕媚烟鬟。

石笋闹林

朱　佩

石势何宠岽，杈枒各雄长。峰顶绝攀跻，屹立不相让。

逍　遥　谷

朱　佩

双叶忽飞红，西风撼疏木。萧然澹客心，逍遥此空谷。
仄径石盘回，流泉声断续。屋留云半间，岭连天一握。
遐想焦炼师，潜光学辟谷。

石窟寺题壁

张　粟

凿洞者谁氏？工力疑鬼神。如来无我相，忽得许多身。

游卧佛寺

王九式

独游城市外，白袷扣禅关。勘破浮生梦，谁如卧佛闲。
云浮雁塔回，苔点石梅斑。清景何人会？酬歌日暮还。

溱洧晚归

陈昌国

未有鸣琴化，深惭载鹤过。风尘终偃蹇，容鬓渐蹉跎。
期月欢游少，崇朝罄折多。唯看庭下树，春雨长藤萝。

游竹林寺

赵作人

竹院客来兴若苏，逢僧不话此君无。数竿移种石泉下，风雨潇潇伴老夫。

天宁万寿寺

刘　湛

寂寂花林暗，余香滞晚亭。夕阳千树合，落日半峰晴。
蝶因仍留梦，莺娇不度声。只因经过处，犹自拥褐行。

游 白 沙

刘 湛

远岫入青蔼，寒流依白沙。芳草时弄鸟，深鸣晚岁华。
磴转千迴迴，萝垂百道斜。霜姿绚染异，万壑总成霞。

乱后过家题壁

刘 湛

阴阴暝色散荒陴，寒雨飞来细似丝。春燕暂能营故垒，老槐犹有发新枝。
萧条故国人残后，寂寞空庭独坐时。青草池塘看又满，王孙何事卜归迟。

登 嵩 高

部 锦

故步嵩高最上头，晴光万里望中收。西临华岳三峰直，北俯黄河一线流。
岚趁轻霞凝翠幕，云迎晓日结层楼。天池勺水题诗罢，乘月还同玉女游。

卢 崖 观 瀑

部 锦

卢崖废寺埋清雾，古瓦久遇苍鼠妒。朱甍剥落半尘封，残碣都付蛟螭护。
我来还寻幂翠亭，空山萧瑟泉声注。神工何年凿大荒，珠玑错落如喷吐。
直下鲛绡帘乍垂，风回起作铜盘露。上有石磴名期仙，扳荆拉藤陟岩路。
遥瞻许昌王气消，巉崖陡同心胆怖。大熊两脚若为来，曲缘樵径穿林度。
訇磕一声走雷霆，翻盆骤雨山灵怒。千峰纵横玉龙飞，万缕闪烁金蛇布。
地轴震撼瀑势雄，黄河倒向三门赴。惊涛轰卷钱塘潮，习珠远沐山头树。
噫嘻乎？我闻匡卢挂流三千丈，奇姿喧传青莲赋，嵩高有水亦倒悬，此时奔激莽回互。
寄语楚天袁石公，山水从来有真趣。选胜他年蜡屐空，面目即今逢其故。
痛饮无妨歌咏狂，人生何事不关数。

嵩阳书院同耿逸庵太史秋望

郜　锦

山色凝如黛，寒溪水乱流。野樵绿怪石，旭日入重楼。
玉柱云初散，金壶树已秋。几行天际雁，飞过蓼花洲。

望　嵩

张子鹑

峻极瞻维岳，苍茫接太空。根原盘地轴，势自压天中。
今古阴阳合，乾坤指顾通。会当凌顶绝，日出看瞳胧。

夏游风穴寺

吕明月

山青水秀静幽幽，龙泉歌声从未休。唐塔身着白云衣，佛寺钟声自悠悠。

溱洧晚归

高绪之

日日平原不见山，晴霄今喜见孱颜。层峰迥出空同表，秀色横铺汝颍间。
轩后不来云奄霭，仙童无处药斑斓。中州大有殊庭在，乞得闲身取次攀。

登紫金山

邵日隆

山色城隅宛似金，早春结伴此登临。晴岚宕霭疑蜃气，野寺含苍送鸟音。
几处田畴郊外好，千家烟火望中深。极巅大士恒趺坐，到此禅心洗俗心。

登巩县紫金山

刘高青

乞休犹复此羁栖，指点名山喜共跻。曲径茏葱芳草合，层台缥缈白云低。
迟迟霁景穿书幌，漠漠青阴护药畦。乘兴盘桓浑不厌，后游边拟细留题。

咏仓西牛王庙古柏

曹肃谕

隋唐之际树将军，龙卧高岗矫出群。作势斜吞涧底月，翻身倒攫岭头云。
枝摩剑戟当空舞，涛鼓雷霆入夜闻。割据英雄今已矣，蒲山事业不如君。

凤　凰　台

刘　经

崇台洧水滨，昔有凤凰集。朝阳不复鸣，荒基徒屹立。
漠漠飞红尘，萋萋丰草碧。凤兮去不回，使我长叹息。

讲　武　门

钱青简

战败蚩尤犒旅徒，云岩深涧葬兵符。千秋水罢干戈事，蔓草寒烟锁阵图。

老屋即景

钱青简

秋色已如此，萧疏意如何？常为书债累，客至故人多。
老屋听风雨，闲园对薜萝。聊堪安我素，身世漫蹉跎。

饕　鼠

钱青简

有鼠似豹豹乃鼠，情性饕餮惯咬咀，黑夜结群三复五。
尔勿穿我屋，我屋破尔何以宿？尔勿盗我谷，我谷尽尔何以育？
诅尔祝尔尔无知，饕鼠饕鼠我心悲。

大隗怀古

钱青简

十里晴峦翠色重，扪萝引蔓访遗踪。台沉力牧荒丛棘，洞老轩黄秀古松。
石碣横糊秋月照，丹炉冷落晓岚封。渔樵指点真人处，知在烟霞第几峰？

浮丘洞

张济奇

洞门无锁却尘华，瀑布飞来溅古槎。午夜月明仙迹杳，一湾溪水送桃花。

过巩县作

陆　昕

今来又买野村醪，不见东周气象豪。一片河声趋洛汭，四围山色压成皋。
严陵滩急星辰动，杜子祠荒草木高。独有平津桥畔柳，年年春水击渔舠。

汉封将军柏

李觐光

翠盖摩天迥，盘根拔地雄。赐封来汉代，结种在鸿蒙。
皮沁千年雪，叶留万古风。茂陵人已矣，此柏自青葱。

谒欧阳文忠公墓

李一榴

寒风古柳总丘墟,看到空蒙落照余。独向坟前频下拜,少年国读使君书。

戊日谒祭子产祠

朱庭献

模范犹传郑大夫,香醪荐罢转踟蹰。一时遗爱归庐井,百代高风剩版图。
社鼓尚看民报赛,野祠肯使草荒芜。追芳有志恐难逮,敢同舆人诵也无?

经 潘 岳 墓

孙和相

当年曾掷果盈车,指点荒丘一子虚。花满河阳留治绩,乔迁洛上识精庐。
不因文纲轻羁缚,何至门庭痛剪除。旧史谁讥趋世利,历来辞赋重璠玙。

由 偃 至 洛

董　岱

寒空又见雁行斜,冷露侵崖菊有华。嵩少仍前浮黛色,洛流如旧泻晴沙。
金镛创霸人何在,白马驮经事已赊。叹我未逢王辅嗣,廿年尘土走天涯。

嵩 邙 对 峙

曹梦谱

山城晓望紫烟堆,霄汉祥分山水隈。太石云山皆北向,首阳风雨自西来。
峰岚色淡乾坤老,岭树光摇日月开。莫怪葱葱复郁郁,嵩邙佳气入楼台。

少林寺夜坐(二首)

郭振先

一到灵山意嗒然,那知净念亦因缘。识神才起微尘满,声臭全销万用圆。
不向眼前寻实地,更从何处契先天。旁参漫自劳终夜,道力初持恨未坚。

面壁何须到九年,此中消息竟茫然。直提顿教开迷眼,岂借狂宗结妄缘。
日月几周方会子,坎离经尽始归乾。单传当下何容易,坐破蒲团也未圆。

游禹州西锏山

史廷桂

何事书窗枕簟慵,游看翠嶂列芙蓉。黛容合人锏山画,飞势全惊疑岭峰。
水洞神工矜斧凿,阳崖滴乳竞玲珑。山来苦忆青葱色,也种斋前几树松。

拜崆峒先生墓

史廷桂

此地声名并斗高,荒丘长卧独萧骚。百年翁仲埋原草,三月清明荐涧毛。
天外云霞占王气,山中风雨忆挥毫。螭碑八尺生平事,珍重休文珥笔劳。

具茨山行

史廷桂

问程不觉远,溪转又盘门。樵斧通山响,童歌答涧喧。
昔人曾访道,而我欲忘言。色静深松里,斜阳下槿原。

洛阳牡丹

尤秉元

洛阳花谱几番新,烂烂欣看谷雨辰。晚出遂超群品上,才才便是十分春。
倚栏妆重愁无力,绕幕香浓欲醉人。千戴沉香遗址在,谁将绝调写风神。

成皋览古

尤守礼

战场今日已成空，满目荒山雨雾中。天险千年原不改，徘徊何处觅英雄。

雨宿少林寺

傅锡瑕

雨后青山分外青，岚光齑映缘窗棂。苍松檐下萦萝茑，白鹭桥边印涧汀。
风送晓钟来远岫，霞明古寺护幽扃。遥看昨夜云连处，三十六峰环翠屏。

次游少林韵

郭　璐

古刹中州数少林，峰环五乳自幽深。贝叶含光花雨乱，翠屏倒影午云阴。
碑断犹存开士偈，月空常印坐关心。我亦终年学面壁，昙摩去后恐难寻。

登郑州泰峰吊黑王相公

罗宪昂

奠安华夏几何年，朝野伟望星日悬。较射玉津夺虏魄，遥峰泰峙却宾筵。
山荒雨蚀碑中字，地僻人侵墓上田。自古乾坤留正气，英风疑在白云间。

汴梁渡河

百　龄

竹箭随流几曲奔，谁探星海泻高原。六鳌排浪回嵩岳，三峡轰雷下禹门。
城角樯帆秋雨霁，渡头沙迹暮云屯。河清共祝安澜庆，况复金堤次第论。

风穴禅

释行喜

翠微深处有神仙，跨鹤来参风穴禅。打破悬关归去日，过桥抛却悟真篇。

早发崿岭

赵谦之

鼓吹微落月，旌旗映晓林。竹深山复静，一鸟还清香。

游少林吟

冯世宁

罡风吹衣山雾黄，松筠绕绕身欲僵。攀缘石磴险不上，举头还有青林冈。
云霞远锁达摩寺，中有山堂说偈事。苍松偃蹇虬龙形，石上篆成霹雳字。
江涛浪拥摘芦来，西域曾踏青莲台。一朝老坐少林石，五乳山逢生紫苔。
山中秋月明如镜，山下清泉流不尽。禅心如月复如泉，野壑禽声天宇净。
偶来此地一遨游，登临直上山之头。云林杳杳奇如画，恍若三岛与十洲。
风声不闻仙已泯，掩霭云山真列盾。千崖扫石看名诗，古字苍苔如虬蚓。

题洗耳河

朱　裴

生逢尧舜世，下有巢与由。濯水洗污耳，牵牛饮上流。
耕箕看逐鹿，钓颍伴清鸥。奇节矿千古，子陵方许俦。

赞张子房

朱　裴

人人莫识赤松游，博浪沙锤志已酬。解绶非为辞炎帝，平秦总是报韩伊。
归山休笑汉儒子，筑将空余淮阴侯。假使副车非误中，圯人早引入溪头。

吕丞相故里

朱　裴

邯郸有大贾，唾手入西秦。子楚非奇货，华阳善效颦。
一傅拓强业，质子不终隣。姊计偿难得，何颜见异人。

吊　晁　错

朱　裴

汉于先生号智囊，深文刻法倾朝纲。削平诸国谋方就，吴楚兵兴身已亡。
汉帝空劳悔窦祸，史臣何必罪袁殃。饮荼一死归神见，恨杀东宫一舍郎。

五乳峰顶访达摩洞

刘裕祐

乳窟谁人阚，达摩此静修，巢高逼斗近，洞古泻云流。
面壁法何似，心登定里悠，妙明千嶂月，圆湛一泓秋。
瑶草寂会翠，桃花香暗浮，尼珠揭震旦，贝叶不知秋。
恭会无言意，翻从遗像留，绝尘真彼岸，抚景笑虚舟。
屐御孤岩爽，神同元始游，乾坤粒米大，澄碧寸囊收。

面 壁 石 亭

刘裕祐

面壁时你在这里，不面壁时你也在这里。横来竖去那离，元始六根长寂。
八风休起圆明，妙湛寒蟾秋。水贯金贯石只这些，子抬往抬回你，总不理磨教血出也。
非异事，此是真神神用耳。儿子纷纷泥妙意。

登 少 室 寺

王　溥

古刹苍茫隔紫烟，长松掩映稻花田。千僧归院频口户，游客随缘不施钱。

兴到扪萝探曲洞，睡余推枕听鸣泉。欲穷汉武巡游事，绕遍回廊认旧镌。

游嵩少留别焦锡三高玉书

刘林恒

思颍水兮清涟，望嵩岭兮紫烟。仰白日之朗照，挹轻风兮悠然。
三十六峰当我前，愿得竦深飞翼兮长周旋。芙蓉菡萏双池边，看花满地呼神仙。
登君之堂饮君酒，侬也吹竽兼击缶。披襟解带怡我情，开心写意君知否？
一杯一酌听我歌，与尔盘桓啸傲山之阿。仙台郁兮缥缈，招白云于薜萝。
抚百围之古柏，心徘徊而远职。王孙不留兮将奈何？

秋日游龙潭寺

王无忝

习静寻山寺，息心戒浪游。云藏嵩岳树，水动蓼花洲。
听梵来龙母，鸣钟惊野鸥。佛奴好相伴，往还入素秋。

少林寺五言赋

无名氏

壬辰十月朔巡行憩少林寺，见殿座倾圮，较去年更有甚焉。为之慨然不置，会勉轩大令权登封篆商百金，暂为保护，实获我心，为赋五古，即用顾亭林先生少林寺原韵。

昨上风穴山，今到少林寺，去年此地游，冒雨亦秋季。
一岁一巡行，往返如梭织，众山尽童童，独此更苍翠。
古柏列成行，粉壁空呈艺，回头问山僧，感慨思往事。
殿宇多倾颓，庭阶亦芜秽，雕梁画栋间，暮燕杂朝雉。
徘徊复徘徊，亏我守土吏，民力不能兴，国帑从何赐。
商之登封令，百计筹一二，集金且支撑，聊表扶持意。
安得万黄金，布地为兴废，相约在明年，秋期应再至。

古仙人词·游嵩

无名氏

梦入云山宫阙幽，鸾鸾同侣鸳风流。桂月竟夜光不收，世俗扰扰成嚣湫。

醉飞星驭鞭金虬，八仙浪迹追真游。龟玉筌蹄二十秋，摩霄注眘须人求。
觅剑如或笑刻舟，阳燧非无角绮俦。元鼎以来虚昆邱，东井徒劳冠带修。
松餐竹饮渡蜃楼，嵩顶坐啸垂直钩。只应惭愧刘幽州，知音者莫惜迹留。

石　淙

无名氏

磴道山岩下，茅楹竹树中。深潭鱼可见，攒石路才通。
坐听潺湲碧，悬思烂漫红。平生丘壑志，览此兴何穷。

缑山远客

金秉万

黄河嵩岳抱萦回，中有缑山远客来。王子不还笙鹤断，夕阳呵笔下荒台。

诗歌多样化

嵩山作为一座文化圣山，历史上多为帝王将相、文人雅士、名僧高道的朝拜和栖乐之地，他们无论庆贺、典礼、祭祀、游览，还是聚会、迎送、讲学、凭吊等，都要付诸笔墨，表达其浓郁的情感，因而产生了大量文学艺术作品。诗歌作为最活泼的文学创作形式，在这里得到了更为淋漓尽致的表现。其创作形式不但有对答、座谈、联句、名诗集句、同题、同题同韵等，这些名人在一起随意洒脱，谈天论地，指点江山，共赏美景，同时又诗唱诗和，竞比风流，共显风雅，尽情地抒发自己的情怀，不但给后人留下了美妙隽永的诗篇，还给嵩山的自然美景和文化名胜赋予了千古不朽的灵魂。历史上，嵩山地域多人即兴吟诗的创作不可枚举，从南北朝到隋唐，从宋金到元明清，多人即兴吟诗的活动丰富多彩，灵动活泼，连绵不断。为了展现嵩山历史上特有的文化氛围，展示这种诗歌形式多样化的创作，我们特从嵩山地域历代诗海中撷取一些不同创作形式的诗作，在书中另设一章，以飨读者。

一、对答式

诗人用诗作进行对话，有问有答，形式活泼。最著名的有唐代诗人宋之问、宋代晁以道、金代元好问等与诗友唱和对答的诗篇。

《寄宋之问》与《答田游岩》（唐）

寄宋之问

田游岩

弘农清岩曲有磐石可坐，宋十一每拂拭待余，寄诗赠之。

信彼称灵石，居然狎遁栖。裴回承翠巘，斑驳带深谿。
夕阴起层岫，清景半虹霓。风来应啸阮，波动可琴嵇。

仆也颍阳客，望彼空思齐。傥见山人至，簪蒿且杖藜。

敬答田征君游岩

宋之问

家临清溪水，溪水绕盘石。绿萝四面垂，袅袅百余尺。
风泉度丝管，苔藓铺茵席。传闻颍阳人，霞外漱灵液。
忽枉岩中翰，吟望朝复夕。何当遂远游，物色候逋客。

《入崖口五渡寄李适、徐彦伯》与《答宋十一入崖口五渡见赠》（唐）

入崖口五渡寄李适、徐彦伯

宋之问

抱琴登绝壑，伐木溯清川。路极意谓尽，势回趣转绵。
人远草木秀，山深云影鲜。余负海峤情，自昔微尚然。
弥旷十馀载，今来宛仍前。未窥仙源极，独进野人船。
时攀乳窦憩，屡薄天窗眠。夜弦响松月，朝楫弄苔泉。
因宜泉外理，永谢区中缘。碧潭可遗老，丹砂堪学仙。
莫使驰光暮，空令归鹤怜。

和李适《答宋十一入崖口五渡见赠》

徐彦伯

闻有独往客，拂衣捐世心。结忻薄枉渚，撰念萦旧林。
经亘去崖合，冥绵归壑深。琪树环碧彩，金潭生翠阴。
沿洄弄沙榜，危仄眺明岑。夕闻桂果猿，晓玩松上禽。
杂佩蕴孤袖，琼敷缀双衿。我怀沧州想，懿尔白云吟。
秉愿理方叶，存期迹易寻。兹言庶不负，为报岩中琴。

和徐彦伯《答宋十一入崖口五渡见赠》

李　适

闻君访远山，跻险造幽绝。眇然青云外，观奇弥年月。
登岭亦溯溪，孤舟事沿越。峨嶂傅彩翠，崖登互欹缺。
石林上攒丛，金涧下明火。扪壁窥丹井，梯苔瞰乳穴。
忽枉岩中赠，对玩未尝辍。殷勤独往事，委曲炼药说。
邀余名山期，从尔泛海渤。岁晏秉夙心，斯言匪张设。

《冬宵引赠司马承祯》与《答宋之问》（唐）

冬宵引赠司马承祯

宋之问

河有冰兮山有雪，北户墐兮行人绝。独坐山中兮对松月，怀美人兮屡盈缺。
明月的的寒潭中，青松幽幽吟劲风。此情不向俗人说，爱而不见恨无穷。

答宋之问

司马承祯

时既暮兮节欲春，山林寂兮怀幽人。登奇峰兮望白云，怅缅邈兮象欲纷。
白云悠悠去不返，寒风飕飕吹日晚。不见其人谁与言，归坐弹琴思逾远。

“寄”“答”“和”三人诗（宋）

寄晁以道求嵩山长松

陈　恬

松上花兮松下根，食之年貌与松邻。君见既是松间客，采送衰翁亦可人。

晁以道答诗

晁以道

长松不绝黄帝手，小剧漫翻嵩室云。纵有何堪寄夫子，鼎头宝气自氤氲。

和　咏　之

张袁臣

暂隐嵩高六六峰，未乘云气御飞龙。自餐白石求黄石，更采长松寄赤松。

《观面壁石偈》中的说与问（明）

《观面壁石偈》问

沈孚闻

何活何是死，亦有何可说？何石不是佛？何处不如来？

《观面壁石偈》说

王士性

活人做死事，难向一切说。打破这片石，方许见如来。

《追忆颍亭泛舟寄阳翟诸友》与《诸友共和》（金）

追忆颍亭泛舟寄阳翟诸友

李献能

十月冬气寒，清霜殒群木。轻舟泛颍水，微风吹野服。
信流不知还，石艇横老玉。苔花锦斓班，悬溜珠丽蔌。

颇离尘世杂，倒泻轩裳俗。岁月今几何？春草栖以绿。
怀归剧饥渴，仰羡双飞鹄。矫首九山云，迢迢伤心目。

诸友共和

田　云

探记得遗址，开亭还古风。鸟声来静外，云影落闲中。
轩隗风流在，巢由事迹空。重峦三十六，斜去带青松。

诸友共和

韩　宗

颍上新亭瞰一川，几重旧址敞幽关。寒声北下当轩水，翠影西来扑槛山。
极止静随孤鹤去，高情常共白云闲。知君久负巢由志，早晚相忘寂寞间。

诸友共和

张公孺

旧趾剪荒棘，新亭临上游。行人指乔岳，野老度清流。
云牖褰飞幕，风矶缆小舟。古来禾黍熟，萧飒动惊秋。

诸友共和

潘　洙

探寻遗址剪荒榛，复构高轩枕水滨。帘幕夜开千嶂月，琴尊时伴一溪云。
临流洗耳今何在，访道鸣銮查不闻。凭望秋天雨初霁，风烟闲澹夕阳曛。

诸友共和

张仲羽

旧址尝问访，新亭此构成。一轩临断岸，万象入前楹。
风静滩声远，云消岳色明。巢由有遗迹，千古见高情。

诸友共和

吕文昌

亭荒叹岁久，智者复经营。风月情怀迥，山河气象清。
樵归烟外径，农趁雨余耕。万古惟箕颍，前贤自此名。

诸友共和

李　淳

危亭废迹草漫漫，往哲心规复构完。黄霸旧声空市邑，广成遗事祇烟峦。
清时胜赏怀彭泽，平世忘机类钓蕃。巢许高风何处问，月明闲夜濑长滩。

诸友共和

管　豫

重构危亭施碧流，檐楹照月雨初收。天形下覆知无际，山势西来是尽头。
常爱固当为胜地，登临曾未让高楼。公余置酒延宾客，岂意空疏与宴游。

《荥阳古城登览寄裕之》与《同钦叔赋》（金）

荥阳古城登览寄裕之

李献能

突兀高台上古城，登临人境两峥嵘。关河落日岁云暮，草木临风气未平。
虎拦陇挐王伯事，天荒地老古今情。一杯欲洗兴亡恨，为唤穷途阮步兵。

同钦叔赋楚汉战处

元好问

虎掷龙挐不两存，当年曾此赌乾坤。一时豪杰皆行阵，万古河山自壁门。
原野犹应厌膏血，风云长遣动心魂。成名竖子知谁谓，拟唤狂生与细论。

同钦叔赋鸿沟

元好问

刘郎著手乾坤了，未害与渠分九州。夸儿衣绣自楚楚，作计岂复西鸿沟？
雌雄自决已无策，尺寸必争唯上流。韩生已死言犹在，千载令人笑沐猴。

二、座谈式

诗人们共聚一处，围绕着同一话题，以诗歌进行答叙。历史上最有名的座谈式的诗作是唐朝裴度、白居易、刘禹锡等人共同创作的《度自到洛中与乐天为文酒之会时时构咏乐不可》。

《度自到洛中与乐天为文酒之会时时构咏乐不可》(唐)

裴　度　白居易　刘禹锡

成周文酒会，吾友胜邹枚。唯忆刘夫子，而今又到来。(裴　度)
欲迎先倒屣，亦坐便倾杯。饮许伯伦右，诗推公干才。(白居易)
久曾聆郢唱，重喜上燕台。昼话墙阴转，宵欢斗柄回。(刘禹锡)
新声还共听，故态复相咍。遇物皆先赏，从花半未开。(裴　度)
起时乌帽侧，散处玉山颓。墨客喧东阁，文星犯上台。(白居易)
咏吟君称首，疏放我为魁。忆戴何劳访，留髡不用猜。(裴　度)
奉觞承麴糵，落笔捧琼瑰。醉弁无妨侧，词锋不可摧。(白居易)
水轩看翡翠，石径践莓苔。童子能骑竹，佳人解咏梅。(刘禹锡)
洛中三可矣，邺下七悠哉。自向风光急，不须弦管催。(裴　度)
乐观鱼踊跃，闲爱鹤裴回。烟柳青凝黛，波萍绿拨醅。(白居易)
春榆初改火，律管又飞灰。红药多迟发，碧松宜乱栽。(刘禹锡)
马嘶驼陌上，鹢泛凤城隈。色色时堪惜，些些病莫推。(裴　度)
涸流寻轧轧，余刃转恢恢。从此知心伏，无因敢自媒。(刘禹锡)
室随亲客入，席许旧寮陪。逸兴嵇将阮，交情陈与雷。(白居易)
洪炉思哲匠，大厦要群材。他日登龙路，应知免曝鳃。(刘禹锡)

三、联句式

联句是几个人同赋一首诗时,每人各作一句或几句,合而成篇。本篇诗选有《北魏节闵帝元恭与元翌、孝通联句》,唐代韩愈、张籍、孟郊、张彻所作的《会合联句》,宋代宰相范纯仁、王辟疆所作的《游嵩山》,清代耿介、景日昣、窦克勤等人所作的《嵩阳书院夜雨联句》等,都是联句式诗作的名诗。

节闵帝元恭与元翌、孝通联句(北魏)

节闵帝　元翌　孝通

普泰二年正月乙酉,中书舍人元翙献酒肴,北魏节闵帝元恭因与元翌及孝通等宴,兼奏弦管,命元翙吹笛,帝亦亲以和之。因使元翌等嘲,以酒为韵。

孝通曰:既逢尧舜君,愿上万年寿。
帝曰:平生好玄默,惭为万国首。
帝曰:"卿所谓寿,岂容徙然!"
便命酌酒赐孝通,仍命更嘲,不得中绝。
孝通即竖忠为韵。
帝曰:"卿不忘忠臣之心。"
翙曰:"圣主临万机,享世永无穷。"
孝通曰:"岂唯被草木,方亦及昆虫。"
翌曰:"朝贤既济济,野苗又芃芃。"
帝曰:"君臣体鱼水,书轨一华戎。"
孝通曰:"微臣信庆渥,何以答华嵩?"

于时,孝通内典机密,外参朝政,军国动静,预以谋谟。加以汲引人物,知名之士,多见推荐。

洛阳天津桥南山中联句(唐)

李益　韦执中　诸葛觉　贾岛

野坐分苔席,(李　益)
山行绕菊丛。(韦执中)
云衣惹不破,(诸葛觉)
秋色望来空。(贾　岛)

会合联句(唐)

张籍 韩愈 张彻 孟郊

韩公召为国子博士,与张籍、张彻、孟郊会京师,而有此诗。黄鲁直尝云:“退之会合联句,四君子皆佳士,意气相入,杂之成交。世之文章之士少联句,盖笔力不能相追,或成四公子棋耳。”

离别言无期,会合意弥重。(张　籍)
病添儿女恋,老丧丈夫勇。(韩　愈)
剑心知未死,诗思犹孤耸。(孟　郊)
愁去剧箭飞,欢来若泉涌。(张　彻)
析言多新贯,摅抱无昔壅。(张　籍)
念难须勤追,悔易勿轻踵。(韩　愈)
吟巴山荦峃,说楚波堆垄。(孟　郊)
马辞虎豹怒,舟出蛟鼍恐。(张　彻)
狂鲸时孤轩,幽狖杂百种。(韩　愈)
瘴衣常腥腻,蛮器多疏冗。(张　籍)
剥苔吊斑林,角饭饵沈冢。(韩　愈)
忽尔衔远命,归欤舞新宠。(孟　郊)
鬼窟脱幽妖,天居觌清栱。(韩　愈)
京游步方振,谪梦意犹恟。(张　籍)
诗书夸旧知,酒食接新奉。(韩　愈)
嘉言写清越,愈病失疣肿。(孟　郊)
夏阴偶高庇,宵魄接虚拥。(韩　愈)
雪弦寂寂听,茗碗纤纤捧。(孟　郊)
驰辉烛浮萤,幽响泄潜蛩。(韩　愈)
诗老独何心,江疾有余兀重。(孟　郊)
我家本瀍后,有地介皋巩。休迹忆沈冥,峨冠惭阘白辱。(韩　愈)
升朝高辔逸,振物群听悚。徒言濯幽泌,谁与薙荒茸。(张　籍)
朝绅郁青绿,马饰曜珪珙。国雠未销铄,我志荡邛陇。(孟　郊)
君才诚倜傥,时论方汹溶。格言多彪蔚,悬解无梏拲。(韩　愈)
张生得渊源,寒色拔山冢。坚如撞群金,眇若抽独蛹。(韩　愈)
伊余何所拟,跛鳖讵能踊。块然堕岳石,飘尔罥巢氄。(孟　郊)
龙旆垂天卫,云韶凝禁甬。君胡眠安然,朝鼓声汹汹。(韩　愈)

同宿联句(唐)

韩 愈　孟 郊

韩愈曰:此诗召为国子博士后,与东野同宿而作。故叙南迁召还始末甚详。

自从别君来,远出遭巧谮。(韩　愈)
斑斑落春泪,浩浩浮秋浸。(孟　郊)
毛奇睹象犀,羽怪见鹏鸩。(韩　愈)
朝行多危栈,夜卧饶惊枕。(孟　郊)
生荣今分逾,死弃昔情任。(韩　愈)
鹓行参绮陌,鸡唱闻清禁。(孟　郊)
山晴指高标,槐密骛长荫。(韩　愈)
直辞一以荐,巧舌千皆舚。(孟　郊)
匡鼎惟说诗,桓谭不读谶。(韩　愈)
逸韵何嘈嗷,高名俟沽赁。(孟　郊)
纷葩欢屡填,旷朗忧早渗。(韩　愈)
为君开酒肠,颠倒舞相饮。(孟　郊)
曦光霁曙物,景曜铄宵祲。(韩　愈)
儒门虽大启,奸首不敢闯。义泉虽至近,盗索不敢沁。(孟　郊)
清琴试一挥,白鹤叫相喑。欲知心同乐,双茧抽作纴。(孟　郊)

斗鸡联句(唐)

韩 愈　孟 郊

大鸡昂然来,小鸡竦而待。(韩　愈)
峥嵘颠盛气,洗刷凝鲜彩。(孟　郊)
高行若矜豪,侧睨如伺殆。(韩　愈)
精光目相射,剑戟心独在。(孟　郊)
既取冠为胄,复以距为镦。天时得清寒,地利挟爽垲。(韩　愈)
磔毛各嘌痒,怒瘿争碨磊。俄膺忽尔低,植立瞥而改。(孟　郊)
腷膊战声喧,缤翻落羽皠。中休事未决,小挫势益倍。(韩　愈)
妒肠务生敌,贼性专相醢。裂血失鸣声,啄殷甚饥馁。(孟　郊)
对起何急惊,随旋诚巧绐。毒手饱李阳,神槌因朱亥。(韩　愈)
恻心我以仁,碎首尔何罪。独胜事有然,旁惊汗流浼。(孟　郊)
知雄欣动颜,怯负愁看贿。争观云填道,助叫波翻海。(韩　愈)
事爪深难解,嗔睛时未怠。一喷一醒然,再接再砺乃。(孟　郊)

头垂碎丹砂，翼拓拖锦彩。连轩尚贾馀，清厉比归凯。（韩　愈）
选俊感收毛，受恩惭始隗。英心甘斗死，义肉耻庖宰。（孟　郊）
君看斗鸡篇，短韵有可采。（孟　郊）

登岘山观李左相石尊联句（唐）

颜真卿　刘全白　裴　循　张　荐　吴　筠　强　蒙　范　缙
王　纯　魏　理　王修甫　颜　岘　左辅元　刘　茂　颜　浑

李公登饮处，因石为洼尊。（颜真卿）
人事岁年改，岘山今古存。（刘全白）
榛芜掩前迹，苔藓余旧痕。（裴　循）
叔子尚遗德，山公此回轩。（张　荐）
维舟陪高兴，感昔情弥敦。（吴　筠）
蔼蔼贤哲事，依依离别言。（强　蒙）
�嵚横道周，迢递连山根。（范　缙）
余烈暧林野，众芳揖兰荪。（王　纯）
德晖映岩足，胜赏延高原。（魏　理）
远水明匹练，因晴见吴门。（王修甫）
陪游追盛美，揆德欣讨论。（颜　岘）
器有成形用，功资造化元。（左辅元）
流霞方泔淡，别鹤遽翩翻。（刘　茂）
旧规倾逸赏，新兴丽初暾。（颜　浑）

中元日鲍端公宅遇吴天师联句（唐）

严　维　鲍　防　谢良辅　杜　弈

道流为柱史，教戒下真仙。（严　维）
共契中元会，初修内景篇。（鲍　防）
游方依地僻，卜室喜墙连。（谢良辅）
宝笥开金箓，华池漱玉泉。（杜　弈）

宴兴化池亭送白二十二东归联句（唐）

裴　度　刘禹锡　白居易　张　籍

东洛言归去，西园告别来。白头青眼客，池上手中杯。（裴　度）

离瑟殷勤奏，仙舟委曲回。征轮今欲动，宾阁为谁开。（刘禹锡）
坐弄琉璃水，行登绿缛堆。花低妆照影，萍散酒吹醅。（白居易）
岸荫新抽竹，亭香欲变梅。随游多笑傲，遇胜且裴回。（张　籍）
澄澈连天境，潺湲出地雷。林塘难共赏，鞍马莫相催。（裴　度）
信及鱼还乐，机忘鸟不猜。晚晴槐起露，新雨石添苔。（刘禹锡）
拟作云泥别，尤思顷刻陪。歌停珠贯断，饮罢玉峰颓。（白居易）
虽有逍遥志，其如磊落才。会当重入用，此去肯悠哉。（张　籍）

游嵩山联句（宋）

范纯仁　王辟疆

露洗千龄柏，灵境内中天秀。（辟　疆）
雄名古到今，位尊朝列岳。（纯　仁）
势重厌千岭，静锁神仙宅。（辟　疆）
高盘宇宙心，孤梭标日月。（纯　仁）
绝仞倚戈镡，彩栋灵祠邃。（辟　疆）
层簷净刹深，民祈传觋语。（纯　仁）
国祀致君忱，碑古苔生字。（辟　疆）
堂虚书纛金，山呼曾寿荐。
神降即为霖，事怪涂山石。（纯　仁）
形端玉女砧，峰峦排翠玉。（辟　疆）
滩濑濑鸣琴，蕙帐人谁继。（纯　仁）
金泥迹可寻，唐经藏宝妙。（辟　疆）
魏殷想鸾音，云作他方雨。（纯　仁）
松连别院阴，谷泉长浸斗。（辟　疆）
顶路欲扪参，探穴梦潜动。（纯　仁）
扪萝力不禁，箕熊分蚁垤。（辟　疆）
伊洛认蹄涔，鸟道樵夫去。（纯　仁）
龙潭驿使临，众仙停羽驾。（辟　疆）
昔帝俨宸襟。有元宗御容，选胜先看记。（纯　仁）
乘危可作箴，天门开四极。（辟　疆）
树品冠双林，灵药看苗劚。（纯　仁）
香醪挈榼斟，道宫庭不帚。（辟　疆）
学馆突无黔，垄麦风摇浪。（纯　仁）
溪淙石耸簪，杂花春烂漫。（辟　疆）
老木夜萧森，夕照河光接。（纯　仁）
晴岚塔影侵，深崖藏积雪。（辟　疆）

虚壑响幽禽，溪月寒澄霁。（纯　仁）
岩烟暮杳沈，寺桥横螮蝀。（辟　疆）
禅磬击璆琳，拂壁题新字。（纯　仁）
逢僧举旧吟，疲骖何处解。（辟　疆）
高阁在崎嵚。（纯　仁）

嵩山达摩洞山腰等联句（明）

吴二室　温函野　吕文川

嘉靖戊午岁，余以行人奉役过□同学吴两室、吕文川游此，会景嫡情，各有留咏，今复来十有七年矣。邑侯孙熙宇文人也谈及，索余侵石因以识岁月□，时大明万历甲戌中秋日都御史洛人函野温如璋题。

达摩洞回山腰联句（明）

吴二室　温函野　吕文川

洞深回首处（吴二室），一径下云岑（温函野）。丹壑盘花树（吕文川），青霄落梵音。身疑尘世隔（温函野），景自画图寻。相对凭虚坐（吴二室），徘徊几度吟（吕文川）。

崇福宫流觞亭联句（明）

吴二室　温函野　吕文川

殿古花含碧（吴二室），泉通草自青。相看临曲水（吕文川），浑似在兰亭。山色杯边出（温函野），钟声树里听。寻幽怀往迹（吴二室），欲赋几回停（温函野）。

法王寺联句（明）

吴二室　温函野　吕文川

寺隐深山霁午登（温函野），满林苍霭对岐嶒。金莲犹放香台畔（吕文川），玉检空余碧岫层。醉倚清斋堪习静（吴二室），禅开上界欲参乘，耽奇共待嵩门月（温函野）。寺东有□嵩门峰，归路无劳借佛灯（吕文川）。

嵩阳书院夜雨联句（清）

窦克勤　耿　介　景日昣

窦克勤序：庚申又八月十一日，为嵩阳书院会讲之期，邑大夫张公折柬相邀，余与逸庵先生冒雨往焉。出自东门，旷然无言，静观万物，会于一元。斯时也，雾横野树，云薄秋天，乍隐乍见；时睹红叶，若近若远，偶露青山。顿悟天地之变通，颇识山泽之消息。历崎岖而志坦，望林壑而兴逸。细雨侵衣，欣大造之润泽；从榛夹石，览地形之参差。竹林隐隐，行云纷纷。烟村晻霭，回环嵩根。既古寺之映远岫，亦讲堂之覆白云。极元章所不能绘，真太白所不能吟。望宫墙而渊乎洗尘嚣，古迹忘其顾盼；拜程朱而凛乎有生气，前哲鼓其进修。但见负笈来游，集生徒而论道；相悦以解，肃衣冠而听经。岳神有灵，应许名儒之垂教；高山仰止，还钦贤侯之作人。既论学之有得，亦适志而偕归。逸庵欲止而且行，顾余曰："行矣乎？"曰："行。"既行而且止，顾余曰："止矣乎？"曰："止。"行止因任乎无心，去留非邻于有意。扩无累之胸，秋雨为涤；殚有觉之智，鸣鸟皆音。盘桓丽泽之中，流连古柏之侧。神气收敛，志趣幽清。有境皆真，无物不得。既而，微风窗外吹入佳怀，细雨阶前催入诗句。石壁清凉，烟花照耀。倾谈四座，综太极而为言；妙阐三才，识吾心之有主。时则符乎艮止，功惟重乎乾行。理晰卦画之前，神忘形骸之外。得意伸纸，探笔诗囊。意在言先，斯有唱而皆和；兴随笔后，不琢句以雕音。爰是字逾数行，篇联半幅；不觉深院雨歇，秋景历落。凉夜高吟，山川寂寞。乃为之歌曰：一夕千载，乐莫为真。浩浩乎望嵩巅而驰志，浑浑乎握乾枢以游神。我何有哉？名教乐地，夜半天心。明日复有事于探讨，且晏息以安身。

耿介清夜谈心悟道体，图书阐透阴阳理。互根妙义泄先天，窦克勤太极真传窥本始。元化流行任自然，耿介气机通复靡穷已。可知一理贯三才，景日昣谁谓百王有二旨？上溯渊源惟执中，窦克勤近循堂奥无偏倚。功夫定是法乾刚，耿介学问先须求艮止。诚意正心见古人，景日昣达天立命称君子。空山雨夜客联床，窦克勤深院灯花诗满纸。若论知行并进功，孔门四勿惟克己。

新正嵩阳书院联句（清）

耿　介　李佩蘅　刘　洙

刘洙三阳逢泰运，五纬聚奎光。自古岳神降，耿介从今洛学昌。化工生意溥，李佩蘅教铎流风长。礼乐绍邹鲁，刘洙文章轶汉唐。深窥性命秘，耿介尽发图书藏。无欲心恒静，李佩蘅法乾德自刚。睹闻俱寂地，刘洙出入莫知乡。戒惧弗能已，耿介操存不敢忘。一中传道统，李佩蘅五品叙伦常。位育参天地，刘洙谟谋佐庙廊。同人筮利涉，耿介好我咏周行。共订千秋业，李佩蘅咸瞻数仞墙。嵩岑云冉冉，刘洙颍浦水泱泱。乐寿观仁智，耿介危微分圣狂。知行矢并进，李佩蘅博约喜同商。丽泽信从广，刘洙兼山授受详。立身先孝弟，耿介行己贵端庄。表里皆莹彻，李佩蘅初终无怠荒。耄年佩抑戒，刘洙夙昔比圭璋。可惜流光迅，耿介徒怀老大伤。贤关勤砥砺，李佩蘅皇路奋腾骧。主敬诚斯立，刘洙知几暗乃章。孜孜师大禹，耿介翼翼法文王。力久豁然贯，李佩蘅资深安可量？要求入圣域，莫自说升堂。

四、名诗集句式

集句式诗，又称集锦诗，是旧时作诗方式之一。集句式诗就是截取前人一家或数家现成的诗句，巧妙拼集成一首新诗。要求有完整的内容和崭新的主旨，要符合诗词格律，对原诗句融会贯通，上下一气，如出一体。集成之诗既无斧凿之痕，内容又相连贯，浑然天成。集句式诗是中国传统诗句词领域中的一朵奇葩，真有较高的艺术价值和欣赏价值。

集杜甫诗句：投笔从戎志（南宋）

文天祥

读书破万卷，（《赠韦右丞》）
许身一何愚。（《自京赴奉先县咏怀五百字》）
赤骥顿长缨，（《述古》）
健儿胜腐儒。（《草堂》）

集杜甫诗句：误国权臣（南宋）

文天祥

苍生倚大臣，（《送韦中丞之晋》）
北风破南极。（《北风》）
开边一何多，（《前出塞》）
至死难塞责。（《吴侍御江上宅》）
天地西江远，（《送崔侍御》）
无家问死生。（《忆舍弟》）
凉风起天末，（《忆李白》）
万里故乡情。（《江楼宴》）

诀谒（明）

汤显祖《牡丹亭·下场诗》

此身飘泊各西东，（杜甫《清明二首》之一）
笑指生涯树树红。（陆龟蒙《阖闾城北有卖花翁讨春之士往往造焉因招袭美》）

欲尽出游那可得，（武元衡《春题龙门香山寺》）
秋风还不及春风。（王建《未央风》）

闹殇（明）

汤显祖《牡丹亭·下场诗》

魂归冥漠魄归泉，（朱褒《悼杨氏妓琴弦》）
使汝悠悠十八年。（曹寅《题子侄书院双松》）
一叫一回肠一断，（李白《宣城见杜鹃花》）
如今重说恨绵绵。（张籍《送元结》）

惊梦（明）

汤显祖《牡丹亭·下场诗》

春望逍遥出画堂（张　说），闲梅遮柳不胜芳（罗　隐）。
可知刘阮逢人处（许　浑）？回首东从一断肠（韦　庄）。

集唐送黄州太守禹公之任（清）

肖士然

圣藻光辉动北辰（李　适），题诗今日是州民（张　籍）。
关中旧忆留萧相（傅与砺），河内犹宜借寇恂（杜　甫）。
为郡至公兼至察（方　干），爱君修政若修身（独孤及）。
名渐名在诸生末（司空曙），虚度膺门十二春（赵　嘏）。

别将流涕感阶缘（郑　谷），知己新提造化权（白居易）。
才器合居科第首（齐　已），勋名尽得国家传（张　籍）。
剖符已副东人望（方　干），饮水方重刺史天（赵　嘏）。
吟寄短篇追往事（李嘉祐），怀君何计更流连（徐　夤）。

文昌风景画难成（薛　能），近得幽奇物外心（刘　沧）。
只用篇章为教化（方　干），还欣鱼鸟遂飞沉（薛　稷）。
翻音免问他人字（姚　合），入座偏宜郢客吟（崔　逵）。
桃李不须令更种（戎　昱），门前桃李旧成荫（郑　谷）。

嵩高降德为时生(卢　肇),难处长先自请行(王　建)。
知己欲依何水部(严　维),风流好继谢宣城(韩　翃)。
斗间谁与看冤气(刘长卿),海内而今有直声(刘禹锡)。
遥送扁舟安陆郡(王昌龄),漫流东去一江平(牟　融)。

两朝趋陛谒承明(苗　发),羽翼三迁出谷莺(石　贯)。
但见文翁能化俗(杜　甫),犹将贾傅暂专城(窦　常)。
手扶星月重轮起(黄　滔),官逐簪裾到处清(罗　隐)。
今日抱辕留不得(赵　嘏),青衿新列柳间营(卢　肇)。

一枝梅谢楚江头(温庭筠),行色匆匆不暂留(牟　融)。
旌旆影前横竹马(胡　暇),仁慈风里驻扁舟(方　干)。
郡人重得黄丞相(刘禹锡),上客亲随郭细侯(司空文明)。
他日徵还作霖雨(杨巨源),生灵岂独化东瓯(徐　夤)。

五、同题式

同题式诗是由多个人以同一内容为主题,各人创作个人的诗作。可在同一时间,也可在不同的时间,对某一主题进行创作。嵩山地域的古代同题诗很多,本诗集中收集到的就有以某一名人、某一景观、某一名胜、某个庆典、某次活动等为内容的同题式诗作,由于诗人的个性和观察认识事物的角度不同,同一主题创作的诗歌,便呈现出不同的风采。本篇所选的南北朝时期梁简文帝和大臣们所作的《洛阳道》,唐代诗人李白、高适所作的《送杨山人归嵩阳》,女皇帝武则天与君臣大臣们所作的《游石淙诗》,北宋诗人范仲淹、欧阳修、梅尧臣所作的《嵩山十二题》,明代李梦阳、张维新、崔伯渊等26人所作的《少林寺》,清代徐明善、李嘘云、连宪武所作的《禹州八景》等,都是同题式诗中的佳作。

同题《煌煌京洛行》(魏晋)

煌煌京洛行

梁简文帝　萧　纲

南游偃师县,斜上霸陵东。迴瞻龙首堞,遥望德阳宫。
重门远照耀,天阁覆穹窿。城傍疑复道,树里识松风。
黄河入洛水,丹泉绕射熊。夜轮悬素魄,朝光荡碧空。
夜霜晓驱雁,春雨暮成虹。曲阳造甲第,高安还禁中。

刘苍归作相,窦宪出临戎。此时车马合,兹晨冠盖通。
谁知两京盛,欢宴遂无穷。

煌煌京洛行

戴　暠

欲知佳丽地,为君陈帝京。由来称侠窟,争利复争名。
铸铜门外马,刻石水中鲸。黑龙过饮渭,丹凤俯临城。
群公邀郭解,天子问黄琼。诏幸平阳第,骑指伏波营。
五侯同拜爵,七贵各垂缨。衣风飘遥起,车尘暗浪生。
舞见淮南法,歌闻齐后声。挥金留客坐,馔玉待钟鸣。
独有文园客,偏嗟武骑轻。

煌煌京洛行

鲍　照

凤楼十二重,四户八绮窗。绣桷金莲花,桂柱玉盘龙。
珠帘无隔露,罗幌不胜风。宝帐三千所,为尔一朝容。
扬芬紫烟上,垂彩绿云中。春吹回白日,霜歌落塞鸿。
但惧秋尘起,盛爱逐衰蓬。坐视青苔满,卧对锦筵空。
琴瑟纵横散,舞衣不复缝。古来共歇薄,君意岂独浓?
惟见双黄鹄,千里一相从。

同题《洛阳道》(魏晋南北朝)

洛　阳　道

梁简文帝　萧　纲

洛阳佳丽所,大道满春光。游童时挟弹,蚕妾始提筐。
金鞍照龙马,罗袂拂春桑。玉车争晓入,潘果溢高箱。

洛阳道(二首)

徐　陵

绿柳三春暗,红尘百戏多。东门向金马,南陌接铜驼。
华轩翼葆吹,飞盖响鸣珂。潘郎车欲满,无奈掷花何。

洛阳驰道上,春日起尘埃。濯龙望如雾,河桥渡似雷。
闻珂知马蹀,傍幰见甍开。相看不得语,密意眼中来。

洛　阳　道

梁元帝　萧　绎

洛阳开大道,城北达城西。青槐随幔拂,绿柳逐风低。
玉珂鸣战怪,金爪斗场鸡。桑萎日行暮,多逢秦氏妻。

洛　阳　道

沈　约

洛阳大道中,佳丽实无比。燕裙旁日开,赵带随风靡。
领上蒲桃绣,腰中合欢绮。佳人殊未来,薄暮空徙倚。

洛　阳　道

张正见

层城启旦扉,上洛满春晖。柳影缘沟合,槐花夹路飞。
苏合弹珠罢,黄间负翳归。红尘暮不息,相看连骑稀。

洛阳道(二首)

江　总

德阳穿洛水,伊阙迩河桥。仙舟李膺棹,小马王戎镳。
杏堂歌吹合,槐路风尘饶。绿珠含泪舞,孙秀强相邀。

小平路四达，长楸听五钟。玉节迎司隶，锦车归濯龙。
弦歌声不息，环佩响相从。花障荡舟笑，日映下山逢。

洛　阳　道

岑之敬

喧喧洛水滨，郁郁小平津。路傍桃李节，陌上采桑春。
聚车看卫玠，连手望安仁。复有能留客，莫愁娇态新。

洛　阳　道

梁车彔

洛阳道八达。洛阳城九重。重关如隐起。双阙似芙蓉。
王孙重行乐。公子好游从。别有倾人处。佳丽夜相逢。

洛　阳　道

庚肓吾

徼道临河曲，层城傍洛川。金门才出柳，桐井半含泉。
日起罘罳外，车回双阙前。潘生时未返，遥心徒眷然。

洛阳道（五首）

陈后主　叔　宝

喧哗照邑里，遨游出洛京。霜枝嫩柳发，水堑薄苔生。
停鞭回去影，驻轴敞前甍。台上经相识，城下屡逢迎。
踟蹰还借问，只重未知名。

日光朝杲杲，照耀东京道。雾带城楼开，啼侵曙色早。
佳丽娇南陌，香气含风好。自怜钗上缨，不叹河边草。

建都开洛汭，中地乃城阳。纵横肆八达，左右辟康庄。
铜沟飞柳絮，金谷落花光。忘情伊水侧，税驾河桥傍。

百尺瞰金埒，九衢通玉堂。柳化尘里暗，槐色露中光。
游侠幽并客，当垆京兆妆。向夕风烟晚，金羁满洛阳。

青槐夹驰道，御水映铜沟。远望凌霄阙，遥看井干楼。
黄金弹侠少，朱轮盛彻侯。桃花杂渡马，纷披聚陌头。

洛阳道

王　差

洛阳夜漏尽，九重平旦开。日照苍龙阙，烟绕凤凰台。
浮云翻似盖，流水倒成雷。曹王斗鸡返，潘仁载果来。

同题《送杨山人归嵩阳》（唐）

送杨山人归嵩山

李　白

我有万古宅，嵩阳玉女峰。长留一片月，挂在东溪松。
尔去掇仙草，菖蒲花紫茸。风晚或相访，青天骑白龙。

送杨山人归嵩阳

高　适

不到嵩阳动十年，归时心事已徒然。一二故人不复见，三十六峰犹眼前。
夷门二月柳条色，流莺数声泪沾臆。凿井耕田不我招，知君以此忘帝力。
山人好去嵩阳路，惟余眷眷长相忆。

同题《石淙河》(唐)

久视元年(700年)五月,武则天在石淙大宴群臣,唱和作诗。

游石淙诗并序

武则天

若夫圆峤方壶,涉沧波而靡际;金台玉阙,陟玄圃而无阶。唯闻《山海》之经,空览《神仙》之记。爰有石淙者,即平乐涧也。尔其近接嵩岭,俯届箕峰,瞻少室兮若莲,睇颍川兮如带。既而蹑崎岖之山径,荫蒙密之藤萝,汹涌洪湍,落虚潭而送响;高低翠壁,列幽涧而开筵。密叶舒帷,屏梅氛而荡燠;疏松引吹,清麦候含凉。就林薮而王心神,对烟霞而涤尘累。森沉秋壑,即是桃源;淼漫平流,还浮竹箭。纫薜荔而成帐,耸莲石而如楼。洞口全开,溜千年之芳髓;山腰半圻,吐十里之香粳。无烦昆阆之游,自然形胜之所。当使人题写彩翰,各写琼篇。庶无滞于幽栖,冀不孤于泉石。各题四韵,咸赋七言。

圣　制

武则天

三山十洞光玄箓,玉峤金峦镇紫微。均露均霜标胜壤,交风交雨列皇畿。
万仞高岩藏日色,千寻幽涧浴云衣。且驻欢筵赏仁智,琱鞍薄晚杂尘飞。

侍游应制

李　显

三阳本是标灵纪,二室由来独擅名。霞衣霞锦千般状,云峰云岫百重生。
水炫珠光遇泉客,崖悬石镜厌山精。永愿乾坤符睿算,长居膝下属欢情。

侍游应制

李　旦

奇峰嶾嶙箕山北,秀崿岧峣嵩镇南。地首地腑何曾似,天目天台倍觉渐。
树影蒙笼鄣叠岫,波声汹涌落悬潭。夙愿紫宸居得一,永欣丹扆御通三。

侍游应制

武三思

此地岩壑数千里，吾君驾鹤□乘龙。掩映叶光含翡翠，参差石影带芙蓉。
白日将移冲叠巘，玄云欲度碍高峰。对酒鸣琴追野趣，时闻清吹入长松。

侍游应制

狄仁杰

宸晖降望金舆转，仙路峥嵘碧洞幽。羽仗遥迎鸾鹤驾，帷宫直坐凤麟洲。
飞泉洒液恒疑雨，密树含凉镇似秋。老臣预陪玄圃宴，余年方共赤松游。

侍游应制

张易之

六龙骧首晓骎骎，七圣陪轩集颍阴。千丈松萝交翠幕，一山丘水当鸣琴。
青鸟白云王母使，垂藤断葛野人心。山中日暮幽岩下，冷然香吹落花深。

侍游应制

张昌宗

云车遥裔三株树，帐殿交阴八桂丛。硐崄泉声疑度雨，川平桥势若晴虹。
叔夜弹琴歌白云，孙登长啸韵清风。即此陪欢游阆苑，无劳辛苦向崆峒。

侍游应制

李　峤

羽盖龙旗下绝冥，兰除薜幄坐云扃。鸟和百籁疑调管，花发千岩似画屏。
金灶浮烟朝漠漠，石床寒水夜泠泠。自然碧洞窥仙境，何必丹丘是福庭。

侍游应制

苏味道

琱舆藻卫拥千宫，仙洞灵谿访九丹。隐暧源花迷近路，参嵯岭竹扫危坛。
重崖对耸霞文驳，瀑水交飞雨气寒。日落宸襟有余兴，徘徊周矖驻归銮。

侍游应制

姚元崇

二室三涂光地险，均霜揆日处天中。石泉石镜恒留月，山鸟山花竞逐风。
周王久谢瑶池赏，汉主悬惭玉树宫。别有祥烟伴佳气，能随轻辇共葱葱。

侍游应制

阎朝隐

金台隐隐陵黄道，玉辇亭亭下绛雰。千种冈峦千种树，一重岩壑一重云。
花落风吹红的历，藤垂日晃绿葳蕤。五百里内贤人聚，愿陪阊阖侍天文。

侍游应制

崔　融

洞口仙岩类削成，泉香石冷昼含清。龙旗画月中天下，凤管披云此地迎。
树作帷屏阳景翳，芝如宫阙夏凉生。今朝出豫临玄圃，明日陪游向赤城。

侍游应制

薛　曜

玉洞幽寻更是天，朱霞绿景镇韶年。飞花藉藉迷行路，啭鸟遥遥作管弦。
雾隐长林成翠幄，风吹细雨即虹泉。此中碧酒恒参圣，浪道昆山别有仙。

侍游应制

杨敬述

山中别有神仙地，屈曲幽深碧涧垂。岩前暂驻黄金辇，席上还飞白玉卮。
远近风景俱合杂，高低云石共参差。林壑偏能留睿赏，长天莫遽不丹曦。

侍游应制

徐彦伯

碧淀红涔嵺嶂间，淙嵌洑岨洊成峦。琪树璇娟花未落，银芝窋咤露初还。
八风行殿开山榜，七景飞舆下石关。张茑席云平圃宴，焜煌金记蕴名山。

侍游应制

于季子

九旗云布临嵩室，万骑星陈集颍川。瑞液含滋登禹膳，飞流荐响入虞弦。
山扉野径朝花积，帐殿帷宫夏叶连。微臣献寿迎千寿，愿奉尧年亿万年。

侍游应制

沈佺期

金舆旦下绿云衢，彩殿晴临碧涧隅。溪水冷冷杂行漏，岩烟片片绕香炉。
仙人六膳调神鼎，玉女三浆捧帝壶。自昔汾阳纾道驾，何如太室览真图。

侍游应制

宋之问

离宫秘苑胜瀛洲，别有仙人洞壑幽。岩边树色含风冷，石上泉声带雨秋。
鸟向歌筵来度曲，云依帐殿结为楼。微臣昔忝方明御，今日还陪八骏游。

同题缑山月夜闻王子晋吹笙(唐)

缑山月夜闻王子晋吹笙

张仲素

王子千年后,笙音五夜闻。逶迤绕清洛,断续下仙云。
泄泄飘难定,啾啾曲未分。松风助幽律,波月动轻文。
凤管听何远,鸾声若在群。暗空思羽盖,余韵自氛氲。

缑山月夜闻王子晋吹笙

厉　玄

缑山明月夜,岑寂隔尘氛。紫府参差曲,清宵次第闻。
韵流多入洞,声度半和云。拂竹鸾惊侣,经松鹤舞群。
蟾光听处合,仙路望中分。坐惜千岩曙,遗音过汝坟。

缑山月夜闻王子晋吹笙

钟　辂

月满缑山夜,风传子晋笙。初闻盈谷远,渐听入云清。
杳异人间曲,遥分鹤上情。孤鸾惊欲舞,万籁寂无声。
此夕留烟驾,何时返玉京。唯愁音响绝,晚色出都城。

同题《缑山庙》(唐)

缑　山　庙

宋之问

王子宾仙去,飘飖笙鹤飞。徒闻沧海变,不见白云归。
天路何其远,人间此会稀。空歌日云幕,霜月渐微微。

缑 山 庙

崔 曙

遗庙宿阴阴，孤峰映绿林。步随仙路远，意入道门深。
涧水流年月，山云变古今。只闻风竹里，犹有凤笙音。

缑 山 庙

吴 筠

朝吾自嵩山，驱驾遵洛汭。逶迟镮辕侧，仰望緱山际。
王子谢时人，笙歌此宾帝。仙材夙所禀，宝位焉足系。
为迫丹霄期，阙流苍生惠。高踪邈千载，遗庙今一诣。
肃肃生风云，森森列松桂。大君弘至道，层构何壮丽。
稽首环金坛，焚香陟瑶砌。伊余超浮俗，尘虑久已闭。
况复清夙心，萧然叶真契。

缑 山 庙

陈 陶

长爱真人王子乔，五松山月伴吹箫。任他浮世悲生死，独驾苍龙入九霄。

缑 山 庙

许 浑

王子求仙月满台，玉笙清转鹤徘徊。曲终飞去不知处，山下碧桃春自开。

同题《牡丹》(唐)

牡　　丹

白居易

绝代只西子,众芳惟牡丹。月中虚有桂,天上漫夸兰。
夜濯金波满,朝倾玉露残。性应轻菡萏,根本是琅玕。
夺目霞千片,凌风绮一端。稍宜经宿雨,偏觉耐春寒。
见说开元岁,初令植御栏。贵妃娇欲比,侍女妒羞看。
巧类鸳机织,光攒麝月团。暂移公子第,还种杏花坛。
豪士倾囊买,贫儒假乘观。叶藏梧际凤,枝动镜中鸾。
似笑宾初至,如愁酒欲阑。诗人忘芍药,释子愧梅檀。
酷烈宜名寿,姿容想姓潘。素光翻鹭羽,丹艳赩鸡冠。
燕拂惊还语,蜂贪困未安。倘令红脸笑,兼解翠眉攒。
少长呈连萼,骄矜寄合欢。息肩移九轨,无胫到千官。
日曜香房拆,风披蕊粉干。好酬青玉案,称贮碧水盘。
譬要连城与,珠堪十斛判。更思初甲坼,那得异泥蟠。
骚咏应遗恨,农经只略刊。鲁班雕不得,延寿笔将殚。
醉客同攀折,佳人惜犯干。始知来苑囿,全胜在林峦。
泥滓常浇洒,庭除又绰宽。若将桃李并,更觉效颦难。

牡　　丹

徐　凝

何人不爱牡丹花,占断城中好物华。颖是洛川神女作,千娇万态破朝霞。

牡　　丹

唐彦谦

颜色无因饶锦绣,馨香惟解掩兰荪。那堪更被烟蒙蔽,南国西施泣断魂。

牡　　丹

殷文圭

迟开都为让群芳，贵地栽成对玉堂。红艳袅烟疑欲语，素华映月只闻香。
剪裁偏得东风意，淡薄似矜西子妆。雅称花中为首冠，年年长占断春光。

牡　　丹

李山甫

邀勒东风不早开，众芳飘后上楼台。数苞仙艳火中出，一片异香天上来

牡　　丹

皮日休

落尽残红始吐芳，佳名唤作百花王。竞夸天下无双艳，独立人间第一香。

牡丹(二首)

韩　琮

一

残花何处藏，尽在牡丹房。嫩蕊包金粉，重葩结绣襄。
云凝巫峡梦，簾闭景阳妆。应恨年华促，迟迟待日长。

二

桃时杏日不争浓，叶帐阴成始放红。晓艳远分金掌露，暮香深惹玉堂风。
名移兰杜千年后，贵擅笙歌百醉中。如梦如仙忽零落，暮霞何处绿屏空。

牡　　丹

李山甫

邀勒春风不早开，众芳飘后上楼台。数苞仙艳火中出，一片异香天上来。
晓露精神妖欲动，暮烟情态恨成堆。知君也解相轻薄，斜倚阑干首重回。

牡丹

柳浑

近来无奈牡丹何，数十千钱买一窠。今朝始得分明见，也共戎葵不校多。

牡丹

王睿

牡丹妖艳乱人心，一国如狂不惜金。曷若东园桃与李，果成无语自成阴。

牡丹

薛涛

去春零落暮春时，泪湿红笺怨别离。常恐便同巫峡散，因何重有武陵期?
传情每向馨香得，不语还应彼此知。只欲栏边安枕席，夜深闲共说相思。

牡丹

罗邺

落尽春红始著花，花时比屋事豪奢。买栽池馆恐无地，看到子孙能几家。
门倚长衢攒绣毂，幄笼轻日护香霞。歌钟满座争欢赏，肯信流年鬓有华。

牡丹(二首)

司空图

一

得地牡丹盛，晓添龙麝香。主人犹自惜，锦幕护春霜。

二

中国名花异国香，花开得地更芬芳。才呈冶态当春画，却敛妖姿向夕阳。

牡　　丹

李商隐

锦帏初卷卫夫人，绣被犹堆越鄂君。垂手乱翻雕玉佩，折腰争舞郁金裙。
石家蜡烛何曾剪，荀令香炉可待熏。我是梦中传彩笔，欲书花叶寄朝云。

牡丹（二首）

温庭筠

轻阴隔翠帏，宿雨泣晴晖。醉后佳期在，歌馀旧意非。
蝶繁经粉住，蜂重抱香归。莫惜薰炉夜，因风到舞衣。

水漾晴红压叠波，晓来金粉覆庭莎。裁成艳思偏应巧，分得春光最数多。
欲绽似含双靥笑，正繁疑有一声歌。华堂客散帘垂地，想凭阑干敛翠蛾。

牡　　丹

张又新

牡丹一朵值千金，将谓从来色最深。今日满栏开似雪，一生辜负看花心。

牡　　丹

罗　隐

艳多烟重欲开难，红蕊当心一抹檀。公子醉归灯下见，美人朝插镜中看。
当庭始觉春风贵，带雨方知国色寒。日晚更将何所似，太真无力凭栏杆。

牡　　丹

孙　鲂

意态天生异，转看看转新。百花休放艳，三月始为春。
蝶死难离槛，莺狂不避人。其如豪贵地，清醒复何因。

牡丹(清平调词三首)

李　白

一

云想衣裳花想容,春风拂槛露花浓。若非群玉山头见,会向瑶台月下逢。

二

一枝红艳露凝香,云雨巫山枉断肠。借问汉宫谁得似,可怜飞燕倚新妆。

三

名花倾国两相欢,长得君王带笑看。解释春风无限恨,沉香亭北倚栏杆。

牡丹(四首)

薛　能

一

异色禀陶甄,常疑主者偏。众芳殊不类,一笑独奢妍。
颗折羞含懒,丛虚隐陷园。亚心堆胜被,美色艳于莲。
品格如寒食,精光似少年。种堪收子子,价合易贤贤。
迥秀应无妒,奇香称有仙。深阴宜映幕,富贵助开筵。
蜀水争能染,巫山未可怜。数难忘次第,立困恋傍边。
逐日愁风雨,和星祝夜天。且从留尽赏,离此便归田。

二

万朵照初筵,狂游忆少年。晓光如曲水,颜色似西川。
白向庚辛受,朱从造化研。众开成伴侣,相笑极神仙。
见焰宁劳火,闻香不带烟。自高轻月桂,非偶贱池莲。
影接彫盘动,丛遭恶草偏。招欢忧事阻,就卧觉情牵。
四面宜绨锦,当头称管弦。泊来莺定忆,粉扰蝶何颠。
苏息承朝露,滋荣仰霁天。压栏多尽好,敌国贵宜然。
未落须迷醉,因兹任病缠。人谁知极物,空负感麟篇。

三

去年零落暮春时,泪湿红笺怨别离。常恐便随巫峡散,何因重有武陵期。

传情每向馨香得，不语还应彼此知。欲就栏边安枕席，夜深闲共说相思。

四

牡丹愁为牡丹饥，自惜多情欲瘦羸。浓艳冷香初盖后，好风乾雨正开时。
吟蜂遍坐无闲蕊，醉客曾偷有折枝。京国别来谁占玩，此花光景属吾诗。

同题《幸少林寺》（唐）

御　制　诗

武则天

从驾幸少林寺，睹先妃营建之所，倍切萦衿，逾凄远慕，聊题即事，用述悲怀。

陪銮游柰苑，侍赏出兰闱。云偃攒峰盖，霞低插浪旂。
日宫疏涧户，月殿启岩扉。金轮转金地，香阁曳香衣。
铎吟轻吹发，幡摇薄雾霏。昔遇焚芝火，山红匝野飞。
花台无半影，莲塔有全辉。实赖能仁力，攸资善逝威。
慈缘兴福绪，于此罄归依。风枝不可静，泣血竟何追？

幸少林寺应制

宋之问

绀宇黄天室，回銮指帝休。曙阴迎日尽，春气抱岩流。
空乐繁行漏，香烟薄彩游。玉膏从此泛，仙驭接浮丘。

幸少林寺应制

沈佺期

长歌游宝地，徙倚对珠林。雁塔风霜古，龙池岁月深。
绀园澄夕霁，碧殿下秋阴。归路烟霞晚，山蝉处处吟。

同题《过故洛城》(唐)

过故洛城

白居易

故城门前春日斜,故城门里无人家。市朝欲认不知处,漠漠野田飞草花。

过故洛城

钱　起

故城门外春日斜,故城门里无人家。市朝欲认不知处,漠漠野田空草花。

过故洛城

许　棠

七百数还穷,城池一旦空。夕阳唯照草,危堞不胜风。
岸断河声别,田荒野色同。去来皆过客,何处问遗宫。

同题《秋日于天中寺寻复礼上人之作》(唐)

秋日于天中寺复礼上人

武三思

妙域三时殿,香岩土宝宫。金绳先界道,玉柄即谈空。
喻筏如何极,传灯竟不穷。弥天高义远,初地胜因通。
理诣归一处,心行不二中。有无双惑遣,真俗两缘同。
摘叶疑焚翠,报花若散红。网珠遥映日,檐铎近吟风。
定沼寒光素,禅枝暝色葱。愿随方便力,长冀释尘笼。

和武三思于天中寺寻复礼上人之作

苏味道

藩戚三雍暇，禅居二室隈。忽闻从桂苑，移步践花台。
敏学推多艺，高谭属辩才。是非宁滞著，空有掠嫌猜。
五术幽机畅，三番妙键开。味同甘露洒，香似溯风来。
砌古留方石，池清辨火灰。人寻鹤洲返，月逐虎谿回。
企躅瞻飞盖，攀游想渡杯。愿陪为善乐，从此去尘埃。

同题《饯唐永昌》（唐）

饯唐永昌（一作饯唐郎中洛阳令）

沈佺期

洛阳旧有神明宰，辇毂由来天地中。余邑政成何足贵，因君取则四方同。

饯唐永昌（赴任东郡自尚书郎为令）

李　适

闻道飞凫向洛阳，翩翩矫翮度文昌。因声寄意三花树，少室岩前几过香。

饯唐永昌

李　乂

田郎才貌出咸京，潘子文华向洛城。愿以深心留善政，当令强项谢高名。

饯唐永昌

薛　稷

河洛风烟壮市朝，送君飞凫去渐遥。更思明年桃李月，花红柳绿宴浮桥。

饯唐永昌

崔日用

洛阳桴鼓今不鸣,朝野咸推重太平。冬至冰霜俱怨别,春来花鸟若为情。

饯唐永昌

武平一

闻君墨绶出丹墀,双舄飞来伫有期。寄谢铜街攀柳日,无忘粉署握兰时。

饯唐永昌

阎朝隐

洛阳难理若棼丝,椎破连环定不疑。鹦鹉休言秦地乐,回头一顾一相思。

饯唐永昌

马怀素

闻君出宰洛阳隅,宾友称觞饯路衢。别后相思在何处,只应关下望仙凫。

饯唐永昌

徐彦伯

金溪碧水玉潭沙,凫舄翩翩弄日华。鸡香陌行春倦,摘东园桃李花。

饯唐永昌

刘宪

始见郎官拜洛阳,旋闻近侍发雕章。绪言已勖期年政,绮字当生满路光。

饯唐永昌

徐　坚

郎官出宰赴伊瀍，征传骎骎灞水前。此时怅望新丰道，握手相看共黯然。

同题《下山歌》（唐）

下　山　歌

宋之问

下嵩山兮多所思，携佳人兮步迟迟。松间明月长如此，君再游兮复何时？

和宋之问下山歌

王无竞

日云暮兮下嵩山，路连绵兮松石间。出谷口兮见明月，心徘徊兮不能还。

和宋之问下山歌

贾　曾

良游蜿晚兮月呈光，锦路逶迤兮山路长。
王孙不留兮岁将晏，嵩岩仙草兮为谁芳。

同题《行次成皋途经先圣擒窦建德之所缅思功业感而赋诗》（唐）

行次成皋途经先圣擒窦建德之所缅思功业感而赋诗

李隆基

有隋政错虐，群雄已交争。先圣按剑起，叱咤风云生。

饮马河洛竭，作气嵩华惊。克敌睿图就，擒浮帝道亨。
顾惭嗣宝历，恭承天下平。幸过翦鲸地，感慕神且英。

奉和圣制行次成皋太宗擒窦建德处应制

张　说

夏氏阶隋乱，自言河朔雄。王师进谷水，兵气临山东。
前扫成皋阵，却下洛阳宫。义合帝图起，威加天寓同。
轩台百年外，虞典一巡中。战龙思王业，倚马赋神功。

奉和圣制次成皋先圣擒建德之所

张九龄

天命诚有集，王业初惟艰。翦商自文祖，夷项在兹山。
地识斩蛇处，河临饮马间。威加昔运往，泽流今圣还。
尊祖颂先烈，赓歌安用攀。绍成即我后，封岱出天关。

奉和圣制行次成皋途经先圣擒建德之所感而成诗应制

苏　颋

汉东不执象，河朔方斗龙。夏灭渐宁乱，唐兴终奋庸。
皇威正赫赫，兵气何匈匈。用武三川震，归淳六代醲。
成皋睹王业，天下制人雍。即此巡于岱，曾孙受命封。

同题《鸿沟》（唐）

鸿　沟

许　浑

相持未定各为君，秦政山河此地分。力尽乌江千载后，古沟芳草起寒云。

鸿　沟

张　祜

龙蛇百战争天下，各制雄心指此沟。宁似九州分国土，地图初割海中流。

鸿　沟

张　碧

毒龙衔日天地昏，八纮叆叇生愁云。秦园走鹿无藏处，纷纷争处蜂成群。四溟波立鲸相吞，荡摇五岳崩山根。鱼虾舞浪狂鳅鲲，龙蛇胆战登鸿门。星旗羽镞强者尊，黑风白雨东西屯。山河欲拆人烟分，壮士鼓勇君王存。项庄愤气吐不得，亚父斗声天上闻。玉光堕地惊昆仑，留侯气魄吞太华。舌头一寸生阳春，神农女娲愁不言。蛇枯老媪啼泪痕，星曹定秤秤王孙。项籍骨轻迷精魂，沛公仰面争乾坤。须臾垓下贼星起，歌声缭绕凄人耳。吴娃捧酒横秋波，霜天月照空城垒。力拔山兮忽到此，骓嘶懒渡乌江水。新丰瑞色生楼台，西楚寒蒿哭愁鬼。三尺霜鸣金匣里，神光一掉八千里。汉皇骤马意气生，西南扫地迎天子。

同题《嵩阳叠石溪》（北宋）

嵩阳叠石溪

司马光

石下泉声蔓草深，石上露浓苍苔遍。山禽惊起飞且鸣，叶坠空林人不见。

嵩阳叠石溪

邵　雍

两辔并游叠石溪，断崖还合与云齐。飞泉亦有留人意，肯负他年到此栖。

同题《嵩山十二题》（北宋）

嵩山十二题

范仲淹

玉　女　窗

窈窕玉女窗，想像玉女妆。皎皎月为鉴，飘飘霓作裳。
莫学阳台梦，无端惑楚王。

玉女捣衣石

但见岩前砧，语闻月下杵。金文与铁色，璨璨知千古。
试问捣衣仙，何如补天女。

登太室中峰

嵩山最高处，逸客遍登临。回看日月影，正得天地心。
念此非常游，千载一披襟。

自峻极中院步登太室

白云随人来，翩翩疾如马。洪崖与浮丘，襟袂安足把。
不来峻极游，何能小天下。

峻　极　寺

徘徊峻极寺，清意满烟霞。好风从天来，吹落桂树花。
高高人物外，犹属梵王家。

天　　门

天门绝境游，熙然揖灏气。下顾莽苍间，云雷走平地。
天威不远人，孰起欺天意。

天　门　泉

天门有龙泉，尘埃未尝至。日月自高照，烟霞亦辉媚。
惟抱夷齐心，饮之可无愧。

天　池

岳顶见仙池，神异安可度。勿谓无波涛，云雷有时恶。
乘此澄清间，吾缨亦可濯。

三　醉　石

巍巍八仙壇，上有三醉石。怜此高阳徒，如乐毕胥域。
憔悴泽边人，独醒良可惜。

二　室　道

太室何森耸，少室欲飞动。相对起云霞，恍如游仙梦。
何以宠此行，行歌降神颂。

公　路　涧

嵩山发灵源，北望洛阳注。清流引河汉，白气横云雾。
英雄昔此地，百万曾相距。近代无战争，常人自来去。

拜　马　涧

传闻王子仙，涧边遗逸骥。当时青云路，鸡犬皆可致。
未必真龙媒，悠然在平地。

嵩山十二题

欧阳修

玉　女　窗

玉女不可邀，苍崖郁岧直。石乳滴空窦，仰见泬寥碧。
徙倚难久留，桂树含春色。

玉女捣衣石

玉女捣仙衣，夜下青松岭。山深风露寒，月杵遥相应。
灵踪杳何寻，片石秋光莹。

登太室中峰

望望不可到，行行何屈盘。一径林杪出，千岩云下看。
烟岚半明灭，落明在峰端。

自峻极院步登太室

系马青松阴，蹑屐苍崖路。惊鸟动林花，空山答人语。云霞不可揽，直入冥冥雾。

峻　极　寺

路入石门见，苍苍深霭间。云生石砌润，木老天风寒。客来依晚照，徙倚听山蝉。

天　　门

石径方盘纡，双峰忽中断。呀豁青冥间，畜泄烟云乱。杉萝试举手，自可阶天汉。

天　门　泉

烟霞天门深，灵泉吐岩侧。云湿颢气寒，石老林腴碧。长松暂休坐，一酌烦心涤。

天　　池

高步登天池，灵源湛然吐。俯窥不可见，渊默神龙护。静夜天籁寒，宿客疑风雨。

三　醉　石

拂石登古墠，旷怀聊共醉。云霞伴酣乐，忽在千峰外。坐久还自醒，日落松声起。

二　室　道

二室对岧峣，群峰耸嶻直。云随高下起，路转参差碧。春晓桂丛深，日下山烟白。芝英已可茹，悠然想泉石。

公　路　涧

驱马渡寒流，断涧横荒堡。槎危欲欹岸，花落多依草。击波玩游鲦，倒影看飞鸟。留连爱芳杜，渐下四峰照。

拜　马　涧

昔闻王子晋，把袂浮丘仙。金骏于此堕，吹笙不复还。玉蹄无迹久，涧草但荒烟。

嵩山十二题

梅尧臣

玉　女　窗

玉洞倚云壁，天窗露微明。骖鸾去不返，啼鸟空相惊。
万木自亏蔽，扪萝空复情。

玉女捣衣石

有石称捣衣，捣衣人不见。云缨白飘飘，岩树长葱茜。
犹应寒夜中，山月来铺练。

登太室中峰

日夕望花崖，崭崭在天外。及来步其巅，下见河如带。
半壁云雾昏，山根已滂沛。

自峻极中院步登太室

税驾绿岩前，攀萝不知倦。人从树杪来，路向云端转。
忽觉在烟霞，回首峰岭变。

峻　极　寺

山高路已穷，倏尔逢兰若。落日老僧闲，支颐古松下。
缓步入禅庭，苍苔但潇洒。

天　　门

古壁何苍苍，穿云玉梯出。欻然起青冥，却立观少室。
前岩复后峰，阴晴状非一。

天　门　泉

泠泠云外泉，的的岩光人。静若仙鉴开，寒疑玉龙蛰。
时应下鹿群，印迹青苔湿。

天　　池

安知最高顶，清浅水池开。有时片云出，倏忽生风雷。
谁羡双黄鹄，刷羽来徘徊。

三　醉　石

相期物外游，共醉仙台石。举手薄高穹，清风生羽翼。
都忘尘世烦，笑傲聊为适。

二　室　道

度岭失群山，千峰出天际。方欣左右看，屡改萦回势。
胜事与谁同，芬然有兰蕙。

公　路　涧

我来袁公溪，断岸犹残垒。偃柳远临湾，新蒲初出水。
行行古台近，两两惊禽飞。鸡犬何处闻，人家深坞里。

拜　马　涧

王子昔凌霓，国人兹拜马。依稀月认笙，声入寒泉泻。
空传七日期，飞鹤何时下。

同题《司马君实端明独乐园》（北宋）

司马君实端明独乐园

苏　轼

青山在屋上，流水在屋下。中有五亩园，花竹秀而野。
花香袭杖履，竹色侵盏斝。樽酒乐余春，棋局消长夏。
洛阳古多士，风俗犹尔雅。先生卧不出，冠盖倾洛社。
虽云与众乐，中有独乐者。才全德不形，所贵知我寡。
先生独何事？四海望陶冶。儿童诵君实，走卒知司马。
持此欲安归，造物不我舍。名声逐我辈，此病天所赭。
抚掌笑先生，年来效喑哑。

司马君实端明独乐园

苏　辙

于嗟丘中亲艺麻，邵平东陵亲种瓜。公今归去事农圃，亦种洛阳千本花。
修篁绕讯韵寒玉，平泉入畦纡卧蛇。锦屏奇种劚岩窦，嵩高灵药移萌芽。

城中二月花事起，肩舆遍入公侯家。浅红深紫相媚好，重楼多叶争矜夸。
一枝盈尺不论价，十千斗酒那容赊。归来曳履苔径滑，醉倒闭门春日斜。
车轮班班走金毂，印绶若若趋朝衙。世人不顾病扬绾，弟子独有穷侯芭。
终年著书未曾厌，一身独乐谁复知？宦游嗟我久尘土，流转海角如浮槎。
归山每欲自投劾，孺子渐长能扶车。过门有意奉谈笑，幅巾怀刺无袍靴。

同题《神宗皇帝挽词（三首）》（北宋）

神宗皇帝挽词（三首）

苏　轼

文武固天纵，钦明又日新。化民何止圣，妙物独称神。
政已三王上，言皆六籍醇。巍巍本无象，刻画愧孤臣。

未易名尧德，何须数舜功。小心仍致孝，余事及平戎。
典礼従周旧，官仪与汉隆。谁知本无作，千古自承风。

接统真千岁，膺期止一章。周南稍留滞，宣室遂凄凉。
病马空嘶枥，枯葵已泫霜。余生卧江海，归梦泣嵩邙。

神宗皇帝挽词（三首）

苏　辙

稽古尧无作，勤邦禹有功。政新天地力，事改汉唐风。
礼乐寰中盛，梯航海外通。华封徒有诵，龙御忽乘空。

承平终不处，副托重艰难。统接神孙正，人依圣母安。
桥山封剑佩，原庙见衣冠。万国缠哀处，嵩阳桧柏寒。

取士忘疏贱，量书废寝兴。刍言本何益，玉殿最先登。
日角依俙想，尧言涕泗称。龙髯远莫及，零泪冻成冰。

神宗皇帝挽词(三首)

黄庭坚

文思昭日月,神武用雷霆。制作深垂统,忧勤减梦龄。
孙谋开二圣,末命对三灵。今代谁班马,能书汗简青。

钧筑收贤辅,天人与圣能。辉光唐六典,度越汉中兴。
百世神宗庙,千秋永裕陵。帝乡无马迹,空望白云乘。

昔在基皇极,师臣论九畴。丘陵忽为谷,天地不藏舟。
河洛功无憾,幽燕策未收。嗣皇朝万国,任姒正兴周。

同题《李道人嵩阳归隐图》(金)

李道人嵩阳归隐图

刘　勋

脱却儒冠已自闲,更令家事勿相关。百钱便挂青藜杖,不看先生纸上山。

李道人嵩阳归隐图

史　学

石壁城头夜斩关,软红尘底晓催班。道人一笑那知此,门外清溪屋上山。

李道人嵩阳归隐图

麻九畴

城郭维崇,井里维通。冠盖维错,纨绮维从。云谁之子,招子归嵩。
舍我筝筑,乐彼潺淙。食彼瓦缶,遗我鼎钟。云谁之子,绘子归嵩。
离人友鹿,避俗朋松。石啮我足,泉瘿我咙。吾恐时人,笑子归嵩。
有山有怪,有水有龙。盗出寇没,啸兕咻熊。吾恐狂人,诳子归嵩。
子谓我言,决意归嵩。

归嵩何如，如鸿避弋，如鹤脱笼。
与幻俱化，与化俱融，是以归嵩。
南山重重，翠如植葱。北山隆隆，绀如堆铜。
仰嵩俯嵩，雨濯云烘。嵩之为我，我之为嵩。
我闻子言，衣如张风。心先去鸟，层云荡胸。
静言思之，常为目蒿，贵为心蓬。
饰说于今，讵知任公。
归嵩良是，生龟脱筒。
子不归嵩，送子归嵩。

李道人嵩阳归隐图

元好问

北山苑宽笔，老硬无妍姿。南山小平远，澹若韦郎诗。
嵩阳古仙村，佳处我所知。长林连玉华，纳路入清微。
连延百馀家，柴门水之湄。桑麻蔽朝日，鸡犬通垣篱。
愧我出山来，京尘满山衣。春风四十日，梦与孤云飞。
可笑李山人，嗜好世所稀。逢人觅诗句，不恤怒与讥。
道人本无事，何若尘中为。京师不易居，我痴君更痴。
山中酒应熟，几日是归期。

爱诗李道人若愚嵩阳归隐图

雷　渊

我家嵩前凡再期，诗僧骚客相追随。春葩缤纷香涧谷，复泉喷薄清心脾。
霜林置酒曳锦障，雪岭探梅登玉螭。重阳夜宿太平顶，天鸡夜半鸣喔咿。
整冠东望见日出，金轮涌海光陆离。神州赤县入指顾，风埃未靖空歔欷。
穷探极览不知老，泉石住处多留题。简书驱出踏朝市，期会迫窄愁鞭笞。
襟怀尘土少清梦，齿颊棘荆真白痴。叩门剥啄者谁子，道人面有熊豹姿。
披图二室忽当眼，贯咏编贝多文辞。我离山久诗笔退，摹写岂复能清奇。
再三要索不忍拒，依依旧记经行时。道人爱山复爱诗，嗜好成癖未易医。
山中诗友莫相厌，远胜薰酣声利儿。

同题《嵩山会善寺怪松》(金)

嵩山会善寺怪松

雷　渊

物生自有常,怪特物之病。嗟嗟此老苍,怪怪生魁柄。
侏儒蹙髀股,宿瘤拥腮颈。蜿蜒蛟龙戏,腾掷貙虎竞。
须髯喜张磔,意气怒狂迸。匠石求栋楹,节目足讥评。
莒荛急薪槱,坚悍空盼瞪。静言观倚伏,未易相吊庆。
虽违时世用,顾免斤斧横。阳秋莫荣悴,岁月何究竟。
盘盘曲则全,挺挺独也正。小草误扫迹,伏神还守性。
傥随天中景,广宇共庥映。

嵩山会善寺怪松

李纯甫

阿谁栽汝来几时,轮囷拥肿苍虬姿。鳞皴百怪雄牙呲,拿空天娇蟠枯枝。
疑是秘魔岩中老慵物,旱火烧天鞭不出。睡中失却照海珠,羞入黄泉蜕其骨。
石钳沙锢旱且僵,埋头卧角政摧藏。试与摩娑安何似,怒我枨触须髯张。
壮士囚缚不得住,神物世间无着处。提防夜半雷破山,尾血淋漓飞却去。

嵩山会善寺怪松

冯　璧

嵩高地气灵,花木竞妍秀。玉峰西南趾,有松独怪陋。
偃蹇如蟠螭,奋迅如攫兽。叶劲须髯张,皮古鳞甲皴。
菌蠢藤瘿怒,支离筇节瘦。月上虬影遥,风度雨声骤。
子落慰枯禅,枝樛碍飞鼬。盘根万乘器,平盖千岁寿。
樵斤辛免寻,厦匠矧肯构。龙化会有时,天旱期汝救。

同题《寄裕之》(金)

寄　裕　之

赵秉文

久雨新晴散痹顽，一轩凉思坐中闲。树头风写无穷水，天末云移不定山。
宦味渐思生处乐，人生难得老来闲。紫芝眉宇何时见，谁与嵩山共往还。

寄　裕　之

辛　愿

青云一别阮家郎，甚欲题诗远寄将。好句眼前常蹉过，佳人心上不曾忘。
谁家秋月茅亭底，何处春风锦瑟旁。昌谷烟霞久寂寞，欢游还肯到三乡？

寄裕之(二首)

赵　元

汩没兵尘满鬓霜，买邻心乐古清凉。闲陪老秀春行脚，闷欠臞元夜对床。
正欲脱身求兔窟，谁能随世转羊肠。南阳未比嵩阳好，满眼交游即故乡。

老懒愚轩百不能，饱谙人意冷于冰。清狂旧日耽诗客，灰朽而今有发僧。
梦里纸衾三丈日，话延雪屋一龛镫。新开一径通兰若，斩尽清凉旧葛藤。

次韵裕之见寄(二首)

赵　元

鱼入深渊鹤在阴，飞潜何幸远庖砧。乾坤万里云无迹，冰雪三冬柏有心。
故国句留清夜梦，岁华分付《白头吟》。莘川拟作桃源隐，共与青山阅古今。

古屋飕飕四壁尘，不堪幽独作吟呻。瓶储看客常年惯，家具为农近日新。
世味饱尝惟可睡，诗情漫苦不医贫。相从分我西山半，欲乞臞元伴老身。

游华山寄元裕之

赵秉文

我从秦川来，遍历终南游。暮行华阴道，清快明双眸。
东风一夜横作恶，尘埃咫尺迷岩幽。山神戏人亦薄相，一杯未尽阴霾收。
但见两崖巨壁插剑戟，流泉夹道鸣琳璆。希夷石室绿萝合，金仙鹤驾空悠悠。
石门划断一峰出，婆娑石上为迟留，上方可望不可到，崖倾路绝令人愁。
十盘九折羊角上，青柯平上得少休。三峰壁立五千仞，其下无址旁无俦。
巨灵仙掌在霄汉，银河飞下青云头。或云奇胜在高顶，脚力未易供冥搜。
苍龙岭瘦苔藓滑，嵌空石磴谁雕锼。每怜风自四山而下不见底，惟闻松声万壑寒飕飕。
扪参历井到绝顶，下视尘世区中囚。酒酣苍茫瞰无际，块视五岳芥九州。
南望汉中山，碧玉簪乱抽。况复秦宫与汉阙，飘然聚散风中沤。
上有明星、玉女之洞天，二十八宿环且周。又有千岁之玉莲，花开十丈藕如舟。
五鬣不朽之长松，流膏入地盘蛟虬。采根食实可羽化，方瞳绿发三千秋。
时闻笙箫明月夜，芝軿羽盖来瀛洲。乾坤不老青山色，日月万古无停辀。
君且为我挽回六龙辔，我亦为君倒却黄河流。终期汗漫游八极，乘风更觅元丹丘。

同题禹州《颍亭》(元)

颍　亭

田　云

探记得遗址，开亭还旧风。鸟声来静外，云影落闲中。
轩隗风流在，巢由事迹空。重峦三十六，斜去带春松。

颍　亭

张公儒

旧趾剪荒棘，新亭临上游。行人措乔岳，野马渡清洸。
云牖褰飞幕，风矶缆小舟。□□客来熟，萧飒动惊秋。

颍　亭

王渥进

五载西湖阻胜游，歌亭聊喜散羁愁。九山西络烟霞去，一水南吞涧壑流。宾主酬空翠琰，干戈横绝自沧州。匆匆匹马从军去，惭愧烟波万里鸥。

同题《寄题嵩山二室（二首）》（明）

寄题嵩山二室（二首）

王履和

太　室

巑岏万仞倚晴空，只赤人间路不同。谁遣巨灵开鸟道，翻从胜概吊雄风。凭凌星斗三千外，指顾河山百二通。大地茫茫看一气，不知何处问鸿蒙。

少　室

九顶莲花叶叶分，旭光一抹净尘氛。洛川风起晴飞雨，崿岭烟封晓度云。万壑钟声通窈窕，千秋剑气吐氤氲。汉唐御跸从何识，古木萧萧鸟自群。

寄题嵩山二室（二首）

傅　梅

太　室

峻极名山称地主，振衣二十四峰高。遥年海日生朝曙，下见河流卷暮涛。古寺空传龙送水，仙坛犹有鹤鸣皋。自从汉武登封后，多少盘游置驿劳。

少　室

西岭天风送雁群，凌虚千仞入絪缊。茫茫贝树三花落，面面莲华九顶分。倚杖渐生梁苑月，沾衣几度洛川云。可怜缑氏笙音断，十八叠中何处闻。

寄题嵩山二室(二首)

周传诵

太　室

嵯峨太室拥诸峰，峻极中天五岳宗。时有仙人来白鹤，俨如云际卧苍龙。
降神自古歌周雅，刻石当年陋汉封。玉简金函何处是，烟迷辇路草蒙茸。

少　室

秋风飘渺破云烟，三十六峰争效妍。翠黛蹁跹空外出，莲花突兀望中悬。
箕山颍水饶馀韵，汉柏秦槐不记年。安得扶筇凌绝顶，直将搔首问青天。

寄题嵩山二室(二首)

黄承玄

太　室

万叠长峦卧紫烟，几朝名刹倚诸天。嵩山晓控真人鹤，玉柱晴飞太乙泉。
绿字碑凿唐禅日，苍崖树老汉封年。扪萝若遇浮丘子，便欲餐霞薄世缘。

少　室

携筇何处问三花，望入层岚路不赊。雨过半空悬石髓，云消九顶见莲华。
珠林月挂神光锡，玉洞丹留子晋砂。极目更怜残照里，群峰片片倚青霞。

同题《嵩阳十八咏》(明)

嵩阳十八咏

傅　梅

崿岭穿云

崚嶒九折入高云，一岭东西二室分。游宦地如栖隐地，北山不必更移文。

卢岩飞瀑

度岭穿溪蜡屐劳，飞泉如练下嵩高。临流暂濯尘缨色，似听秋江万里涛。

少室朝晖

孤城四面四山围，少室云开出翠微。历历晴峰三十六，朝来各自领春晖。

嵩门秋月

坐久天风散白云，嵩门中断月华分。不知子晋仙游去，何处吹笙夜半闻。

箕阴避暑

箕山林水自成阴，万古萧然洗耳心。一自挂瓢何处树，清风习习到于今。

颍水春耕

匹马郊行劝稼妆，即看颍水动春锄。山回又过荒无地，谁引西门十二渠。

中峰长啸

中岳中央独此峰，振衣千仞暂从容。一声长啸秋天碧，不是孙登可易逢。

御寨高吟

御寨梯云登少室，莲花九顶转分明。朗吟谢睡惊人句，太华如何独擅名。

石淙修禊

峰峦疑自太湖分，曲曲清流众响闻。石笋浪花能峦客，一觞一咏落斜曛。

玉溪垂钓

孤村流水涨秋山，绿树风微鸟共闲。钓罢玉溪垂落虹，白云偏护石羊关。

云间探奇

石堂山对颍阳城，山下流泉不记名。洞里若非龙卧处，何缘岁岁紫云生。

星台远望

成周礼乐久尘埃，吊古强登百尺台。满日浮云何处望，愁看洛水自西来。

秦槐荫日

独荫祇园隔世尘，相传手植自西秦。我来不识槐安国，时作三生梦里人。

汉柏参天

参天三柏倚嵩峰，武帝曾经驻六龙。阅尽隋唐争战色，至今不改汉家村。

鹤观栖霞

白鹤长飞几岁华，孤松犹自属仙家。丹砂不必求勾漏，我欲朝餐五色霞。

熊山积雪

大小熊山列案齐，同云积雪远天低。郊行不见袁安卧，独有寒声送鸟啼。

九潭风雨

暝色招提四望平，九潭风雨一时生。长林丰草情何限，都入萧萧此夜声。

五渡烟波

萦回东谷响流泉，一水烟波五渡连。不信菖蒲堪服食，石根灵气几千年。

和傅元鼎嵩阳十八咏

高　出

余当游嵩，若崿岭，是所经行者也；岳祠、少林，则所信宿而旅礼者也；卢岩，曾午憩之矣；秦槐、汉柏，亦所手植者也。其他诸胜，则见于傅元鼎之记述而已。然余皆尝望之、闻之，若可想像在目。昔闻语长安者，犹发西境，况曾挂眼二室之巅哉。余诗不逮元鼎，乃不为无征。方且倚和章图后游，庶几余附元鼎之遇山灵不诬矣。

崿岭穿云

二室中分豁一门，岧峣万仞上轩辕。千秋辇路生春草，不待啼鹃已断魂。

卢岩飞瀑

太室东来第几峰，孤岩侧削半芙蓉。为看飞瀑三千尺，直透春云一万重。

少室朝晖

八百余叠涵翠微，三十六峰天外飞。寒岩别有达摩影，时带朝霞终不归。

嵩门秋月

嵩阳宫外碧云轻，秋色年年月倍明。骑鹤仙人来往地，知他何处试吹笙？

箕阴避暑

幽壑虚岚太古春，前贤遗迹弃瓢新。枕流多少高人卧，不独当时洗耳人。

颍水耕春

颍阳春水抱城阿，谷雨朝时布谷多。县尹劝耕车绕雉，饱听于蒇野童歌。

中峰长啸

缥缈中峰四望平，天风万里步虚声。拟攀星斗归瑶阙，鸾凤同闻子晋笙。

御寨高吟

明霞掩映御帷深，想像銮舆不可寻。少室千年山色在，看人寂寂古还今。

石淙修禊

风雨他年上巳时，石流巉潏酒觞迟。但看应制唐人句，无让兰亭数子诗。

玉溪垂纶

春流窸窣漾回溪，仿佛桃红客更迷。时倚晴云一垂钓，石羊关外午莺啼。

云洞探奇

吞呷阴森古洞深，紫云苍莽一龙吟。幽探时拟看神物，风雨茫茫不可寻。

星台望远

千秋逝参美人哉，缥缈天中百尺台。圭刻茫茫人不识，犹馀佳气日徘徊。

秦槐荫日

独树祇园历岁华，根柯百亩影龙蛇。游人多作三生梦，时逐旃檀落细花。

汉柏参天

参差三柏插天中，萧飕长鸣汉代风。下马徘徊还不拜，离离麦秀满遗宫。

鹤观栖霞

王子吹笙月满庭，丹霞隐映旦云青。万年仙观留芝检，传得浮丘《相鹤经》。

熊山积雪

缥缈熊山五月寒，中天积素倚巑岏。分将群玉峰头色，一半峨嵋顶上看。

九潭风雨

空六漠漠白云还，云外春潭镜里山。独有钵龙眠不稳，时来行雨到人间。

五渡烟波
仙源圆折抱嵩流，石戴菖蒲一万秋。汉主可怜仙骨少，封中只有白云愁。

和傅元鼎同题《嵩阳十八咏》(录五首)
龙为光

崿岭穿云
崿岭嶙峋二室间，古来传说镮辕关。当年辇路知何处，惟有浮云自往还。

卢岩飞瀑
孤岩崒嵂欲参天，飞瀑惊看匹练悬。安得再逢千载士，临流终日听潺湲。

中峰长啸
罗列嵩峰此独尊，飞跻一啸振天门。仰看惟恐星辰坠，万籁风生虎豹蹲。

汉柏参天
嵩峰众木总荣芬，三柏参天更出群。饱历兴亡知几代，龙鳞犹识汉封文。

鹤观栖霞
骑鹤仙人去不还，苍松翠巘尚堪攀。平生剩有餐霞兴，安得飞游五色间。

和傅元鼎同题《嵩阳十八咏》(录五首)
王世昌

嵩门秋月
两峰高揭入青云，岁岁秋光向此分。为忆虚岩赊月色，夜深笙鹤坐中闻。

石淙修禊
一掬山泉水尚温，宸游当日翠华临。千官应制归何处，野老春来醉石林。

云洞探奇
石堂山下水空奔，乡蚀岩花古洞门。神物虚无那足问，水云山叆变朝昏。

鹤观栖霞
白鹤长飞傍玉华，空馀丹灶冷仙家。至今一片灵光在，散入峰头幻紫霞。

九潭风雨

龙潭四外暮云平，水面潭花九曲生。夜半钵龙漱法水，千林风雨动秋声。

和傅元鼎同题《嵩阳十八咏》(录五首)

刘承眷

少室朝晖

层峦隐约秀芙蓉，瑶草三花处处逢。一抹远天环霁色，春云顶上千重。

嵩门秋月

水竹阴森古寺幽，青来双阙翠云浮。天风一夕吹金镜，碧海高悬万里秋。

鹤观栖霞

鹤驭逍澹物华，青冥绝壁隐仙家。玉笙吹落缑山月，矗矗峰头见紫霞。

九潭风雨

缥缈晴烟古木平，丛林深入乱云生。灵潭自是虬龙宅，风雨时闻鼓鬣声。

五渡烟波

石上灵根九节花，武皇五渡遇仙家。餐蒲自是长生诀，何用寻源泛斗槎。

和傅元鼎同题《嵩阳十八咏》(录五首)

陆应阳

崿岭穿云

鸟道从天破绿苔，悬崖疑是五西开。尘消翠辇千秋后，尽日闲云任去来。

卢崖飞瀑

洞壑阴深六月寒，一樽不易此盘恒。飞泉散落诸天雪，还胜匡家岭上看。

少室朝晖

自西山势独崔嵬，望入晴空紫雾开。三十六峰天外落，半衔日色海门来。

鹤观栖霞

万岭盘空日月宽，鹤巢松盖插云端。千秋不尽真人气，散作明霞五色看。

五渡烟波

临流谁解此幽深，万顷烟波挂碧岚。月夜一帆箫鼓动，最怜秋色似江南。

和傅元鼎同题《嵩阳十八咏》(录四首)

张美含

崿岭穿云

镮辕峻岭障寒云，乱石崚嶒路不分。落日远登千磵瞑，马间长铗动星文。

鹤观栖霞

鹤观崚嶒天际出，苍松碧草烟如织。繁华老尽世间人，子晋峰头长太息。

熊山积雪

雪积熊山山与齐，山寒古木压云低。寻幽不泛江天棹，白练平铺印马蹄。

九潭风雨

山空云静九潭平，瑶草春深夹岸生。谁箬金虬随浪起，满天风雨送涛声。

和傅元鼎同题《嵩阳十八咏》(录四首)

王履和

崿岭穿云

一岭中分六十峰，遥天乱插秀芙蓉。千秋御辇知何处，时有红云谷口封。

中峰长啸

中天一柱入云孤，日午当峰峰影无。长啸一声通帝座，还疑当日听三呼。

云洞探奇

石堂山下响飞湍，洞口云生六月寒。深入恐惊龙睡稳，茫茫风雨望中看。

九潭风雨

万壑寒潭古木深，潭潭瞑色郁萧森。此中定是蛇龙宅，时逐风雷夜半吟。

和傅元鼎同题《嵩阳十八咏》(录四首)

释海石

颍水耕春

颍水遥看树杪习,渠开十二野田肥。老农植杖遥相问,仙令朝来劝稼归。

石淙修楔

怪石参差颍水涯,一觞一咏畅芳华。波闲云净无尘累,斜倚苍松看落花。

玉溪垂纶

片月孤云世事疏,丝纶不动日如如。从来濠濮闲中乐,不为溪边双白鱼。

秦槐荫日

高标梵刹势擎空,种自西秦长自嵩。若知僧腊忘多少,聊指阶前一树中。

同题《密县白松诗》(明)

密县白松诗

杨思圣

老树何年植,轩辕事有无?霜纹飞素雪,铁干冷栖乌;
赤日风雷急,空山魑魅趋。荣枯应不到,天地任荒芜。

密县白松诗

李攀龙

孤根一托蕊株宫,不与苕华粉黛同。夜暗龙麟衔日照,天清鹤影望来空。
条封姑射千秋雪,盖拥兰台万里风。非为子云能作赋,谁知玉树本青葱。

密县白松诗

吴国伦

何处松标岁月深，蕊宫寒色昼森森。龙文细结清霜老，麈尾高悬赤日阴。二室迥疑开雪岭，三花遥复妒珠林。由来帝子颜如玉，词客偏含万古心。

密县白松诗

李及秀

帝女荒祠向夕阳，亭亭玉树几沧桑。积来荣悴成今古，偶而兴衰历汉唐。明月庭前迷素影，疏风天半落奇香。鼎湖龙去灵根在，手泽还同世久长。

密县白松诗

李　朴

黄虞人去几千秋，嘉树萧萧野寺留。不见花胥好世界，犹惊春色在枝头。青天霜干垂今古，素质寒光照海州。自从广成问道后，西风萧飒不胜愁。

密县白松诗

张文耀

嵩少峰前帝子祠，孤松三秀郁参差。谁将地下含香骨，幻出人间傲雪姿。华表鹤来珠是树，蕊宫花放玉为枝。清风永夜摇环佩，知是魂归月卜时。”

同题《少林寺》(明)

少　林　寺

李梦阳

林深谷暝客子入，钟鸣叶落秋山空。烟云细袅石涧底，峦岫乱积松窗中。唐碑汉碣藓字剥，猿啼虎啸萝灯红。独坐悠悠息尘想，少室影下月出东。

少　林　寺

张维新

蹑屐名山若有期，秋霖忽霁万峰奇。慈云初结昙花蕊，甘露低垂衹树枝。上盖钟鸣僧定后，西山日落鸟归时。一尘不到禅关掩，何处风翻贝叶辞。

少林寺(二首)

崔伯渊

初祖匆匆东向来，心中已觉五花开。要知面壁九年意，立雪齐腰心不回。

禅宗一派自西来，五叶花枝从此开。僧伴白云无个事，香烟朝暮锁青苔。

少　林　寺

熊　爵

身从太白终南转，又访崧山过少林。满目烟霞原有分，浮生梦幻本无心。如来演法金经古，初祖忘言石影沉。一自折芦留舄后，更于何处觅知音？

少　林　寺

李　风

策马来寻半日夜，玉屏似画翠将流。形连秦陇三千里，寺在中原第一州。啼鸟有情留我醉，闲花无语伴僧幽。峰头纵目乾坤小，谁识英雄困草庐。

少　林　寺

王　鑨

地涌高峰诘曲盘，佛龛飞驾势巑岏。豹来古寺翻风紧，龙洞深渊射雨寒。骚客伤心题少室，鬼仙闪迹步虚坛。函关泌水盱衡外，取次莲花岳顶看。

少　林　寺

阎禹锡

梵阙珠林静，巍巍枕大阿。岚辉当户拥，鸟韵隔花多。
禅室通幽径，金田长乱莎。山门环洛水，万籁响清和。

少　林　寺

马化龙

维岳曾闻六十峰，偶依禅室寄闲踪。诸天钟磬穿云度，万壑烟霞拂槛浓。
古柏森森标汉迹，高槐矗矗识秦封。捻灯欲问西来偈，尚逐尘缘未许从。

少　林　寺

朝　瞌

古刹幽深夏色凉，闲来登眺叩禅堂。庭前僧腊双松古，岩际慈云一水长。
只履漫归山窈窕，寸心无著月微茫。人天且往西方驾，钟磬何烦报夜央。

少　林　寺

方承郁

一入轘辕岭，盘纡见少林。白云僧衲冷，黄叶寺门深。
果出菩提种，泉飞梵呗音。清凉灵境别，最好涤烦襟。

少　林　寺

王无忝

寺破山僧少，人来夏涧幽。金轮沉碧瓦，铁凤响灵湫。
月乱萤流白，风高树欲秋。入林逢惠远，飞锡好同游。

少 林 寺

梁建亭

诸天敞运势崚嶒，今古词人争峦登。迴野无尘千界静，荒山有寺万缘空。西来妙法藏三藏，南向中峰印五陵。见有摩尼光照世，还从那地觅真僧。

少 林 寺

吕邦耀

阁在层峦第几重，夕阳沉翠落西峰。半空烟雾风嘶马，满壑松涛谷应钟。正印已从初祖渡，闲云不恋汉家封。晓来信看山僧步，指点碑铭数旧踪。

少 林 寺

赵 震

三十六峰凌紫霞，白云深处有僧家。影摇绝壁菩提树，香霭空门般若花。

少 林 寺

李 仁

秋日名山初揽胜，青莲大士旧为家。风林昼响千岩瀑，绣岭晴飞百道霞。宝相当天流佛日，香云绕座结昙华。空门谁解西来意，为问恒河几许沙。

少 林 寺

李思孝

五峰屏绕少林开，宝树秦封识大槐。佛自千年留影去，僧从百战立功来。卿云缥缈依飞杖，仙乐氤氲切上台。欲访无生王事急，偶因登礼一徘徊。

少　林　寺

刘馀祐

不习风尘累，频思过少林。香花引境寂，叠嶂入云深。
眼为看山润，杯随坐石斟。雨余更幽绝，青翠滴遥岑。

少　林　寺

刘馀祐

金轮香刹翠烟重，春蔼青青结数峰。樵子不休终日斧，僧弥空响六时钟。
应怜拂座留云覆，漫转龙堂看雪封。老柏枯槐赖大泽，使人千载羡遗迹。

少　林　寺

黄承玄

乘秋双屐欲凌风，百折烟霞兴不穷。幽径石萝穿象外，上方云磬落天中。
林标杰阁千峰人，洞隐枯僧半偈空。岩树未凋秦雨露，至今犹护梵王宫。

少　林　寺

万象春

寺拥重峦胜，山藏古洞虚。云封嵩谷后，雨净石坛初。
断碣凭僧指，空林信鸟居。西天不可问，对此意踌躇。

少　林　寺

顾　绛

峨峨五乳峰，奕奕少林寺。海内昔横流，立功自隋季。
宏构类宸居，天衣照金织。清梵切云霄，禅镫晃苍翠。
颇闻经律馀，多亦谙武艺。缰场有艰虞，遣之扞王事。
今者何寂寥，阒矣成芜秽。坏壁出游蜂，空庭鸲荒雉。
答言新令严，括田任污吏。增科及寺庄，不问前期赐。

山僧阙飧粥，住守无一二。百物有盛衰，回旋傥天意。
岂无材杰人，发愤起颓废。寄语惠场流，勉待秦王至。

少　林　寺

阎　铎

太室西头第一山，达摩习隐旧禅关。足遗只履传方外，影脱全身在石间。
松老欲随龙化去，云深长护鹤飞还。诸僧出定门犹掩，三十六峰相对闲。

少　林　寺

蒋　机

寺辟少林古，天开太室奇。封槐忘世代，宝柱奠华夷。
蝉蜕石留影，龙归雪满池。翻经堂寂寂，岩畔露华垂。
六六峰前路，凉秋得剩游。绀宫襟颍水，柏坞枕浮丘。
有觉心常炯，如来偈可求。空庭观鹤舞，桧影散清幽。

少　林　寺

赵贞吉

三十六峰凌紫霞，白云深处有僧家。影摇绝壁菩提树，香霭空门般若花。

少　林　寺

张鹨荐

千峰万壑郁崔嵬，古刹嵯峨少麓开。五乳兴云龙跃近，三花映月鹤飞来。
淳源渺泊澄金界，宝树阴森拥法台。为访西归留石影，个中真迹认□□。

少　林　寺

程　相

蹑履名山若有期，秋林忽霁万峰奇。慈云初结昙花蕊，甘露低垂祇树枝。
上苍钟鸣僧定后，西山日落鸟啼时。一尘不到禅关掩，何处风翻贝叶辞。

少　林　寺

体乾道人

二室晴云性复还，疏松绝壁掩禅关。相逢谁是逃名者，可惜青葱一带山。

少林寺（四首）

傅　梅

石磴接金绳，探奇次第登。野云闲似吏，古柏秃如僧。
梵韵千林雨，禅心万壑冰。西来无一字，何处别三乘。

山叶欲红秋，山泉满涧流。参禅知政拙，到寺觉心休。
塔影斜书汉，钟声晚咽楼。伊蒲清供罢，欲去更淹留。

日落万山苍，天风散晚凉。开帘云入座，傍屋树成墙。
尘虑空花尽，清言漏水长。青莲何处是，飞唾口馀香。

树密昼长阴，山云白可寻。欹松寒抱石，细溜运穿林。
香散真如地，灯明不二心。远公容入社，谁复恋华簪。

少　林　寺

王士松

久怀少林游，今宿少林寺。绮丽仡谁称，峨宫敞复遂。
岩壑烂相袅，桧柏而峙高。栋排云日虚，牖蔼苍翠霁。
色丽遥岭州，原迥相媚□。我来檐匐下，恍从天外至。
梵香遍空虚，灯影照无寐。秉炬蹑层榭，磨碑识古字。
已断区中缘，何知身世累。沃野饶沙尘，聊此停征驷。

同题《游少林寺》（明）

游少林寺

王元翰

跏趺大士背岩扉，草树离离佛日辉。面壁九年能透石，渡江片苇为传衣。
三花香散飞黄叶，五乳峰高上翠微。夜半风鸣幡影动，谁知只履未西归。

游少林寺

安　盘

公余乘兴过嵩岑，遍觉群山入少林。五乳峰前台阁耸，九龙潭里树云深。
清风满壑传禅语，明月当空印法心。此景乾坤难再得，愧无佳句发长吟。

游少林寺

史　某

偶因行部陟嵩岑，暂驻肩舆访少林。前代古碑苍藓合，上方精舍白云深。
山腰雨过龙归洞，树梢风轻鸟弄音。一宿顿忘俗尘虑，雅怀浑觉似禅心。

游少林寺

李世德

三十六峰苍霭间，珠宫贝阙瑶台山。寻真渐入烟霞回，坐静偏疑日月闲。
面壁僧来石影在，吹笙人去鹤今还。何时栖隐千岩绿，漫倚双嵩学铸颜。

游少林寺

岳储精

名胜天中开少林，千岩万壑纵幽寻。才翻贝叶三花影，忽听缑山一鹤吟。
鹫岭濛濛沾法雨，龙潭淼淼响潮音。半生剩有登临兴，潇洒安禅倚碧岑。

游少林寺

穆文熙

海内称名刹，无如此地偏。莲华九顶出，玉乳五峰连。
甘露弥金界，慈云护梵天。法轮西域转，象教震方传。
唐碣推神武，秦槐飞断烟。斋心依静土，不是野狐禅。

游少林寺

李廷龙

石壁参天起，孤松似老禅。凌霄今有日，直干已多年。
性定成真诀，机忘是的筌。如来曾识面，心印已先传。

游少林寺

李　元

此日清游好，平生得意中。光怜可庭月，声应四山钟。
已觉孤吟壮，真成万虑空。狂来且书壁，不管碧纱笼。

游少林寺

徐南金

旌麾暂息招提境，徙倚环瞻帝梵家。石壁千年留宝刹，芙蓉万叠驻丹霞。
无生谁悟超尘劫，有觉还疑转法华。庭草春风人不解，总随空寂访金砂。

游少林寺

丁应泰

青山空曲地清嘉，绀殿中藏帝释家。秖苑禅枝开五叶，珠林仙树采三花。
天空池水沉孤月，日射炉烟结彩霞。直悟一乘窥最上，何须重问白牛车。

游少林寺

程 相

杖履徒登礼少林，乱山佳气郁森阴。松杉色露真如相，禽鸟声传梵国音。
可笑九年间面壁，却怜二祖与安心。西来一曲调清古，白春阳春和到今。

游少林寺

李昌祺

少林耸岹峣，有路达葱岭。半生怀胜概，老乃践其境。
缁流远见迓，偏袒仍露顶。升高纵遐观，颇觉痴缘屏。
蒲风翻卷帙，艾色侵衣领。掇蔬僧具供，饮骑童汲井。
自拈清浮香，作礼爇古鼎。超超昔神师，顺寂同溟涬。
而于片石上，留此不灭影。竺夏虽异辙，皆贵能猛醒。
寒崖许分坐，禅定毕余景。

游少林寺(二首)

陈凤梧

白云深处辟禅关，占断河南第一山。甘露台悬钟磬外，古槐影落殿庭间。
一方明月中宵静，半榻清风白昼闲。霜雨苍生方渴望，九龙潭上听潺湲。

四面青山拥翠微，上方台殿蹑丹梯。削成御寨天门外，卓锡寒泉虎涧西。
晓气澄清云出岫，秋光浓淡雨回溪。闲翻贝叶无尘到，花落空阶鸟乱啼。

游少林寺

刘 咸

尝读古人诗，知有少林寺。十年欲往苦无因，今朝始得遂初志。
危峰五乳高插天，势与少室相联绵。青霄帘幕贯星斗，白日窗户通岚烟。
山僧见客喜相迓，环立道傍留驻马。苍忙延入禅关中，殷勤罗拜法堂下。
循廊导引看残碑，一一指点谈当时。崇建只称唐宋盛，品题亦识苏黄奇。
须臾邀我凌山顶，直向悬崖览胜景。溪边洗钵汲清泉，涧底拾薪煮香茗。

为言此山高法窝，开创缘自僧跋陀。一从藏经入中国，筑台绎字功居多。
后来达摩方卓锡，九年此中坐面壁。功成只履向西归，尚遗灵影在山石。
当时慧可皈依深，断臂立雪求安心。灯灯继续几千载，妙法相传犹至今。
从容问答未及已，忽听萧飒松风起。层岩徙倚重徘徊，但觉烦襟清似洗。
归来幽兴殊未阑，还登钟阁穷遐观。凭槛独立久延伫，置身恍在青云端。
大雄殿西古轮藏，金碧荧煌屹相向。月下平分宝塔阴，空中每接仙韶响。
吁嗟好山真可居，公程促迫将何如。平生尘土满胸臆，安能为我俱消除。
出门别僧僧送罢，又复回顾与僧话。他年优诏许归田，准拟相寻结莲社。

同题《重修伊川书院吟》（明）

重修伊川书院

刘　咸

伊川书院在鸣皋，古迹荒凉半野蒿。拜谒徒增今日感，重修深仰昔人劳。
可怜俎豆经时废，无复宫墙数仞高。寄语河南诸博雅，青氈勿吝一除毫。

重修伊川书院

周　鉴

重修书院在鸣皋，筑室平基剪棘蒿。儒宦助资应报本，工夫尽力不辞劳。
百年仪象加新饰，四面垣墉复旧高。今日落成当纪事，须烦假手一挥毫。

重修伊川书院

肖　俨

书堂自宋创鸣皋，构室逢人几剪蒿。藩师始兴求道笃，宪佥再举用心劳。
半空峻宇伊川近，万世斯文嵩岳高。今日旬宣因过谒，敢将诗句赞分毫。

重修伊川书院

安程泰

讲道遗迹踪九皋，滔滔崇敬剪蓬蒿。发明既往伊谁力，启迪方来那自劳。

伊水派分微国润，嵩山势接泰山高。抠衣瞻拜瞻楹下，惭愧无能效一毫。

重修伊川书院

樊　冕

鸣皋书院傍林皋，抚宪重修剪棘蒿。士类承休无以报，斯民沾化肯辞劳。
道同伊水千年远，名并嵩山万古高。欲效诸公歌圣德，愧无佳句付霜毫。

重修伊川书院

胡　谧

宠舍渠渠峙古皋，门庭犹恨鞠莱蒿。营修累政会厘念，启迪何人复任劳。
道学须推伊洛盛，仪型空仰华嵩高。遗书闻说成全录，挥尽中山几兔毫。

重修伊川书院

陈　鉴

巍巍书院枕鸣皋，剪伐蓁荆去草蒿。当日濂溪曾指授，千年伊洛独贤劳。
宋朝已许真儒出，程庙今知从祀高。况是故乡人景仰，品题特复试霜毫。

重修伊川书院

无名氏

两鹤同鸣在九皋，千年圣道辟蓁蒿。空馀此地游歌近，畴继当年论著劳。
伊水自通洙泗远，嵩山空压岱恒高。临风无限怀贤思，荐罢溪苹一洒毫。

重修伊川书院

石　淮

景仰遗迹过九皋，施披荆棘剪蓬蒿。抠衣今日犹兴起，立雪当年敢惮劳。
伊水不穷千载泽，嵩山当接五云高。自从伯仲渊源后，此外谁能赞一毫。

同题《游少林》(明)

游　少　林

刘行素

少林自古称幽胜,此日禅关惬壮游。面壁高僧仍石影,吹箫仙侣剩丹丘。
五峰云锁青山暮,二室泉分碧树秋。吊古有怀频看剑,烟开新月印前楼。

游　少　林

史褒善

偶因行部陟嵩岑,暂驻肩舆访少林。前代古碑苍藓合,上方精舍白云深。
山腰雨过龙归洞,树杪风清鸟弄音。一宿顿忘尘俗虑,雅怀浑觉似禅心。

游　少　林

李乘云

乱峰突兀问嵩林,福地烟霞望处深。石壁倚天清漠漠,女萝悬雾碧阴阴。
落花风定栖禅影,樵唱月明应梵音。独坐悠然尘虑息,不知身世有华簪。

游　少　林

左　杰

西入珠宫别有天,偶闻清磬落层巅。香凝兰蕙薰仙仗,石漱琼瑶韵野弦。
白鸟青螭仍护法,苍松翠殿不知年。客心酌罢莲花水,独向山僧扣秘诠。

游　少　林

李廷龙

少林巅际几相期,宪使同登事亦奇。云拥禅关开曲径,风清客路拂新枝。
倚栏九万扶摇界,极目三千大地时。欲指从生超悟处,降魔不在费多辞。

山麓丛开一径通,我来飞骑晒晴空。云随树色凝多绿,袖拂花香递好风。
悟处谁能超苦海,觉来有客契时中。义皇妙在无言里,为问先天太古翁。

游 少 林

王祖嫡

高僧名岳苦难逢,控胜何缘杖履从。宝界三花饶薜荔,晴空二室幻芙蓉。
仰瞻峻极歌周雅,遐想嵩呼侈汉封。浩劫人天无色相,西来应悔示玄踪。

游 少 林

王三锡

中原翠积雨花天,春度蓝舆景自偏。宝塔起当双室合,贝珠高并五峰悬。
护持有代松阴古,空色无存石影传。我欲皈依离障海,尔时衣钵已茫然。

游少林(二首)

萧 俨

汴城几望最高岑,今日方欣到少林。石笋冷擎银汉近,香炉晴袅紫烟深。
半天古刹辉金色,满壑乔松向玉音。三十六峰无限好,何当来此悦初心。

维岳中土耸瑶岑,二老相依振法林。面壁挥忘年节久,传衣曾立雪华深。
岩前石晕非真相,锡底泉流即梵音。只履西归今不见,欲从何处问安心。

游 少 林

安 盘

余馀乘兴过嵩岑,遍觉群山入少林。五乳峰前台阁耸,九龙潭里树云深。
清风满壑传禅语,明月当空印法心。此景乾坤难再得,愧无佳句发长吟。

游 少 林

段 豸

群山突兀白云深，绿树迷茫覆少林。石眼泉香清可掬，岸头莎软翠交侵。
隐居旧价应须减，衲子新禅未易寻。坐待晚风凉似洗，几思移塌就嵩阴。

游 少 林

许安仁

岩壑深严入翠微，少室金碧雾烟霏。五峰屏簇禅庵小，万仞天开佛旧辉。
闻说九年空面壁，得逢二祖便传衣。千秋少室山灵在，曾见先师只履归。

游 少 林

任 淳

三十年来闻胜绝，星轺亦得此登临。到门僧乐鸣山籁，人殿佛香蔼释林。
少室山长花代谢，文殊洞寂雨阴森。招延更迴秋风思，法雨瞿昙幻古今。

游 少 林

邱于范

幽禽流水奏宫商，僧祖传心此道场。不二法堂终突兀，大千境界岂寻常。
青山不改灯常在，绿树多阴寺未荒。只履寂寥千载后，纷纷释子望宫墙。

游 少 林

赵 宸

贝叶未随白马回，禅林早向青山开。达摩已过流沙去，方丈空留少室隈。

游　少　林

杨　洞

山僧午梦乍惊回，报道高人勒马来。步入丛林最僻处，不知尘世有麟台。
苍茫海日上扶桑，禅榻云深梦正长。一枕青山天地晚，何妨松影转斜阳。

游少林(二首)

王应期

寻真天路杳，驻马嵩峰尖。长啸惊栖鹤，清吟落醉髯。
古碑留法界，苍塔插高檐。我欲频过此，能无世俗嫌。

鸡鸣苦尘鞅，鹤引得幽潜。茗碗云垂脚，蔬盘霜割甜。
药拦封上霡，芝砌堕窗帘。愧我非仙骨，相携尽日淹。

游少林(二首)

薛　惠

久晦凡夫行，今参初祖禅。山开诸佛界，树换六朝年。
圣谛元无法，真空讵有诠。不知衣钵外，何物是相传。

少林多老宿，祖意若为传。莫学诸方法，应参一味禅。
真心元寂灭，妄想清攀缘。季世须龙象，题诗一慨然。

游少林(四首)

区大相

天下名山数少林，公余乘兴一登临。黄花翠草凝禅意，白石清池惬赏心。
况日轮蹄忘去往，百年身世任浮沉。主僧知我耽诗癖，相引行吟到碧岑。

少林山前古梵宫，达摩曾此立禅宗。养龙崖发埋春草，卓锡泉甘自乳峰。
出世不须钻故纸，传灯谁复继遗踪。吟余策马东归去，回看云林隔暮钟。

为爱山林景物稀，登临随处竟忘归。云迷竹树浓还淡，雨堕岩花湿不飞。
养晦高人曾索价，谈禅老衲欲留衣。何妨结社重来此，一洗尘心是与非。

百丈山前佛寺开，春深缓辔一徘徊。落花细逐溪流去，好鸟低冲马首来。
习静随缘餐笋蕨，看碑沿砌扫莓苔。放怀欲尽登临兴，可奈王程再四摧。

同题《宿少林》（明）

宿　少　林

李天发

雨过登香刹，松声似梵声。禅居万籁寂，方丈一灯明。
倦鸟高林宿，啼猿午夜清。客窗常不寐，屡见斗星横。

宿　少　林

王应鹏

西风岩桂落幽芬，月色空庭散鹤群。三十六峰灵籁发，独开松阁坐秋云。

宿　少　林

陶　谐

闻说人间兜率天，白头游宦始攀缘。山深寺古回寒□，地胜僧名剩法玄。
蝌蚪百王空负赑，溪林千载自风烟。登临佳刻多芜没，呼取僧歌第一篇。

宿少林（二首）

李梦阳

林深谷暝客子入，钟鸣叶落秋山空。烟云细袅石涧底，峦岫乱积松窗中。
唐碑汉碣藓字剥，虎啼猿啸罗灯红。独坐悠悠息尘想，少室影下月出东。

万山微暝一钟鸣，古寺深秋倦客情。僧本折芦翻面壁，人非骑鹤故吹笙。
寒催乱木风交响，白动虚岩月自生。惭愧劳劳不成寐，丁丁卧听早樵声。

宿 少 林

邹守愚

瑶草香生径，金罍喜得朋。良游非易遇，胜景更同登。
松下盘飞鹤，钟催入定僧。前朝多古迹，高塔尚残灯。

宿 少 林

许 完

枕簟逢僧舍，孤眠梦亦清。山深云有脚，夜静雨多声。
欲面九年壁，难违寸草情。明朝骢马去，猿鹤误相迎。

宿 少 林

史公贤

巡行偶向山中宿，嵩岳西南少室前。静爱岭云轻世味，暂随僧饭绝荤膻。
松风萧飒来疏雨，翠障空濛起暮烟。面壁岩头千古月，寒光寂寂解逃禅。

宿 少 林

秦 金

夕阳天半万峰深，寺额千年见少林。老桧月摩高阁影，长廊云护古碑阴。
传灯谩听三生话，面壁空留二祖心。静里乾坤吾道在，山川最喜破烦襟。

宿 少 林

史 铜

过客东来宿少林，山僧禅榻冷云深。天风惊觉三更梦，松梢秋声响玉琴。

宿　少　林

张　沂

心有遨游不尽缘，争多薄宦总怏然。高林掩映排云入，小径盘陀倩石连。
习静全输佛子意，探奇不及吾侪贤。几行绝径逢知话，坐送松嵋月一弦。

同题《宿少林寺》（明）

宿少林寺

任惟贤

数声清磬度林霏，琴鹤随僧入翠微。绝俗信无尘得到，开山真有锡曾飞。
青峰处处堪容隐，白发森森未息机。禅榻夜临窗月卧，觉来深悟昔时非。

宿少林寺

房　楠

才过空门性自闲，松风寂历鸟间关。得逢金锟莲生火，但解天弢篑即山。
香渡窗虚秋桂发，韵从天外暮钟还。更阑拾履层阶上，云淡波澄月一弯。

宿少林寺

陈东光

寻幽来少室，夜宿赞公房。共说传灯事，谁知面壁方。
松阴便舞鹤，僧影静禅堂。为问尘游者，何如万劫忘。

宿少林寺（二首）

朱　衡

初祖开此地，香台空碧岭。双泉泓德水，五叶散珠林。
钟定禅关夕，山寒宝塔阴。空堂一片月，曾印折芦心。

行县经名刹，因风扣梵筵。到来诸品静，行处一灯悬。
证法何曾法，忘缘不离缘。焚香持半偈，超悟了真诠。

宿少林寺

葛守礼

正苦嚣炬累，惊闻面壁禅。病怀如可遣，休地息诸缘。

宿少林寺

刘绍恤

万峰叠叠渐崚嶒，径入镮辕兴转增。黄叶满前犹作客，白云深处且依僧。
中原月度三更夜，少室天开第一乘。试望高台甘露色，不妨重藉玉莲灯。

宿少林寺(二首)

吴三乐

看山兴不尽，且复向禅林。花落空坛暮，灯悬古殿阴。
翻经贪佛卧，听法伴僧吟。少室悠然趣，因窥静者心。

翠屏相对处，暝色下残钟。谷静风飘梵，窗虚月度松。
无生终是梦，稳卧已成慵。明日登山意，还能杖短筇。

宿少林寺

郭崇嗣

晚风吹我入禅林，石磴棱层度转深。谷中峰回□□绝，山腰云起有龙吟。
百年谁悟玄关旨，九载空馀面壁心。一宿招提尘梦醒，满窗明月□松阴。
金风初转拂行旌，极目中原雨乍晴。一人祇园瞻面壁，更从缑岭听吹笙。
云移殿阁诸天静，月挂松萝二室清。回首年华空荏苒，欲从此地学长生。

宿少林寺

秦　金

日暮僧初定，林深客自过。莺花春色老，台殿月明多。
鸟道缘苍壁，钟声出翠萝。山人谁索价，诗许少陵哦。

宿少林寺

胡缵宗

寻幽来少室，夜宿赞公房。共说传灯事，谁知面壁方。
松阴便舞鹤，僧影静禅堂。为问尘游者，何如万劫忘。

同题《新郑怀古》（明）

新郑怀古

薛　瑄

经行郑国旧山川，禾黍秋风驻马看。烟草几湾流水在，荒城千载暮云间。
时门雨歇无龙斗，大隗山高只鸟还。借问当时贤相国，几多遗爱在人间？

新郑怀古

孙子良

行心中牟入郑来，白云缥缈好山开。济人已去犹存庙，驻节曾闻尚有台。
古渡烟销秋水净，荒林日落暮禽回。更嗟郑武分封后，几度兴亡事可哀。

新郑怀古

刘　咸

大隗绵延接包嶂，溱河洧水混微茫。谢花城废秋初老，驻节台高草半黄。
郑国诸贤遗迹在，宋朝多士古坟荒。只今惟有高冈月，曾见当年集凤凰。

新郑怀古

曹 琏

郑国新迁自武公，江山还与昔时同。溱河水净鲸吞月，隗岭春寒虎啸风。
避暑洞存碑刻废，种花人会御园空。城西多少先贤墓，狐兔群游宿草丰。

同题《大隗层峦》(明)

大隗即指具茨山，环连禹州、新密、新郑三市境域，其巅谓“风后顶”，同属具茨山系。每逢夕阳西斜，层峦尽染，远看群山攒动，如万马归来，自古为禹州胜景之一，名曰“大隗层峦”。

大隗层峦

徐明善

碧嶂濛濛翠欲流，雨收石溜泻林丘。日光冷射层峦秀，云气晴薰古洞幽。
访道轩辕遗迹旧，至人大隗有仙留。恍如远眺匡庐景，拟欲巢松最上头。

大隗层峦

李嘘云

山岚欲湿彩云蒸，缥缈峰峦知几层。问道轩皇曾受箓，寻踪著屐想攀登。

大隗层峦

赵三聘

大隗仙人何处游，轩辕问道有丹丘。千寻碧嶂冲霄起，万叠晴光映日浮。
鹤去巢悬天际月，龙归云度海天秋。鼎湖已远山仍丽，呵护神应在上头。

同题《太平庵》(清)

太平庵位于禹州三峰山阴，名人马时芳读书于此。西为明侍郎任洛所建“西溪书院”，东有巢父洞、留侯洞、云影堂，擅竹木林泉之胜，清末改为实业学堂。

太　平　庵

闫尔梅

怪卉蒙幽壑，深山独自僧。四围霜叶岸，一架木香棚。
味火能敲石，空床不挂绳。蹁跹西阁上，窗月与传灯。

太　平　庵

马时芳

苍苔碧草淡生烟，云影堂开天地偏。双柏凌霄盘铁干，三峰回首抱金仙。
逃名巢父君臣簿，辅汉子房忠孝全。昨日光风今日雨，空山独自记华年。

太　平　庵

吉　祥

庵上何年题太平，桃花夹岸柳花轻。此中莫厌游人醉，门外试听输挽声。

同题《留侯洞（张良洞）》（清）

留　侯　洞

刘国儒

圮为留侯重，千秋古洞存。青松行不返，清颍自临门。
水浅少痕露，鸟归日色昏。名成终敝屣，往事与推论。

留　侯　洞

程　瀚

昔日韩公子，仇秦为报韩。峒山算义气，葛水遁衣冠。
暂养英雄晦，常因遇合难。荆轲歌易水，到此不胜寒。
春老东风静，乘闲渡褚河。昔时人已去，今日水犹波。

洞口浮云淡，春阴煦日和。柏山藏绿树，一点色如螺。

留 侯 洞

刘 澄

古洞森阴白日曛，子房遗迹至今闻。石栏近俯长溪长，崖树遥看碧落云。
嵩消岭雪草木静，楚天风香雁水纷。英雄既去枌榆冷，感慨情深一酬君。

留 侯 洞

张楚玉

汉家宫阙归秦京，汉室元勋韩地生。博浪明沙寒日色，钧阳古洞起秋声。
祠遗故园归初去，封愿留侯淡世名。西望霜陵何所以，清风唯共碧泉鸣。

同题《游留侯洞（张良洞）》（清）

游 留 侯 洞

邵弘杰

昔年长揖谢封侯，好看黄冠遁迹幽。一击未消亡国恨，三期不再圯桥游。
谷城有墓封黄石，古洞藏弓枕壁流。闻说长从赤松子，到今何处部缘由。

游 留 侯 洞

高 鉴

丹崖深处辟留侯，夏木森森气象幽。书卷未遭黄石授，洞天早荒赤松游。
行藏不负称人杰，状貌何妨似女流。颍水一湾门外绕，长遗芳迹继巢由。

游 留 侯 洞

李成蛟

策马幽寻仙子居，丰姿还彷少年时。先生聊复身归汉，老子分明意在书。

万户难酬五世贵，千金难买一椎虚。独怜力士今何在，长使游人思有余。

同题《成皋十景》（清）

成皋十景

杜汝亮

案岭晨钟

化城琳宇傍山隈，钟挂岑楼接汉开。晓发鲸音云外度，风传天籁谷中来。唤醒尘梦迷情断，击散魂魔觉性回。总是大悲宏教泽，世人不解浪疑猜。

峭关夜柝

峭关旧是虎牢城，西接山河百二名。满地蓬蒿秦世垒，拂堤杨柳汉家营。耕农尽息当年战，铃铎犹传静夜声。村市月明无犬吠，关门不闭久清平。

玄武灵台

汉皇曾此筑层台，今日巍巍庙貌开。入望群峰天际出，环看万树座中来。香烟缥缈云霄近，灯火辉煌是斗回。自是成皋多胜地，残碑古迹半苍苔。

玉清仙景

名山蹬道入苍旻，宫殿峨峨栋宇新。钟鼓铿訇传四境，香烟缥缈捧群真。经声静夜闻霄汉，仙界玄堂隔世尘。题咏昔贤遗迹在，胜游应有和歌人。

玉门古渡

一河流出两山开，西接黄河天上来。渡口风尘人不息，岸头车马日相催。英雄百战身经地，神武千年业已灰。感叹兴亡成往事，玉门波逝几曾回。

野寺穹碑

英君此地建奇功，胜迹于今有梵宫。继世銮舆经旧垒，先皇鸿业想雄风。碑留翰藻千秋外，文纪神威百战中。一片荒原苍藓石，应垂天壤共无穷。

竹林活水

一派清泉足考槃，森森数亩碧琅玕。花溪浴水三春暮，草阁开尊九夏寒。野老供蔬时出笱，诗人刻竹好凭栏。为言地主须持护，留待王猷载酒看。

塔观游云

岧峣天际出名岑，一径纡回路转深。地入烟霞仙是境，云棲台殿世非今。
沾衣片片晴还湿，拂树霏霏昼欲阴。多少风尘奔走客，到来应有薜萝心。

柏庙晴烟

巍巍仙宇自何年，古柏森森欲到天。翠色不随春暖秀，贞心独抱岁寒坚。
久餐风露肌常瘦，饱吸烟霞骨已仙。好食良工描写出，辋川佳胜草堂前。

方山霁云

六出东风巧幻来，琪花大地散成堆。谁言一夜青山老，偏爱群峰白日开。
倚栏寒光飞满座，卷帘晴色落深杯。幽人若有山阴兴，访戴还寻岭上梅。

成皋十景

禹殿鳌

案岭晨钟

俯瞰城隈傍水濆，钟声隐隐涤尘氛。清霄忽自空中落，深谷犹疑夜半闻。
烟静三峰音嘹亮，星残九曲响砏磤。铿锵不为惊林鸟，送入河流接海云。

崤关夜柝

秦时边垒汉时营，烽燧成尘暮色平。未可丸泥封地险，遥传柝响彻天明。
三关月冷笼千户，五夜霜寒抱一城。萧瑟旅人惊梦醒，太平无客为鸡鸣。

玄武上游

玄武高峰插碧天，壮严色相自何年。山河重抱云间出，月日双跳掌上悬。
微经往来离世劫，层峦呼吸挟飞仙。成皋台畔迷秋草，曾有乌鸦集寺前。

玉清仙景

逶迤金龟绕郭东，玉清道院挹清风。黄河不独来天上，仙井更看出雾中。
极目沙明遥渚白，惊心花落晚山红。北邙草树无消息，读罢丹书击暮钟。

玉门古渡

锦阳一派近河湄，古渡来寻古玉门。春涨灵槎劳使客，轻沙芳草忆王孙。
风湾日落三川口，芦荻烟横两岸村。破釜投鞭成往事，几声渔笛到黄昏。

野寺穹碑

千古雄关设虎牢,尚余蝌蚪竖东皋。行间只解推唐主,马上安能定汉高。
声寂铙歌听梵语,书传御制想弓櫜。可知阅历沧桑久,多少丰碑没野蒿。

竹林活水

山回水折绕芳洲,何事淇园说胜游。千亩重阴堆碧嶂,万竿浓绿洗清秋。
虚心不凝通幽响,劲节偏能挹细流。栖凤化龙如有日,萧然独客对林邱。

塔观游云

五云绝顶望三台,云气氤氲五色裁。想是老君函谷出,更疑王母阆风来。
朦胧古树苍兼白,缭绕浮图去复回。肤合大河灵雨润,不随巫女赴阳台。

柏庙晴烟

已闻孤柏避嬴皇,十二株连色更苍。干老龙门承玉露,根蟠牛口挟青霜。
夏周陵寝兼风雨,楚汉山川半夕阳。惟有晴烟生太谷,苍鳞百尺接天长。

方山霁雪

曾闻嵋岭雪千尺,近眺方山天一涯。积屑霏微融日色,凝冰淅沥压梅花。
竹松半曳清溪水,楼阁深藏玉镜华。莫问襄阳驴背稳,琳宫须泛蔡家槎。

成 皋 十 景

许勉燉

案岭晨钟

复道重缕锦绣悬,晴窗点检白云篇。有时自发钟磬响,故老相传二百年。
东望少城花满烟,闾阎缭绕接山颠。碧愬宿雾濛濛湿,睡美不闻钟鼓传。

崤关夜柝

幕府秋风日夜清,群公固合思昇平。北城击柝复欲罢,月傍关山几处明。
曾闪朱旗北斗殷,东来紫气满函关。夜闻悲栗沧江上,万丈丹梯尚可攀。

玄武灵台

忆昨欢娱常见招,雨随神女下朝朝。明眸皓齿今何在?上帝高居绛节朝。
户外昭容紫袖垂,楚宫犹对碧峰疑。神灵汉代中兴主,云雨荒台岂梦思。

玉清仙境

蓬莱宫阙对南山，铁骑高垂不可攀。飞阁卷帘图画里，仙家犬吠白云间。
中天积翠玉台遥，翠管银罂下九霄。西望瑶池降王母，却交江汉客魂销。

玉门古渡

杖藜徐步立芳洲，天入沧浪一钓舟。今日南湖采薇蕨，老夫乘兴欲东流。
禹凿寒江正稳流，浴凫飞鹭晚悠悠。渔人网集澄潭下，余亦沙边具小舟。

野寺穹碑

万国兵前草木风，飞扬跋扈为谁雄？君王旧迹今人赏，玉殿虚无野寺中。
野旷天清无战声，凌云健笔意纵横。泰王学士时难羡，银汉遥应接凤城。

竹林活水

碧水春风野外昏，黄昏始扣主人门。此身饮罢无归处，共醉终同卧竹根。
野老墙低还似家，鸡鹊瀏鹜满晴沙。风含翠篆娟娟静，已映洲前芦荻花。

塔观游云

双峰寂寂对春台，一柱观头眠几回。塔劫宫墙壮丽殿，五云多处是三台。
窈窕丹青户牖空，常思仙杖过崆峒。晴云满户团倾盖，可是深红映残红。

柏庙晴烟

树枝有鸟乱鸣时，龟作鲸吞不复知。金粟堆前松柏里，炉烟细细驻游丝。
不露文章世已惊，高飞燕雀贺生成。崔嵬枝干郊原古，此物娟娟长远生。

方山霁雪

山头落日半轮月，朱拱浮云细细轻。千里犹残旧冰雪，不劳钟鼓报新晴。
独宿江城蜡炬残，玉山高并两峰寒。此时对雪遥相忆，隐几萧条带鹖冠。

同题《赠无言（禅师）》（清）

赠　无　言

李言恭

一衲孤云外，遥帝释□家。结茅依二室，飞锡采三花。
莲是谈经座，杯为泛海槎。予方迷彼岸，肯为指津涯。

有相皆为幻，无言始是真。尔能通大慧，我亦悟前因。
孤月悬心印，三天转法轮。达摩千载后，面壁是何人。

赠 无 言

宋世恩

道自西方至，僧从上国来。翻经留二室，演法驻三台。
锡挂嵩云破，杯浮海月回。贝多何处树，到日几花开。
鹿苑会传法，龙宫暂说经。莲花披宝藏，贝叶启朱扃。
禅定方离日，名高已应星。犹闻铜在□，为我讯山灵。

赠 无 言

王 溱

客路纡横岭，禅堂控碧岑。徒参留石影，未了献花心。
草涧繁春色，松崖倒夕阴。焉能无拘束，野兴遂幽寻。

同题《从逸庵先生叠石溪灌竹》（清）

从逸庵先生叠石溪灌竹

李来章

频来灌竹到溪边，杖履悠闲兴自偏。爱向无言寻至乐，亲从有斐见前贤。
学事存诚方造圣，功能主静可同天。流行性命随时物，识得源头二十年。

从逸庵先生叠石溪灌竹

冉觐祖

识得乾坤总好生，闲居尽可荷栽成。汉阴早见机心息，川上徐看活水行。
乱舞箨龙凤上下，同参玉版石纵横。高吟忽忆瞻淇句，不觉临流系我情。

同题《同逸庵先生坞上探藤花》(清)

同逸庵先生坞上探藤花

李来章

言仁言孝发精思,尽在天光云影诗。道本中和成治化,心由爱敬立根基。
百年勤惕无他事,万物生荣正此时。细看春藤花数点,包含元气许谁知。

同逸庵先生坞上探藤花

冉觐祖

欣欣生意满岩阿,行坐道遥得趣多。竹色遥侵青霭上,藤阴低结绿云窝。
无分细蕊天皆寓,任尔幽丛春亦和。况有高人相晤对,吟风弄月兴如何。

同题《白云庄》(清)

白　云　庄

焦钦宠

买山曾有约,卜筑远尘氛。溱洧篱根绕,崆峒屋角分。
竹摇萧寺月,塔补石梁云。晓日开窗坐,渔歌静里闻。

白　云　庄

孙博雅

漳南花县旧知君,话到当年涕泪殷。解绶懒听西掖漏,浮家爱种北山云。
床头金尽仍留客,笛里声悲岂用文。最是蓼我不忍废,独吟遗句对斜曛。

白　云　庄

梁廷授

三年不见老王孙，每念云庄屋漏恨。君幸腹中书未毁，我惭囊底瑟空存。传餐或肯仍留客，乞食宁羞再扣门。为报麦秋当早计，江淮蝗孓若蜂屯。

白　云　庄

郑　艺

山护闲亭云护扉，窥人社燕故飞飞。绣衣骢马当年事，独坐踈帘看落晖。

同题《逍遥观》（清）

游逍遥观

莫　钝

盘旋山路入玄关，石磴停停取次攀。丹篆悬崖仙妙了，清泉白石鼎湖间。猿号山外连云响，鹤羽天边带月还。独坐清霄最清绝，恍然身世隔尘寰。

游逍遥观

赵来鸣

关肠九曲入崆峒，摘取蓬壶第一宫。片石尽从仙斧削，层楼疑与神霄通。风来苍柏虬龙吼，日照丹崖蝌蚪红。到此尘缘悉解脱，冷然羽化思凌空。

同题密县《贞石歌》(清)

贞　石　歌

吴熊光

魏鬼当朝干儿附,汝桢首上建祠疏。靡然天下尽从风,土木纷纷赐额著。
戴德成德立中州,伐柯采石匠争赴。嵩高维岳峻极天,三呼曾置祠官护。
宵壬胆敢肆摧残,凿破磷峋神共怒。万手琢磨竟徒劳,百牛拉拽不能去。
奴辈任作叩头虫,屹峙几曾移寸步。当其穷工献媚时,祠中像以沈香塑。
金玉珠宝作肺肠,讵料贞珉独与忤。此盖圣门刚大气,直殛张生似狐兔。
否即左杨忠义魂,化到名山愧刀锯。堪叹鼎鼎石不如,首先拜倒有魏顾。
一时举国病若狂,蝇营狗苟更无数。内惟炀灶外贪渔,遗毒国亡迄罔寤。
安得砥柱镇中流,稍挽狂澜奠黎庶。我昔抚豫殷景行,笑他阉媚俱何处?

贞　石　歌

李元沪

摩旗之山高侵云,山下乱石如羊屯。中有一片方且莹,百年古苔苍龟纹。
摩挲谁题贞石字,问其父老陈其源。为言古迹出前代,至今野牧避嶙峋。
明祖誓碑象禹鼎,魑魅偷仆么跳奔。北寺屡窃太阿柄,当头委鬼犹狞蹲。
障日直欲裂鳌极,凶锬狂撼天柱掀。众正血作恒星陨,衣冠衮衮皆儿孙。
崩角嵩呼九千岁,逆祠献媚争甡甡。大木巨石尽蒙垢,山灵夜泣声为吞。
当时首令伊谁何?亦复随例修奂轮。兹石偶此遭物色,千槌雷动摧山垠。
太璞虽离五丁死,万牛偾轭车折辕。当时惊吁舍之去,贞坚永保苍崖根。
顽廉懦立正气在,金佞徒尔飙中尘。我闻拟下米颠拜,只疑中有东林魂。
何当覆以百尺之亭,缭以千尺之垣,磨以昆山之玉,濯以天汉之津。
九原呼起宋安民,刻我新诗当其膑。长使介节留千春,勿合雨淋日炙荒荆榛。

贞　石　歌

王勋臣

东厂老阉逞魔魖,赫赫太阿竟倒持。称尧赞舜犹未足,纷纷天下建生祠。
攫岩剔涧劳劂剞,琅玕璙琳输若市。独有摩旗山石在,千牛万夫扛不起。

人曰石也贞，石曰恨未平，恨不为力士锥司农笏，老阉窜迹莫敢撄。
人曰贞哉石，我曰石可惜，惜其不入娲皇炉，天阙补，神禹手地柱植。
厥后老阉投环死，有人语石石应喜。冕旒傀儡今何在，山石磊落长如此。
谁人续作贞石传，附于杨左诸君子。

同题《题一峰图》（清）

荥阳禹履倩性爱石，得石一峰，移置于园，故世称一峰图。

题一峰图

冉觐祖

禹履倩爽豁而宏通，其石苍秀而玲珑。肖貌传神，笔夺化工。
收寻丈于尺幅，蕴洞壑以无穷。览者见图，知石居然在阿堵中。
予谓所关在人不在石，惟其人杰出而特立，斯有石高揭乎一峰。
性之所近，宜为爱之所钟上。昔人称石为山骨，爱石乃乐山之异名。
石体惟静，石年惟寿，有符于仁者之永贞。爱之所钟，又征其德之所成。
唐有奇章，宋有海岳，能为石之知己，第属玩物之闲情。
不足取以相拟，而逊禹子以大雅之声。

题一峰图

窦克勤

相比石之奇特，风雨其蕴结耶？岂一卷之多非，屼嵂之峻绝耶？
具袍笏以拜兮，其呼丈之前哲耶？挹君之幽怀兮，非太室之及巅而少室之在列耶？
流连兮其雅志之无忘，不令人感之而心折耶？

题一峰图

王　露

东坡曾作供，米颠拜为狂。我寻高士传，君比古人芳。
爱山不住山，移石入座旁。峰曲形全秀，岩幽色自苍。
嵚崎真突兀，巑岏倍琳琅。共对人如玉，烟雨永相望。

题一峰图

云中官

咄嗟造物何好奇，刻划山骨斫蛟螭。昴藏嵂矶复玲珑，巨灵鬼斧劈屡屹。
主人呼工写怪状，王宰笔力穷殊相。骚客挥毫抽秘思，灵气郁勃传纸上。
嗟尔自昔遭弃捐，土花剥蚀几经年。喷云含雾藏光怪，牧童樵客伴欹眠。
何期辇置幽人侧，绮寮香径生风烟。负奇自愿知者赏，岂必绿野与平泉。
乃知升沉理自定，成都卖卜非徒然。
君不见，郁林太守，舟中装摩挲，千岁名犹芳。
又不见菱溪一片横绀碧，至今声价如拱璧。
自古神物有显晦，羡尔棲托何得地。

题一峰图

焦钦若

高斋潇洒足偃仰，结侣云根惬幽赏。何时飞来自嵩巅，一峰嶙峋在土坱。
奇矫如游龙苍老，似老松斑斓，天然妙玲珑，玉质空高下，崚嶒参差锐，
咫尺而有万丈势，巧秀疑是神工裁，莓苔离离乱点缀，为峦为岫突兀生。
森若削玉立峥嵘，主人袍笏拜其侧，留连坐卧不移情。
吁嗟此石！使移艮岳下，天子欢呼不忍舍。
吁嗟此石！使置平泉庄，宰相鼓舞喜欲狂。
胡为寂寞一室中，卞玉赵璧处樊笼。要之物遇知己即贵重，何论嗒然蹲几为固穷。
主人有时或为土龙笑，石应点头默相照。有时或如阮籍哭，石若鞭血滴漉漉。
妄形彼此一无迕，管鲍知交安足数。隐隐丘壑元在胸，内外相印若水乳。
噫！吁嘻！天有罅兮更有折，维主人之炼石兮，盍使之持五色而补其缺！

同题《崇祀忠义祠配公赵先生纪行诗》（清）

赵先生，名五三，字配公，汜水白杨村人。一生爱好周济贫人，出谷赈济灾荒，孝于父母，和睦乡里，在当地有很好的名声。

崇祀忠义祠配公赵先生纪行诗

周开谟

生人有大节，日惟忠与义。抱膝隐蓬庐，长材何所试？慷慨乐施与，济人即济世。
况复本天性，回与豪侠异。卓哉赵配翁，髫龄矢壮志。读书二十年，博闻兼强记。
驰驱名扬中，数奇屡失意。乃不求进取，家庭敦乐事。高堂奉老亲，时舞斑衣戏。
终身凛严训，百行由此励。开馆延名师，朝夕供酒食。英才多蔚起，额门彰其惠。
村南临孔道，茶汤慰渴思。筑亭复种树，以待行人至。荒年出廪粟，贫者广为赐。
饿殍敛以棺，怜之瘞隙地。乡邻有争讼，一言辄感涕。生平精弹射，百中称绝技。
弹贼不弹雀，贼旋怀高谊。受钱去复来，顿将恶行易。更奇猫与犬，各知惜其类。
育子乃同窝，皆由和气致。仁爱征于物，允称家之瑞。嗟嗟公负才，文全武亦备。
少年策要路，岂不成伟器。移孝可作忠，忠臣本义士。造物留缺陷，遭逢多濡滞。
我读公本传，反覆感慨系。公道在人心，声名永不坠。

崇祀忠义祠配公赵先生纪行诗

张曾益

忆昔单骑过汜水，特访懿行知所止。翁家世住白杨村，乡曲齐称孝义里。
询翁令终阅数载，善继述者伯仲子。生平事业真殊绝，言之历历皆可纪。
弱龄笃孝本性成，承欢属毛舆离里。终天事死如事生，冬炉夏扇依木主。
大端无亏矜细行，亲疏周恤泯彼此。买田兴学事稠叠，舍茶施药意无已。
说闻端严莫敢犯，彦方训俗有妙理。囊钱不吝感肖小，悔过迁善忘姓氏。
由来善人后必昌，嗣君联翩列黉序。森森兰孙起头角，循循雅饬守诗礼。
我当登堂拜遗像，欲赞一词惭浅俚。每云他日傅輶轩，润色波涛在良史。
封章入告洵非虚，九重见之天颜喜。巍峨绰楔下旌门，祠表忠义荣桑梓。
君不见义族陈郑两著姓，鼎足而三今罕比。世间奇瑞天所祕，上列星云下芝醴。
但愿翁家厚德常，绵亘风衔□□□，丹诏次第舞更期。闻风兴效尽完淳，孝弟贤良循寰宇。

崇祀忠义祠配公赵先生纪行诗

周寿龄

君不见广武之山山常在，山有闲云山霭霭。
又不见汜水之水水常流，水不清波水悠悠。
霭霭者山，悠悠者水。吾欲从之溯，伊人怀彼美。

彼美伊人不可见，三复其名与其传。
其名已显而扬，其传已表而彰。
吾夫复何言，漠然徒见山高而水长。

同题《配公赵先生义行》（清）

配公赵先生义行

黄鸣杰

家风存古道，世德继前贤。宅种先生柳，亭流上善泉。
芳阴瞻霭霭，雅量想渊渊。客过白杨里，徘徊意杳然。

配公赵先生义行

徐　昆

中州萃中气，须不愧中州。允矣真君子，遐哉大道周。
铸金多士颂，藻玉一生修。养浩今何在，嵩高顶上游。

同题《留侯洞（张良洞）》（清）

留　侯　洞

刘国儒

圯为留侯重，千秋古洞存。青松行不返，清颍自临门。
水浅少痕露，鸟归日色昏。名成终敝屣，往事与推论。

留　侯　洞

刘　澄

古洞森阴白日曛，子房遗迹至今闻。石栏近俯长溪水，崖树遥看碧落云。
嵩消岭雪草木静，楚天风香雁水纷。英雄既去枌榆冷，感慨情深一酬君。

留 侯 洞

张楚玉

汉家宫阙归秦京，汉室元勋韩地生。博浪明沙寒日色，钧阳古洞起秋声。
祠遗故园归初去，封愿留侯淡世名。西望霜陵何所似，清风唯共碧泉鸣。

留 侯 洞

程 瀚

昔日韩公子，仇秦为报韩。峒山算义气，葛水遁衣冠。
暂养英雄晦，常因遇合难。荆轲歌易水，到此不胜寒。
春老东风静，乘闲渡褚河。昔时人已去，今日水犹波。
洞口浮云淡，春阴煦日和。柏山藏绿树，一点色如螺。

同题《游留侯洞（张良洞）》（清）

游 留 侯 洞

邵弘杰

昔年长揖谢封侯，好看黄冠遁迹幽。一击未消亡国恨，三期不再圯桥游。
谷城有墓封黄石，古洞藏弓枕壁流。闻说长从赤松子，到今何处问缘由。

游 留 侯 洞

高 鉴

丹崖深处辟留侯，夏木森森气象幽。书卷未遭黄石授，洞天早荒赤松游。
行藏不负称人杰，状貌何妨似女流。颍水一湾门外绕，长遗芳迹继巢由。

游留侯洞

李成蛟

策马幽寻仙子居，丰姿还彷少年时。先生聊复身归汉，老子分明意在书。
万户难酬五世贵，千金难买一椎虚。独怜力士今何在，长使游人思有余。

同题《禹州八景》（清）

禹州八景

徐明善

东里春游

雨晴东里草萋萋，绿遍平原望欲迷。金缕沸音黄鸟弄，锦鞯驮醉紫骝嘶。
露晞垂柳纷连岸，风飐飞花乱点溪。红紫芬芳游赏罢，归来日落小桥西。

黄台漫流

颍川黄霸有遗台，台下流泉漫草莱。滋润平畴当莹洁，循良厚泽久萦回。
清涵密藻春波漾，晓泛残花夜雨来。中有鱼龙能变化，飞腾应待一声雷。

三峰晓青

三峰山色翠横屏，拂晓岚光分外青。碧嶂藤花萦石窦，绿萝丝影荫松苓。
西蟠高接银河泒，南寺先钟鹑火灵。闻说留侯曾起此，岩居常有白云扃。

九山暮霭

九山西屹近平川，云树溟濛暮雨连。漠漠深涵金地气，霏霏远接水村烟。
冷分谷口秋阴里，淡抹山腰夕照边。怀望翩翩归鸟没，雨风残柳咽寒蝉。

箕山落日

嶙峋山脊自方平，日落崦嵫夕照明。鸦带寒光残霭断，雁迷暝色暮云横。
许由韬晦瓢先弃，尧得钦明士益贞。千古箕山烟树迥，荒原秋草接山城。

颍水三翻

嵩岳灵源一泒长，东流清颍绕钧阳。濑鸣三折鸥惊起，石激层波蛟欻翔。

入地盘涡晴亦暝，飞空作雨晚生凉。济川若遇资舟楫，滚滚朝宗上帝乡。

大隗层峦

碧嶂濛濛翠欲流，雨收石溜泻林丘。日光冷射层峦秀，云气晴熏古洞幽。访道轩辕遗迹旧，至人大隗有神留。恍如远眺匡庐景，拟欲巢松最上头。

禁沟夜泉

清颍泠泠绕一区，沟分灵脉漱云腴。夜令涧壑醸成醴，日溉菑令罢舞雩。治国韩侯曾禁汲，煮茶陆羽亦来需。愿疏地脉通河汉，沛作中天雨露濡。

禹州八景

赵三聘

东里春游

春来无处不良辰，春里春光更可人。柳外莺簧调韵巧，花间蝶板拍香匀。争驰车马寻芳径，醉倒壶觞卧翠茵。浑是太平好景象，饶观风物莫辞频。

黄台漫流

郊原谁起次公台，一水潆洄遍野垓。涓滴可能流厚泽，荒丘那得报纤埃。循良亘古应难泯，仰止于今自不猜。我亦频来荐香藻，登临独愧思悠哉。

三峰晓青

三峰蜿蜒障如屏，旭日才临接汉青。远岫氤氲横黛色，轻烟荡漾涌波形。晴曛豹穴文争变，曙拂蛟潭珠自荧。从说气完人必杰，时髦端不愧山灵。

九山暮霭

西门联络九山横，日暮回峦返照生。烟锁乱峰连复断，霞流寒谷晦还明。樵迷幽径披云度，鸟弄余晖绕树鸣。清景无边何处著，都将收拾壮严城。

箕山落日

一带山围宛若箕，高人曾此爱栖迟。石当侧处形偏怪，日到晡时景愈奇。霞落疎林红欲染，云封古洞黯将移。弃瓢今去知何在，我擬投簪随所之。

颍水三翻

颍水西从干地来，东流转折绕城隈。三翻浪接银河迴，一泒光浮金气回。清泻石矶寒漱玉，声连霄汉怒喷雷。令人千载思神禹，嗟我惭无济世材。

大隗层峦

大隗仙人何处游，轩辕问道有丹丘。千寻碧嶂冲霄起，万叠晴光映日浮。鹤去巢悬天际月，龙归云度海边秋。鼎湖已远山仍丽，呵获神应在上头。

禁沟夜泉

颍上一泓清且寒，韩侯曾为护雕栏。濯缨未许风前舞，飞鸟还应月下看。灵隐蛟龙神变化，光涵星斗影团圞。安能化作商霖雨，洒向空中遍九衰。

禹 州 八 景

李嘘云

东里春游

颍滨无地不宜春，唯有东皋桃柳蓁。踏碎红芳并绿草，往来尽是看花人。

黄台漫流

一上高台万里收，相传人祀建成侯。台前流水无狂澜，犹以当年敷政优。

三峰晓青

鼎立三峰削不成，晓光遥射黛螺明。峰峰相映争佳丽，瑞应三台列秉衡。

九山暮霭

九山不解今何处，萧寺题名西郭西。寺后登临眺晚照，霞红烟紫日垂低。

箕山落日

弃瓢人去故山留，西下夕阳景最幽。石壁藤萝多气色，余晖不散使凝眸。

颍水三翻

城隈日夜怒涛生，疑是急风骤雨声。好向颍流崖上望，几翻波澜激雷鸣。

大隗叠峦

山岚欲湿彩云蒸，缥缈峰峦知几层。问道轩皇曾受箓，寻迹着履想攀登。

禁沟夜月

韩侯厉禁护甘泉，一壑碧澄清颍连。良夜澌声如漏滴，月光笼水水含烟。

禹州八景

连宪武

东里春游

东里春光接碧流，昔人曾此竞春游。萋萋芳草理幽境，野鸟衔花古渡头。

黄台漫流

传闻黄霸有高台，台下流泉一望开。四野浓恩深雨露，肯教抚字点纤埃。

三峰晓青

突兀三峰天削成，凌晨青翠扑檐楹。怪来名俊蝉联起，峰列三台分外明。

九山暮霭

九山蜿蜒今何在，断壁连峰久著名。几欲登临览胜概，樵迷径转暮云平。

箕山落日

幽人遁迹箕山岭，瓢弃颍流不可寻。西下夕阳来返照，岚光霞色满深林。

颍水三翻

清流一泒绕城隈，激浪三翻怒若雷。应是气完吞吐力，灵源汇合孕多才。

大隗层峦

轩皇遗迹杳难攀，访道曾闻大隗山。千载风来犹集此，层峦阿阁白云间。

禁沟夜泉

一泓清浅媚斜川，珍重韩侯厉禁年。最是夜来风味好，恍疑甘露坠寒泉。

同题《嵩阳书院四时读书乐，效紫阳夫子体（四首）》（清）

嵩阳书院四时读书乐，效紫阳夫子体（四首）

耿　介

其　一

绿满平芜草色齐，燕子初归白昼迟。映溪桃李才烂熳，夹岸杨柳正参差。
一年好景是青春，古人读书惜寸阴。读书之乐乐未央，夜来微雨长新篁。

其　二

千尺乔木自阴森，盛夏曾无暑气侵。北窗高卧达士致，薰风解愠圣人心。
爱此山晴常起早，静里读书惬怀抱。读书之乐乐意深，数声好鸟鸣幽岑。

其　三

云物萧瑟转凄凉，会心还觉兴味长。启牖千岩红叶入，开帘一阵黄花香。
幽人履道无所为，每逢读书忘渴饥。读书之乐乐难言，门前流水日潺湲。

其　四

北风吹雪雪满山，深院无人长闭关。林猿晓啼声犹急，野鹤孤飞意自闲。
布袍藜藿红炉暖，兀坐读书勤黾勉。读书之乐乐且久，阶下老柏岁寒友。

奉和耿逸庵先生嵩阳书院四时读书乐，效紫阳夫子体（四首）

窦克勤

其　一

嵩岳巍峨孰与齐，高贤挺生莫惜迟。圣道嗣徽今有赖，嵩阳紫阳无参差。
作人雅化庆如春，先生读书惜寸阴。读书之乐乐未央，春意荣发看新篁。

其　二

举止端严气体森，肃然外物岂能侵。威仪可法武公范，诚敬长存曾子心。
操持无斁法得早，先生读书惬怀抱。读书之乐乐意深，夏日光辉映高岑。

其　三

帝天怀临忘炎凉，惟知任重道且长。内外夹持生平志，敬恕名堂千古香。
屋漏对天更何为，先生读书忘渴饥。读书之乐乐难言，秋意收敛淡潺湲。

其　四

襟怀优游对嵩山，芟却蓁芜辟贤关。功不希天手难住，教必谈经意自闲。
岁月易过寒复暖，先生读书勤黾勉。读书之乐乐且久，冬意凝结程朱友。

嵩阳书院四时读书乐，效紫阳夫子体（四首）

钟国士

其　一

斗柄东回宇宙新，雷动潜骇草木伸。上飞下跃咸自得，生意蔼蔼满洪钧。
法天学圣本初志，夜分读书遑假寐。读书之乐乐在中，一园桃李对春风。

其　二

薰风南来昼偏长，檐竹修修荫晚凉。坐卧一编狎栖鸟，盥沐爱起晓苍苍。
此际暑轻心如水，更好读书体天理。读书之乐乐无涯，池塘时看君子花。

其　三

月白风清雁有声，黄菊傲霜色倍明。远林淅淅响灵籁，近榻时时照短檠。
万物萧疏发真悟，古人读书连朝暮。读书之乐乐自知，餐霞饮露忘渴饥。

其　四

老柏虬松耐岁寒，梅朋竹友喜同看。砚耕有缘随寓得，俯仰愈信天地宽。
帝王贤圣因世变，千古读书如对面。读书之乐乐难形，雪满箕山点玉屏。

嵩阳书院四时读书乐，效紫阳夫子体（四首）

梁家蕙

其　一

草色青青满嵩阳，桃花烂漫春春香。柳丝历乱情可爱，鹦鸣婉转兴偏长。
无穷佳趣何处寻，同人读书契断多。读书之乐乐不倦，几点飞花落水面。

其　二

双柏垂阴蔽檐前，漱石枕流暑气蠲。竹影摇曳吹粉壁，蝉声幽雅杂鸣弦。
清泉烹茗涤尘心，静里读书细沉吟。读书之乐乐靡穷，曲肱高卧亦融融。

其　三

秋意萧萧篱菊开，四围爽气一时来。云薄天空影淡荡，霜寒山老势崔巍。
书拥半榻神独赏，幽室读之声爽朗。读书之乐乐莫遏，鱼跃鸢飞捻活泼。

其　四

朔风凛凛气萧森，白雪文章覆嵩岑。挑灯夜泳恒达旦，拥炉危坐时正襟。
古人一用三冬足，下帷读书勤朝暮。读书之乐乐怡然，仰止高山景前贤。

嵩阳书院四时读书乐，效紫阳夫子体（四首）

耿尔昌

其　一

日暖风和春昼长，好鸟睍睆过西廊。门外青山带晓色，林间红杏送新妆。
水流花开最有趣，此日读书起远悟。读书之光乐忘餐，幽幽芳兰附人看。

其　二

千家烟村隐深林，避暑山间不近人。红榴艳艳迎日色，绿荷沉沉映水纹。
烈风雷雨早晚来，静心读书莫徘徊。读书之乐乐无穷，喜得书院当中嵩。

其　三

终年抱膝苦行吟，疏雨潇潇昼掩门。北地鸿雁传好语，东篱黄花隐素心。
欲成千秋不朽业，须是读书满书箧。读书之乐乐无休，每见南浦泛水鸥。

其　四

危坐拥炉心自闲，留得硕果三冬间。飒飒霜风卷木箨，亭亭孤松老空山。
雪深不妨客履少，讨得读书静里妙。读书之乐乐至真，世事浮云安足论。

嵩阳书院四时读书乐，效紫阳夫子体（四首）

李佩蘅

其　一

春到山中不可寻，柳絮斜飞麦浪深。桃花两岩疑仙空，太和一气见天心。
贤士大夫络绎过，正好读书重切磋。读书之乐乐致足，东山初日照疏屋。

其　二

溽暑炎蒸苦不休，此地清风比素秋。潺湲绿溪使心远，叆叇岚烟引性幽。
趁此日长须勉励，古人读书先立志。读书之乐乐融融，石泉汲水煮新松。

其　三

西风瑟瑟透窗纱，疏竹茅檐意致佳。云外一声嘹唳雁，篱间几种隐逸花。
欲体乾行健不息，及时读书须努力。读书之乐乐弗谖，迢迢孤月上嵩门。

其　四

层冰乍结阴气凛，独坐深山静自审。能透奥秘只菽粟，识得盈虚在食寝。
兴来一曲白雪歌，会心读书岂用多。读书之乐乐其天，寒梅开尽不知年。

六、同题同韵式

同题同韵式，就是由多个人用同一主题同一个韵创作的诗。诗人们总是以文求友，在交友中常以作诗吟诗为乐，而同题同韵是最能显示诗人创作水平的一种形式。历史上诗人们在嵩山地域创作的同题同韵诗歌很多，其中，北宋宰相吕蒙正、曹琏、胡缵宗等人所作的《过鸿沟》，明代王见宾等人所作的《雨中同裴令登虎牢》，清代乾隆皇帝等人所作的《登嵩山华盖峰歌》、许勉燉等人所作的《甲子嘉平延诸生集县斋文会、邀静庵诸子即席同赋，限冬字》、耿介等人所作的《书院春日与同人限韵得东字》、刘咸等人所作的《禹州怀古》，孙汝工等人所作的《拟巩八景》等，都是从嵩山地域各地方志中摘选出来的名篇。

同题同韵《过鸿沟》（北宋）

行 经 鸿 沟

吕蒙正

沟中流水已成尘，沟畔荒凉起暮云。大抵关河须一统，可能天地更平分。烟横绿野山空在，树倚高原日渐熏。方凭征鞍思往事，数声风笛马前闻。

鸿沟和吕文穆韵

曹 琏

王霸兴亡几劫尘，鸿沟依旧掩寒云。不将帝业追三代，只把山河割半分。故垒已随流水尽，归鸦空带夕阳曛。西风立马频回首，那忍猿声隔岸闻。

过鸿沟次吕文穆韵

胡缵宗

丰沛龙飞逐战尘，出关百折气横云。一壕未许东西限，五载方知真伪分。已扫秦氛归净宇，再倾楚日荡余曛。当年戈马随流水，赢得鸿沟远近闻。

鸿沟次吕文穆韵

楚荆瑞

敲马循行几拂尘，临风感慨看征云。烟迷高冢龙蛇变，雾锁深沟楚汉分。牧竖间歌荒草远，河声欲撼夕日曛。遥知遗迹关山迥，俯仰令人怆见闻。

鸿沟怀古次吕文穆韵

康 海

秦家鹿走荡烟尘，并逐中原列战云。汉鼎绵长天已定，鸿沟咫尺许谁分。山衔颓垒埋幽径，树卷残霞映晚曛。千古英魂招未得，只留野老寄风闻。

过鸿沟次吕文穆韵

秦　金

暮雨全消马足尘，索亭羁思渺春云。千秋城郭人民改，万里山河楚汉分。烈士冢荒迷宿草，霸王台古倚斜曛。乾坤多少兴亡恨，试把遗编续旧闻。

同题同韵禹州《存真宫》（明）

存　真　宫

韩鼎业

一

重阳批向此寻幽，风雨撩人故倦游。今日贤亭同载酒，依依犹为晚香留。

二

先生曾受颍滨幽，百载渐予续胜游。追忆岘山悲感句，芳踪终是解人留。

存　真　宫

郭学书

一

仙翁河上小宫幽，十月还寻九日游。犹有黄花香不减，老人吟啸故迟留。

二

林丘斜暮此名幽，颍曲招寻亦壮游。醉里狂歌君莫笑，百年今有几人留。

同题同韵《雨中同裴令登虎牢》与《过虎牢次王节推韵》(明)

雨中同裴令登虎牢

王见宾

广武山前战土开,黄河南下汉关摧。云移树色旌旗动,雨杂涛声鼓角哀。
禾黍中原还郡国,蓬蒿异代复楼台。专城今据三川险,且喜君称百里才。

过虎牢次王节推韵

王穉登

关畔烟消路欲开,北风短剑望尘摧。荒山不见多军队,静野惟闻孤雁哀。
衰草几丛衔战垒,白云一片亘盟台。长途无语思前事,却笑袁曹小有才。

同题同韵《行署闻钟》(明)

行署闻钟

王　偁

五更钟动梵王宫,风外相闻远近同。百八慢撞红日外,数声先落碧云中。
梦回游子伤关塞,定了僧人悟色空。何日景阳重入听,鸣珂执笏效呼嵩。

钟声次王翰林韵

袁　轼

案岭前头古梵宫,殿廊云隐尽难同。宝房独占成皋胜,金卷长经午夜中。
踏月有僧来说法,登程无客去谈空。遥闻几度坏金阙,伫待联班祝华嵩。

同题同韵《登嵩》(明)

登　嵩

崔应科

巍巍神岳峙天中,杖屐登临眼界空。二室联翩如翼展,三河叠绕若精通。
奉槐汉树风烟秀,申伯甫侯高山隆。人杰地灵从古重,高山仰止气何雄。

登嵩奉和崔登吾宪副原韵

刘受书

崧高维岳奠舆中,万仞崚嶒四望空。西北邙山青嶂合,东南颍水碧流通。
麟游凤集先朝瑞,玉检金泥异代隆。羡尔登高能作赋,惭无奇字问扬雄。

同题同韵《凤凰歌(禹州)》(明)

凤　凰　歌

刘　咸

高台峨峨凤来栖,乃在古颍城之西。凤去不知今几载,空余百鸟哑哑啼。
传昔汉家全盛世,黄霸为政多奇异。凤应览德降丹山,五彩翩翩一朝至。
其音哕哕遍颍川,听者一似闻钧天。汉家天子表祥瑞,直以神爵名其年。
千金筑台高万尺,为爱灵物数来集。至今闲花野草中,尚有当年旧形迹。
自从霸死归山丘,凤亦岂曾来上头。独留遗爱在史册,令人想慕思悠悠。
我来吊古频登访,临高纵目空惆怅。明良相逢正此时,会见尔复来其上。

凤　凰　歌

薛　瑄

吾闻凤鸟不与凡禽栖,隆周之时曾集丰镐西。锵然一鸣向人世,喧啾百鸟不敢争与啼。

昔有名臣黄霸生汉世，治民之才迥与时流异。颍川出守曾几何，休征数感灵禽至。
灵禽文彩明山川，和鸣哕哕闻中天。遂筑高台表神瑞，台空凤去余千年。
只今坏埒才数尺，野鸟纷纷竞来集。简册空存纪瑞年，荆榛不复快睹迹。
我来骢马登高丘，荒台已远犹回头。为忆循良心耿耿，缅怀瑞物情悠悠。
凤台凤台重搜访，往事何须空惆怅。方今圣明治理登俊良，会见一朝飞入青云上。

凤　凰　歌

徐明善

炎汉盛时神爵栖，五色呈瑞黄台西。实由次公多善政，德召和气灵禽啼。
此禽曾出苍姬世，九苞彩翩真奇异。食残竹实鸣梧桐，音谐律吕虞廷至。
雍雍喈喈过颍川，羽族无种生自天。循良有道协征应，纪元曾见名当年。
昔时筑台高几尺，为表凤凰来上集。凤去台空不计秋，苔鲜苍苍留旧迹。
迹荒烟冷惨林丘，日落鸦归啼树头。遐想霸遗仁泽厚，后人景仰情悠悠。
顾予为牧嗣寻访，吊古思贤独惆怅。愿言祥物复飞来，大雅同音颂君上。

凤　凰　歌

郑　珪

凤兮凤兮何所栖，尧廷舜阶周镐西。来仪自是彰圣瑞，百鸟岂敢争与啼。
厥后不知经几世，治道渐乖时亦异。春秋迭霸德愈衰，宣尼尝叹久不至。
如何一旦来颍川，目比日月头像天。五采翩翩留数日，一台屹屹遗于年。
作重层台高百尺，为爱凤子曾久集。凤去台荒人已远，建成耿耿昭伟绩。
吾予嗣守吊古丘，九年庸碌愿低头。安得凤子仍一至，缅怀不觉情悠悠。
昭代贤才俱见访，功就底须倍惆怅。丈夫有志事竟成，姓字继书青史上。

同题同韵《禹州怀古》（明）

禹州怀古

刘　咸

关城迢递古中州，岁晏苍茫匹马游。神禹庙荒宫树老，大仙山碧野云收。
道经渚渡桥横断，泉出黄台水漫流。好景满前看不尽，徐行按辔思悠悠。

禹州怀古(三首)

薛　瑄

一

乘骢几日别神州,又向中原次第游。颍水近过寒浪涌,钓台遥见晚烟收。
观风且喜年华泰,作客宁知岁月流。夜宿霜台清似水,检书烧烛兴悠悠。

二

南风揽辔过中州,阳翟名邦得纵游。彩凤台空芳草合,黑龙潭静暮烟收。
马经颍水清无迹,路绕黄山翠欲流。眺望几回情未已,遂空云影自悠悠。

三

匹马南行接楚州,路经栎邑遂清游。学仙人去洞犹在,鸣凤台空声已收。
无限好山皆北向,几湾野水尽东流。垂鞭不管马行缓,更觉闲吟情绪悠。

禹州怀古

南风揽辔过中州,阳翟名邦得纵游。采凤台空芳草合,黑龙潭静暮烟收。
马经颍水清无迹,路绕黄山翠欲流。历揽几回情未已,微觉情绪转悠悠。

禹州怀古

朱　钰

嵩少南来第一州,无边佳景任遨游。洞鸣玉珮灵泉响,山列金光夕照收。
风去台空云自在,龙潜潭静水长流。绣衣文宪多才思,览秀成诗兴悠悠。

禹州怀古

刘　清

禹山南向是中州,先达应从此处求。不韦所闻多著作,子房可教足谋猷。
存真洞口晴云锁,司马城高宿雾收。况复黄台黄霸远,令人千载忆同游。

禹州怀古

曹 琏

五马南行出帝州,双旌千里颍阳游。鸦归古堞云林暮,龙蛰寒潭雨气收。
神后矗空连岳峻,颍波澄碧绕城流。山川景物多佳趣,览胜舒怀意自悠。

同题同韵《咏雪》(清)

咏 雪

耿 介

山晓同云一半遮,须臾白雪满天涯。谁将燮理阴阳手?空际裁成六出花。

咏 雪

王仁浃

迢递云山未遍遮,纷纷白雪漫天涯。乾坤应兆丰年瑞,散落人间满地花。

咏 雪

翟育生

虚灵心体谁能遮,静坐读书乐靡涯。收敛生机无限意,长空一望心天花。

同题同韵《九日登三公石三章,章十六句》(清)

九日登三公石三章,章十六句

窦克勤

有石三公,永镇于嵩。匪槐秦号,匪柏汉封。

足供登眺，以望七峰。邑有太史，学并晦翁。
四时佳兴，雅与人同。借二三子，爰及我躬。
登临其上，云摩其胸。二室批顾，得意雍容。
爰于登之，行行且止。方其来之，携琴童子。
方其至之，酌酒维使。琴终一操，高山流水。
酒各一杯，匪陶云李。三公坐谈，相顾则喜。
太史之云，登斯遍矣。日九登三，数含阳理。
推太史意，阳德维亨。三公之上，三代之英。
具天地体，成大人名。非刚自治，曷新曷明。
刚惟天德，欲害弗宏。何以去害，功惟天行。
有忠与信，修辞立诚。心备九数，斯道身盈。

登三公石和窦敏修先生韵

耿　介

有石三公，托体于嵩。列爵何代，汉皇东封。
俨俨侃侃，日对中峰。九日登陟，皤皤老翁。
侯谁在矣，高贤与同。大臣之度，蹇蹇匪躬。
任彼外物，不入其胸。不卑不亢，雅意雍容。
雅意雍容，得艮之止。左右嶙峋，官盛任使。
书院为邻，近程朱子。世味纷华，尔心如水。
冬去春来，门多桃李。以人事君，天子则喜。
优游坐论，尔之职矣。五行顺序，阴阳燮理。
燮理如何？阳德方亨。官备惟人，刚大之英。
至大至刚，乃称厥名。尔体正直，尔德光明。
尔虽孤高，尔量则宏。朝乾夕惕，法天之行。
德合无疆，终始一诚。毋伐尔功，造物忌盈。

同题同韵《嵩阳书院冬至后雪中读〈易经〉四首》（清）

嵩阳书院冬至后雪中读《易经》（四首）

耿　介

其　一

阳长未全长，阴消肯递消？谁知万顷白，见晛不崇朝。

其　二

乾坤于此时，迹象始分判。莫道一阳微，群阴不得乱。

其　三

虽然阴气凝，大地涵生意。藏用显会理，终无容二视。

其　四

阴固非阳敌，雪能兆岁丰。凭将燮理意，随处见天工。

嵩阳书院冬至后雪中读《易经》（四首）

郭文华

其　一

变化天之数，阳生阴自消。虽针气尚盛，或恐不崇朝。

其　二

两仪总一元，太极岂分判？大小任来往，天心终不乱。

其　三

乾称成物君，坤乃承天意。动静互为根，何尝作二视。

其　四

时和雪乃降，卜得有年丰。天地吾心是，何须问化工。

同题同韵《书院春日与同人限韵得东字》（清）

书院春日与同人限韵得东字

耿　介

后天卦位震居东，发育洋洋大造同。充得吾心元善理，含生尽在太和中。

书院春日与同人限韵得东字

董臣哉

春归律转斗杓东，万象含辉处处同。天地行生宁有意，裁成还在此心中。

书院春日与同人限韵得东字

陈　佩

何事争传吾道东，千贤万圣此心同。但教方寸无私欲，竟日神游大化中。

书院春日与同人限韵得东字

董　遲

生意无边气渐东，一心直与乾元同。深窥消息盈虚理，戒惧不离始是中。

书院春日与同人限韵得东字

李谦益

负笈从游少室东，山色人文迥不同。欲寻伊洛真传旨，只在存诚主敬中。

书院春日与同人限韵得东字

耿　莒

昌黎曾障百川东，道在洛伊更不同。太极一图谁识得？管教归咏春风中。

书院春日与同人限韵得东字

李谦撝

瑞日迟迟斗柄东，追随函丈喜相同。无言穷竟亦无隐，共坐春风和气中。

书院春日与同人限韵得东字

宋尔公

阳长阴消气转东，春风舞雩乐偕同。漫言学圣终难到，尧舜相传只一中。

同题同韵嵩阳书院《登藏书楼》（清）

登 藏 书 楼

钟国士

名岳藏书岂借楼，楼成山色转增幽。云连画栋清光远，日照牙签紫气浮。
一代人文陶盛世，千年绝学振颓流。不因嘉惠多明德，那得春风展旷眸。

登 藏 书 楼

刘玉威

万叠云山拥画楼，楼中图史更清幽。经传禄阁青藜燃，书著函关紫气浮。
两载经营皆硕德，一时燕会尽名流。遥瞻胜概嵩门外，何日登临豁远眸？

登藏书楼

王又旦

宏开书院起层楼，济济英才坐里收。识得敬诚微妙理，乐天知命任优游。

登藏书楼

焦钦宠

书院藏书书有楼，楼环山色望中收。不才幸坐春风里，立雪程门许我游。

同题同韵嵩阳书院《藏书楼落成，赋得八韵》(清)

藏书楼落成，赋得八韵

王又旦

久日藏书府，昔贤讲学堂。灵文充画阁，圣策满雕梁。
也孟薪传广，程朱彝教长。金莲入翰院，玉笋列宫墙。
坐对山峰秀，行吟泽畔凉。悬韬福此地，秉铎震遐方。
哲人维道统，髦士乐成章。晏罢归来日，德音不可忘。

和前韵

焦钦宠

嵩岳新书阁，前朝旧讲堂。牙签连画栋，缃帙充雕梁。
邹鲁宗风远，洛伊教泽长。存诚通梦寐，主敬见羹墙。
静看青山好，坐吟白日凉。鹅湖差可拟，鹿洞洵堪方。
中天崇圣学，大地尽文章。吾道振千古，渊源纪不忘。

和 前 韵

耿 介

居迁虬龙地，神游洙泗堂。望洋道有岓，拯溺川成梁。
大义日星炯，微言河叹长。天中开圣域，岳麓起宫墙。
雪霁晨光澹，风归晚色凉。图书藏历代，钟鼓动遐方。
层楼拟虎观，飞阁比云章。冠盖名贤集，唱酬志不忘。

同题同韵《十二月二十六日游川上亭》(清)

十二月二十六日游川上亭

耿 介

复见天心已阅月，北风栗栗吹凛冽。偶来川上会道体，磷磷白石层冰结。
叩彼大造总无言，一元往复何曾歇？蓄不深则化不远，此中相间岂容发。
大易君子法乾行，我亦穷年日矻矻。虽云逝者本如斯，但恐我见未亲切。
惟有戒惧不可离，看来气象浑未发。识得阴阳互根妙，定知天人同一辙。

十二月二十六日游川上亭

耿 栋

一阳絪缊已一月，朔气萧萧愈凛冽。为有烈风吹河水，川上一望寒冰结。
动静互根阴阳分，流行终古不肯歇。万籁从此蓄生意，真是千钧系一发。
君子法乾贵自强，穷年考道日矻矻。日用食息浑天理，体验当躬何亲切。
但祈喜怒协雨旸，发时自然皆中节。希天希圣应不远，只在循途与守辙。

十二月二十六日游川上亭

杨淑荫

时当二阳浸长月，雪满山谷寒气冽。乘兴登眺至川上，未会道体心郁结。
彼苍穆穆难根问，行生著见无时歇。化源敦原流始远，真精妙合细如发。
愧予平生昧体认，苦向艺文徒矻矻。逝者明明在当前，究竟看得弗亲切。

于今喜聆真儒训，何以反躬自奋发？惟有惺惺常不寐，期与圣贤归一辙。

同题同韵《川上亭(四首)》(清)

川上亭(四首)

耿　介

巉岩来岳势，湍濑送溪流。竹气消残暑，荷香媚素秋。
泉声近复远，云意去还留。嵩下多佳胜，无如此地幽。

卜宅去人境，林泉老一身。烟霞诚入癖，鱼鸟自相亲。
唱和咸心契，往来尽德邻。谁知千载下，犹有葛天民。

嚣然绝物累，对此浑忘机。云薄三秋迥，天空一雁飞。
眼前皆化育，触处有精微。磅礴犹余兴，夕曛未忍归。

月白风清际，携琴坐水湄。会心良匪远，幽性颇相宜。
动静涵终古，流行阅岁时。深窥逝者意，大道本如斯。

川上亭(四首)

焦钦宠

寂寂山亭静，间云逐水流。晚凉堪逃暑，朝爽可寻秋。
惊湍花香乱，澄潭竹影留。悠哉销世虑，耽此饶清幽。

天地蘧庐小，孤亭寄此身。生无轩冕分，性合烟霞亲。
鸿乙通良友，游岩结比邻。幸今逢盛世，许我老逸民。

同人一散步，已绝海翁机。坐石听鱼跃，举杯看鸟飞。
横塘真荡漾，曲磴转霏微。相对忘言久，月明尚未归。

力疾悉方剧，扶筇到水湄。漫言野兴好，偏与素心宜。
活泼无穷处，潺湲不尽时。谁人识道妙，逝者已如斯。

川上亭(四首)

刘　洙

喜得云深处,淙淙一水流。丹崖含宿雨,红树写高秋。
鹿去迹还在,鸟过影欲留。等闲来岳下,乘兴可探幽。

极目窥寥廓,藐焉寄此身。不登青嶂里,谁与白云亲。
涧水存幽意,岩花为比邻。行行人古道,复见无怀民。

临流踞大石,澎湃见天机。荷引清风至,霜凋黄叶飞。
触空人语响,度岭晚烟微。共酌山亭晚,徘徊未忍归。

徙倚曲阑外,静观在水湄。如何一片月,偏与此相宜?
远天明无定,游鱼出有时。圣心浑大造,吾意亦如斯。

同题同韵嵩阳书院《川上亭》(清)

川上亭诗引

耿　介

书院东百步许,有溪曰:叠石溪。石嶙峋万状,水潆洄曲折,自石边出,淙淙然、汩汩然。稍宽平广阔,则汇而为渊,时有潜鳞游泳。每值雨潦方歇,瀑布悬三四尺,如霏玉,如喷雪,片片白云,浮于水际。夹岸灌木蓊郁,荫以茑萝。嵩下幽胜之区,殆莫能过此者。余尝往来其间,顾而乐之。乙丑夏得隙地,引水浇竹,凿池种莲,作小亭子于崖畔,颜曰“川上”,盖有见于吾夫子叹“逝者如斯”,静会道体之意。暇则与二三同人,正襟危坐谈道讲德,竟日不忍去,每有所得,辄形于诗。噫!自有宇宙,即有此山,即有此溪,不知几千百年于兹矣!而今始为亭于此,群然唱和于此,则其事亦未可泯没也,故聊为数言以纪之。

川　上　亭

耿　介

我有读书庐,乃在嵩山麓。山势既逶迤,水流复深曲。
自念迂腐资,白首空碌碌。君子有三乐,英才得教育。

岂不戒嬉游，圣贤相勉勖。盖闻鲁城南，沂水亦可浴。
偶尔披榛荆，覆茅小屋□。沉沉茂叔莲，青青武公竹。
松风自南来，过耳声谡谡。非是甘泉石，幽人爱空谷。
观彼流行意，会此静中趣。大易法乾行，仰视白日速。
自强而不息，功夫须纯笃。先儒亦有言，其要在谨独。

用川上亭韵

钟国士

经年敬恕翁，拮据在嵩麓。嵩麓多胜区，涧水来幽曲。
携我夙同游，忘我材庸碌。触目会道体，随境深涵育。
坎止而流行，咸从当身勖。近于叠石间，架木为巢屋。
既栽君子花，复培有斐竹。茂树来远风，天韵听谡谡。
静中真有得，岂是乐空谷。怠弃怜如予，轻掷白驹速。
苍颜悲无成，功由鲜纯笃。鞭策悔不早，诞登让君独。

同题同韵《甲子仲春二月，莆阳林澹亭先生洛中试竣，讲学嵩阳书院，发挥孔门言仁之旨，为诗以纪其事》（清）

甲子仲春二月，莆阳林澹亭先生洛中试竣，讲学嵩阳书院，发挥孔门言仁之旨，为诗以纪其事

耿　介

甲子仲春二月，莆阳林澹亭先生洛中试竣，讲学嵩阳书院，发挥孔门言仁之旨，为诗以纪其事。

参三才曰人，藐然兹一身。万物备于我，中怀殊肫肫。
厥惟最被体，天地生物心。一念恻隐发，蔼乎若阳春。
义礼智之德，包涵自浑沦。所以孔门贤，居恒但问仁。
寥寥千百载，圣远言亦湮。元善长人理，都被物欲侵。
人心既浇漓，风气何由淳。秉铎赖大儒，崛起续洛闽。
嵩阳开绛帐，绝学今复振。溯流以穷源，直透无极真。
着力在四勿，克已功夫纯。惺惺上蔡诀，主敬程子箴。
箕颍二室间，过化存者神。我久甘泉石，夙昔锢蔽深。
体乾而行健，感君诲谆谆。识得仁字后，孔颜乐可寻。

和　前　韵

窦克勤

古圣启后人，有教先立身。中处乾坤大，所性惟肫肫。
得一以为体，行健识天心。天心时发动，六寓布阳春。
元乃称善长，万象藏浑沦。四德天人合，广廓孰如仁。
全此能有几？可叹对道湮。不有洙泗传，人皆利欲侵。
不有濂洛续，曷由教化淳。上下千百载，今复遇关闽。
铎响空山下，绝业千秋振。阐道溯渊源，太极抉其真。
闲邪存诚旨，务期心之纯。主敬彻终始，三复程子箴。
一时宗风畅，相悦遇以神。四勿返身是，循理德自深。
当日子渊氏，请事曾谆谆。会得孔颜乐，仁道岂难寻？

和　前　韵

梁家蕙

乾刊中处人，参赞惟此身。二五毓其秀，胞与情最肫。
问谁管摄是，曰惟兹一心。触物生意发，蔼和若阳春。
万善悉统贯，本原自浑沦。在天谓之元，在人则曰仁。
柰心为形役，天良遂日湮。克复稍不力，杂焉嗜欲侵。
何以全此德，去漓自还淳。孔颜传心后，千载续洛闽。
大儒衍绝学，天中教铎振。嵩阳拥皋比，言言析性真。
克念常惺惕，工夫总欲纯。视听言动理，朝夕凛规箴。
片时化雨满，鼓舞何其神。几希人禽别，战兢如临深。
体天以行健，期勿负谆谆。希贤与希圣，从此正堪寻。

和　前　韵

宋尔公

大道待其人，负荷赖此身。太极理初肇，流行自肫肫。
化公万物后，此理具于心。在天则曰元，于时即为春。
资始讫变化，太和意浑沦。析分义礼智，兼统惟一仁。
柰兹情窦开，欲胜理以湮。也门谨克复，勿使非礼侵。
世远教已微，学术因不淳。更历千百载，薪传有洛闽。

大儒阐绝学，微言今复振。嵩阳悬教铎，言言皆天真。
体乾在行健，自强功乃纯。切要惟主敬，兢兢守四箴。
尽人可合天，达化以穷神。须臾杏坛雨，及时入入深。
尊闻行所知，何敢负谆谆。洙泗渊源理，近向吾心寻。

和前韵

杨尔言

圣贤钧是人，行道贵立身。工夫固勉勉，意念亦肫肫。
至理备于我，所性根于心。心德重元善，天道首阳春。
懿良善涵养，宇宙堪弥纶。孔门相授受，大旨不逾仁。
夫何千载后，圣教渐近湮。尊爵不克据，安宅反被侵。
风气既如此，何日还古淳？缘此思濂洛，兼之念关闽。
幸逢大儒至，吾道遂复振。中天开讲席，片言契圣真。
人欲尽洗涤，天理始精纯。存心惟一敬，得力在四箴。
由勉可几安，达化更入神。愚生鲜卓识，曷克窥高深。
欲受陶铸益，敢负诲谆谆。为仁有所本，先从孝弟寻。

和前韵

乔廷谟

天地生此人，万理备于身。四德元善长，恻隐情最肫。
充之弥六合，敛之藏一心。生生常不息，和气蔼如春。
民胞物与量，渊然自浑沦。推行始于孝，统贯惟一仁。
中心无所主，天良乃渐湮。旦昼多牿亡，尽被利欲侵。
不有先觉者，学术何由淳。洙泗传心后，濂洛继关闽。
大贤秉教铎，宗传遂复振。嵩阳衍道统，启钥发其真。
闲邪防于密，存诚底于纯。克复功由己，敬以守四箴。
乾乾时惕若，久将几化神。远近沐陶铸，同声道气深。
窃欲重勉励，不负诲淳淳。视听言动间，好将天理寻。

和前韵

裴清修

自古圣贤人，纲常任一身。经纶本性成，无怀自肫肫。

粹然无善理，蔼乎天地心。居之为安宅，发之似阳春。
溯厥帝锡始，此理自浑沦。四德虽云备，统贯总一仁。
嗟我生也晚，往轨亦沉湮。内力既无主，外物转相侵。
爱恶攻取烦，性术何由淳。大儒临嵩阳，慨然念洛闽。
发挥性天妙，圣学遂复振。探讨极精细，使我识地真。
已克礼即复，情制性自纯。坚持主一旨，敬守四勿箴。
廓然忘物欲，方寸炯如神。静存动著间，刻感教诲深。
为学不实践，岂不负谆谆。法得乾行健，广居庶可寻。

和　前　韵

窦克恭

天地始生人，三才惟一身。此身何所备，仁之理肫肫。
在天而为元，人体以为心。恻隐形于外，太和气如春。
纯粹至善体，天德自浑沦。所以古圣教，殷殷示求仁。
慨自圣教远，大道日深湮。谁复认天理，尽是私欲浸。
切要惟克己，去漓自还淳。嵩阳设讲席，渊源断洛闽。
体用一原合，圣学今复振。太极洞本始，西铭契其真。
功夫归主敬，翼翼心日纯。在昔程门旨，致力有四箴。
始则敬以持，久而几于神。仁体大无外，惟视积学深。
中天沐化雨，大诲时谆谆。窃欲重自勉，日向礼中寻。

同题同韵《阎大中丞抚军先生嵩阳书院创建道统祠，恭成十二韵纪事》（清）

阎大中丞抚军先生嵩阳书院创建道统祠，恭成十二韵纪事

冉觐祖

嵩阳一望碧参差，蟠空老树虬龙枝。朱甍画栋连云起，时闻人籁发吾伊。
藏书楼前惊宏构，三圣渊源道统祠。道统之祠谁肇造，惟大中丞百世师。
忆昔唐帝曾游止，禹也逡巡避舜子。土中立表劳姬公，片石荒台遗庙里。
圣迹遥遥幸未湮，大中丞曰我其祀。仰溯道统宜同堂，上地无如书院矣。
爰咨循令为鸠工，不日观成轮奂美。多士欣逢总叹息，大中丞公有深识。
道统煌煌悬日星，一中万载立人极。历传孔孟及程朱，闲三圣道罔不力。
吾侪晨夕顾祠名，正学绵延佩公德。

阎大中丞抚军先生嵩阳书院创建道统祠，恭成十二韵纪事

耿 介

世儒见道久参差，不求根本务其枝。中丞崛起续濂洛，学则颜兮志则伊。
选胜名山开坛坫，嵩阳特立道统祠。尧禹周公过化地，俨然三对是吾师。
意中应复廑仰止，舜汤文武及孔子。百王千圣有心传，究竟不出敬字里。
颜曾思孟绍渊源，周程张朱皆从祀。昔云见圣于羹墙，今幸羹墙再见矣。
穹隆栋宇接烟云，翚飞鸟焕物厥美。君子法乾健不息，此中精微谁能识？
会得天地惟一诚，事事物物有太极。从今道脉衍陶唐，继往开来谁之力？
崇儒俎豆遗馨香，千秋万祀中丞德。

阎大中丞抚军先生嵩阳书院创建道统祠，恭成十二韵纪事

焦钦宠

嵩山之阳石参差，嵩山之麓汉柏枝。嵩阳书院人文起，学宗濂闽与洛伊。
讲堂迤北藏书楼，岿然中构道统祠。道统祠奉尧禹周，一中相传百世师。
嵩高唐帝尝瞰止，越禹阳城避舜子。营洛元公测天中，星台石表荒烟里。
迢递先后过化来，春礿秋祭尝淫祀。圣学沧澌障百川，不绝如线已久矣。
经营不日祠告成，巍峨焕然争叹美。嘉惠藏修及游息，开来继往负远识。
倘非授受有渊源，畴许登峰而造极。缅维三圣如薪火，思肩道统仗余力。
试问此祠建者谁，惟大中丞阎公德。

同题同韵《秋日嵩阳书院》（清）

秋日嵩阳书院

张 埙

清秋乘兴学登山，径僻篱疏不闭关。白鹿自来青嶂外，丹枫遥映碧云间。
九潭印月嵩峰静，三柏凌霜蔓草闲。共道阳城堪吏隐，且随杖履漫希颜。

秋日嵩阳书院

高一麟

半亩讲堂接远山，微风西送轘辕关。惊秋雁阵层霄外，背日霜毕叠石间。
地向静中仍主静，身从闲里莫偷闲。久从辟呫亲提命，会得此心有孔颜。

秋日嵩阳书院

冯五典

坐对中峰俯四山，秋山一片满贤关。溪流声出青岩里，岭树影接碧汉间。
乘兴游人情不尽，忘机野鸟致多闲。微微方寸传心外，瞻仰从今识孔颜。

秋日嵩阳书院

焦钦若

讲堂重辟倚高山，静坐澄心可闭关。野色晦明襟带里，秋容潇洒画图间。
千崖冉冉苔痕湿，双柏森森云影间。乐趣从兹寻向去，此身谁道不希颜？

同题同韵嵩阳书院《九日携同人登藏书楼，因有怀张牖如别驾即席漫赋》（清）

九日携同人登藏书楼，因有怀张牖如别驾即席漫赋

王又旦

紫白红黄满地秋，名贤招饮上书楼。仰观嵩少千峰翠，俯听泉溪万壑流。
胸内浑同皇古境，眼前何有利名愁。吴门知己虽遥远，珍重明春寻旧游。

九日携同人登藏书楼,因有怀张牖如别驾即席漫赋

焦钦宠

红树白云万壑秋,况逢佳节共登楼。窗中二室屋屋碧,槛外双溪日日流。
仙令鸣琴能作赋,逋臣对酒漫消愁。相思南国音书阔,鸿雁几时慰旧游?

九日携同人登藏书楼,因有怀张牖如别驾即席漫赋

耿　介

传来吾道几千秋,此日藏书始有楼。把酒临风瞻岳色,开窗洗耳听泉流。
二天慈母恫瘝切,万里孤臣瘴疠愁。闻说江东鲈正美,季鹰早晚践嵩游。

同题同韵嵩阳《叠石溪雨中观莲》(清)

叠石溪雨中观莲

焦钦宠

羞将艳冶斗群芳,带雨偏宜试淡妆。裹露迸珠光结晕,翻风坠粉细飞香。
不贪朝署五更晓,独爱山塘六月凉。坐久倾樽欣共赏,浑忘身在水云乡。

叠石溪雨中观莲和韵

卢声琦

脱迹尘埃亦自芳,冰资淡扫厌浓妆。细飞岩雨临塘静,轻度溪风入座香。
驻屐花边舒啸傲,传怀石磴散凄凉。指衣何必功成后,恋尔洁馨返故乡。

叠石溪雨后观莲和韵

耿　介

素心不喜竞群芳,尽洗铅华惟淡妆。雨过殷殷频送绿,风来细细暗闻香。
应同石隐藏深谷,且供幽人纳晚凉。若使濂溪今日在,只言此地是江乡。

同题同韵《嵩阳书院恭承学使者吴五崖先生为诸生阐发〈孝经〉大义感赋此》(清)

嵩阳书院恭承学使者吴五崖先生为诸生阐发《孝经》大义有感赋此

吴子云

己未之冬,余校士洛中,闻耿太史逸庵先生与登令张牖如年兄讲学嵩阳书院,寒暑风雨不辍。非仅续理学之真传,抑可挽士习于波靡?盖近之空谷足音。余闻其盛,冒风雪往登其堂,与太史、邑令盘桓半日,因偶及《孝》孝大义,非敢窃讲学之名。庚申试士许昌,太史先生以诗惠教,率和呈正。

乾坤大义首君亲,玉作长虹气总真。历代诏同悬国家,诸儒训合阐人伦。
后先与共千秋业,尔我期全七尺身。一卷今义横讲席,披闱幸接道风新。

嵩阳书院恭承学使者吴五崖先生为诸生阐发《孝经》大义有感赋此

耿　介

民生三事重君亲,性本孩提爱最真。行道杨名尊圣训,则是因地叙彝伦。
欲敦忠孝难全节,须立发肤下毁身。拈出战兢十二字,心传千古赖常新。

嵩阳书院恭承学使者吴五崖先生为诸生阐发《孝经》大义有感赋此

张　埙

匏系山城忆二亲,忽从简编触天真。恫瘝赤子惭慈母,砥砺青衿共大伦。
临履独推千古志,毁伤莫慰百年身。追随何幸承明训,指点纲常吾道新。

嵩阳书院恭承学使者吴五崖先生为诸生阐发《孝经》大义有感赋此

焦钦宠

愧未扬名重显亲,《孝经》几欲识天真。何期驻节有吾道,幸睹开堂讲大伦。
主敬莫忘临履训,报君端赖发肤身。庐居虽阻程门雪,伊洛风流万古新。

嵩阳书院恭承学使者吴五崖先生为诸生阐发《孝经》大义有感赋此

高一麟

奕奕龙光笑语亲,《孝经》一部见天真。因心资敬风多士,为国求贤重大伦。
行道扬名须克已,临深履薄始全身。嵩阳共被菁莪化,扶得纲常万古新。

嵩阳书院恭承学使者吴五崖先生为诸生阐发《孝经》大义有感赋此

焦钦若

从来大节重君亲,莫失孩提爱敬真。行在《孝经》明至理,道崇黉序阐人伦。
移风易俗方成学,因地则天乃立身。深幸文光摇海岳,嵩阳千古话常新。

嵩阳书院恭承学使者吴五崖先生为诸生阐发《孝经》大义有感赋此

梁家蕙

五教敬敷首事亲,爱生膝下最为真。明天察地才称孝,视膳问安亦尽伦。
父母显扬虽异日,纲常负荷总吾身。请看履薄临深子,留得芳名万古新。

嵩阳书院恭承学使者吴五崖先生为诸生阐发《孝经》大义有感赋此

李谦益

洙泗言仁本事亲,按章切句最为真。撮来经义千秋训,沛作彝常万世伦。
一字传心留古道,三才奠位赖吾身。大儒守待惟忠孝,圣作明述相映新。

嵩阳书院恭承学使者吴五崖先生为诸生阐发《孝经》大义有感赋此

刘绾宪

人生大节惟君亲,忠孝由来性本真。圣训煌煌垂要典,讲堂恳恳阐宏伦。
欲为臣子全名义,沿念发肤敬立身。谁谓心传久莫绫,嵩阳一语喜重新。

嵩阳书院恭承学使者吴五崖先生为诸生阐发《孝经》大义有感赋此

冯五典

一堂聚顺乐天亲，愉婉承颜抒性真。深感生成涵大造，漫言经义表群伦。
服劳洗腆难为孝，信友忠君总是身。门内风光谁得似，聿修厥德自常新。

嵩阳书院恭承学使者吴五崖先生为诸生阐发《孝经》大义有感赋此

傅锡畴

性本孩提知爱亲，人人宜自率天真。篇分五孝成彝纪，道继六经讲大伦。
肢体弗亏方是子，显扬克致乃全身。一堂幸悉冰渊训，字字灯传化雨新。

嵩阳书院恭承学使者吴五崖先生为诸生阐发《孝经》大义有感赋此

耿　升

古来言孝推尊亲，愉色婉容爱最真。夜寐夙兴敦大节，天经地义叙人伦。
为臣为弟先为子，立德立言本立身。圣训煌煌今阐发，从今宇宙太和新。

嵩阳书院恭承学使者吴五崖先生为诸生阐发《孝经》大义有感赋此

耿　莒

爱本良知惟爱亲，人生此念是天真。因严教敬圣贤训，移孝作忠君父伦。
定省无违方尽性，发肤不毁始全身。显扬欲遂别无路，矢志盘铭学日新。

嵩阳书院恭承学使者吴五崖先生为诸生阐发《孝经》大义有感赋此

耿　洵

地义天经本爱亲，良知于此最为真。从来大孝惟严父，要作完人须尽伦。
参赞三才男子事，纲维百行豪杰身。喜同函丈春风里，伊洛心传万古新。

嵩阳书院恭承学使者吴五崖先生为诸生阐发《孝经》大义有感赋此

耿　都

仁孝事天如事亲，西铭指点最为真。一心恻隐函三德，两字显扬贯五伦。
垂训惟完先圣训，立身要作大儒身。泰山北斗瞻依切，提命谆谆百世新。

嵩阳书院恭承学使者吴五崖先生为诸生阐发《孝经》大义有感赋此

薛　京

颓波谁识重君亲，砥柱中流认独真。伊洛心传先性命，孔颜乐事在天伦。
显扬莫懈存诚志，参赞方全主敬身。从此寰区知大义，嵩阳道范应常新。

同题同韵《九日登藏书楼》（清）

九日登藏书楼

王又旦

九日上书楼，云山一望收。双溪流万载，二柏阅千秋。
诚意开来学，正心继圣修。斯文从此振，桃李满嵩丘。

九日登藏书楼

焦钦宠

嵩麓起层楼，清氛座里收。典坟藏万卷，谟训业千秋。
绝学传心印，名儒重暗修。登临逢九日，佳气郁林丘。

九日登藏书楼

耿　介

灵气萃高楼，群山指顾收。名贤逢胜会，佳节是清秋。
绍圣须同学，法天本自修。洛伊传道统，或恐在嵩丘。

九日登藏书楼

耿　洵

此日上书楼，放心一旦收。文章开百代，礼乐启千秋。
入道须持敬，致功在慎修。凭高无限意，红叶老嵩岳。

同题同韵《冬至日独游嵩阳书院》(清)

冬至日独游嵩阳书院

耿　介

穷阴喜得一阳回，为忆贤关独自来。白雪寒光浮岳色，黄钟律气动葭灰。
一元往复资生始，万化根源逢地雷。欲识天心何所见，南轩初放几枝梅。

冬至日独游嵩阳书院

梁家蕙

气致一阳子半回，葭浮吹律朔风来。霜凝古柏千秋叶，雪映寒炉午夜灰。
草木微舒含冻萼，蛇龙欲动待春雷。乘闲偶觅真消息，花漏天心几点梅。

同题同韵《中秋同王子明明府、傅公定广文嵩阳书院藏书楼观月》(清)

中秋同王子明明府、傅公定广文嵩阳书院藏书楼观月

耿　介

空山月出喜登楼，万里寒光一色秋。丹桂飘香晨冉冉，碧梧吹叶晚悠悠。
霜前玉露沾还湿，雨后银河澹欲流。天为使君心皎洁，放教蟾影满嵩丘。

中秋同王子明明府、傅公定广文嵩阳书院藏书楼观月

梁家蕙

秋色平分月满楼，登楼对月喜清秋。风摇玉树寒光迥，云淡银河气象悠。
崪崪高峰天外峙，源源活水石边流。斯文未坠逢今日，万卷图书萃岳丘。

同题同韵《新正七日丽泽堂分韵咏怀》（清）

新正七日丽泽堂分韵咏怀

耿　介

泰卦中分阴与阳，裁成辅相任平章。定知春意满寰海，盛德日新运会昌。

新正七日丽泽堂分韵咏怀

姚尔申

暖日融融春载阳，上飞下跃皆文章。吟风弄月思茂叔，绿满窗前生意昌。

新正七日丽泽堂分韵咏怀

耿　栋

为学须当学紫阳，应知志道先成章。会心但看寒岩里，一点梅花生意昌。

新正七日丽泽堂分韵咏怀

裴清修

乍得和风鼓太阳，潜修读易学含章。天心时见流行意，运转应知吾道昌。

同题同韵《落成嵩阳书院》(清)

落成嵩阳书院

耿　介

焕然坛坫开中天,冠盖如云萃众贤。自是秉彝同好德,洛闽今日见薪传。
圣道从来原本天,修明羽翼赖先贤。常存敬字功夫在,绝学千年心可传。

落成嵩阳书院

耿尔昌

下学功夫上达天,悟来方可对群贤。百家争讼理不易,千载心源一脉传。
龟龙既出肇先天,系易演畴启后贤。赖有洛闽相继起,好从太极觅真传。

同题同韵《嵩阳书院》(清)

嵩阳书院

耿　介

其　一

偶来嵩下结书庵,日日潺湲响涧南。双柏苔痕近带绿,两熊山色远看蓝。
心传不借形容得,大道全凭方寸函。能识一诚妙众理,中庸达德不妨三。

其　二

嵩顶云沉覆古庵,讲堂正位山之南。微微晓气含空青,隐隐霞光映蔚蓝。
封岳他年开玉械,希贤此日拜瑶函。欣逢圣主崇文事,定有嵩呼再祝三。

嵩阳书院和耿逸庵先生韵

张思信

万壑千岩拱一庵,嵯峨殿阁丽嵩南。天开图画屏环翠,春布林泉烟带蓝。

立雪履端瞻芝宇,焚香静坐读瑶函。幸逢吾道光重旦,汉柏苍苍不复三。

同题同韵《登三公石》(清)

登三公石

耿　介

汉皇封禅首中嵩,山下维岩鼎足雄。色具五行分造化,体含二气补苍穹。
浑沦未凿先天朴,方正犹太古风。应是当年曾扈跸,故教列秩序比三公。

登三公石

梁家蕙

嶙峋万古踞中嵩,岳秀钟灵自不同。非为补天成五色,定将燮理比三公。
雍容坐论神情穆,正色立朝气象雄。磅礴流连兴未尽,层峦一望摩苍穹。

同题同韵《拟巩八景》(清)

拟巩八景

孙汝工

宋陵烟雨

八陵相对枕嵩阳,寒雨疏烟晚更伤。今日郊原惟草碧,当年点检忽衣黄。
萤飞石匣光初暗,蝉咽松门影自凉。极目兴亡何处诉,赵封山下且彷徨!

树山云霭

霭霭绿山绿影深,成汤曾祷古桑林。残碑落宇思遗迹,空洞含云引素心。
遥接经潭声寂寂,平临少室气森森。隋唐古树蟠根久,凭吊恒来倚暮岑。

石窟晚钟

石龛峭壁似龙门,震动鲸音细雨昏。声彻法筵空色相,响通禅理悟风幡。
尝回午夜惊僧梦,直到三更动客魂。莫怪阇黎鸣饭后,暮钟正寄一丹元。

南岗古柏

参差古柏自谁分，挺挺南岗不与群。新叶流膏堪辟谷，坚柯如剑可清氛。
蛰龙幽翳初经雨，古鹤回翔半拂云。谩道后凋传本色，犹同汉代号将军。

什谷异流

河洛源头各一山，曾经什谷两相关。朝宗大海浑无别，会赴平川却有班。
清浊分流争活泼，图书合派尽潺湲。东过此地探微理，短棹茫茫水色斓。

黑石通津

嶙峋黑石绕回澜，短笛传声画舫安。洛汭龟文浮绿字，伊流鸟羽出金滩。
通津谁唱公无渡，利涉不知行路难。李郭仙舟如共济，平川两岸万人看。

洛口春游

选胜寻芳何处妍？故园三月景堪怜。千村香信皆经雨，一路浓阴不辨天。
日射山岚晃翡翠，风腾水面簇沧涟。年年占尽王孙草，古驿同人解仗钱。

邙岭秋风

一山斜枕隔黄流，风起砧声向晚愁。野树萧条惟鸟下，荒村寂寞少人留。
云归白暗津头路，霜落红催冢上楸。更有牧童吟笛切，夕阳残照总成秋。

拟巩八景

李克荣

宋陵烟雨

宋陵寂寞映斜阳，烟雨凄凄满目伤。翁仲行中苔暗绿，侍臣队里草初黄。
嵩峰西照回风冷，洛水东流染雾凉。日暮鸟啼向啼域，安昌群墓几徊徨。

树山云霭

古树山高霭自深，时时烟雾暗平林。双龙带雨通泉气，孤鹤拖云荡野心。
愁望宋陵惟落漠，惊看邙坂半萧森。成汤祷处堪寻否？千古长空罩远岑。

石窟晚钟

巍然石像白云门，入暮钟声日易昏。响震邙松惊鹤宿，韵流洛水动舟幡。
孤清皓月流禅意，曲折浓烟纯净魂。午夜梵回尘梦想，鲸音点点泄天元。

南岗古柏

古柏森森佳景分，汾阳祠外惊鸦群。枯枝半折归荒径，苍叶平连脱野氛。白鹤飞穿潭上雾，青龙啸绕树梢云。南冈郁郁葱葱起，宝剑回风郭氏军。

什谷异流

河洛分流绕二山，争趋什谷向东关。波旋滚滚东西派，源激悠悠清浊班。河出图文惊赴海，洛呈书字悚飞湲。漫游极望沧浪水，杳去桃花带雨斓。

黑石通津

石山岩下见狂澜，津上行人一苇安。绿水曲环高坂树，清波平对浅沙滩。孤帆折浪行非易，双桨乘风涉岂难。两岸山峰色最好，仙舟渺渺意中看。

洛口春游

洛下寻游景最妍，三春花木使人怜。柳摇细叶烟中径，桃灿新枝洞里天。嵩岭日阑山色碧，洛波风动水文涟。此行不尽登临兴，回首隋仓拾雨钱。

邙岭秋风

二水夹山东向流，萧萧残叶起人愁。月因山耸偏能小，云为天凉不少留。鸟下绿芜间里涧，蝉鸣黄叶晚来揪。登高极目邙山上，摇落西风万古秋。

同题同韵《成皋览古》（清）

成皋览古

王路清

三河形势汜川长，指点成皋古战场。汉帝龙争终灭楚，魏以乌合竟降唐。储胥尚护风云色，折戟多埋烬火光。到眼兴亡俱逝水，楸花楝叶满残阳。

成皋览古次王路清韵

许勉燉

巩雒遥连驿站长，古峭设险旧疆场。鲸吞岩邑悲韩郑，虎踞雄关贺汉唐。峭壁吼风翻地轴，层峦结雾隐天光。停车凭弔争衡地，故垒高低挂夕阳。

同题同韵《渡汜水》(清)

渡　汜　水

许勉燉

朝来策马汜水东,水声飒飒起悲风。前逼虎牢插天立,中有一线羊肠通。
曾忆当年隋失鹿,纷纷角逐矜豪雄。函关出兵兴问罪,东都策马鸟困笼。
蜡书间道走河北,尽驱精锐撄铦锋。一旅偏师先扼险,两军隔水语从容。
须臾文皇骣铁骑,左冲右拒褒鄂公。卷旆疾击绕阵后,横行如入无人中。
回首可怜二十万,血溅流波彻底红。今日槛车俘建德,明日舆榇降世充。
嗟乃智勇真天授,二孽齐收一战功。尘灰累劫成千载,铲削重关壁垒空。
吾生原不见兵革,来往周原禾黍丰。

次许勉燉渡汜水韵

王路清

杨花飞飞西复东,杜鹃枝上啼春风。短前策马渡荥汜,武牢关外风云通。
水声瀌瀌浪淘尽,蔓草青烩泣鬼雄。太原公子真英武,一时豪杰俱牢笼。
东都独敢阻声教,义旗挞伐驱追锋。包胥乞师秦殿哭,夏王扫境陈军容。
忠言不听阃内谏,肤子庸谋败乃公。连营结寨至汜上,唐兵迎击沮洳中。
釜鱼阱兽一朝灭,血流水面成殷红。回戈指洛受衔璧,尽收糗粮军储充。
伟哉一举歼二敌,凯歌振旅奏肤功。削平海宇封诸将,凌烟高阁摩虚空。
嗟予壮志何所用,马周独酌醉新丰。

同题同韵《甲子嘉平延诸生集县斋文会,邀静庵诸子即席同赋,限冬字》(清)

甲子嘉平延诸生集县斋文会,邀静庵诸子即席同赋,限冬字

许勉燉

宾筵竟夕接章逢,刃发新硎淬笔锋。最喜俊髦罗一室,已知文史足三冬。
读书台仰名贤蹟,览古亭留高士踪。座上云烟纷纸上,铿锵兢响听笙镛。

集县斋文会即席同赋，限冬字

禹显祖

春风入座拂寒冬，绛帐论文得所宗。花县名材收杞梓，琴堂逸韵叶球钟。冰蚕复茧多裁锦，梅蕊含香半绮松。大雅春容勤待叩，情欣御李数登龙。

集县斋文会即席同赋，限冬字

苌世周

七载钧陶儒者宗，殷勤课士迫来冬。墨池日映晴霞灿，斑管梅开香雾浓。李杜光芒长万丈，韩欧山斗卓千峰。今看泮壁搴芹藻，广武家家乐鼓钟。

集县斋文会即席同赋，限冬字（二首）

苌世周

戊岁飞凫仙令逢，洪炉陶冶铸新锋。谈经亹亹晨及夕，讲学孜孜春又冬。南国作人传雅化，西河设教著芳踪。诗歌思乐从公迈，如坐灵台奏鼓镛。

腊转春回嘉岁逢，群英脱颖露舌锋。谈门桃李堪消夏，笼贮参苓待御冬。鹤署琴堂添胜事，鹅湖鹿洞继休踪。一从喜识荆州面，频听铿锵响巨镛。

集县斋文会即席同赋，限冬字（二首）

傅子默

其　一

委蛇退食素丝缝，化雨霏霏浃九冬。吟到黄梅饶蕴藉，赋成白雪入陶镕。文锋暗淡疑藏豹，墨海淋漓欲化龙。频向云亭问奇字，敢夸星斗气填胸。

其　二

宏开绛帐仰文宗，孙阁朋簪千载逢。锦乡盈笺思附凤，澜翻泼墨共雕龙。竹摇书案吟成韵，雪沁诗脾意转浓。呵冻漫云难琢句，春风满座不知冬。

集县斋文会即席同赋，限冬字

傅子默

开樽促坐庾楼逢，烂熳江花笔吐锋。明月无尘呈冷艳，阳春有脚起寒冬。
循声欲夺龚黄席，雅韵还追屈宋踪。鬼我虫吟鸣细响，寸莛聊复叩钟镛。

集县斋文会即席同赋，限冬字

张燕说

插架图书清署封，成皋多士仰儒宗。一帘霁月留残腊，满座薰风转暮冬。
冰雪抽肠吟冻笔，球琳得句叶洪钟。从游始识门墙峻，数仞高于太华峰。

集县斋文会即席同赋，限冬字（二首）

张燕训

（一）

泮水鸾旗小大从，公门桃李正阴浓。手披卷轴常消夏，口授诗书不辍冬。
星聚颍川光日月，笺飞梓泽走蛟龙。频年来往崤关里，半课青衿半课农。

（二）

花影黄斜月地逢，金相玉琢砺霜锋。丹黄掩映三条烛，觞泳留连五夜冬。
下士每悬徐穉榻，好贤独访戴逵踪。琴堂政简宾朋满，仿佛圜桥乐鼓镛。

集县斋文会即席同赋，限冬字

邢五车

雪满梁园化雨浓，长杨献赋漫相从。十年萤火迷歧路，一夕甄陶得正宗。
诗酒从容函丈室，图书辉映玉山峰。归来莫问渔樵事，疑向天阶去贺冬。

集县斋文会即席同同赋，限冬字

王 章

葵藿倾阳更爱冬，仰瞻北斗白云重。别裁伪体成佳制，洗涤陈言淬利锋。冀野霜浓争选骏，禹门浪暖欲腾龙。狄公门下粉桃李，也许葑菲得暂容。

集县斋文会即席同赋，限冬字

傅灼华

坐挹光风喜色逢，巾箱取次彩霞重。道先河洛思观海，笔到巑岏欲踞峰。碧沼扬麟鱼在藻，青霄振响鹤来松。簪裾共集琴堂里，欣对冰壶赋感冬。

集县斋文会即席同赋，限冬字

薛 定

开帘揖客气雍容，望重嵩高第一峰。据案构思惭白雪，凭阑问字倚苍松。茶融冰液尘埃远，篆袅香烟瑞霭浓。笔梦江花谁得似，梅舒红萼最宜冬。

集县斋文会即席同同赋，限冬字

苌乃周

岩邑今闻奏鼓钟，春温满座照穷冬。程门雪压游杨屦，唐代风开燕许踪。郁郁桑麻茆屋暖，垂垂桃李泮池浓。婆心一片难辜负，努力争先砺剑锋。

县斋文会宾主唱酬见猎心喜即赋冬韵

裴 嵩

程门立雪正严冬，且喜清斋仿辟雍。剑佩雍容称领袖，琴樽杂沓尽章缝。文成泛滥黄河水，赋就噌吰案岭钟。不是汝南评月旦，一时谁信有词宗。

次裴嵩韵

许勉燉

东虢年年共住冬，勾留嘉客咏西雍。江花落处添毫活，邱锦残来信手缝。
节物惊心怜旧雨，文书遮眼恼晨钟。难消薄俸思归去，设馆鸡笼学次宗。

集县斋文会迭前韵酬静庵诸子（四首）

许勉燉

其　一

西抹东涂笑薛逢，还隋英少斗机锋。檀心映日粘黄蜡，玉骨凌寒耐款冬。
敢拟梁园频授简，每欣偃室暂停踪。疏帘清澈冰壶鉴，阶序琅然列大镛。

其　二

玉笥班联次第逢，寒宵艺苑逞词锋。槐花黄日惊残夏，梅蕊香时爱晚冬。
相士不留尘俗眼，读书思到古人踪。灯前樽酒追欢地，领略声清月下镛。

其　三

山城揞笏类萍逢，罗雀庭间不露锋。饮蜡吹邠多伏腊，迎鸿送燕几春冬。
文园快聚宾朋辙，俗吏聊亲翰墨踪。顿觉尘心披豁尽，清霄岭上响霜镛。

其　四

岩疆结绶幸遭逢，绕指柔惭百錬锋。月砌闲看红踯躅，风檐静听玉丁冬。
清芬不减芝兰室，素性难忘麋鹿踪。最是他年留恋处，两廊弦诵赋维镛。

步许勉燉原韵

张燕诰

披云立雪镇相逢，绣出鸳鸯度巧锋。帐列东西评甲乙，教崇诗礼课秋冬。
樽前分韵标奇彩，座上抽毫探异踪。月夜留宾歌湛露，余音嘹亮澈贲镛。

集县斋文会即席同赋，限冬字

张燕诰

待问从容似撞钟，几经晨夕几春冬。官闲时领山川胜，政简频携翰墨从。
龙虎深林观变化，金沙大冶任陶镕。湛恩七载加鱼鸟，采掇宁遗下体葑。

集县斋文会即席同同赋，限冬字（二首）

禹　玢

其　一

清署官梅耐暮冬，开轩玉笥列群峰。冰花结砚添新色，酒味沾唇改旧容。
赋就三都争吐凤，诗成七步喜雕龙。执经有志探书窟，小大齐鸣叩巨钟。

其　二

雪映重帘压季冬，茶烹活火墨池浓。顽金尽入洪炉化，美玉还凭山石攻。
得句洛阳传纸贵，联吟郢下擅词宗。篝灯乙夜亲裁剪，梦里江花笔底逢。

同题同韵《春日偶咏》（清）

春日偶咏

朱　鼎

最爱艳阳天，山头蜀锦鲜。听莺新绿里，走马软红边。
烟笼柳梢絮，风抛榆荚钱。可怜漂泊者，广武复年年。

和朱鼎前韵（二首）

裴　嵩

最爱艳阳天，晴窗景色鲜。蜂迷深绿里，蝶闹落红边。
细柳柔如线，新荷小似钱。莺啼惊客梦，广武又三年。

芬菲谷雨天，霁色更增鲜。飞絮斜阳外，落花浅水边。
苦吟惭白雪，豪饮罄表钱。无计留春住，关情胜去年。

同题同韵《汜滨夹堤桃柳绝似圣湖一曲因赋》（清）

汜滨夹堤桃柳绝似圣湖一曲因赋

朱　鼎

昔年曾向武林还，桃柳千行水一湾。纵使如啼旋似舞，可能入画有孤山。

西湖名胜数杭州，仿佛秾华此地留。试读洛川神女赋，也曾荡浆采莲不。

西子湖头春未还，行行桃柳水湾湾。幽人别有藏春地，咫心飞来灵鹫山。

抛却杭州客汴州，芜城寂寂此淹留。当年曾说壶公术，倩问西湖缩得不。

次朱行斋咏汜滨桃柳韵（三首）

许勉燉

山城寂寞倦思还，梦想钱塘烟水湾。百树桃花千树柳，也须粧点小吴山。

经游过此一开颜，绿影参差拥翠鬟。只少荷香闻十里，亭亭玉立水中间。

白沙堤上忆杭州，柳浪时闻哢栗留。咫尺城南公事散，双柑携得酒来不。

再叠前韵

曾忆当年去复还，马蹄踯躅向城湾。同来吊古人何在，独自狂歌广武山。

萧萧白发叹衰颜，羞对浓妆扫绿鬟。已办投簪归老计，徜徉灵鹫两峰间。

敢言下榻待南州，把酒沦文为我留。转眼便成鸿爪迹，情知还有雪泥不。

三叠前韵时骤雨水涨

渺渺烟津断人还，孤城俨矗洞庭湾。虎牢始信真天险，千顷洪涛四面山。

山中烟岚堆墨障，溪边风柳扫云鬟。眼前胜有西湖景，只在空濛杳霭间。

可是杭州胜汴州，水铺峰绕足勾留。无端绘出平湖色，还向先生抛得不。

次朱行斋咏汜滨桃柳韵（二首）

许勉燉

朝来曾向故乡还，冉冉花风曲曲湾。怪道新丰鸡犬乐，愚公有术果移山。
何事欢开游子颜，峨峨似见两烟鬟。自来风景无南北，只在骚人品目间。
黄鹄自知游沼乐，白驹岂为食苗留。待寻风雨南屏寺，也有钟声醒梦不。

再叠前韵

插天苍翠暮云还，影落双峰烟水湾。案岭在南印在北，更无一点让吴山。
柳眉桃颊未污颜，莫以妆梳唤小鬟。石溜一隅堆十景，可能上下六桥间。
羞将繁艳并扬州，图画天然倩此留。拟向琼花舒冷眼，方山还似断桥不。

触景感旧三叠前韵

许勉燉

牌飞金字促师还，岳阵头前星落湾。中土故多流赏地，千秋埋恨泣吴山。
诗成白傅吊红颜，扰扰云梳苏小鬟。春色只今来洛下，樊桃柳蛮笑颦间。
风物平分南北州，钱塘王气百年留。纵教偷写湖山景，匹马峰头得立不。

四叠前韵

似曾麯院探荷还，夸说城南水一湾。但使他乡堪咏眺，任教面目失庐山。
濛濛未洗雨中颜，隐约湘娥十二鬟。最是旅人魂欲断，六桥三竺有无闲。
流莺呖呖啭皇州，柳浪还将春色留。百丈虹堤芊草绿，他年名似白苏不。

同题同韵《登嵩山华盖峰歌》（清）

登嵩山华盖峰歌

爱新觉罗・弘历

嵩高峻极周雅谈，居中镇东西朔南。宇宙以来鲜比参，幸巡秩祀驻绛緣。

殷礼葳事神人忺，一登绝顶众妙探。独嗤丹药求仙岩，无事登封埋玉函。
侍臣告我初寒添，太室黯黕疑云岚。我笑谓之正所耽，不宜返辔山灵惭。
神区奥壤贵静恬，千乘万骑纷奚堪。策马减从遵路巉，异哉所见真不凡。
二十四峰左右咸，中为华盖尊且严。俯视罗列如孙男，不须缕指其名拈。
少室三十六峰尖，向者背者都包含。以河为带颍为襟，为唐为宫复为谽。
隆崇案衍窕以窞，崒嵂巀嶭蓷萎嵌。丹黄紫翠青碧蓝，声兮卉歙气兮馣。
博大富有莫不兼，幻以云容技毕覃。英英霭霭滃昙昙，变远为近夷为险。
黄山云海歌德潜，如遇嫱旦矜无盐。泰山昔亦陟岩岩，引兴未似今兹酣。
携来双鹤其羽毵，放去聊任王乔骖。卓午蹑影归骖驔，纷迎老幼围层堪。
警跸不饬任就瞻，尊亲亦可民情觇，呼万岁者奚啻三。

命吴应枚同题同韵《登嵩山华盖峰歌》

吴应枚

即景不能默于谈，昨来瞻岳洛以南。其峰造极惬静参，华盖之下停龙骖。
赏我夙愿引我忺，目所揽结兴欲探。讵惟一壑与一岩，维岳与镇都包函。
是宜纪咏诗囊添，问上问下隔层岚。其呼万岁奚足耽，无德登封实可惭。
不如校景收清恬，石磴曲折路尚堪。底须錾凿劈崱巉，下视群峭知其凡。
金壶玉镜积翠咸，钱梁大小殊森严。捣衣玉女不嫁男，常有云物供绣拈。
嵩门待月才眉尖，谪仙入宅万古含。大化冥合开胸襟，如响应声空谷谽。
侍巨赓韵艰谽窞，摩崖擘窠大字嵌。他年谁其青出蓝，莫使薜荔蒙茸馣。
尔枚阙里归程兼，要当诗画艺两覃。尽举柱史及瞿昙，名教之中乐无险。
漫云月窟天心潜，大羹有味匪醯盐。试走健笔为云岩，鬼神入处气益酣。
两行烟柳疏毵毵，燕山赵水迎归骖。长歌还忆陟巘驔，题帧何异书崇堪。
携归温室资吟瞻，香光家法待更觇，是谓举一乃得三。

命董邦达同题同韵《登嵩山华盖峰歌》

董邦达

周禅嬴海逞辩谈，强分疆界朔与南。运诸掌上默以参，何须遍历扬游骖。
其间民物戚及忺，用怀康义吋筹探。省方讵惟赏川岩，曰有深义于中函。
鼓舌底虑浮议添，秩祀岳庙瞻遥岚。华盖左右飞兴耽，竟不能登我实惭。
山灵云物意趣恬，投我无报其奚堪。仄径追攀未觉巉，造极下视殊仙凡。
空谷有声应速咸，刚柔合德均宽严。大矣时义称少男，荡胸决眦供吟拈。
无所假借群峰尖，天中众美已毕含。百五十里敞神襟，虚牝澒洞气长谽。
广生博大穹窿窞，飞泉漱石玲珑嵌。几曾点缀资精蓝，道之犹觉齿颊馣。

应枚小试霜毫兼，亦云其可力已覃。譬之言佛必瞿昙，是理易喻非奇险。孰抉窔奥开幽潜？如恒河中投井盐。尔达素工为云岩，定当技痒落笔酣。松窗月影寒毵毵，静观绝艺谁方驂。使我兴在驱骊驔，曰某层峰曰某堪。一一聚米同亲瞻，陈迹俯仰频怀觇，快哉长韵赓其三。

后　　记

《嵩山古诗》选集从2008年着手组织选编，编辑人员作了大量艰苦的工作。从诗词的资料收集、摘记目录、通篇打印、划定范围、阅读对比、内容补充等，到最后定稿，前后用了四五年的时间，才得以完成。

本书所选古诗词，是我们从大量繁杂的嵩山史料中，从几万首古诗词中精选出来的。选编这本古诗词选集，有着太多的艰辛和不易。最令人难忘的是有几年时间，我们都在大量的古人诗词中游览，思想也随着许多诗人的诗进进出出，宛若游走在古诗描绘的嵩山旷世的奇幻中，许多场景氤氲其中，令人恍若隔世。参加选编的几个人，在工作过程中，经常是眼睛模糊，头昏脑涨，精疲力竭，但为了高质量完成任务，大家依然坚定不移，锲而不舍，顽强工作。在选编过程中，往往是选择了某诗人几首诗作后，偶然又发现了该作者的其他诗篇，便将新发现的诗作与原选诗篇反复对比，优中选优，以求达到完美。

历史上，古代诗人写嵩山的诗词太多了，好诗也多，可谓百花齐放，异彩纷呈。作者的诗词怎么选，每个作者选多少，这个标准很难把握。有许多名人写的嵩山诗，都可以单独结集成书，而且诗写得也非常精采、隽永。像李白、白居易、王维、韩愈、宋之问、欧阳修、苏轼、苏辙、梅尧臣、范仲淹、韩维、李廌、金好问、傅梅、王铎、区大相、耿介、景冬旸、许勉燉、冉觐祖、毛琦龄、窦克勤、顾嗣立、吕履恒等许多诗家写嵩山的诗都很多，但要从中选择最好的，还是很难的。在诗选中，往往都是看来看去，感觉满目都是奇珍异宝，如果不是篇幅有限，我们都想将它们选入其中。但作为一本选集，要考虑到各个历史时期作者的多少及全局的问题，所以对于这些名人大量的好诗，也只能从中撷取几首，很多好诗都只能是忍痛割爱。

为了充分而真实地表现嵩山特有的历史文化氛围，我们特别单列了“形式多样化”一栏，给许多诗人在形式多样化方面创作的作品提供一个展示的平台。诗歌作为文学体裁，以抒情为主，或叙事，或说理。作者大都激情飞扬，想象丰富，创造意境优美，形象生动传神，思想内容深刻，语句高度凝炼集中，韵律节奏鲜明，能尽情地抒发丰富的思想感情，达到寓教于乐的目的。古人区别“诗词”与“非诗词”之间的主要标准为“是否押韵”（不押韵者绝非诗歌）。从所选古诗可以看出，诗人在对答、座谈、联句、同题、同题同韵的创作中，游刃有余，即时作诗，出口成诗，不但从中能看出诗人极高的聪明智慧，而且充分展示了诗人超快敏捷的反应能力与扎实过硬的文学功底。

本书选诗3200多首，诗量大，内容多，作者面广，使我们在阅读之中，能充分领略古代诗家对于嵩山的热爱和敬畏。因为全书所选的古诗太多，找到的史料太杂，又因历史传承问题，有些诗有多种版本,有些诗的作者属名在各个版本中也不一致,有些诗的词句在各版本中也有明显的不同。对于这些情况,我们只有通过比较、斟酌,找到诗作者的风格,尽可能让诗作归属原名。对于一首诗中在不同版本中出现的不同诗句,则选取其中我们认为最为合理合情的诗句,尽最大努力还原其诗的本来面目。

最后,在这本书即将出版之际,我要感谢所有参与选编的工作人员,没有他们认真的态度和踏实的工作,就不可能有今天的这本诗集。感谢大家在选编工作中,共同经历了昨日的辛勤劳作,看到了今日的丰收成果。这本书虽经努力,但限于资料,限于水平,谬误与不当之处在所难免,如蒙指正,当不胜感激。

编　者

2013 年 8 月 8 日